江西文化艺术基金资助项目

项目编号：2021—044—WX11C

江西现代诗歌史

刘晓彬 著

江西高校出版社

JIANGXI UNIVERSITIES AND COLLEGES PRESS

图书在版编目（CIP）数据

江西现代诗歌史 / 刘晓彬著 . -- 南昌：江西高校出版
社，2022.11
  ISBN 978-7-5762-3404-6

  Ⅰ. ①江… Ⅱ. ①刘… Ⅲ. ①诗歌史—研究—江西—
现代 Ⅳ. ① I207.209

中国版本图书馆 CIP 数据核字（2022）第 195411 号

出 版 发 行　江西高校出版社
社　　　址　江西省南昌市洪都北大道 96 号
总编室电话　（0791）88504319
销 售 电 话　（0791）88517295
网　　　址　www.juacp.com
印　　　刷　浙江海虹彩色印务有限公司
经　　　销　全国新华书店
开　　　本　700 mm×1000 mm 1/16
印　　　张　32
字　　　数　478 千字
版　　　次　2022 年 11 月第 1 版
印　　　次　2022 年 11 月第 1 次印刷
书　　　号　ISBN 978-7-5762-3404-6
定　　　价　168.00 元

赣版权登字 -07-2022-1148

目 录

第二编 土地革命战争时期的诗歌

第三编 抗日战争时期的诗歌

第四编　解放战争时期的诗歌

绪论：江西现代诗歌的历史过程

辛亥革命之后最初十几年的中国属于北洋政府统治时期，长期的军阀混战使得社会处于动荡不安的状态，复杂的历史情况，使文学在经历新文化运动之后发生了巨变，"一是语言的变化，二是文学场域中国与世界关系的变化"[①]。正如严家炎所提出的论断："所谓中国现代文学史，是指主体由白话文写成，具有现代性特征并与'世界的文学'（歌德、马克思语）相沟通的最近一百二十年中国文学的历史。换句话说，中国现代文学之所以有别于古代文学，是由于内含着这三种特质：一是其主体由白话文所构成，而非由文言所主宰；二是具有鲜明的现代性，并且这种现代性是与深厚的民族性相交融的；三是大背景上与'世界的文学'相互交流、相互参照。"[②] 同时也呼应了朱自清早年在《中国新文学大系·诗集·导言》中提出的一个重要判断：启蒙时期中国新诗人"努力的痕迹"是"怎样从旧镣铐里解放出来，怎样学习新语言，怎样寻找新世界"。[③]

严格来说，严家炎所提出的"中国现代文学史"观点，只能称之为"新文学史"，也就是把白话文创作的新体文学作品纳入文学史的评述和论

---

① 王光明：《绪言：现代中国的"新"诗运动》，王光明主编：《中国诗歌通史》（现代卷），人民文学出版社，2012年，第1页。

② 严家炎：《中国现代文学起点在何时？》，《社会科学辑刊》2010年第4期。

③ 朱自清：《中国新文学大系·诗集·选诗杂记》，上海良友图书印刷公司，1935年，第17页。

析。这一文学史观点，一直被后来的文学理论家在梳理、评述和论析现当代文学史时所认同并采纳。因此，"'中华诗词'至今没有进入任何一部现当代文学史，可能是因为它长期戴着一顶'旧体'帽子的缘故"。"以'体'划界而决定取舍，极不公平。一个时代的文学，应是该时代各体文学作品的总汇，其中之精品、深入人心影响甚大者，应名标一代文学史。"①

《江西现代诗歌史》虽然认同严家炎提出的关于中国现代文学史（其实应该称之为"新文学史"）的这些观点与原则，但更认同陈良运的"一个时代的文学，应是该时代各体文学作品的总汇"的文学史观点，而且陈良运的质问也是铿锵有力和掷地有声的，他说："须知，任何一部断代文学史都是中国文学史一个段落，如果近代文学史之后是一部有明显缺项的新文学史（或史诗），何以向后人展现这个时代完整的文学风貌，交代承前启后的文学发展规律？"②所以，《江西现代诗歌史》将全面、详细地评述自五四新文化运动以来包括新诗和散文诗、歌谣和旧体诗词的江西现代诗歌的历史过程；在掌握大量历史资料的基础上，以诗歌的重要事件为线索，以代表性诗人和作品为对象，叙述它在发展过程中的冲突、矛盾和规律，并对其价值进行深入的研究和论析；为人们了解江西现代诗歌曲折而漫长的发展道路，提供一个广阔的视野和新颖的阅读角度。

一、现代诗与旧体诗形成多元共存的良好局面

现代中国的诗歌是指从五四新文化运动至1949年中华人民共和国成立这一历史时期的诗歌。这一历史时期的江西诗歌，不仅是江西现代文学史的重要组成部分，也是中国现代诗歌史的主要组成部分。

在五四新文化运动之前，中国诗歌承受了自《诗经》以来的辞赋、古风、律诗、绝句、词曲等的旧贯，毫无更张。因此，新文化运动中的"文

---

① 陈良运：《要重视当代诗词的发展态势》，《中华诗词》2002年第5期。
② 陈良运：《要重视当代诗词的发展态势》，《中华诗词》2002年第5期。

学革命"，就包括"诗歌革命"。而文学革命所提倡的"白话文学"中的诗歌，最初是指"白话诗"的创作。但是用白话文创作诗歌，在当时并没有形成共识，一直存在争议。对于"胡适的白话文、白话诗运动，之所以不同于清末的文学改革思潮，具有社会感召力和展开的可能性，就在于他在清末以来社会变革的心理要求与文学变革要求的契接点上，找到了一种'说法'，一个'具体'的方案"[①]。也就是他认定了"无论如何，死文学决不能产生活文学。若要造一种活的文学，必须有活的工具。那已产生的白话小说词曲，都可以证明白话诗最配做中国活文学的工具的。我们必须先把这个工具抬高起来，使他成为公认的中国文学工具，使他完全替代那半死的或全死的老工具"[②]。但需要指出的是，胡适的"白话诗"，在今天看来，其实不是"诗"，当时产生争议也就情有可原。因为"诗"是有内在结构和模式的，而当时"用白话创作诗"只是白话的简单分行，没有诗必须具备的要素。胡适的"白话诗"其实只是在语言上进行了解放，用白话的新鲜与自然瓦解了文言文的陈腐与桎梏。所以说，无论是白话的新鲜与自然，还是文言文的陈腐与僵硬，"同任何语言一样，它本身便是一种文化现象。因为人是在语言中进行独特的发明和创造的动物，语言作为一种符号，是人的特征，它联系着人的思维结构、思维模式，而模式背后更深刻的东西是人的观念"[③]。对于此，笔者赞同王光明的观点，他认为"新诗"与"白话诗"的不同在于它体式上的"新"，"新诗"也是以白话为基础的，但它不像"白话诗"那样"胀裂"传统的形式，而是"诗体的大解放"——这才

---

① 王光明：《绪言：现代中国的"新"诗运动》，王光明主编：《中国诗歌通史》（现代卷），人民文学山版社，2012年，第4—5页。

② 胡适：《逼上梁山——文学革命的开始》，赵家璧主编：《中国新文学大系》，上海良友图书印刷公司，1935年，第19—20页。

③ 陈文超：《在诗歌语言的背后——兼谈新诗走向》，见《寻找一种谈论方式——"文革"后文学思绪》，中山大学出版社，1997年，第52页。

是新诗"地位"的确立和"纪元"。① 他说:"'新诗'的'新',在诗形方面是体式与写法的自由,在诗质方面是'破除桎梏人性底陈套',追求个性的表现。前者,在后来渐就确立了'自由诗'这一主导形式;后者,以'自我'为内核建立起了新的话语据点。"②

在这样的背景下,江西诗人的新诗创作自然不会缺席,而且这些新诗是诞生于文学革命时代潮流中的,因此也成为当时江西新诗创作的主要特征之一。其中值得一书的现代诗人有方志敏、白采、饶孟侃、王礼锡、天蓝、芦甸、公刘等,他们都在江西现代诗歌史乃至中国现代诗歌史上产生过一定的影响。现代江西的诗歌,需要特别书写的还有长诗创作,它构建出了江西现代诗歌中耳目一新的新气象,以及艺术观赏上的新感觉。尽管朱自清认为中国是没有长诗的,他说:"在中国诗里,象荷马、弥尔登诸人之作是没有的;便是较为铺张的东西,似乎也不多。"③ 但他这种观点在今天看来,根本站不住脚。也许朱自清没有读过或者听过中国藏族的《格萨尔》④,这部被誉为东方的《伊利亚特》的世界最长史诗——这是一部篇幅

---

① 胡适在《尝试集·再版自序》中说:"我做白话诗,比较的可算最早,但是我的诗变化最迟缓……六年秋天到七年年底,还只是一个自由变化的词调时期。自此以后,我的诗方才做到'新诗'的地位。《关不住了》一首是我的'新诗'成立的纪元。"上海亚东图书馆,1920年版。

② 王光明:《绪言:现代中国的"新"诗运动》,王光明主编:《中国诗歌通史》(现代卷),人民文学出版社,2012年,第7页。

③ 朱自清:《白采的诗》,《朱自清序跋书评集》,生活·读书·新知三联书店,1983年,第150页。

④《格萨尔》是世界上最长的一部史诗,被誉为"东方的《伊利亚特》",在国际学术界享有盛誉,至今仍在藏族、蒙古族等少数民族中相传。此前一直被人认为世界上最长的诗歌作品是印度古代诗人广博仙人写的史诗《摩诃婆罗多》。《格萨尔》是一部描述古代民族战争的长诗,作者花了十三年心血写成。全诗包括近十万个"颂",即约十万个双行诗。它的篇幅比古希腊荷马的两部万余行的著名史诗《伊里亚特》和《奥德赛》合在一起的八倍还要长,比世界五大史诗加起来的总和还要多。从我国政府抢救收集整理情况来看,《格萨尔》有一百二十部,将近一百万诗行,两千多万字,这里还不包括众多的异文本。

比世界五大史诗[①]，以及《荷马史诗》的总和还要多的长诗——但他一定读过《离骚》《孔雀东南飞》《木兰诗》《将进酒》《梦游天姥吟留别》《琵琶行》《长恨歌》《蜀道难》《兵车行》《观棋大吟》等经典长诗。当然，如果按照爱伦·坡[②]的说法，长诗是不存在的，就算有，也只是许多短诗组合在一起。他认为长诗不存在的理由是："因为人的情绪只有很短的生命，不能持续太久；在长诗里要体验着一贯的情绪是不可能的。"[③]爱伦·坡把长诗创作的一贯情绪与人的一贯情绪等同起来，这种观点是片面的。虽然这涉及创作上的许多技术问题，但有一点需要强调的是，长诗必须保证诗意的连贯性以及一根主线贯穿整个作品，它不是许多短诗的组合。不过，朱自清对于新文化运动后出现的寥寥可数的长篇新诗，倒是给予了肯定，他说："新诗兴起以后，也正是如此。可以称引的长篇，真是寥寥可数。长篇是不容易写的；所谓铺张，也不专指横的一面，如中国所谓'赋'也者；是兼指纵的进展而言。而且总要深美的思想做血肉才行。以这样的见地来看长篇的新诗，去年出版的《白采的诗》是比较的能使我们满意的。《白采的诗》实在只是《赢疾者的爱》一篇诗。"[④]应该说，白采的长诗《赢疾者的爱》为新文化运动后叙事长诗的开拓，是作出了重要贡献的，尽管白采本人及其长诗未被《中国现代文学史》和《中国诗歌通史（现代卷）》提及，但他以及他创作的这部经典长诗不可能在历史的长河中湮灭。另外，值得一提的长诗，还有天蓝于 1938 年 5 月创作的《队长骑马去了》，不仅是当时具有广泛影响力的叙事长诗，而且"是根据地最早以叙事诗的形式表现现实生

---

① 古希腊的《伊俐亚特》《奥德塞》，古印度的《摩珂婆罗多》《罗摩衍那》，古代巴比伦的《吉尔伽美什》，并称为世界著名的"五大史诗"。

② 〔美〕埃德加·爱伦·坡（Edgar Allan Poe）(1809—1849)，19 世纪美国诗人、小说家和文学评论家，美国浪漫主义思潮时期的重要成员。

③ 朱自清：《白采的诗》，《朱自清书评集》，古吴轩出版社，2018 年，第 10 页。

④ 朱自清：《白采的诗》，《朱自清书评集》，古吴轩出版社，2018 年，第 11 页。

活的作品之一"[①]；以及公刘于1943年创作并发表的长诗《春水，她晶莹的眼泪》等。

作为文学革命中"白话文学"的现代诗，除了"新诗"，还有"散文诗"。它不仅是诗歌表现形式之一，也是中国现代文学中一种比较常见的创作体裁。"散文诗"这一新文体，属于外来品种，第一次出现在中国刊物，要追溯到1915年7月，《中华小说界》杂志第2卷第7期发表了北京大学教授刘半农翻译的俄国19世纪批判现实主义作家、诗人屠格涅夫的散文诗作品《杜瑾讷之名著》中的《乞食兄弟》《地胡吞我之妻》《可畏者愚夫》《四嫠妇与菜汁》等四章。另外，1918年1月15日，《新青年》第4卷第1期首次刊登了沈尹默的散文诗《鸽子》《人力车夫》《月夜》[②]。但由于刘半农是用文言文翻译的屠格涅夫这四章散文诗，同时当年的《新青年》第4卷第1期首次发表的白话诗与散文诗又混淆不清，所以学术界在研究散文诗时并没有把它们列为最早出现在中国的散文诗。而是把1918年5月《新青年》杂志第4卷第5期上发表的由刘半农翻译的印度作者Sripa Ramahbnsa的《我行雪中》作为在中国最早出现的"散文诗"。理由是"在它的后面，还一并译了美国《VANITY FAIR》月刊记者的导言，其中说《我行雪中》是一篇'结撰精密的散文诗'。"[③]而后，《时事新报·学灯》、《晨报·副刊》、《文学旬刊》(后改为《文学周报》)、《语丝》等报刊陆续翻译介绍了屠格涅夫、泰戈尔、波特莱尔、王尔德、赫滕斯顿、西曼陀、高尔基、沃尔特·惠特曼等人的散文诗，以及"法国诗人波德莱尔的散文诗集《巴黎

---

① 颜敏：《"七月诗派"的江西籍诗人：天蓝与芦甸》，《宜春师专学报》1999年第1期。

② 沈尹默的散文诗《鸽子》《人力车夫》《月夜》，前两首与胡适所作同题《月夜》短短四句，总共才三十一字："霜风呼呼的吹着，/月光明明的照着。/我和一株顶高的树并排立着，/却没有靠着。"当时另一位新诗人康白情认为《月夜》"在中国新诗史上，算是第一首散文诗。其妙处可以意会而不可以言传"。

③ 孙玉石、王光明：《散文诗的几个问题》，孙玉石、王光明编选：《六十年散文诗选》，江西人民出版社，1985年，第628页。

的忧郁》，1919 年'五四'运动之后传入中国，极大地影响与推动了中国散文诗的诞生与发展"①。但是，江西散文诗的诞生与发展，与新诗一样，都是在关系到亿万国人命运的时代潮流推波助澜中诞生与发展的，是对近代中国五四运动开端以来为挽救空前深重的民族危机和社会危机的新民主主义革命时代主潮的关注。江西作者最早发表的散文诗可以追溯到 1922 年 5 月 6 日，《民国日报·觉悟》副刊上发表了革命先驱方志敏的一章散文诗《哭声》，不久又发表了他的散文诗《呕血》。后来，江西革命志士王环心在大学学习期间，于 1923 年 6 月 22 日发表了"追求的是没有剥削，没有压迫的，好似月宫般的仙境"幻想式散文诗《幻游曲》等作品。这些散文诗透溢出来的正是他们作为革命前辈的社会责任感和作为文学创作者的良知。②

由于散文诗"融合了诗的表现性和散文描写性的某些特点。散文诗一般表现作者基于社会和人生背景的小感触，注意描写客观生活触发下思想情感的波动和片断。这些特点，决定了它题材的丰富性，也决定了它的形式短小灵活"③。因此，篇幅短小的散文诗，更适合于报刊的发表，从而成为当时不少年轻作者喜欢尝试的文学体裁，比如廖伯坦、叶金等人就是其中的佼佼者。另外，活跃于解放战争中后期的李耕、张自旗、矛舍等人也善于散文诗创作，为发展和繁荣江西散文诗创作起到了一定的推动作用。这三位诗人年纪相仿，相差不到一岁，均结识于 1948 年。在血与火的呐喊声中，他们度过了极难忘怀的风华正茂、战斗酣畅、诗情浓烈、直面黑暗、呼唤黎明的时刻。④但到底"是什么使这三个青年走到了一起，缔结了可

---

① 陈志泽：《欢庆与沉思——中国散文诗百年》，《文学报》，2018 年 5 月 3 日。

② 刘晓彬：《江西散文诗百年回眸与述评》，刘晓彬主编：《新世纪江西散文诗精选》，百花洲文艺出版社，2019 年，第 269—270 页。

③ 刘晓彬：《从新时期的繁荣步入新世纪的成熟——江西散文诗四十年综述》，《创作评谭》2019 年第 1 期。

④ 李耕：《生之燔火——序张自旗的〈寻梦者手记〉》，张自旗著：《寻梦者手记》，广西民族出版社，1993 年，第 1—2 页。

贵的友谊呢？是文学，是对文学的热爱，是为了通过文学的渠道寻找我们的同情者和战友（矛舍），要以文学作品为投枪刺破黑夜呼唤黎明的到来"①。正如矛舍在他的散文诗《黎明前》中所写："黎明前，又蕴藏了多少理想和希望！"他们三人战斗在不同岗位，而且生活在不同地方，之所以走到一起，都是为了共同的理想、希望和信念。

在江西现代诗歌发展过程中，除了诞生于五四文学革命的"新诗"和"散文诗"这两种现代诗，"歌谣"和"诗词"这两种旧体诗也是其不可分割的一部分。歌谣，是流行于民间的韵文作品，是民歌、民谣和儿歌、童谣的统称，是指人民群众以口头创作和流传的方式进行抒情言志的诗歌。作为经历了几千年发展历程的文学样式，由于其贴近生活的特点，所以歌谣也是人民群众的日常生活、习俗、礼仪和社会现象、农业生产的真实记录，以及人民群众的思想感情和意志愿望的生动表达。江西歌谣，从地理缘由关系上来分析话，由于江西曾经是"吴头楚尾"，因此其在一定程度上受到过"吴歌西曲"的影响；从历史发展进程上来分析，由于晋、唐、宋、元等几代都有大批中原人口迁徙进江西，因此江西歌谣，尤其是赣南的"客家山歌"和赣北的"打鼓歌"等，在一定程度上也受到过"中原文化"的影响。江西歌谣的主要形式为四句七言体，比如"客家山歌"，因为是中原移民文化与本地土著文化相融合，以及周边文化相影响的产物，所以各种歌词的结构大体相同：逢一、二、四句多押平声韵；善用比兴手法，尤以双关见长，语言生动通俗，押韵上口。另外还有一部分为四句半（拖山调）体、四句五言体、五句七言体等。江西大部分地区的歌谣，歌唱的音韵都是基于当地方言，因此形成了多元化的风格。但是，赣南各县及永新和莲花等地的歌谣，歌唱的音韵仍然保留着不少古汉语的称谓和形容词，

---

① 陈迟：《历经风雪的"老树三叶"——张自旗、矛舍、李耕合著诗文集阅读笔记》，《老友》2009 年第 4 期。

这些地区的歌谣比较粗犷和古朴。[①] 随着社会的发展，自五四新文化运动以来，歌谣逐渐对革命诗人和进步诗人的诗歌创作产生了深刻的影响，在整个现代诗歌史乃至现代文学史上起到了重要的作用。特别是在进入第二次国内革命战争时期，江西各革命根据地的人民群众获得了翻身解放，成为掌握自己命运的主人后，歌谣的创作开始被赋予了新的内容，呈现出了新的特点，我们称之为"红色歌谣"。其特点除了具有歌谣的"口头性、群众性、地方性"等共性之外，还具有体现"红色"的"革命性"和"斗争性"。

而旧体诗词[②] 尽管受新文化运动的影响，广泛性与参与性的群众基础不如新诗、散文诗和歌谣，但是"新文化运动的发生，正为诗词创作提供了全新的参照系，为诗词摆脱唐诗宋词高峰的阴影提供了新的学理资源，如果没有新文化运动，诗词创作必然会走向死胡同，从而最终死亡"。[③] 更重要的是，新文化运动所提倡的"民主与科学"，为旧体诗词的延续和发展注入了新的动能和活力。虽然"在'五四'时期，'新'、'旧'文学的对立，是自有其缘由的；但在发展过程中，却逐渐把这种对立绝对化，就不免出现了偏颇"。当然，在"表达现代人（现代文人）的思绪、情感……方面，并非无能为力，甚至在某些方面，还占有一定的优势，这就决定了旧诗词

---

① 张涛：《江西红色歌谣的产生及其艺术价值》，《创作评谭》2012 年第 2 期。

② 关于诗歌称谓的"新体"与"旧体"之争，可参见《中华诗词》2002 年第 5 期，陈良运在《要重视当代诗词的发展态势》中的论述："诗歌评论界推出了一个概括性极广的新名词——'现代汉诗'。按字面领会，即用汉语写作的诗歌，这也包括海外华人用汉语写作的诗歌；与传统的诗词文体区别，则强调了现代的语言、文体特色。应该特别提及的是：这个新名词出现之前，'旧体诗词'界率先推出了'中华诗词'的称谓，将'旧体'二字剔除，'诗词'顿时获得了一次具有历史意义的新生！按字面领会，即表明是中华民族的诗歌文体，可将各种传统体式之作都囊括进来，与外国诗歌比较则特别地显示了中国本土文体的特色。"

③ 徐晋如：《为旧体诗词注入全新的生命——论新文化运动对于诗词发展的作用》，《社会纵横》2010 年第 8 期。

在现代社会不会消亡，仍然保有相当的发展天地"[1]。毛泽东、陈毅等老一辈革命家在苏区文艺运动中创作的旧体诗词，对五四以来新诗与旧体诗词长期对立的态势，起到了一定的缓和作用，为中国现代诗歌的发展开拓了广阔的道路，逐渐形成了新诗与旧体诗词多元共存的良好局面。而且他们的诗词，"反映了革命的艰难曲折的历程，体现了无产阶级革命的伟大思想，是诗人在群众的生活里、在战争的火焰中吐露的心声。诗篇将革命的现实与崇高的理想结合起来，生动地表现了一代革命者思想的精神活动，在读者面前矗立着一个高大的抒情主人公的形象"[2]。特别是毛泽东提出发展有别于旧体也有别于民歌和白话文学的"新体诗歌"，"是鼓舞广大诗人的雄心壮志，在继承我国诗歌的历史的和现实的优秀传统过程中，刷新各种诗歌，使之逐步形成一套足以反映时代精神的代表性诗体。因为中国历代都有各自的代表性诗体，社会主义时代更加要有自己的代表性诗体！"[3]关于旧体诗词的问题，毛泽东曾在延安文艺座谈会上也有明确的论述："对于过去时代的文艺形式，我们也并不拒绝利用，但这些旧形式到了我们手里，给了改造，加进了新内容，也就变成革命的为人民服务的东西了。"[4]同时他还指出："我们必须继承一切优秀的文学艺术遗产，批判地吸收其中一切有益的东西，作为我们从此时此地的人民生活中的文学艺术原料创造作品时候的借鉴。有这个借鉴和没有这个借鉴是不同的，这里有文野之分，粗细之分，高低之分，快慢之分。所以我们决不可拒绝继承和借鉴古人和外国人，哪怕是封建阶级和资产阶级的东西。但是继承和借鉴决不可以变成替代自己

---

① 钱理群：《论现代新诗与现代旧体诗的关系》，《诗探索》1999年第2期。

② 汪木兰：《苏区诗歌》，吴海、曾子鲁主编：《江西文学史》，江西人民出版社，2005年，第776页。

③ 吴奔星：《江山留韵律 日月寄诗魂》，《文艺报》1994年9月3日。

④ 毛泽东：《在延安文艺座谈会上的讲话》，《毛泽东选集》(第三卷)，人民出版社，1991年，第855页。

的创造，这是决不能替代的。"① 因此，毛泽东诗词，虽然是严格运用传统形式创作的，但在语言运用上进行了变化，他将文言文与白话文巧妙地融合在一起，诗化成了自己的独特诗词语言。更重要的是，"毛泽东诗词反映了中华民族的理性、情感、思维、行为和价值取向"②。但是，很多人却片面地认为苏区诗歌中只有"红色歌谣"。其实除了新诗，旧体诗词也是其重要组成部分。虽然"苏区革命的主体是农民，但也聚集了全国许多先进的知识分子，他们中就有诗人和作家，像毛泽东、瞿秋白、张闻天、沙可夫、李伯钊等，他们写下的古体诗词和新诗，独具特色，显示了新的审美倾向"③。

在民主进步人士中，有不少在旧体诗词创作中取得了显著成绩，其中值得一书的诗人有李烈钧、杨赓笙等。他们作为江西人，一直追随孙中山先生进行民主革命，为中国的民主、富强奋斗了一生。他们不仅是同乡、同志、亲密的战友，也是互相唱和的诗友。讨袁护法，他们共同首举义旗领导"湖口起义"④；大革命时促成第一次国共合作，赴汤蹈火，奋勇向前；九一八事变后，投身于抗日救亡运动，呼吁国共合作一致对外；抗日战争胜利后，积极为和平事业奔走呼号。每逢历史的紧要关头，他们都旗帜鲜明地与人民站在一起。因此，他们的诗都来自革命斗争生活，是时代的强音，代表进步人民的心声，与祖国的命运、人民的愿望息息相关。⑤首先，

① 毛泽东：《在延安文艺座谈会上的讲话》，《毛泽东选集》（第三卷），人民出版社，1991年，第860页。

② 汪建新：《毛泽东诗词中的"伟大民族精神"》，《中国纪检监察报》，2008年5月4日。

③ 汪木兰：《苏区诗歌》，吴海、曾子鲁主编：《江西文学史》，江西人民出版社，2005年，第769页。

④ 湖口起义，是发生于1913年的中国历史大事件。江西籍将领李烈钧、杨赓笙在孙中山先生的动员下，于1913年7月12日在湖口县发动讨袁起义，李、杨首举义旗，打响了"二次革命"的第一枪。作为"二次革命"标志性事件的"湖口起义"，是辛亥革命的继续和深化，在中国近现代史上写下了重要的一页。

⑤ 屈武：《李烈钧杨赓笙诗选序》，中国人民政治协商会议江西省委员会文史资料研究委员会编：《江西文史资料选辑（第二十二辑）：李烈钧杨赓笙诗选》（杨仲子供稿），1986年，第1页。

从创作内容上看，李烈钧和杨赓笙的诗，具有鲜明的政治内容和道德风尚，热爱祖国，热爱人民，拥护国共合作；反对帝国主义侵略，反对投降卖国，主张民主。凡对国家有利的，就赞扬、拥护、支持；凡对国家危害的，就书愤、申斥、怒骂。他们爱憎分明，立场坚定。他们的诗作是一份宝贵的宣传爱国主义的文史遗产，对发扬爱国主义思想，有着良好的作用。他们的诗作，大部分是在戎马倥偬、政务纷纭之际吟咏的，正是所谓"上马杀贼，下马草檄"的思想感情和革命情操的真实写照。[1]其次，从艺术特色上看，李烈钧和杨赓笙的诗，"五言七言绝句，均带唐诗风味，园（圆）浑一气，含蓄春容。七律更是探究尤深，格律严谨，对仗工整，雄浑蕴籍（藉），气韵天然。这些感时伤世，抒情言志的佳作，闪烁着不可磨灭的光辉，是有它历史价值和艺术魅力的"[2]。他们的诗作，大多散见于中华人民共和国成立前出版的云南《义声报》《永昌府文征》《苏降集》《羊城鸿爪》《草草诗草》《三载呻吟录》《西湖补诗》《伏枥轩诗钞》《南强》杂志，以及《李烈钧将军诗文集》等报刊和书籍中。李烈钧和杨赓笙的诗，留下了民主革命先驱为辛亥革命和中国新民主主义革命事业，以及抗日战争时期作出的卓越贡献和戎马战斗的光辉足迹，展现了其改造社会的志向、忧国忧民的高尚情操和博大胸怀。

二、从诗歌革命到革命诗歌的兴起、发展和繁荣

纵观江西现代诗歌史，其实就是一部新民主主义革命史。因此，它可以分为"大革命时期""土地革命战争时期""抗日战争时期""解放战

---

① 江西省政协文史办：《李烈钧杨赓笙诗选·编者话》，中国人民政治协商会议江西省委员会文史资料研究委员会编：《江西文史资料选辑（第二十二辑）：李烈钧杨赓笙诗选》（杨仲子供稿），1986 年，第 1 页。

② 江西省政协文史办：《李烈钧杨赓笙诗选·编者话》，中国人民政治协商会议江西省委员会文史资料研究委员会编：《江西文史资料选辑（第二十二辑）：李烈钧杨赓笙诗选》（杨仲子供稿），1986 年，第 1 页。

争时期"四个阶段。同时，也是从"诗歌革命"到"革命诗歌"转变的历史过程。

自五四以来的江西四个阶段文艺运动中的诗歌创作，同中国共产党领导的无产阶级革命运动紧密联系在一起。江西现代诗歌是中国现代诗歌乃至中国现代文学彻底反帝反封建的重要组成部分。由于近代进步诗歌尚未进行彻底的"诗歌革命"①，比如戊戌变法前后兴起并发展起来的改良派文学改革运动的"诗界革命"，由夏曾佑首倡、谭嗣同附和、梁启超参与，虽然有摒弃传统的封建文化的民主进步倾向，"狂热地追求西方传入的思想文化，以大量翻译词语和自造隐语入诗，以表现新的世界观、人生观"②，但"没有进行词体革命，这不仅表现为创作的贫乏，更表现为理论的缺失"③。其形式（包括章法句式、对仗用典以及平仄韵律）依然犹如戴着镣铐在跳舞，创作思维依然受到极大的束缚。而且这些诗歌晦涩难懂，新奇怪异，与群众的距离越来越远。虽然诗歌改革有进步，但也很快就丧失了生命力。不过，对于"诗界革命"希望以新的语言来表现资产阶级的新思想，力图在诗坛开辟一个新境界的努力，应当给予积极的肯定，它不仅在突破长期统治诗坛的拟古主义和形式主义的创新上进行了有意义的探索，而且"对

---

① 诗界革命，即戊戌变法前后的诗歌改良运动。早期倡导者和参与者是夏曾佑、谭嗣同、梁启超三人。1899 年，梁启超在《夏威夷游记》中正式提出"诗界革命"的口号，认为想要挽救中国诗歌日益衰落的命运，必须使诗歌创造出全新的境界来。诗界革命冲击了长期统治诗坛的拟古主义、形式主义倾向，要求作家努力反映新的时代和新的思想，部分新体诗语言趋于通俗，不受旧体格律束缚，这些在当时都起了解放诗歌表现力的作用。但是，梁启超等强调保持旧风格，这就又束缚了手脚，使得它只是旧瓶装新酒，在中国古典诗歌的改革进程上虽有前进，却前进不大。

② 张永芳：《试论晚清诗界革命的首倡者——夏曾佑和谭嗣同》，《沈阳师范学院学报》（社科版）1990 年第 3 期。

③ 倪春军：《词体革命：创作思路与理论建构》，《兰州大学学报》（社会科学版）2012 年第 1 期。

传统诗坛是一个猛烈的冲击"①。当时，高举"诗界革命"旗帜的，"只有黄遵宪走得远些，他一面主张用俗话作诗——所谓'我手写我口'——，一面试用新思想和新材料——所谓'古人未有之物，未辟之境'——入诗。这回'革命'虽然失败了，但对于民七的新诗运动，在观念上，不在方法上，却给予很大的影响"②。新文化运动的"文学革命"中的"诗歌革命"则突破了这种严格限制，主张以白话入诗，以形式的自由、意蕴的丰富、内涵的深刻、意象的经营、直率的陈述，获得了反帝反封建的彻底性。"许多的优秀作品，深刻地揭露半封建半殖民地中国社会的黑暗和腐朽，猛烈地抨击帝国主义、封建主义和官僚资本主义的罪恶，热烈歌颂人民大众反帝反封建的斗争。"③比如中国新民主主义革命先驱、江西现代革命文学的奠基人方志敏，他的第一章散文诗，也是江西现代诗歌史上第一章散文诗《哭声》，"唱响了青年知识分子运用散文诗形式呼唤革命的先声"④。

但遗憾的是，方志敏的革命文学创作成就，并没有载入中国现代文学史，也没有载入中国当代文学史。这对方志敏的革命文学所产生的深远影响、社会意义以及作出的巨大贡献是不公平的，而且"目前的中国现代文学史只字不提及方志敏的作品，没有客观地承认方志敏对中国现代文学的贡献，这样的文学史是不够完善的"⑤。笔者翻阅了十几种不同高等院校编写、不同文学理论家编著、不同时期出版的《中国现代文学史》之后，只发现了极少部分的文学史著作提及方志敏，比如1980年由人民文学出版社

---

① 张永芳：《试论晚清诗界革命的首倡者——夏曾佑和谭嗣同》，《沈阳师范学院学报》（社科版）1990年第3期。

② 朱自清：《中国新文学大系·诗集·导言》，上海良友图书印刷公司，1935年，第1页。

③ 冯光廉：《中国现代文学史·绪论》，田仲济、孙昌熙主编：《中国现代文学史》，山东人民出版社，1979年，第3—4页。

④ 肖冰：《赣水扬波浪叠浪——读江西散文诗手记》，《散文诗世界》2010年第2期。

⑤ 涂新华：《简评方志敏在中国现代文学史上的地位》，《江西大学学报》（社会科学版）1991年第1期。

出版的高等学校文科教材《中国现代文学史》（唐弢、严家炎主编），在言及20世纪30年代"以上海'孤岛'为中心的华东非沦陷区的进步文艺运动也比较活跃"时，提及方志敏："他们利用戏剧舞台和进步报刊，在敌、伪、顽政治势力错综复杂的情况下，坚持抗日爱国宣传和对敌斗争，发表了一批爱国的进步的文艺作品，出版了《鲁迅全集》《鲁迅三十年集》和方志敏、瞿秋白的著译，翻译了斯诺介绍延安革命根据地抗日斗争的《西行漫记》（原名《红星照耀中国》）。"①然而在书中也只是提了一下名字，并没有提及方志敏的具体作品，更没有进行评述。难以理解的是，1984年由江西人民出版社出版的《江西苏区文学史》（江西师范大学中文系、苏区文学研究室编著），居然也没有提及方志敏及其革命文学作品，这不仅是一种学术遗憾，更显出一种非理性的、陈旧的、带有偏见的文学史观占据着当时的学术界。不过令人欣慰的是，1956年由人民文学出版社出版的高等学校文科教材《中国新文学史初稿》（刘绶松编著），在第三编"第二次国内革命战争时期的文学（1927—1937）"中的第四章"中国无产阶级革命文学和前驱的血"，对方志敏进行了分节的评述，着重介绍了方志敏早期的革命诗歌代表作《同情心》《我的心》，以及狱中作品《死！——共产主义的殉道者的记述》《狱中纪实》《清贫》，更是高度评价了报告文学《可爱的中国》："这真是世界上最崇高最美妙的幻想，也是文学史上最清新最动人的诗章。这是一个共产主义者站在真理的峰顶对自己的祖国和民族作辽远的眺望，预言着黑夜的逝去和旭日的来临。这不是一个缥渺而空幻的思想，而是社会发展客观规律与乐观进取的理想主义最紧密的结合。在第二次国内革命战争时期，它还只是一种属于革命浪漫主义的理想，而在今天看来，它已经是我们的丰富多彩、充满着劳动和欢乐的社会主义时代的真切写照了。《可爱的中国》是一篇革命的政治内容和完美的艺术形式高度统一的作品，是

---

① 唐弢、严家炎主编：《中国现代文学史》，人民文学出版社，1980年，第13页。

方志敏留下的一项十分珍贵的文学遗产。"[①] 此外，1981 年由云南人民出版社出版的高等学校文科教材《中国现代文学史》(云南大学等十四院校编写组编著[②])，第二编"第二次国内革命战争时期的文学"中的第八章"苏区的文艺运动和创作"的第四节"方志敏的散文"，在着重评述方志敏的散文时，也提及了方志敏的小说和诗歌。[③] 需要特别指出的是，虽然 1995 年由江西高校出版社出版的《中央苏区文学史》(刘国清编著)，在第二章"充满硝烟气味的散文"中的第三节[④]，用较多篇幅着重介绍了"血染东南半壁红"的方志敏散文[⑤]；以及 2005 年由江西人民出版社出版的《江西文学史》(吴海、曾子鲁主编)，在第五编"现代文学"的概述中对方志敏的多幕话剧[⑥]，以及在第二十六章"现代江西诗歌"第四节"革命烈士诗歌"中对方志敏的诗歌创作有所提及，同时在第二十七章"现代江西散文与报告文学"中对方志敏的革命散文创作进行了单独的分节重点评述。但是，这两部地

① 刘绶松：《中国新文学史初稿》(上、下卷)，人民文学出版社，1979 年，第 275 页。

② 参与编写的单位有云南大学、四川大学、四川师范学院、西北大学、西南民族学院、西南师范学院、延安大学、武汉大学、杭州大学、昆明师范学院、贵州大学、贵阳师范学院、南充师范学院和重庆师范学院等十四所高等院校。

③ 方志敏早在学生时代就写了《私塾》《谋事》等短篇小说和《呕血》《同情心》《我的心》等抒情诗以及《哭声》等散文诗，表达了他对工农大众的深切同情和对剥削阶级的强烈仇恨，以及献身无产阶级革命事业的决心。见十四院校编写组编著《中国现代文学史》，云南人民出版社，1981 年，第 425 页。

④ 刘国清：《中央苏区文学史》，江西高校出版社，1995 年，第 106 页。

⑤ 内容涉及：革命者的第一部自传体散文；共产党人的崇高革命气节；狱中顽强斗争生活写真；对祖国人民的无限热爱；富于美感的艺术特色。

⑥ 1929 年方志敏创作并演出的多幕话剧《年关斗争》，是中国现代文学史上第一部正面歌颂党领导下的农民运动的作品，李伯钊认为这是代表了苏区戏剧水平的好戏。见吴海、曾子鲁主编《江西文学史》第五编"现代文学"概述（汪大均），江西人民出版社，2005 年，第 703 页。《年关斗争》是为配合反"清乡"斗争，以 1929 年 6 月周坊暴动为题材编写的剧本，方志敏创作并亲自登台演出。

域性的文学史论著对方志敏早期革命文学成就中分量较重的小说创作① 和后期在狱中创作的小说② 没有提及，对他的革命诗歌创作也没有进行深入地评述，应该补充进去。

当然，对方志敏的革命文学创作成就是否应列入文学史，学术界一直有着争论，其争论的焦点主要聚集在三个方面：一是以散文家林非为主要代表的观点认为，应该把方志敏载入中国现代文学史。林非不仅在《现代六十家散文札记》中把方志敏列入其中一家，而且在书中写道："很多现代文学史的著作，都不提方志敏的散文，可能是因为他的大部分作品，在当时没有公开发表过的缘故罢。现代文学史探讨的领域，确实是应该限于从五四时期到建国以前所撰写并发表的作品。然而象方志敏的散文，在当时连保存它都有生命的危险，又怎么可能完整地发表呢？因此，似乎不能按照通常的标准来对待，而应该作为特殊的情况来处理，否则就把这样杰出的作品遗漏了。对待任何客观事物，都应该根据具体情况进行具体的分析，而不能胶柱鼓瑟，一成不变。"③ 二是以文学理论家黄修己为主要代表的观点认为，应该把方志敏载入中国当代文学史。黄修己在《中国现代文学简史》一书中写道："而有一些革命烈士的作品，例如方志敏等在狱中写的散文、诗歌，成就很高，但在解放前难见天日，即偶有发表，流行范围也很小。这部分作品，也是到了建国以后才大量搜集出版的，应在当代文学

---

① 方志敏早在学生时代就先后创作了小说《私塾》《狗儿的死》《谋事》等，其中1922年7月16日写成的纪实性小说《谋事》，于两天后的18日在《民国日报》副刊《觉悟》上发表，此作同年底被上海小说研究社连同与鲁迅、郁达夫、叶圣陶等著名作家作品一起选录为1922年《小说年鉴》，并加按语称之"真是拿贫人的血泪涂成的"作品。

② 方志敏在狱中创作的纪实性小说《死！——共产主义的殉道者的记述》，通过祥松狱中斗争生活的描写，展现了伟大的共产主义战士的精神面貌。祥松是烈士的化身，他为革命而视死如归，不怕威胁，不为利诱，毫无所怨，更无所惧。见十四院校编写组编著《中国现代文学史》，云南人民出版社，1981年，第426页。

③ 林非：《现代六十家散文札记》，百花文艺出版社，1980年，第119页。

中加以评述，所以本书也未将它们列入。"[1]第三种观点认为，方志敏虽然有创作经历，但牺牲过早，留下的革命文学作品数量少，没有形成自己的创作风格，等等。如果说这三种观点中的第一、二两种观点还值得商榷的话，那么第三种观点不仅欠妥、有失偏颇，而且不严谨、不公正。其实，这种观点走进了一种理解上的误区，而这个误区又是一种陈旧的且带有偏见的文学史观。对于能否载入文学史，不是以作品的数量来衡量的，而是看作品是否产生深远影响，是否对这个社会具有一定贡献。况且方志敏留下的革命文学作品有 20 多万字，数量已经不少，这些革命文学作品不仅教育了几代人，更是影响了几代人，特别是《可爱的中国》一书自 1951 年出版以来，据不完全统计已经再版了数十次，印刷近百次，总发行量达到近千万册，成为出版史上的奇迹，对社会作出了巨大贡献。所以说，我们需要一种理性的文学史观。

与此同时，大革命时期的江西其他革命诗人和进步诗人，为打破一切威权和阶级制度，引导大家走上光明之路，改造"黑暗的旧江西"，建立"光明的新江西"，揭露社会的黑暗，痛斥官僚、军阀、政客、财主祸国殃民的罪行，讴歌反封建意识及打破旧礼教的生活方式和落后观念，倡导新风尚等，他们一边创作革命诗歌，一边创办革命文学刊物。比如袁玉冰一边创作革命诗歌和文章，宣传进步思想，鼓舞革命士气，一边创办《新江西》刊发革命诗歌和进步文章，传播马克思主义。饶孟侃一边试验"格律体新诗"写作，揭露黑暗，解剖现实，并提出新诗理论，一边创办《晨报·副刊·诗镌》刊发革命诗歌和进步文章，其中在《诗镌》创刊时，就把该刊做成了纪念"三月十八"血案的专号。

进入土地革命时期，由于革命斗争的不断深入，无产阶级对革命诗歌创作的领导得到了进一步加强，诗人的世界观发生了不同程度的进步，诗

---

[1] 黄修己:《中国现代文学简史》，中国青年出版社，1984 年，第 14 页。

歌创作得到了新的发展。而且"这一批新的作家被革命的潮流所涌出，他们自身就是革命，——他们曾参加过革命运动，他们富有革命情绪，他们没有把自己与革命分开……换而言之，他们与革命有密切的关系，他们不但了解现代革命的意义，而且以现代的革命为生命，没有革命便没有他们了"[①]。因此，江西的革命诗人和进步诗人，在揭露和控诉国民党统治时期的社会黑暗，鼓动受欺压的民众拿起武器闹革命，歌颂革命斗争的正义性等方面，创作了一大批优秀的诗歌。这些诗歌不仅忠实地反映和记录了这段历史，而且也在某种程度上推动了它们向前发展。

这一时期最重要的文学现象是，诞生了一种新型的革命文学——"江西苏区文学"。它是中国共产党领导下的土地革命中，以工农兵为主体的群众性革命文艺运动的产物，是老革命根据地人民的生活和斗争的真实记录。"它以战斗的实绩，开辟了我国文艺为工农兵服务，文艺与工农兵相结合的崭新道路，显示了革命文艺运动的正确方向。"[②]江西苏区文学中的诗歌，均来自无产阶级诗人或民众的书面创作或口头创作。他们在诗歌创作中的主要特点，正如蒋光慈在介绍苏俄无产阶级诗人时所说："当他们歌吟革命，描写革命的时候，他们自己就是被歌吟被描写的分子，因之他们是站在革命的中间，而不是站在革命的外面。……在他们的作品里，我们只看见'我们'而很少看见这个'我'来。""我们无论在哪一个无产阶级诗人的作品中，都可以看见资产阶级诗人以'我'为中心的个人主义差不多是绝迹了。自然，他们有时也有用'我'的时候，但是这个'我'在无产阶级诗人的目光中，不过是集体的一分子或附属物而已。"[③]在这里，无产阶级诗人的情感是大众化的，因此这种情感在创作中最常见的就是在抒情主人公的"我

---

① 蒋光慈：《现代中国文学与社会生活》，《太阳月刊》1928年1月号。

② 邓家琪：《江西苏区文学史·绪论》，江西师范大学中文系苏区文学研究室编著：《江西苏区文学史》，江西人民出版社，1984年，第1页。

③ 蒋光慈：《十月革命与俄罗斯文学》，《蒋光慈文集》（第四卷），上海文艺出版社，1988年，第124页。

们"身上体现出来。革命诗歌的情感共性与无产阶级诗人的斗争生活紧密联系在一起，使其更具有鼓动性和炽热性。当然，不是所有的共性情感都可以入诗，无产阶级诗人的斗争生活与革命诗歌抒情主人公"我们"的情感有着特殊性。无产阶级诗人通过抒情主人公"我们"表现出来的情感共性，应该具有"普罗诗歌"的美学意义，他们的呐喊和宣传能够起到鼓动民众的作用。

此外，在江西这块红土地上，革命烈士的诗歌创作，无论是新诗，还是散文诗；无论是红色歌谣，还是旧体诗词，都为江西现代诗歌"燃起层层烈火，甚至涂抹上了烈士的鲜血"[①]。比如许瑞芳、彭友仁、帅开甲、王干成、刘伯坚等烈士的作品，都使得江西现代诗歌饱含了他们高涨的革命热情和昂扬的革命斗志、对黑暗统治的揭露和激越的抨击、对胜利前景的憧憬和坚定的信念，以及在狱中面对酷刑的坚贞不屈和毫不动摇、面对生死的无畏精神和大义凛然。他们在江西现代诗歌发展的道路上，用鲜血和生命谱写了最后的壮丽诗篇。

全面抗战爆发后，部分为国统区部分为沦陷区的江西，以诗歌创作的成就最高。民族解放战争推动了诗歌走向人民。人民需要呐喊，需要歌唱，需要进军的号角，需要催征的战鼓。所有的诗人都投入到为民族解放而歌的洪流中，郭沫若在1937年7月秘密只身回国参加抗战，以无党派人士身份，在中共领导人周恩来的直接领导下，组织"抗敌文化宣传队"以及"战地服务团"等文艺组织和团体赴前线劳军，与田汉及夫人安娥、聂绀弩、柯仲平、杜宣等诗人先后奔赴江西进行抗日宣传，工作期间创作了大量激情奔放的优秀诗作。同时，江西的革命诗人和进步诗人，比如王礼锡、廖伯坦、叶金、夏征农、孟依帆等人，不仅用诗歌与日本侵略者进行周旋，在抗日宣传活动中发挥了显著的作用，而且继续揭露了国民党消极抗日，特别是自"皖南事变"之后，国民党积极反共，国统区各级政府不断强化

---

① 夏汉宁：《诗歌江西现场的编年画卷》，《创作评谭》2020年第4期。

特务统治，关押进步青年，推行文化专制主义，查封进步书刊的政治黑暗，有力地配合了全民抗战和民主运动。

这一时期，值得书写的是"七月诗派"，它是中国诗歌发展史上坚持时间最长、影响最广泛的现实主义诗歌流派，不仅把自由体诗推向了新的高峰，成为自"新文化运动"以来的又一个新高潮，而且为中国诗歌以及中国现代文学的发展作出了卓越的贡献。"七月诗派"在以艾青、田间为先驱诗人的影响下，以诗歌理论家胡风为核心诗人，以抗日战争和解放战争为时代背景，以提倡革命现实主义和主观战斗精神为创作理念，以坚持无拘无束的自由体为诗体形式，以鲜活、质朴、明朗、丰富的口语为诗歌语言，以崇尚"力之美"的阳刚之气为美学风格，以《七月》《希望》《诗创作》《诗垦地》《呼吸》《泥土》等刊物为宣传阵地，以重庆、成都两地为活动中心，以知识分子为主要力量而形成的一个青年诗人群体，其中活跃着两位江西籍诗人天蓝和芦甸。谢冕在评价"七月诗派"时说："体现这一流派最为可贵的品质，是七月同仁对于社会、民族的哀乐与共的参与精神。七月的诗人一方面体认自己作为诗人的使命，一方面他们更乐于承认自己属于历史、属于社会、属于民众。"[①]该诗派与当时的"延安诗派"和"九叶诗派"同时存在，一起构成了中国现代文学史、中国现代诗歌史以及中国战争史上必不可少的精神力量。

在"解放战争时期"，战斗在国统区江西的革命诗人和进步诗人，比如公刘、张自旗、李一痕、李耕、文莽彦、朱门怨、陈迟、矛舍等人，虽然处于白色恐怖笼罩着的社会环境中，但他们依然满怀着高昂的革命激情，关注并投入时代的主潮，反对内战，要求民主。当国民党政府全面撕毁《双十协定》，第三次国内革命战争爆发后，他们直接从火热的战斗和艰苦的生活中汲取创作素材，歌颂人民解放战争的正义性，深刻反映并揭露

---

① 谢冕：《新世纪的太阳——二十世纪中国诗潮》，时代文艺出版社，1993年，第201页。

国民党的黑暗统治和腐败的社会现象，不断推动着社会历史的进步。从这一时期的诗歌创作与广大民众结合的密切程度来看，江西诗歌已经冲破了在国民党统治下主要以小资产阶级知识分子为读者对象的狭小范围，并造成的与普通民众读者脱节的现象，而成了为广大劳苦民众服务的革命诗歌。特别是广大民众成为现实生活里的主人翁，以及精神生活的诗歌阅读中的主人翁之后，他们开辟了美好生活的现实期待，也照亮了诗歌不断前行的壮丽前景。所以，诗人与读者之间关系的变化，以及带来的读者范围扩大的变化，标志着江西革命诗歌的发展和繁荣也在发生着深刻的变化。至解放前夕，江西进步文艺运动的发展正式进入巅峰，同时江西现代诗歌的发展也进入自五四文学革命以来的巅峰状态，并以此良好的姿态迎接着中华人民共和国的诞生。

三十年来四个阶段的诗歌历史证明，反帝反封建以及改造"黑暗的旧江西"并建立"光明的新江西"①是现代江西诗歌的主要特征。江西的革命诗人和进步诗人，"不仅创作出各种题材、形式、风格的作品，直接或间接地促进人民革命事业的发展；而且还参加了各种形式的实际斗争，有的光荣地献出了鲜血和生命"②。他们在创作中不断转换不同的视角，直面着社会的黑暗和统治的腐败导致民不聊生的惨淡现实。诗作中不同场景频繁出现的食不果腹的凄怆，以及"生如蝼蚁，当有鸿鹄之志；命如纸薄，应有不屈之心"的战胜一切的信心，隐匿着一种抗争的、革命的情绪潜流，悲愤而激昂。这是一种控诉，一种揭露，一种鞭挞，一种抨击，也是一种欲唱无词的无奈。诗歌里表现的忧患意识是对革命年代广大民众的一种关切与关爱，以及对社会现实的一种沉思与悲恸。许多作品常把颠沛流离的生活境况与社会黑暗的残酷现实紧密联系在一起，因而，显得意蕴深刻而强劲

---

① 袁玉冰：《本刊宣言》，《新江西》第一卷第一期，1921年5月1日创刊号。

② 冯光廉：《中国现代文学史·绪论》，田仲济、孙昌熙主编：《中国现代文学史》，山东人民出版社，1979年，第5页。

凝重，自由内敛而凄清沉重。毕竟这三十年的革命斗争史，在现在看来过于沉重，一路而来洒满了烈士的鲜血。因此在革命诗歌的抒唱里，侧重的是解剖现实世界并对黑暗社会进行冷峻无情的揭露和批判。如果说当时解放区的诗歌给人的总体印象是"这一时期诗歌的创作道路，就是自觉地为广大劳动人民服务的道路，就是反映现实生活并促进历史进步的道路"[①]；那么当时国统区江西诗歌的主要特点是，革命诗人不断深入发掘社会的黑暗与腐败、统治的恐怖与残酷、人性的丑恶与荒诞，并以战斗的姿态切入时代进行着革命斗争的鼓与呼。并且越到后期，诗歌集中揭露国民党统治下的黑暗世界的特点就越加明显。

[①] 吴欢章：《论解放区诗歌》，《吴欢章学术文选》，复旦大学出版社，2009 年，第 136 页。

第一编

五四至大革命时期的诗歌

JIANGXI XIANDAI SHIGE SHI

第一章　江西五四文学革命运动

第一节　江西五四运动和新文化运动

1911 年夏，保路运动爆发，至 10 月 10 日，革命党人晚打响武昌起义第一枪，直到 1912 年 2 月 12 日，清朝发布退位诏书，正式结束中国持续了 2132 年的封建君主专制，史称"辛亥革命"。辛亥革命极大地提高了中国人民的民主主义觉悟，以巨大的震撼力和影响力推动了中国社会的变革。这是资产阶级旧民主主义革命的一个伟大胜利，在政治上和思想上给中国人民带来了不可低估的解放作用。但是，由于资产阶级自身的软弱性和妥协性，以及受到列强的压迫和本国封建主义的束缚，反帝反封建的革命任务并未彻底完成。革命胜利的果实，很快就被袁世凯、段祺瑞等封建军阀所窃取，中国依旧未能改变半殖民地半封建的社会性质。在北洋政府统治时期，军阀们纷纷投靠帝国主义，出卖国家主权，大借外债，进行长期的混战，疯狂掠夺人民群众财富，镇压学生运动。此时的中国，彻底的反帝反封建任务，亟待通过发动一场新的革命斗争来完成。

由于第一次世界大战期间，欧洲列强忙于相互吞并，无暇东顾，暂时放松了对东方睡狮的侵扰，中国民族资本主义得以迅猛发展，资产阶级势力有了显著成长。同时随着俄国十月革命的胜利，无产阶级也迅速成长起来。中国各阶级力量的不断壮大，为新的革命斗争提供了新的动能。特别是这一时期，在一批接受西方思潮的先进的知识分子的推动下，一场新的革命浪潮在逐渐酝酿生成中。而就在此时，日本乘机加强了对中国的侵略，严重损害了中国的主权。中国人民的反日情绪日渐高涨。中国作为"一战"的战胜国，在 1919 年巴黎和会上，竟然遭遇外交失败，从而引发了伟大的五四运动。

一、五四运动在江西及其影响

五四运动，是 1919 年 5 月 4 日发生在北京的一场以青年学生为主，广大群众、市民、工商人士等阶层共同参与的，通过示威游行、请愿、罢工、暴力对抗北洋政府等多种形式进行的爱国运动，是中国人民彻底反帝反封建的伟大的群众运动。随后，这场爱国的群众运动席卷全国。并于 5 月 7 日传到江西南昌，省立农业专科学校的学生首先响应。在百花洲沈公祠内发起召开南昌中等以上学校学生代表大会，谴责卖国贼，声援北京学生的爱国斗争，同时决定于 5 月 9 日举行全市总罢课，在皇殿侧公共体育场召开全体学生大会，组织宣传队上街演讲。19 所中等以上学校学生及部分市民 6000 余人，在公共体育场举行"五九"国耻集会，会上高呼"内惩国贼，外抗强权""取消'二十一条'不平等条约"等口号。会后，举行示威游行，前往督军公署、省长公署，向督军陈光远和省长戚扬请愿。5 月 11 日，南昌市学联筹备组织，以全市学生名义致电北洋政府，反对巴黎和会关于将德国在山东的特权转让给日本的无理决定，反对北洋军阀的卖国行为，要求拒绝在合约上签字，要求释放被捕学生。5 月 12 日，江西省农业专科学校、工业专科学校、南昌市一师、一中、二中等省、市 17 所学校 3000 余人举行爱国示威游行，散发传单，并前往江西省议会、军署、省署请愿，呼吁"力争青岛""诛卖国贼""营救被捕之北京学生"等，晚上，致电总统徐世昌，要求释放被捕学生。当天，省女子师范学校学生程孝芬，割破指头，撕下衣襟，血书"提倡国货，用日货就是冷血动物！""誓绝仇货"，并把血书悬挂在女子师范学校内。这一震撼人心的举动，震惊南昌城！震惊全省各界！更加激发了全省学界的爱国热情。5 月 13 日，女学界致电徐世昌及国务院，要求"力争青岛，必达直接交还之目的"；同时致电北京学界，表示亲切慰问，声明誓为后盾。6 月 5 日，南昌学生前往教育会礼堂开会，反对北洋军阀"六三"大批逮捕学生的暴行，宣誓罢课，声援北京学生。6月8日，迫于南昌学生罢课的压力，陈光远、戚扬将江西学生收回青岛问题的决心电告北京总统府、国务院及内务部、教育部。6月16日，南昌女学界在匡秀女校开会，成立南昌女界联合会，会上呼口号："女界联合万岁！"唱女界联合歌："请看我中华，乱如麻，今日危险无复加，愿女界同心同德结团体，尽天职，救国家。"此后，江西五四运动一直未停止，与在北京参加运动的江西进步知识青年代表段锡朋、许德珩、罗隆基、王造时等遥相呼应，并以各种形式持续进行着，直到 1919 年下半年，南昌二中学生袁玉冰[①]、黄道[②]、黄家煌[③]、徐先兆[④]、石廷瑜、黄在璇、刘轶、江岩

---

　① 袁玉冰（1899—1927），又名袁孟冰、冰冰，江西泰和县人。1922年考入北京大学哲学系，并很快结识了中国共产主义运动的伟大先驱李大钊。后经李大钊介绍，加入了中国社会主义青年团，不久加入了中国共产党。1923年3月，袁玉冰在南昌从事革命活动时被北洋军阀逮捕，经营救出狱后赴上海工作，1924年经党组织派赴苏联学习，北伐战争胜利后任共青团江西区委书记。1927年12月27日在南昌下沙窝英勇就义。

　② 黄道（1900—1939），原名黄端章，别名一鸣。1919年9月考入南昌第二中学，受《新青年》杂志的影响，接受了马克思主义思想，与袁玉冰等人发起组织江西改造社，出版《新江西》。1923年考入北京高等师范学校教育系，任该校党支部书记和北京学联的负责人之一。1927年3月，黄道任江西省国民党执行委员兼宣传部长。大革命失败后，黄道和方志敏、邵式平等领导弋（阳）横（峰）暴动，是闽浙赣革命根据地和红十军的创建者和领导人之一，曾任中共闽浙赣省委组织部长、闽北特委书记、闽赣省委书记等职，1939年5月23日，在江西铅山县被敌人暗害。

　③ 黄家煌（1896—1931），江西兴国县潋江镇人，1919年在南昌读书期间，与袁玉冰等人发起组织江西改造社，出版《新江西》。黄家煌1925年加入中国共产党，1931年秋在肃反运动中遭错杀。

　④ 徐先兆（1903—2003），江西铅山人，15岁考入南昌二中，与袁玉冰等人发起组织江西改造社，出版《新江西》，并吸收校外的青年志士方志敏、邵式平等加入。1924年他考入（南京）东南大学，1925年加入中国共产党，1926年被党中央派回刚被北伐军克复的南昌，23岁担任由当时江西国民党左派与中共江西省委共同领导的《江西民国日报》的总编辑。由于徐先兆在文章中反对蒋介石而被罢免了职务，随后又负责编辑共青团江西省委的《红灯》周刊，发表了大量锋芒犀利的文章。在1927年8月1日，他亲眼见证了八一起义的全过程，随后他前往日本留学8年。回国后，他参加了抗击日寇的战斗并获得过抗日勋章。中华人民共和国成立后，他在江西师范大学任教直至退休。

等 8 名进步青年，在接受陈独秀、李大钊等所传播的革命思想的影响后，组织了鄱阳湖社。从此，江西青年运动开始有了具有明确的指导思想、宣传新文化，以改造社会和改造政治制度为目的的青年革命团体。

同时，五四运动的消息传到江西赣南后，赣州省立第二师范、省立第四中学、省立赣县乡村师范学校（即甲种农校）等学校的学生最先响应。他们推举代表，商议声援办法。1919 年 6 月 1 日，赣州各中小学生 3000 余人，齐集卫府里举行集会。会上，各学校学生代表纷纷登台发表演说，揭露外国列强的侵略罪行和北洋政府的卖国行径。会后，青年学生举行游行示威，游行队伍沿途还散发和张贴了各种爱国宣传单。6 月 3 日，五四运动的参与者开始突破青年学生和知识分子的范围，成为有工人阶级、小资产阶级和资产阶级参加的全国规模的群众性爱国运动。得知这一消息后，赣州学生不但组织了演讲团在大街小巷演讲，宣传爱国必须反帝的道理，而且深入到城郊的茅店、储潭、蟠龙、沙石埠等圩镇，向广大农民介绍全国各地声援五四运动的情况，揭露帝国主义侵略中国的种种罪行。他们还在各城门墙上用石灰水刷上"外争国权、内惩国贼""勿忘国耻"等标语。6 月 25 日，江西省学生联合会派出代表诸梦麟、陈毓秀到赣州、南康等地，进行联络并指导开展爱国学生运动。随后，赣州各中等学校推选出朱善平、林宗鸾、张贤儒、黄国雄等成立了赣州中等学校学生联合会（简称"赣州学联"），朱善平任总干事。赣州学联成立后，创办了油印小报《自由钟》，在青年学生中广泛进行反帝爱国的宣传活动。在赣州学联的领导下，赣州声援五四运动进入了新的阶段。7 月，赣州学联邀请商界、教育界的代表共同成立"劝用国货会"，发表抵制仇（日）货宣言，组成"仇货检查队"。同年夏秋间，赣州学联还参加了省学联等团体发起的救济南浔铁路和禁止米谷出口日本的爱国斗争。为声援福州惨案，赣州各校学生开始罢课。他们在《罢课宣言》中痛声疾呼："学生等不忍大好河山，为日本人所夺，又不忍优秀同胞，为日人奴隶，是以本爱国热情，奔走呼号，以期唤醒国人一致御侮。"这是声援五四运动的延续。在赣州城青年学生的带动下，声援五四运动浪潮遍及赣南的南康、兴国、于都、宁都、信丰、大余、上犹、崇义、瑞金、石城、龙南等广大地区。这场以先进青年学生为先锋的声援五四运动、抵制日货的斗争，其持续时间之长久、发动面之广泛、斗争内容之深刻、社会影响之深远，为赣南以往的爱国运动所未有。它不仅使赣南人民受到了一次生动的爱国主义教育，而且促进了赣南青年的觉醒，开启了探寻救国救民的道路。赣南人民同全国人民一道，踏上了中国新民主主义革命的新征程。①

作为五四运动的总司令以及思想指导者的陈独秀，早在1915年9月，就开始领导发起了新文化运动，并以综合性的文化批判刊物《青年杂志》②为阵地，一开始，高举着"民主"和"科学"两面旗帜，向封建主义的政治思想和伦理观念展开了猛烈的进攻。主编陈独秀在该刊的创刊号上发表了《敬告青年》一文，向青年提出"自主的而非奴隶的""进步的而非保守的""进取的而非退隐的""世界的而非锁国的""实利的而非虚文的""科学的而非想象的"六点希望，同时还提出"科学之兴，其功不在人权说下"，就已经开始提到了"民主"和"科学"两个方面的要求。③后来的1919年元旦刚过，他为了回击顽固派各方面对《新青年》的非难与谩骂，在《本

---

① 陈安：《五四运动在赣南及其划时代的影响》，《赣南日报》，2019年5月5日第三版"思与行"。

②《青年杂志》是综合性的文化月刊，1916年9月1日出版第二卷第一号改名为《新青年》，1915年9月15日在上海创刊。初期的《新青年》在哲学、文学、教育、法律、伦理等广阔领域向封建意识形态发起了猛烈的进攻。包括陈独秀、鲁迅、胡适等许多近现代名人都曾在《新青年》发表文章，毛泽东也曾以"二十八画生"的笔名在《新青年》发表过《体育之研究》。《新青年》从第四卷第一号（1918年1月）起实行改版，改为白话文，使用新式标点，带动其他刊物形成了提倡白话文运动。十月革命后，《新青年》成为五四运动的号角，成为宣传马列主义、宣传反帝反封建思想的阵地。1922年7月休刊，1923年6月改为季刊，成为中共中央正式理论性机关刊物，1925年4月起出不定期刊，共出5期，次年7月停刊。后期的《新青年》介绍了大量马列主义著作和国际无产阶级革命运动的经验。

③ 陈独秀：《敬告青年》，《青年杂志》第1卷第1期，1915年9月15日创刊号。

志罪案之答辩书》中写道："本志同人本来无罪，只因为拥护那德莫克拉西和赛因斯两位先生，才犯了这几条滔天的大罪。要拥护那德先生，便不得不反对孔教、礼法、贞节、旧伦理、旧政治；要拥护那赛先生，便不得不反对旧艺术、旧宗教。要拥护德先生又要拥护赛先生，便不得不反对国粹和旧文学。"[1] 这是为了宣扬倡导"民主"与"科学"，坚持反封建文化运动的战斗宣言，也是《新青年》的基本主张。十月革命胜利后，马克思主义开始传入中国。1918 年，陈独秀和李大钊创办《每周评论》，提倡新文化，宣传马克思主义，人称"南陈北李"，从而成为五四新文化运动的主要领导人之一。

五四运动后期，随着马克思主义在中国不断深入广泛地传播，江西的先进青年初步接受了马克思主义的教育，又在运动中接触了社会实际，接近了工农群众，碰到了许多有关国家民族的社会政治问题，促使他们不得不去思考、去研究、去寻求治国良方。1920 年 7 月，江西进步青年赵醒侬[2] 在上海加入工商友谊会。并于同年 10 月他在该会刊物《上海伙友》[3] 创刊号上发表《为今日问问伙友们》。文中写道：辛亥革命的胜利，"是不是我们先烈，

---

① 陈独秀：《本志罪案之答辩书》，《新青年》第 6 卷第 1 期，1919 年 1 月。

② 赵醒侬（1899—1926），原名性和，又名心农、赵干，化名赵兴隆、邵兴隆，1899 年出生在江西省南丰县城一个贫苦裁缝家庭。赵醒侬 13 岁时考入南丰高等小学，1913 年因家境贫困被迫辍学，到长沙、常德、汉口等地做学徒工，后漂泊到上海，可是求学无钱，就业无门。为了活命，他只好白天到街头卖报，晚上去戏院跑龙套，夜里蜷缩在小菜场或屋檐下睡觉。后来，在穷朋友帮助下，他到一家小店铺当伙计。正当他对前途感到心灰意冷时，五四运动爆发了。上海人民声势浩大的反帝爱国斗争，使他猛醒。从此，他积极参加革命活动，改变自己命运，将原名"性和"改为"醒侬"。1922 年 11 月，他受党、团中央的派遣回到江西从事建团、建党工作，曾先后任中国社会主义青年团南昌地委委员长、中共南昌特别支部书记、中共江西地委组织部长，是江西党、团的创始人。1926 年 8 月 10 日，他在南昌被北洋军阀江西总司令邓如琢逮捕，9 月 16 日遇害。

③《上海伙友》是五四时期的工人通俗刊物，1920 年 10 月 10 日在上海创刊，周刊。该刊由上海工商友谊会主办，以店员工人为主要读者对象，初期曾得到中国共产党上海发起组的支持和帮助，由《新青年》社代为发行了第一和第二册。陈独秀为该刊写了发刊词。辟有调查、通讯、讨论、评论、闲谈、随感等栏目。1920 年 12 月 26 日重版后的《伙友》更明显地维护资本家的利益，失去了原有的进步作用。1921 年 1 月第 11 册出版后停刊，半年后又改为《伙友报》出版，为不定期刊，停刊日期不详。

赴汤蹈火，骨肉横飞，拼头颅、洒热血，换得来的呢"，而今天"我们伙友还在千钧压力底下，想动也动不（起）来；一盘散沙，没有团结"。他疾呼："难道我们伙友不是中华的国民？难道我们不是黄帝的子孙？难道我们甘心做凉血动物只肯伏而不动？"[1]他号召伙友们团结起来，去改造社会。

二、江西改造社及社刊《新江西》

五四运动后，随着新文化运动的不断深入，全国各地进步青年纷纷成立学习和宣传新思潮的社团，创办提倡新思潮的刊物。同样在江西，1920年暑假前，作为江西新文化运动及传播马克思主义的先驱，袁玉冰与黄道、黄家煌、徐先兆、石廷瑜、刘轶、黄野萝（在璇）、支宏江（江岩）等8个进步青年学生在南昌系马桩公字10号建立了江西第一个革命团体鄱阳湖社。鄱阳湖乃中国最大的淡水湖，它既容纳百川，又终归大海，发起组织鄱阳湖社的目的，是打算将南昌学生运动的小洪流引导到全国学生运动的大海里去。但经过半年多的活动，袁玉冰、黄道等10余名进步知识青年因感到"鄱阳湖社"这个名称不能体现团体的宗旨和反映社员们的要求，于1920年12月正式改名为"改造社"。

1921年1月1日，改造社[2]在南昌二中召开了成立大会。与会的有改造社老社员及新增加的熊国华、邹秀峰，共9人。袁玉冰报告了改造社筹建经过，并慷慨陈词："我们9个人，和一家里面的兄弟们一样，在这里过这个元旦，是何等的快乐！但我们要把这个范围推广，使成世界一家，世

---

[1] 赵醒侬：《为今日问问伙友们》，《上海伙友》创刊号，1920年10月10日。

[2] "改造社"社址设在南昌二中，当时的门牌号码是南昌市系马桩公字10号。"改造社"正式成立后，主要领导成员的思想比半年前要成熟得多，学生运动的目的也比较明确。自此，向往者云集。方志敏、江宗海、汪群等中学生，苏芬、方铭竹等大学生及教师张石樵等纷纷参加。1922年下半年，由于"改造社"的主要人物到北京求学，"改造社"总社也随之在北京成立。10月6日，总社在北京大学召开成立大会，决定设立南昌及上海分社。此后，长沙、常德、横峰、贵溪、河口、日本等地也散布有"改造社"社员。

界上的人都是我们的兄弟。这虽是理想上的话，但我相信终久必有实现的一日。我们只有向着我们的目的地去进行就是。"会上，大家确定了改造社以改造社会为宗旨，决定成立出版部，出版发行《新江西》季刊，并通过了改造社简章，推举袁玉冰为改造社主要负责人兼《新江西》主编。5月1日，改造社社刊《新江西》创刊，第一卷第一期的《本刊宣言》说："我们改造社会，先在江西做起，本刊就在江西出版，所以叫他做《新江西》。"同时阐明了改造社的宗旨"是主张改造社会的"，使"黑暗的旧江西"，变成一个"光明的新江西"。《本刊宣言》还提出了改造社会的三项政治主张：第一，发展"德谟克拉西"（英文 Dewocracy 的译音，即民主政治——编者）的真精神，打破一切威权和阶级制度。第二，劳工神圣，是我们良心的主张。要使他们有觉悟，能自动，引着他们到光明的路上去。第三，对于社会上的一切现象，唯有下严格公正的批评，由此才寻得出真理来。《本刊宣言》还就关于改造"黑暗的旧江西"，建立"光明的新江西"的途径，强调三个注意：一是社会研究，二是社会批评，三是社会调查。这不仅反映了《新江西》的办刊思想和改造社社员"改造社会"的决心，而且也说出了当时江西进步青年的心里话。在《新江西》创刊号上，还发表了袁玉冰写的《我的希望——新江西》一文，痛斥了官僚军阀政客财主祸国殃民的罪行，揭露了"过去的江西，现在的江西，都是充满了黑沉沉的、阴惨惨的色彩。社会上没有一桩事不是受官僚、政客、军阀、财主的支配。狂奴欺主，白昼杀人"，号召人民"应该振作精神，鼓舞士气，创造未来的新江西"，"我们应该有真正彻底的觉悟，牺牲奋斗的决心，把那些阻碍前途的荆棘，一刀斩去，尽力去寻找一线明光的道路来，一步一步的向前进行！那么，真正的自由、平等、博爱的新江西可以实现，我们才可以与世界人类携手共享同等的幸福"。[①] 袁玉冰的这些主张代表了改造社中最先进的思想，同时为了使马克思主义得到更广泛的传播，他不仅在《归家杂感》一文中提出

---

① 袁玉冰：《我的希望——新江西》，《新江西》第一卷第一期（创刊号），1921 年 5 月 1 日。

要教育青年树立"以安逸为耻，勤劳为荣"的思想，反对几千年来轻视劳动和劳动人民的剥削阶级的陈腐观念，而且在其他各期的《新江西》陆续刊发了黄道的《难道女子不是国民吗？》、黄在璇（野萝）的《兴国的社会情况》、方志敏的《私塾》、邵式平的《调查报告》等文章。这不仅是江西最早的以科学社会主义为主导思想的"宣传我们的主义"的刊物，也是当时进步青年传播马克思主义的主要阵地，更是当时江西思想界一颗耀眼的星星。

1922 年下半年，因袁玉冰、黄道等到北京求学，"改造社"总社改设在北京，南昌、上海设有分社。社员也由最初 8 人发展到 100 多人，大多数分布在江西各地，北京、上海、南京、湖南、四川，甚至日本也有社员。他们多数是学生和文化教育界人士，也有个别工人和商贩。《新江西》自创刊后，畅销全省，发行全国。一些青年读了《新江西》后，赞成改造社的主张而要求入社。甚至连旧军队中有的知识青年在读了《新江西》后也表示，觉悟的军人应该"转过来做'无产阶级'的保障"。该刊在当时就起到了时代的喉舌作用，使马克思主义在江西得到了广泛的传播，因此，引起了国民党政府的恐惧，屡遭江西警察厅的蛮横干涉，不得不一再延期出版，至 1923 年 1 月 15 日止，只出了三期，最后在江西当局的强硬查禁下，被迫停刊。[①]

虽然《新江西》当时一共只出了三期，但它担负着宣传改造社主张的重要使命，是一本以探讨社会政治问题为主的综合性杂志。它反映了当时江西的社会状况和社员们对于重要社会问题的看法，也反映出社员们学习、宣传马克思主义的情况。杂志为 16 开，每期 100 多页。第一期创刊号是寄到上海商务印书馆印刷的，封面画有江西全省地图。第二期 1922 年 3 月出版，第三期 1923 年 1 月 5 日出版，两期都是寄到北京印刷的。第一期、

---

① 南昌市地方志编纂委员会编：《南昌市志》（第六册·卷二十八），方志出版社，1997年，第 289 页。

第二期刊登的主要是婚姻问题和人生问题，第三期开始探讨主义问题和政治问题。在第三期里，原来登载在第一、二期前面的"不谈政治"的《本刊宣言》已被袁玉冰的《敬告青年》一文所代替，成为改造社的第二次宣言。自从《新江西》被查禁之后，改造社又准备由南昌分社出版周刊《青年声》。1923年10月，旅居上海、南京等地的改造社社员，又以《新江西》的名义出版半月刊，在上海发行，只有8页，以批评记载政治社会状况为要。创刊号上登载了方志敏的《慰友》，第六号为迎接袁玉冰出狱出了专号，第八号是悼念列宁专号。在第六号上，登载了笔名天真（即杨超）的《改造中国的一条大路——革命》，批判了"教育救国""文化救国""实业救国""人格救国"等谬论，认定只有革命才是改造中国的一条大路。此文代表江西广大青年，特别是改造社大多数社员对如何改造社会的主张和认识，表明了他们以后奋斗的方向。《青年声》周刊和《新江西》（半月刊）虽然表面上是改造社编辑出版的，但实际上是江西团委的刊物。①

这份由袁玉冰主编的《新江西》，其理论水平大体上反映了当时江西进步青年认识马克思主义学说的理论高度。尽管从它创刊的第一天起，就预示着它一定会遭到北洋政府当局的干涉和迫害，它最终的结局也在大家的意料之中；但是，它传播的范围非常广，省内分别在南昌、赣州、九江、吉安、兴国、铅山、河口等地设立了分售处，省外分别在北京、上海、南京、广州、武昌等地设立了分售处，读者遍及工农商学兵各界，影响了一大批有志青年由此信仰马克思主义，走上革命的道路，从而为中国共产党和其领导的青年团在江西建立地方组织奠定了理论基础和群众基础。②

① 黄野萝、徐先兆：《袁孟冰和改造社》，共青团南昌市委员会编：《江西文史资料选辑：南昌青年运动回忆录》，中国人民政治协商会议江西省委员会文史资料研究委员会，1981年，第19—32页。

② 高学斌：《南昌：江西新文化运动的摇篮》，《南昌日报》，2021年3月2日。

三、其他进步社团及刊物

五四运动后，各种新思潮在江西各地也得到了广泛传播。阅读进步书籍、撰写进步文章、出版进步刊物，成为当时江西进步青年的一种风尚。因此，进步的知识分子纷纷创办刊物、编辑书籍，组织进步团体传播马克思列宁主义，十月革命的道路为越来越多的人所了解。这一时期，《新青年》《响导》《帝国主义浅论》《共产主义 ABC》《唯物史观》《新江西》等马克思主义书刊在江西各地进步青年中广泛传阅。特别是到 1926 年夏，马克思主义理论已经在赣南大地落地生根。五四运动的深远影响和马克思主义在赣南的广泛传播，不但使赣南革命斗争有了锐利的思想武器，而且为在赣南建立中国共产党基层组织，在思想上、干部上做了准备，也为大革命时期蓬勃发展的工农运动和土地革命战争时期赣南苏区的创建奠定了扎实的基础。同时，五四运动的深入发展，有力地促进了江西各地新文化运动的不断开展。其中在五四运动前后，赣州的《商会公报》《唯心报》开始刊登新诗和白话体的短篇小说。提倡民主、提倡科学、提倡新文化在知识界已成为时尚。江西省立第二师范、第四中学的教师，带头实行教育改革，用新文化、新思想影响学生，南康、兴国、宁都、于都、瑞金、大余等县，也陆续办起了新学。1920 年暑假，各中学派出一批教师赴南京，参加国语讲习班，培养语文教学的人才。此外，各学校逐步涌现出一批提倡民主科学、热心教育改革的进步教师。在他们的推动下，江西各地的新文化运动得到了不断发展。通过声援五四运动，江西各地的青年开阔了眼界，提高了思想觉悟，从而推动了以宣传民主、科学和提倡新诗和白话文为主要内容的新文化运动的深入开展，给维护封建统治的旧文化、旧思想、旧道德以猛烈冲击。[①]

而且五四新文化运动也给南昌报刊事业的复苏带来了希望，除了上文

---

① 陈安：《五四运动在赣南及其划时代的影响》，《赣南日报》，2019 年 5 月 5 日第三版"思与行"。

介绍的《新江西》之外，1926 年，北伐军攻占南昌，没收军阀喉舌《新民报》，创办《民国日报》，由此，南昌报业为之一振。至 1930 年，陆续创办的有《市民报》《革命军日报》《贯彻日报》《江西晚报》《新闻日报》《赣声日报》《新江西日报》《江西正报》《商报》《江西实业日报》等 10 余家报纸。此时，报纸的言论都较为倾向于进步，有的还具有革命性。但是，1927 年蒋介石发动了四一二反革命政变后，便改组了《民国日报》，查封了《贯彻日报》。①

另外，在江西南昌，进步学生刘和珍②、孙师毅③等人于 1922 年 1 月发起并创办了觉悟青年之社（简称"觉社"），提倡新文化、新思想、新风尚，反对旧文化、旧思想、旧道德；提倡男女平等、恋爱自由、婚姻自主，反对男尊女卑、买卖和包办婚姻；组织青年传播新思想，参加爱国民主运动，与媚外卖国的军阀做斗争。社员由最开始的 13 人，发展到 30 多人，并出版周刊《时代之花》，刘和珍任编辑，该刊共出刊 7 期。当时，袁玉冰在文章中写道："这种刊物，不但是女界的明星，就是在江西出版物中，也是很不容易看到的。"④

受此影响，江西各地各种社团和各种刊物如雨后春笋般地涌现出来。其中，在南昌，有袁亚枚、王熙灵等人组织的青年励进读书会和《励进》

---

① 南昌市地方志编纂委员会编：《南昌市志》(第六册·卷二十八)，方志出版社，1997 年，第 351—362 页。

② 刘和珍（1904—1926），江西南昌人。民国时期北京学生运动领袖之一。先后就读于南昌女子师范学校、北京女子师范大学。刘和珍积极参加学潮运动，带领同学们向封建势力、北洋军阀宣战。1926 年在"三一八"惨案中遇害，年仅 22 岁。鲁迅先生撰写了《记念刘和珍君》一文，其中一句"沉默呵，沉默呵！不在沉默中爆发，就在沉默中灭亡"已成为广为传诵的名言。

③ 孙师毅（1904—1966），江西南昌人。中国电影编剧、歌词作家。代表作有《新女性》《开路先锋歌》《大路歌》等。

④ 南昌市地方志编纂委员会编：《南昌市志》(第六册·卷二十八)，方志出版社，1997 年，第 289 页。

周刊；在万安，有曾天宇、张世熙、王立生等人组织的万安青年学会和《万安青年》；在永修，有张朝燮、王环心等人组织的永修教育改造团；在永丰，有袁振亚、薛佐唐等人组织的恩江学会；在九江，有王子平、严韵笙、郑芳等人组织的九江人社；在弋阳，有方志敏、黄镇中等人组织的九区青年社，还有《高安曙光》《武宁平民》等刊物。这些社团和刊物，都是在此时的政治形势下应运而生的，是五四新文化运动的产物。与此同时，他们还利用自己创办学校并任校长兼教员的便利，以研究新思想、传播新文化为己任，配合新文化运动的不断开展。

第二节 江西五四文学革命中的新诗创作

标志着中国现代文学开端的五四新文化运动，其主要任务是反对封建旧文化、旧思想、旧道德，并以此为目的，促进全体国民的革命觉醒。为了把这场斗争进行到底，不能不在这个运动中开辟一条新战线，发动文学革命，摧毁封建旧文学的阵地。五四文学革命运动是五四新文化运动的有力的一翼，也是它的一个最有成绩的部门。[①]

一、新诗创作的社会条件

作为五四新文化运动中新战线的"文学革命"，陈独秀和胡适是最早的倡导者。首先高举"文学革命"大旗的是陈独秀，他于1915年12月写给张永言的信中就指出："吾国文艺，犹在古典主义、理想主义时代，今后当趋向写实主义。"1916年11月，在美国留学的胡适给陈独秀写信时，也提出了对文学进行改革的建议，并将其《文学改良刍议》的文稿寄给了陈独

---

① 李昌陟：《五四文学革命运动》，十四院校编写组编著：《中国现代文学史》，云南人民出版社，1981年，第26页。

秀。此文于 1917 年 1 月发表《新青年》第二卷第五期上，这是倡导文学革命的第一篇文章。胡适在文章中直指旧文学的弊害，阐述了文学改良必须从"须言之有物""不摹仿古人""须讲求文法""不作无病之呻吟""务去滥调套语""不用典""不讲对仗""不避俗字俗语"八事入手，即"八不主义"，强调以白话文取代文言文。①一个月后，陈独秀在《新青年》第二卷六期上刊发了其撰写的《文学革命论》进行声援，旗帜鲜明地在文章中提出了"推倒雕琢的阿谀的贵族文学，建设平易的抒情的国民文学""推倒陈腐的铺张的古典文学，建设新鲜的立诚的写实文学""推倒迂晦的艰涩的山林文学，建设明了的通俗的社会文学"三大主张，即"革命三大主义"。②胡适和陈独秀先后发表在这两期《新青年》杂志上的文章旋即引起了广泛的影响，随之而来的"文学革命"在不同观点的碰撞中轰轰烈烈地展开了。比如他们的主张，同时得到了刘半农、钱玄同等人的响应。刘半农在《我之文学改良观》一文中提出改革韵文和散文，以及使用标点符号等建议。③钱玄同则在《致陈独秀的一封信》中抨击顽固派坚守旧文学为"桐城谬种，选学妖孽"④。1918 年，胡适回国后，又在《新青年》杂志发表了《建设的文学革命》，提出"国语的文学，文学的国语"口号，助推"文学革命"运动的开展。同时，此文成为"文学革命"运动中一篇"最堂皇的宣言"⑤：一、要有话说，方才说话；二、有什么话，说什么话，话怎么说；三、要说我自己的话，别说别人的话；四、是什么时代的人，说什么时代的话。⑥新文化运动中的"文学革命"，其实就是白话文和白话文学运动。"白话文学，包

---

① 胡适：《文学改良刍议》，《新青年》第 2 卷第 5 号，1917 年 1 月 1 日。

② 陈独秀：《文学革命论》，《新青年》第 2 卷第 6 号，1917 年 2 月 1 日。

③ 刘半农：《我之文学改良观》，《新青年》第 2 卷第 5 期，1917 年 5 月。

④ 钱玄同：《致陈独秀的一封信》，《新青年》第 2 卷第 6 期，1917 年 6 月。

⑤ 郑振铎：《文学论争集·导言》，《中国新文学大系》第二集，上海良友图书印刷公司，1935 年。

⑥ 胡适：《建设的文学革命》，《胡适文存》第一集卷一，上海亚东图书馆，1931 年。

括白话诗的尝试、白话小说特别是短篇小说创作的提倡、戏剧改良的探索、中国白话文学发展历史的梳理，所有这一切，按照胡适本人的说法，都是为了在三五十年内替中国创造出一派用现代中国话所做的真文学、活文学，取代用久已死了的文学所做的因而情不真、意不切的假文学、死文学、腐败文学。"① 另外，胡适在《谈新诗》中强调，唯有诗体解放了，丰富的材料，精密的观察，高深的理想，复杂的感情，方才能跑到诗里去；已至山穷水尽境地的旧体诗，也才可能获得新的生机。② 此文连同《文学改良刍议》《建设的文学革命》《历史的文学观念论》等，成为胡适发起的"白话文学运动"最主要的理论。在理论倡导的同时，胡适还进行了一些"白话文学"创作的"尝试"，且是第一位用白话创作诗歌的诗人。1920 年，胡适出版了完全用白话创作的诗集《尝试集》。这是中国文学史上第一部白话新诗集，为中国新诗的发展奠定了坚实的基础。

在新文化运动中，充分显示"文学革命"取得实绩的是：1917 年 2 月，胡适在《新青年》上首次发表《白话诗八首》；1918 年 1 月，《新青年》第 4 卷第 1 期发表了胡适、刘半农、沈尹默白话诗 9 首。1918 年 5 月，《新青年》第 4 卷第 5 期发表的所有文学作品全部改用白话文，标志着中国现代文学迈出了艰辛的第一步，有力地推动了"文学革命"顺利向前发展。这一期不仅发表了让鲁迅一战成名并最终成为文学巨匠的第一篇白话小说《狂人日记》，还发表了不少的白话诗。但江西的"文学革命"特别是新诗运动，是在关系到亿万国人命运的时代潮流推波助澜中诞生与发展的，是对近代中国以及五四新文化运动开端以来为挽救空前深重的民族危机和社会危机的新民主主义革命时代主潮的关注。

---

① 姜义华：《胡适评传·序》，章清著：《胡适评传》，百花洲文艺出版社，1992 年，第 7 页。

② 胡适：《谈新诗》，《胡适文存》第一集卷一，上海亚东图书馆，1931 年。

二、新诗创作的江西诗人

对时代主潮的关注，不仅成就了江西新诗创作，也成为当时江西新诗创作的主要特征。20 世纪初的中国正处于由近代转向现代的时期，革命与时代的进步思潮风起云涌，强烈地吸引着新诗创作者的注意，激发出了他们的创作热情，这是诗人们处于新民主主义革命大环境中的自然需要。其中，王礼锡 10 岁那年正当辛亥革命爆发，就写了许多以人名为题的诗作。随后，受新文化运动"文学革命"的影响，他开始尝试着从事新诗的创作。特别是 1922 年，王礼锡在南昌心远大学求学期间，对新诗创作又有了全新的认识。他认为新诗是一种新的诗体，它的形式足够供给天才诗人加入许多新的创作成分，并认为许多新的事物与思想出现于这个时代，应反映到诗歌中来。

同一时期，在九江同文书院（南伟烈学校）求学的革命先驱方志敏也开始了新诗创作的尝试，他于 1922 年 8 月 29 日创作了第一首新诗《血肉》，于 1922 年 9 月 30 日又创作了第二首新诗《快乐之神：以信代序》，这两首新诗于 1923 年 1 月 15 日发表在《新江西》第一卷第 3 号。1923 年 4 月 23 日又创作了《同情心》《我的心》两首新诗，同年 5 月 15 日均发表在上海《民国日报》副刊《觉悟》。之后，以此类形式创作的还有江西永修的革命志士王环心，他在上海东南高等专科师范学校（不久改为上海大学）求学期间，编撰了诗集《海上棠棣》。他们以及其他有识之士，后来陆续发表了不少表达"推翻旧社会，建立新世界"心愿的新诗作品。这些新诗作品透溢出来的正是他们作为革命前辈的社会责任感和作为文学创作者的良知的表现。

与此同时，活跃在五四新文化运动期间的江西诗人饶孟侃，早年以"子离"之名，与子沅（朱湘）、子潜（孙大雨）、子惠（杨世恩）并称为"清华四子"，他作为中国现代新诗史上一个重要的诗歌流派之一的新月派代表诗人，自 1926 年震惊中外的"三一八"惨案发生后，写出了许多揭露敌人暴行、歌颂爱国志士的诗篇。同年 3 月 25 日，去惨案不过 7 天，饶孟侃率先在《晨报》上发表了 22 日写成的《三月十八日：纪念铁狮子胡同大流血》，"充分表达了诗人难以压抑的愤怒"。也就是在这一年的4月1日，饶孟侃与闻一多创办了《晨报》副刊《诗镌》，他们两人也成了该刊最卖力的诗人。饶孟侃在不到三个月的时间里，先后在该刊发表了《天安门》《家乡》《捣衣曲》《寻找》《莲》《招牌》《走》《春游》《无题》《辞别》等新诗作品，这些新诗作品"章法严谨，句式整饬，语言凝练，音韵铿锵"。同时，饶孟侃还在该刊发表了《新诗的音节》《再论新诗的音节》《新诗话》等诗歌理论文章，将他们"大力提倡新格律诗"的诗学主张正式理论化。

在这一时期，江西诗人白采的白话长诗创作也颇具影响力。白采前期主要以旧体诗创作为主，后期才正式涉猎白话诗，并于1924年1月完成了白话长诗《羸疾者的爱》的写作。这是他唯一的新诗作品，于1925年4月以《白采的诗》为书名，由中华书局正式出版发行。此长诗一经出版，便引起了诗坛的关注，受到广泛赞誉，被朱自清誉为"这一路诗的押阵大将""那质朴，那单纯，教它有力量"。①《羸疾者的爱》充满着浓郁的浪漫主义色彩，堪称继郭沫若长诗《凤凰涅槃》问世之后又一部杰出的长诗，白采这样"壁立万仞，一空倚傍，天马行空，独来独往的大手笔与非凡的气魄"，②也成为当时白话诗创作的典范。

三、新诗创作的传播方式

在新文化运动中，特别是对于"文学革命"来说，刊物是其最重要的传播方式。因此，江西五四新文化运动中产生的刊物《新江西》，于1921年5月1日正式创刊。该刊由南昌二中学生袁玉冰等人创办，代表了江西广大进步知识青年，第一次吹响了改造旧社会，创造新社会的号角。该刊在研究、批评、调查社会的同时，也以传播新文化为主要目的。而且该刊

---

① 朱自清：《导言》，《中国新文学大系·第八集·诗集》，上海良友图书印刷公司，1935年，第4页。

② 苏雪林：《神秘的天才诗人白采》，《中国二三十年代作家》，纯文学出版社，1983年，第151页。

发表的所有文章，无论何种体裁，均以白话文进行写作，形式多样化，其中文学作品除了发表方志敏的白话小说《私塾》《狗儿的死》之外，还先后发表他的新诗作品《我是一只白鹤》《血肉》《快乐之神：以信代序》等。1923年春，袁玉冰因宣传马列主义，遭到北洋军阀督军蔡成勋逮捕，《新江西》刊物随即也被查封。同年10月21日，袁玉冰又与赵醒侬等江西进步青年在南昌文化书社秘密建立了中国社会主义青年团南昌临时地方委员会，由赵醒侬任委员长；同时，袁玉冰提议创办团地委机关刊物《红灯》周刊，由崔豪担任主编，徐先兆、吴季冰等人任编辑。该刊创办后，因政治上和经济上等许多复杂的原因，只出了一期便停刊了。直到1926年，北伐军攻克南昌后，共青团江西省委成立，由袁玉冰任书记，随即《红灯》周刊于1927年2月13日正式复刊，成为共青团江西省委机关刊物。当时，袁玉冰在复刊之际说道："我们卷土重来，又燃起我们的《红灯》了。"对于《红灯》周刊的办刊宗旨，在复刊的第一期上发表的祝词《寿红灯》就以新诗写作的方式宣明：

（一）

大地是这般的黑暗，弥漫；

人们是这般的昏迷，沉睡；

有谁呀，能够这样热烧狂燃；

大放光辉，刺激深深；

啊！只有通红的红灯！只有通红的红灯！

（二）

风雨是这般不息地狂吹，乱滚，

呜咽，含血，魔魅充斥，

地狱似的人间，

有谁呀！能够这样勇敢上前，

高举着鲜艳的旗帜，

啊！只有炎炎的红灯，只有炎炎的红灯！

（三）

啊！已经着了火的红灯呀！

不知要燃到几时？

它底染料是劳苦的呼声，悲咽无穷的热血，

啊！已经着了火的红灯呀！

不知要燃到几时？

《红灯》周刊共 16 页，32 开本，每期约七八千字。只有第五期中山纪念特号共 32 页，第十二、十三期合刊红色的五月特号共 20 页。内容分有特载、转载（主要是党和团的文件）、正文（内有团的通知）、杂文、通信、编后等类，还有散文、新诗和小说等。封面图画由袁玉冰设计，第一、二期相同，是一个手电筒，射出红色的光芒。从第三期到第十四期，除第五期外，每期不同，但都不离"红灯"之意。第十五期封面画是两个少女头像，象征两个"杨花女性的花姑娘"。《红灯》周刊一发行，就销售几千份，以至于轰动整个南昌，使得人人皆知。

该刊记录了广大革命青年同国民党右派进行斗争的种种，是一部具有历史意义的宝贵文献。据《红灯》周刊主要编辑和撰稿人之一徐先兆先生回忆：《红灯》自复刊后，至 7 月 16 日停刊，共出了十五期。第一期到第十四期是按时出版，到 5 月 16 日止。之后由于国民党右派背叛革命，时任江西省政府主席朱培德突然"礼送"共产党和国民党左派人士出境。《红灯》周刊撰稿者邹努[①]也在被"礼送"之列，《红灯》周刊因此中断了整整两个月。由于"礼送"之后，江西政局便渐渐呈现出一种"中立"的状态。后

[①] 邹努（1902—1927），江西新干人，是革命文学刊物《红灯》的主要撰稿人。作品有《揭露国家主义派头目陈启天的丑嘴脸》《向新军阀开火》等。

经过不断的斗争，政局逐渐有些转变。到了7月9日，江西省总工会、南昌市总工会重新恢复办公，南昌市郊区农民协会筹备处又再度成立，紧接着各县工会、农会也恢复办公。于是，《红灯》周刊才得以在两个月后的7月16日继续出版，但只出了第十五期，因汪精卫领导的武汉国民党中央党部于7月15日宣布分共后，江西形势急剧恶化，《红灯》周刊只好同读者告别，永久停刊。①

《红灯》周刊永久停刊的具体原因，与徐先兆的回忆相印证的是，编者在第十五期的"编后"中已经说得非常明白：《红灯》许久不与读者相见了，这其中当然有着种种的原因，经费、印刷、稿子以及其他——不过主要原因是其他！""其他"是什么？编者没有明说，因为不能直接说。在当时的社会环境中，只有读者心知肚明，也就是徐先兆在回忆中所说的那些原因。《红灯》周刊的编者还说："本期稿子早已编好，却也是因为没有钱，也是因为印刷所没有交涉得好，以外，忽然原编者K、S又因急事离开南昌，所以便停着，一直到现在。"《红灯》周刊的印刷原来一直是由一平印刷局印刷的，最后的第十五期换为南昌大众印刷公司印刷。②

对于《红灯》周刊，有一位同志我们不能忘记，他就是该刊的创始人之一、主编崔豪。他是南昌二中学生，袁玉冰到北大后，他为改造社南昌分社负责人，后考入北京大学，但在《红灯》周刊创办后的几个月便病故。在《红灯》周刊复刊后的第一期，孟冰在《〈红灯〉的新使命》一文中对崔豪进行了怀念："我们都是崔豪的同志，我们要继续崔豪的精神，又重新燃

---

① 徐先兆：《回忆〈红灯〉周刊》，共青团南昌市委编：《江西文史资料选辑：南昌青年运动回忆录》，中国人民政治协商会议江西省委员会文史资料研究委员会编印，1981年，第129—139页。

② 徐先兆：《回忆〈红灯〉周刊》，共青团南昌市委编：《江西文史资料选辑：南昌青年运动回忆录》，中国人民政治协商会议江西省委员会文史资料研究委员会编印，1981年，第129—139页。

起我们的《红灯》来。"① 随后,《红灯》周刊复刊后的第十期, 发表了崔豪生前于 1923 年冬创作的新诗《红灯的使命》:

> 任他凶顽昏黑之土,
> 终应留意荡漾前途之赤光!
> 荡漾前途之赤光哟!
> 幸照临我凶顽昏黑之士!

这首诗歌作品, 表达了崔豪"《红灯》是为革命而发刊的"豪情壮志。正如孟冰所写道:"现在《红灯》继续出版, 自然仍是为革命的, 即是为革命的青年作革命的指导的。我们愿意竭尽我们所有的能力, 为江西青年供给革命的理论, 指导革命的行动, 这就是《红灯》继续出版以后的新使命。"②

除此之外, 对江西五四文学革命运动起到一定传播作用的刊物还有: 开始刊登新诗和白话体短篇小说的赣州的《商会公报》《唯心报》; 一种很有生气, 但不定期出版的《青年》杂志; 吉州十属旅京学生会出版的《吉州》杂志; 只出了第一期的《万安社会教育促进会会刊》杂志; 江西小学教育研究会出版的《新铎月刊》杂志; 只出了五期便停刊的《学殖月刊》杂志, 该刊有白话文, 也有文言文, 宣言声明的"研究真实学理, 无新旧门户之见"中庸态度, 即"不反对新, 也不反对旧"的观点, 颇具争议; 浮梁旅省学生办的《志成年刊》杂志; 清江旅省学友会办的《清江旅省学友会期刊》杂志, 该刊论说栏目中有"敬告江西新文化运动者"等, 同时刊发新诗和旧体诗; 南昌觉社创办的《时代之花》周刊; 江西女子界创办的唯一出版物《江西女子师范周刊》, 该刊不仅是女界的亮点, 在当时江西所有的

---

① 孟冰:《〈红灯〉的新使命》,《红灯》(周刊)复刊后第 1 期, 1927 年 2 月 13 日。
② 孟冰:《〈红灯〉的新使命》,《红灯》(周刊)复刊后第 1 期, 1927 年 2 月 13 日。

出版物中，也是不多见的；通俗教育会出版的《通俗周报》，该刊当时资格很老，"虽然不能完全名实相符，然而能够一期一期进步，这是很可钦佩的精神"[①]。特色亮点不少；江西学术研究会出版的《学潮》周刊，由于是一群天真烂漫的青年主持，内容难免有些幼稚，但也有亮点；江西第三师范出版的《教育镜》周刊，该刊自"学生周刊"改版后，进行了改良，材料朴实；由三四个北大赣籍学生办的《赣治周报》；等等。这些刊物的质量在当时尽管参差不齐，有的还存在许多不尽如人意的地方，但对江西新文化运动的开展起到的作用是积极的，应予以客观看待。

总之，五四文学革命正是以它从理论主张到文学创作，从作品内容到语言形式大革新、大解放，揭开了人民大众的、反帝反封建的新文学光辉的一页。[②] 而江西在新文化运动中涌现出来的诗人如方志敏、王礼锡、饶孟侃、白采等，充分发挥了他们突出的反帝反封建的战斗作用。他们创作出来的这些新诗作品具有高度的思想性和艺术性，不仅体现了江西五四文学革命运动中所取得的重要成果，而且为江西现代诗歌的发展作出了不可磨灭的历史贡献。正是他们，奠定了江西新诗的未来。

---

① 玉冰：《江西的出版界》，《新江西》(季刊) 第 1 卷第 3 号，1923 年 1 月 15 日。
② 吴军编著：《中国现代文学史》，北京广播学院出版社，2000 年，第 39 页。

第二章　方志敏的诗歌创作

第一节　生平和创作道路

方志敏（1899—1935），原名远镇，乳名正鹄，号慧生。老家原在江西省上饶市弋阳县漆工镇湖塘村，因避兵祸，后搬至弋阳县九区仙湖村。1899年8月21日，方远镇降生。1907年，他在湖塘村私塾启蒙，由于天资聪颖，读书刻苦，"启蒙那一年所读的书，就比同塾儿童读的书还更多"。1910年，赣东北大旱，湖塘一带农作物严重歉收，私塾闭馆，11岁的方远镇辍学在家务农。1912年，他随私塾先生严常星到弋阳九区烈桥豪绅张念诚家搭读。张念诚认定他是奇才，是个读书当大官之人，故收其为义子。1913年，他在张念诚家搭读时，看到其欺压佃户，对义父为富不仁日渐不满。同年，舅祖母因饥寒死去，方远镇作祭文哭祭，进而对穷苦乡亲产生深切的同情。两年后，他离开张念诚家，再次辍学在家务农，其间常常思考："富人为什么总是那样富，穷人为什么老是这样穷？"

1916年，方远镇考入弋阳县立高等小学，取名为方志敏，号慧生。受新文化思潮影响，他思想激进，在校组织进步团体"九区青年社"，宗旨是铲除邪恶，追求光明。在学校就读的第二年，方志敏发起了与有神论者的辩论，通过揭穿一个惯贼故意装神弄鬼，乘机进行盗窃的诡计，打败了有神论者。此后"方志敏夜间捉鬼"的故事流传开来。这一年，方志敏还在社会上第一次发起反封建斗争，揭露劣绅张念诚巧取豪夺欺压穷人的十大罪状，并将其罪状公告弋阳城乡，引起强烈反响。方志敏与张念诚的义父子情正式一刀两断。1918年，方志敏开始投身于反帝爱国运动，在弋阳高小组织反对"二十一条"的爱国运动，发表爱国演讲，发动游行示威，并带头焚烧日货。从此，方志敏立下报国救国的远大志向。

1919年，五四运动爆发，方志敏与邵式平[①]等发动组织弋阳高小的学生在县城集会，开展反帝爱国斗争。同年秋，方志敏考入江西省立甲种工业学校预科班，在"甲工"读到《新青年》等进步刊物，开始接触社会主义思想。1920年，方志敏升入江西省立甲种工业学校应用机械科学习，在校发起组织"甲工剧社"，自编自演《旧婚姻制度下的牺牲者》《走出家庭》《何只他二人苦》等"文明戏"，其进步思想、人品和才气获得好评。同年，方志敏投书时任《民国日报》报馆经理兼《觉悟》副刊主编邵力子[②]，评论副刊上发表的小说《捉贼》，赞同小说中进步学生的见解，受到邵力子的赏识。邵力子认为其一针见血，指出了社会的本质和病根，并勉励方志敏多写白话小说和诗歌来揭露社会的黑暗。1921年春，方志敏发起组织"甲工"学生自治会，被推选为学生自治会主席暨南昌市学联负责人之一，领导"甲工"学潮。6月19日，经南昌二中学生袁玉冰、黄道介绍，方志敏加入江西改造社，为《新江西》季刊的主要撰稿人。9月下旬，方志敏考入教会学校九江南伟烈学校。11月12日，他在校写成白话小说《私塾》，此

---

① 邵式平（1900—1965），江西弋阳人。1925年在北京师范大学加入中国共产党。大革命时期在南昌从事革命工作，大革命失败后，同方志敏一起发动弋（阳）横（峰）起义，是赣东北革命根据地和红十军的创建者和领导者之一。他1934年参加长征。中华人民共和国成立后，历任江西省人民政府主席、省长，江西省委第二书记，中共八届候补中央委员。1965年3月病逝于南昌。

② 邵力子（1882—1967），原名邵闻泰，浙江绍兴人。他是中国近代著名民主人士，社会活动家，政治家、教育家，复旦大学杰出校友，早年加入同盟会，并与柳亚子发起组织新南社，提倡革新文学。1920年加入上海共产主义小组，同年加入中国共产党，主持上海《民国日报》，任总编辑。1925年任黄埔军校秘书长，参加国民党改组工作，1926年退出中国共产党。1927年后，他历任甘肃省政府主席、陕西省政府主席、国民党宣传部部长、驻苏联大使等，主张国共合作。中华人民共和国成立后，曾任全国人大常委会委员、政协常委，民革常委等。1967年12月25日逝世于北京。

后将小说发表于 1922 年 3 月出版的《新江西》第一卷第二号。

　　1922 年春，方志敏在南伟烈学校开始研读英文版《共产党宣言》等马克思主义经典著作，并于就读期间发起组织"读书会"和"马克思主义研究小组"，参加"非基督教大同盟"，宣传社会主义。4 月 22 日，方志敏在学校写成白话小说《狗儿的死》，此作后发表于 1923 年 1 月出版的《新江西》第一卷第三号。5 月 6 日，他在学校写成白话诗《哭声》，此作分别发表于 1922 年 5 月 18 日的《民国日报》副刊《觉悟》和《新江西》第一卷第三号。6 月 21 日，他在学校写成的白话诗《呕血》，同年 7 月 11 日发表于《民国日报》副刊《觉悟》。7 月初，方志敏在南伟烈学校就读一年后主动退学。对于退学，方志敏在给同学的信中写道："读书不成，只为家贫"，"我再也不愿意读那些无意义的书"，"我要实际的去做革命工作了"。随后，为加入中国社会主义青年团，方志敏从九江赴上海，住在邵力子家中，担任《民国日报》校对，同时在上海大学旁听。在上海期间，方志敏半工半读为谋职业四处碰壁，由此于 7 月 16 日创作完成纪实性白话小说《谋事》，在 18 日的《民国日报》副刊《觉悟》发表，此作同年底被上海小说研究社连同鲁迅、郁达夫、叶圣陶等著名作家作品一起选录为 1922 年《小说年鉴》，并加按语称之"真是拿贫人的血泪涂成的"作品。8 月 2 日，经赵醒侬、俞秀松[①]介绍，方志敏在上海加入中国社会主义青年团，下旬，与赵醒侬一起会见从南昌来上海的袁玉冰，并一起商量在北京成立改造总社，在上海和南昌建立分社，建立南昌文化书社等事宜。8 月 29 日，方志敏在从

　　[①] 俞秀松（1899—1939），原名寿松，字柏青，化名王寿成，浙江诸暨次坞镇溪埭村人，中国共产党早期杰出的革命活动家，杭州五四运动的领导人，和陈独秀同为"上海共产主义小组"（中共历史上第一个共产主义小组）的五个发起人之一，中国共产党成立发起人之一，"中国社会主义青年团"（共青团）创始人。他曾任中国社会主义青年团第一任书记、讨伐军阀陈炯明东路军总司令部参谋处一等书记、旅莫斯科支部支委、新疆反帝联合会秘书长、新疆学院院长等职。1937 年，因受王明、康生诬陷，在新疆逮捕入狱，次年转押去苏联，旋即遇害。中华人民共和国成立后被追认为革命烈士。

上海返回江西的船上写成白话诗《血肉》，此作后发表于《新江西》第一卷第三号。9月30日，方志敏寄旧作《快乐之神》给袁玉冰，并以信代序，此诗后发表于《新江西》第一卷第三号。虽然方志敏在上海逗留的时间很短，但这是他人生中的重要转折。返回江西后，根据组织决定，方志敏在南昌创办"文化书社"，为江西地方团组织设立活动据点，专售马克思主义书籍和宣传革命的报刊，从此走上职业革命道路。同年10月，方志敏到受军阀混战波及的赣南一带农村进行为期20天的社会调查，并把调查情况写信寄给在北京的袁玉冰。此信后以《战云中祗飞鸿》为题，在《新江西》第一卷第三号发表。

1923年1月至3月，方志敏与赵醒侬等人先后创建中国社会主义青年团南昌地方组织、江西"民权运动大同盟"和"马克思学说研究会"；与袁玉冰共同主编《青年声》周报，该报是江西地方团组织的第一本刊物。4月23日，方志敏在南京写成白话诗《我的心》《同情心》，于同年5月15日发表于《民国日报》副刊《觉悟》。10月1日，方志敏与刘拜农等人在南京编辑的《新江西》（半月刊）创刊号在上海发行，同时在该刊发表《慰友》。12月1日，方志敏与赵醒侬等人联合署名的《发起江西学会的提议》在《新江西》（半月刊）第5号刊载。1924年3月，方志敏在南昌经赵醒侬介绍加入中国共产党，后与赵醒侬、曾天宇[①]一起，开办明星书店，创建黎明中学，创建江西的党、团组织。1925年"五卅"运动时期，方志敏参加"沪案交涉江西后援会"的工作，深入偏远地区，开展宣传鼓动工作。7月，方

---

① 曾天宇（1896—1928），江西万安人，江西早期革命活动家，万安暴动的主要领导者。他和方志敏、袁玉冰并称为"江西革命三杰"。1917年8月，他赴日本留学，参加旅日学生爱国运动。1918年5月回国，后在上海与其他江西留日同学组织成立了"留日沉重救国团江西支部"。同年9月他考入北京中国大学政治经济系。1922年加入中国社会主义青年团。同年，他利用暑假的机会回到万安，在家乡邀集张世熙等10多名青年，组织成立了万安青年学会，创办发行《青年》杂志，宣传共产主义思想。1928年1月8日，他领导的万安暴动胜利，并在随后建立江西省第一个县级苏维埃政权——万安县苏维埃政府。同年3月5日，曾天宇为保护村民壮烈牺牲。

志敏当选为国民党江西省党部执行委员兼农民部部长，回弋阳创建中共漆工镇小组，组织"弋阳青年社"，出版《寸铁》旬刊，并撰写《猪仔议员》，揭露张念诚操纵弋阳九区选举的诡计。[①]

1926 年至 1935 年 1 月，方志敏将精力主要放在革命斗争中，参与领导了弋横暴动，创建了赣东北苏区和闽浙皖赣革命根据地，缔造了红十军团。他先后任赣东北省、闽浙赣省苏维埃政府主席，红十军、红十一军政治委员，中共闽浙赣省委书记。他把马克思主义与赣东北实际相结合，创造了一整套建党、建军和建立红色政权的经验，毛泽东称之为"方志敏式"根据地。在这段近十年的时间里，方志敏的写作主要以起草各类报告以及信函等文件材料为主。如：《为纪念列宁敬告民众》（1927 年 1 月 20 日）、《在江西第一次全省农民代表大会上的开幕词》（1927 年 2 月 20 日）、《会务总报告》（1927 年 2 月 22 日）、《在江西省政府欢迎农工代表大会上的演说》（1927 年 2 月 27 日）、《江西省第一次全省农民代表大会宣言》（1927 年 3 月 1 日）、《反右运动与吾人》（1927 年 4 月 5 日）、《李烈钧原来如此》（1927 年 4 月 12 日）、《江西农民协会训令》（1927 年 4 月）、《锄头》发刊词（1927 年 5 月 22 日）、《布告》（1927 年 11 月 12 日）、《信江特区苏维埃土地临时使用法》（1930 年 3 月 23 日）、《信江党和红军以及最近之局势》（1930 年 6 月 8 日）、《信江群众斗争的经过与苏维埃的历史》（1930 年 7 月 1 日）、《给德兴县第一区邱家乡苏维埃政府的信》（1931 年 10 月 7 日）、《对于今年土地税征收法的解释（附录：赣东北省苏维埃政府土地税法）》（1932 年 4 月 8 日）、《坚决执行中央政府战争紧急动员命令——用实际行动纪念广州暴动》（1932 年 12 月 10 日）、《闽浙赣省苏执委会通令（第二十一号）》（1933 年 1 月 5 日）、《闽浙赣省苏执委会通令——关于建立贮粮合作社组织问题》（1933 年 1 月 5 日）、《坚决与不求识字的文盲斗争！》（1933 年 1 月 8 日）、《庆祝消灭

---

① 江西省方志敏研究会：《附录：方志敏生平表（1899—1935）》，《方志敏全集》（上、下册），人民出版社，2012 年，第 473—482 页。

九林炮台的胜利，更积极准备消灭一切炮台!》（1933 年 1 月 10 日）、《闽浙赣省苏维埃执行委员会对全省选民工作报告书》（1933 年 1 月 10 日）、《省苏维埃执委会通令——关于扩大红军工作问题》（1933 年 1 月 14 日）、《省苏维埃执行委员会致各县苏的一封信》（1933 年 1 月 15 日）、《为全部实现省苏维埃农业生产计划而斗争!》（1933 年 2 月 4 日）、《闽浙赣省执行委员会训令（第十八号）》（1933 年 2 月 5 日）、《闽浙赣第一届省苏执委会第三号训令摘要》（1933 年 2 月 12 日）、《横峰、弋阳县苏对于选举问题了解的错误与省苏的指正》（1933 年 2 月 17、18 日）、《闽浙赣省执行委员会训令（第二十五号）》（1933 年 2 月 24 日）、《闽浙赣省执行委员会训令（第二十六号）——春耕的再一次动员》（1933 年 2 月 28 日）、《在授予方志敏红旗勋章仪式上致的答词》（1933 年 3 月 23 日）、《闽浙赣省苏维埃第二届执委就职誓词》（1933 年 3 月 23 日）、《闽浙赣省苏维埃执委会训令关于发动群众帮助政府工作人员耕田的执行办法》（1933 年 4 月 14 日）、《怎样做乡苏维埃工作》（1933 年 4 月 30 日）、《加紧白区工作来开展大块的新苏区》（1933 年 7 月 1 日）、《对于今年土地税征收法的解释》（1933 年 7 月 1 日）、《闽浙赣第三次省苏维埃大会开幕词》（1933 年 11 月 20 日）、《对一九三四年的展望》（1933 年 12 月）、《各县苏维埃十二月份工作总结——闽浙赣省第二次各县苏主席联会通过》（1934 年 1 月 5 日）、《建设我们铁的红军》（1934 年 2 月）、《关于白区乡村工作的几个问题》（1934 年 3 月）、《闽浙赣省苏维埃政府训令（第六十三号）》、（1934 年 6 月 1 日)《逃跑只是死路一条——在边区群众大会上的演说》（1934 年 8 月）。

　　1935 年 1 月 29 日被捕入狱至 8 月 6 日在南昌英勇就义的这半年时间里，方志敏在狱中先后写下了《我从事革命斗争的略述》（约 6 万字，1935 年 3 月）、《我们临死以前的话》（约 2000 字，1935 年 3 月 25 日）、《在狱致全体同志书》（1935 年 4 月 20 日）、《可爱的中国》（约 1.6 万字，1935 年 5 月 2 日）、《死!——共产主义的殉道者的记述》（约 1.3 万字，1935 年 5 月 25 日）、《清贫》（约 1000 字，1935 年 5 月 26 日）、《给某夫妇的信》（1935

年 5 月)、《狱中纪实》(约 1.2 万字，1935 年 6 月 9 日)、《给党中央的信》
(约 1300 字，1935 年 6 月 11 日)、《赣东北苏维埃创立的历史——序言》
(约 6000 字，1935 年 6 月 19 日)、《记胡海、楼梦侠、谢名仁三同志的死》
(约 2300 字，1935 年 6 月 23 日)、《赣东北苏维埃创立的历史——第二章》
(约 7000 字，1935 年 6 月 29 日) 等文学作品。

毋庸置疑，"方志敏是一位卓越的无产阶级革命家，也是一位出色的无
产阶级革命作家"[①]。他为中国现代文学的发展作出了不懈的努力，特别是
他早期创作的小说、戏剧和诗歌，以及后期在狱中创作的报告文学和散文，
不仅为中央苏区文学作出了巨大贡献，更是给现当代中国留下了宝贵的精
神财富。

第二节　散文诗和新诗创作

受五四新文化运动的影响，方志敏早期的文学创作，特别是白话诗的
创作，以细腻的笔调，揭露了当时社会的黑暗；以痛苦的呐喊，呼唤青年
知识分子以诗的形式开启革命的先声。作为无产阶级革命诗人，方志敏的
诗歌既是无产阶级革命诗歌的重要组成部分，又是中央苏区诗歌史不可或
缺的重要存在。

以革命现实主义创作精神，来展现广大民众在"悲惨世界"中的血泪
和辛酸情怀，是方志敏诗歌最显著的特点。由于方志敏经过了五四新文化
运动的洗礼，他创作的这些诗作无不洋溢着一个觉醒青年的新生气息，充
满着摧毁旧事物的革命斗志和建设新事物的胜利信心。因此，"从创作方法
上看，方志敏现存作品具有鲜明的特色，舒展自如，剀切明晰，是革命现

---

① 谢裕华：《方志敏的散文》，吴海、曾子鲁主编：《江西文学史》，江西人民出版社，
2005 年，第 822 页。

实主义的代表作"[①]。比如《哭声》[②]这章散文诗，就是将对黑暗旧社会的控诉和对光明新世界的呼唤结合在一起的作品：

> 仿佛有无量数人在我的周围哭泣呵！
>
> 他们呜咽的、悲哀的而且时时震颤的声音，
>
> 越侧耳细心去听，越发凄楚动人了！
>
> "我们血汗换来的稻麦，十分之八被田主榨取去了，
>
> 剩的些微，那够供妻养子！……
>
> "我们牛马一般的在煤烟风尘中做做输运，奔走，
>
> 每日所得不过小洋几角，疾病一来，只好由死神摆布去了！
>
> "跌倒在火坑里，呵！这是如何痛苦呵！
>
> 看呀！狂暴的恶少，视我们为娱乐机械，又来狎弄我们了！……
>
> "唔！唔！唔！我们刚七八岁就给放牛，做工去吗？
>
> 金儿福儿读书，不是……很……快乐吗？
>
> "痛呀！枪弹入骨肉，真痛呀！
>
> 青年人，可爱的青年人，你不援救我们还希望谁？"
>
> 似乎他们联合起来，同声哭诉。
>
> 这时我的心碎了。
>
> 热泪涌出眼眶来了。
>
> 我坚决勇敢的道：
>
> "是的，我应该援救你们，我同着你们去……"

---

① 季晓燕：《又照秦淮一叶枫——方志敏作品评赞》，石雅娟、钱贵成、肖毅主编：《苏区文化新论》，中国戏剧出版社，2006年，第182页。

② 散文诗《哭声》1922年5月6日创作于九江同文书院（南伟烈学校），1922年5月18日发表在上海《民国日报》副刊《觉悟》，后又刊载在1923年1月15日出版的《新江西》第一卷第三号。

在这章散文诗中，诗人通过被压迫者对苦难的哭诉，表现了广大劳动人民悲惨的命运，强烈地鞭挞了旧世界的罪恶，从而激发了广大民众的革命热情："似乎他们联合起来，同声哭诉。／这时我的心碎了。／热泪涌出眼眶来了。／我坚决勇敢地道：／'是的，我应该援救你们，我同着你们去……'"

封建旧社会的腐朽统治和帝国主义的残暴侵略，对广大人民群众的压迫和剥削是残酷无情的，所以自五四新文化运动以来，新诗创作的反抗主题，"不仅表现为对一切腐朽的思想文化传统的激烈否定情绪，还表现在对现实社会一切不公平和不合理现象的广泛揭露，如果说前者富于革命浪漫主义的色彩，那么后者就更具有革命现实主义的精神"[①]。毫无疑问，方志敏的诗作属于后者，"更具有革命现实主义的精神"，因为他的诗不仅坚定地反抗旧社会、鞭挞旧世界，而且热烈地追求以革命的方式改变这个社会、重建新世界。比如他在《呕血》[②]中写道：

呵！什么？

鲜红的是什么？

血吗？

血呀！

我为谁呕？

我这般轻轻年纪，就应该呕血吗？

呵！是的！

我是个无产的青年！

① 吴欢章：《论五四新诗主题的发展》，《吴欢章学术文选》，复旦大学出版社，2009年，第83页。

②《呕血》，1922年6月21日晨创作于九江，后发表于上海《民国日报》副刊《觉悟》。

我为家庭虑，

我为求学虑，

我又为无产而可怜的兄弟们虑。

万虑丛集在这个小小的心儿里，

哪能不把鲜红的血挤出来呢？

呵！是的，无产的人都应该呕血的，

都会呕血的——何止我这个羸弱的青年；

无产的人不呕血，

难道那面团团的还会呕血吗？

这可令我不解！

我为什么无产呢？

我为什么呕血呢？

尽管这首诗作在今天看来显得比较粗糙和浅白，但对于唤起当时处在水深火热之中的广大民众的革命意识，传递一种激越奔放的战斗激情，则起到了十分重要的鼓动作用。方志敏在这首诗作中以反问的方式，控诉了旧世界不公平和不合理的黑暗现实，抒发了一个无产的青年诗人心中"为家庭、为求学、为无产而可怜的兄弟们"焦虑的思想情感，以及"无产的人都应该呕血、都会呕血的"的革命情感。最后的叩问"我为什么无产呢？/我为什么呕血呢？"是诗人发出的一种强烈的"反剥削、反压迫"的呐喊，号召所有"无产的人"起来闹革命。哪里有压迫，哪里就有反抗，这不仅是无法阻挡的时代革命洪流，也是社会发展的历史基本规律。

由于方志敏对现实的态度一直在随着革命形势的发展不断变化中，因此他的诗作几乎都充满了彻底的不妥协的反抗旧世界精神，几乎都是对腐朽社会的揭露和控诉，也表现了他对新社会的期待和向往。比如他创作的

《血肉》①一诗：

> 伟大壮丽的房屋，
> 用什么建筑成功的呢？
> 血呵肉呵！
>
> 铺了白布的餐桌上，
> 摆着的大盘子小碟子里，
> 是些什么呢？
> 血呵肉呵！
>
> 装得重压压的铁箱皮箱，
> 里面是些什么呢？
> 血呵肉呵！

诗人在这首作品中，为了实现揭露的需要，以象征手法抨击了这个吃人社会的罪恶：雄伟壮丽的房屋是劳苦大众用血肉筑成的，豪华餐桌上摆放的大盘子小碟子里是劳苦大众用血肉换来的，装得重压压的铁箱皮箱里的也都是劳苦大众的血肉。在这里，比喻的运用生成了诗歌语言的质感，拓展了诗歌想象的空间，强化了诗歌暗示的力度。因此，此诗中的形象特征尽管是"血肉"，但更是诗人在"血肉"中注入了反抗腐朽社会的革命精神。

以象征手法揭露和控诉旧世界的黑暗统治，并在作品中以沉思表达革命情怀和革命意志的诗作，还有诸如《同情心》②这首作品：

---

①《血肉》，1922年8月29日创作于吴淞轮次，1923年1月15日发表在《新江西》第1卷第3号。

②《同情心》，1923年4月23日创作于南京，1923年5月15日发表在上海《民国日报》副刊《觉悟》。

在无数的人心中摸索，

只摸到冰一般的冷的，

铁一般的硬的，

烂果一般烂的，

它，怎样也摸不着了——

把快要饿死的孩子的口中的粮食挖出来喂自己的狗和马；

把雪天里立着的贫人底一件单衣剥下，抛在地上践踏；

他人的生命当馒餐，

他人的血肉当羹汤，

啃着，喝着，

还觉得平平坦坦，

哦，假若还有它，何至于这样？

爱的上帝呀！

你既造了人，

如何不给个它！

    这首作品用诗性的语言，描绘出了一幅幅"吃人"的悲惨景象，让广大民众感受到在这黑暗的社会中，只有革命才能把握好自己的命运，才能看到黑暗中的光明。把"他人的生命当馒餐，/他人的血肉当羹汤，/啃着，喝着"，不仅不会吓退革命者，而且会在更深刻的仇恨中唤醒广大民众的革命意识。因此，"在这样的时代里，作为一个革命者，方志敏不能不分担着人民的苦痛和灾难，不能不和人民共同着命运和呼吸"[1]。

    此外，诗作《我的心》也是类似的题材。在这首作品里，方志敏以不

---

① 刘绶松：《中国新文学史初稿》(上、下卷)，人民文学出版社，1979年，第 272 页。

可调和的愤怒和仇恨控诉道：

> 挖出我的心来看吧！
> 我相信有鲜血淋漓，
> 从彼的许多伤痕中流出！
>
> 生我的父母啊！
> 同时代的人们啊！
> 不敢爱又不能离的妻啊！
> 请怜悯我；
> 请宽恕我；
> 不要再用那锐利的刀儿去划着刺着，
> 我只有这一个心啊！

应该说，可以感受到，这首诗作的字里行间透溢出来的，"不是属于个人的愁苦和愤懑，而是对整个旧时代的强有力的控诉。没有苦心经营的艺术构思，也没有千锤百炼的美丽词句，这些诗只是朴素而真实地表达了一个革命者为人民而苦痛的高尚的心灵。它是如此地感人肺腑，具有着永不朽灭的艺术生命"[①]。

需要指出的是，方志敏的诗作在对现实的批判锋芒上，并不仅仅是指向当时腐朽的社会制度，而是更多地指向腐朽的意识形态。鞭挞的重心也不仅仅是揭露广大民众所受到的经济剥削，而更主要是控诉了他们所受的政治压迫和精神伤害。比如他在《快乐之神——以信代序》[②]写道：

---

① 刘绶松：《中国新文学史初稿》(上、下卷)，人民文学出版社，1979年，第272页。
②《快乐之神——以信代序》，1922年9月30日晚创作于南昌文化书社，1923年1月15日发表在《新江西》第一卷第三号。

亲爱的冰冰①：

　　昨从旧纸堆里，找出这《快乐之神》来，寄给你看，这是吐血后做的，我所以会吐血，就是一日二十四时无一时快乐。

　　"快乐之神，
　　你在哪里？
　　我寻你好久了呵！
　　许多人问我年纪，
　　我答应'二十二岁。'
　　他们都很诧异似的说：
　　'二十二岁？也很出老了，活像三十二岁人。'
　　我拿镜子照照，不错：
　　脸儿黄瘦了——额上还鼓起两条很粗的青筋；
　　皮肤起了些皱纹；黑发丛里，长出了好几根白发。
　　呵，'老'已经悄悄地追着来了！
　　昨天晚上，我又吐血呀——鲜红的足足有一碗余；
　　吐后，全身振动个不住——像害疟疾一般
　　快乐之神，
　　我的生命，是走到最危险的境地了！
　　我所以如此，
　　就是你不和我同在。
　　快乐之神呵！
　　可怜我罢！
　　来抚慰我，拥抱我罢！
　　我跪着请求呢！"

---

　① 冰冰：指袁玉冰同志，方志敏烈士的革命战友。

我且泣且诉地说了，

快乐之神，哭丧着脸远远地在空中出现了，

很忧愁地对我说：

"可怜的青年，

我何尝不愿亲就你呢？

只是在你周围的地方，

有许多许多凶狠狠的恶魔，

正在张牙露齿地杀人吃人！

看呀！遍地血迹模糊！

听呀！到处哭声哀楚！

我的胆子很小，

我怕闯入你的悲惨的世界呀！……"

快乐之神渐渐地隐灭了。

而我呢？

只得放声痛哭罢了！

在这首诗作的创作中，诗人先是由寻找"快乐之神"的抒情，转而进行"二十二岁？也很出老了，活像三十二岁人"的少年白头的写实，然后再由"昨天晚上，我又吐血呀——鲜红的足足有一碗余"的写实，产生跪求快乐之神来抚慰和拥抱自己的幻象。随后，诗人不惜笔墨且泣且诉地加以控诉："有许多许多凶狠狠的恶魔，／正在张牙露齿地杀人吃人！"而此时呈现在读者面前的是悲惨的场景："看呀！遍地血迹模糊！／听呀！到处哭声哀楚！"在控诉和触景伤情的"悲惨的世界"中，再转入"快乐之神渐渐地隐灭了"的幻象，最后诗人在吐血后只有放声痛哭。这首诗是"以信代序"的方式抒写的，是当时社会境况的写实，因而又以其象征意义点明了旧世界吃人的悲惨景象。

方志敏的散文诗和新诗作品虽然不多，而且创作时间几乎都集中在五四新文化运动后大革命时期的早期，因此这些作品带有显著的反帝、反封建、反剥削、反压迫的时代特征。正因为如此，"他的诗歌有着火热的情感，强烈的愿望，用激动人心的语言抒发内心的爱憎，抒情和议论做到了有机地结合。从而达到了最佳表达效果"①。同时，也从侧面反映了江西的知识分子和广大民众对民族解放和推翻腐朽统治的革命态度与正确认识所经历的不断推进和演变的过程。

---

① 涂新华：《简评方志敏在中国现代文学史上的地位》，《江西大学学报》（社会科学版）1991年第1期。

第三章　白采的诗歌创作

第一节　生平和创作道路

白采（1894—1926），原名童汉章，字国华，一名童昭海，江西高安人。他出身于书香门第的商业地主家庭，家中有五兄弟，他排行第五。白采小时候家境富裕。在有着很强的中国传统文化与思想观念的家学渊源和环境的熏陶下，他打下了深厚的国文基础。由于自幼喜爱读诗写诗，1915年起，他开始学习诗歌写作，从而正式开启了文学之路，以至于他的一生都与诗歌结下不解之缘。在不断探索和勇于尝试中，他成为五四时期一位风格独特的小说家和诗人。著有小说集《白采的小说（第一集）》（中华书局1925年版）、长诗《羸疾者的爱》（《白采的诗》，中华书局1925年版）、随笔集《绝俗楼我辈语》（上海开明书店1927年版）、旧体诗词集《绝俗楼遗诗》（上、下册）（南昌独学斋刊印1935年版）等。

1911年，白采从筠北小学毕业后，继续刻苦自修。1912年，白采的母亲去世。1914年，白采与王百蕴女士结婚。这段时间，白采一直在高安县女子学校任教。随后的1915至1918年间，白采三次离开家乡漫游名山大川，过着漂泊诗人的生活。1918年重阳节前夕，由于思念高龄多病的老父亲，白采再次回到家乡。此后的三年里，白采在高安倡办了同学会，同时联络同人，筹集资金，资助贫困学生。他在高安县女子学校任教的两年时间里，还在高安县进修学院开办了图书馆，为同乡读书提供方便。1919年，在经受五四大潮洗礼后，白采广泛阅读进步的书籍和报刊，接受西方社会进步思想，由此更加崇尚独立和自由，渴望民主和光明，追求无拘无束的新生活。所以，白采在这一时间段创作的作品大都是歌颂青春、企盼光明、崇尚自由，对未来的人生充满着热烈的期望。

1921年，白采的父亲去世。同年，他创作出第一篇白话小说《乞食》，并发表在《东方杂志》。而在此期间，由于家族中人为了财产，使得日常生活纠纷不断，再加上由父母包办的婚姻不幸福，日积月累的厌恶感，让他时常陷入痛苦之中。久而久之，白采再也忍受不了家中的这种郁闷、死气沉沉、没有生机的气氛，于是在1922年春节后，他再次离家出走，浪迹天涯去了上海。当时，为隐藏自己的行踪，他改名白采（后又称白吐凤），考入美术专门学校，专攻西洋画，课余时间则不断钻研文学。为排遣心中的苦闷，寻求现实的答案，白采与"创造社""文学研究会"的成员交往密切，先后在《创造周报》《小说月报》《文学周报》《妇女杂志》等报刊上发表小说14篇。白采的这些作品看似写生活琐事，但反映的是家国兴衰、时代风云和他对社会、人生的严肃思考，体现了五四时期的精神和文学理想。①

1923年，因与妻子感情破裂，白采正式与妻子离婚。生活中接踵而来的打击，致使白采"一变而为颓废，作品中只见'骷髅''棺材''恶魔''鸱枭'等字样，很像号称恶魔派的法国诗人波特莱尔的《恶之华》（Fleurs du mal）作风"②。同年8月14日，他在《创造周刊》上发表小说代表作《被摈弃者》。该作品将一个曾与人相爱，在有了孩子后遭摈弃的妇女的病态心理

---

① 白采：《自述》，《绝俗楼我辈语》，上海开明书店，1927年。
② 苏雪林：《神秘的天才诗人白采》，《中国二三十年代作家》，纯文学出版社，1983年，第143—144页。

描写得入木三分，白采也因此以精于变态心理描写著称。正如郑伯奇^①所评价："他精于心理描写，更好描写变态心理，而性的变态心理，他更大胆地做深刻的描写。他的主人都是变态的人物：不是偏激狂，就是被虐狂。《病狂者》不仅是他的一个短篇的题目，简直可作他的一切人物的总称。《被摈弃者》是一篇失恋的故事，主人公的病态的心理描写，在当时已经够深刻了。"^②同年底，白采在美专毕业后，任教于东方艺术专门学校，并兼报馆编辑，日常来往于吴楚江汉、苏杭沪宁间。

1924年1月6日，白采创作的长诗《羸疾者的爱》初稿完成，这是他创作的第一首也是唯一的新诗，在抒情叙事诗中移植象征主义艺术并使之民族化，为中国现代叙事诗开拓了路子。这部作品充满幻想色彩和浪漫情调，有意淡化情节，着力表现人物内心世界。所塑造的抒情主人公正视现实，对黑暗旧世界有不妥协的抗争精神，对未来充满热烈憧憬，体现了那一时期反封建求民主的知识分子的奋斗精神。1924年3月，俞平伯为和朱自清商讨创办《我们》刊物的事，专程从杭州来宁波探访朱自清。他们在由上虞乘车返回宁波时，在三等车厢里阅读并讨论了白采的长诗《羸疾者的爱》。关于此事，俞平伯曾作如是记："三月间游甬带给佩弦看。于柠檬的菜花初开时，我们在驿亭与宁波之三等车中畅读之。佩弦说，这作品的意境音节俱臻独造，人物的个性颇带尼采式。"^③因此，无论是从俞平伯文集

---

① 郑伯奇（1895—1979），原名郑隆谨，字伯奇，中国电影剧作家、小说家、文艺理论家，左翼文学运动开创者之一，陕西长安（今西安）人。曾参加同盟会和辛亥革命。1917年赴日本先后入东京第一高等学校、京都第三高等学校、帝国大学。1920年，他在《少年中国》1卷9期发表第一首诗作《别后》，次年加入创造社。1926年毕业回国，任中山大学教授、黄埔军校政治教官。中华人民共和国成立后，历任西北大学教授、西北文联副主席、作协西安分会副主席，并写作评论和回忆录。其中回忆创造社的文章有重要的史料价值，后结集为《忆创造社及其他》。

② 郑伯奇：《导言》，《中国新文学大系·第五集·小说三集》，上海良友图书印刷公司，1935年。

③ 朱惠民：《宁波至上虞三等车厢里的"滋味"》，《宁波晚报》，2016年12月25日第A7版"大家谈"。

《杂拌儿》中所收录《与白采诗》一文来看，还是从朱自清读了《羸疾者的爱》初稿后认为"甚感知己之言，沫若亦正有此语"等，当时的白采，已成为诗坛的杰出诗人之一。

1924 年 8 月 8 日，长诗《羸疾者的爱》正式定稿。由于在定稿前得到了当时诗坛杰出人物俞平伯和郭沫若等人的多次称赞，白采表示想帮其拿去发表。其中"俞平伯十分欣赏白采的《羸疾者的爱》，觉得它'琼枝照眼，宝气辉然，愈读则愈爱'，希冀把它初刊在《我们》上。他致信白采征询，以'至缄札累万言'，可惜因白采'不愿传露'而欲付梓于单印本，终未能如愿"①。对于此，白采在定稿的《白采的诗·自跋》中均予以了感谢！他写道："我作诗脱稿后，常爱缄秘，或揉皱撕碎。有时也极想出而就正；但我因第一次的发刊，总不愿假手他人，这正是我一种僻性罢了。此诗谬承俞平伯君许为近来诗坛中 Masterpieces 之一，至相征六次未已；又郭沫若君也谬有杰出之誉满，极欲为之发表。他们的话，是否靠得住？不是哄我的？只好仍由他们去负责。我不过要在此顺便申谢一句！"另外，对于长诗《羸疾者的爱》初稿完成后，为什么过了大半年才正式定稿，白采也在《白采的诗·自跋》中予以了说明："我的初稿，本打算暂时起草大意，再待补辑的；不料搁笔至今大半年了，还是无暇再把它弄好，真是恨事！但我总想先就此本严加修削，使无完肤，方觉快心。俞君却来书劝止，他说：'当时实感的遗痕，必须尊重爱惜，不可以事后追摹之迹，损其本来面目。'故仅就俞君点勘的数字易之。至于我试刊的唯一希望，仍是想多得些真心愿指导我的人。"②长诗《羸疾者的爱》定稿的这一天，正好是白采的纪念日。

1925 年 4 月，长诗《羸疾者的爱》以书名《白采的诗》（著作及发行者

---

① 朱惠民：《宁波至上虞三等车厢里的"滋味"》，《宁波晚报》，2016 年 12 月 25 日第 A7 版 "大家谈"。

② 白采：《白采的诗·自跋》，《白采的诗〈羸疾者的爱〉》，中华书局，1925 年，第 71—72 页。

署名"白吐凤")由上海中华书局正式出版发行。这首长诗是歌颂为生命的尊严而献身的人，单纯、质朴而又充满力量，被朱自清誉为"这一路诗的押阵大将"。他评价道："白采的《赢疾者的爱》一首长诗，是这一路诗的押阵大将。他不靠复沓来维持它的结构，却用了一个故事的形式。是取巧的地方，也是聪明的地方。虽然没有持续的想象，虽然没有奇丽的比喻，但那质朴，那单纯，教它有力量。只可惜他那'优生'的理在诗里出现，还嫌太早，一般社会总看得淡淡的远远的，与自己水米无干似的。他读了尼采的翻译，多少受了他一点影响。"① 这与俞平伯所评论的"此作虽有六千言而绝不病冗长，正缘一气舒卷之故"，可谓如出一辙。正是因为这部长诗有着充实、鲜活的故事，加之以诗人恰到好处的叙写，安章造句，自然成篇，从而使得它成为中国现代诗歌发展史中的杰作之一。②

1925 年秋，白采任上海江湾立达学园国文教授。次年 2 月，白采应聘到厦门集美学校农林部任教。是年 7 月，白采来到久已向往的当时的革命中心广州，并到香港漫游。8 月，白采因在香港患病，于是搭乘海轮"公平号"回上海。8 月 27 日，船抵吴淞口时，白采在船上与世长辞，享年 32 岁。据朱自清回忆："盛暑中写《白采的诗》一文，刚满一页，便因病搁下。这时候薰宇来了一封信，说白采死了，死在香港到上海的船中。他只有一个人；他的遗物暂存在立达学园里。有文稿，旧体诗词稿，笔记稿，有朋友和女人的通信，还有四包女人的头发！我将薰宇的信念了好几遍，茫然若失了一会；觉得白采虽于生死无所容心，但这样的死在将到吴淞口了的船中，也未免太残酷了些——这是我们后死者所难堪的。"③ 而朱自清说盛夏中写《白采的诗》一文，则是在看到俞平伯撰写的《批评〈赢疾者的爱〉的

---

① 朱自清：《导言》，《中国新文学大系·第八集·诗集》，上海良友图书印刷公司，1935 年，第 4 页。

② 朱惠民：《宁波至上虞三等车厢里的"滋味"》，《宁波晚报》，2016 年 12 月 25 日第 A7 版"大家谈"。

③ 朱自清：《白采》，《一般》月刊第 10 号第 2 期，1926 年 10 月 5 日。

一封信》①后呼应而作的。

但是，白采平时的生活状况以及为人如何？他的一生行事到底是怎样的？真正了解他的人不是很多。苏雪林曾说："他一生行事大概只有赵景深、王平陵，知道得清楚。"因为白采的为人，赵景深曾亲自对苏雪林形容过："案上常置一具不知从什么墓地捡来的人头骨，张着两个黑洞洞的眼窟，露着一副白森森的牙齿，对人望着，使来访的客人为之毛骨悚然，不敢留坐。他又命木工用红木精制了一个小棺材，中置人参一支，权充死人，置之案头，时加把玩。王平陵也说他喜穿深黑色的西服，打着大领结，时常携着一壶酒到公园放歌畅饮，醉则卧花荫下直到天亮。"②

由于白采写作涉猎广泛，小说、诗歌、散文随笔等都有遗作，因此在他去世后三年中，他的同乡友人陈南士"觅得遗稿于江湾立达学园，凡新旧诗日记十数册以归"，编为《绝俗楼诗》。此书于1935年由南昌独学斋刊印发行，收旧体诗525首，词46首。遗著《绝俗楼我辈语》4卷，于1927年由上海开明书店出版。"这是部诗话兼谈文学，文笔简练雅洁，见解也高人一等，在唐宋明清历代诗话中，可以占一席之地。"③《白采的小说》（第一集），于1924年由上海中华书局出版，收录其小说7篇。郑伯奇于1935年编选《中国新文学大系·小说三集》，收录其《被摈弃者》。朱自清于1935年编选《中国新文学大系·诗集》，收录其长诗《羸疾者的爱》。

---

①《批评〈羸疾者的爱〉的一封信》，原载1925年8月23日《文学周报》第187期。

② 苏雪林：《神秘的天才诗人白采》，《中国二三十年代作家》，纯文学出版社，1983年，第144页。

③ 苏雪林：《神秘的天才诗人白采》，《中国二三十年代作家》，纯文学出版社，1983年，第143页。

第二节　长诗《赢疾者的爱》

英年早逝的白采，在其短暂的生命岁月里，真正的创作时间只有十年左右。白采的文学创作体裁比较广，小说、诗歌和散文随笔均有涉猎，其中以诗歌的创作成就最高。白采的诗歌创作，主要分为两个时期。前期的诗歌创作，主要以旧体诗词为主；后期的诗歌创作，白采才正式涉猎白话诗，并于1924年1月完成了长诗《赢疾者的爱》初稿的写作。该作品共4章，40段，130节，720余行，有10000余字。这是他唯一的新诗作品，于1925年4月以《白采的诗》为书名，由中华书局正式出版发行。此长诗一经出版，便引起了诗坛的关注，特别是"赢得了当年许多少男少女之青睐"①，受到广泛赞誉。

一、总体评价与基本内容

《赢疾者的爱》是白采写作白话诗的首次突破，也是他写作叙事性抒情长诗的初次尝试，而这个"首次突破"和"初次尝试"又都是一个非常成功的开端。但遗憾的是，这也是他最后的一次尝试。"他若不早死，我想他不仅能与徐志摩、朱湘并驾齐驱，甚或超而上之，也说不定。因为徐朱早年时代的作品，或乞助西洋或不脱旧诗词的羁束。"②这部长诗通过"赢疾者"在独自行游的漂泊途中偶遇一个"世外桃源般山村"发生的爱情悲剧故事，反映了诗人对黑暗的现实世界的抨击和揭露，以及对陈旧腐朽社会不妥协和不甘愿没落下去的抗争精神；歌颂了那些为生命的尊严而献身的人，以及理想世界中最纯洁、最深切、最无私、最忘我的爱。同时故事中散发出的一种悲苦情绪，也反衬出了诗人对未来新世界的美好憧憬，折射出五四时期知识分子的普遍心态和共同情感。该长诗充满着浓郁的浪漫主

---

① 张建智：《白采的名著：〈赢疾者的爱〉》，《博览群书》2010年第2期。

② 苏雪林：《神秘的天才诗人白采》，《中国二三十年代作家》，纯文学出版社，1983年，第151页。

义色彩，写得纯粹而富于理想化。诗人没有过于追求故事的曲折和情节的复杂，而是以抒情的方式紧紧围绕着"赢疾者"漂泊在"世外桃源般山村"这条中心线索，以人物对话的方式，来展开人物的内心世界和情感波动，并推动故事情节的发展。

这部长诗的主人公"赢疾者"其实就是艺术化了的诗人形象，虽然有部分虚构的幻想成分，但大部分内容几乎是白采一生的写照。在"赢疾者"身上，有着诗人的投影，他又是 20 年代中期中国失意的知识分子的形象写照。由于"白采的一生颠沛流离，饱经沧桑。'五四'狂飙掀过之后，一切归于平静，社会中弥漫着令人窒息的腐朽气息，加之父母相继去世，与妻子离异，这一切使他承受了巨大的心理压力，他的思想被幽暗的孤独寂寞所包围，他成了一个悲哀的愤世嫉俗的个人民主主义者。他一直未摆脱被'放逐'的感觉，他象一个'无根的过客'，只是社会的冷漠幽怨的旁观者"①。所以，他常年漂泊在外，居无定所、家庭不和、婚姻不幸，而且身体虚弱多病，小时候染上了严重疟疾，成年后也未断根，每到天气转凉病情就会复发。这样的身体和心理所经受的创伤，使得他内心充满着的悲苦需要宣泄。于是，诗歌创作就成了他宣泄的方式之一，也成了他精神寄托的一个重要场所。因而作品在虚幻与真实的相互结合中，采用了"我"这个第一人称并以对话的方式进行叙述，使得诗人的情感在表达上更加直接，也让读者的感受更加真实、更加亲切。这种创作手法，也使得主人公"赢疾者"身上带着浓郁的诗人"自叙体"的色彩。

整部作品的结构，主要由"赢疾者"分别与"年迈的老人""慈爱的母亲""真挚的好友""美丽的姑娘"四人对话组成。

---

① 汪义生：《白采及其〈赢疾者的爱〉》，《上饶师专学报》(哲学社会科学版) 1989 年第 1 期。

二、作品第一章的解读

长诗第一章采取的是"羸疾者"与收留自己的"年迈的老人"对话的方式进行叙述。

此章主要叙述了主人公"羸疾者"在踏遍了整个中国之后，一个偶然机会，来到一个安静祥和的美丽小山村，山村的主人是一位慈祥的老人，他有一美貌的独生女儿。老人收留了"羸疾者"，在盛情款待并了解了他丰富的阅历之后，有意将自己独生女儿的终身托付于他，因为老人的女儿也表达了对他的倾慕之情，"羸疾者"很感动，把慈爱老人的恩惠和漂亮姑娘的爱意，都刻在自己的内心深处，但是他不能答应，因为他知道自己是一位得了绝症且无药可救的肺病患者。

下面，让我们先来阅读《羸疾者的爱》第一章的第一段：

我不料来到了你们这里，
我虽足迹走遍了国中，
但不料来会到了你们这里！

你的盛意，我已明白；
当你对我表明你的付托，伊的倾慕，——
这正是一个年老人所该有的心事。

但是，
矜怜我！
我不能回答；
我是一个漂泊者。

这里山川的美丽；

> 这里主人的恩惠；
>
> 和你告诉我的关于伊的属意；
>
> 我都刻在心上。
>
> 但是我不能回答你所问的。
>
> 我是一个羸疾者。

对于老人的收留以及姑娘的倾慕，"羸疾者"是理智和现实的，更是心存善念的。当他从人生的恍惚与生活的虚幻回到现实中时，他只能拒绝。于是，老人极力劝导"羸疾者"：

> 你的声音呃咽着我听不清了！
>
> 在你荒渺的前途，
>
> 为什么不息地走着？
>
> 那残酷的人间，
>
> 你该与他们隔离；
>
> 那里只有纷扰不堪，
>
> 我却愿在这里给你以快乐。

尽管老人不断劝导，但在"羸疾者"的眼里，现实社会是黑暗的、陈旧的、腐朽不堪的，因为他在这个世界上所见到的一切，到处都是猥琐的，丝毫都觉察不到有新的变化，而且麻木不仁的国人与国人之间，同这个陈旧腐朽的社会一样，他也彻底看明白了"人们除了相贼，/便是相需着玩偶罢了"。所以，"羸疾者"不仅对自己灰暗的人生开始感到失望，对这个世界也开始感到厌倦。

他说：

> 若果我一无可以供你们的驱策，

我们彼此当然不生轇轕，

怎奈我终是不堪的脆弱，

便不如在你们游戏之前先被弃掷。

我是不愿那相贼的敌视我，

但也不愿利用的俳优蓄我；

人生旅路上这凛凛的针棘，

我只愿做这村里的一个生客。

接下来，作品继续以"羸疾者"与"年迈老人"之间的对话形式，来展开人物的内心世界，推动故事情节的向前发展，抒发情感的悲苦无奈。诗人这样写道：

你便是人间的福主，

你的话已和平极了！

但我有透骨髓的奇哀至痛，

——却不在我所说的言语里！

早使我甘背了正义。

我心上裂开湿漉漉的创口，

不敢悄悄提着走上你们的圣地。

我的罪恶如同黑影，

它是永远不离我的！

痛苦便是我的血，

一点一点滴污了我的天真。

我如果还能把它淜涤，

毕竟是要对寒泉惭愧，——

纵然磨濯了没有痕迹。

已不是纯真的心，

我便不再持赠人。

现在的我，

既失去了本有；

除了自己毁灭，

需要怜悯，便算不了完善。

爱着的越是烦恼，

伊却上了我的当了！

我虚飘飘的心，

你也约束不住了。

我们如果可比做戏剧，

我还记得见过那"一餐的故事"。

那便是：

——你做"慈爱"；

——我做"惭愧"；

——伊做"痛苦"；

把这些不同的脸谱，配搭一处，

那是多么好看的呀？

无奈我不能扮这个角色。

伊咥然的笑了吗？

——这正是我的意外。

我也只有引起伊这泪痕纵横里的一笑，

算是最后报答伊的了。

"慈爱"的老人！

　　　　"痛苦"的姑娘!

　　　　请饶恕你家里"惭愧"的旅客!

　　　　我说的话多么散乱,

　　　　足够证明我是不能得救。

　　在这里,虽然"诗中的'羸疾者'视长者、少女的关怀、爱慕为一种施舍和怜悯,为维持'自我完善'而加以拒绝,这正是白采悲观而自尊的心态的表露"①。但是"羸疾者"对老人和姑娘"爱"的拒绝,给老人的是寡情,给姑娘的是痛苦。这种爱也不是,不爱也不是的烦恼,也许只有他自己才明白,只能放在自己的内心深处,也只能让自己去背负着"寡情"和"罪恶"的名声。

　　因为"羸疾者"内心很清楚,"爱情"和"财富",对于一个得了绝症的人来说,都是虚幻的,不能长久的。他理智地拒绝,其实就是对当时现实社会的拒绝,也是维护自己人格尊严的自然流露。

三、作品第二章的解读

　　长诗第二章采取的是"羸疾者"与自己"慈爱的母亲"对话的方式进行叙述。

　　此章主要叙述了"羸疾者"带着无限的惆怅和深深的孤独感离开了小山村的老人和姑娘,疲惫不堪地回到家乡之后,向母亲倾诉了自己此次独自行游时,偶然来到一个"世外桃源般山村"所发生的事情。

　　而此章对"羸疾者"漂泊到小山村被老人收留后所发生事情的叙述,是以对话回忆的方式将事情经过全部告诉了读者,是对第一章所发生的未进行叙述的事情的再次补充。

---

　　① 汪义生:《白采及其〈羸疾者的爱〉》,《上饶师专学报》(哲学社会科学版)1989年第1期。

他说：

"慈爱的母亲：
你漂泊的儿子又归来了！
你给我不可推辞的恩惠！
你的恩惠不望报酬。

除是母亲，
有谁真爱着羸弱的儿子？
越是别人不爱，
在母亲越是贴心贴意的爱着。
我宁可被众人的遗弃，
只要永久蜷伏在母爱的幂下。"

"儿啊：
只有你知道我见了你的喜悦！
你乖巧的言语，
引起我蕴藏的苦泪。
在你飘泊的路上，
有了什么新闻？
在你孤独的行游，
见过什么异事？"

"母亲：
我没有得着什么新闻，
也没有见过什么异事。
因我在这猥琐的世上，一切的见闻，

丝毫都觉不出新异；
只见人们同样的蠢动罢了。

只有一次——
那是我不能忘记的一次，
我经过了快乐的村庄，
遇见那慈祥的老人，
同他的一个美丽的孤女；
他们是住在那深秀的山里。"

"儿啊：
他们给了你什么？
你凭谁的引导到了那里？
你可遭了什么恐惧？
我柔弱无知的儿子！"

"那是我独自行游去的，
——人家都说我是迷了路。
但我仍然高兴的走去，
我没有遭遇什么恐惧。
那老人给了我的只有爱；
那女子也一样的把爱给我；
母亲：
我却一一谢绝了！"

这一部分，"赢疾者"向母亲叙说了山村的老人和老人的女儿对他很好，不仅愿意把独生女儿许配给他，还愿意把老人一生最珍惜的许多藏书，以及他家里所有的田畴土地都给他，但是"赢疾者"都拒绝了。母亲听了之后，则开始责备他：

> 可爱的儿：
>
> 我们并不介意这些；
>
> 可是他们赠给你的精神的爱，生命的礼物，
>
> 你竟然没有接受着，
>
> 这必然要被诅咒了！
>
> 他们是何等隆重的礼意。

于是，"赢疾者"向母亲解释，因为自己患上了无药可救的肺病，不忍心去害老人和他的女儿；并借这个机会向母亲说明了自己患此疾病的原因，是因为婴儿哺乳期没有奶水喝，雇佣的乳娘奶水不够而被乳娘欺骗的缘故。

应该说，在整个第二章中，处处透溢出"那份游子对母亲的眷恋之情，感人至深。神圣的母爱在诗人看来具有支配人生的巨大力量，母爱是一切爱的根基，母爱是人类之爱的集中体现。诗人对母爱的讴歌中，似乎还蕴含着对当时那种污浊的社会、对统治阶级暴虐的不满与憎恨"[①]。

四、作品第三章的解读

长诗的第三章采取的是"赢疾者"与自己"真挚的好友"对话的方式进行叙述。

此章主要叙述了"赢疾者"没有继续留恋母亲的庇护，再次离家浪迹天涯，过着漂泊的生活，当他来到挈阔后再次相见的好友时，进行了一次诚心诚意的交谈。因为"赢疾者"对自己刚过去经历的事情，不仅需要一

---

① 汪义生：《白采及其〈赢疾者的爱〉》，《上饶师专学报》（哲学社会科学版）1989 年第 1 期。

位好友心贴心和面对面地交流，更需要一位知心的倾听者来帮他解惑。

他说：

"我的伙伴：
我们是契阔后的相见！
我有无穷的忧虑，
你能助我解决吗？"

"灵怪的朋友：
患着何事般忧？
向来是浪迹何处？
你如同枯蜡一般的脸子，
神色现出异常的委靡！
在你的忧疑中，
发生了什么事？"

"我的伙伴：
我所有的忧疑，正如你所说的！
我的憔悴，却不在我面上，
是在我心里；
我想避免人间的爱，
常怕受人的恩惠；
——我是心灵的虚怯者。"

"你的言语太茫昧，我不明白：
如同诗一般的晦涩难解。
我庆贺你还不曾失掉你本有的癫狂！"

　　当好友一脸疑惑表示对"羸疾者"需要解决的忧虑"如同诗一般的晦涩难解"时，"羸疾者"让好友不要用讥讽的口吻嘲笑他，这样会使得自己怵动的心很难受。于是，"羸疾者"的思绪再次回到了那安静祥和的"桃花源"般的美丽小山村。他对好友回忆道：

　　　　那正是我漂泊的途中，
　　　　经过了那清幽的山里；
　　　　我憩息在一个村庄的树下，
　　　　偶被人邀我到了他的家里。

　　　　那里虽间有游客经过，
　　　　但与外间很疏隔；
　　　　全村中罕有什么新奇的事。
　　　　那一年恰因了一次集议，
　　　　全村都充满了喜气，
　　　　为了有人将要托付他的处女。

　　　　我被了全村的优礼！
　　　　最初认识的便是年老的村长，
　　　　——他是一位隐士。
　　　　他飘着银丝一般的须发，
　　　　含笑着把我看做稀有的宾客。

　　　　那里确使我各事安乐，
　　　　我腼颜的盘桓着。
　　　　我住在村长的花园里，
　　　　在我一生只有那一时使我摄聚了心魄！

原来村中那一年的集议，

就是为了村长的事。

记得那是美丽的清晨，

主人第一次对我露出他的意旨！

——他身边正站着他顾长的爱女。

　　故事叙述到这里时，"羸疾者"让好友不要惊诧，这只是自己的一次奇遇，但自己却被桎梏一般，心里有一股说不出的忧虑、恐惧和紧张，这种可以去爱却由不得自己去爱的忐忑不安，一直萦绕在内心深处，因此希望向好友进行倾诉。

　　他说：

当那清幽的月夜，

主人的女，常随我同到森林之下；

清辉散满了我俩的衣襟，

凉飙吹动了我俩的心！

那同游本是主人允许的，

伊是主人的孤女。

伊对我诉说伊父亲垂老的心，

伊说伊喜欢见了我这个远方的游客。

这村长是高雅的隐士，

伊是村长美丽的孤女！

但是我有了心疾，

我不能说爱伊。

伊像相依的小鸟，

> 对我不住的啁啾，
>
> 有时向我的吱吱笑；
>
> 伊能使我陶醉！
>
> 但是我不能说爱伊，
>
> 我是有了心疾。

这一段抒写了"羸疾者"回忆姑娘对他的爱慕之情，每当在那清幽的月夜，姑娘总是常常与"羸疾者"一同沐浴着明月的清辉，并像小鸟一样依偎着他，迎着吹动两人心扉的醉人晚风，漫步在寂静的森林里……

清幽的月夜、美丽的姑娘、醉人的晚风、寂静的森林，在这样的环境里，虽然足以让"羸疾者"陶醉，但有了"心疾"的他还是不能对姑娘说"我爱你！"

对此，他让好友不要怀疑自己不能接受姑娘的爱是癫狂，自己也只是想把藏在内心深处的真实想法，与好友进行真心实意的交流，并咨询好友有没有什么意见和建议。

他说：

> 我眼见人们都穿过这重复的网口，
>
> ——各人求着宴安；
>
> 但为了倦怠找寻着刺激，
>
> 越是兴奋反更颓唐。
>
> 结果，快乐
>
> 更增进了衰弱！
>
> 我固然知道许多青年，
>
> 受了现代的苦闷，
>
> 更倾向肉感的世界！

但当这漫无节制的汛滥过后，

我却怀着不堪的隐忧；

——纵驰！

——衰败！

这便是我不能不呼号的了。

在这里，"羸疾者"与好友的对话，正如朱自清所说："看得世态太透的人，往往易流于玩世不恭，用冷眼旁观一切；但作者是一个火热的人，那样不痛不痒的光景，他是不能忍耐的。他一面厌倦现在这世界，一面却又舍不得它，希望它有好日子；他自己虽将求得'毁灭'的完成，但相信好日子终于会到来的，只要那些未衰的少年明白自己的责任。这似乎是一个思想的矛盾，但作者既自承为'羸疾者''癫狂者'，却也没有什么了。他所以既于现世间深切地憎恶着，又不住地为它担忧。"①

他说：

我并不蔑视现实。

垦辟草莱是佃夫的本职，

他不能向主人夸说梦中的收获富有；

但也不能留给后人一些秕种做粮食。

为了我们拥护生之尊严，

我便自己先受了严密的抉择。

离开现实便没有神秘。

我有最大的心衰——

---

① 朱自清：《白采的诗》，《朱自清序跋书评集》，生活·读书·新知三联书店，1983年，第154页。

为了我本质的缺陷，
也便毁灭了我深玄的信仰。

我不能谈那离开人间的天国，
但也不能使后人更见有人间的地狱。
我的工作，
只能为你们芟剔芜秽，
让你们更见乔皇璀璨！

我正为了尊重爱，
所以不敢求爱；
我正为了爱伊，
所以不敢受伊的爱。

请恕我，
我的话太茫昧！
但你总可听出我的哀声，
羸弱把悲哀灌满了我的全生命！
我是常常这般患着心悸。

　　好友在听了"羸疾者"的倾诉之后，不再与其辩驳。因为他听得出也看得出，"羸疾者"拒绝山村老人的善意挽留及其女儿对他的爱慕之情，并不是出于其本意。于是指责"羸疾者"不理智，被悲哀的情绪蒙蔽太久了，何苦这样偏执呢？难道不应该好好思考一下自己未来的归宿？完全顾及别人，或许太过忧虑了：

　　人生都不过汲汲求着偷安，

各人忙着寻些"苦趣"，

谁不是"所挟者少，所求者奢"？

你却常常自扰！

我不是异教徒，

用不义的话向你探试；

但世界久被魔王统治了，

为了守牢我们本分的生，

诙诡，隐忍，便是我们正当的生法！

对于好友的指责和劝导，"嬴疾者"自然没有听进去。他认为自己没有追求快乐的本钱，虽然人类的生存是为了快乐，而"不是相呴相濡的苟活着。"但是"既然恶魔所给我们精神感受的痛苦已多"，就"更该一方去求得神赐我们本能的享乐"，可是自己却得了绝症，且是无药可救的肺病患者，所以只能在现实生活中甘愿落伍了。

尽管如此，好友在最后的临别时，再次劝导和忠告"嬴疾者"：

朋友：

你的见解，不可过求艰深，

艰深更能使你的行为舛错！

人们原不过尔尔，

都是"病的"，

都将就些受着"疗治"。

你有了痼疾的心灵，

容易发着高烧，

你比别人更需要调剂！

牢记我临别的忠告：

——愿你归向平易的寄托。

应该说，这一章通过"羸疾者"与好友推心置腹的交谈，将一种悲观的情绪及精神的灰暗，在两人相互的对话中进行了淋漓尽致的展现，而这种悲观主义心态正是当时黑暗腐朽的社会环境给予人性挤压的现实反馈与精神观照。

五、作品第四章的解读

长诗第四章采取的是"羸疾者"与倾慕自己的"美丽的姑娘"对话的方式进行叙述。

此章主要叙述了爱情给予了姑娘无穷的动力，她毫不犹豫地抛下自己垂老的父亲，"陌生生一人"不辞辛苦，从遥远的美丽小山村跋涉而来，追寻自己的爱情，尽管在自己历尽千辛万苦之后找到了心中倾慕的"羸疾者"，但这份来自遥远的爱，最后仍然被他拒绝。

其实，"羸疾者"虽然一直逃避痴情的姑娘，但在见到不远千里寻找而来的姑娘时，他也是感到非常惊喜的，并爱怜地问道：

这不是梦里吗？

我们同流着惊喜的泪！

这离别中间，

你经过了什么不幸？

这跋涉的途中，

你遇着了什么意外？

而姑娘的则反问"羸疾者"："你的聪明，/也该猜测猜测着许多处女的心房里，/除了'所生'的爱该有谁？……/你除了你的父兄，/是不是需要你的朋友？/那末，你便不用怀疑这千里寸心的我了。"

当然，对"羸疾者"爱怜的嘘寒问暖，姑娘也是非常感谢！并向他袒露了内心深处的真情：

> 谢你问讯，
> 我一切都平安。
> 我凭着爱神的光辉生着，
> 也凭着爱神的保护送我到这里。
> 我是舍了我可爱的父亲，
> 我寻找和父亲一样可爱的。
>
> 一个人如果只有了"母爱"便够了，
> 那末，
> 他便可以永久躲在襁褓里了。
>
> 我们固然需要广博的爱，
> 但也需要更深刻的。
> 亲爱的先生：
> 你如果有意肯扶助我一生，
> 便请你早送我要还家去……

看得出，经过了五四大潮洗礼后，与"创造社""文学研究会"等进步社团成员密切交往的白采，对这一时期所提倡的新文化、新思想、新风尚，反对旧文化、旧思想、旧道德，提倡男女平等、恋爱自由、婚姻自主，反对男尊女卑、买卖和包办婚姻，争取个性解放等，在他的作品中得到了很好的体现。从此长诗中这位姑娘身上所反映出的，正是五四时期的青年奋力打破封建思想的桎梏，以及努力追求恋爱自由和婚姻自主等方面的要求。

作品中这位有着火一般热烈的痴情姑娘，在爱神给予的力量下，勇敢地突破了几千年来女性无权主动追求自己的爱情，以及美好幸福生活的封建道德礼教圈禁。她的爱是那样的炽热和深沉：

> 执拗的人啊：
> 你是比别人更强项了；
> 但你比别人也更痛苦了！
> 自示孱弱的人，
> 反常想胜过了一切强者。
>
> 我知道你的，比你自己知道的更多：
> 你比那心壮的更心壮！
> 比那年少的更年少！
> 你莫谩我，
> 我是爱着你了。
>
> 由各人观察适合的，便算完善。
> 你是我所认为最满意的，
> 在我正得着我所要得的，
> 我便是完善了。
>
> 只要许我一次亲吻，我便值得死；
> 只要许我一次拥抱，我便是幸福。
> 用我自己的手摘的果子虽小，
> 我却不贪那更大的了。

姑娘对爱情毫无保留的执着追求，确实也打动了"羸疾者"，使其为她的真情表白所感动，但当他看到民族萎靡，国家积弱，民众大半都是多余人物时，想到自己又是得了绝症，于是劝导姑娘：

> 你该保存"人母"的新责任。
> 这些"新生"，正仗着你们慈爱的选择；
> 这庄严无上的权威，
> 正在你们丰腴的手里。

面对美丽多情的姑娘，"羸疾者"也开始敞开了心扉，表示自己虽然也确实有过心动，爱意也确实在内心深处萌生过，但是这些都如同自己茁壮的青春流逝了，而且现在自己又是一个肺病患者，所以不敢自私地去说爱，更不敢用自己残缺的爱去接受这份纯洁的爱。同时"羸疾者"劝导姑娘要爱惜自己，珍惜自己天生的丽质以及易逝的青春，应该找一个人格健全和身体健硕的男人去爱。

他说：

> 你须向武士去找寻健全的人格；
> 你须向壮硕像婴儿一般的去认识纯真的美。
> 你莫接近狂人，会使你也变了病的心理；
> 你莫过信那日夜思想的哲学者，
> 他们只会制造些诈伪的辩语。
> 羞耻啊！——
> 我不如武士和婴儿，
> 我只是狂人哲学者的弟子。
>
> 羸弱是百罪之源，
> 阴霾常潜在不健全的心里。

> 我不敢求你怜恕，
>
> 我已是不中绳墨的朽质；
>
> 在你看出忠厚，
>
> 都是我不可赦的堕落！

对于"羸疾者"仍然坚持拒绝姑娘的爱，并不断劝导姑娘担起"人母"的新责任，重新选择"新生"的爱情，以便改良我们这个"积弱的国"和"萎靡的民族"。而这"正是尼采超人思想"，就是"宁愿牺牲自己为中国下一代种族着想，思想之正大光明，也真教人起敬起爱"。[1]

但是，对"羸疾者"的劝导，姑娘不但没有接受，却反过来苦口婆心地劝导"羸疾者"是自己把自己逼在了偏激的路上，指责他在小山村时的绝情是对"垂老的父亲"的侮辱，是对自己的蔑视，应该要为自己欺负老弱父女的行为感到惭愧。

她说：

> 我心爱的人：
>
> 你的话太悲酸了！
>
> 你该自己平静些罢。
>
> 你是太受了世俗的夹挤，
>
> 把你逼向这更偏激的路上。
>
> 但有人却倾心于别人所弃的；
>
> 溺爱的愈觉可爱，
>
> 不易接触的愈觉可贵！

---

[1] 苏雪林：《神秘的天才诗人白采》,《中国二三十年代作家》, 纯文学出版社, 1983 年, 第 151 页。

你莫自馁，

为了你——

爱的力，使我反厌弃了一切的健全。

你不须唱着往而不返的歌，

我将轻轻招手唤你转来；

你凡是失败过后，

便可奔向我松松放开的怀里！

我虽不愿对你怨恨，

但你该记得在我家里的不逊！

那便是——

"慈爱"受了你的侮辱；

"痛苦"受了你的蔑视；

你忍心欺负了老弱的父女，

我倒要替你"惭愧"。

　　姑娘对"羸疾者"绝情的指责，其实更多的是含有苦苦的开导和乞求。姑娘开导他千万不要因为自己所患的病，失去自信而畏缩、泄气，并表明爱情的力量已经使得自己反而厌弃了一切人格健全和身体健硕的人，现在只求他不要再故意摧伤自己那颗苦恋着的柔弱的心；同时表示自己是一路上踏着自己的眼泪追寻而来的，如果能答应并互相搀着手一起回到那美丽的小山村和老父亲同住，自己便将含笑着一步步再踏上千辛万苦追寻而来时的泪迹回去。

　　于是，姑娘又继续开导和乞求道：

我如果还能得着我所寻求的，

　　——这最后胜利的凯歌，

　　便不负了我所损失的。

　　当牧儿再见他所失去的小羊时，

　　顿然忘了才被主人鞭挞的痛苦。

　　你不能体贴我些些吗？——

　　我是不愿我年老的父亲常为我操心；

　　你也该知道我两头牵挂着一心！

　　如今，我将乞求你最后的决定，

　　你不能试这样向我说："回心"吗？……

　　对姑娘的开导和乞求，"羸疾者"依然铁石心肠，不为所动，其实"他并非不懂得珍惜姑娘的爱情，他实在是不忍心看到一朵含苞欲放的花朵为他——一个无可救药的羸疾者而萎谢"[1]。因此，"羸疾者"回答道：

　　请莫把这柔软的网，张在我四面，

　　莫把这陶醉的语言，灌入我心里；

　　败了的战士，受着慰抚反更觳觫！

　　枯卉浇上甘霖，更增添它死灭的警惕！

　　铩了羽毛的鸟，

　　不敢向它的伴侣张开尾巴；

　　落地的花，

　　羞红了脸，再不能飞上枝头；

---

　　① 汪义生：《白采及其〈羸疾者的爱〉》，《上饶师专学报》（哲学社会科学版）1989年第 1 期。

我落魄的心，
不敢再向你面前夸示。

我将耐着苦空，
如同那些僧侣；
我将忏着已往，
甘心做一个狷者；
我将在梦里伴着你，
你只当我是不归的荡子。

群花争笑着迎接春王，
但这不是枯卉的事；
你是人间最可爱的，
但这不是我的事；
为了怕阻碍阳春的工作，
我不该枉占却一寸园地。

　　最后，"羸疾者"以决绝的心态，规劝姑娘早日回到自己的故乡，他也表示："那里山川的美丽，/那里主人的恩惠，/我永不能忘！"现在只能默默祈祷并祝福："我愿你们如山如川的安宁美丽；/在这莽莽的天涯，/须记常有人遥为你们祝福！"但是"羸疾者"呢？他将再次向着自己渺茫的前途迈进，自己所做的一切，也决不反悔。所以，他恳请姑娘决绝了吧！而他自己，则："我将求得'毁灭'的完成，/偿足我羸疾者的缺憾。"

六、艺术特色与历史地位

　　20世纪初，从西方流传到国内的尼采哲学，对中国的作家和诗人的影响是巨大的。白采也不例外。尼采哲学中的强烈的生命意识和自主的个人意志，让他看到了生活的希望，对未来充满着憧憬。受其影响，《羸疾者的爱》对生命痛感的抒写，是其所要表达的主要思想，也是白采所持的生命观逐渐形成的源头。对此，朱自清在第一时间阅读《羸疾者的爱》之后，就认为白采的这部长诗受到了尼采的影响，而且也得到了白采本人的承认。朱自清在《白采》一文中写道："有一会平伯到白马湖看我。我和他同往宁波的时候，他在火车中将白采的诗稿《羸疾者的爱》给我看。我在车身不住的动摇中，读了一遍，觉得大有意思。我于是承认平伯的话，他是一个有趣的人。我又和平伯说，他这篇诗似乎是受了尼采的影响。后来平伯来信，说已将此语函告白采，他颇以为然。"[①]关于这一点，朱自清还在他对《羸疾者的爱》的专论《白采的诗》中进行过论述：

> 作者虽盼望着超人的出现，但他自己只想做尼采所说的"桥梁"，只企图着尼采所说的"过渡和没落"。因为"我所有的不幸，无可救药！/我是——/心灵的被创者，/体力的受病者，/放荡不事生产者，/时间的浪费者；/——所有弱者一切的悲哀，/都灌满了我的全生命！"而且"我的罪恶如同黑影，/它是永远不离我的！/痛苦便是我的血，/一点一点滴污了我的天真。"他一面受着"世俗的夹搀"，一面受着"生存"的抽打和警告，他知道了怎样尊重他自己，完全他自己。"自示孱弱的人，/反常想胜过了一切强者。"他所以坚牢地执着自己，不肯让他慈爱的母亲和那美丽的孤女一步。我最爱他这一节话："既不完全，/便宁可毁灭；/不能升腾，/便甘心沉溺；/美锦伤了蠹穴，/先把他焚裂；/钝的宝刀，/不如断折；/母亲：/我是不望超拔的了！"他是不望超拔的了；他所以不需要怜悯，不需要一切，只向着一条路上走。"除了自己毁灭/便算不了完善。"他所求的便是"毁灭"的完成，这

是他的一切。所谓"毁灭"，尼采是给了"没落"的名字，尼采曾借了查拉图斯特拉的口说："我是爱那不知道没落以外有别条生路的人；因为那是想要超越的人。"作者思想的价值，可以从这几句话里估定它。我说那主人公生于现在世界而做着将来世界的人，也便以这一点为立场。这自然也是尼采的影响。关于作者受了尼采的影响，我曾于读本篇原稿后和一个朋友说及。他后来写信告诉作者，据说他是甚愿承认的。[①]

另外，陆耀东在评论冯至的诗时，也谈到了白采的这部长诗《赢疾者的爱》受到了尼采的影响，他认为白采"深受尼采的愤世嫉俗思想影响，在孤傲的绝望之声里，也曲折地表现了对'积弱的国''委（萎）靡的民族'的现状的不满"[②]。

与此同时，起源于法国的象征主义文学思潮，也于 20 世纪初传入中国，特别是李金发在法国留学期间第一个将西方象征主义自觉地移植进中国新诗创作实践，对中国新诗的发展产生了深远的影响。这一时期，白采的新诗创作虽然带有浓郁的浪漫主义色彩，但在一定程度上又受到了波德莱尔[③]象征主义的影响。因此，《赢疾者的爱》在创作中注重主观真实的同时，运用了想象、象征、暗示、隐喻等艺术手法来表达自己的内心感受。尽管有些地方的想象没有持续，比喻也不是那么奇丽，但"整首诗的结构和剪裁十分精巧，为了表情达意的需要，有时实写，有时虚写，灵活自如。诗行排列参差，又有内在的韵律，读来琅琅（朗朗）上口。语言朴实浅显，

---

① 朱自清：《白采的诗》，《朱自清序跋书评集》，生活·读书·新知三联书店，1983 年，第 157—159 页。

② 陆耀东：《论冯至的诗》，《中国现代文学研究丛刊》1982 年第 2 期。

③ 夏尔·皮埃尔·波德莱尔（Charles Pierre Baudelaire，1821—1867），法国十九世纪最著名的现代派诗人，象征派诗歌先驱，在欧美诗坛具有重要地位，其代表作《恶之花》是十九世纪最具影响力的诗集之一。

清新明丽"①。

虽然《赢疾者的爱》是白采唯一的新诗，不过在20世纪20年代的中国诗坛，堪称是继郭沫若长诗《凤凰涅槃》问世之后又一部杰出的长诗。白采这样"壁立万仞，一空倚傍，天马行空，独来独往的大手笔与非凡的气魄"②，也成为当时新诗创作的典范。然而《中国现代文学史》和《中国诗歌通史（现代卷）》均未提及白采及其长诗《赢疾者的爱》，正如令谷林③不解的是，"一部厚厚的《中国文学家辞典》在诗人条目中，只有白朗、白桦而无白采"。"为此，谷老把这现象当作有趣的课题来研究，将旧书翻寻。他隐约记得俞平伯、朱自清作品中有所记述。果然在《燕知草》中检得《眠月篇》，题下有记：'呈未曾一面的亡友白采君。'俞平伯在后来的回忆中说：'其时新得一友曰白采，既未谋面，亦不知其家世，只从他时时邮寄来的凄丽的诗句中，发现他的性情和神态。'"④但白采及其长诗《赢疾者的爱》为新文化运动后叙事长诗的开拓作出的重要贡献，是不会在历史长河中湮灭的。白采在这部长诗的创作上，不仅进行了艺术上的新追求，将旧体诗词创作中的旧思维、旧意境、旧辞藻一扫而尽，而且以全新的思维和意境，构建出了耳目一新的新气象，以及艺术观赏上的新感觉。

---

① 汪义生：《白采及其〈赢疾者的爱〉》，《上饶师专学报》（哲学社会科学版）1989年第1期。

② 苏雪林：《神秘的天才诗人白采》，《中国二三十年代作家》，纯文学出版社，1983年，第151页。

③ 谷林（1919—2009），原名劳祖德，1919年12月出生于浙江省鄞县。1937年起在银行和工商单位从事会计工作直至全国解放。中华人民共和国成立后在新华书店总管理处继续任职会计。1975年曾在中国历史博物馆参加历史文献的整理，他用了13年时间完成230万字《郑孝胥日记》的点校。最初，谷林先生为《读书》杂志担任义务校对、义务编辑及义务评论员，在《书友》《清泉》《开卷》《书人》等流行不宽的民间刊物上发表文章。其于1988年出版《情趣·知识·襟怀》，1995年出版《书边杂写》，2004年与张阿泉合作出版了《答客问》，2005年出版《淡墨痕》《书简三叠》。2009年他因心肺功能衰竭于1月9日在北京去世，享年89岁。

④ 张建智：《白采的名著：〈赢疾者的爱〉》，《博览群书》2010年第2期。

第四章　饶孟侃的诗歌创作

第一节　生平和创作道路

饶孟侃（1902—1967），原名饶子离。江西南昌人。他出生于江西省南昌县礼坊村的一个没落的地主家庭。饶家姐弟二人，饶孟侃有一个姐姐名饶孟敏，中华人民共和国成立前曾任南昌女子公学校长。饶孟侃的父亲饶祖荫很重视子女的教育，不仅在儿子幼年时就送他入私塾，甚至还让女儿读书。饶孟侃幼年在家乡读私塾时，即对古典诗词产生兴趣。11 岁时，饶孟侃开始学赋诗，曾以一首《咏池荷》获得私塾老师的赞许，他从此迷上了古典诗词。后来父亲过早去世，家中靠母亲饶谭氏操持。

1916 年，14 岁的饶孟侃考入了旧制清华大学读书，专习英语。在这里，他逐渐成长为一个文学青年，以"子离"之名与子沉（朱湘）、子潜（孙大雨）、子惠（杨世恩）并称为"清华四子"，其文学才华已经初露锋芒。1919 年，他参加五四运动，上街游行，到天安门集会，成为其中一个高呼"外争国权，内惩国贼"的热血青年。在五四文学革命浪潮的冲击下，1921 年 11 月 20 日，清华大学成立文学社。两个多小时的成立大会结束后，梁实秋当选为文学社干事，闻一多被选举为文学社书记，诗歌组领袖也是闻一多，这是一个以研究文学为宗旨的团体。1923 年 5 月 21 日，文学社开"送旧迎新会"，送的是闻一多等人出国留学，迎的便是饶孟侃等七人入社。1924 年 7 月，饶孟侃从清华大学毕业，由于当时清华系庚子赔款学校，依照惯例，一般是毕业后即派往美国留学。但饶孟侃生性秉直，与清华美籍学方人员顶撞，又拒绝向其道歉，而放弃了出国留学的机会。[①] 于是就留在北平，"与朱湘等同住，每日吟诗作文，不亦乐乎"。

1926 年 3 月 18 日，数千北京学生和市民集合于天安门前举行"反对八国最后通牒国民大会"。大会结束后，游行队伍由李大钊率领，一时群情激昂，呼啸冲向国务院。游行队伍按预定路线，从天安门出发，经东长安街、东单牌楼、米市大街、东四牌楼，最后进入铁狮子胡同（今张自忠路）东口，在段祺瑞执政府（今中国人民大学清史研究所）门前广场请愿。段祺瑞下令开枪镇压，制造了震惊中外的"三一八"惨案。惨案发生后，诗人中最早作出反应的是饶孟侃和闻一多，他们相继发表了揭露敌人暴行、歌颂爱国志士的诗篇。3 月 25 日，离惨案不到七天，饶孟侃率先在《晨报》上发表了 22 日写成的《三月十八日——纪念铁狮子胡同大流血》，充分表达了诗人难以压抑的愤怒。

1926 年 4 月 1 日，《晨报·副刊·诗镌》创刊。饶孟侃和闻一多成了最卖力的人，他们经过不懈的努力，把《诗镌》创刊号做成了纪念"三月十八血案的专号"。值得注意的是，《诗镌》第一号发表了饶孟侃旧稿改成的《天安门》："前面那空地叫天安门，如今闹的却是请愿和游行。不知道爱国犯了什么罪，也让枪杆儿打得认不得人？——身上是血，脸上发青，好不容易长成个人！……"[②] 这首诗与闻一多写的《欺负着了》相互呼应，呼喊着正义之声。这次"诗歌之和"是饶孟侃和闻一多等倡导文艺运动与爱国运动相结合的一次成功尝试，在当时影响颇大。同年 6 月 10 日，《诗镌》共出 11 期后，便停刊了。随后，北京的新月社解散，大家纷纷南下。饶孟侃曾打算同闻一多一起去筹办中的南昌中山大学任教，但他们看到这

---

① 周良沛：《卷首》，周良沛编选：《〈中国新诗库〉第三辑：饶孟侃卷》，长江文艺出版社，1991 年，第 2 页。

② 饶孟侃：《天安门》，周良沛编选：《〈中国新诗库〉第三辑：饶孟侃卷》，长江文艺出版社，1991 年，第 23 页。

所大学筹建不起来，便一同从九江辗转来到了上海，任教于复旦大学。

1927 年 6 月，饶孟侃在上海与闻一多、胡适、潘光旦等共同筹办新月书店。书店于 7 月 1 日在环龙路别墅四号正式开张，总发行所开始设在望平街，次年迁到四马路中市九十五号，编辑所设在麦赛尔蒂罗路一五九号。胡适任董事长，余上沅为经理兼编辑主任，闻一多、梁实秋、徐志摩、饶孟侃、叶公超、胡适等 11 人为董事。与此同时，新月同人开始筹办《新月》月刊。经过半年多努力，在 1928 年 3 月 10 日，《新月》在上海创刊。版权页上署明，编辑所在"法界华龙路新月书店编辑所"，刊物由"上海望平街新月书店发行"。刊物没有设"主编"，只署名编辑者为徐志摩、闻一多、饶孟侃。这份十八开方形，如蓝天的蓝纸封面，如月色的白纸写上"新月"二字的签条贴在蓝封面纸上的刊物，一出版便给人以清新的印象，风靡一时，很快销路赶上了《东方杂志》。就在刊物创刊不久，闻一多去南京教书，徐志摩又是诗坛活跃的头面人物，不可能全身心投入编辑工作，编务的担子实际上全部压在了饶孟侃肩上。但他因为选稿等问题与"新月社"的其他人产生分歧，虽然徐志摩和余上沅也曾出面进行过调解①，不过后来又在涉及《新月》议不议政的问题时，饶孟侃坚持自己的主张，即刊物只刊登文艺作品和学术论著，不赞成《新月》陷入政治论争中去。为此，原有的分歧日益加深，分歧的内容与原先的也不同了，于是，饶孟侃写信

---

① 据饶孟侃在其未刊稿《关于新月派》中写道："不久闻一多因去南京教书，离开了上海。虽说轮着他集稿，还是一切由他作主，但更多的具体安排不得不由我暂来代替，事实上我便多编了一期。因此又引起了矛盾，原来胡适便想趁机抓住这个已经有了号召力的刊物，因闻一多去南京，月刊已经显得力量薄弱，原议由他另办一个《苦茶月刊》，岂不是更分散了精力吗？所以不如趁机合作，而得其便。胡事前没有料到他竟会如此遭到反对，碰巧这时他所推荐的一部（陈衡哲写的）诗集也被我这个审稿人否决了，因此大发雷霆，扬言要抽出他那一部已排印了一半的《白话文学史》，似乎真的要和大家决裂。其实这仅仅是一种姿态，大家也没有被他吓倒，于是徐志摩、余上沅便来出来转旋，劝我们同意改组月刊，把三人改为五人（加上梁实秋和叶公超）来敷衍他的面子，这算是第二次的分歧。"

征询闻一多的意见。闻一多回信完全赞成他的主张，并建议"今后你还宜多写诗和努力教书，最好一有机会便离开上海"。这个劝告，深深影响了饶孟侃，使得他毅然决定离开他苦心经营了一整年的《新月》，于1930年8月与朱湘一道去了安徽大学教书。离开后，饶孟侃说："这一走，不仅与'新月'日益疏远，而且把我的诗兴也带走了！"此后，饶孟侃确实很少写诗。①

后来，饶孟侃又在浙江大学、南京大学、西北联合大学任教，并从事少量的诗歌创作。在创作上，他十分注重中国诗歌传统的表现方式。1931年1月，徐志摩等人创办了《诗刊》，饶孟侃和闻一多依然是最卖力工作的人。徐志摩在《〈诗刊〉放假》中这样写道："实际上我虽则忝居编辑的地位，我对《诗刊》的贡献，即使有，也是无可称的。在同人中最卖力气的要首推饶孟侃与闻一多两位；朱湘君，凭他的能耐与热心，应分是我们这团体里的大将兼前行，但不幸（我们与读者们的不幸）他中途误了卯，始终没有赶上，这是我们觉得最可致憾的；但我们还希冀将来重整旗鼓时，他依旧会来告奋勇，帮助我们作战。……杨子惠孙之潜两位应受处分，因为他们也是半途失散，不曾尽他们应尽的责任；他们此时正在西湖边乘凉作乐，却忘了我们还在这大热天的京城奋斗。"②

1939年8月，应国立四川大学聘，他到成都任外文系教授（一直到1954年9月）。他在外文系主要讲授英国文学、英诗和莎士比亚，最后还担任过系主任一职。在这整整15年时间里，他与川大和成都结下了深厚的缘分。1939年4月21日，《半月文艺》创刊，这是由四川大学学生方敬等人组织的文艺研究会主办的，刊物延至1942年9月15日，共出版10期，其活动达5年之久，在当时川大师生间影响颇大。在这段时间里，饶孟侃对

---

① 周良沛：《卷首》，周良沛编选：《〈中国新诗库〉第三辑：饶孟侃卷》，长江文艺出版社，1991年，第4—5页。

② 徐志摩：《〈诗刊〉放假》，《晨报》副刊《诗镌》第11号，1926年6月10日。

这些文学青年给予了很大的鼓励和帮助。林栖在《五年来的文艺研究会》一文中说："文艺的空气，这时也特别的活跃，文研会的会员由三十九人猛然增加到一百多名，我们的导师也增加了有顾绥昌、饶孟侃、周熙良、刘盛亚诸先生，他们给了我们许多的帮助，忠实热忱的指导，是大家同学感激不忘的。"

1946年7月15日，闻一多被暗杀，举国震惊。同年8月18日上午9时，成都各界借西顺城蓉光大戏院举行为领导民主运动而被暗杀的李公朴、闻一多两位烈士的追悼会。张澜、李璜、邵从恩、李伯申、范朴斋、马哲民等各界人士两千余人到会。李璜、朱自清、张澜等相继发言，张澜慷慨演说，主张严办凶手及幕后主使人。会后，一伙暴徒尾随张澜，以大玻璃瓶等猛掷，导致其头部受伤。在如此白色恐怖之下，与闻一多有着深厚友情的饶孟侃，不顾生命危险，参加了追悼会。老友虽逝，但饶孟侃的愤怒和思念并未随时间的磨损而减少。

中华人民共和国成立后，饶孟侃以兴奋和喜悦的心情迎接成都解放。1950年，他应邀参加川西第一届文艺工作者代表会。1954年，全国高等学校院系调整，四川大学外文系撤销，饶孟侃调中国人民大学外交系任英语教授。1956年，外交学院成立，时任国务院副总理兼外交部部长陈毅兼任该院院长。饶孟侃调该院任英语教授，后兼任工会主席。在陈毅兼任该院院长期间，曾多次鼓励饶孟侃继续创作。于是，诗人又重新焕发写作热情，提笔创作，并将所写诗稿送陈毅审阅。陈毅审阅后，交由《诗刊》发表，比如《天安门——第六届国庆观礼口占》等诗作。

1967年，饶孟侃因胃癌医治无效逝世，终年65岁。

第二节　格律体新诗创作

饶孟侃从事文学创作40余年，主要作品有1929年自印的诗集《泥人集》和根据元曲本写的中篇小说集《梧桐雨》，以及 1924 年由中华书局出版的译著 J·Mansfield 的《兰姑娘的悲剧》、1931 年商务印书馆出版的译著 L.Housman 的《巴黎的回音》等。但是，由于饶孟侃健在时，没有对其文学作品进行搜集、整理、研究和出版，再加上"文革"动荡，他的创作手稿大都遗失，留存下来的新诗基本上是二三十年代创作的 30 多首作品，以及 3 篇诗论文章，而且这些现存诗作都是从与徐志摩有关的《诗镌》《新月》《诗刊》等刊物抄录下来的。尽管这些现存的诗作不能反映饶孟侃创作的全貌，但他却是"新月派"不可遗忘的奇迹诗人。1931 年 9 月，陈梦家编辑的《新月诗选》由上海新月书店出版。其中选饶孟侃诗有《呼唤》《蘅》《招魂》《走》《无题》《三一八》等 6 首。陈梦家在序文中指出："……同样以不苟且的态度在技巧上严密推敲，而以单纯意象写出清淡的诗，是饶孟侃。澄清如水，印着清灵的云天。《呼唤》《蘅》《招魂》，全一样皆是清淡可喜的诗。四行《走》有他试创的风格。"[1]

虽然饶孟侃一生创作的新诗作品不多，留存下来的更少，但是他作为自陆志韦[2]之后的"格律体新诗"的实验者之一，为"新月诗派"形成一股潮流以及中国新诗的发展作出了重要贡献。"饶孟侃既热心于新诗体制的输入与音节的试验，又热衷于理论的探讨，批评的开展，还特别努力于刊物的编辑……"[3]他与闻一多是第一批实验新的格律形式的新诗人之一（稍早

---

① 陈梦家：《新月诗选·序言》，《新月诗选》，新月书店，1931 年，第 2 页。

② 陆志韦（1894—1970），别名陆保琦。浙江省吴兴县人。语言学家、心理学家、教育家、诗人。1894 年生于浙江省湖州府乌程县（今吴兴县）南浔镇。1913 年毕业于东吴大学，1916 年赴美国留学，专攻心理学。1920 年获得芝加哥大学哲学博士学位。同年回国，历任南京高等师范学校教授、东南大学、燕京大学心理学系教授、系主任、燕京大学代理校长、校务委员会主席、校长等职。1952 年调入语言研究所。在 30 年左右的时间里，他利用现代语言学的理论和方法，撰写了一系列论著，在语言学领域里取得了非常卓越的成就，而在汉语音韵学和语法学两方面尤为突出。他是中国现代音韵学的开拓者之一，也是现代汉语构词学的奠基人。

③ 王锦厚：《饶孟侃的诗歌"奇迹"》，《闻一多与饶孟侃》，电子科技大学出版社，1999 年，第 232 页。

于他们的除了有陆志韦之外，还有刘梦韦，但影响均不如他们），因为他与闻一多是"最早有兴味探讨诗歌理论和艺术的"。对于此，徐志摩与陈梦家等诗家也给予了高度的评价。徐志摩在《〈诗刊〉放假》一文中，不但赞扬《诗刊》同人中"最卖力气"的饶孟侃和闻一多，而且在文章最后特别提到饶孟侃创造了诗歌的"奇迹"："孟侃从踢球变到作诗，只是半年间的事，但他运用诗句的纯熟，已经使我们老童生们有望尘莫及的感想，一多说是'奇迹'，谁说不是？"①五年之后，陈梦家在《新月诗选》的序文中也对饶孟侃给予了非常高的评价："影响于近时新诗形式的，当推闻一多和饶孟侃，他们的贡献最多。"②

一、格律体新诗的试验写作

何为格律体新诗？在此，综合一下陈良运的观点，会更加便于理解。他认为，格律体（实际上还包括半格律体）新诗主要是针对自由体新诗而言的。自新诗诞生以来，由于以现代口语入诗，自由体已冲破了任何格律的束缚，意欲创造新格律体的诗人，也不得不去寻找可以容纳现代语言入诗的新格律样式。新格律体在篇无定节，行无定字、不计平仄等方面区别于旧格律；在节有定行、行有定拍、换韵有序等方面区别于自由体。用历史的眼光来看，新格律体的语言排列组合的方式已完全不同于旧格律体的排列组合的方式，从而实现了一场从内容到形式的革命。③

饶孟侃在试验格律体新诗写作时，特别强调新诗的音节。他说："我们讲一首诗的音节，决不是专指那从字面上念出来的声音；把它的可能性分

---

① 徐志摩：《〈诗刊〉放假》，《晨报》副刊《诗镌》第 11 号，1926 年 6 月 10 日。
② 陈梦家：《新月诗选·序言》，《新月诗选》，新月书店，1931 年，第 2 页。
③ 陈良运：《试议格律体新诗发展的前途》，《新诗艺术论集》，江西人民出版社，1986 年，第 65 页。

析一下，实在包含得有格调，韵脚，节奏，和平仄等等的相互关系。"[①]比如他于 1925 年 12 月 31 日发表在《晨报·副刊》1418 号上的《醉歌》一诗：

> 伙计们，就干了这杯罢！
> 咱这儿还有几壶莲花白。
> 这大冷天儿烤着炉火，
> 那里有杯酒斜阳的可爱？
>
> 伙计们，咱再干一杯罢！
> 你瞧那太阳也象个醉汉；
> 他歪躺在西山的背后，
> 把玉泉山塔当酒瓶儿玩。
>
> 伙计们，再干了这杯罢！
> 要说这年头儿真不相干；
> 就让他们打翻了太阳，
> 咱还能抱着这一只酒罐。

这是目前能找到的，饶孟侃最早发表的一首格律体新诗。此诗不但讲究了平仄的运用，而且还在每节的第二句和第四句进行了押韵："白""爱""汉""玩""干""罐"。同时，该作品的句式也进行了变化，比如第一小节用"就干了"、第二小节用"咱再干"、第三小节用"再干了"，以此来区别三种不同的诗歌情境。诗歌揭露了在大革命时期各地军阀割据称雄的混战局面，表现了当年的知识分子并没有随波逐流，而是洁身自好不

---

① 饶孟侃：《新诗的音节》，周良沛编选：《〈中国新诗库〉第三辑：饶孟侃卷》，长江文艺出版社，1991 年，第 56 页。

同流合污的干净善良。

饶孟侃认为，格调和音节在诗歌作品中是平行的，但格调是音节中最重要的一个成分，如果没有格调，音节就无法调和，不能保持均匀，那么创作出来的整首诗作就会是破碎的。他形象地比喻："我们知道凡是一切的创造都要受一种自然的规律，好比一张四方的桌子只划二只腿，决不能安稳的站住；好比一棵大树只有一面长着枝叶，也决不能经受狂风和暴雨。"①因此，他在创作中十分注重诗歌作品里的音节要有一定的格调，也就是他比喻的守着自然的规律的意思。比如他的《家乡》②这首诗作，且以"|"进行划分：

　　这回我又到了家乡，
　　前面就是我的家乡：
　　远远的｜凝着｜青翠｜一团；
　　眼前｜乱晃着｜几根｜旗杆。
　　转个弯｜小车｜推到｜溪旁，
　　嘶的｜一声｜奔上了｜桥梁；
　　面前｜迎出些｜熟的｜笑容，
　　我连忙｜踏步｜走入｜村中，
　　故乡啊｜仍旧｜一般｜新鲜，
　　虽然｜游子｜是风尘｜满面！

　　你瞧｜溪荷｜还飘着｜香风，
　　歌声｜响遍｜澄黄的｜田陇，

① 饶孟侃:《新诗的音节》,周良沛编选:《〈中国新诗库〉第三辑:饶孟侃卷》,长江文艺出版社,1991年,第56页。
② 饶孟侃:《家乡》,《晨报》副刊《诗镌》第4号,1926年4月22日。

溪流边｜依旧｜垂着｜杨柳，

柳荫下｜摇过｜一只｜渔舟。

听呀：｜井栏边｜噗噗｜洗衣，

炊烟中｜远远｜一片｜呼归，

算命的｜锣儿｜敲过｜稻场，

笛声｜悠扬在｜水牛｜背上。

这回我又到了家乡，

前面就是我的家乡。

　　这首诗从形式上看，无论是组织架构，还是语言结构；无论是内在节奏，还是外在声调；无论是两行一韵，还是平仄有致等方面，都十分严谨和讲究。同时，本诗采用了回旋式的复沓，进一步强化了"这回我又到了家乡，/前面就是我的家乡"的游子情感。全诗两个小节，除了首尾两行复沓之外，每小节八行，每行四拍，每拍"两音尺"或"三音尺"，每两行一韵，逐行转韵。每行最后均为双音词："一团""旗杆""溪旁""桥梁""笑容""村中""新鲜""满面""香风""田陇""杨柳""渔舟""洗衣""呼归""稻场""背上"等。

　　再从此诗所表现的内容上看，富有韵律感的诗句，描写了一幅幅由远而近的音画："凝着青翠一团""乱晃着几根旗杆""小车""溪流""桥梁""笑容""荷花""香风""歌声""澄黄的田陇""杨柳""渔舟""井栏""噗噗洗衣""炊烟""稻场""笛声""水牛"等等。映入眼帘的、飘入鼻中的、传入耳鼓的，自然美的村庄与乡音乡情的情感交织在一起，使得诗人以宁静致远的诗意心境，抒发了久违了的怀念家乡之情。

　　从《家乡》这首诗作中可以看出，饶孟侃不仅十分讲究诗中的格调和音节的平行，同时也非常注重诗作的形式与内容的统一。又比如饶孟侃在

《莲娘》[1]这首作品创作中，不仅对诗歌音节的追求下了非常大的功夫，而且对作品内容的表现进行了一番苦思，下面我们先抽取其中一小节，对作品的组织结构和格调韵脚等形式方面进行分析：

> 我｜撑着｜一只｜小小的｜船儿，
> 我｜曾经｜走过｜许多的｜地方；
> 真｜说不尽｜看过｜几多｜风云，
> 也｜数不尽｜踏过｜多少｜波浪。

这是一首叙事小长诗，全诗有二十八小节共一百一十二行，每小节四行，每行四拍或五拍不等，每拍不超过"三音尺"，每小节一韵，随节转韵。上面抽取的这小节，每行五拍，每拍一个"一音尺"、三个"两音尺"、一个"三音尺"，每行最后均为双音词："船儿""地方""风云""波浪"等。从整体上看，此诗每一小节均做到了"豆腐干"式的"节的匀称，句的整齐"，整首作品的视觉效果都是整齐划一而非参差不齐。

此外，《莲娘》这首作品在声调的运用上也非常讲究，诗人很注重诗句节奏的抑扬顿挫，下面我们再抽取其中一小节，标注平仄，予以探讨：

> 说道这儿，｜门外｜忽然｜风响，
> （平仄仄平｜平仄｜平平｜平仄）
> 老人的｜脸上｜也改了｜模样；
> （仄平平｜仄仄｜平仄平｜平仄）
> 孩子们｜惊望着｜他的｜脸色，
> （平仄平｜平仄仄｜平仄｜仄仄）
> 他也｜惊望着｜炭火的｜红光。
> （平仄｜平仄仄｜仄仄仄｜平平）

---

① 饶孟侃：《莲娘》，《晨报》副刊《诗镌》第 5 号，1926 年 4 月 29 日。

这一小节的诗，每行都可以分为四拍，除了第一行有三个"两音尺"、一个"四音尺"之外，其他每行均为两个"两音尺"、两个"三音尺"，没有变化的是每行最后依然均为双音词："风响""模样""脸色""红光"等。在声调上，诗人采用了"平仄仄平、平仄平平平仄""仄平平仄仄、平仄平平仄""平仄平平仄仄、平仄仄仄""平仄平仄仄、仄仄仄平平"的句式，声调的抑扬顿挫让诗作的情感跌宕起伏，增强了诗歌朗读的节奏感，以及诗意表达的紧凑感。

这首一百多行的叙事小长诗能够在形式上做到"节的匀称，句的整齐，又注意了平仄韵脚，当时是少见的"[①]。而且，在内容表现上也是同类题材作品中写得最成功的一首叙事诗。此诗采用了第一人称手法，以老人对孙子辈小孩口头叙事的方式，讲述了船夫关大与周连娘年轻时的桩桩往事：大家闺秀周连娘跟随父亲告老还乡，全家在路途中被强盗所害，幸运的是她在被强盗们围着将要被强暴时，见义勇为的船夫关大及时赶到救下。杀跑强盗之后，在其他船夫的撮合之下，关大与周连娘在患难中结为连理，并生儿育女，一起过着幸福的生活。但五十年后，周连娘先关大去世，留下鳏寡老人关大说不尽的凄凉悱恻，"讲完了他闭眼长叹一声；/两掬泪珠儿早横在眼眶；/这时候炭火都将要残熄，/憔悴得也和这老人一样。"此诗写得跌宕起伏、自然朴实、情真意切、缠绵感人，较好地塑造了船夫关大有胆有识的侠义形象，以及周连娘作为大家闺秀温柔贤惠的形象。

二、格律体新诗的建筑美

对于格律体新诗，除了诗的形式美、精炼美和音乐美之外，还有诗的建筑美。与饶孟侃同时间实验新的格律形式的新诗人闻一多，在1926年5月发表的《诗的格律》一文中说："诗的实力不独包括音乐的美（音节），

---

① 王锦厚：《饶孟侃的诗歌"奇迹"》,《闻一多与饶孟侃》,电子科技大学出版社,1999年，第241页。

绘画的美（词藻），并且还有建筑的美（节的匀称和句的均齐）。"而且他还特别强调新诗的"建筑美"，认为是"诗的实力又添了一支生力军，诗的声势更加扩大了。……增加了一种建筑美的可能性是新诗的特点之一"。这里所提出的"建筑美"，其实就是指诗的格式美，即文字组合方式所形成的视觉美。也就是"豆腐干"式的方块形状，每行字数一样。①比如饶孟侃于 1927 年 9 月 10 日发表在上海《时事新报·文艺周刊》第一期上的《送别——给仲明》这首作品：

> 我想对你说句离别的话，
> 但是但是叫我怎么样讲。
> 好的都让前人给说尽了，
> 我又不愿去借别人的光！
> 这样一晚上没打定主意，
> 从鸡初啼到纸窗儿透亮。
>
> 我又想找一件礼物送你，
> 这事情这事情也够为难。
> 古琴宝剑如今那儿会有，
> 又搬移不动那黄河泰山；
> 无意中拾到一片海棠叶，
> 想送你它可惜已然凋残。

从形式上看，这首诗只有两小节，每小节有六行，每行的字数一样，因此形成了"豆腐干"的样式。第一小节用了"ang"韵："讲""光""亮"；

---

① 陈良运：《试议格律体新诗发展的前途》，《新诗艺术论集》，江西人民出版社，1986年，第 71 页。

第二小节转韵为"an"："难""山""残"。应该说，这首格律体新诗完全做到了"句式的匀称"和"音节的整齐"。

从内容上看，这是一首送别诗，是诗人"转移"到上海后发表的第一首诗。此诗"一洗缠绵于儿女情长，凄凉意切的窠臼，寓希望、勉励的情怀，别具一格"[①]。诗人既没有用缠绵的细语去抒发送别的情感，也没有用华丽的豪言去抒写送别的互勉，更没有用礼物的赠送去表达别离的友谊，而是用平实朴素的语言以比喻和借代等修辞手法，去抒发送别时"有话想说但又说不出""有礼可赠但又不能赠"的一种"无言胜有言""无物胜有物"的深情厚谊。

三、格律体新诗的思想内容

在"新月派"代表诗人中，诗歌创作关注时代主潮和社会现实的诗人除了闻一多之外，剩下的就只有饶孟侃，"其他诗人都是在变动的时代背后的一角轻弹低唱，与'时代要求异途'"[②]。比如在1926年3月18日，北京发生了震惊中外的"三一八"惨案。惨案发生后，诗人中最早作出反应的是饶孟侃和闻一多，他们相继发表了揭露敌人暴行、歌颂爱国志士的诗篇。同年3月25日，离惨案不到7天，饶孟侃率先在《晨报》上发表了22日写成的《三月十八——纪念铁狮子胡同大流血》[③]，充分表达了诗人难以压抑的愤怒：

---

① 王锦厚:《饶孟侃的诗歌"奇迹"》，《闻一多与饶孟侃》，电子科技大学出版社，1999年，第243页。

② 陈茜:《饶孟侃的诗歌》，吴海、曾子鲁主编:《江西文学史》，江西人民出版社，2005年，第751页。

③ 闻一多先生将《三月十八——纪念铁狮子胡同大流血》这首诗收录所编《现代诗钞》时作了较大的修改。此诗写于1926年3月22日，发表于1926年3月25日《晨报·副刊》1369号。

　　"平儿，你回来了！""是的，母亲。"

　　"你为什么走路卷着大襟？"

　　"啊！那是在路上弄脏了一点，

　　不要紧，让我这去换一件。"

　　"兄弟呢，怎么没同你回来？"

　　"他，他许是没有我走得快；——

　　没什么，母亲，没什么；他，他

　　自己难道还不认得回家？"

　　"平儿，今天街上这般冷静，

　　难道外面出了什么事情？"

　　"是的，如今这种事情太多，

　　提起来真长，问他做什么！"

　　"不是，我昨晚梦见你兄弟，——

　　一起来，又听见乌鸦在啼；……"

　　"母亲，你老人家不要迷信；

　　乌鸦怎样懂得人的事情！"

　　"怎么，你两只眼睛肿得通红？"

　　"那，那是沙子儿吹进眼中。"

　　"吓！你大襟上怎血迹模糊？"

　　"那是遇见宰羊脏了衣服。"

　　"呀！平儿，你，你分明是在说谎；

　　告诉我，他，他到底怎么样？……"

　　这首诗作采取了对话体的表现方式，母亲询问兄弟怎么没有一起回家，儿子以谎言回答，愈是这样，母亲愈是不断追问，就在母亲与儿子的一问一答中，建构了诗歌中被阴森气氛笼罩的世界："街上这般冷静""又听见乌鸦在啼""两只眼睛肿得通红""大襟上血迹模糊"。在这里，饶孟侃用诗反映了铁狮子胡同大流血的惨剧，塑造了革命母亲与革命儿子两个鲜活的人物形象，揭露了当时白色恐怖的生存现状，控诉了封建军阀疯狂镇压学生的滔天罪行，激励我们对大革命时代主潮的关注，克服在黑暗统治下出现的焦虑和不安，坚定了为革命事业勇敢献身的崇高理想。

为了纪念铁狮子胡同大流血事件，在发表《三月十八》这首诗作的同一天，饶孟侃把一首旧稿修改成《天安门》，并作为头条作品刊发在《晨报·副刊·诗镌》创刊号上：

> 前面那空地就叫天安门，
> 好孩子，你要害怕就别做声，
> 人家说这里听得见鬼哭，
> 一到晚上就没有走路的人。
> 　　新的鬼哭，旧的鬼也应，
> 　　要是听着真吓死人！

此诗与《三月十八》一同成为最早反映"三一八"惨案的诗作，并与闻一多的《欺负着了》相互呼应，呼喊着正义之声。这次"诗歌之和"是饶孟侃和闻一多等倡导文艺运动与爱国运动相结合的一次成功尝试，在当时影响颇大。饶孟侃在此诗的创作中采用了独白的表现方式，通过母亲带着孩子来到天安门时，独自对孩子所说的话，来宣扬爱国主义：

> 前面那空地就叫天安门，
> 如今闹的却是请愿和游行。
> 不知道爱国犯了什么罪，
> 也让枪杆儿打得认不得人？——
> 　　身上是血，脸上发青，
> 　　好不容易长成个人！

诗人没有从正面描写惨案的血腥场景，而是以母亲对孩子独白的形式，从天安门的历史入手："听说有一天这里下大雨，/ 还跪着成千的进士和举人！/ 天还没有亮，鸡叫一声，/ 水里满是跪着的人。"在前三小节的历史背景中，再透过后三小节的社会现实，以及对天安门眼前发生的铁狮子胡同大流血事件的控诉，揭露了统治者的暴行和社会的黑暗。同时，此诗也塑造了一个"妈也和你去做个扫墓的人"的爱国爱民和"妈如今活着都为的是你"的深明大义的伟大母亲形象。

虽然"三一八"惨案逐渐远去，但"天安门流血"事件依然在饶孟侃脑海中萦绕，当年的 4 月 9 日再次创作了一首《无题》[①]诗作：

> 就是世上认不出得面目，
> 我们也不含糊的过一天；
> 问他们从海岛逃到山谷，
> 可有谁逃出了人世里边？
> 我们只要在日夜中间。
>
> 既然世上容不得真面目，
> 我们爽兴热烈的做一场，
> 让你做歌女背一面大鼓，
> 我来扮作个琴师的模样——
> 　拨起了三弦便摇着板唱。

此诗共两小节，每小节两韵：第一小节"目"和"谷"相押，"天""边""间"同一韵，采用了"ABABB"韵式；第二小节"目"和"鼓"相押，"场""样""唱"同一韵，采用了"ACACC"韵式，阅读起来朗朗上

---

① 饶孟侃：《无题》，《晨报》副刊《诗镌》第 7 号，1926 年 5 月 13 日。

口。根据饶孟侃创作此诗的手稿与《新月诗选》《诗选和校笺》所收录的此诗进行对比，选录时对此诗的第一小节最后两句进行了修改。原诗为：

　　可有谁逃出了这个牢圈？

　　那么你为什么还要悲叹？

陈梦家在编选《新月诗选》时，将泛指的"人世里边"修改为特指的"这个牢圈"，进一步揭露了北洋军阀的残暴统治；另外将第一小节的最后一句"我们只要在日夜中间"修改为"那么你为什么还要悲叹？"句式也由叙述转为问话，更加强化了对残暴统治的抗争。

在《无题》一诗创作之前，《走》[①]这首诗作，也是饶孟侃对铁狮子胡同大流血事件有感而发的。全诗只有四句，诗人采用了绝句音节创作而成：

　　我为你造船不惜匠工，

　　我为你三更天求着西北风，

　　只要你轻轻说一声走，

　　桅杆上便立刻挂满了帆篷。

此诗隐喻了诗人在"三一八"惨案发生之后，是为翻卷的心潮备好的帆船。于是，进步学生和知识分子纷纷从水路乘船离开北平，转移到南方上海等地。在这首短诗中，"虽然热情和冲动更甚于他追寻还在模糊的目的地的冲击力，然而，为爱国激发的热情，总不该逆向引到歧路，因此，它严谨于格律的形式，毕竟是为它饱满的内涵才使它的形式具有艺术的光

---

① 饶孟侃：《走》（发表时署名子离），《晨报》副刊《诗镌》第6号，1926年5月6日。

彩"①。

继创作《走》《无题》等诗之后，饶孟侃又创作了一首描写关于抗争北洋军阀的《灯蛾》②诗作：

　　　　"灯蛾为什么要去扑火？"
　　　　有一个孩子笑着问我。
　　　　我本想对他说出真情，
　　　　无奈他是那末年青。

　　　　有一个孩子笑着问我，
　　　　"灯蛾为什么要去扑火？"
　　　　本想告诉他有一个道理，
　　　　我怎好意思说我自己！

此诗以"灯蛾扑火"的成语故事为题材，采取了暗喻和借代等修辞手法，并以对话的方式，抒写了对封建军阀的抗争：为了革命理想，就算是灯蛾扑火，也在所不惜。同时，诗人在作品中"不仅道出了诗人个人，也道出了那时多少有报国志，而壮志难酬者的心情啊！"③全诗只有两小节共八行，第一小节和第二小节的一、二两句一样，只是两者顺序做了调整，每两行一韵，结构紧凑，朗读起来极易上口。

在进入 20 世纪 30 年代初，尽管饶孟侃等诗人陷入各种矛盾之中，内心也有着无限的惆怅，但是诗人的爱国热情却丝毫不减当年。九一八事变

---

①　周良沛：《卷首》，周良沛编选：《〈中国新诗库〉第三辑：饶孟侃卷》，长江文艺出版社，1991 年，第 12—13 页。

②　饶孟侃：《灯蛾》，《现代评论》第 4 卷第 86 期，1926 年 7 月 31 日。

③　周良沛：《卷首》，周良沛编选：《〈中国新诗库〉第三辑：饶孟侃卷》，长江文艺出版社，1991 年，第 14 页。

发生后，饶孟侃于1931年12月8日创作了一首"不让胡笳/来篡夺琴和瑟的光荣"的大气之作《山河》。此诗在经历了近八个月不断推敲，其间多次修改之后，于1932年7月30日发表在《诗刊》的终刊号上。这首作品将诗人热爱祖国的情感，以及对国家命运的担忧，表现得淋漓尽致。

应该说，在此类题材的诗歌创作中，同一时期的"新月"同人诸如徐志摩等诗人，他们的诗作要么过于艳丽，要么太小资情调，与饶孟侃和闻一多两人相比，均不在一个思想层面。

四、格律体新诗的现实主义

揭露腐朽社会的黑暗，反映劳苦大众的苦难也是饶孟侃诗歌创作关注现实题材的重要组成部分。比如《捣衣曲》《莲娘》《弃儿》《叫卖》等诗作，充分表达了对劳苦大众，特别是妇女命运的关注和同情，尽管所表现的主题相近，但创作形式各有特点。

其中《捣衣曲》[①]是一首叙事诗，叙述了一位逃到白莲庵避难的洗衣工老寡妇悲惨的一生：三十年前，爹妈把她嫁给王三，不久丈夫去世，她的痛苦开始"一年一年就从此加添"。后来，亲戚都来逼迫她改嫁，于是她在半夜偷偷逃到白莲庵，被心善的师父收留，成了庵里的一名洗衣工。三十年过去了，老寡妇再也无力洗衣服，"泪花儿和着浪花飞溅"。诗人在叙事中注重了作品的抒情性，使得诗歌始终保持了浓郁的诗意。此诗在创作手法上，不仅采用了传统散曲中首尾两小节进行回旋的曲式结构，而且每小节后四句以"赫噗赫噗：/她独自捣着衣服，/叮当叮当，/铁马儿响在飞檐"进行复沓，使得"赫噗赫噗"的捣衣声与"叮当叮当"的铁马儿响声不断交织在一起，反复响在"月光软抱住白莲庵"，呈现了一种阴森的气氛，烘托了洗衣老寡妇的悲惨命运，强化了诗人在叙事中的情感抒发。

---

① 饶孟侃:《捣衣曲》,《晨报》副刊《诗镌》第3号，1926年4月15日。

　　而《弃儿》①却采取了西方诗歌创作形式，抒写了一位母亲将生下来才三天的儿子遗弃街头的痛楚："儿啊，过了今天／任是难割舍，象切了肉还连着皮，／母子也得分开。"以及母亲被迫遗弃儿子的无奈："反正你明天得去找／新的爹妈，你我只是路人，不是冤家！"因为在这个腐朽的社会里，劳苦大众生活在苦难里，连自己都养不活，何谈刚生下来的婴儿，留下来只会饿死，遗弃街头也许会有一线生机，能碰上富裕人家拾捡去收养。

　　另一首《叫卖》②则以第一人称手法，反映了底层劳动人民为了讨生活，在朔风呜咽的数九寒天，从早到晚来回在冰冷的街头不断叫卖的凄凉：

> 　　我为了卖这颗灵魂，
> 　　　　当胸插一株草标；
> 　　从早起直喊到黄昏，
> 　　　　向街前街后的叫。
>
> 　　有的还问一问价目，
> 　　　　有的简直就不睬，
> 　　但始终没遇着主顾，
> 　　　　真懂得我的悲哀。
> 　　…………

　　此外，值得一提的是，饶孟侃还创作了两首"既别于古人，也别于时

---

① 饶孟侃：《弃儿》，《诗刊》创刊号，1931年1月20日。
② 饶孟侃：《叫卖》，《诗刊》第4期，1932年7月30日。

人"的吊亡诗，各具特色。一首是吊亡友杨子惠的《招魂》①。全诗原稿共四小节，在收进《新月诗选》《诗选与校笺》时被编选者删去了与第一小节回旋的第四小节。虽然原诗有其优点，但删去回旋的第四小节之后，诗作结构更加紧凑，也更加凝练。现在录入的只有三个小节，每小节的第一句与该小节的最后一句，以独白或发问的"来，你不要迟疑""来，为什么徘徊""来，用不着忧夷"的回旋方式，不断激发诗人内在的情感，既抒写了诗人复杂的心理，又抒发了其对亡友的怀念，从而将生者与亡者的情感世界打通。这种诗友之间的真挚情感，在诗人的笔下力透纸背，感人肺腑。另一首是吊徐志摩的《飞》②。此诗是根据徐志摩诗歌创作特点，运用了"飞，是西方的歌鸟叫百灵"的典故，以西方诗歌形式创作而成，区别于诗人倡导并在实验中的"格律体新诗"，另具特色。

五、结语

饶孟侃的"格律体新诗"是中国现代新诗库中的一份宝贵遗产。他的诗歌理论以及他的诗歌创作，有两个方面的经验值得我们认真研究。一个是饶孟侃的新诗理论，他在《新诗的音节》和《再论新诗的音节》文章中所探讨的新诗阅读的声音模式观点，不仅启发了闻一多在《诗歌的格律》中所探讨的"音尺"和"字尺"的新诗创作理论，而且带动了中国新诗在形式上的自觉实践和格律的试验，"也带来了新诗节奏问题的持续探讨"③。同时，饶孟侃的新诗写作实践经验，也在他的新诗理论中比较完整地诠释

---

① 《招魂》收录于陈梦家编的《新月诗选》(1931)、闻一多编的《现代诗选》。杨子惠，名世恩，字子惠，为"清华四子"之一。徐志摩、闻一多创办的《晨报·副刊·诗镌》，其实是刘梦苇拉上"清华四子"在干实际的工作。杨子惠考上公费留学后，1926年待装赴美前夕，病逝于杭州。

② 饶孟侃：《飞——吊志摩》，《诗刊》第4期，1932年7月30日。

③ 王光明：《"音组"、"诵调"与诗体实验，王光明主编：《中国诗歌通史》(现代卷)，人民文学出版社，2012年，第253页。

了"格律体新诗"的创作。他的诗歌写作实践和诗歌理论对于促进中国新诗的发展作出了重要的探索性贡献，影响也是深入的。另一个值得注意的是，"饶孟侃，不像当年左翼作家，以革命思想为基础而创作。而且，他还以'不空谈政治'抵制'新月社'某些人的政治"①。显然，饶孟侃的新诗，属于中国现代经典新诗的行列。他的诗歌有歌颂社会各界的爱国运动、揭露腐朽社会的黑暗统治、同情劳苦大众的悲惨命运等等，这些关注时代主潮的诗，其实都没有离开政治，都属于诗人创作实践的自觉行为。饶孟侃的诗，自觉恪守了诗人的职责，遵循了诗歌艺术的规律，并坚持以新诗写作实验的方式来关注现实、揭露黑暗，而且努力做到了内容和形式的统一，力求了思想和艺术的统一。因此，饶孟侃在诗歌理论以及诗歌创作方面留下的宝贵启示，是值得我们深思和探究的。

---

① 周良沛：《卷首》，周良沛编选：《〈中国新诗库〉第三辑：饶孟侃卷》，长江文艺出版社，1991 年，第 19 页。

第五章 其他诗人的诗歌创作

第一节 李烈钧的诗歌创作

　　李烈钧（1882—1946），字协和，号侠黄，江西武宁人，诗人，中国民主革命者。1902 年入江西武备学堂学习，1904 年被选送赴日本东京振武学校留学，1907 年入日本陆军士官学校第六期，同年加入中国同盟会。1908 年从日本士官学校毕业回国，任江西混成协第五十四标第一营管带。1909 年赴云南任讲武堂教官兼兵备道提调。在学堂和军民中宣传反清思想，进行革命活动。1911 年 10 月 23 日，辛亥革命江西九江起义成功，李烈钧辗转赴九江，被推为总参谋长，不久任海陆军总司令。同年 11 月，李烈钧率队溯江而上，驰援武昌，被任命为五省联军总司令兼中央军司令，阻击北洋军阀冯国璋部的进攻。1912 年李烈钧被江西省议会选举为江西都督。1913 年 7 月 12 日，李烈钧响应孙中山号召，在江西发动"二次革命"，讨伐袁世凯，失败后流亡日本。1915 年 5 月，李烈钧加入孙中山领导的中华革命党。同年 12 月，奉孙中山派遣赴云南，与蔡锷、唐继尧组织护国军，反对袁世凯称帝。李烈钧任护国第二军总司令，进攻两广。1917 年随孙中山南下广州，参加护法战争，讨伐北洋政府。1924 年 1 月，李烈钧当选为中国国民党一大中央委员。1927 年 2 月，李烈钧出任江西省政府主席。在北伐战争的南京龙潭战役中，李烈钧协调各部作战，打败北洋军阀孙传芳。1928 年以后，李烈钧虽然名义上是国民党中央委员、国民政府委员，但长期在上海养病，没有担负实际工作。1931 年九一八事变后，民族危机日趋严重，李烈钧积极主张对外抗击日本侵略者，对内实行民主，他一再致电蒋介石，主张改良政治，尊重言论自由，要求维系人心，一致御侮。1937年2月，国民党召开五届三中全会，宋庆龄、何香凝、冯玉祥等提出《恢复孙中山先生手订联俄、联共、扶助农工三大政策案》，李烈钧在提案上签了名。七七事变后，李烈钧移居昆明，后迁重庆，一直患病休养。1945年抗战胜利后，李烈钧看到"强敌既摧，危机犹伏"，他希望"全国同胞，上下一心，精诚团结，谘诹善道，察纳雅心，紧握千载一时机会，迅速完成现代国家之建设，共维世界永久之和平"[①]。1946年2月20日，李烈钧在重庆病逝，终年64岁。中共领导人周恩来、董必武、邓颖超等人亲临吊唁。[②]

李烈钧不仅是军事家、政治家，而且能文善诗，尤擅书法，庐山仙人洞所题"常乐我净"，石松之石上所题"纵览云飞"均出自李烈钧的手笔。著有《孙大元帅戡乱记》《李烈钧将军自传》《李烈钧出巡记》《李烈钧言论集》《李烈钧杨赓笙诗选》等。

李烈钧的诗歌创作，如果从题材上来归类的话，主要集中在"'二次革命'失败后"和"九一八事变后"两个时期。

一、"二次革命"失败后的诗歌创作

1913年7月，为了阻止袁世凯篡夺辛亥革命的胜利果实，在孙中山的动员下，李烈钧和杨赓笙于当月12日首先在江西湖口高举义旗，打响了"二次革命"的第一枪。随后，江苏、安徽、上海、湖南、福建、四川、广东诸省相继宣布起兵讨伐袁世凯。但让人意想不到的是，这场声势浩大的"二次革命"只持续了一个月便宣告失败。8月18日，讨袁失败，南昌沦陷，

---

① 李烈钧：《遗嘱》，转引自李希泌《武宁上将李烈钧》，《人物》1982年第2期。
② 李烈钧：《李烈钧将军自传》（该书由孙彩霞根据1944年8月三户图书社印本整理），中华书局，2007年，第3—4页。

李烈钧只好接受谭延闿[①]的劝告，经樟树、宜春，至长沙，与谭延闿、程潜[②]会晤后，即乘日本轮船经汉口赴湖北大冶，化装隐匿于装铁磺矿的运输船东下，避过九江湖口一带北洋军的盘查，直抵上海，再换轮船前往日本。

李烈钧在这一时期的诗歌创作，多为记录"二次革命"失败后的杂感。比如他在《题长啸失败后》[③]这首诗中写道：

> 簇簇旌旗士气新，雄风直扫朔方尘。
> 昙花一现伊何故？卷土重来系此身。
> 愧我乏能光史册，有谁杀贼慰斯民？
> 漫云残局难收拾，觅得樽罍共解鞬。

此诗主要反思了高举簇簇旌旗的北伐大业为何只是"昙花一现"就失败了，表达了自己由于能力有限不能将"二次革命"胜利载入史册的内心惭愧，期待有能力的将士能将窃国大盗绳之以法以告慰天下国人。诗的最后，抒发了诗人面对难以收拾的失败残局只能借酒解愁的愧疚之情。

在这首诗歌中，诗人借用了典故"昙花一现"来隐喻"二次革命"的

---

① 谭延闿（1880—1930），字组庵，号无畏、切斋。与陈三立、谭嗣同并称"湖湘三公子"。出生于浙江杭州，民国时期著名政治家、书法家、组庵湘菜创始人。曾经任两广督军，三次出任湖南督军、省长兼湘军总司令，授上将军衔，陆军大元帅。曾任南京国民政府主席、行政院院长。1930年9月22日，病逝于南京。去世后，民国政府为其举行国葬。谭延闿有"近代颜书大家"之称，著述有《组庵诗集》等。蒋介石与宋美龄结婚，谭延闿为介绍人。

② 程潜（1882—1968），字颂云，1882年生于湖南醴陵官庄。清末秀才，同盟会会员，日本陆军士官学校第六期毕业，国民革命军陆军一级上将。曾任湘军都督府参谋长、非常大总统府陆军总长、广东大本营军政部部长。武昌首义后，参加阳夏战役。历任国民革命军第六军军长、第一战区司令长官、湖南绥靖公署主任兼省政府主席等职。解放战争后期，其在长沙宣布和平起义。中华人民共和国成立后，曾任民革中央副主席、全国政协常委、全国人大常委会副委员长、国防委员会副主席、中央人民政府委员、湖南省省长。1968年4月5日在北京病逝。

③《题长啸失败后》，这首诗创作于1914年，原载1916年2月1日云南《义声报》。

失败。这个典故出自《妙法莲华经·方便品第二》："佛告舍利弗，如是妙法，诸佛如来，时乃说之，如优昙钵华，时一现耳。"昙花指的是优昙钵花，这个成语原来的意思是比喻事物稀有或极难得出现。后来，随着时间的推移，此成语的意义渐渐发生了变化，人们常常用"昙花一现"比喻事物出现之后很快就消逝。同这个后起的意思相应，原来属于无花果类的优昙钵花被"移花接木"，转换成了仙人掌科植物昙花了。这种植物原产美洲，我国各地都有栽培。其花夜间开放，绚丽夺目，幽香四溢，可惜开放时间太短，只几小时便萎谢了。人们用它来比喻转瞬即逝的事物，的确十分贴切。

同时，有一部分诗作是抒写"二次革命"失败后的流亡生活，以及记录商讨继续举兵讨袁。比如他的《韵松来槟相聚，未几又之日本》[①]这首作品：

> 久别相逢意倍亲，残冬松柏益精神。
>
> 问君可记当年事？叹我难知此后身。
>
> 把酒言欢惟旧好，联床共语喜斯人。
>
> 何时得副苍生望，羞道漂流别有因。

此作描写了李烈钧在"二次革命"失败后，先流亡日本，而后由日本经槟榔屿、印度加尔各答，过地中海，再经意大利、埃及抵达法国巴黎途中，在槟榔屿与同在日本陆军士官学校第六期毕业的革命同学方声涛[②]相

---

① 《韵松来槟相聚，未几又之日本》，这首诗创作于 1914 年，原载 1916 年 2 月 1 日云南《义声报》。

② 方声涛（1885—1934），字韵松。福建侯官人。1902 年留学日本，入振武学堂习陆军，后加入中国同盟会。归国后历任云南讲武堂教官、广西兵备处会办等职。"二次革命"中在江西参加声讨袁世凯，任李烈钧部旅长、师长。1915 年赴云南，任护国军第二军第二团长，随李烈钧入广东驱逐龙济光。1917 年参加护法运动，任孙中山元帅府卫戍总司令。1923 年任福建民军总司令。1930 年代理福建省政府主席。1934 年因病在上海去世，享年 50 岁。

聚，并住在一起共叙过去同举义旗讨袁的情景，抒发了诗人与同学加战友方声涛久别重逢后倍感亲切的同志情。而且在槟榔屿小住期间，李烈钧"赴各处书报社、欢迎会鼓吹革命讨袁"①。相逢之后，李烈钧与方声涛同去了南洋。途经南洋各地期间，李烈钧受到当地侨胞的热烈欢迎。当时的热烈情景，他在《自传》中写道："由港换大船，行过南洋各地，为侨胞所知，来谒见者极踊跃，余一一接见。""盖南洋各地，自总理孙公及胡汉民、廖仲恺诸公莅临后，侨胞爱国热度日高，若林义顺、陈声政、陈声明等，皆最热烈分子，招待至为殷勤，用款亦尽量供给。数日后，复换轮赴欧洲，同行者有马素夫妇及陈炯明诸人。"②

由于从日本经南洋各地到欧洲各地一路考察过来，李烈钧"目睹外国帝国主义和国内军阀如出一辙，到处发动战争，穷兵黩武，深感只有用武力革命才能改变这种局面"③。于是他在《甲寅除夕》④这首作品中感慨道：

> 吁嗟何日得休肩？仆仆风尘又一年。
> 杀气迷漫欧大陆，妖氛黯淡故乡天。
> 愁肠断尽巴黎女，好梦惊残蓬岛仙。
> 我为众生抱悲悯，爆花声里枕戈眠。

此诗主要描写了李烈钧这一年风尘仆仆在欧洲各地的所见所闻，战争的杀气弥漫着整个欧洲大陆，这种气氛与自己的国家一样，战乱的不详云

---

① 李烈钧：《李烈钧将军自传》(该书由孙彩霞根据 1944 年 8 月三户图书社印本整理)，中华书局，2007 年，第 40 页。

② 李烈钧：《李烈钧将军自传》(该书由孙彩霞根据 1944 年 8 月三户图书社印本整理)，中华书局，2007 年，第 40 页。

③ 中国人民政治协商会议江西省委员会文史资料研究委员会编：《江西文史资料选辑(第二十二辑)：李烈钧杨赓笙诗选》(杨仲子供稿)，1986 年，第 2 页。

④《甲寅除夕》，这首诗创作于 1914 年，原载 1916 年 2 月 1 日云南《义声报》。

气黯淡着故乡的天；巴黎的妇女及欧洲的人民，正在因为战火而愁断了肠。因此，在作品的最后，诗人借用了"枕戈待旦"这个典故发出呼吁，要阻止战争的发生，就必须号召人民起来反抗，随时拿起武器准备战斗，用革命的手段改变自己的命运，改变这个战火笼罩的乱世。

这首诗作中的"枕戈"，指的是"杀敌报国，志坚情切"，形容时刻准备作战。这个典故出自《晋书·刘琨传》："琨少负志气，有纵横之才，善交胜己，而颇浮夸。与范阳祖逖为友，闻逖被用，与亲故书曰：'吾枕戈待旦，志枭逆虏，常恐祖生先吾著鞭。'"①意思是"我每天枕着武器睡觉等到天亮，立志剿灭逆贼，常常担心祖逖赶到了我前面"。此后，历代诗人多有采用此典故，比如唐代的杜甫在《壮游》诗中写道："每趋吴太伯，抚事泪浪浪。枕戈忆勾践，渡浙想秦皇。"元代的郑元祐在《送萧万户还蜀》诗之二中写道："总戎西蜀几经年，从事谁令尔独贤？跃马莫矜横槊赋，闻鸡不道枕戈眠。"清代的方文在《舟过芜湖寄怀沉昆铜》诗之二中写道："四海倏披发，中原谁枕戈。"

此外，李烈钧在这一时期还有许多诗作抒发同志情和家乡情，以及抒写支持国共合作。比如《柏烈武属书》这首作品是描写同志情的，他写道：

> 浔阳鼙鼓忆当年，汉水滔滔势拍天。
>
> 击楫枕戈同夙抱，也曾携手奠中原。

---

① 〔唐〕房玄龄：《晋书·卷六十二·列传第三十二·刘琨》，齐豫生、夏于全主编：《二十六史》（第三卷：晋书），延边人民出版社，1999年，第2060页。

　　此诗是李烈钧在 1927 年应安徽都督柏文蔚①要求赋赠的。李烈钧与柏文蔚是在日本士官学校第六期的同炮兵科并同住一寝室的同学，作品主要回忆了二人当年在江西九江湖口和安徽参加讨伐袁世凯，以及曾经携手奠定黄河中下游地区的革命往事，抒发了二人深厚的同学情和同志情。由于李烈钧与柏文蔚相交甚厚，后来当李烈钧逝世，柏文蔚在获知这个消息之后，伤感不已，亲自书写一挽联《协和盟兄大将军灵右》②以勉之：

　　　　叹东南二烈，讨袁四督，为中枢申威，今硕果存一；

　　　　以热泪两行，香花三献，向西方俯首，哭国士无双。

　　值得一提的是，李烈钧在这首赋赠给柏文蔚的作品中，借用了"击楫"和"枕戈"这两个典故中祖逖和刘琨二人之间的深厚友情，来表达自己与柏文蔚之间友情的深厚，二人不仅在日本留学时同一专业学习，同床而卧，而且还有着共同的革命理想：建功立业，推翻腐朽的封建清王朝，建立亚洲第一个民主共和国。这两个典故均出自《晋书》，其中"击楫"出自《晋书·祖逖传》："时帝方拓定江南，未遑北伐，逖进说曰'晋室之乱，非上无道而下怨叛也。由藩王争权，自相诛灭，遂使戎狄乘隙，毒流中原。今遗黎既被残酷，人有奋击之志。大王诚能发威命将，使若逖等为之统主，则郡国豪杰必因风向赴，沉溺之士欣于来苏，庶几国耻可雪，愿大王图之。'帝乃以逖为奋威将军、豫州刺史，给千人廪，布三千匹，不给铠仗，

---

　　① 柏文蔚（1876—1947），字烈武，安徽寿州人。1899 年就读于求是学堂，1905 年入江苏新军，旋任第三十三标二营管带，并加入同盟会。1906 年，他因参与谋刺两江总督端方事泄而离职，于 1907 年投吉林新军吴禄贞部，曾任屯田营管带、奉天督练公所参谋处二等参谋等职。辛亥武昌起义爆发后，柏文蔚南下任民军第一军军长，参与江浙联军会攻南京。1912 年任安徽都督兼民政长，1913 年参加讨袁，宣布安徽独立，失败后经上海流亡日本。1947 年 4 月 26 日，柏文蔚病逝上海，时年 72 岁。
　　② 中国人民政治协商会议江西省委员会文史资料研究委员会编：《江西文史资料选辑（第二十二辑）：李烈钧杨赓笙诗选》（杨仲子供稿），1986 年，第 12 页。

使自招募。仍将本流徙部曲百余家渡江，中流击楫而誓曰：'祖逖不能清中原而复济者，有如大江！'"①另一个典故"枕戈"，出自《晋书·刘琨传》（见前文）。

而李烈钧抒发家乡情的诗歌，比如《修江舟中》：

> 春光迤逦满芳洲，道出宁江望永修。
> 天地有心恒覆载，湖山无恙任遨游。
> 风敲岸竹疑琴韵，晖映林花似锦裘。
> 更喜高人同击楫，悠然箕踞一扁舟。

这首作品描写了美丽的家乡风光旖旎，在修河中摇一叶扁舟，不用拘泥一些礼节，湖山无恙，任由遨游，何其悠然自得。诗人在此诗中借用了"箕踞"这个典故，意思是"随意张开两腿坐着，形似簸箕"，表现了诗人在家乡遨游的一种轻松自在的状态。"箕踞"出自宋代的洪迈《夷坚甲志·卷五·叶若谷》："一老妪自外至，手持钱篚，据胡床箕踞而坐，旁若无人。"

对于国共合作，李烈钧一直都是积极支持，比如他在《过金陵舟中晚眺》这首诗作中就表达了自己的态度：

> 日落星稀夜尚明，轻风淡荡送行旌。
> 归舟欲破江心月，宿鸟惊闻弦外音。
> 叹息故园多鹤唳，懒从沧海看龙争。
> 阋墙毕竟缘何事，孰挽银河洗甲兵。

---

①〔唐〕房玄龄：《晋书·卷六十二：列传第三十二·祖逖》，齐豫生、夏于全主编：《二十六史》（第三卷：晋书），延边人民出版社，1999年，第2061—2062页。

李烈钧一贯主张国共合作，早在国民党第一次代表大会上他就积极支持孙中山先生的联共政策。中山先生在世时曾就国共合作问题征求李烈钧的意见，李烈钧回答："泰山不辞土壤故能成其大，河海不择细流故能就其深，欲使本党强大，必联共而后可。"中山先生深以为然。①

为了支持国共合作，李烈钧在这首诗中借用了"阋墙"这个典故来表达国民党和共产党就是两兄弟，兄弟不和只是内部矛盾，兄弟相争于内也毕竟是家事，应该要精诚团结、一致抵御外敌的欺凌和侮辱。"阋墙"出自《诗经·小雅·常棣》："常棣之华，鄂不韡韡。凡今之人，莫如兄弟。死丧之威，兄弟孔怀。原隰裒矣，兄弟求矣。脊令在原，兄弟急难。每有良朋，况也永叹。兄弟阋于墙，外御其务。每有良朋，烝也无戎。丧乱既平，既安且宁。虽有兄弟，不如友生。傧尔笾豆，饮酒之饫。兄弟既具，和乐且孺。妻子好合，如鼓瑟琴。兄弟既翕，和乐且湛。宜尔室家，乐尔妻帑。是究是图，亶其然乎？"②

二、九一八事变后的诗歌创作

大革命时期，自日本在沈阳制造九一八事变之后，由于蒋介石领导的国民党政府实行"攘外必先安内"的基本国策，致使日本侵略者变本加厉，于1932年1月再次制造事端，进犯上海。1933年1至5月，日军又先后占领了热河、察哈尔两省及河北省北部大部分土地，进逼北平、天津，并于5月31日，迫使蒋介石和汪精卫把持的南京国民党政府签署了限令中国军队撤退的《塘沽协定》等。而李烈钧将军则"积极参加抗日救国活动，赞襄冯玉祥将军的抗日义军，反对内战，呼吁团结抗日，力主国共合作，痛斥

---

① 中国人民政治协商会议江西省委员会文史资料研究委员会编：《江西文史资料选辑（第二十二辑）：李烈钧杨赓笙诗选》（杨仲子供稿），1986年，第14页。

② 〔西周〕周公（有争议，《毛诗序》认为是周公，《左氏春秋》认为是穆公）：《常棣》，《诗经·雅篇》，于立文主编：《诗经·楚辞》，辽海出版社，2015年，第536—540页。

卖国投降”①。因此在李烈钧的诗歌中，有不少是揭露和讽刺蒋介石对日本侵略中国实行不抵抗政策的作品。比如《至南京》：

> 满眼烟云罩四空，熙来攘往各西东。
> 何如直北驱强寇，策马阴山大雪中。

这首作品描写了日本侵略者侵占了东北三省之后，再侵占热河、察哈尔等地的情形，张学良受蒋介石手谕不战而退，形势不断恶化，而此时的南京却是人来人往，非常热闹拥挤，蒋介石正在忙着调兵遣将去“围剿”江西瑞金中央苏区红军。此诗意在讽刺蒋介石只顾着在南方打内战而不北上驱逐日寇。

又比如《云南起义二十周年（咏史）》：

> 禅继纷纷迭主宾，殷周往迹讵无因。
> 项王再划鸿沟误，蜀主偏从魏武亲。
> 南渡更忘三镇重，东征曾见四邻驯。
> 欲将今古兴亡事，唤起国魂策大勋。

这首诗是李烈钧以纪念护国运动云南起义②二十周年的名义，借用“项羽偏安，不图进取”“阿斗降魏，乐不思蜀”“赵构南渡，不思故土”等历史

---

① 屈武：《李烈钧杨赓笙诗选序》，中国人民政治协商会议江西省委员会文史资料研究委员会编：《江西文史资料选辑（第二十二辑）：李烈钧杨赓笙诗选》（杨仲子供稿），1986年，第1页。

② 护国运动（1915年12月25日—1916年7月14日），又称护国战役、护国战争、护国之役、洪宪之役，是辛亥革命后发动的反对袁世凯复辟帝制的运动。护国运动起因是袁世凯在1915年12月于北京宣布接受帝制，南方将领唐继尧、蔡锷、李烈钧等在云南宣布独立，并且出兵讨袁。袁世凯的军队受挫，南方其他各省之后亦纷纷宣布独立。袁世凯在内外压迫后宣布取消帝制，并于数月后病逝。

典故，讽刺蒋介石对日本侵略者实行不抵抗政策。而唐太宗李世民"东征曾见四邻驯"，则迎来太平盛世。李烈钧希望能通过"今古兴亡事"，来唤醒国家民族的精神气节。

为了抨击国民党政府有损国家利益的基本国策，讽刺蒋介石治国不当，李烈钧在《黄海舟中（二首）》中写道：

其一

四望茫无际，狂涛滚滚来。

盲人操巨舰，犹自逞雄才。

其二

寐觉无虞晚，唯艰共济心。

前程应未远，微闻海鹤音。

这是两首讽刺蒋介石的诗，用"盲人操巨舰"来隐喻蒋介石不会治理国家，瞎指挥，却仍然显摆自己的雄才大略。

在来年的纪念护国运动二十一周年之际，李烈钧继续以此名义，作《云南起义二十一周年纪念（二首）》[①]痛斥蒋介石的不抵抗政策：

其一

昔年鼙鼓震南天，此际贼氛漫北燕。

若使滇黔诸将在，同心御寇定争先。

---

①《云南起义二十一周年纪念（二首）》，创作于 1936 年，原载《南强》杂志 1936 年第一卷第三期。

其二

世态纷纭久，苍民感慨多。

群贤虚抱负，犹唱《复仇歌》。

这两首诗充分表达了将军诗人对蒋介石极大的愤怒心情："1936年国难方殷，日寇气焰嚣张，咄咄逼人。蒋介石实行不抵抗政策，一再退让，丧权辱国，莫此为甚。"[①]

对于蒋介石抗日的消极态度，实行不抵抗主义的行为，李烈钧除了揭露、抨击和痛斥外，只能以诗明志。他在《黄海舟中夜坐》这首作品中表示：

天上星河没，海上波涛歇。

孤剑啸孤舟，采薇与采蕨。

这是一曲民族正气之歌，表达了李烈钧为了捍卫民族尊严，宁愿饿死，也不做卖国贼、投降派的崇高的民族气节。

此诗与李烈钧题诗赞冯玉祥的《闻冯焕章辞馈》一样，表达了气节的高贵：

耻食周家粟，逸民安可辱。

此处非首阳，高贤欣寄足。

这首作品是描写冯玉祥隐居泰山之后，蒋介石假惺惺给冯玉祥送去一笔巨款以示安慰，但是冯玉祥坚持拒收的事迹，李烈钧以"耻食周家粟"比喻冯玉祥高尚的政治品德和人格魅力。

---

① 中国人民政治协商会议江西省委员会文史资料研究委员会编：《江西文史资料选辑（第二十二辑）：李烈钧杨赓笙诗选》（杨仲子供稿），1986年，第10页。

以上两首诗在用典时，均采用了"采薇"这个历史典故。"采薇"，典出《史记·伯夷列传》："武王已平殷乱，天下宗周，而伯夷、叔齐耻之，义不食周粟，隐于首阳山，采薇而食之。及饿且死，作歌，其辞曰：'登彼西山兮，采其薇矣。以暴易暴兮，不知其非矣。神农、虞、夏忽焉没兮，我安适归矣？于嗟徂兮，命之衰矣！'遂饿死于首阳山。"① 李烈钧在这两首作品中采用这个典故，均是以"伯夷、叔齐"分别自喻明志和比喻冯玉祥的气节高贵。

李烈钧与冯玉祥相交莫逆，因此有许多诗作是描写二人之间友情的。比如《与冯焕章同登泰山（四首）》：

其一

携手登岱巅，一览天下小。

自古无贤愚，都为名利扰。

其二

遥望中山陵，企怀劳我心。

精灵应永在，曷以慰苍黔。

其三

日出照千山，层峦霄汉间。

阴霾浑不碍，苍冥自启关。

其四

人醉我独醒，卜居绝人境。

今古岂易情，名山聊息影。

---

① 〔西汉〕司马迁：《史记·卷六十一：列传第一·伯夷》，齐豫生、夏于全主编：《二十六史》（第一卷：史记·汉书），延边人民出版社，1999 年，第 195 页。

这四首诗的写作背景是：1932年，日本在上海制造"一·二八"事变，冯玉祥虽极力主战，但得不到蒋介石的支持，而当时主政山东的韩复榘派人迎接冯玉祥将军至泰山隐居。在赴南京奔走呼吁抗日受挫后，冯玉祥经过认真考虑，抱着争取韩复榘举旗抗日的希望，第一次来到泰山隐居。[①]

在冯玉祥隐居期间，李烈钧到泰山探望，对其被排挤后的隐居深表同情，但对其复出仍是寄予厚望，于是写下这四首作品共勉。

在泰山探望冯玉祥期间，陈树人[②]画了一幅高山上的参天古松请冯玉祥题词，当时正好李烈钧在场，于是冯玉祥请其代为题词。李烈钧欣然应允，提起笔写下《为冯焕章题陈树人画松》一诗：

> 流水高山一脉通，浮云蔽日古今同。
>
> 岁寒总自知奇节，应有芬芳共始终。

这首作品主要赞美了冯玉祥的高风亮节。诗中用了两个典故：一是唐诗"莫道浮云能蔽日"；另一个是四书"岁寒，然后知松柏之后凋也"。

探望结束临别时，李烈钧又写了一首《别冯焕章》作为留念：

---

① 贾晓明：《揭秘：冯玉祥先后两次"隐居"泰山是为啥？》，《人民政协报》，2016年9月12日。

② 陈树人（1884—1948），号葭外渔子、二山山樵、得安老人。广东政治活动家、岭南画派创始人之一。自幼喜爱美术，师事著名岭南画派大师居廉，早年留学日本，毕业于西京美术学校和东京立教大学，并追随孙中山从事民主革命，历任要职。后在香港的《广东日报》《有所谓报》《时事画报》任主笔，其作品和中兴会办的《中国日报》共同宣传革命，反对康、梁的君主立宪。陈树人曾在广东优级师范学校、广东高等师范学校任教，1922年在香港策划讨伐陈炯明，1923年参与中国国民党改组工作，拥护孙中山"联俄、联共、扶助农工"政策。1924年任中国国民党中央工人部部长、广州国民政府秘书长、广东省代省长等职。1928年后历任中国国民党中央执委、国民政府中央侨委会委员长、中国国民党中央海外部长等职。1947年辞职，定居广州，专心画艺，与高剑父、高奇峰同为岭南画派三杰。其画风清新、恬淡、空灵，独树一帜。1948年10月4日，陈树人因胃溃疡不治，在广州逝世。

并力扶危志待伸，抗怀天地亦艰辛。

匡庐归去东山远，五老峰头望故人。

这首诗主要表达对冯玉祥的复出寄予的厚望，隐居只是暂时的，相信冯玉祥很快就会以国事为重出山为国效力，并以"并力扶危志待伸，抗怀天地亦艰辛"来共勉。

从这些诗作中我们可以感受到李烈钧与冯玉祥两位将军诗人之间深厚的革命友谊。1941 年，冯玉祥将军在重庆为李烈钧将军的六十寿辰写下一首《协和先生我兄六秩大庆》表达了自己的崇敬之情：

协和先生，革命元勋，

手到口到，推翻满清。

二次革命，江西起兵，

打倒洪宪，滇南北征，

完成大业，北伐军兴。

沈阳事起，吼不绝声，

力主团结，抵抗侵凌。

始终不懈，救国精诚，

敬祝永寿，松柏长青。

看得出，冯玉祥"这首诗写得真挚朴实，对李一生主要历史功绩作了简洁的概括。充满对李的推崇与景仰心情"[1]。

以上两段历史时期的诗歌，虽然不是李烈钧一生创作的全部，但从中可以洞悉他戎马倥偬的重要人生经历。首先，他在面对窃国大盗袁世凯卖

---

① 中国人民政治协商会议江西省委员会文史资料研究委员会编：《江西文史资料选辑（第二十二辑）：李烈钧杨赓笙诗选》（杨仲子供稿），1986 年，第 21 页。

国称帝开历史倒车的紧要关头，高举义旗，于湖口打响了"二次革命"的第一枪，虽然失败了，可是此举代表了中国人民的愿望，激发了全体国人对袁世凯的愤恨，为后续讨袁的胜利揭开了序幕。诗作的字里行间，处处透溢出他对革命事业坚忍不拔的意志，无畏的英雄气概，对保卫革命成果的忠诚和一个爱国者执着的信心。其次，九一八事变后，出于爱国救亡的热忱，李烈钧协助冯玉祥抗日义军工作，大声疾呼团结抗日，提出"国难发生一致对外"的主张。全面抗战爆发后，李烈钧力主国共合作，痛斥卖国投降。抗日胜利后，他又积极为和平事业奔走呼号，直至逝世。[①] 而这些历史事件，基本上都反映在他的诗歌创作中。因此，读者不仅可以从诗行中了解到他对革命事业坚定的信念，还可以从作品中感受到他爱国、忠诚、刚正不阿的可贵品德，以及无时不以天下治平为念的高尚情操。

第二节　杨赓笙的诗歌创作

杨赓笙（1869—1955），号咽冰，江西省湖口县三里乡上杨村人，自幼天资聪颖，勤奋好学，有"神童"之称。12岁时读完《十三经》。1887年，杨赓笙府试名列榜首，在九江学使试院考中前清秀才，旋补廪生而拔贡，又入白鹿洞书院就读，被选送入京师国子监深造。他目睹清朝政治腐败，遂放弃功名，从事民主革命，经徐秀钧介绍，进入江西大学堂，学习新学，在校加入同盟会。辛亥革命后，李烈钧担任江西都督，成立省议会，杨赓笙担任都督府高级顾问、省参议员。1912年"二次革命"前夕，李烈钧前往上海，参加孙中山召开的国民党要员会议，商量讨袁事宜，他叮嘱

---

① 屈武：《李烈钧杨赓笙诗选序》，中国人民政治协商会议江西省委员会文史资料研究委员会编：《江西文史资料选辑（第二十二辑）：李烈钧杨赓笙诗选》（杨仲子供稿），1986年，第1—2页。

杨赓笙到湖口做讨袁准备。同年 7 月 12 日，李烈钧回到湖口，江西省议会开会推举李烈钧为讨袁总司令，即日在湖口成立讨袁总司令部，任命杨赓笙为总司令部秘书长，负责撰写"江西讨袁总司令檄文"。这次湖口起义，由于寡不敌众，讨袁军遭受失败。杨赓笙随即秘密逃至日本东京，在头山满家里谒见孙中山，报告"湖口起义"情况。孙中山对他殷切慰勉，并留在身边，协助改组国民党。1914 年 7 月 8 日，孙中山在东京召开大会，宣布将国民党改为"中华革命党"，杨赓笙首先遵照规定，按上指模加入中华革命党，并建议将誓词中"服从党魁"的"魁"字改为"纲"字，深受孙中山赞许。1914 年，杨赓笙受孙中山派遣，赴南洋群岛从事革命活动，组建中华革命党南洋支部，担任书记；创办《光华报》《苏门答腊报》，向华侨宣传革命，并以柳茹雪笔名发表长篇小说《双心史》，揭露袁世凯的罪行。同时筹募革命经费，1916 年 1 月，杨赓笙将所募集巨款，亲自交给云南护国军政府。蔡锷将军在五华山光复楼设宴欢迎。1923 年，孙中山在广东重建元帅府，杨赓笙赴穗，充任总统府咨议、元帅府参议等职。北伐之前，杨赓笙受滇军司令朱培德之托，化名张陶居，经梅岭，抵于都，会见江西第四师师长赖世璜，晓以革命大义，陈说利害得失，并争取参谋长温晋成及团长多人的支持，使赖世璜脱离反动阵营，参加北伐。1926 年，江西光复，杨赓笙任民政厅厅长，呈准创设吏治训练所、训政养成所、警政人员训练所，藉以育储县政人员，视其德能，次第任用。他为了杜裙带、谢请托、澄清吏治，自设一个"焚书处"，凡请托求官书信，均付之一炬。当时有一位姓王的想当县长，趁他不在家，送上蜜橘四大篓，里面藏有金条。他发现后，火速派人送回，并写了 8 个字给王某："君为王密，我守四知。"1927 年，蒋介石叛变革命。1929 年，江西省政府改组，杨赓笙引退，任中央军事委员会高级参议。抗日战争全面爆发，杨赓笙辗转至黎川避难，被国立江西中学公推为校长，任职 7 年，周济了很多从沦陷区逃出来的青年学生。汪精卫叛国降日之前，曾函邀杨赓笙一起倒蒋。杨赓笙以民族大义为重，毅然将汪氏书信寄往重庆国民政府，并写了 8 首揭露汪精卫的诗公开发表。当时重庆国史馆邀请他参与编修国史，他不愿为蒋介石树碑立传，辞而不就。抗日战争胜利后，杨赓笙任江西省政府顾问。1949 年 1 月，组织江西和平促进会，被推为主任委员，主张走北平解放道路，被国民党江西省政府软禁，直至解放。中华人民共和国成立后，杨赓笙担任江西省政协委员，被聘为江西文史馆馆员，1955 年在南昌病逝，终年 86 岁。①

　　杨赓笙素负文名，能文善诗，同时也创作小说，生前著有诗集颇丰。诗作主要来源于数十年的革命斗争生活，与当时的祖国命运、人民的愿望息息相关。杨赓笙刚正不阿，疾恶如仇，故诗如其人，笔下忠奸立辨，贤佞毕见，多年以来，一直激发着人们的爱国热情，鼓舞民族士气。他的诗歌反映了他一生的斗争历程，又颇具史料价值。柳亚子评其诗为"半是香山半放翁"②。杨赓笙的诗歌主要收录在 1933 年刊印的单行本《羊城鸿爪》和 1935 年刊印的单行本《三载呻吟录》，以及 1937 年 4 月刊印的《伏枥轩四种诗抄》（含《西湖补诗》《羊城鸿爪》《三载呻吟录》《苏降集》）和 1941 年 3 月刊印的《伏枥轩五种诗抄》③（除包含上述四种诗集之外新增加了《草草诗草》）等作品集中。1986 年，在纪念孙中山诞辰 120 周年时，政协江西省文史资料研究委员会编辑出版了《李烈钧杨赓笙诗选》。2011 年，在纪念辛亥革命 100 周年之际，由杨仲子、孙肖南根据古籍版《伏枥轩诗抄》进行重新断句，将异体字和繁体字改成简体字，并补充了从其他渠道收集到的杨赓笙佚作，经江西省政协文史和学习委员会编辑成《只凭天地鉴孤

---

　　① 杨仲子、孙肖南主编：《杨赓笙生平大事》，江西省政协文史和学习委员会编：《只凭天地鉴孤忠：杨赓笙诗作及生平大事集》，中国文史出版社，2011 年，第 198—212 页。

　　② 孙肖南：《杨赓笙诗歌的艺术特色》，杨仲子、孙肖南主编，江西省政协文史和学习委员会编：《只凭天地鉴孤忠：杨赓笙诗作及生平大事集》，中国文史出版社，2011 年，第 11 页。

　　③ "伏枥轩"是杨赓笙儿时在家乡故居自题其书斋之名，将其诗集取名《伏枥轩诗抄》，既有追忆往昔之感怀，亦有取"老骥伏枥，志在千里"之意。

忠：杨赓笙诗作及生平大事集》①出版。

由于杨赓笙的诗歌"多作于家国危亡之时，忧国忧民，长歌当哭，可称诗史"②。因此，与上一节梳理李烈钧的诗歌创作一样，主要对其在"二次革命"失败后和九一八事变后两个时期的创作情况进行简要的分析。

一、"二次革命"失败后的诗歌创作

由于袁世凯窃取革命果实，倒行逆施，于1913年6月9日悍然下令免去李烈钧江西都督职务，杨赓笙也遭受迫害。李烈钧离开江西前去上海与孙中山共商对策。杨赓笙则返回湖口，秘密筹划起兵讨袁的准备工作，是湖口起义重要发起人之一。为使讨袁顺利进行，杨赓笙在深明大义的妻子洪如宾全力支持下，把家中细软变卖一空，筹措军饷，又把田产和房屋全部卖掉用作军饷。在杨赓笙的影响下，他的亲友也踊跃捐款。1913年7月8日，李烈钧从上海回到湖口，随后就任江西讨袁军总司令，任命杨赓笙为江西讨袁军总司令部秘书长，通电全国，宣布讨伐袁世凯。但很快，1913年7月25日，袁军李纯部就攻占了湖口县城，"二次革命"失败。杨赓笙东渡逃亡日本，加入了中华革命党。

在流亡南洋的日子里，每当夜深人静的时候，杨赓笙就开始思念家乡的亲人，于是只有以诗寄情。比如他在《忆弟（二首）》③中思念道：

① 需要说明的是，由于古籍版《羊城鸿爪》《三载呻吟录》《伏枥轩四种诗抄》和《伏枥轩五种诗抄》的版本不一样，内容也不完全一样，所以进行了判断取舍。另外，受当时思想和政治立场所限，古籍版诗集中有少数几首诗，是当时历史背景下的作品，在今天看来，有明显的不足和认识上的局限。此次整理出版过程中，经慎重考虑后，依然保持了原作面貌，没有进行改动，以尊重历史，同时也有助于了解杨赓笙思想发展的情况。

② 詹晓勇：《杨赓笙〈伏枥轩诗抄〉校勘记》，杨仲子、孙肖南主编，江西省政协文史和学习委员会编：《只凭天地鉴孤忠：杨赓笙诗作及生平大事集》，中国文史出版社，2011年，第10页。

③《忆弟（二首）》，1915年春创作于马来西亚的槟榔屿，原载1916年9月11日云南《义声报》。

其一

恻恻麓声梦里来，星明贯索不胜哀。

谁怜党锢为公罪，要识文名是祸胎。

肥瘦累年难问讯，菀枯随俗漫疑猜。

须知郁郁松和柏，都为凌霜作栋材。

其二

佯狂诗酒走天涯，远胜樊笼梏桎加。

浪卷青萍三月絮，风摧丹桂两枝花。

伤心我痛鸿罗网，望眼君怜犬丧家。

何日对床寻旧约，一窗灯火诵南华。

这两首诗是杨赓笙流亡南洋时，由于思念其堂弟杨秉笙[①]，于1915年春在马来西亚的槟榔屿创作的。因为起义失败的当时，袁军李纯部攻占湖口县城后，到处搜捕杨赓笙，火烧他家房屋，其堂弟杨秉笙受到牵连被捕入狱，使得杨赓笙更加怀念家乡、想念亲人、思念其弟。

诗人在这两首作品中借用了"党锢""鸿罗网""南华"等典故来抒发对其堂弟杨秉笙的思念之情。第一个典故"党锢"，始见于《后汉书》[②]，指古代禁止某些政治上的朋党参政的现象。东汉桓帝宦官专权，李膺、郭泰等联合，抨击宦官集团，被诬告"诽谤朝廷"，李膺等二百多名"党人"被捕，虽然后来予以释放，但是终身不允许做官。此次事件被称为第一次

① 据杨赓笙自注："癸丑湖口首义讨袁失败余出走后，舍弟即被捕入狱。"舍弟，指的是杨赓笙的堂弟杨秉笙，早年留学日本，回国后在九江中学任教。许德珩早年在九江中学读书时，经杨秉笙和王恒介绍，加入了同盟会。
② 〔南朝宋〕范晔：《后汉书·卷六十七·列传第五十七·党锢》，齐豫生、夏于全主编：《二十六史》（第二卷：后汉书·三国志），延边人民出版社，1999年，第1208—1213页。

"党锢之祸"。灵帝即位后，外戚窦武专政，起用"党人"，并与太傅陈蕃合谋诛灭宦官，事情泄露后被杀。灵帝在宦官挟持下，收捕李膺、杜密等百余人下狱处死，并陆续杀死、流徙、囚禁六七百人；又命令凡"党人"的门生故吏、父子兄弟，都免官禁锢，并连及五族。此次事件被称为第二次"党锢之祸"。第二个典故"鸿罗网"，鸿，鸟名，指鸿鹄，飞得很高，因而常比喻志向高远的人。《史记·陈涉世家》："陈涉少时，尝与人佣耕，辍耕之垄上，怅恨久之，曰：'苟富贵，无相忘。'佣者笑而应曰：'若为佣耕，何富贵也？'陈涉太息曰：'嗟乎！燕雀安知鸿鹄之志哉！'"①鸿罗网意指鸿鹄被罗网所捕捉。第三个典故"南华"，系《南华经》的简称，即《庄子》。据《新唐书·艺文志》："天宝之年，诏号《庄子》为《南华经》。"名始此。②

此期间，杨赓笙以诗寄情抒发心中思念的作品，还有写给妻子的《寄内（二首）》③。由于杨赓笙到达南洋后，得到了邓泽如④的大力帮助，很快就建立起中华革命党南洋支部，并办起了革命党的机关报《光华报》，同时在马来西亚创办了《光华日报》，在印度尼西亚创办了《苏门答腊报》。他本人身兼数职，既是支部的书记长，又是自己创办的报纸主编兼主笔，工

---

① 〔西汉〕司马迁：《史记·卷四十八：世家第十八·陈涉》，齐豫生、夏于全主编：《二十六史》（第一部：史记·汉书），延边人民出版社，1999年，第166页。

② 中国人民政治协商会议江西省委员会文史资料研究委员会编：《江西文史资料选辑（第二十二辑）：李烈钧杨赓笙诗选》（杨仲子供稿），1986年，第40页。

③ 《寄内（二首）》，1916年春创作于马来西亚的槟榔屿，原载1916年9月11日云南《义声报》。

④ 邓泽如（1869—1934），名文恩，字远秋，号泽如，以号行。清光绪年间，以契约劳工身份到马来西亚谋生，逐步发展成为南洋知名的实业家。1907年，邓泽如加入同盟会，任马来西亚分会会长，为孙中山领导的革命数次筹款，接济军费。1912年回国，开发矿业，1920年担任广州军政府内政部矿物局局长兼广东矿务处处长，其间为讨伐袁世凯、陈炯明大力筹款。担任过国民党广东支部长以及一、二、三、四届中央监察委员会委员等职。思想上偏右，反对与中国共产党联合。1931年因蒋介石软禁胡汉民，曾与四位监委联名弹劾蒋介石。1934年因病在广州逝世。

作夜以继日，异常辛苦。有一天晚上，杨赓笙在南洋槟榔屿的报馆写稿至深夜，劳累中起身走到外面阳台活动筋骨放松，并呼吸一下新鲜空气，当他凭栏远眺时，思乡之情油然而生，想到同妻子洪如宾分别已经有三年了，于是提起笔写道：

其一

天涯有客夜凭栏，欲写离愁下笔难。

万里椰园栖老鹤，三年菱镜对孤鸾。

家无储蓄衣安寄，书到蛮荒泪未干。

今日好兼严父职，教儿休再著儒冠。

其二

羡廖旧事怕重提，握别长亭夜惨凄。

炎海鸿泥成久寄，雕梁燕垒剩孤栖。

好寻膝下含饴乐，莫向机中织锦啼。

两地一心犹伉俪，休听涂说盼金鸡。

这两首诗是杨赓笙于 1916 年春在马来西亚槟榔屿时，以对妻子洪如宾的思念而抒发的革命之情。

可以说，洪如宾是杨赓笙的革命伴侣，她不仅姿容秀美、性情温和、知书达礼、孝顺公婆，而且对杨赓笙参加革命予以了大力支持。洪如宾同杨赓笙同岁，夫妻十分恩爱，结婚后就形影不离。但是，杨赓笙目睹清朝政治腐败，国势衰微，内忧外患，民不聊生，因此早就想摒弃科举功名，转攻新学。在离家与妻子洪如宾话别时，洪如宾深情注视着杨赓笙说："你的心事为妻都知道，你放心去好了，不必挂念家中，我会侍奉二老，照顾小妹，只是你在外要自己当心身体。"杨赓笙见妻子深明大义，非常感动，回忆婚后恩爱之情，不觉依依不舍，但转而想到民族利益和国家前途，于是毅然启程。[①] 杨赓笙投身革命之后，在 1913 年湖口首义讨袁前夕，洪如宾毅然将金银细软交给杨赓笙，后又同意变卖家产用作军饷。"二次革命"失败后，杨赓笙流亡，洪如宾到处流离，居无定所，饱尝苦难。

杨赓笙这两首抒写夫妇革命情深的思念之作，一经发表，就流传海内外，南社诗人柳亚子大加赞赏，收录他自己主编的《南社丛刻》第 16 集中。1981 年郑逸梅编《南社丛谈》时，又将其选录进去，足见此作的意境深远。特别是"万里椰园栖老鹤，三年菱镜对孤鸾"，写出了一个爱国者在南洋的战斗生活，以及"教儿休再著儒冠"的殷殷嘱托和"两地一心犹伉俪"的夫妇情深。

同样，此作也借用了"炊廖""含饴""金鸡"等典故抒发情感。第一个典故"炊廖"，门闩。颜之推《颜氏家训·书证》："古乐府歌《百里奚》词曰：百里奚，五羊皮，忆别时，烹伏雌，炊炊廖。今日富贵忘我为。"第二个典故"含饴"，含着饴糖逗小孙子，代指愉悦的晚年生活。南朝宋的范晔在《后汉书·明德马皇后纪》中写道："吾但当含饴弄孙，不能复关政矣。"第三个典故"金鸡"，出自古代大赦时，举行的一种仪式：竖长杆，顶立金鸡，然后集罪犯，击鼓，宣读赦令。李白在七言古诗《流夜郎赠辛判官》中写道："我愁远谪夜郎去，何日金鸡放赦回？"[②]

杨赓笙在南洋积极开展党务活动，以及创办革命报纸的同时，也认真完成孙中山交给他的筹募革命经费的任务。经过坚持不懈的努力奔波，再加上孙中山在南洋华侨中的威望和影响，他很快就募集到了可观的经费。1915 年 12 月，唐继尧、蔡锷、李烈钧等在云南起兵讨袁。1916 年 1 月，杨赓笙将募集到的巨款，亲自送往云南交给云南护国军政府。当杨赓笙即将

---

① 杨仲子、王显道：《杨赓笙传奇》，1985 年《南昌晚报》连载。

② 中国人民政治协商会议江西省委员会文史资料研究委员会编：《江西文史资料选辑（第二十二辑）：李烈钧杨赓笙诗选》（杨仲子供稿），1986 年，第 42 页。

抵达昆明时，唐继尧、蔡锷、李烈钧等率全体部属至昆明郊外远迎[①]，并在五华山光复楼设宴为他洗尘。蔡锷在席间致辞："上次湖口起义讨袁，咽冰先生在台前；这次护国讨袁，咽冰先生在幕后。不管是台前还是幕后，咽冰先生功劳都很大。"唐继尧也说："此次南洋筹款，极劳鼎助，咽冰先生之功，不仅吾人永记，亦将长留史册。"杨赓笙起立答谢说："此皆中山先生之功，奉中山先生之命，故易。否则，赓笙何能为力？"[②]随后，杨赓笙在蔡锷等人的陪同下，游览了云南的名胜古迹。当登临大观楼时，杨赓笙提笔以《大观楼题壁（二首）》[③]诗留念：

其一

三载炎荒汗漫游，昆明池上又吟秋。

却欣大义滇中举，颇恨余凶冀北留。

伍子奔驰终覆楚，狄公勋业在倾周。

国门生入寻常事，恼煞当年定远侯。

其二

西南名胜数滇池，岸帻披襟喜不支。

几处闲亭存古迹，一川小艇漾清漪。

灵钟金碧人皆杰，术乏丹青我有诗。

何必蠡湖匡阜去，此间风物亦相宜。

此作虽然是登临大观楼的题壁诗，但第一首主要叙述了诗人在海外

---

① 在云南护国起义前，唐继尧驰电杨赓笙，付以南洋筹饷的重任，杨赓笙欣然应允。

② 杨仲子、孙肖南主编，江西省政协文史和学习委员会编：《只凭天地鉴孤忠：杨赓笙诗作及生平大事集》，中国文史出版社，2011年，第190页。

③《大观楼题壁（二首）》，1916年创作于云南，原载1916年9月1日云南《义声报》。

流亡三年之后，回到国内参加讨伐袁世凯的云南起义，并借"伍子""狄公""定远侯"等典故，抒发了对"护国运动"必胜的坚定信心。第一个典故"伍子"，指伍子胥，楚国人，春秋末期吴国大夫、军事家。父亲伍奢为楚平王子建太傅，因受费无极谗害，和长子伍尚一同被楚平王杀害。伍子胥从楚国逃到吴国，成为吴王阖闾重臣，帮助吴王整军经武，不久攻破楚国，掘楚平王墓，鞭尸三百，以报父兄之仇。吴国倚重伍子胥等人之谋，西破强楚、北败徐、鲁、齐，成为诸侯一霸。第二个典故"狄公"，指狄仁杰，出身于太原狄氏，唐代政治家、武周时期的宰相，以不畏权贵著称。天授二年（691年）九月拜相，担任地官侍郎、同平章事，但仅四个月便被酷吏来俊臣诬陷谋反，夺职下狱，平反后贬彭泽县令。他在营州之乱时被起复，并于神功元年（697年）再次拜相，担任鸾台侍郎、同平章事，进拜纳言，后犯颜直谏，力劝武则天复立庐陵王李显为太子，使得唐朝社稷得以延续。第三个典故"定远侯"，东汉班超的封号。班超早年家贫，为官佣书，尝投笔叹曰："大丈夫无它志略，犹当效傅介子、张骞立功异域，以取封侯，安能久事笔研间乎？"后奉使西域，立功，封定远侯。班超在西域活动长达31年之久，平定内乱，外御强敌，为保护西域的安全、丝绸之路的畅通以及促进中外文化的交流作出了巨大贡献。班超以36人出西域为始，以西域50余国全部归附为终，实现了投笔从戎的愿望，显示了他杰出的军事才能。特别是他"以夷制夷"的策略，为后来的统治者用兵边疆提供了宝贵的借鉴之处，在中国战争史上占有重要地位。

第二首主要是借景抒情，赞美了遍览西南的名胜古迹，只有云南昆明让人不受拘束、率性洒脱、心情舒畅。"岸帻"，形容态度洒脱，或衣着简率不拘。帻是覆盖在额上的头巾，在古代，戴帻既是一种装束，也是一种礼节。把帻掀开，便代表了一种行事不受拘束、率性而为的状态。比如汉代的孔融在《与韦休甫书》中写道："闲僻疾动，不得复与足下岸帻广坐，举杯相于，以为邑邑。"唐代的房玄龄在《晋书·谢奕传》中写道："岸帻笑咏，无异常日。"唐代的白居易在《喜与杨六侍御同宿》诗中写道："岸帧静当明月夜，匡床闲卧落花朝。"宋代的陈与义在《岸帻》诗中写道："岸帻立清晓，山头生薄阴。"郭沫若在《颂武汉》诗中写道："天堑通衢我再来，披襟岸帻叹雄哉！""披襟"，敞开衣襟，多喻舒畅心怀。比如战国时的楚国宋玉在《风赋》中写道："有风飒然而至，王乃披襟而当之曰：'快哉此风！'"唐代的房玄龄在《晋书·周𫖮传》中写道："伯仁总角于东宫相遇，一面披襟，便许之三事，何图不幸自贻王法。"唐代的杜甫在《奉赠卢五丈参谋琚》诗中写道："入幕知孙楚，披襟得郑侨。"宋代的张景星在《秋日白鹭亭》诗中写道："开樽屏丝竹，披襟向萧籁。"清代的杜岕在《张大育头陀抱琴来同孟新听弹》诗中写道："一曲《涂山操》，披襟此日过。"郭沫若在《洪波曲》第十四章二中写道："那些壮丁们在每一个人身上穿着一件卫生衣……大框小洞，带片披襟，甚至有的一边袖筒短了一截。"

在杨赓笙以诗寄情的许多作品中，除了写给亲人的，还有一部分是抒发革命同志情以及怀念战友的诗歌。比如他在怀念彭素民[①]的《伤心曲并序》中写道：

> 素弟辞殁后，曾以五言律哭之，兹值同人追悼之日，泣为长句四绝，名之曰伤心曲。悬诸灵右。魂兮有知，亦犹海天吟社相对时耳。
>
> 中华民国十三年九月十四日杨赓笙泣作，杨述凝泣书

---

① 彭素民（1885—1924），字自珍，化名彭俭，江西省樟树市店下乡韶塘村人。他自幼聪慧好学，14岁即中生员（秀才），稍后就读于江西省立经训书院，1904年19岁时考入南京两江师范，率先剪辫参加黄兴的华兴会，开始了他的革命生涯。在此后20年的革命生涯中，他一直追随孙中山，反清倒袁，征讨军阀，改组国民党，推行"联俄、联共、扶助农工"的三大政策，成为中国国民党的著名左派，中国共产党的亲密朋友。1924年8月3日，彭素民积劳成疾，病逝于广州博爱医院。杨赓笙听闻后，写下六首五言律挽诗《哭彭素民六首》予以纪念，同年8月10日发表于《中国国民党周刊》第33期。

其一

伤心八月初三日，一霎文星坠岭南。

强仕年华遽零落，弟犹如此我何堪。

其二

故国关山几万重，一棺长盖恨填胸。

伤心最是高堂母，犹抱征衣密密缝。

其三

椎髻鸿妻久唱随，珠江歇浦忽分歧。

伤心一叶南来日，即是千秋永别时。

其四

彦升身后萧条甚，元礼生平积聚无。

更有伤心肠断处，累累黄口藐诸孤。①

另外，此类题材的作品还有诸如《哭国民革命军第十四军军长赖世璜七律五首》以及后来抗日战争时期的《哭同志李守诚弟七律八首》《哭前省政府徐秘书长虚舟同志弟七律六首》等。

其中写给赖世璜的挽诗，是写于杨赓笙代理江西省政府主席主政赣政时。1927 年 12 月 31 日晚十二点，赖世璜被南京国民政府军事委员会军法处以莫须有的罪名判处死刑，执行枪决。杨赓笙听闻后，十分气愤，无比悲痛，在其灵柩运回江西石城安葬时，他率省府全体委员前去江干迎接祭奠，并赋怀旧诗七律五首哭之：

---

① 杨赓笙创作的此这四首诗，均摘抄自彭宇扬老舅公刘与存（刘天择）收录的《彭公素民哀荣录》。

其一

将星天降李西平，戏下雄才数石城。

卅路军人张后劲，八千子弟树先声。①

素丝苦被污蝇点，末路堪怜走狗烹。

从古国家开创日，尽多功罪不分明。

其二

盖棺归骨过南昌，一束生刍泪数行。②

漫说伯仁由我死，终怜项籍属天亡。

凄凉绝笔留冤狱，③涓滴微资压宦囊。

回忆百花洲上约，樽前真觉断人肠。

其三

记得蒲青艾绿时，故交先识顺昌旗。④

果然入境称张禄，未及成功作范蠡。⑤

筠岭饱看千个竹，梅关空塞一丸泥。⑥

要知军阀倾颓处，全局先输此着棋。⑦

---

① 杨赓笙自注：赖时有枪八千余支。
② 杨赓笙自注：赖榇返赣，余偕省府委员赴江干祭之。
③ 杨赓笙自注：赖见法时，犹索笔书遗嘱。
④ 杨赓笙自注：余入赣首晤刘任夫于筠门岭。
⑤ 杨赓笙自注：余时化名商人张陶居。
⑥ 杨赓笙自注：即大庾岭。
⑦ 杨赓笙自注：赖时有举足轻重之势。

其四

良缘争说桂林春,^① 多少英雄误美人。

燕子双飞身旖旎,^② 莺儿一曲语精神。^③

只今云散无遗迹,便带风流亦宿因。

愁煞楼中关盼盼,空垂红泪湿罗巾。

其五

驹隙骎骎十载过,黄公炉畔缈山河。

勋名了彻邯郸梦,豪气销沉敕勒歌。

座上刀弓魂自动,庭前儿女泪应多。

交游可有田横客,不识登堂感若何。

　　云南护国运动最终迫使袁世凯退位后,杨赓笙跟随孙中山东征北伐,无役不从,参与决策。他拥护孙中山的"联俄、联共、扶助农工"三大政策,在广东时常与李大钊来往。1926 年,国民革命军开始北伐,杨赓笙任赣军总司令部秘书长兼参谋长。由于当时依附北洋政府的江西陆军第四师赖世璜^④拥兵自重,驻军江西会昌筠门岭,扼北伐军入江西之咽喉。赖世璜的去向,对革命形势的发展有举足轻重之势,故国民革命军总部派杨赓

---

　　① 杨赓笙自注:李协公驻桂林时,义军云集,多以师婚者,赖亦娶一如夫人。

　　② 杨赓笙自注:有坤伶双飞燕者,为某军人娶去。

　　③ 杨赓笙自注:亦坤角名,为北方使人某所赏。

　　④ 赖世璜(1889—1927),字肇周,江西省石城县屏山长溪人。国民革命军将领。1908年考入江西省陆军小学,后升入南京陆军中学,1912 年考入保定军官学校。毕业后步入军旅生涯,参加过辛亥革命、二次革命、护国战争、护法战争、第一次粤桂战争、第二次粤桂战争。1926 年率部加入了北伐之师,任国民革命军第十四军军长。他挥师北伐,首先攻克了赣州,然后分兵两路,一路横扫闽西,一路攻克抚州并协攻南昌,战果辉煌。随后他率部连克福建、浙江、江苏等省,并驻守江苏无锡,他所率的第十四军成了北伐军中的一支劲旅。

笙前去说降赖世璜南附北伐之师。赖世璜是江西石城人，出身保定陆军军官学校，曾参加湖口和云南的两次讨袁义举，和杨赓笙有旧交。杨赓笙经过动之以情、晓之以理的耐心工作，成功说服赖世璜脱离北洋政府归顺国民革命军，二人并结盟为兄弟。北伐军实力大增，迅速攻入江西，奠定北伐胜利基础。后，赖世璜部被编成国民革命军第十四军，在北伐中屡立战功，成为一支劲旅。1927 年，蒋介石为了排除异己，指使他人借故以"畏缩不前，克扣军饷"的莫须有的罪名将赖世璜杀害。赖世璜临刑前留有一诗："军营世界乱忙忙，错认迷途是故乡。识得本来真面目，此身原是臭皮囊。"①

二、九一八事变后的诗歌创作

1931 年九一八事变之后，李烈钧和杨赓笙在政见上多与蒋介石不合，反对其"攘外必先安内"的基本国策和方针，积极主张抗日。当时杨赓笙在南京军事委员会虽然位居"高参"，月俸千金②，可谓"高官厚禄"，但闲散无事，报国无门，满腔悲愤，便寄情山水之间，终日在南京这座六朝故都探幽访胜。时国难方殷，日寇气焰嚣张，咄咄逼人，民族危机严重，杨赓笙目睹现状，感时书愤，写了大量忧国忧民的诗，对蒋介石、汪精卫之流同日寇的勾搭作了无情的揭露，并痛加斥责。如其中有一首矛头直指汪精卫的诗，读来令人称快。他写道：

家国谁怜创造艰，江声呜咽水潺湲。
纤儿争欲为刘豫，敌寇何堪见伯颜。
白下风流云散尽，苍生火热水深间。

---

① 杨仲子、孙肖南主编，江西省政协文史和学习委员会编：《只凭天地鉴孤忠：杨赓笙诗作及生平大事集》，中国文史出版社，2011 年，第 192—193 页。
② 杨赓笙任国民党中央军事委员会高级参谋期间，每月领取上将薪资一千银圆。

伤心一样西湖景，岭上华堂建半闲。

杨赓笙在这首诗中借用了宋代叛臣"刘豫"和大奸臣"贾似道"两个典故，一针见血直接把汪精卫比做成叛国奸臣。"刘豫"这个典故，出自《宋史·刘豫传》："君臣之位，如冠屦定分，不可顷刻易也。五季乱极，纲常斁坏。辽之太宗，慢亵神器，倒置冠屦，援立石晋，以臣易君，宇宙以来之一大变也。金人效尤，而张邦昌、刘豫之事出焉。邦昌虽非本心，以死辞之，孰曰不可。豫乘时徼利，金人欲倚以为功，岂有是理哉。挞懒初荐刘豫，后以陕西、河南归宋，视犹饩来，初无固志以处此也。积其轻躁，终陷逆图，事败南奔，适足以实通宋之事尔，哀哉！"[1]"贾似道"这个典故，指的是宋朝末期的大奸臣，他卖国求荣，不让皇帝了解关于蒙古（元朝）的军事信息，而导致蒙古军进一步进攻宋朝，并推动宋朝灭亡。出自《宋史·贾似道传》："似道既专恣日甚，畏人议己，务以权术驾驭，不爱官爵，牢笼一时名士，又加太学餐钱，宽科场恩例，以小利啖之。由是言路断绝，威福肆行。"[2]在此诗中，杨赓笙已预见汪精卫后来会投敌叛国。

军事委员会的副委员长为著名爱国将领冯玉祥，他素仰杨赓笙的名气，便礼聘杨赓笙为他的秘书长，参赞戎幕。杨赓笙在参赞戎幕之余，还为冯玉祥讲经解史。因此，冯玉祥对杨赓笙甚是钦佩，为表达弟子之礼，创作了一首《赠咽冰先生》诗送给杨赓笙：

---

[1]〔元〕脱脱等撰：《宋史·卷四百四十三·列传第二百三十四·叛臣（上）·刘豫》，齐豫生、夏于全主编：《二十六史》［第十六卷：宋史（四）］，延边人民出版社，1999年，第11394页。

[2]〔元〕脱脱等撰：《宋史·卷四百四十二·列传第二百三十三·奸臣（四）·贾似道》，齐豫生、夏于全主编：《二十六史》［第十六卷：宋史（四）］，延边人民出版社，1999年，第11391页。

吾爱杨夫子，英名天下闻。

文章惊海内，讨袁树先声。

铁骨人皆仰，高风世所钦。

今日余何幸，立雪在程门。

冯玉祥在这首赠诗中，借用了"立雪程门"这个典故抒发了他与杨赓笙亲密的师生之情。"立雪程门"，旧指学生恭敬受教，现指尊师重道；比喻求学心切和对有学问长者的尊敬。出自《宋史·杨时传》："至是，又见程颐于洛，时盖年四十矣。一日见颐，颐偶瞑坐，时与游酢侍立不去。颐既觉，则门外雪深一尺矣。"①

对于冯玉祥的礼贤下士和虚心好学，杨赓笙也是非常感动，于是他回赠了一首《初入冯幕感赋》②给冯玉祥。他写道：

大将军有古人风，礼士尊贤意最浓。

真相敢符齐景马，虚声愧属叶公龙。

从戎久薄弹长铗，问客何能扣哑钟。

此日执鞭兼执笔，为公草檄镇顽凶。

在这首诗作中，杨赓笙借用了"叶公龙""弹长铗""哑钟"等典故，抒发了他对冯玉祥礼贤下士的动容和感激之情。第一个典故"叶公龙"，汉代刘向《新序·杂事》："叶公子高好龙，钩以写龙，凿以写龙，屋室雕文以写龙。于是天龙闻而下之，窥头于牖，施尾于堂。叶公见之，弃而还走，

---

① 〔元〕脱脱等撰：《宋史·卷三百九十六·列传第一百八十七·道学〔二〕程氏门人·杨时》，齐豫生、夏于全主编：《二十六史》〔第十六卷：宋史（四）〕，延边人民出版社，1999年，第11134页。

② 《初入冯幕感赋》，这首诗创作于1932年，原载杨赓笙诗集《苏降集》。

失其魂魄，五色无主。是叶公非好龙也，好夫似龙而非龙者也。"比喻口头上说爱好某事物，实际上并不真爱好它，甚至是畏惧它。杨赓笙在此是反用典故表示自谦。第二个典故"弹长铗"，即击长剑把。出自《国策·齐策四》。齐人冯谖期初不受孟尝君器重，"居有顷，倚柱弹其剑，歌曰：'长铗归来乎！食无鱼。'"后遂以"弹铗""食无鱼"为待客不丰或不受重视、生活贫苦、求助于人的典故。食无鱼，吃饭没鱼，是对于事实的陈述，是一种不满和抱怨，然而又不是简单地追求饮食的丰美，深层意义是希望别人尊重自己。又比如宋代的杨万里在《跋蜀人魏致尧抚干万言书》诗中写道："雨里短檠头似雪，客间长铗食无鱼。"清代的曹寅在《饮椿下》诗中写道："前时旧宾客，恒叹食无鱼。"第三个典故"哑钟"，指因未能调试而弃置的古乐钟，喻指蕴藏的才识。比如后晋的刘昫在《旧唐书·张文收传》中写道："太乐有古钟十二，近代惟用其七，余有五，俗号哑钟，莫能通者。"明代的王鏊在《震泽长语·音律》中写道："十二律中，唯用七声，其余五调，谓之哑钟，故不用盖也。"又比如唐代的黄滔在《上赵起居启》中写道："若不仰投门馆，虔仁发扬，则永携疑玉以汝澜，长伴哑钟而泯默。"

由于杨赓笙与冯玉祥两人之间不仅惺惺相惜，更重要的是对革命志同道合，特别是在积极抗日的立场上尤其一致，于是二人友谊益笃，从此，杨赓笙积极参加和支持冯玉祥领导的抗日救国活动。1932年底，日军在侵占东北三省后又进逼热河。1933年3月，日军陷热河全区，张学良之东北军又再次奉蒋介石密令，不战而退，全国人民对蒋介石之不抵抗政策万分愤慨，而寄希望于冯玉祥，希望其能出面领导抗战救国。杨赓笙每天都要收到从全国各地给冯玉祥发来的大量这类函电，他一方面选择其中有代表性的送往报馆发表，广造舆论，一方面劝冯玉祥秣马厉兵，早做准备。1933年5月初，日军由热河进占察哈尔之多伦，更深入沽源、宝昌、康保诸地，全国人民抗日热情愈为高涨，于是冯玉祥在民众的一再要求下毅然采取抗日爱国行动。同年5月26日，冯玉祥冲破蒋介石和汪精卫把持的南京国民党政府重重压力，在张家口成立察哈尔民众抗日同盟军，自任总司令；杨赓笙代拟宣言，通电全国，宣布反对限令中国军队撤退的《塘沽协定》。武装抗日，得到了全国同胞的一致拥护，但也引来了汪精卫在南京发表谈话，公开骂冯玉祥："察哈尔的共产党，又在多伦闹出事来了。"[①] 为了驳斥汪精卫的污蔑，杨赓笙当即写了三首为冯玉祥将军正名的诗，并送往全国各地的报刊发表。他写道：

其一

国有垂危势，天无悔祸时。

岳家军已矣，曹社鬼谋之。

物议訾降表，人心盼义师。

果然逢大树，蔽日列旌旗。

其二

遮莫人心死，亡秦三户多。

草予民族檄，倒彼逆军戈。

武乡出师表，文山正气歌。

乾坤犹未坏，公理不销磨。

其三

赫赫威名著，旌旗踞上游。

应时悬帅印，为国赋同仇。

箭射天边日，鞭投海上流。

铙歌声满地，还我旧金瓯。

这三首诗作不仅赞扬和歌颂了冯玉祥将军的爱国义举，更抨击和谴责

---

① 杨仲子、王显道：《杨赓笙传奇》，1985年《南昌晚报》连载。

了蒋介石和汪精卫的不抵抗主义和"攘外必先安内"的国策，同时也寄托
了诗人的期待和悲愤。①

组建后的抗日同盟军，虽然所处的战斗环境极其恶劣，生活极其艰
苦，物资极其缺乏，枪支弹药尤其不足，但经过冯玉祥和杨赓笙与官兵
们同甘共苦的浴血苦战，"先后恢复察哈尔省失地康保、宝昌、多伦三
城，捷报传遍全国，人心兴奋，全国人民强烈要求蒋介石和汪精卫把
持的南京国民党政府授冯玉祥以重任，供给粮弹，兴师收复东北全部失
地"②。对于抗日同盟军在生活物资和枪支弹药极端不足的情况下所取得
的胜利，杨赓笙即兴创作了《为冯焕公出任民众抗日军总司令感赋（二
首）》③以示庆祝：

其一

大树将军负怪名，者番攘臂却欢迎。

群阴构难天昏黑，一电宣言地震惊。

早识纤儿为祸种，④耻依当局作盟兄。

而今府顺全民意，帅印高悬细柳营。

其二

腰间干莫久摩挲，反日争挥鲁氏戈。

敌焰遏将新大陆，国魂招自旧辽河。

眼中疆土沧桑感，塞上英雄敕勒歌。

---

① 杨仲子、孙肖南主编，江西省政协文史和学习委员会编：《只凭天地鉴孤忠：杨赓笙
诗作及生平大事集》，中国文史出版社，2011年，第202页。

② 杨仲子、王显道：《杨赓笙传奇》，1985年《南昌晚报》连载。

③《为冯焕公出任民众抗日军总司令感赋（二首）》，创作于1933年，原载杨赓笙诗集
《苏降集》。

④ 杨赓笙自注：谓逐溥仪出宫事。

十万横磨酣战际，^①血痕应比泪痕多。

　　杨赓笙在这两首诗作中借用了"大树将军""细柳营""鲁氏戈""敕勒歌"等典故来抒发抗日同盟军在冯玉祥将军的带领下取得胜利后的激动之情，这同时也是在艰苦斗争中取得胜利后的一种情感释放。第一个典故"大树将军"，原指东汉冯异，后常指不居功自傲的将领，出自《后汉书·冯异传》："异为人谦退不伐，行与诸将相逢，辄引车避道。进止皆有表识，军中号为整齐。每所止舍，诸将军并坐论功，异常独屏树下，军中号曰'大树将军'。及破邯郸，乃更部分诸将，各有配隶。军士皆言愿属大树将军，光武以此多之。别击破铁胫于北平，又降匈奴于林阖顿王，因从平河北。"^②晋朝有冯异，人皆争功，而冯异则倚树不言己功，人称"大树将军"。冯玉祥将军也不争功，所以人亦称之为"大树将军"。第二个典故"细柳营"，指周亚夫当年驻扎在细柳的部队。文帝后元六年（公元前158年），军臣单于拒绝和亲之约，对汉发动战争。他以6万骑兵，分两路，每路3万骑，分别侵入上郡及云中郡，杀略甚众。刘恒急忙以中大夫令勉为车骑将军，率军进驻飞狐（今山西上党）；以原楚相苏意为将军，将兵入代地，进驻句注（今山西雁门关附近）；又派将军张武屯兵北地，同时，置三将军，其中命河内守周亚夫驻屯细柳，祝兹侯徐悍驻棘门，宗正刘礼驻霸上，保卫长安。由于周亚夫治军有方最后赢取了胜利，所以他的部队称为"细柳营"。该典故出自西汉司马迁《周亚夫军细柳》："文帝之后六年，匈奴大入边。乃以宗正刘礼为将军，军霸上；祝兹侯徐厉为将军，军棘门；以河内守亚夫为将军，军细柳：以备胡。"^③第三个典故"鲁氏戈"，意指力

---

　　① 杨赓笙自注：冯部下大刀队最著名。
　　②〔南朝宋〕范晔：《后汉书·卷十七：列传第七·冯异》，齐豫生、夏于全主编：《二十六史》（第二卷：后汉书·三国志），延边人民出版社1999年，第992页。
　　③〔西汉〕司马迁：《史记·卷五十七：世家第二十七·绛侯周勃》，齐豫生、夏于全主编：《二十六史》（第一卷：史记·汉书），延边人民出版社，1999年，第186页。

挽危局。鲁阳，战国时楚国县令。传说周武王率领诸侯讨伐殷纣王，旌旗飘扬，杀声四起，战斗非常激烈。周武王的部下鲁阳公愈战愈勇，敌人望风披靡，眼看天色已晚，鲁阳公举起长戈向日挥舞，吼声如雷，太阳为之倒退，恢复了光明，终于全歼了敌军！该典故出自《淮南子·览冥训》："鲁阳公与韩构难，战酣，日暮，援戈而挥之，日为之反三舍。"第四个典故"敕勒歌"，系乐府杂歌篇名。这是南北朝时期黄河以北的北朝流传的一首民歌，一般认为是由鲜卑语译成汉语的。民歌歌咏了北国草原壮丽富饶的风光，抒写敕勒人热爱家乡热爱生活的豪情。史载北齐高欢为周年所败，曾使敕勒族人斛律金唱此歌以激励士气。歌曰："敕勒川，阴山下。天似穹庐，笼盖四野。天苍苍，野茫茫，风吹草低见牛羊。"

但是，抗日同盟军取得的胜利，换来的不是蒋介石和汪精卫的支持与援助，而是他们的又恨又怕，于是"给抗日同盟军加上一系列莫须有的罪名，进而以武力相威胁，从 7 月初到月底，先后调集 16 个师的兵力及两队飞机向察哈尔推进，并切断平绥路交通。在此同时，日伪军也向加伦发动进攻。抗日同盟军处于日伪军和蒋介石指挥的南京政府军队包围之中，弹尽粮绝"[1]。为了保存抗日力量，冯玉祥忍痛撤销抗日同盟军总部，并隐居泰山。对此，杨赓笙写了一首古体诗《冯将军歌》来说明此事件真相：

> 昔有御敌将，姓冯名子材，
>
> 镇南关上雄风起，谅山一战地归来。
>
> 今有御敌将，姓冯字焕章，
>
> 抗日同盟总司令，手持九矢射扶桑。
>
> 上矢。一枝抽刀斩，公然月宫见吴刚。

---

[1] 杨仲子、孙肖南主编，江西省政协文史和学习委员会编：《只凭天地鉴孤忠：杨赓笙诗作及生平大事集》，中国文史出版社，2011 年，第 202 页。

将军誓作夸父逐，逐尔倭奴清（侵）我疆。

屈指三年所失地，茫茫数十万方里，

鲸吞蚕食两无妨，口中谬说长期抵。

男儿相见痛无涯，不抵仇人抵自家，

刚叹甲师枪缺弹，旋闻乙部米量沙。

旁人聆此吞声哭，去年大战居淞沪，

敌国飞机欲蔽天，我方翱翔徐州路。

不知当轴果何心，大好河山赠别人，

天幸吾华延一线，登坛重见故将军。

将军原是大树裔，早岁勋名震人世，

虎头相著万里侯，虾夷魂断大刀队。

牙旗猎猎张家口，各路民军骏奔走，

输财卜式翩然来，入幕郄生争恐后。

君不闻兴亡责任匹夫肩，难怪将军猛著鞭，

此日金瓯全朔漠，他年铜柱遍幽燕。

幽燕歌颂永无穷，呼嗟将军真英雄，

真英雄，独姓冯，寄语诸公将毋同。

在这首小长诗中，杨赓笙"真实地记录了抗日同盟军甲师'枪缺弹''乙部米量沙'的艰苦战斗生活，歌颂了抗日同盟军获得的'虾夷魂断大刀队'的辉煌胜利"[1]，并借用了"冯子材""扶桑""吴刚""夸父""金瓯"等典故，衬托了冯玉祥积极投身抗日战争的高大的爱国主义形象，抨击了蒋介石和汪精卫之流"不抵仇人抵自家"的丑恶嘴脸，揭露了他们将"大好河山赠别人"的卖国行径。第一个典故"冯子材"，系晚清抗法将领、民族英雄，1884年法国侵略者进犯滇桂边境时参加抗战，次年2月，任广

---

[1] 杨仲子、王显道：《杨赓笙传奇》，1985年《南昌晚报》连载。

西关外军务帮办，大败法军于镇南关，攻克文渊、谅山，重创法军司令尼格里，授云南提督。第二个典故"扶桑"，传说日出其下，《梁书·扶桑国传》："扶桑国者，齐永元元年，其国有沙门慧深来至荆州，说云：'扶桑在大汉国东二万余里，地在中国之东，其土多扶桑木，故以为名。'"①第三个典故"吴刚"，相传为月宫里的神仙，出自唐朝著名志怪小说家段成式的短篇小说集《酉阳杂俎·天咫》："旧言月中有桂，有蟾蜍，故异书言，月桂高五百丈，下有一人常斫之，树创随合。人姓吴名刚，西河人，学仙有过，谪令伐树。"后来，历代诗人借用此典故的还有诸如明代的无名氏在《金雀记·玩灯》中写道："嫦娥真可想，伐木有吴刚。"清代的赵翼在《月中桂树·壬午顺天乡试题得香字》诗中写道："蕊珠宫阙朗，攀折许吴刚。"毛泽东也在《蝶恋花·答李淑一》词中写道："问讯吴刚何所有？吴刚捧出桂花酒。"第四个典故"夸父"，古代神话，夸父立志追赶太阳，为了追赶太阳，渴极了，喝了黄河、渭河的水还不够，又往别处去找水，半路上就渴死了。他遗下的木杖，后来变成一片树林，叫做邓林（见于《山海经·海外北经》）。后来比喻人有志气，决心大。第五个典故"金瓯"，黄金之瓯，比喻疆土之完固，亦用以指国土。该典故出自《梁书·卷五十六：列传第五十·侯景传》："曾夜出视事，至武德阁，独言：'我家国犹若金瓯，无一伤缺，今便受地，讵是事宜，脱致纷纭，非可悔也。'"②此后，借用该典故的还有唐代的司空图在《南北史感遇》诗之五中写道："兵围梁殿金瓯破，火发陈宫玉树摧。"清代的秋瑾在《鹧鸪天》词中写道："金瓯已缺总须补，为国牺牲敢惜身。"毛泽东也《清平乐·蒋桂战争》词中写道："收拾金瓯一片，分田分地真忙。"

---

① 〔唐〕姚思廉：《梁书·卷五十四：列传第四十八·诸夷·东夷》，齐豫生、夏于全主编：《二十六史（第五卷：梁书·陈书·魏书）》，延边人民出版社，1999 年，第 3263 页。

② 〔唐〕姚思廉：《梁书·卷五十六：列传第五十·侯景传》，齐豫生、夏于全主编：《二十六史》（第五卷：梁书·陈书·魏书），延边人民出版社，1999 年，第 3275 页。

　　杨赓笙的这首既富有艺术性又具有史料价值的小长诗创作出来之后，被当时的报刊竞相刊载，得到了迅速的传播，影响甚广，从而使得蒋介石和汪精卫诬蔑冯玉祥将军及抗日同盟军的谣言不攻自破。

　　卢沟桥事变后，中国进入全面抗战，汪精卫的那种"投身革命以来，一到关键时刻就动摇不定"的性格再次显现，整日心事重重、神不守舍、长吁短叹、消极悲观。他和妻子陈璧君纠集陈公博、周佛海、高宗武一伙结成"低调俱乐部"，鼓吹"战必败，和未必大乱"的投降主义论调，与日本帝国主义暗中勾勾搭搭。1938 年 10 月，日本侵略军占领武汉、广州后，12 月汪精卫由重庆出走河内，发表臭名昭著的"艳电"，响应日本帝国主义提出的旨在灭亡中国的"和平五原则"，公开投敌叛国。[①] 其间，汪精卫曾多次试探杨赓笙的态度，并多方笼络且留下密信，企图拉其下水，同流合污。对此，杨赓笙不仅抗日态度坚决，而且前后分两次写了十首七言律诗声讨汪精卫。第一次于 1938 年，在汪精卫公开投敌后，杨赓笙创作《书愤（五首）》[②] 进行痛斥：

其一

天教邪佞作公侯，[③] 覆雨翻云万众羞。

往事跳坑曾露尾，[④] 大名填海早低头。[⑤]

晚绳祖武明汪直，[⑥] 老学儿臣刘彦游。[⑦]

　　① 杨仲子、王显道：《杨赓笙传奇》，1985 年《南昌晚报》连载。

　　②《书愤（五首）》，原载杨赓笙诗集《草草诗草》。

　　③ 杨赓笙自注：昔某逆卧疾申江，忽赴杭州会议长行政院。太炎语人曰，天以邪佞作公卿。吾民族活不成也。闻者韪其言。这里的"某逆"指汪精卫。

　　④ 杨赓笙自注：某逆既长行政院，欲掩其前日之丑行，遂拉人入都做官，自名之曰跳火坑。

　　⑤ 杨赓笙自注：某逆以精卫二字为号，应有衔石填海之忠，何言行相违之远且久也。

　　⑥ 杨赓笙自注：明季倭寇之猖獗，汪直实通线索，直浙人，某逆之父浙人而就幕于粤。

　　⑦ 杨赓笙自注：彦游，宋刘豫字也。

记得先生遗札语，快刀处置乱麻不。①

其二

误尽苍生信若人，非袁莫属复非陈。②
甘为赘婿槟榔屿，③毒及盟兄胡汉民。④
满腹经纶在权利，⑤全身柔媚表精神。
时而合作时分裂，荒谬如君世绝伦。

其三

曾伴荆卿入暴秦，⑥南冠一载未亡身。
何来刺背孙鸣凤，⑦不异诛心章炳麟。⑧
已违遗教排共党，又见反叛媚东邻。

---

① 杨赓笙自注：中山先生手札有云，某逆革命不彻底，必要时请某公可以快刀斩乱麻之手段处置之。

② 杨赓笙自注：民国成立，某逆高唱非袁莫属之论调，于是总理以大位让袁世凯而大祸作。民十一年总理自桂林率李协和北伐，本欲尽去陈炯明军职，某逆复大唱非陈莫属之论调，遂以两广军务督办授陈炯明，致有六月十六日之惨变。

③ 杨赓笙自注：袁世凯蹂躏约法，李协和湖口首义失败，袁世凯解散国会，诛锄国民党，授某逆五万金，遣之去国。某逆得金，赴槟榔屿依其妻陈璧君之父陈跎子者为寓公。时总理方组中华革命党于东京。召之去，坚不行。

④ 杨赓笙自注：广州廖案发生，胡展堂虑祸及，甚惶恐。某逆竟扬言曰，胡先生固好人，惟上有难兄，下有劣弟，难免不为非耳。胡闻之而切齿，劣弟谓毅生。

⑤ 杨赓笙自注：陈炯明陆丰人，某逆之父清季时曾就陆丰县幕，故某逆与炯明幼相善。炯明尝曰，某先生满腹经纶，不外权利二字。

⑥ 杨赓笙自注：清末谋炸摄政王，造弹制药为川人黄复生，某逆以同谋，遂被逮入狱而声名乃著。

⑦ 杨赓笙自注：某逆为行政院长时，曾于大会场上被刺，其凶徒为孙鸣凤。

⑧ 杨赓笙自注：太炎批评某逆弱点甚多，最妙者则谓某逆狱中所上摄政王之书何以不与诗同传于世。又谓某逆入都非行刺，因不能文章，遂营业摄。

早知软化师评定，^① 此贼奚容秉国钧。

其四

比翼冤禽比目鱼，双飞均占好家居。^②

私交浓厚陈公博，^③ 巨案弥缝顾孟余。^④

死矣仲鸣终自致，^⑤ 蠢哉民谊有谁知。^⑥

东窗一夜修降表，^⑦ 尔罪真难罄竹书。

其五

底事同仇御侮难，方亏一篑起波澜。

实行相背淮阴贵，^⑧ 竟获心传伯彦奸。^⑨

党国宁容供贩卖，朝官真觉冠痴顽。

此獠应在天诛例，特遣甥男作样看。^⑩

　　这五首诗创作的第二天，就见诸当地各大报刊，大家都争相传读，连呼骂得"痛快"。由于当时蒋介石还未下达通缉令，汪精卫仍然是国民党副

---

　　① 杨赓笙自注：民十四年总理弥留之际，某逆一再叩以后事，皆曰你们（当心敌人）软化。软化二字，以今证之，盖犹宽恕之词耳。

　　② 杨赓笙自注：某逆与陈璧君同为中央委员，识者嗤之以鼻。

　　③ 杨赓笙自注：陈公博为陈炯明之党，时某逆待之甚厚。

　　④ 杨赓笙自注：世传某逆赃私累数千万，殊可骇也。而顾孟余竟为其掩盖。

　　⑤ 杨赓笙自注：曾仲鸣为某逆之秘书长，以义愤为华侨所杀。

　　⑥ 杨赓笙自注：褚民谊脑筋简单，干思其貌，茅塞其心，身为傀儡而不知。

　　⑦ 杨赓笙自注：据悉某逆与其妻陈璧君及其所谓同志者仅密商一夕，次日反对抗战之论调出矣。

　　⑧ 杨赓笙自注：某逆此次叛国，其亦效淮阴侯韩信之背汉而图贵不可言乎。

　　⑨ 杨赓笙自注：宋赵构南渡，破金不难，汪伯彦竟以和议误之。

　　⑩ 杨赓笙自注：某逆之外甥沈某已为广州义民击毙。

总裁，因此杨赓笙在诗作中没有直呼其名，而是用"某逆"来替代汪精卫的名字，但读者一读便知。"在当时万马齐喑的政局下，杨赓笙的诗犹如一座火山爆发，在全国引起巨大反应。后来蒋介石在社会舆论和各方压力下，不得不宣布汪精卫的卖国罪行，下令全国通缉。为了安抚杨赓笙起见，蒋介石除亲自给杨赓笙复信外，还电令当时国民党的江西省主席熊式辉为杨赓笙做寿，并亲自书写寿匾一块：'爱国心坚，老而弥笃。'"①

第二次写诗声讨是 1940 年，汪精卫在南京成立伪政府后，杨赓笙随即创作了七言律诗《感事书愤（五首）》②，再次进行痛斥：

其一

特种降幡竖国都，秣陵宫阙聚妖狐。

日支调整新关系，南北勾通众叛徒。

大宝喜登蛴阁搀，天皇遥拜效山呼。

任他铁铸夫妻像，志士由来不爱躯。

其二

南都从古属偏安，便作儿臣亦大难。

将士沦亡司马法，江山点缀沐猴冠。

和平两字张群口，主义三民闭一棺。

谁识紫金山上墓，墓中双泪不曾干。

其三

共同反共侪鹰犬，经济提携任马牛。

九国约从降表废，一心忠为敌人谋。

---

① 杨仲子、王显道：《杨赓笙传奇》，1985 年《南昌晚报》连载。
②《感事书愤（五首）》，原载杨赓笙诗集《草草诗草》。

南天五管情难断，西尾双簧唱不休。

记否当年燕市句，此头仍是旧时头。

其四

苍苍底事此安排，傀儡齐登大舞台。

虎踞龙蟠王气歇，天罡地煞鬼门开。

浑志附逆干刑典，翻说穷兵是祸胎。

世交贪污言不尽，中华拍卖信奇哉！

其五

尤物天生必祸人，倾城哲妇古今闻。

汉奸蠹国汪精卫，臣妾签名陈璧君。

事主比肩还比翼，怜卿为雨复为云。

不知曾醒何时醒，①一读华侨讨贼文。

在这五首作品中，杨赓笙借用了"大宝""山呼""司马法""沐猴冠"等典故，鞭挞了汪精卫自立伪政府和自任首脑的丑恶行径，痛骂了汪精卫自愿做日本侵略者儿臣的奴才嘴脸，揭露了汪精卫目光短浅徒有其表的伪君子形象。第一个典故"大宝"，指帝位。语出《周易·系辞下传》："天地之大德曰生，圣人之大宝曰位。何以守位？曰仁。何以聚人？曰财。理财、正辞、禁民为非，曰义。"②《宋史·岳飞传》："陛下已登大宝，社稷有主，

---

① 杨赓笙自注：曾醒，乃曾仲鸣之姐，曾仲鸣为汪逆之秘书长，以义愤为华侨所杀。
②《周易·传文·系辞下传·第一章》，卜各主编：《四书五经大系（第二卷·周易）》，天津古籍出版社，1998年，第172页。

已足伐敌之谋，而勤王之师日集，彼方谓吾素弱，宜乘其怠击之。"①第二个典故"山呼"，也说嵩呼。古代臣子祝颂皇帝的礼仪，三叩头，三呼万岁。唐代的张说在《大唐祀封禅颂》中写道："五色云起，拂马以随人；万岁山呼，从天而至地。"又比如唐代的卢纶在《皇帝感词》诗中写道："山呼一万岁，直入九重城。"元代的关汉卿在《玉镜台》第四折中写道："山呼，共谢得当今主。"《儒林外史》第四十回："拜过，又率领众百姓望着北阙山呼舞蹈，叩谢皇恩。"这里指汪精卫对日本天皇山呼万岁。第三个典故"司马法"，是春秋时期重要的军事著作之一。书中所言规则，多与《周礼》相表里，所以班固把它列入礼类。第四个典故"沐猴冠"，比喻徒有其表，目光短浅之人。《史记·项羽本纪》："居数日，项羽引兵西屠咸阳，杀秦降王子婴，烧秦宫室，火三月不灭，收其货宝妇女而东。人或说项王曰：'关中阻山河四塞，地肥饶，可都以霸。'项王见秦宫室皆以烧残破，又心怀思欲东归，曰：'富贵不归故乡，如衣绣夜行，谁知之者！'说者曰：'人言楚人沐猴而冠耳，果然。'项王闻之，烹说者。"②

这五首诗现在读来依然让人感觉痛快淋漓，揭露、抨击、鞭挞、讽刺、痛斥均十分到位，正如原民革中央名誉主席屈武所评价："杨赓笙先生的《感事书愤》诗，可以说是一篇声讨卖国贼汪精卫的檄文，使人痛恨卖国投降的汉奸，可鼓舞民族正气。那种刚直不阿、嫉恶如仇的浩然之气，足以启迪后人。"③

---

① 〔元〕脱脱等撰：《宋史·卷三百三十三：列传第一百二十四·岳飞》，齐豫生、夏于全主编：《二十六史》〔第十五卷：宋史（三）〕，延边人民出版社1999年，第10784页。

② 〔西汉〕司马迁：《史记·卷七：本纪第七·项羽》，齐豫生、夏于全主编：《二十六史》（第一卷：史记·汉书），延边人民出版社，1999年，第33页。

③ 屈武：《李烈钧杨赓笙诗选序》，中国人民政治协商会议江西省委员会文史资料研究委员会编：《江西文史资料选辑（第二十二辑）：李烈钧杨赓笙诗选》（杨仲子供稿），1986年，第2页。

全面抗战后，杨赓笙从南京回到家乡江西从事抗日救亡活动。当他见许多青年为避日寇游离失学，于是在江西黎川县开办江西中学，广收来自沦陷区的学生，同时兼顾本地青年。杨赓笙对青年学生非常爱护，生活上处处关心，学校设有奖学金，成绩优秀的学生都可以享受，对于家境清寒无力交付学杂费的学生，经过申请，可以少交或全部免交。他曾目睹国民党统治下的大后方世风浅薄，青年容易染上社会恶习，以致堕落犯罪，因此，他在学校大力提倡敦品修身、读书救国，以"教忠、教孝、教修身"为校训，并亲自创作了一首校歌：

莘莘士子，济济学童，
三民五权，是研是宗。
左图右史，目习心通，
千秋著眼，万卷罗胸。
西山时雨，南浦春风，
豫章木铎，宏我江中。

江西中学每星期日开设"弟子请益会"，杨赓笙都会亲临主讲，阐述古代圣贤的嘉言懿行及历朝民族英雄的爱国事迹，以此来激发青年的爱国热情。杨赓笙重视学生的品德，他特意制一教鞭，正反两面都题有诗句：正面诗句是"我执教鞭三教重，教忠教孝教修身"；反面诗句为"绝非一挞求齐语，却似三答训鲁公"。他引用《四书》上的典故，把青年学生看作自己的子弟，辛勤教育，寄予厚望。①

抗战胜利后，杨赓笙力主国共合作，反对内战，为呼吁和平四处奔走，直至江西解放。

---

① 杨仲子、孙肖南主编，江西省政协文史和学习委员会编：《只凭天地鉴孤忠：杨赓笙诗作及生平大事集》，中国文史出版社，2011年，第206—207页。

　　以上选评的杨赓笙诗作，虽然只占他一生诗歌创作中很少的一部分，但从这些诗作中，我们可以洞悉杨赓笙革命的一生。因此，梳理杨赓笙的诗歌创作，与其说是在梳理杨赓笙的个人史，倒不如说是在梳理一部波澜壮阔的革命史。

第二编

土地革命战争时期的诗歌

JIANGXI XIANDAI SHIGE SHI

第一章　苏区文艺运动

第一节　苏区文艺运动产生的历史背景

苏区文艺，是在土地革命风暴中诞生的，是江西中央苏区民众反帝反封建的革命文艺。它是第二次国内革命战争和中国共产党领导的以工农兵为主体的群众性革命文艺运动发展的产物，是20世纪20年代末至30年代初，江西中央苏区广大军民如火如荼的革命斗争生活的真实记录。[①]

大革命失败后，中国共产党领导的工农群众走上了武装斗争、土地革命和建立农村革命根据地的道路。从1927年的八一南昌起义、九月秋收起义，正式进入土地革命战争时期，到十月井冈山革命根据地建立，再到1929年1月，毛泽东、朱德率领中国工农红军第四军主力离开井冈山革命根据地后，转战赣南、闽西地区，在上述根据地和地方工农武装的配合下，先后开辟了赣南、闽西革命根据地。1930年1月，江西红军四个独立团合编为红军第六军。2月7日，中共赣西南特委、赣南特委和红四军、红五军、红六军军委共同组成以毛泽东为书记的前委，统一领导土地革命和武装斗争，赣西、赣南和湘赣边三特委合并为中共赣西南特委，刘士奇为书记。3月，赣西南苏维埃政府成立，曾山任主席，闽西苏维埃政府成立，邓子恢

---

① 邓家琪:《苏区文艺》，江西省文化艺术志编纂委员会编:《江西省文化艺术志》，新华出版社，1999年，第528页。

任主席。4月，闽西地区红军五个独立团合编为红军第十二军。6月，活动在赣西南、闽西地区的红军第四、第六（不久改称第三军）和第十二军合编为红军第一军团。8月，毛泽东和朱德领导的红一军团与彭德怀率领的红三军团在浏阳永和会师，组成中国工农红军第一方面军，朱德任总司令，毛泽东任总政治委员。10月，毛泽东领导红一方面军挥师江西，攻克吉安重镇，建立了以曾山为主席的江西省苏维埃政府。1931年1月，根据中共中央决定，中共苏区中央局成立，周恩来任书记。在周恩来到任前，由项英、毛泽东先后代理书记。9月，中央苏区军民粉碎了国民党军第三次"围剿"后，使赣南、闽西两部分连成一片，根据地扩展到30多个县境，在24个县建立了县苏维埃政府。11月，中华苏维埃第一次全国代表大会在江西瑞金召开，成立了中华苏维埃共和国临时中央政府，毛泽东任主席，项英、张国焘任副主席；同时，组成中华苏维埃共和国中央革命军事委员会，朱德任主席，王稼祥、彭德怀任副主席，中华苏维埃共和国临时中央政府设在瑞金。至此，中央革命根据地正式形成，并统辖和领导全国苏维埃区域的斗争。1931年12月14日，赵博生、董振堂率领国民党军第二十六路军在江西宁都起义，加入中国工农红军，编为红一方面军第五军团。随后，红一方面军发展到拥有一、三、五、七、八、九军团，约12.7万人。1933年1月，以博古为首的中共临时中央政治局由上海迁入中央革命根据地。同年2、3月间，中央革命根据地取得第四次反"围剿"的胜利，不仅巩固了中央革命根据地，而且打通了中央苏区与闽浙赣苏区的联系。到1933年秋，中央苏区辖有江西、福建、闽赣、粤赣四个省级苏维埃政权，拥有60个行政县，总面积约8.4万平方千米，总人口达453万人，党员总数约13万人，红军和根据地发展到了鼎盛时期。中央苏区由此成为全国最大的革命根据地。在中国共产党和苏维埃政府的领导下，中央革命根据地进行了治国安邦的伟大预演，卓有成效地组织苏区群众进行革命战争，深化土地革命，开展经济建设，发展文化教育，保障民主权利，改造社会环境，改良群众生活，苏区各项事业得到了长足发展。[①]

在此背景下，一方面，为了巩固和发展苏维埃政权，改善苏区民众生活。首先，红军每到一处，就立即发动群众，展开轰轰烈烈的"打土豪、分田地"革命斗争，摧毁封建剥削制度，推翻地主阶级和一切黑恶腐朽势力在农村的黑暗统治，建立工农民主政权；其次，号召群众努力发展生产。获得翻身解放的苏区劳动人民，生产积极性不断高涨，他们经常开展各种生产竞赛活动，从而使得苏区的手工业和农业生产获得迅速发展，根据地民众的生活得到了很大改善。苏区广大民众在物质生活有了保障之后，精神生活也就开始有了需求，便迫切需要一种新的文化生活。于是，苏区民众积极参加识字班和夜校的学习，努力提高自己的文化水平，同时也积极开展各种各样的文艺活动。他们在劳动生产、支援前线、扩大红军队伍等运动中以及在各种集会场合，充分发挥了劳动人民的创作才能，熟练地运用他们喜爱的"山歌""小调""地方戏曲"等各种民间艺术形式，抒发他们翻身解放的喜悦心情，以及热爱中国共产党、热爱苏区政权和热爱红军的思想感情，揭露旧社会的黑暗和控诉地主豪绅的罪恶，表达要将革命进行到底的意志和决心。因此，这就给苏区群众性文艺运动的发展和繁荣，奠定了坚实的社会基础。尽管他们创作的作品多数还比较粗糙，但这是真正的人民群众的文艺，是历史上不曾有过的由翻身做主的劳动人民自由自在地创作出来的崭新的革命文艺。[②]

另一方面，为了粉碎国民党的军事"围剿"，扩大革命根据地，红军"除了打仗消灭敌人军事力量之外，还要负担宣传群众、组织群众、武装群众、帮助群众建立革命政权以至于建立共产党的组织等多项重大的任务。

---

① 夏道汉：《概述》，《江西省苏区志》编纂组编：《江西省苏区志》，方志出版社，2004年，第1—5页。

② 邓家琪：《苏区的文艺运动》，江西师范大学中文系苏区文学研究室编著：《江西苏区文学史》，江西人民出版社，1984年，第15页。

红军的打仗，不是单纯地为了打仗而打仗，而是为了宣传群众、组织群众、武装群众，并帮助群众建设革命政权才去打仗的，离了对群众的宣传、组织、武装和建设革命政权等项目标，就是失去了打仗的意义，也就是失去了红军存在的意义"①。因此，红军每到一处，便迅速开展政治宣传鼓动工作，而这种政治宣传鼓动工作通常都是采取各类文艺表现形式进行的，比如歌谣、快板、戏剧等。这种生动活泼的宣传方式，深受广大民众的欢迎，无论男女老少都喜欢听、喜欢看，许多民众还跟着一起学唱，这样一来，不仅起到非常好的宣传效果，有效地教育了广大民众，鼓舞了军民的革命斗志，而且进一步活跃了苏区民众的文化生活。同时，随着土地革命的不断深入，以及红军的党组织帮助地方党组织的发展，军队的武装帮助地方武装的发展，红军的政治宣传鼓动工作就很顺利地在广大民众中得到不断深入的开展。红军的宣传工作做到哪里，哪里的群众性文艺活动就蓬勃开展起来，许多革命文艺作品也就在广大民众中传播开来。

因此，苏区文艺运动就是在这样的历史背景下产生和蓬勃发展起来的。其实早在1929年3月，"中国工农红军第四军主力攻克福建汀州时，红军便利用当地的'毛铭新印刷所'，开始大量出版发行各种革命宣言、布告、传单、标语和有关文件，创办了红色报刊，有力地配合了革命战争。接着，又筹建了中央革命根据地第一个出版发行机构——闽西列宁书局"②。同年12月28日至29日，中国工农红军第四军在福建省上杭县古田村召开了第九次党的代表大会，由毛泽东作政治报告，朱德作军事报告，陈毅传达中央九月来信。大会经过热烈讨论，一致通过了毛泽东代表前委起草的3万余字的8个决议案，即《古田会议决议》。该决议的第四部分对宣传工作作了全面系统的规定和论述，肯定了文艺在宣传工作中的重要作用；批判了不

---

① 毛泽东：《关于纠正党内的错误思想》，《毛泽东选集》（第一卷），人民出版社，1991年，第86页。

② 严帆：《中央革命根据地新闻出版史·写在前面》，江西高校出版社，1991年，第1页。

重视政治宣传工作的错误倾向，以及视宣传工作和宣传队为"闲杂人""卖假药的"等错误观点；指明了"红军的宣传队是红军宣传工作的重要工具"，"红军宣传工作的任务，就是扩大政治影响，争取广大群众"；规定了"各支队各直属队的宣传队均设化装宣传股"。决议还要求加强党对宣传工作的领导，充实宣传队伍，丰富宣传内容，改进宣传方法；指示"各政治部负责征集并编制表现各种群众情绪的革命歌谣"，"出版石印的或油印的画报"，选拔优秀的有表演才能的战士担任宣传员，在部队要以大队为单位在士兵会[①]内部建立俱乐部，采取通俗易懂、群众喜闻乐见的文艺形式进行有效的宣传。该决议在部队文艺和群众文艺中产生了深刻的影响，对于推动根据地革命文艺事业的发展和繁荣起到了重要的作用，也为后来苏区文艺运动指明了正确的方向。

第二节　苏区文艺运动的发展和繁荣

掀起苏区文艺运动浪潮的标志性事件是"古田会议"的召开。由于此次会议中有关文艺工作的决议在工农红军中得到了贯彻执行，因此部队中的文艺宣传工作面貌也焕然一新。红军部队在行军作战时，为活跃文化生活，鼓舞士气，宣传并争取广大民众，经常组织红军战士和工农群众在夜晚的宿营地搭棚，以举行军民联欢晚会的形式，开展唱歌、跳舞、表演戏剧、朗诵诗歌等丰富多彩的文艺活动，很短的时间内就取得了非常好的宣传效果。据傅钟在《关于部队的文艺工作》报告中对"古田会议"后的部队文艺工作的回忆："文艺工作就是部队政治工作的一个组成部分，就是必

---

① 士兵会，全称为"士兵委员会"。红军士兵代表会议和士兵委员会制度，后来废除了。到 1947 年，又采用了由干部领导的军人会议和士兵委员会的制度。见《毛泽东选集》(第一卷)，《井冈山的斗争》注释〔5〕，人民出版社，1991 年，第 82 页。

须要有而不是可有可无的一种部队工作形式和生活形式。从那时起，文艺活动就广泛地表现于广大指战员的各种活动之中。"[①]正因为如此，再加上当时军民如鱼水般的情谊，工农红军的各种文艺宣传活动很快就在苏区广大民众中产生了广泛的影响。因此，这种由中国共产党领导的有组织的群众性文艺活动，在革命根据地得到了迅猛的发展。

按照古田会议决议中关于文化教育和政治宣传工作的指示，军民参与的各种群众性文艺活动在各地如火如荼地开展着，特别是自1931年11月中华苏维埃共和国临时中央政府在瑞金正式宣告成立后，"从部队到地方，从临时中央政府各部门到各县、区、乡的各单位以及各群众团体，都相继成立了俱乐部或列宁室等群众性文艺组织，有许多县还在'工农剧社总社'指导下成立了'工农剧社分社'或'蓝衫团'等戏剧组织。广大指战员、地方干部和工农群众，纷纷参加了各种群众性的文艺宣传活动，戏剧、歌谣、音乐、舞蹈等的创作和演出空前活跃，散文、新诗也在报刊上不断涌现，文艺作品的数量大大增加了，质量也有明显的提高"[②]。这些数量可观的文艺组织遍布各城镇、各乡村，使得苏区文艺运动迅速发展和繁荣起来。

一、苏区戏剧运动的发展和繁荣

苏区戏剧运动，是苏区群众性文化宣传活动中最先发展起来的文艺运动。最初，"苏区的戏剧活动是从部队开始的，是从化装宣传发展起来的"[③]。化装宣传，是苏区创建之初比较流行的一种介于口头宣传与戏剧之间的文艺表演形式。而这种类似于"文明戏"的化装宣传，也不需要剧本，

[①] 1949年7月，根据中共中央副主席周恩来的指示，时任军委总政治部副主任的傅钟在第一次全国文学艺术工作者代表大会上作《关于部队的文艺工作》的报告。

[②] 邓家琪：《苏区的文艺运动》，江西师范大学中文系苏区文学研究室编著：《江西苏区文学史》，江西人民出版社，1984年，第22页。

[③] 汪木兰：《苏区的戏剧》，江西师范大学中文系苏区文学研究室编著：《江西苏区文学史》，江西人民出版社，1984年，第121页。

只需采用生活中的典型事例，由几个有表演能力的人化一下装就可以进行表演。由于"在当时游击战争的情况下，为了宣传群众，开展土地革命，红军每当打进一城或攻占一地，常常要演几个'文明戏'。这种宣传方式很受群众欢迎，收效很大，因而戏剧活动便在红军中广泛开展起来"[①]。后来，化装宣传经过逐步发展，形式更加丰富，有的还配上民间小调或地方戏，并在舞台上进行演出，影响更大。比如在遂川演出的《活捉萧家壁》，在宁冈演出的《二羊大败七溪岭》。苏维埃临时中央政府成立后，化装宣传向活报剧方向发展。蓝衫团[②]登台演出活报剧，不用化装，将蓝演出服里红外白的上襟翻出红的代表革命人物，白的代表反动人物，群众一看就明白。1934年1月，万泰县茅坪乡的儿童俱乐部在扩大红军运动中天天到乡村去化装讲演，不到一个月的时间，就动员了29名青年参加红军。这种从工农红军化装宣传发展起来的活报剧，表演内容简单明了，人可以代表机器车马等事物，以动作象征各种情况，盛行于苏区各地和红军部队；同时，活报剧也因其"形式单纯、明快有力、风趣活泼"[③]等特点，深受苏区广大民众的喜爱。这一时期创作的主要剧目有《活捉张辉瓒》《粉碎敌人的乌龟壳》《消灭白狗子》《富农婆压迫毒打童养媳》《不识字的害处》《奸商富农破坏苏维埃经济》《上了他们的当》《粉碎敌人五次"围剿"》《工农兵团结》等。

　　而作为苏区戏剧运动中创作最多、发展最普遍的戏剧形式的话剧，最早可追溯到井冈山革命根据地创建时期。当时，何长工、袁文才共同创作

---

　　① 邓家琪：《苏区的文艺运动》，江西师范大学中文系苏区文学研究室编著：《江西苏区文学史》，江西人民出版社，1984年，第22～23页。

　　② 蓝衫团，第二次国内革命战争时期江西中央革命根据地的戏剧团体，设有中央、省和县三级组织。中央蓝衫团1933年4月4日成立于江西瑞金，剧团附设在工农剧社高尔基戏剧学校，李伯钊任团长。蓝衫团的名称源于苏联，由于苏联群众剧团成员多数由不脱产的工人农民组成，他们身着日常所穿的蓝衫，故被称为蓝衫剧团。1934年2月，按照瞿秋白的建议，蓝衫团改名为苏维埃剧团。

　　③ 吴方宁：《文化艺术》，《江西省苏区志》编纂组编：《江西省苏区志》，方志出版社，2004年，第280页。

的《二七惨案》《两个面孔》以及《豪绅末路》等剧本，在边界流行演出，受到广大工农民众的欢迎。1928年冬，方志敏参与创作并主演的反映中国共产党领导下农民武装暴动的四幕大型话剧《年关斗争》，则是苏区舞台上第一部多幕话剧，也是中国现代话剧史上第一次正面歌颂中国共产党领导和农民运动的戏剧。在苏维埃临时中央政府成立后，话剧创作水平发展到了一个新阶段，涌现了李伯钊、沙可夫、胡底等剧作家，创作并演出了一批深受工农群众欢迎的作品。1934年，红军主力长征前，瞿秋白编辑剧本集《号炮集》，收录韩进创作的《牺牲》《李宝莲》、赵品三创作的《游击》、郑昉周创作的《非人生活》，以及《不要脸》等话剧剧本5个，油印300份发往苏区各地，并准备送上海出版，但因战事未果。

当然，戏剧运动的发展和繁荣，均离不开创作与表演，特别是在剧本创作出来之后，演出团体再进行二度创作把作品推向苏区的广大民众。因此，"演戏活动在部队的带动下很快就影响到地方，凡建立了工农民主政权的地方，都向部队学习建立俱乐部，除学习政治和文化外，演戏是俱乐部经常的活动内容。当时虽然还没有专业的戏剧作家和演员，也没有剧团，但是许多部队干部和地方干部都热衷于戏剧活动，经常和宣传队的同志一起创作剧本，同台演出，有的干部有戏必参加，成了舞台上最活跃的演员"①。在此情况下，苏区各地和红军部队中的基层业余剧团的演出开始频繁起来。最早在井冈山时期，召开群众大会和庆祝战斗胜利均要演出文艺节目，而且常常是官兵一起登台，军民共同演出。1930年，红军学校俱乐部戏剧管理委员会每周都要举行文艺晚会，演出话剧。蔡畅、何叔衡、徐特立等经常客串演出话剧。苏维埃临时中央政府成立后，工农剧社总社为基层剧团提供剧本，并进行指导，使得这些业余剧团的演出活动越来越活跃。红一方面军各剧社经常在本部队举行文艺晚会，能够演出活报剧、歌剧、

---

① 汪木兰：《苏区的戏剧》，江西师范大学中文系苏区文学研究室编著：《江西苏区文学史》，江西人民出版社，1984年，第123—124页。

哑剧、话剧等，并与驻地工农民众联欢，为群众演出。1933 年 6 月。红一方面军为庆祝战斗取得胜利，在乐安举行营以上干部同乐会，当地群众近 600 人参加。一军团、三军团和总政治部直属队分别演出讽刺喜剧《工作在箱子里》和话剧《东洋人照相》《滚出去》等。与此同时，各县区的蓝衫团也纷纷开展群众性的戏剧活动，如博生县蓝衫团有 30 余人，自 1933 年夏成立到红军长征后，共演出过五六十场歌戏剧，大多数是活报剧、小歌剧，其次是话剧。1933 年 11 月瑞金直属县举行全县俱乐部大检阅，以组建会演、竞赛等形式推动戏剧活动的开展。各县区剧团演出至后半夜两点钟，2000 多观众无一早退。[1]

此外，在注重基层剧团演出的同时，中央剧团的大型演出活动也开始多了起来。比如 1931 年 4 月，工农剧社在蓝衫团开学典礼上首演话剧《我——红军》，同年 9 月 4 日，蓝衫团毕业生在毕业典礼上汇报演出了话剧《胜利》和哑剧《武装保卫秋收》。1933 年 7 月 30 日，瑞金举行盛大纪念"八一"文艺晚会，毛泽东应邀讲演工农红军历史。工农剧社演出了《谁的罪恶》等 2 个话剧、2 个活报剧，以及歌唱舞蹈等节目，观众人山人海。同时，蓝衫团在前线参加各军团纪念"八一"文艺晚会。1934 年 1 月，为庆祝全国苏维埃第二次代表大会召开，工农剧社举办了 7 至 8 场文艺晚会，大会代表与各机关干部 3000 余人观看首场演出。蓝衫团学校学生表演《国际歌》和大合唱；被誉为"三大赤色红星"的李伯钊[2]、刘月华、石联

---

① 吴方宁：《文化艺术》，《江西省苏区志》编纂组编：《江西省苏区志》，方志出版社，2004 年，第 278—279 页。

② 李伯钊（1911—1985），原名李承萱，曾用名戈丽，出生于重庆大梁子，中国女戏剧家、戏剧教育家。她于 1926 年赴苏联学习，1929 年与杨尚昆结婚，1931 年加入中国共产党，同年到闽西苏区，任中国工农红军闽西军区政治部宣传科科长兼彭（湃）杨（殷）军政学校政治教员，后到江西瑞金，任红军学校政治教员、《红色中华》报编辑、高尔基戏剧学校校长、中华苏维埃临时中央政府教育部艺术局局长。中华人民共和国成立后，任北京市文联副主席，北京人民艺术剧院院长，中央戏剧学院副院长、顾问，中国戏剧家协会副主席。著有歌剧《长征》、话剧《北上》等。

星^①合跳《村女舞》；话剧《我——红军》的演出被誉为"尽善尽美"。1935年2月，火星、红旗、战号三剧团在中共中央分局和中央政府办事处驻地——于都龙井塘村举行文艺汇演，演出了话剧《牺牲》《李宝莲》《非人生活》《游击》《摸哨》《埋伏》，以及舞剧《搜山》《缴枪》《冲锋》，大鼓词《王大嫂》等。^②

应该说，苏区戏剧的创作题材是十分广阔的，演出形式也多样；这些作品都短小精悍，易于传播；作品的格调高昂，气势雄浑豪迈；同时吸收了新旧剧的长处，体现了普及与提高相结合的精神，并富于浪漫主义色彩。^③

二、苏区音乐舞蹈的发展和繁荣

在江西建立的井冈山革命根据地和以瑞金为中心的中央苏区以及赣东北革命政权，是形成和产生苏区革命音乐舞蹈的源泉。有一部分革命历史民歌和戏曲、革命历史歌曲和舞蹈还从苏区传遍全国。苏区文艺运动期间，各单位各团体所成立的群众文艺组织中的音乐舞蹈工作者，充分利用民歌、小调，以及小型歌舞剧等艺术表演形式，有力地配合了革命根据地的反"围剿"斗争。比如组织青年妇女、少先队员、儿童团员成立唱歌队，配合苏区政治任务和中心工作到集镇上演唱，或到各村巡回演唱。在"扩大百万红军运动"中，唱歌队到各村各户去指着名字唱鼓励参加红军的歌曲，为报名参军的青年戴大红花。其中代英县太拔乡的妇女唱歌队，一次文艺晚会上就用歌声动

---

① 石联星（1914—1984），原名石莲馨，生于湖北黄梅县城关镇，戏剧、电影表演艺术家。她参加革命后不久即奔中央苏区，先后在列宁师范、红军学校看护连、高尔基戏剧学校、中央苏区星火剧团任文化教员、演员。代表作品有《赵一曼》《湖上的斗争》等影片。石联星是苏区红色红剧运动的开拓者之一，她因主演话剧《武装起来》《海上十月》《沈阳号炮》及参演《我——红军》《女英雄》等话剧，在中央苏区进行艺术活动。

② 吴方宁：《文化艺术》，《江西省苏区志》编纂组编：《江西省苏区志》，方志出版社，2004年，第279页。

③ 黄步青：《苏区的文艺运动和创作》，十四院校编写组编著：《中国现代文学史》，云南人民出版社，1981年，第416页。

员了全体出席晚会的少先队员加入工农红军。在识字运动中，青少年唱歌队挨家挨户演唱《识字运动歌》，动员广大不识字的民众去上夜校。

由于江西农村素有唱山歌、茶歌、儿歌、花鼓调等习俗，因此，在革命根据地创建以及苏维埃政权建立后，广大工农民众在他们最熟悉的民间传统歌谣曲调的基础上，集体创作或加工改编，产生了大量反映苏区战斗、工作和生活情况的新歌谣，被统称为"红色歌谣"。仅流行于赣东北苏区弋阳一带的红色歌谣就有 400 多首。"红军打来晴了天，红色歌谣万万千，唱起歌子走天下，一人唱过万人传。"苏区军民常常是见到什么就编唱什么，干什么活就唱什么，在红军中传唱着指战员们创作的《红军歌》《行军歌》《放哨歌》《冲锋歌》《三大纪律八项注意歌》等等。苏区军民创作了揭露和控诉国民党统治时期的社会黑暗以及地主阶级罪恶的《工农痛苦实在深》《减租谣》《穷人思想曲》《地主逼郎做苦工》《都因地主簸箩大》《为何受罪又贫穷》，鼓动受欺压的工农群众拿起武器闹暴动的《工农兵歌》《工人革命歌》《工农暴动歌》《中国工农要起来》，拥护苏维埃政权的《苏区政权开红花》《分田分地乐陶陶》《锦绣河山归工农》《工农群众掌政权》，歌颂工农红军是亲人的《穷人谁唔盼红军》《只盼红军快快来》《挑起担子送军粮》《只要红军吃得饱》，赞扬军民团结反"围剿"取得胜利的《有胆革命有胆当》《粉碎敌人乌龟壳》《梭镖缴到盒子枪》《神兵》《红军打仗真过劲》，对白军士兵进行宣传教育的《国民党四字经》《反国民党》《血海深仇记在心》《反军阀混战四季怨》，歌颂红军文化暖人心的《山歌来自兴国城》《苏区讲卫生歌》《工农学文化》等大量的红色歌谣。这些歌谣"数量之多，内容之丰富，题材之广泛，创造了中国民歌史上的奇迹。苏区歌谣一般比较简短，容易记住，最能抒发革命豪情和进行广泛传唱，成为工农兵群众喜闻乐见的艺术形式，唱遍苏区的山山水水和村村寨寨"[①]。

---

①《中央苏区歌谣集》编辑室：《前言》，《中央苏区文艺丛书》编委会编，廖巧云主编：《中央苏区歌谣集》，长江文艺出版社，2017 年，第 5 页。

在苏区音乐活动中演唱的这些歌曲，不仅深刻地反映了工农红军的战斗生活和苏区广大工农民众的精神面貌，而且反映了革命根据地创建后，广大工农民众欢庆新政权的思想感情；不仅反映了工农红军战士的自豪感和军民鱼水情的亲密关系，而且反映了苏区民众，尤其是妇女的高度政治觉悟和崭新的精神面貌。同时，这些歌曲在各地扩大工农红军队伍的宣传中，也起到了非常好的教育作用和宣传效果。苏区的歌曲，除了少量曲调是原创之外，绝大多数都是依据民歌小调、古代歌曲、学堂乐歌、苏联歌曲等曲调填词而成的，但这些歌曲的现实性和群众性，对当时苏区文艺运动中群众歌曲的发展和繁荣起到了一定的促进作用。

需要指出的是，对于那些宣传封建迷信思想的旧戏，在苏区是禁止演出的。但是苏区的文艺工作者利用流传在江西民间的楚剧、东河戏、采茶戏、大鼓书以及京剧等戏曲艺术形式新编并创作了不少反映苏区军民战斗生活的新戏（其中影响比较大的有京剧《龙冈擒瓒》、七场东河戏《活捉张辉瓒》、大鼓书《王大嫂》等），并以民间小调为基础，创作了对唱歌剧《夫妻间》，歌剧《我们的位置在前线》《扩大红军》《欢送哥哥上前方》，以及歌舞剧《二羊大败七溪岭》《送郎当红军》等。另外，一批从城市来的革命文艺工作者，创作了《工人舞》《农民舞》《红军舞》等舞蹈，并产生了舞剧这一新的艺术表演形式，同时创作了《搜山》《突火阵》《缴枪》《冲锋》等一批舞剧和哑剧《武装保卫秋收》等。[①]

三、苏区新闻出版的发展和繁荣

苏区的新闻出版事业与革命根据地内其他各项革命事业一样，得到了蓬勃发展和繁荣兴旺，并在艰苦卓绝的革命斗争中发挥了重大的作用。早在 1929 年 3 月，毛泽东同志率领中国工农红军第四军主力攻克福建汀州

---

① 吴方宁：《文化艺术》，《江西省苏区志》编纂组编：《江西省苏区志》，方志出版社，2004 年，第 280 页。

时，红军便利用当地的"毛铭新印刷所"，开始大量印刷各种革命宣言、布告、传单、标语和有关文件，创办了红色报刊，有力地配合了革命战争。接着，闽西苏维埃政府又筹建了中央革命根据地第一个出版发行机构——闽西列宁书局。同时，古田会议的决议，对于推动革命根据地新闻出版事业的兴起发挥了重要作用。中华苏维埃共和国临时中央政府成立后，革命根据地的新闻出版事业出现了空前繁荣的景象。1931年底，中央政府机关报《红色中华》、中革军委机关报《红星》等报刊相继创刊发行；中央出版局、中央印刷局、中央印刷厂、中央总发行部等出版发行机构相继建立。到1932年上半年，中央革命根据地党政军及群众团体的中央机关以及省地级机关均普遍地创办了自己的报刊，设立了各种新闻、出版、印刷、发行机构和其他配套设施，在中央革命根据地形成了一个颇具规模的新闻出版系统和网络。革命根据地的新闻出版机构，使用铅印、石印、雕版印和油印等出版方式，通过各种渠道，出版了大量的党政建设、军事建设、经济建设、文化教育建设和医疗卫生建设等方面的书刊，供苏区各地党组织、各级政府和红军干部战士学习，发挥了很大的宣传和指导作用。这些出版物中，有多达几百页的厚书，也有少至几页的单行本，有图文并茂的多版大报，也有传单式的油印小报。[①]

苏区新闻出版事业从发展到繁荣，先后创办的报刊有200余种，中央苏区出版的报刊约有160余种、书籍（不含苏区各省、县）约有350余种。1931年至1934年是苏区报刊出版的鼎盛时期，其中除了中央苏区中央机关出版的《斗争》《布尔什维克》《红色中华》《红星报》《苏区工人》《青年实话》《时刻准备着》《列宁青年》等，以及中央苏区中央局宣传部、中央教育人民委员部、中央土地人民委员部、中央邮政局、中央政府俱乐部、中央苏区互济总会筹委会、少先队总队部等机关团体均出版有自己的报刊之外，

---

① 严帆：《写在前面》，《中央革命根据地新闻出版史》，江西高校出版社，1991年，第1—2页。

工农红军总政治部、总卫生部、红一方面军总部及所属兵团、相继创办了《政治工作》《红色卫生》《红色战场》《战士报》《火线》《兵运材料》《猛进》《火炉》等 10 余种军事政治及部门业务报刊。

同时，苏区各省、特委、县委机关创办的报刊有：1930 年 1 月，赣南特委创办旬刊《红旗》；1932 年至 1934 年夏秋之间，中央苏区的江西省苏维埃政府创办机关报《红的江西》；中共江西省委出版机关刊物《省委通讯》及《省委通讯附刊》；江西省军区出版《红光报》《拂晓报》；江西省工人联合会、少共江西省委亦出版机关刊物《江西工人》《省委通讯》；闽赣省苏维埃政府创办机关报《红色闽赣》。继《粤赣省委通讯》之后，粤赣省委、省苏维埃政府、省军区、省总工会、少共省委出版联合机关报《前线》等。另外还有中共湘赣省委先后出版机关刊物《湘赣红旗》《湘赣斗争》；湘赣省苏维埃政府创办机关报《红报》《红色湘赣》；湘赣军区出版《湘赣红星》；少共湘赣省委出版机关刊物《列宁青年》《团的建设》。湘赣省委宣传部、组织部、省苏维埃政府财政部、国民经济部、保卫局、儿童局、省军区、红色医院亦出版了手工油印的不定期内部交流刊物。1929 年 3 月，中共信江特委机关刊物《红旗周报》正式创刊，每期约 5000 字，石印 3000份；同年 8 月，赣东北革命委员会机关报《工农报》创刊。中共闽浙赣省委、省苏维埃政府和省总工会继《工农报》之后，合办机关报《红色东北》。少共闽浙赣省委于 1932 年 2 月将少共赣东北省委机关报刊物《列宁青年》与团内教育刊物《团的建设》合并，创办机关刊物《青年实话》；赣东北红军出版《红军报》；省委宣传部、组织部、团省委宣传部、省总工会、省妇女生活改善委员会、省互济会、省反帝大同盟等部门、团体，编辑出版《工农报》、《实话》、《党的生活》、《劳动青年周报》(专供非苏区青年阅读)、《工人报》、《劳动妇女》、《互济生活》、《反帝特刊》等。1930 年初，中共秀水县委、万载县委、铜鼓县委亦出版机关报刊，均为油印。同年，湘鄂赣边特委出版《特委通告》《党的生活》《斗争》《布尔什维克之路画报》《农村小报》等石印不定期刊物。据不完全统计，1929 年 9 月至 1930年 6 月，湘鄂赣边苏区印发各类红色宣传品 15.13 万份。1932 年 4 月，中共湘鄂赣省委成立以林瑞笙兼总编辑的省党报委员会，创办机关报刊《红旗》，每期 4 开 2 版，发行量 1500 份，共编辑出版近 70 期。报社还编印临时的《红旗小报》和理论性的《转变月刊》等，1933 年 10 月《红旗报》易名为《斗争报》。湘鄂赣省苏维埃政府出版机关报《战斗报》，该报于 1933年春改名为《战斗日报》；省军区创办《铁军报》和《铁军画报》；少共湘鄂赣省委创办《列宁青年》《列宁小报》《列宁青年通讯》《青年实话》；儿童局和少先队总部创办过《儿童实话》《少年先锋》；省政府文化部、赤色总工会组织部、反帝拥苏同盟出版《工农俱乐部》《战斗画报》《工人斗争》《工人生活》《反帝拥苏专刊》等数十种。至 1934 年秋主力红军长征后，苏区各省创办的报刊基本上都已终刊，唯独中共湘鄂赣省委机关内部刊物《斗争》一直坚持到抗日战争全面爆发后停刊。[①]

对于书籍的出版，在江西各苏区创建后不久，就开始出版油印或者石印的小册子。1929 年至 1931 年，赣西南苏区编印出版了多种马克思主义基础理论读物，以及法律法规和军事方面的读物；赣东北信江特委编印出版了用于党内教育和对外宣传的各类书籍，印数达 2000 至 5000 份；湘鄂赣边界工农暴动委员会编印出版了多种通俗政治读物和教科书；红四军政治部亦出版了多种宣传小册子。据不完全统计，中华苏维埃共和国临时中央政府成立后，建立各级专门出版机构，出版了大量书籍，仅中央苏区就出版各种书籍 350 余种，发行数万册。同时，中央苏区编印出版的各类教材及教学参考书籍达 100 多种，计百万字以上。苏区各省、县苏维埃政府文化部也编辑出版了列宁小学和工农夜校、职业学校使用的各类教材。这

---

① 吴方宁：《出版》，《江西省苏区志》编纂组编：《江西省苏区志》，方志出版社，2004年，第 282—283 页。

些教材注重实用、宣传革命、通俗易懂、富有时代特色和乡土气息。此外，各苏区还出版了一些文艺书籍，主要是红色歌谣集、新诗集、戏剧剧本，以及革命故事、人物传记和美术作品等。[①]

---

① 吴方宁：《出版》，《江西省苏区志》编纂组编：《江西省苏区志》，方志出版社，2004年，第283—287页。

第二章　苏区文艺运动中的歌谣创作

第一节　红色歌谣运动

随着社会的发展，自五四新文化运动以来，歌谣的创作形式逐渐对进步诗人的诗歌创作产生了深刻的影响，在整个现代诗歌史乃至现代文学史上起到了重要的作用。特别是在进入土地革命战争时期，江西各革命根据地的人民群众获得了翻身解放，成为掌握自己命运的主人后，歌谣的创作开始被赋予了新的内容，呈现了新的特点，我们称之为"红色歌谣"。其特点除了具有歌谣的"口头性、群众性、地方性"等共性之外，还具有体现"红色"的"革命性和斗争性"。[①]

一、红色歌谣兴起的历史背景

江西红色歌谣，是指土地革命战争时期流行而传唱在江西各革命根据地的革命歌谣。

在长达十年的第二次国内革命战争时期，处于劣势地位的中国共产党领导的中国工农红军，为了保存有生力量，决定进行战略性转移，进入农村建立革命根据地，开始探索出一条以农村包围城市，最后武装夺取全国胜利的革命道路。1927 年 10 月，毛泽东领导的秋收起义部队进入井冈山建立革命根据地。1927 年 11 月至 1928 年 3 月，在中共赣西、赣南特委的

---

① 见本书《绪论：江西现代诗歌的历史过程》。

领导下，赖经邦、李文林、古柏等领导赣西南地区武装起义，开创了东固、桥头等革命根据地。1928 年 3 月和 6 月，郭滴人、邓子恢、朱积垒、张鼎丞等领导闽西地区武装起义，创建了永定溪南革命根据地和地方工农武装。赣南、闽西的这些小块红色割据区域的开辟，奠定了中央苏区的基础。1929 年 1 月，毛泽东、朱德率领中国工农红军第四军主力离开井冈山革命根据地，转战赣南、闽西地区，在上述根据地和地方工农武装的配合下，先后开辟了赣南、闽西革命根据地。1930 年 3 月 15 日，中共赣西南特委成立，刘士奇任书记，赣西南苏维埃政府成立，邓子恢任主席，闽西革命根据地正式形成。11 月 25 日，中革军委成立，朱德任主席。中央革命根据地正式形成。1933 年 9 月 25 日开始，由于"左"倾冒险主义者的错误指挥，中央革命根据地军民苦战一年，未能打破国民党军采取"堡垒主义"新战略发起的大规模"围剿"，革命根据地日益缩小，第五次反"围剿"失败。遭到严重削弱的红一方面军被迫进行战略转移。1934 年 10 月 10 日，中共中央和红军总部率领红一、三、五、八、九军团连同后方机关共 8.6 万余人，退出根据地向湘西进发，开始了悲壮惨烈且前途未卜的漫漫长征。此后，中央苏区成为游击区，留下的部分红军变成游击队，坚持了三年游击战争。其间，数十万先烈和人民群众，为了追求解放和自由，为建立人民民主政权献出了宝贵的生命。

在第二次国内革命战争时期，中国工农红军踏遍了江西的山山水水，发动人民群众进行革命战争，为保卫革命根据地浴血奋战，粉碎了国民党数十万军队的多次"围剿"。在这伟大的革命战争中，产生了无数可歌可泣的英雄事迹，涌现了成千上万的妻子送郎、父母送子、妹妹送哥、姐姐送弟参加红军上前线的感人场面。同时，各革命根据地建立苏维埃政权，鼓动受欺压的穷苦百姓勇敢站起来闹革命，打倒土豪劣绅，实行耕者有其田，废除买卖婚姻，提倡婚姻自由。根据地的人民群众过着自由、民主、平等、安乐的生活。因此，广大的苏区人民群众用歌谣控诉并揭露国民党黑暗统治的同时，讴歌和赞扬中国共产党和革命领袖以及英勇的中国工农红军。[①]
于是，数以万计以"控诉黑暗社会，鼓动农民暴动""歌唱党和领袖，赞美
工农红军""讴歌革命战争，打破敌人'围剿'""开展政治宣传，分化瓦解
敌军""欢呼土地革命，喜庆翻身解放""拥护红色政权，人民当家作主""发
展经济文化，建设美好家园""讴歌婚姻自主，实行男女平等""破除落后观
念，倡导新型风尚""坚持游击战争，相信革命成功"[②]等为主题的红色歌谣
应运而生。从而红色歌谣成了苏区人民群众表达革命思想的一种重要手段。

这种表达人民革命思想的红色歌谣，虽然在大革命时期就已经出现了，
但是以第二次国内革命战争时期的数量最多，内容最丰富，影响最深远。
第二次国内革命战争时期的红色歌谣，以其鲜明的革命性、强烈的战斗性
和广泛的群众性，揭开了我国歌谣发展的新篇章。这十年，江西各革命根
据地的广大人民群众，在中国共产党的领导下，进行了轰轰烈烈的土地革
命斗争，打土豪、分田地、建立苏维埃政权。其间创作的这成千上万首红
色歌谣，在宣传革命道理，讴歌革命根据地红色政权的建立，歌颂中国共
产党的领导，动员人民群众参加中国工农红军，鼓舞人民群众的革命斗志，
揭露国民党屠杀人民群众的罪行，打击敌人并分化敌军等方面，发挥了重
大的作用。[③]

二、红色歌谣运动的蓬勃发展

江西各革命根据地广泛开展的红色歌谣运动，是在第二次国内革命战
争的炮火中兴起，并随着革命战争的发展，特别是配合土地革命斗争的发
展，而蓬勃发展起来的一项群众性歌谣运动。从它的发展脉络来看，大体

[①] 张涛：《江西红色歌谣的产生及其艺术价值》，《创作评谭》2012年第2期。

[②] 曾祖标：《中央苏区红色歌谣初探》，石雅娟、钱贵成、肖毅主编：《苏区文化新论》，
中国戏剧出版社，2006年，第250—254页。

[③] 邓家琪：《苏区诗歌：红色歌谣运动》，江西师范大学中文系苏区文学研究室编著：
《江西苏区文学史》，江西人民出版社，1984年，第44页。

上可分为两个阶段：一是根据地创建初期的歌谣活动；二是中华苏维埃临时中央政府成立后的歌谣运动。

在根据地创建初期，群众性的歌谣活动最先是在中国工农红军中开展起来的。1927年10月，毛泽东领导的秋收起义部队进驻井冈山，实行了三湾改编后，在井冈山宁冈县的步云山开始训练部队。每天训练前后以及早晚点名时，红军战士都必须唱《国际歌》《工农兵联合歌》等革命歌曲，激发革命热情，加深对革命的认识。同时，毛泽东亲自为红军战士制定的《三大纪律八项注意》被谱写成歌曲后，在红军战士中广泛传唱。当时，红军战士中盛行唱革命歌曲的风气，逐渐感染了爱唱歌的人民群众。被长期压迫而唱歌不自由的人民群众，终于也可以放开嗓子纵情歌唱了。在红军战士歌唱宣传活动的影响下，特别是在土地革命斗争不断取得胜利的鼓舞下，广大人民群众高兴地唱着"红军来了晴了天，红军歌谣万万千"。于是，红色歌谣活动从红军部队逐渐扩展到广大人民群众中，并迅速开展起来，成为革命根据地人民群众都喜爱的歌谣活动。最初的时候，人民群众主要以《诉苦情》《倒苦水》《减租谣》《雇农苦》《穷人思想曲》《地主逼郎做苦工》《最毒莫过土豪心》《新十杯酒》等歌谣来控诉土豪劣绅、地主恶霸的滔天罪行。随后掀起的轰轰烈烈的打土豪、分田地、铲除封建剥削制度的土地革命斗争中，人民群众唱起了自己新编的歌谣，比如《土地革命歌》《分田分地乐陶陶》《田是我们的田》《一把斧头一把镰》《还我地来还我田》《劳苦工农庆翻身》《过新年》等。虽然这一时期尚未建立专门负责文艺宣传工作的组织机构，但人民群众自发性的歌谣活动却开展得如火如荼。革命根据地的人民群众除了用歌谣来控诉地主恶霸的罪恶，表达翻身做主人的喜悦，拥护中国共产党的领导，歌颂红色政权的建立之外，还经常用歌谣赞美工农红军为巩固和扩大革命根据地所进行的革命斗争。比如1928年6月22日，红军在七溪岭打了胜仗，人民群众很快就编了一首歌谣唱道："朱毛会师在井冈，红军力量坚又强；红军不费三分力，打垮江西两只羊。"①同年秋天，红军取得了黄洋界保卫战的胜利，人民群众又编了一首歌谣唱道："工农红军力量大，哨口做在黄洋界，做得高来做得好，反动派来了死得快。"由于革命根据地的逐渐扩大和政治宣传工作的日益加强，同时也因歌谣活动在团结和教育广大人民群众，以及打击敌人方面具有很大的战斗作用，1928年7月召开的中国共产党第六次全国代表大会通过了《宣传工作的目前任务》，要求将一些党的主张"最好编成歌谣韵语"。于是，红军每到一处，便常常采用歌谣的形式写标语、出布告。比如："国民党是反革命，保护土豪和劣绅。""万户欠我钱，千户不管闲，百户跟我走，月月八块钱。"②人民群众看到了这样的标语，都把它当作歌谣来唱，因而很快就传播开来。③

中华苏维埃临时中央政府成立后，成立了各种群众性的文艺组织，其中在瑞金成立的工农红军学校下设"俱乐部"（类似于工会）开展歌唱活动，各地列宁室也将歌咏活动列入工作内容，苏区的红色歌谣运动开始组织化地蓬勃开展起来，主要体现在三个方面：一是红军中的歌谣活动比过去开展得更为活跃和丰富。每个连队都成立了相应的文艺组织，革命歌谣先由宣传队员向红军战士教唱，战士们学会后，又向当地人民群众教唱。所以，许多富有教育意义的红色歌谣便很快地传唱开来。战士们还把训练内容编成《军事演习歌》《守哨歌》《摸哨歌》《游击战术歌》等歌谣来唱，而且每一次战斗取得胜利后，战士们也能编出新的歌谣，比如《打龙冈》《打横峰》《打鹰潭》等。二是地方上开展的群众性歌谣活动，也比过去更为广泛和深入。1928年在红军中成立了第一个剧团"战斗剧社"，1930年又成立了"战士剧社"，1932年成立了"八一剧社"，不久后"八一剧社"抽调一部分人

① "两只羊"指国民党三六九军的两个师长杨池生和杨如轩，"羊"与"杨"谐音。
② "万户"指地主，"千户"指富农，"百户"指中农和贫雇农，"八块钱"是当时红军的生活供给。
③ 邓家琪：《苏区诗歌：红色歌谣运动》，江西师范大学中文系苏区文学研究室编著：《江西苏区文学史》，江西人民出版社，1984年，第44—50页。

到瑞金成立了"工农剧社总社"，各县也都成立了相应的分社和支社。1933年又增设了高尔基戏剧学校（内分红军班与地方班）和"中央苏维埃剧团"（又名"蓝衫团"）。这些剧团和剧社除了在节假日常常举办文艺晚会演唱革命歌谣外，每逢召开祝捷大会时，还在大会上演出，平时还有下乡和下部队巡回演出。每次演出，既有"文明戏"[①]，也有戏中根据剧情发展创作的歌谣。许多新创作的革命歌谣，都是通过这种演出方式在人民群众中传唱开来的。以至于若干年后，虽然戏剧里的情节在人民群众的记忆中逐渐模糊，但戏剧里的歌谣却令人刻骨铭心，经久不忘。三是为了配合苏区中心任务，各地的区和乡等基层文艺组织也经常组织业余"唱歌队"到集镇上演唱革命歌谣，或者到各村去巡回演唱，这对于群众性歌谣活动的深入开展，同样起到了非常重要的推动作用。此外，群众性的歌谣活动是与各项政治运动紧密结合在一起的，这种结合，不仅使苏区的歌谣活动在团结和教育人民群众时发挥了很大的作用，还推动了群众性的歌谣活动获得更加广泛深入的发展。比如在"生产运动""查田运动""扩军运动"等专项运动中，由于歌谣的及时配合宣传，不仅取得了良好的宣传效果，还使得群众性的歌谣活动得到了蓬勃发展。另外，苏区各地的共青团、少先队和儿童团也经常开展演唱歌谣活动，其中《少年先锋歌》《少先队员参战歌》《共产儿童团歌》等是青少年们最喜爱的革命歌谣。苏区人民群众无论男女老少都喜欢唱革命歌谣，而且各种群众性组织几乎都有自己编写的歌谣。同时，苏区领导人瞿秋白、李伯钊、邓子恢等以及一批来自上海等大城市的知识分子崔音波、石联星等，也积极加入了红色歌谣的创作中。总之，由于中国共产党加强了对文艺工作的领导，普遍建立了各种文艺组织，同时，为了巩固和扩大革命根据地而开展的各项政治运动极大地激发了人民群众的革命热情和创作歌谣的积极性，从而使得苏区群众性的歌谣活动越来越普

---

① 当时苏区人民把话剧、歌剧统称为"文明戏"。

及，越来越深入，形成了一种群众性的歌谣运动。[1]

三、红色歌谣的题材内容

土地革命时期的红色歌谣，从革命根据地创建初期的人民群众自发性的口头创作，到苏维埃临时中央政府成立后的有组织、有目的思想指导的人民群众自觉性的创作，均为宣传革命斗争作出了重要的贡献。创作主题从最初大多以控诉恶霸地主滔天罪行、鼓动人民群众闹革命、歌颂劳动人民翻身解放和红军取得战斗胜利等为主的产生兴起阶段，到全面反映苏区工农军民战斗、生产、生活和学习等方面状况的蓬勃发展阶段，题材越来越广泛，内容也越来越丰富。

如果从创作的题材内容来进行梳理和分析的话，大致可以分为以下几大类主题：

第一，揭露国民党统治的黑暗，鼓动受欺压的工农群众起来暴动，打倒土豪劣绅。其中，一是揭露和控诉国民党统治的黑暗。比如《工农痛苦实在深》《减租谣》《穷人思想曲》《地主逼郎做苦工》《都因地主篾箩大》《磨盘底下榨黄连》《土豪劣绅是虎狼》《百般东西都要捐》《加租加税又抓壮丁》《日头没出天没光》《最毒莫过土豪心》《利上加利命都休》《叹五更》《农民十痛苦》《着件衣衫补肩头》《阿哥凄凉真凄凉》《日愁油盐夜愁米》《阿哥出门去耕田》《纸工歌》《担工歌》《轿夫歌》《十恨心》《想起苦情割心肠》《为何受罪又贫穷》《妇女苦情歌》等歌谣。二是鼓动受欺压的工农群众拿起武器暴动。比如《工农兵歌》《工人革命歌》《工农暴动歌》《中国工农要起来》《工农兵三字经》《穷根就是国民党》《乌云唔散天唔光》《工友农友走出笼》《冲破牢笼出狼窝》《跳出枯井见青天》《穷人翻身来做主》《穷人翻身日子甜》《扬眉吐气报冤仇》《打破旧世界》《雄鸡一叫天就亮》《革命就是救穷药》《中

---

① 邓家琪：《苏区诗歌：红色歌谣运动》，江西师范大学中文系苏区文学研究室编著：《江西苏区文学史》，江西人民出版社，1984年，第51—56页。

国工农起来》《革命时调》《团结革命争自由》《团结紧》《工农团结歌》《革命民众歌》《革命发展歌》《兴国革命歌》《争光阴》《大旱年》等歌谣。三是宣传土地革命打倒土豪劣绅和地主恶霸。比如《暴动前后两重天》《欢送暴动队员歌》《杀得土豪没处躲》《还我血债还我地》《梭镖磨得光》《大家来暴动》《团结一心闹暴动》《劣绅军阀一扫光》《穷人骨头硬如铁》《打倒土豪日子好》《革命不怕反动派》《起义歌》《鸟铳胜过洋枪炮》《赛过敌人机关枪》《又当扁担又当枪》《革命武装建立起》《打起红旗呼呼响》《夜子再长会天光》《百户跟我走》《打土豪》《打山寮》《穷人等到二九年》等歌谣。这一大类主题的歌谣,真实地反映了劳苦人民群众受尽压迫和剥削的苦难生活与求解放、盼幸福的强烈愿望,并真实地记录了工农群众暴动,以及掀起轰轰烈烈的打土豪、分田地的革命斗争。

第二,拥护共产党领导的红色政权,赞美闹革命的工农红军一心为人民,爱护劳苦民众。其中,一是拥护共产党领导的苏维埃政权。比如《苏区政权开红花》《分田分地乐陶陶》《田是我们的田》《天亮了》《锦绣河山归工农》《工农当家坐江山》《工农群众掌政权》《主人翁就是我们》《跟党革命革到底》《一把斧头一把镰》《共产党来好主张》《拥护人民政权歌》《革命进行曲》《农民欢喜笑连连》《革命成功万万年》《红色江山永不垮》《中央政府驻瑞金(三首)》《红旗滚滚过山来》《黄金白银不如瑞金》《穷人翻身出头天》《保护苏区万年长》《挖掉千年老穷根》《今个世界不相同》《保住苏区红旗飘》《石榴开花红又红》《苏区大不同》等歌谣。二是歌颂工农红军与群众的鱼水情。比如《穷人谁唔盼红军》《只盼红军快快来》《挑起担子送军粮》《只要红军吃得饱》《成立工农红四军》《红军砸开千年锁》《红军歌(三首)》《旗号艳艳好威风》《红军真是兄弟兵》《红军铁汉子》《红军心爱老百姓》《红军来了的时候》《红军就是救命根》《到处红旗风飘飘》《铁打红军炼出来》《红军如鱼民如水》《月月红花几时开》《早盼风暴晚盼雨》《带个信》《盼红军(五首)》《红军定能展四方》《游击队就是红军》《有了斗笠好打仗》《细编斗笠送亲人》《妹妹当兵挑子弹》《妹做鞋子送红军》《新做草鞋簸簸新》《做双草鞋送红军》《一双草鞋一份心》《绣花枕》《新打草鞋千万针》《我帮红军理应当》《十绣枕》《一心参红军》《从军别》《十别歌》《告别爱妻》《告别父母》《十话哥十回妹》《十劝妹十应郎》《五送郎五劝妹》《红军世界好自由》《红旗飘飘到前方》《拥护红军》《帮助红军打白狗》《帮助红军打敌人》《支援红军打天下》《支援红军打敌人》《支红对唱》《山歌唱给红军听》《保护红军打胜仗》《炮火声来战号声》《红军恩情说不完》《革命红旗万年红》《军民一家》《红军天下人心欢》《千箩万担送公粮》《收了谷子送军粮》《袋袋食盐送上山》《冒着杀头送米来》《慰劳红军（三首）》《慰劳伤病员（二首）》《想念红军》《做了军装送前方》《伤好送他上大山》等歌谣。这一大类主题歌谣，是苏区人民以无限的热爱和崇敬的心情歌颂中国共产党的领导、拥护红色政权、赞美中国工农红军一心为民的革命情感之作。

第三，歌颂正义性的革命斗争，粉碎国民党的军事"围剿"和经济封锁，分化瓦解敌军。其中，一是歌颂红军战斗的正义性。比如《当红军打土豪》《要过甜蜜日》《七杯茶》《十八十九正年轻》《要想翻身当红军》《加入红军最光荣》《大家都来当红军》《当红军最光荣》《当兵就爱当红军（二首）》《当上红军有劲头》《保护苏区当红军》《红军百姓一家人》《红军同志是兄长》《打草鞋》《新战士》《不想家》《红军十二月》《扩大百万铁红军》《五更调》《欢送少共国际师上前方》《欢送兴国师出发》《欢送红军》《专心革命走天涯》《郎带红花去出征》《哥哥出门当红军》《阿妹送哥当红军》《送郎去当兵》《十送我郎去长征》《长工阿哥当红军》《儿当红军要安心》《哥妹参军》《送郎上前线》《十送郎当红军》《送郎送到十里坡》《同志歌和同志嫂》《当了红军人人亲》《参军别妹》《好铁要打钉》《总有一天会天光》《团结起来当红军》《送郎北上》等歌谣。二是赞扬军民团结反"围剿"取得的胜利。比如《有胆革命有胆当》《粉碎敌人乌龟壳》《梭镖缴到盒子枪》《十送朱毛剿匪歌》《一齐武装上前线》《守哨》《赤卫队之歌》《打枪爱打"七九"枪》《神兵》《红军打仗真过劲》《任何力量敌不过》《红军谣（五首）》《看红军打胜仗》《听到红军打胜仗》《快快加入游击队》《红军有了好枪杆》《红军越杀越英勇》《白旗倒了红旗飘》《活捉张辉瓒》《打龙冈》《红军越打人越多（二首）》《红军调兵》《红军的决心》《打赣州》《打吉安》《打南丰》《打东江（二首）》《军民齐心反"围剿"》《第一次反"围剿"》《第二次反"围剿"》《第三次反"围剿"》《从四次"围剿"到五次"围剿"》《奋勇向前进》《游击队的大老刘》《工农兵学商团结上战场》《一把梭镖带身上》《突击青龙山（二首）》《铁的红军在瑞金》《自从红军上了山》《红军打来晴了天》《战区民谣》等歌谣。三是劝告白军士兵向红军投诚，对白军士兵进行宣传教育。比如《国民党四字经》《反国民党》《血海深仇记在心》《反军阀混战四季怨》《保长》《靖卫团旗子镶白边》《白军吹牛皮》《质问你》《告白军士兵歌（三首）》《白军受苦》《可怜的白军》《白军士兵十二月痛苦歌》《士兵叹四季》《白军的出路》《劝白军兄弟》《劝团丁歌》《喊话》《对阵喊话》《白军兵变歌》《反水投红》《欢送白军弟兄》等歌谣。根据地的人民群众和红军战士经常在前线阵地上以歌谣的形式向白军喊话，揭露敌人的腐败，打击敌人的士气，鼓舞红军的斗志，对于瓦解白军起到了非常重要的作用。

第四，普及新文化知识的扫盲识字，建设新生活的美好家园和备耕备战，努力支援前线。其中，一是歌颂红军文化暖人心。比如《山歌来自兴国城》《苏区讲卫生歌》《工农学文化》《一支红歌唱出声》《劝妇女读书歌》《工农妇女上夜校》《劝工农补习夜校歌》《老年也上夜校班》《瞎子开眼见光明》《工农三字经》《扫除文盲歌》《识字运动歌》《学习歌》《写标语》等歌谣。二是抒发苏区儿童的快乐心情。比如《我们都是小孩》《月光光照四方》《红色儿童》《上学》《红军哥哥》《哥哥弟弟》《响起鞭炮来欢迎》《红军来了真正好》《红军好》《别离》《当红军》《小弟弟想当红军》《捡狗粪》《儿童团（二首）》《我们大家要节省》《欢迎小同志》《我给红军叔叔去放风》《杀了爸爸还有我》《打把钢刀送姐姐》《时刻准备着》《送蛋》《慰劳红军》《拾子弹壳》等歌谣。三是讴歌齐心建设苏维埃。比如《革命互济会歌》《定将钨砂送红军》《提早春耕歌》《春耕运动歌》《苏维埃农民耕田歌》《努力春耕切莫停》《黄牛》《开会》《苏区工人快乐歌》《好花一朵满园香》《铁匠和农民》《过新年》《中秋节》《总爱革命意义深》《好比是东风》《巩固苏区万万年》《幸福的苏区》《苏区景》《买公债》《每人节省一铜钱》《夜了归来讲新闻》《欢迎白区参观团》《共产党来分田地》《欢迎分田众委员》《分田牌》《各地建立苏维埃（二首）》《到处建立苏维埃》《村村建立苏维埃》《人民政权苏维埃》《一致拥护苏维埃》《苏区社会乐如仙》等歌谣。四是赞美苏区干部好作风。比如《穷人翻身出头天》《苏区干部好作风》《巡视制度好》《礼拜六义务劳动》《组织货郎进深山》《帮助红军家属》《死为人民也心甘》《为了革命带米来》《红军纪律真正严》《红军三大纪律歌》《红军纪律歌（三首）》等歌谣。

第五，讴歌反封建意识的婚姻自主，打破旧礼教的生活方式和落后观念，倡导新型风尚。比如《哥妹革命一条心》《妇女歌》《十二月妇女苦》《唱三八》《日头出来一片红》《妇女革命歌》《妇女要解放》《妇女解放歌（二首）》《告妇女歌》《苏区妇女唔简单》《苏区妇女逞英雄》《放脚歌（二首）》《妇女剪发歌》《十剪发》《剪掉髻子当红军》《割下髻子也甘心》《竹筒吹火火焰红》《好娇莲》《生产歌》《劳动妇女学犁耙》《端起碗来想红军》《反对旧礼教》《错姻缘》《离婚歌》《九月十六红军到》《自由恋爱歌》《我俩配成双》《自由结婚》《婚姻自由歌》《自由结婚嫁老公》《自由结婚更开心》《十二月结婚歌》《闹花花》《三姐妹》《革命工作共分担》《十劝郎》《劳军歌》《门前花钵种金针》《妇女组织慰问队》《妇女慰问红军歌》《阿婆领到耕田证》《光荣军属门第好》《青年团杜娘歌》《今个世界大不同》《革命时调》等歌谣。这一类主题的歌谣，大力宣传了反对封建婚姻制度，提倡婚姻自由，破除迷信思想，提高了苏区人民群众的阶级觉悟，阐述了穷人之所以穷、富人之所以富都不是前世注定的，而是土豪劣绅、地主恶霸和资本家剥削的结果。

第二节　红色歌谣艺术特色

红色歌谣创作的高峰期，正是中国共产党领导中国工农红军和中国人民反蒋介石集团的反动统治而进行的第二次国内革命战争时期，也是中国共产党领导苏区人民摧毁旧世界和创造新世界的土地革命时期。在这个变革的时期，正与邪、善良与罪恶的革命斗争的残酷性，以及新与旧、进步与保守的社会生活的复杂性，贯穿着各个领域。正是在这种革命斗争中，苏区人民翻身做主人的社会生活发生了根本性的改变。具有革命意识和革新精神的歌谣创作者，总是注目于苏区人民群众和红军战士推动社会变革与进步的斗争，从这种斗争中去汲取创作的素材和营养，去发掘和表现革命的必要性与正义性，以及社会的进步性与公平性。

一、情感抒发注重真情实感

从歌谣创作的情感抒发上看，作品更加注重真情实感。关于创作的情感，如《毛诗序》所云："诗者，志之所之也，在心为志，发言为诗，情动于中而形于言，言之不足，故嗟叹之；嗟叹之不足，故咏歌之；咏歌之不足，辄手之舞之，足之蹈之也，情发于声，声成文谓之音。"[1] 从这里我们可以看出，歌谣发源于创作者的生理和心理作用，是"情感"的自然流露，是创作者自然心声最原始的情感表达。

比如苏维埃临时中央政府颁布《中华苏维埃共和国中央执行委员会第一号布告》施政纲领后，受到了苏区广大人民群众的热烈欢迎和高度赞扬，特别是施政纲领提出"打倒帝国主义，消灭地主阶级，推翻国民党军阀政府，建立苏维埃政府于全国，为数万万被压迫被剥削的工农兵士及其他被压迫群众的利益而奋斗"[2] 的主张。于是，他们新编山歌《苏区政权开红花》

---

[1]〔明〕郝敬撰、向辉点校：《大序·首篇周南〈关雎〉题解之后所作的全部〈诗经〉的序言》，《毛诗原解 毛诗序说》（下册），中华书局 2021 年，第 680 页。

[2]《中华苏维埃共和国临时中央政府文件选编》，《江西社会科学》1981 年增刊第 1 页。

来抒发自己歌颂中国共产党以及衷心拥护红色政权的内心情感：

> 苏区政权开红花，花根扎在穷人家，
> 贫苦人民有了党，红色政权遍天下！

> 吃过黄连才晓甜，熬过寒冬爱春天，
> 子子孙孙跟党走，铁打江山红万年。

　　这首歌谣赞扬了苏维埃政府是代表广大人民群众利益的红色政权，是由翻身的广大贫苦人民当家作主的权力机构。

　　中华苏维埃共和国临时中央政府成立后，颁布了一系列法律法规条例，让苏区人民群众真实感受到了中国共产党的关怀和温暖。其中土地法的颁布，掀起了轰轰烈烈的土地革命，没收了土豪劣绅和地主恶霸的土地，分给无地或者地少的贫苦农民，使苏区的贫苦农民都过上了吃穿有保障的幸福新生活。因此，苏区人民内心的真情实感也就很自然地如涓涓泉水流淌了出来。他们新编山歌《工农群众掌政权》唱道：

> 日头一出圆又圆，贫苦人民乐无边，
> 打倒土豪分田地，工农群众掌政权。

　　又比如中华苏维埃临时中央政府颁布了婚姻条例、废除了封建制度下的包办和买办婚姻、实行了婚姻自由之后，苏区青年创作的《自由恋爱歌》：

> 靠着大树好遮阴，靠着红军好成亲，
> 自由恋爱两相好，不要嫁妆和礼金。

　　这首歌谣抒发了自由恋爱的青年男女发自内心的真情实感，同时赞扬了中华苏维埃临时中央政府颁布的一系列法律法规条例，不仅深入人心，更是深受苏区人民群众的拥护。

由于"真情"和"实感"，是既紧密关联，又相互沟通的，而且在创作者认识世界的过程中，歌谣的创作其实就是一个从实践到认识再到实践的过程，因此"真情"和"实感"又分别属于不同的阶段："真情"的产生，是与具体事物或者具体现场情景感受相关联的，属于情感的感性阶段；而"实感"的产生，则是与具体事物或者具体现场情景感知相关联的，属于情感的理性阶段。由于人的五官对外界具体事物或者具体现场情景有所接触便会产生不同的感知和感受，而这种感知和感受只要稍微一深化，便会产生"真情"。所以，创作者的"真情"和"实感"，就是其对自己所看到的和所经历的具体事物或者具体现场情景的一种最直接的情感反映。

创作中的"真情"和"实感"，它有一个显著的特点，就是这种"情感"必须是与生俱来的，必须是先天性的，而且必须是发自内心的。因为"真情"和"实感"是在对具体事物或者具体现场情景的感受中自然产生的，所以，这种"真情"和"实感"必须是具体的，与具体事物或者具体现场情景相联系的。歌谣，虽然是口头创作的诗歌，但同样可以将具体事物或者具体现场情景化为诗意的物境，也可以将具体的创作情感转化为"真情实感"的情境。

下面，我们来读一读描写军民团结反"围剿"的几首歌谣，比如《守哨》：

> 露水湿透身，小狗站前村；
> 闻到有动静，小狗叫几声。
>
> 红军闻犬声，工作暂时停；
> 动静全平静，照样又进行。

这是一幅描绘红军战士夜间守哨有声有色的图画，站在前村的守哨战士全身露水湿透的现场情景，以及只要有动静，就会有犬声，红军战士就会暂停工作提高警惕等事件都是具体的，战士坚守哨岗的激情与村前的夜景、红军夜间工作的情景交融一体。

另一首《登山行军歌》：

> 我们都是如铁的红军，
> 爬高山如平地，奋勇向前进！
> 哪怕他峰高坡陡谷深路又小，
> 迈步向前去，不要稍留停。
> 听命令，注意联络侦察和警戒，
> 迈步向前去，不要稍留停。
> 勇猛地迅速地向前杀敌人，
> 这一次的胜利必定是我们！

这一首歌谣就没有具体景色的描写了，没有《守哨》那样感人的现场情景，连"峰高""坡陡"和"谷深""路又小"都以"互相呼应，互相阐发，互相补充"的方式化为红军战士如"铁"般战斗意志的象征。而且整首歌谣所表现的是红军战士登山行军时的具体情感，经过概括以及提炼所形成的一种具有"真情实感"的情境。

因此，这些红色歌谣里所流溢出来的真情实感，主要得益于苏区工农民众和红军战士既是生产生活和革命斗争的在场人，也是见证人，他们不仅了解彼此的思想感情和各自的风俗习惯，还共同战斗在生产生活和革命斗争的同一条战线上。在这样的情景下创作出来的歌谣作品，自然都是源自内心的真情实感。

二、题材筛选注重时代主潮

从歌谣创作的题材筛选上看，作品更加关注时代主潮。苏区的红色歌

201

谣，作为关注时代主潮、反映时代面貌、成为时代历史发展中影像的作品，记录了革命根据地人民的生活和斗争等各方面情况。这些作品真实地反映了苏区人民在土地革命战争时期如火如荼的斗争生活，生动地绘制了一幅幅工农民众和红军战士革命战争胜利发展的图画，表达了翻身获得解放的苏区人民群众对中国共产党和革命领袖以及对工农红军的爱戴。

创作题材注重时代主潮，是歌谣革命性和斗争性的根源，决定着红色歌谣的性质和导向。关注时代主潮，是红色歌谣创作的源泉，歌谣的创作者不是以客观主义的态度，而是带着自己的爱憎去表现时代主潮的。红色歌谣反映土地革命战争时期苏区人民群众的革命斗争和生活，又转过来影响苏区人民群众的革命斗争和生活。红色歌谣以歌颂革命斗争的正义性、拥护中国共产党领导的苏维埃政府、反映苏区人民美好的新生活、赞扬中国工农红军和苏区干部一心为民的好作风、控诉旧社会的黑暗、反抗土豪劣绅和地主恶霸的压迫与剥削、鞭挞国民党军政府统治的腐败等审美形式，感染苏区人民群众的心灵，净化和提高苏区人民群众的精神境界，从而推动革命斗争的不断深入，以及向着光明不断前进。

更加注重对时代主潮关注的红色歌谣，不再与以前的旧歌谣那样只停留在诉说贫苦人民的痛苦生活及揭露统治阶级的腐败和罪恶上；其所表现的题材内容和抒发的思想情感，也不再仅仅停留在对旧社会发泄的不满和诅咒上，而是在揭露与控诉中包含着愤怒的反抗与鞭挞，并以此号召和鼓动生活在水深火热之中受欺压的工农群众起来闹暴动，同时又指明了革命斗争的方向和道路，推翻旧中国的三座大山，实现中华民族的独立、自由与解放。比如《十劝工农歌》：

> 一劝工农赶快醒，受尽痛苦怎苦心？
> 亲密团结来革命，努力奋斗向前进。
>
> 二劝工农要惊醒，帝国主义实可恨！

唆使军阀来混战，世界大战想弄成。

三劝工农要认清，国民党是反革命，
保护地主和豪绅，屠杀工农及士兵。

四劝工农要看清，共产党是为你们，
共同生产公消费，各取所需各尽能。

五劝工农要起劲，联合世界无产人，
帝国主义齐推倒，在华外资要没收。

六劝工农要稳进，勇敢向前莫迟行，
打倒中国国民党，消灭一切反革命。

七劝工农团结紧，准备将来暴动起，
没收地主田和地，土地革命快实现。

八劝工农快奋起，合力推翻恶敌人，
工农士兵代表会，苏维埃政府建立成。

九劝工农莫看轻，红军当兵真欢人，
官长发饷一样多，真正自由和平等。

十劝工农要同心，争取自由和平等，
共产社会快实现，革命成功万万岁。

这首歌谣揭露和鞭挞了帝国主义、封建旧军阀与国民党新军阀带给中国广大民众的苦难，他们保护土豪劣绅和地主恶霸，屠杀工农民众，只有鼓动和劝导工农民众起来闹革命，联合全世界无产阶级，合力推翻沉重地压在中国人民头上的三座大山，建立苏维埃政权，才是工农民众翻身解放谋求生存的唯一出路。

又比如《叹五更》：

> 一更里来进妹房，妹在房中说短长。
> 米谷满仓人量走，三餐食个光粥汤，
> 半饥半饱饿断肠。

> 二更里来进妹房，妹在房中补衣裳。
> 苎麻有纺棉有织，自己衣衫没春光，
> 这条道理难分相。

> 三更里来进妹房，妹在房中泪汪汪。
> 棉被当了没钱赎，霜雪又大夜又长，
> 寒冷唔得到天光。

> 四更里来夜更深，细细穷苦到如今。
> 穷苦唔系命注定，完全白派没良心，
> 想得起来泪淋淋。

> 五更里来天大光，妹妹可爱有主张。
> 大家穷人联合起，联合起来势力强，
> 杀得白派一扫光。

这首歌谣不仅揭露和控诉了地主阶级对穷苦农民的残酷剥削，而且表现了贫苦农民在无法生存的情况下只有下定决心联合起来闹暴动。歌谣先是以事实进行铺陈，贫苦农民每年种植的米谷满仓后就被地主量走，自己辛苦一年，每日三餐却只能喝光粥汤；衣服破了用苎麻缝补，为了生存把棉被当了，到了"霜雪又大夜又长"的冬天却没钱赎回，寒冷的夜里也只有"唔得到天光"。铺陈到最后，很自然就转到指明只有斗争才是唯一生存之路："大家穷人联合起，联合起来势力强，杀得白派一扫光。"

通过对以上两首歌谣的分析，以及《工农兵歌》、《穷人苦债歌（又名〈新十杯酒〉）》、《五更歌》、《工人革命歌》、《工农暴动歌》、《革命民众歌》等作品可以看出，"这一类反抗压迫与剥削的革命歌谣，都反映了根据地的工农大众的觉醒，显示了它们同旧民歌的根本区别"①。

注重时代主潮的红色歌谣，不仅给了苏区人民群众以勇气和信心及力量，激发了工农民众的斗志，而且鼓舞了苏区军民齐心协力不断前进，坚定了对革命斗争必定胜利的信心。比如《同志们，前进吧》：

> 爬过好多山，涉过许多水，
> 我们在艰苦中行进。
> 东升的太阳，象征我们的前途，
> 青山竹林，成了我们的家乡，
> 小鸟歌唱，唱出我们的希望，
> 六两米，口盅饭，烂帽破衣不出奇，
> 为了民主死也心甘。
> 同志们，前进吧，
> 胜利的曙光映在眼前，
> 全国人民的心，向着我们看啦，

---

① 邓家琪：《苏区诗歌：红色歌谣运动》，江西师范大学中文系苏区文学研究室编著：《江西苏区文学史》，江西人民出版社，1984年，第61页。

我们身上将会放出万丈光芒！

这首歌谣是无产阶级革命群众和战士发出的钢铁般的誓言，显示了苏区军民的英雄气概。通篇铿锵有力且鼓舞人心，号召苏区工农民众以"爬过好多山，涉过许多水，我们在艰苦中行进"的大无畏的革命意志与顽强拼搏和不怕牺牲的斗争精神，以及"胜利的曙光映在眼前"的必胜信心，踏上"为了民主死也心甘"的康庄大道，勇敢前进。

又比如《总有一天会天光》：

东方不亮西方亮，黑了南方有北方。

只要红旗永不倒，总有一天会天光。

这是一首根据黎川县山歌填词而成的歌谣，虽然只有四句，第一和第二句不仅反映了苏区军民对"东方不亮西方亮"，不愁没有回旋余地的客观规律所持有的革命乐观主义精神，而且极大地鼓舞了苏区军民勇敢投入革命斗争的洪流之中。第三和第四句表现了革命根据地人民战争的强大威力，以及表达了苏区黎川县工农民众对革命斗争充满的必胜信念。

从这些歌谣中可以看出，它们真实地记录了苏区工农民众战斗和生活的过程，生动地描绘了一幅幅人民革命战争胜利发展和苏区人民群众建设美好新生活的壮丽图景。

三、语言运用注重通俗易懂

从歌谣创作的语言运用上看，作品更加注重通俗易懂。红色歌谣的出现，基本上都是苏区工农民众从革命根据地创建初期自发的口头创作，到后来有组织的、自觉进行的口头创作，其传播形式也主要是靠口头进行流传，并不都是靠文字进行传播。虽然其中有不少作品刊登于苏区的报刊上，也使得流传的范围更加广泛，甚至中央苏区《红色中华》《红星报》等机关报也曾开展红色歌谣的征集活动，鼓励大量苏区工农兵投入创作，如1933年8月31日《红色中华》刊登了《征求山歌小调启事》："请各地及红军中的同志，有自作的或者老的山歌小调，无论抄写的本子或记忆的歌子，寄投《青年实话》编辑委员会。"但歌谣的传播依然离不开人民群众的口头流传，不仅配合苏区中心任务更加及时，而且宣传的效果也更加突出。因此，红色歌谣在语言的运用上，大力提倡运用新口语、新词汇，从而使得作品的风格与特征更加注重通俗和质朴，以及易懂和易记，同时便于歌咏和易于传唱。

口语，无论"新"或者"旧"，都是一种交流工具，起着一种媒介作用。但如果它是作为诗歌体裁中的歌谣形式出现，那么就不能只是起到交流和传达的作用，而应该是一种文学体裁，是一种文化现象。所以说，"与任何语言一样，诗歌乃至文学的语言本身就是一种文化现象，因为人是在语言中进行独特的发明和创造的动物，语言作为一种符号，是人的特征，它联系着人的思维结构、思维模式，而模式背后更深刻的东西是人的观念"[①]。歌谣创作的口语运用，打破了以往模式和观念的常规，比如《送郎北上》：

> 高高山上一棵槐，
> 我郎亲手栽，
> 四月十五红军北上，
> 妹妹我槐树底下送郎来。
>
> 左手递上炒米袋，
> 右手递上新布鞋，

---

① 陈文超：《在诗歌语言的背后：兼谈新诗走向》，《寻找一种谈论方式："文革"后文学思绪》，中山大学出版社，1997年，第52页。

千嘱咐，万嘱咐，
革命要实在。

有犁有耙有耕牛，
田里活路我会做，
爹娘我奉养，
家庭事儿你莫愁。

前人栽树后人歇荫，
槐树底下把手分，
愿哥胜利回家来，
槐树底下叙离情。

高高山上一棵槐，
是我亲手栽，
留得青山在，
不怕无柴烧。

接过炒米袋，
接过新布鞋，
知心话儿多，
话多口难开。

有犁有耙有耕牛，
田里活路我不愁，
爹娘你奉养，
革命我要革到头。

　　这首歌谣以鲜活的群众口语和浓郁的生活味，抒发了苏区千千万万的革命妻子送丈夫北上长征的革命情怀，同时也表达了革命妻子"愿哥胜利回家来，槐树底下叙离情"的阶级情感。

　　相同主题的歌谣，又比如《送郎长征》：

> 哥哥北上去长征，妹妹生产在家庭，
>
> 哥哥得胜万里转，妹妹接你百里亭。

　　这首歌谣同样以鲜活的群众口语和浓郁的生活味，抒发了苏区千千万万的革命妻子对参加北上长征的丈夫的无限深情，以及留下来独自支撑家庭盼望革命夫君早日凯旋的思念之情。

　　在扩大红军上前线的运动中，涌现出了许多运用新口语和新词汇讴歌青年参军的红色歌谣，其中既有父母等家人鼓励动员自家青年踊跃参加红军的革命歌谣，比如《儿当红军要安心》《哥妹参军》《同志歌和同志嫂》《当了红军人人亲》《参军别妹》等；还有表现青年男女爱情的革命情歌，比如《阿妹送哥当红军》《送郎去当兵》《十送我郎去长征》《送郎上前线》《十送郎当红军》《送郎送到十里坡》等。在苏区各地，青年男女已经自觉地把革命和爱情紧密地联系在一起，踊跃参加红军上前线已经成了青年人追求爱情的主要方式和维系爱情的主要条件。因此，"这就突破了人们过去对待爱情的旧的传统观念，使红色歌谣中歌唱爱情生活的情歌与旧民歌中的情歌，有着显著的区别"。[①]

　　为了使歌谣更加具有亲和力，更加通俗易懂，更加容易拉近歌唱者和接受者之间的心理距离，在创作上对于语言的运用，除了提倡口语之外，有的歌谣还将方言也嵌入作品之中，比如《都因地主簋箩大》：

---

　　① 邓家琪：《苏区诗歌：红色歌谣运动》，江西师范大学中文系苏区文学研究室编著：《江西苏区文学史》，江西人民出版社，1984年，第97页。

> 穷苦农民一到秋，多多额皱又眉愁。
>
> 都因地主篾箩大，唔管年荒十足收。

这首歌谣中的"唔"，既不是象声词，也不是叹词，更不是动词或者名词，而是副词，是语言的地方变体，江西赣南地区方言。意思为"不"或"没有"。

此作通篇都是洗练的民间口语，阅读起来浅显易懂。虽然只有寥寥四句七言，但只一句"都因地主篾箩大"就有力地揭露了地主挖空心思盘剥贫苦农民的罪行。

又比如《乌云唔散天唔光》：

> 乌云唔散天唔光，油芯唔点灯唔亮。
>
> 土豪劣绅唔打倒，穷人样般见太阳。

这首歌谣中的"样般"，为江西地域方言，意思为"为什么"。

作品表达了穷人只有起来闹革命，打倒地主阶级，才能翻身解放，如果不打倒土豪劣绅，穷人就不会有好日子，笼罩在穷人头上的乌云也就不会散去，天也就不会亮，也就见不到太阳。

用方言"唔"嵌入作品的还有《如今世道唔平和》《天上星多月唔明》《唔怕贫歌》《穷人谁唔盼红军》《打铁唔怕火星烧》《斧头唔怕杻丝柴》《日头唔出云遮来》《苏区妇女唔简单》《唱歌就要两人和》《冒着杀头送米来》《日头出来一片红》《要想翻身当红军》《当红军最光荣》《新战士》《专心革命走天涯》《儿当红军要安心》《十劝家中放乐心》《男女问答歌》《有胆革命有胆当》等歌谣。

另还有比较常见的用方言"偓"嵌入作品的，比如《偓做草鞋送红军》：

松光点火分外明，前方后方一条心。
红军打仗为革命，𠊎做草鞋送红军。

红军鞋，送红军，一针一线都认真。
缝得密来抽得紧，飞针走线结红心。

红军鞋，送红军，三座大山要踏平。
早日消灭反动派，天下穷人得翻身。

锣鼓响，军号鸣，手捧草鞋送亲人；
草鞋踏碎旧世界，迎来东方太阳升。

在这里，"𠊎"是客家话，江西赣南地区方言，是一个汉字，为客家特色新创字，代词，表示第一人称，意思为"我"。

"𠊎"的普通话发音为ái，客家话发音"ngai"。"ngai"是"我"字的古代发音，因客家话独特的"𠊎"，因此客家话也体现民系特色，叫作"𠊎话"，因文字问题导致而借"涯""崖""𠼤"等词，称作"涯话""崖话""𠼤话"等。

这首歌谣表现了苏区人民群众积极响应苏维埃政府的号召，翻身解放的革命妇女在后方投身于努力生产支援前线，以及"飞针走线结红心"做草鞋慰劳红军等群众性运动；同时表现了苏区人民群众以主人翁姿态投身于巩固苏维埃政权、"前方后方一条心"共同保卫胜利果实的各项生产和战斗，以及对革命事业的赤胆忠心和对"草鞋踏碎旧世界"的热切期盼。

用方言"𠊎"嵌入作品的还有《𠊎家贫穷断烟火》《红军为𠊎开天门》《欢迎红军住𠊎家》《𠊎帮红军洗衣衫》《十送𠊎夫当红军》《十送𠊎个爱》《告别父母》《十劝妹十应郎》《五送郎五劝妹》《千古英名垂》《帮助红军打敌人》《离婚歌》《送郎去当兵》《红军越打人越多》等歌谣。

　　而通行于江西赣南地区的方言"嘛"，也成为歌谣中常用的语言。比如
《着件衣衫补肩头》：

　　　　嘛个愁来没妹愁，着件衣衫补肩头。
　　　　日里洗衫没衫换，夜里洗衫没日头。

　　在这首歌谣里，"嘛"作为客家话，虽然具有语音结构系统，但只通行
于江西赣南及周边部分地域，是该地区使用的语言。

　　此作倾诉了穷苦的劳动人民由于受压迫和剥削的缘故，生活艰难，连
换洗的破衣服也没有，白天洗了衣服没有衣服换，晚上洗了却没有太阳来
晾晒。但是，这首歌谣有它的不足之处，作品只是把重点放在诉苦情和倒
苦水上，没有通过这种诉苦的方式来启发工农群众的阶级觉悟，从而号召
工农群众起来闹革命。因此，这首作品缺乏红色歌谣所具有的鲜明的革命
性和强烈的战斗性。

　　此外，除了客家方言"爱"，意思为"要"，在歌谣中得到了广泛运
用，还有诸如《农民生活歌》中的"鞴"，为地方方言，意思为"收缩"。
"佢"，为客家方言，第三人称代词，意思为"他、她、它"，客家语一般读
"ji""gi""gu"，赣语读音较多，有"ji""kie""jie"等读音；《耕山苦楚歌》中
的"食哩黄烟"，为地方方言，意思为"抽支烟"；《革命时调》中的"打背
公"为地方方言，意思为"金钱困难"；《十劝郎》中的"兴加兜"为地方
方言，口语，意思为"怀有劲头"；《斧头唔怕枒丝柴》中的"枒丝柴"为
客家方言，意思为"比较坚硬的杂木柴火"；《拥护苏联歌（二）》中的
"磨来抄"为地方方言，意思为"推磨"；《红军歌（二）》中的"都是"为
客家方言，意思为"也是"；《红军歌（三）》中的"王王娃"为客家方言，
意思为"小孩子"，"加进几多王王娃"的意思是"增加了很多小孩子"，
"禁撇"为客家方言，意思为"禁止"；《一定多打反动派》中的"只"为
客家方言，意思为"个"；《从军别》中的"白玲玲"为客家方言，意思为

"洁白、白净";《十别歌》中的"嘛日"为客家方言，意思为"什么时候";《慰劳伤病员》中的"倒转"为客家方言，意思为"回到";《十二月妇女苦》中的"烂衫筋"为客家方言，意思为"破烂的衣服";《放脚歌（二）》中的"哇"为客家方言，意思为"说";《妇女剪发歌》中的"剪脑""剪了脑"为客家方言音译词，意思为"剪了头发";《十剪发》中的"兼"为客家方言音译字，意思为"凑";《反对旧礼教》中的"样得"为客家方言音译词，意思为"怎么"。"六角吊"为客家地方风俗，意思为"捉起来上吊"。"孤到"为客家方言，意思为"窝在某地方";《十送郎》中的"长行情"为客家方言，意思为"长久的经常来往的情谊或感情";《十送郎当红军》中的"住夜添"为客家方言音译词，意思为"再住一晚";《同志哥和同志嫂》中的"样般行"为客家方言音译词，意思为"怎么行";《十送朱毛剿匪歌》中的"敌贼牯"为客家方言音译词，意思为"敌人坏蛋";《第二次反"围剿"胜利歌（其二）》中的"起劲"为地方方言，意思为"迅速进入";《劝工农补习夜校歌》中的"来讲驳"为客家方言音译词，意思为"来讲清意思"或"来说说";《夜夜光》中的"刮熬"为客家方言，意思为"翻不了身";《捡狗粪》中的"宴昼下昼"为客家方言音译词，"宴昼"意思为"上午、中午"，"下昼"意思为"下午"等。

应该说，具有亲切感的方言和鲜活的口语在歌谣创作中的大量运用，让创作目的变得相对自由，但这不是毫无目的胡乱编写的绝对自由，而是规行矩步的相对专一。由于苏区每天都在发生变化，工农民众和红军战士所接受的不同生活和战斗情势以及所产生的瞬间感受，也使得他们在编写歌谣时一般都比较随意且贴近现实需要。正因为如此，红色歌谣才真正受到了革命根据地广大工农群众和红军战士的钟爱。

四、曲调填词注重大众艺术

从歌谣创作的曲调借鉴上看，作品更加注重大众艺术。苏区的红色歌谣，作为土地革命战争时期的民间文学艺术产物，其内容和形式也在随着社会的发展而不断变化，正如马克思所说："在艺术本身的领域内，某些有重大意义的艺术形式只有在艺术发展的不发达阶段上才是可能的。如果说在艺术本身的领域内部的不同艺术种类的关系中有这种情形，那么，在整个艺术领域同社会一般发展的关系上有这种情形，就不足为奇了。"[①]因此，除了丰富的题材内容之外，红色歌谣创作的表现形式也呈现出多样化。特别是通过借鉴江西民间山歌和小调的曲调进行填词，从而使得其艺术表现形式更加贴近民众。同时，随着苏区新社会的发展，红色歌谣逐渐摆脱了最初为了便于宣传而出现的毫无艺术感的口号式表现形式，不断发展成为当时具有较强表现力和感染力的大众艺术。

由于中央苏区地处江西赣南，而该地区又是客家人聚集地，客家人自古以来就有唱山歌的习惯。"赣南客家山歌"作为客家人的口头文学，内容丰富而多彩、语言简洁而自然、节奏轻松而明快、情感朴实而动容，是客家人长期在山上砍柴、摘木梓、伐木放排、铲松油、挑担及田间劳动时集体创作的民间艺术结晶，历经千年传承、兴盛不衰。这些被客家人传唱的山歌为红色歌谣的创作提供了丰富的营养。比如《红军十二月》：

> 正月里来梅花香，红军全部出井冈，
> 红旗飘飘高举起，吓得白军大恐慌。
>
> 二月里来雪花飞，官兵团结心唔灰，
> 大柏岭上迎头击，刘逆士毅狗命危。
>
> 三月里来气象新，红军浩荡入长汀，
> 郭逆凤鸣不量力，长岭山下命归阴。

---

① 〔德〕马克思：《〈政治经济学批判〉导言》，中共中央马克思恩格斯列宁斯大林著作编译局编：《马克思恩格斯选集》（第二卷），人民出版社，1972年，第113—114页。

四月里来秧长成，红军全部进宁兴。
赣南各县皆震动，刘逆无路退宁兴。

五月里来天气晴，革命高潮渐复兴，
蒋桂战争南方起，可怜两广遭蹂躏。

六月里来荷花开，红军三度入龙岩，
陈逆国辉只身跑，一败涂地不复来。

七月里来稻谷黄，农家男女打禾忙，
自耕自种收成好，贫苦工农粮满仓。

八月里来秋风凉，训练整顿上操场，
多把本领操练好，革命前途来日长。

九月里来离闽西，经过平宁到安溪，
回来打败张贞部，枪炮子弹得便宜。

十月里来回龙岩，千万工农笑开颜，
上杭城池一拿下，卢逆新铭就垮台。

十一月里来去东江，趁着汪蒋战事忙，
松源虎头把枪缴，陈逆维远就下场。

十二月里来过新年，锣鼓咚咚闹翻天，
工农犒劳意诚恳，猪羊酒礼几千万。

　　这是一首广为传颂的叙事性歌谣，是"赣南客家山歌"中最具地方特色的"兴国山歌"，由兴国县人民群众自发创作。歌谣以叙事手法，记叙了从一月到十二月苏区红军战士与国民党军作战取得胜利和红军战士平时在操场上刻苦训练的情景，以及在红军战士保护下兴国人民群众平安耕种并获得丰收的劳动场面。兴国人民群众对工农红军战士的深情，如涓涓细流在歌谣的字里行间自然地流淌着。

　　而另一首"兴国山歌"《革命时调十二月》则从拥护共产党领导的苏维埃政权的主题入手，歌颂苏区土地革命不仅让兴国县工农群众翻身做主人，而且生活质量也得到了质的改变，幸福感溢于言表。从正月开始，绘制了在新年到来之际，苏区兴国县工农群众喜笑颜开地"双手提壶盛冬酒，台上果子用油煎；至今样样都松爽，因得抗债有分田"的幸福图景；到四月正是耕种的季节，再现了苏区兴国县工农群众"各种种子忙忙栽，分得田地莫荒了，努力生产正应该；妇女大家要生产，一年四季靠春天"积极生产的劳动场景；再到生活有了保障的苏区兴国县工农群众互相支援、互相协作，掀起了努力支援前线的高潮，抒发了九月"伤病战士到后方，在家同志来拥护，募捐买猪慰劳忙；使得伤口容易好，再上前线打胜仗"的军民鱼水情；最后到了又即将过去一年的十二月，描写了苏区兴国县工农群众"合作社内又分钱，提只篮子砍猪肉，剐头杀牲办新鲜；集股集得好唔好，平时买货赢上天"的生活富足。

　　除了"赣南客家山歌"之外，具有结构均衡、节奏规整、曲调细腻、婉柔等特点的赣南小调，也为歌谣的创作提供了丰富的表现形式。比如《七杯茶》：

　　　　一树红红石榴花，我当红军敬杯茶，
　　　　一杯茶敬给我的爷，我当红军你管家。
　　　　二杯茶敬给我的娘，我当红军你莫想。
　　　　三杯茶敬给我的哥，我当红军你跟着。

四杯茶敬给我的嫂，我当红军你操劳。

五杯茶敬给我的妹，我当红军你着累。

六杯茶敬给我的弟，我当红军你莫急。

七杯茶敬给我的妻，我当红军你莫啼，

少擦胭脂少戴花，少在外面说笑话。

这是一首由南丰县工农群众用小调填词而成的歌谣，描写了苏区工农群众为壮大红军队伍，积极参军上前线的动人情景。整首作品以炽热的情感和坚定的信念表达了工农群众参加红军的决心，以细腻的曲调和舒缓的节奏唱出了工农群众参加红军后对亲人的不舍，句句感人心弦。

赣南各县及永新和莲花等地的歌谣，歌唱的音韵曲调虽然仍然保留着不少古汉语的称谓和形容词，但这些地区的歌谣相较于以往的旧歌谣，更加浅显平易、清新明快，使人易听易懂、易读易懂，又富有韵味、思想深刻。比如《夜子再长会天光》：

跌苦佬子莫发慌，土豪劣绅莫发狂。

朱毛红军总会回，夜子再长会天光。

这是一首龙南县的歌谣，采用了赣南客家山歌曲调填词而成，"是红军游击队开会时为安慰群众并警告反动势力所作，因其处在特定的环境，不必用一吟三叹式的吟唱式教导，而是以充满信心的腔调来演唱，所以未加任何一个衬词"[1]。

此外，江西其他地区的民间小调诸如斑鸠调等，也为红色歌谣注入了丰富多彩的文化元素，使得红色歌谣的表现形式更加多样化，更加注重大

---

[1] 谢征、肖艳平：《赣南客家山歌歌词艺术手法与风格特征探微》，《赣南师范学院学报》2005 年第 2 期。

众艺术。这些歌谣深刻地反映了苏区工农红军的战斗生活和革命根据地人民群众的精神面貌。其中《争先恐后当红军》采用了江西民歌《竹片歌》的曲调填词而成；而《八月桂花遍地香》采用的是江西民歌《八段锦》曲调填词而成，这首歌谣反映了1929年秋鄂豫皖革命根据地建立后，人们热烈欢庆新政权的思想感情；《当兵就要当红军》这首歌谣则反映了苏区工农红军战士的自豪感和军民之间的亲密鱼水关系；《送郎当红军》反映了苏区工农群众，尤其妇女的高度政治觉悟和崭新的精神面貌，这首歌谣在各地扩大红军队伍的运动中起到了巨大的宣传教育作用。

红色歌谣，虽然大部分是苏区工农群众和红军战士依据民歌小调、古代歌曲、学堂乐歌、苏联歌曲等曲调填词而成的，但它的现实性和群众性，在革命根据地红色歌谣蓬勃发展的过程中发挥了得天独厚的优势。

五、表现手法注重贴近民众

从歌谣创作的表现手法上看，作品更加注重贴近民众。苏区的红色歌谣，在保持传统民歌和民谣的基本艺术特色之外，继承和发扬了我国革命诗歌所体现出来的鲜明的革命性和强烈的战斗性。但是，由于它们生长在革命根据地的土壤中，经受了革命战争炮火的洗礼，创作者和传唱者又都是获得翻身解放的苏区工农民众和红军战士，因此它们不仅具有崭新的思想内容，而且还具有新的艺术特色。[①]

红色歌谣的艺术特色，除了体现在上述的情感表现、题材筛选、语言运用，以及借鉴山歌和民间小调曲调填词等方面，还体现在创作中采用的各种艺术表现手法上，比如一方面创造性地运用传统民歌的多种创作手法，包括起兴、复沓、夸张、直叙、嵌谜、拆字、鱼咬尾（也叫衔尾式、接龙式）、起承转合、同头换尾、换头合尾、模进、螺丝结顶等；另一方面借鉴

---

① 邓家琪：《苏区诗歌：红色歌谣运动》，江西师范大学中文系苏区文学研究室编著：《江西苏区文学史》，江西人民出版社，1984年，第99页。

性地运用现代诗歌的多种创作手法，包括衬托、对比、渲染、卒章显志、画龙点睛、以小见大、欲扬先抑、联想想象、语序倒置，以及一语双关、近比与远比、组合与叠加等。

其中在红色歌谣创作中被广泛采用的表现手法主要有起兴、双关、复沓、夸张、直叙、比喻（近比与远比）等。

起兴，在歌谣创作中主要是对相关联的事物特征进行描绘和渲染，使描绘和歌唱的对象生动可感，从而激起读者和听众内心的感受和心灵的共鸣，带给大家以鲜明的深刻印象。比如《穷人翻身来做主》：

> 要打恶虎射虎头，要打土豪烧炮楼。
> 穷人翻身来做主，吃用穿着唔使愁。

这首歌谣采用了"起兴"的表现手法。为了表达打倒土豪首先要端掉其老窝，创作者以"要打恶虎射虎头"近比的修辞手法来进行"起"，接着刻画了穷苦民众翻身做主人后吃穿不用再发愁的艺术形象。在这首作品的四句中，第一、二句为"起兴"，第三、四句峰回路转地回到了其要表达的主题。

又比如《打倒土豪日子好》：

> 深山哪处没虎豹，人间哪乡没土豪。
> 虎豹唔除山唔宁，打倒土豪日子好。

这首作品与前一首歌谣不仅同样采用了"起兴"的修辞手法，而且抒写的内容以及表达的主题也一样，都在表达穷苦民众只有起来闹革命、打倒土豪分田地，才会有好日子过。

由于"赋比兴"是我国传统民歌创作中运用比较广泛的表现手法，所以"苏区人民在创作红色歌谣时不仅继承了这种传统的表现手法，而且善于运用这种手法来表现革命的内容和抒发不同的思想感情"[1]。比如《革命就是救穷药》：

> 日头出来一片红，大家革命心要同。
> 革命就是救穷药，唔闹革命一世穷。

此歌谣以"起兴"的表现手法进行渲染，表达大家革命必须要像太阳出来之后大地一片红的齐心，因为革命才是大家翻身解放的唯一出路，不革命就会一辈子生活在贫穷之中。

又比如《旗号艳艳好威风》：

> 太阳一出一点红，中国出了毛泽东，
> 男女老少齐欢呼，旗号艳艳好威风。

这首作品与上一首歌谣一样，在采用"起兴"表现手法的时候，同时运用了"比喻"。虽然既是"兴"，也是"比"，但是通过不同情境里所采用的不同用法，表现了不同的思想情感。

再比如《自由结婚嫁老公》：

> 日头一出满天红，好得朱德毛泽东，
> 打倒土豪分田地，自由结婚嫁老公。

同样，此作采用的"起兴"表现手法。与以上四首歌谣所要表达的情感和所歌咏的对象，都在后面几句，当然后面所抒发的情感和所描写的对

---

[1] 邓家琪：《苏区诗歌：红色歌谣运动》，江西师范大学中文系苏区文学研究室编著：《江西苏区文学史》，江西人民出版社，1984年，第101页。

象都与前面所描绘的事物（"太阳"）有一定的关联，从而使得这首红色歌谣创作的主题更加鲜明突出。

以"太阳"来"起兴"，虽然是我国各地各民族传统民歌最常用的一种表现手法，但在革命根据地红色歌谣的创作中，则寓意更丰富，运用得更加生动形象，不仅抒发了苏区工农民众内心深处朴实而高尚的革命情感，而且使得作品的思想内涵更深刻。比如"天苍苍来地茫茫，日走老虎夜走狼。黑暗世界国民党，日头没出天没光"（《日头没出天没光》）、"日头唔出云遮来，山歌唔唱心唔开……"（《日头唔出云遮来》）、"一轮红日放光华，毛委员光辉照万家……"（《支援红军打天下》）、"日头落山快落山，偃打长工也艰难……"（《长工歌》）、"日头一出红彤彤，世间神圣是工农……"（《世间神圣是工农》）、"共个太阳两个天，天地总是不相连……"（《共个太阳两个天》）、"日头一出暖又暖，红军恩情说不完……"（《红军恩情说不完》）、"太阳出山红彤彤，井冈山来了毛泽东……"（《家家日子过得红》）、"日头一出圆又圆，穷苦人民乐无边……"（《工农群众掌政权》）、"太阳下山有红云，革命的日子乐开心……"（《夜了归来讲新闻》）、"乌云遮天心莫慌，风吹云散出太阳……"（《雄鸡一叫天就亮》）、"日头出来一片红，苦情好多在心中……"（《日头出来一片红》）、"太阳西落又出来，红军北上会回来……"（《太阳西落又出来》）、"日头一出东边红，加紧查田的运动……"（《击破敌人的进攻》）等。

利用语言上的一字多义、一字多音或谐音、谐义的关系来表达另一种意义，以达到其主题思想表达的深刻和艺术手法表现的生动，是红色歌谣创作中的一大艺术特色，即常见的"双关"。比如《朱毛会师在井冈》：

朱毛会师在井冈，红军力量坚又强，

不费红军三分力，打败江西两只羊。

此作描写了毛泽东同志和朱德同志在井冈山会师之后，红军的力量得

221

到进一步加强，他们指挥的红军在井冈山的七溪岭与国民党杨池生和杨如轩指挥的三六九军进行了一场战斗，打败了国民党三六九军的两个师，缴枪一千多支，并乘胜追击再一次占领了永新县城。

这首歌谣采用了"谐音双关"的修辞手法，作品里表面上说的"两只羊"，实际上指的是指国民党三六九军的两个师长杨池生和杨如轩，"羊"与"杨"谐音。

复沓，又叫"重章""重言"等，指重复使用同一种词语、句式，是红色歌谣创作中一种比较常见的表现手法。由于其可以生动地传达歌谣需要表现的意境，特别是通过歌唱作品时的音韵协调，传情达意，给人以和谐悦耳、节奏鲜明的音乐美感，所以该手法在歌谣创作中被广泛采用。

比如《翻身莫忘老红军》：

> 喝水莫忘挖井人，吃饭莫忘种田人，
> 鱼儿莫忘塘中水，翻身莫忘老红军。

这首歌谣采用了"复沓"的表现手法。每句均以"莫"字反复出现，在作品中强调穷苦民众翻身做主人了千万别忘记了老红军，正如有水喝了千万别忘记了挖井人，有饭吃了千万别忘记了种田人，鱼儿能自由自在生活也不会忘记池塘里的水一样。

又比如《白旗倒了红旗飘》：

> 白花谢了红花开，白云散了红云在。
> 白旗倒了红旗飘，白军走了红军来。

此作采用的"复沓"表现手法，与上一首歌谣一样，每句均以"白"字开头，以"红"字反复出现，不仅使得作品的节奏感进一步加强，富有音乐美，而且还加深了作品所抒之情，达到了意想不到的表现效果。

再比如《月月红花几时开》：

> 月月红花几时开？正月未开三月开。
> 月月红花几时开？三月未开六月开。
> 月月红花几时开？六月未开九月开。
> 月月红花几时开？十二月来一定开。
> 十二月里红花开，红军大哥重回来。

这首歌谣采用的"复沓"表现手法，重复出现的不仅是"月"和"开"等字，还有"月月""红花""几时""未开"等词，以及"月月红花几时开"句子。

在这里，"红花"隐喻"红军"，强调每个月都在盼望红军能早日回来，但是只有月月等月月盼，等到最后红花开了，红军大哥也就盼回来了。

另外，歌谣创作中常采用的"夸张"的表现手法，通常被用来唤醒读者或者听众丰富的想象世界。比如《送郎送到十里坡》：

> 送郎送到十里坡，心中的话箩打箩，
> 只盼红军早日归，十里坡前迎阿哥。

这首歌谣为了表达革命妻子的心里话多，借用了乡村每家每户必备的装东西的日常生活用品"箩筐"来表达。阿妹的知心话儿用"箩筐"都装不完，盼望革命丈夫早日归来，届时就在送郎的十里坡迎接。

在红色歌谣创作中通常被采用的表现手法，除了以上分析的这些常用修辞之外，还有排比、顶针、对比、衬托、渲染、拆字、嵌谜等。作品中的各种修辞可谓丰富多彩，千姿百态，但无论采用哪种创作表现手法，都是为表达思想主题服务的一种基本手段和形式，从而使得歌谣抒发的情感更真挚、更浓烈、更生动，也更精彩和更吸引人。同时，这些表现手法在被采用的过程中并不是孤立的，也不是矛盾的，而是紧密联系相互融洽的。因此，在大部分歌谣中，特别是比较长的叙事性作品中，往往同时使用多种艺术表现手法，比如"起兴"中含有"比喻"，"比喻"中又含有"近比"和"远比"，甚至还含有"对比"和"排比"，以及"渲染"和"夸张"等。歌谣无论长短，基本上都会有两种以上的表现手法交错使用，并融入作品之中，这样也便于把各种具有地域特点且意义相近的思想主题，通过这些手法很好地表达出来，完美地呈现给广大的苏区工农民众。

第三章　苏区文艺运动中的新诗创作

第一节　新诗创作的思想内容

与苏区的歌谣相比，苏区的新诗出现的时间要晚一些，广泛性与参与性也存在一定的差距，其影响在广度和深度上也不能与歌谣相提并论。但是，苏区的新诗在苏区文艺运动中的革命性地位及其所取得的艺术成就，则是其他文学体裁不可替代的。它对江西新诗乃至中国新诗的发展和繁荣，起到了一定的促进作用。

苏区的新诗，是在"大革命失败之后，中国革命的中心由城市转入农村，一批革命知识分子也随之奔赴农村"[①]这个特定时代背景下产生的。这批奔赴农村、奔赴苏区的革命知识分子，基本上都受过五四新文化运动特别是白话诗运动的影响，他们已经适应了彻底的"反对封建旧文化、旧思想、旧道德"的时代要求，同时，他们当中大部分是知名作家、诗人，而且都在新诗创作的形式和内容上进行了巨大的变革。因此，在江西的中央苏区，许多光辉的诗篇都出自他们之手。这些诗篇大部分是新诗，并刊发在当时的中央革命根据地陆续创办的《红色中华》报、《战斗》报、《斗争》报、《工农报》、《红军日报》、《红星报》、《武库》、《战士》、《火线》、《挺进》、《苏区工人》、《青年实话》、《少年先锋》、《时刻准备着》、《红旗》等

---

① 汪木兰：《苏区诗歌》，吴海、曾子鲁主编：《江西文学史》，江西人民出版社，2005年，第774页。

160 余种报刊上。目前留存下来的报刊有 128 种，其中中共中央、中共苏区中央局及其所属部门出版的有 6 种，中华苏维埃共和国临时中央政府及其所属部门出版的有 13 种，中央群众团体出版的有 11 种，省委、省苏维埃政府及其所属部门出版的有 27 种，地级（特委）出版的有 23 种，县级出版的有 20 种，中国工农红军及各级部队（各省军区列入省级报刊部分）出版的有 28 种。

苏区的新诗，真正进入繁荣期是在红军粉碎国民党第三次"围剿"之后。1931 年秋，取得反"围剿"胜利的中央苏区，得到了进一步的巩固和发展，红军和地方的工农武装力量也比以往更加强大，随之而来的文艺运动也进入了繁荣期，其中包括上述的各种报刊陆续创刊，为文艺创作特别是新诗创作提供了发表的园地。1932 年，担任中华苏维埃临时中央政府教育部部长兼管艺术局工作的瞿秋白同志，从上海来到中央苏区，他为了进一步推动苏区文艺活动的发展，除了直接领导苏区的戏剧活动之外，还对苏区的新诗创作十分关心，常常对新诗作者进行具体的指导。[1] 他特别强调新诗和歌词的创作应努力做到大众化。他说："通俗的歌词对群众的教育作用大，没有人写谱就照民歌曲谱填词。好听，好唱，群众熟悉，马上就能流传。"[2] 瞿秋白不仅是这样要求的，而且也是这样实践的。他亲自把曾经发表在《新青年》季刊第一期上的新诗《赤潮曲》修改成歌词，并由曲作家朱霞、田光谱曲，传唱后极大鼓舞了苏区军民的革命斗志。1933 年 9 月，作为《青年实话丛书》之一的《革命歌集》，由《青年实话》编辑委员会编辑出版，共收录了 34 首歌词和诗歌。该书一经出版就受到苏区军民的喜爱，大家纷纷订购，成为当时的畅销书，产生了广泛的影响。当时的《青

---

[1] 邓家琪：《为中国新诗的发展开拓了崭新的道路——谈谈苏区新诗创作的思想内容和艺术成就》，石雅娟、钱贵成、肖毅主编：《苏区文化新论》，中国戏剧出版社，2006 年，第 399—410 页。

[2] 李伯钊：《回忆瞿秋白同志》，《人民日报》，1950 年 6 月 18 日。

年实话》在对此书再版时这样介绍："青年实话编辑委员会新出版的革命歌集，又美丽、又正确，真的风行一时，一下子就销完了六千份，现在再版一万五千份，形式改为袖珍式，排列也更为美术化，九月底出版，爱唱革命歌的同志，望快定（订）购。"①同年 10 月，为了培养"我们自己的诗人"②，《红色中华》报发出了"为了发展苏区的文艺活动""使革命诗歌深入到广大的工农群众中去"的《征求诗稿启事》③，从苏区各种报刊上发表的许多文艺作品中，从近百首创作质量比较高的新诗中挑选了 24 首作品，汇编成一本《革命诗集》，并由该报社出版发行。

　　从新诗创作的体式和风格上看，苏区的新诗又分自由体、格律体和民歌体三种体式，其中以自由体和民歌体为主。特别是民歌体新诗，由于"在红色歌谣唱遍城乡的苏区，追求民歌体新诗的创作成为风气，这是群众喜爱、时代要求下出现的新风气"④。所以，古柏、胡耀邦、胡底、沙可夫、黄道等都曾在苏区工作期间创作过民歌体新诗。这一时期的民歌体新诗，之所以受到群众喜爱，与当时革命斗争的政治需要是分不开的，但是，它不可能成为新诗的主要形式，更不可能成为新诗发展的主要潮流，它只是在新诗发展过程中某一特殊阶段出现的一种诗歌现象。从理论上看，五四以来白话诗创作实践证明，未来的新诗发展均是以"诗无定节、节无定句、句无定字"⑤的没有固定形式的自由体新诗为主流。

　　毛泽东曾指出："十年的红军战争史，就是一部反'围剿'史。"⑥因此，

---

① 严帆：《中央革命根据地新闻出版史》，江西高校出版社，1991 年，第 212 页。
② 红色中华报社编委会：《〈革命诗集〉跋》，《革命诗集》，《红色中华》，1933 年。
③《征求诗稿启事》，原载《红色中华》，1933 年 9 月 27 日文艺副刊《赤焰》。
④ 汪木兰：《苏区诗歌》，吴海、曾子鲁主编：《江西文学史》，江西人民出版社，2005 年，第 775 页。
⑤ 陈良运：《论自由体诗》，《新诗艺术论集》，江西人民出版社，1986 年，第 38 页。
⑥ 毛泽东：《中国革命战争的战略问题》，《毛泽东选集》（第一卷），人民出版社，1991 年，第 193 页。

苏区的新诗创作的一个显著特点，就是突破了五四以来新诗创作主要局限于小资情调的抒写。这些革命诗人从亲身经历的苏区军民的革命斗争和备耕备战的火热劳动中直接提取创作素材，努力站在无产阶级的立场，发出广大工农群众的心声，让新诗成为苏区军民革命的力量和战斗的号角。

号召中国工农红军团结广大苏区工农群众投入反"围剿"革命斗争中去，是这一时期新诗创作最重要的一个主题。其中有不少诗作，真实地反映了广大苏区工农群众对革命战争的积极支持，最典型的莫过于送郎、送儿、送哥等亲人当红军的感人故事。比如阿红的《红军哥哥》、月林的《欢送红色战士去前方》以及《欢迎小同志》《弟弟的话》等诗作，艺术地再现了苏区工农群众自发送亲人当红军的真挚感人的生动场面，并深深地镌刻在苏区的历史画卷上。这些诗作不仅生动地描写了广大苏区工农群众把革命斗争同自身命运联系在一起，进而产生出对革命斗争的衷心拥护，而且从不同角度表现了他们与工农红军亲如鱼水的关系。

苏区的中国工农红军，作为土地革命战争时期中国共产党领导的武装力量，其无产阶级性质和全心全意为人民服务的根本宗旨，不仅从苏区工农群众自发送亲人当红军的实际行动中得到了反映，也直接在红军战士昂扬的斗志上表现了出来。比如大冶的《夜行军》[①]这首作品：

> 黑魆魆的攒动着一线，不断，
> 前进的道路埋在夜幕中间，
> 那高黑的是树是山？
> 这脚触到的是平原田垠。
> 呵！夜把世界统治了。
> 偏有我们万众的足音蛩然！

①《夜行军》，原载《红色中华》第84期，1933年6月11日文艺副刊《赤焰》。

沸腾的蛙声似鼓励我们作战，

田野给我们气息新鲜。

道路在黑夜中更加不平，

高了，更高了，是在爬山，

低了，更低了，听着流水溅溅，

前队进得慢些了，又遇桥梁河川。

一队队从野围里冲出，

步武沉雄敏捷而矫健。

林鸟被朝阳煦醒了，

喔喔鸡声叫遍了人间。

村落还沉睡在晓雾里，

小河上流动了缕缕轻烟。

呀的一声，开了农家门一扇，

犹有睡态的老农妇睁着惊异的双眼。

白森森的刺刀闪着一路冷光，

红旗在朝阳里分外鲜艳，

愈前进天气愈光明了，

迈进的战士愈显得勇敢。

哗啦一声枪响与敌人接触了，

血战就在前面！

胜利就在前面！

　　诗人从"道路在黑夜中更加不平，/高了，更高了，是在爬山，/低了，更低了，听着流水溅溅"的夜行军的运动，以及"哗啦一声枪响与敌人接触了，/血战就在前面"的变化中，捕捉了夜间急行军的瞬间的美，提取了一种富有昂扬斗志和激发战斗热情的诗意。从这首抒情诗中我们可以看到苏区工农红军战争史所走过的足迹，听到革命潮流不可阻挡的时代强音。又比如《月夜行军》《开赴前线》等诗作，让我们感受到了红军战士的斗争精神，以及战时的生活和对革命胜利充满着的坚定信念。

在创作中注重从革命斗争的角度去抒发激情，讴歌中国工农红军取得的胜利，使得这一时期苏区的新诗在抒写以斗争反对斗争的同时，又表现了革命的复杂性。因此，许多抒情诗既具备讴歌的功能，又具备战歌的特色。比如大冶的《红军又打了胜仗》这首诗作：

> 前方红军又打了胜仗——
> 活捉白匪两个师长，
> 俘虏一千，一万，两万多，
> 缴获了花边（银圆）、药品，
> 还有无数的枪……
>
> 哦，我们的红军真铁样的强，
> 百战百胜，从来没有打过败仗！
> 一个老人家喜得闭不上口，
> 从村的这头走到那头。
> 儿童团员们跑来跑去，身上背着假枪，
> 小小的圆脸上，愉快而又紧张。
> "募捐呀，同志们！募一只飞机，
> 来庆祝前方红军的伟大胜利！"
>
> 劳动妇女们一个个都着了忙，
> 兴奋地做着布鞋，一双，一双，
> 针脚儿要小，并且要密密地缝，

最后再绣上个"红军万岁""革命成功"。

这是一首画面感非常强的诗作，描写"一个老人家喜得闭不上口""儿童团员们跑来跑去，身上背着假枪"的生动瞬间，以及劳动妇女们"兴奋地做着布鞋，一双，一双"密密地缝的鲜活场面，也十分感人。这些都是从现实生活中提炼出来的美好形象，不仅鼓舞了苏区军民继续革命的斗志，也增强了他们必胜的信心。另外，以讴歌红军战斗胜利为题材的诗作，还有香君的《胜利的歌声》[①]、牧牛的《飞机！高射炮！》[②]以及《红军胜利歌》《我爱无产者的胜利》等。这些诗篇，都是以坚定的革命信念为主旨，充分发挥了激励苏区军民继续坚持革命的作用。

当然，在苏区军民欢庆胜利的时候，其实又是在预示未来的革命斗争会更加艰难。因此，讴歌胜利的同时，也是在号召苏区军民保持清醒的头脑，再次用斗争去巩固已取得的胜利，不断夺取一个又一个新的胜利。比如成仿吾的《战斗呵，苏维埃新中国的创造者！》、高卓的《红军战士的高呼》、爱伦的《先锋队》、识云的《我们的斗争日》、思凡的《到处是赤焰》以及《冲锋歌》《赤卫军歌》《战斗紧急动员曲》《战鼓》《红旗歌》《杀敌歌》等诗作，号召苏区军民要继续勇敢地投入保卫胜利果实的斗争中去。

值得一提的是，歌颂工农群众在苏维埃政府的领导下建设新生活的劳动场面，构成了这一时期苏区文艺运动中新诗创作的另一重要主题。与那些揭露苦难和讴歌革命斗争的新诗创作不同，这类题材的诗作充满了生活的情趣，诗人用绚丽多彩的笔，给我们描绘了一幅幅苏区美好生活的图景。比如林中在诗作《夕暮》[③]中，描绘了一幅"遍地春耕队，/工农笑哈哈，/你用锄头挖，/我用犁[耙]拉……"热火朝天的劳动场面。这种团结和欢

---

①《胜利的歌声》，原载《青年实话》第2卷7号，1933年3月12日。

②《飞机！高射炮！》，原载《青年实话》第2卷8号，1933年4月15日。

③《夕暮》，原载《红色中华》第72期，1933年4月23日文艺副刊《赤焰》。

快的劳动场面，同样也反映在思凡的诗作《插秧曲》[①] 中：

> 歌声夹着笑声，
> 手臂忙着往田土里伸，
> 同志哥唱罢一曲，
> 同志嫂接着唱的更好听。

诗人在作品中采取的这种情景交融的抒写，是苏区工农群众在欢快劳动中的诗意写照。由于思凡的这首《插秧曲》属于民歌体新诗，于是诗人在作品中采用了民歌和歌谣中常见的回环复沓的创作手法，以"一，二，三⋯⋯ / 绿映映，绿映映⋯⋯ / 插得整齐又好看。/ 同志哥伴着同志嫂，/ 唱着歌儿插着秧"进行首尾回环，在这里不仅仅是整个小节的重复，而是"它使诗意回环往复，螺旋上升，造成诗情的回肠荡气之感"[②]，因此进一步强化了对美好劳动生活场景的赞美之情。

然而，诗人在歌唱欢快的劳动生活时，并没有把抒写的笔单纯地停留在工农群众充满欢歌笑语的劳动生产上，而是进一步表现了天下并不太平，战争随时会发生的备耕备战的艰苦奋斗上。正所谓"兵马未动，粮草先行"，署名为"莲"的作者写了一首《春耕山歌》[③] 作品，从春耕运动总动员入手，叙述了全体男女老少都积极投入每年的春耕中，把所有的荒田都消灭掉，支持青壮年男子都去上前线，妇女们都留下来耕种田地，儿童帮忙拾捡动物粪便，先耕种红军家的田，然后再耕种自家的田。

又比如《托儿曲》[④] 这首诗写道：

①《插秧曲》，原载《红色中华》第 74 期，1933 年 4 月 29 日文艺副刊《赤焰》。
② 陈良运：《论自由体诗》，《新诗艺术论集》，江西人民出版社，1986 年，第 61 页。
③《春耕山歌》，原载《青年实话》第 3 卷 12 号，1934 年 2 月 25 日。
④《托儿曲》，原载《红色中华》第 159 期，1934 年 3 月 8 日文艺副刊《赤焰》。

> 劳动妇女真热心，
>
> 拿起锄头去春耕，
>
> 儿女送去托儿所，
>
> 集中里来那个为了革命战争。

诗人在这首作品中，突出表现了工农劳动妇女积极参加春耕生产，也是为了革命战争，以及"为了新的文化新的世界而斗争"的家国情怀。

另外，对于类似的以劳动生产来支援前线为创作题材的新诗，影响比较广泛的，还有诸如然之的《战斗的夏天》等诗作。在这首作品中，诗人一开始就以直入主题的方式写道：

> 现在是战斗的夏天，
>
> 碧绿的大海横在我们的面前；
>
> 这是从流血战争中，
>
> 靠我们自己得来的大地广田。

在这里，诗人用饱含激情的笔，抒写了战争对苏区人民的残酷。夏天的革命战争，依然在激烈进行着。虽然横在大家面前的广袤田地犹如"碧绿的大海"般让人心旷神怡，但这些都是红军战士用鲜血换来的，每一寸田地都得来不易。正因为如此，背负着工农群众的希望，我们只能以革命的方式去争取生活的美好。所以，已成为"靠我们自己得来的大地广田"主人的苏区人民，为了备战，踩着晨曦，抓紧夏耕：

> 你看，初夏的晨曦多么美丽，
>
> 这正是我们为夏耕而斗争的时季！
>
> 你看，夏耕突击队布满在田野里，
>
> 为着战争举起我们的锄和犁！

诗人通过"初夏的晨曦多么美丽""夏耕突击队布满在田野"等有情有景的场景描写，不仅抒发了工农群众和红军战士高度的自觉性——"这正是我们为夏耕而斗争的时季"，更是在最后号召大家"为着战争举起我们的锄和犁"，来强化这首新诗作品"以劳动生产来支援前线"这一创作主题。

在着力描写备耕备战的同时，诗人也把一些笔墨指向了军民的业余生活。比如洪水的《在列宁室》、何叔衡的《中央内务人民委员部布告》、斯顿的《红色"五一"》、明的《用不着归还我们》、思凡的《八年间》以及《节省经济》等诗作。其中抒写别具一格且审美独特的抒情短诗，有泽民的《青年士兵与快枪》[①]，细腻而逼真地刻画了一个朴实可爱的青年红军战士形象：

> 普通人的恋爱是姑娘，
> 我的恋爱是快枪。
> 她能杀敌冲锋，
> 不像姑娘们的娇横娇样，
> 我爱她，我爱她英勇的心肠，
> 我的灵魂交给她，
> 我的生命寄托在她的身旁，
> 日间行路时把她背在我的背上，
> 夜间睡觉时把她靠近我的胸膛。
> 我爱她，我爱她生死不忘！

诗人在这首作品中，运用了拟人的艺术表现手法，描写了红军战士对待枪支如同对待自己爱人一样的纯洁情思。因为在战士看来，枪支"能杀敌冲锋"是用来斗争的，灵魂可以交给她，生命也可以托付给她，所以在

---

①《青年士兵与快枪》，原载《列宁青年》创刊号，1931 年 4 月 10 日。

革命的征途上"爱她生死不忘"。字里行间流露出的是一种对革命理想忠贞不渝的高尚情操，以及对革命情感一心一意的忠诚担当。

在这一时期，揭露和谴责国民党的残酷，也是苏区新诗创作的一个重要题材。从流传下来的许多诗篇中可以看出，诗人从各个方面抒写了苏区军民坚持革命斗争是因为国民党反动派对工农的残酷行为造成的。比如小雅在《不怕你，刽子手！》[①]中写道：

> 帝国主义，国民党狗，
> 呸，残酷的暴蛮的恶兽！
> 你们是屠杀工农的刽子手，
> 呵，数不清的一个个，
> 在你们刀下滚着的人头，
> 你们的嘴一口又一口，
> 喝着我们工农的鲜血，
> 不眨眼儿不叫腥臭！
>
> 可是革命的流血要有代价，
> 我们的血染遍了城头田野，
> 从血流中会开起工农的红花，
> 阶级斗争中讲什么人道啦？！
> 我们要以眼还眼，以牙还牙！
> 不怕国民党有飞机大炮和黑牢，
> 他们决不能阻止历史轮齿的前进，
> 刽子手，你们等着瞧吧，

---

①《不怕你，刽子手！》，原载《红色中华》第79期，1933年5月14日文艺副刊《赤焰》。

总有那么一天踩在我们的脚下！

这首诗作以愤怒的口吻，鞭挞了国民党犹如狰狞的恶兽，谴责了他们血腥屠杀工农的残酷，"数不清的一个个，/在你们刀下滚着的人头"；同时，也坚定了工农的鲜血会开出胜利的红花遍布城头和田野，以及"刽子手，你们等着瞧吧，/总有那么一天踩在我们的脚下"的革命信念。另外，以揭露和谴责国民党的残酷为创作主题的新诗，还有诸如霭民的《快当红军去》、许雷的《滚开，法西斯蒂！》、邱识云的《涌》以及《活捉陶广》《铁拳等待着》等作品，"也都一方面揭露了国民党反动派的凶恶嘴脸，另一方面表达了革命人民誓同国民党反动派斗争到底的决心和夺取革命胜利的坚定信心"[1]。

从以上的梳理可以看出，苏区的新诗，是广大工农群众特别是奔赴苏区的革命知识分子创作的文学成果，它发挥了苏区军民革命的动员和战斗的作用，表达了苏区军民革命的理想和斗争的意志，推动了苏区革命事业的发展和不断的进步，反映了苏区军民生活的现状和进步的思想，表现了苏区军民共同的心声和美好的愿望。它的语言朴实而明快，形式多样而生动，格调清新而鲜活，感情真挚而亲切，思想深刻而厚重，内涵丰富而独特。

第二节　新诗创作的重要意义

苏区的新诗，在创作的数量上和影响力方面，虽然不如苏区的歌谣所取得的成就那么突出，但它在推动中国新诗的发展过程中具有无可替代的

---

① 邓家琪：《为中国新诗的发展开拓了崭新的道路——谈谈苏区新诗创作的思想内容和艺术成就》，石雅娟、钱贵成、肖毅主编：《苏区文化新论》，中国戏剧出版社，2006年，第399—410页。

历史地位。它不仅继承了五四新文化运动以来的革命传统，而且比五四时期至大革命时期的新诗创作有了更进一步的发展，同时也为中国新诗解决如何为人民服务问题、如何与群众结合问题以及大众化问题提供了有益的实践经验和初步的理论基础。因此，苏区的新诗在中国现代诗歌史上，具有两个方面的重要意义。

一、新诗如何为人民服务的问题得到初步解决

自五四诗歌革命运动取得成功后，新诗已经适应了彻底的反帝反封建的革命要求，在创作主题和表现形式上进行了巨大的变革。特别是把创作主题重点指向了表现底层劳苦大众疾苦等方面，早在"白话诗运动"的初期，"就出现了一些关注社会底层的作品，譬如，胡适、沈尹默的同名诗《人力车夫》、刘半农的《相隔一层纸》、《买萝卜人》、周作人的《画家》、罗家伦的《雪》等，都是一些颇具代表性的例子"①。虽然这些"诗人以底层劳苦大众的代言者自居"，但他们作为小资产阶级知识分子，生活在社会的上层，没有真正深入底层了解劳苦大众的疾苦，因此"他们所抒发的情感，仍然主要是新潮知识分子对于底层民众疾苦的某种浅薄的同情"②。正如朱自清所指出："从新诗运动开始，就有社会主义倾向的诗。旧诗里原有叙述民间疾苦的诗，并有人象白居易，主张只有这种诗才是诗。可是新诗人的立场不同，不是从上层往下看，是与劳苦的人站在一层而代他们说话——虽然只是理论上如此。这一面也有进步。初期新诗人大约对于劳苦的人实生活知道得太少，只凭着信仰的理论或主义发挥，所以不免是概念的，空架子，没力量。"③

---

① 伍明春：《左翼诗歌：另一种潮流·初期普罗诗歌》，王光明主编：《中国诗歌通史》（现代卷），人民文学出版社，2012年，第335页。

② 伍明春：《左翼诗歌：另一种潮流·初期普罗诗歌》，王光明主编：《中国诗歌通史》（现代卷），人民文学出版社，2012年，第335—336页。

③ 朱自清：《新诗的进步》，《新诗杂话》，生活·读书·新知三联书店，1984年，第9页。

此后，许多革命诗人和进步诗人，以诗歌为武器，揭露黑暗，解剖现实，同情劳苦大众，赞颂革命斗争，将自己的心声从不同角度汇入新民主主义革命的洪流之中，取得了可喜的成绩，创作出了许多深受广大民众喜爱的新诗作品。但是，需要指出的是，"'五四'时期和大革命时期的新诗运动，都未能做到和工农兵群众很好地结合。这是因为，从'五四'时期到大革命时期，新诗运动的主要参与者，多数还是小资产阶级知识分子。他们虽然向往革命，讴歌革命，但大都是关在斗室、阁楼之中进行创作，缺乏革命斗争生活的实际体验。因而他们创作的讴歌革命的诗篇，大都不是从实际革命斗争中产生出来的，而是从他们的热情和理想中产生出来的。其内容多是抒发他们自己的情怀"[①]。正是由于大多数的进步诗人因其生活环境所造成的自身的局限性，使得其作品无论是在内容和形式上，还是主题和思想上，都与工农群众存在着一定的距离，这也是自五四诗歌运动以来，一直都存在的创作短板。所以，新诗创作的这个弱点，需要在历史发展中进行突破。而这个创作中的根本性问题，终于在苏区文艺运动中的新诗创作中得到了初步解决。

对这个问题，其实于1928年开展的关于"革命文学"的论争中，成仿吾就在他的《从文学革命到革命文学》一文中指出："我们要努力获得阶级意识，我们要使我们的媒质接近农工大众的用语，我们要以农工大众为我们的对象。"[②]此话正好切合了当时苏区新诗的创作状况，它反映了革命根据地工农兵群众新的生活、思想和愿望，它是广大工农民众的心声。而且苏区新诗的作者没有脱离实际的革命斗争，"他们都是土地革命战争时期进入根据地的革命知识分子，其中有个别的还是当时的革命领导人。他们在激烈的革命斗争中，和工农兵群众一同生活、一同战斗，思想感情逐渐和工

---

① 邓家琪：《苏区的诗歌：苏区的新诗》，江西师范大学中文系苏区文学研究室编著：《江西苏区文学史》，江西人民出版社，1984年，第117—118页。

② 成仿吾：《从文学革命到革命文学》，《创造月刊》第1卷第9期，1928年2月1日。

农兵群众的思想感情打成了一片。他们既是宣传员，又是战斗员；他们既有马列主义思想的指引，又有较丰富的革命斗争生活的实际体验。"[1]因此，产生于土地革命风暴之中的苏区新诗，反过来又推动了土地革命事业的发展，而且往往在一首新诗中，就能勾勒出一个鲜明的艺术形象，就能呈现出苏区战斗生活的情景。同时，苏区新诗也因其语言通俗易懂、内容质朴健康、格调明快生动、感情真挚深切，深受广大工农兵群众的喜爱。

由于苏区新诗是工农兵创造的艺术，均来自无产阶级诗人手中之笔；因此，他们在诗歌创作中的主要特点，正如蒋光慈在介绍苏俄无产阶级诗人所说的一样："当他们歌吟革命，描写革命的时候，他们自己就是被歌吟被描写的分子，因之他们是站在革命中间，而不是站在革命的外面。……在他们的作品里，我们只看见'我们'，而很少看见这个'我'来。""我们无论在哪一个无产阶级诗人的作品中，都可以看见资产阶级诗人以'我'为中心的个人主义差不多是绝迹了。自然，他们有时也有用'我'的时候，但是这个'我'在无产阶级诗人的目光中，不过是集体的一分子或附属物而已。"[2]在这里，无产阶级诗人的情感是大众化的，因此这种情感在创作中最常见的就是从抒情主人公的"我们"身上体现出来。革命诗歌的情感共性与无产阶级诗人的斗争生活紧密联系在一起，使得诗歌更具有鼓动性，更加炽热。当然，不是所有的共性情感都可以入诗，无产阶级诗人的斗争生活与革命诗歌抒情主人公"我们"的情感有着特殊性。无产阶级诗人通过抒情主人公"我们"表现出来的情感共性，应该具有"普罗诗歌"的美学意义，它的呐喊和宣传能够起到鼓动民众的作用。[3]

苏区的新诗创作，初步解决了五四以来革命诗歌运动如何与工农兵群

---

① 邓家琪：《苏区的诗歌：苏区的新诗》，江西师范大学中文系苏区文学研究室编著：《江西苏区文学史》，江西人民出版社，1984年，第118页。

② 蒋光慈：《十月革命与俄罗斯文学》，《蒋光慈文集》（第四卷），上海文艺出版社，1988年，第124页。

③ 见本书《绪论：江西现代诗歌的历史过程》。

众结合的根本问题。这些出自无产阶级诗人之手的诗篇，"题材广泛而新鲜，感情真挚、热烈而不空泛，既着眼于现实的斗争而又憧憬着美好的未来，具有浓厚的生活气息和强烈的宣传鼓动作用，正确地反映了工农兵群众爱憎分明的思想感情，显示了作者的思想感情与工农兵群众的思想感情的融洽一致，使新诗开始走上了与工农兵群众相结合的道路"[①]。所以，新诗创作如何为广大工农兵群众服务的问题，以及无产阶级诗人如何与广大工农兵群众结合的问题，不仅在苏区新诗运动中得到了初步的解答，其实践经验同时也为后来毛泽东在1942年发表的《在延安文艺座谈会上的讲话》提供了理论支撑，从而使得该问题在延安文艺整风运动中得到了彻底的解决。

二、新诗的创作导向大众化出现重大进步

上面谈到的新诗创作如何为广大工农兵群众服务的问题，以及无产阶级诗人如何与广大工农兵群众结合的问题，延伸来说，其实就是新诗创作导向大众化的问题，而且这也是新诗运动中的一个根本性问题。

同样，五四新文化运动的诗歌革命，实质上反映的是广大民众对于诗歌艺术的共同要求，也就是新诗创作导向大众化的一个起点。"因为伴随着中国革命形势的扩展、深入，伴随着中国工农群众革命意识的迅速觉醒，同时也伴随着革命文学运动的方向和道路的日益明确，文艺大众化的要求一天比一天更加迫切和普遍起来"[②]。于是，在这样的形势下，1930年左联成立时就通过了同时成立"文艺大众化研究会"的议案。"这时对大众化的重要性有了比较充分的估计，把它作为无产阶级革命文学运动的中心口号，

---

① 邓家琪：《苏区的诗歌：苏区的新诗》，江西师范大学中文系苏区文学研究室编著：《江西苏区文学史》，江西人民出版社，1984年，第118页。

② 刘绶松：《第二次国内革命战争时期的文学：在白色恐怖下向前迈进的无产阶级革命文学·关于大众化的讨论》，《中国新文学史初稿》（上、下卷），人民文学出版社，1979年，第208页。

作为无产阶级革命文学运动的基本路线和创作方向而提出来了。"[①]但在 1931 年 11 月左联执行委员会形成的决议《中国无产阶级革命文学的新任务》中强调的"大众化问题的意义"有部分要求脱离了当时的实际:"为完成当前迫切的任务,中国无产阶级革命文学必须确定新的路线。首先第一个重大的问题,就是文学的大众化。……此问题之解决实为完成一切新任务所必要的道路。在创作、批评和目前其他诸问题,乃至组织问题,今后必须执行彻底的正确的大众化,而决不容许再停留在过去所提起的那种模糊忽视的意义中。"[②]决议重视大众化,这点无疑是正确的,但其中要求"今后必须执行彻底的正确的大众化"在当时只是一个空想,毫无实现的可能性。而瞿秋白在 1932 年 3 月发表的《普罗大众文艺的现实问题》[③]一文则把"大众文艺应当写什么东西"这个问题阐述得比较清楚,他在文章中强调:"普罗文艺应当是民众的,新式白话的文艺应当变成民众的。"同时从形式和内容两个方面说明了大众文艺应当写什么东西,一方面给予了旧形式的利用问题以比较正确的说明;另一方面,也是最重要的,正确地规定了大众文艺的主要任务和它所应该表现的内容,并指出了"革命的大众文艺发展的前途,应当成为反动的大众文艺的巨大的强有力的敌人,应当成为'非大众的革命文艺'的真正的承继者"[④]。随后,瞿秋白又在《文学月报》创刊号上发表了《大众文艺的问题》一文,对文艺大众化的光辉前景进行了展望:在大

---

① 刘绶松:《第二次国内革命战争时期的文学:在白色恐怖下向前迈进的无产阶级革命文学·关于大众化的讨论》,《中国新文学史初稿》(上、下卷),人民文学出版社,1979年,第 209 页。

② 冯雪峰执笔,中国左翼作家联盟执行委员会决议:《中国无产阶级革命文学的新任务》,《文学导报》第 1 卷第 8 期,1931 年 11 月 15 日。

③ 瞿秋白:《普罗大众文艺的现实问题》,《瞿秋白选集》,人民出版社,1985 年,第456—481 页。此文最初发表于 1932 年 3 月左联出版的小册子《文学》上,署名史铁儿。

④ 刘绶松:《第二次国内革命战争时期的文学:在白色恐怖下向前迈进的无产阶级革命文学·关于大众化的讨论》,《中国新文学史初稿》(上、下卷),人民文学出版社,1979年,第 211 页。

众之中创造出革命的大众文艺来，同着大众去提高文艺的程度，一直到消灭大众文艺和非大众文艺之间的区别，而建立"现代中国文"的艺术程度很高而又是大众能够运用的文艺。[①]

左联提出的"文艺大众化"观点，在苏区得到了进一步的发展，并成为苏区新诗创作导向之一。大众化的目的就是要使得新诗从内容到形式都尽可能地适合苏区广大工农兵群众的阅读要求，尽可能地实现新诗与工农兵群众的结合，以充分发挥新诗在苏区工农兵群众战斗生活中的积极作用。特别是对倡导文艺大众化有着很深理论和实践基础的瞿秋白，于1934年1月受中共中央的委派，来到苏区从事文化宣传工作，2月5日到达江西瑞金任中央教育部长等职后，苏区工农兵群众文艺运动和专业文艺工作得到蓬勃发展。文艺大众化对于宣传群众、发动群众，鼓舞苏区工农兵群众的革命斗争起到了重要作用，也为后来延安时期的文艺整风运动提供了有益的实践经验。同时，这一观点也成为促进苏区新诗发展的动力之一。因为苏区工农兵群众的生活其实就是战斗的生活，他们在中国共产党的领导下建立的红色政权，组成的武装队伍，进行的土地革命，需要苏区男女老少全部都行动起来，平时为革命斗争搞生产、学文化、讲卫生，面对敌人"围剿"需要并肩作战，削竹钉、埋地雷、抬担架、送弹药、运粮食、站岗放哨、报名参军，积极投入到革命斗争的漩涡中来等等[②]，这一切都需要民歌等文艺形式的介入，也需要新诗创作深入大众去全面反映他们的斗争生活。所以，苏区的无产阶级革命诗人，在与广大工农兵群众打成一片，努力向大众去学习的同时，切实解决了他们亲身体验大众生活的问题，更重要的

---

① 瞿秋白：《大众文艺的问题》，《瞿秋白文集》（第三卷），人民出版社，1953年，第893页。最初发表时署名宋阳。在《文学月报》上发表的另一篇文章《再论大众文艺答止敬》，也是使用这个笔名。

② 黄步青：《第二次国内革命战争时期的文学：苏区的文艺运动和创作·苏区歌谣》，云南大学等十四院校编写组编著：《中国现代文学史》，云南人民出版社，1981年，第421页。

是，还解决了他们思想改造的问题，这就使得苏区新诗创作在大众化方面不断向前大步伐迈进。

当然，新诗大众化有一个基本要求，就是语言的运用首先要使广大工农兵群众易于理解和乐于接受。因此，通俗易懂是苏区新诗创作大众化导向始终都在注意的问题。关于大众文艺的语言问题，虽然早在1928年开展的"革命文学"论争中，"革命文学"倡导者之一的克兴对茅盾提出批判时就提出过，他在《小资产阶级文艺理论之谬误——评茅盾君底〈从牯岭到东京〉》一文中写道："以后革命文艺是应该推广到工农群众中去。那末，文句应该通俗化，应该反映工农的意识。"[①]此话说得很明显，就是"革命文学必须反映工农群众的思想和要求，它必须具有比较通俗的形式和为工农所容易了解的语言，然后才有可能普及到工农群众中去"[②]。对此，后来瞿秋白在他的两篇文章《普罗大众文艺的现实问题》和《大众文艺的问题》中也进行了重点论述。他写道："现在我们需要的是彻底的俗话本位的文学革命。没有这一条件，普罗大众文艺就没有自己的言语，没有和群众共同的言语。这固然不是限于文艺范围的运动，但是普罗革命文学应当负起发动这个新的革命运动的责任，而和一切革命的文化组织共同的起来斗争。"[③]同时，他还主张大众文艺应该用"现代中国普通话"来写，因为在五方杂处的大都市里面，在现代化的工厂里面，他的言语事实上已经在产生一种中国的普通话（不是官僚的所谓国语），容纳许多地方的土话，消磨各种土话的偏僻性质，并且接受外国的字眼，创造着现代的政治技术科学艺术等等

---

① 克兴：《小资产阶级文艺理论之谬误——评茅盾君底〈从牯岭到东京〉》，《创造月刊》第2卷第5期，1928年12月。

② 刘绶松：《第二次国内革命战争时期的文学：在白色恐怖下向前迈进的无产阶级革命文学·关于大众化的讨论》，《中国新文学史初稿》（上、下卷），人民文学出版社，1979年，第208页。

③ 瞿秋白：《普罗大众文艺的现实问题》，《瞿秋白文集》（第三卷），人民出版社，1953年，第872页。

的新的术语。这种大都市里，各省人用来互相谈话演讲说书的普通话，才是真正的现代中国语，这和知识分子的新文言不同。新文言的杜撰新的字眼，抄袭欧洲日本的文法，仅仅只根据于书本上的文言的文法习惯，甚至于违反中国文法的一切习惯。[①] 而苏区的新诗，在语言的运用上正好契合了他们的艺术主张。

应该说，苏区的无产阶级革命诗人，在深入工农兵群众之后，不仅熟悉了他们的战斗生活，还熟悉了他们的日常用语，同时为了增强新诗的宣传鼓动效果，创作过程中还特别注重学习并吸收民间歌谣的语言长处，因此苏区新诗的语言简洁明了，内容浅显易懂，风格朴实无华，节奏自然流畅，有的新诗不仅可以阅读，还可以歌唱，基本上做到了工农兵群众都能接受并喜爱，从而使得苏区新诗创作导向大众化得到了重大进步，也为中国新诗进一步朝着大众化方向发展打下了坚实的基础。

---

① 宋阳（瞿秋白）：《大众文艺的问题》，《文学月报》第 1 期，1932 年 6 月 10 日，见《中国新文学大系 1927—1937·文学理论集二》，上海文艺出版社，1987 年，第 351—352 页。

第四章　苏区文艺运动中的诗词创作

第一节　毛泽东的诗词创作

毛泽东既是一位伟大的思想家、革命家、政治家、军事家和战略家，又是一位独领风骚的伟大的诗人和博古通今且卓有建树的学者。毛泽东在江西中央苏区的军政生涯中，革命家、政治家、军事家是其主要身份，诗人则是其次要身份。作为诗人，毛泽东从 1927 年 10 月井冈山革命根据地的建立，到 1934 年 10 月中央红军开始行程二万五千里的长征这七年时间里，以革命现实主义的表现手法，先后创作了《西江月·井冈山》《清平乐·蒋桂战争》《采桑子·重阳》《如梦令·元旦》《减字木兰花·广昌路上》《蝶恋花·从汀洲向长沙》《渔家傲·反第一次大"围剿"》《渔家傲·反第二次大"围剿"》《菩萨蛮·大柏地》《清平乐·会昌》等影响深远的作品。这些诗词以第二次国内革命战争为题材，呈现出了摇曳多姿的艺术形态，对现代诗歌新旧并行的发展格局作出了重要贡献。同时，从审美性和艺术性结合而生发出来的政治性这个价值体系来看，毛泽东诗词实践了他的艺术主张，即"无论何种艺术，包括诗歌在内，适合大众的需要才是好的"[①]。

由于毛泽东诗词以其内容的博大精深、艺术的臻善完美，而受到世人

---

① 钟敬之、金紫光主编：《延安文艺丛书·第 16 卷：文艺史料卷》，湖南文艺出版社，1987 年，第 404 页。

的崇敬。①但是如何正确评价毛泽东诗词在苏区文艺运动中的历史意义，需要我们先从作品的时代背景入手，再从作品所产生的影响和重要作用来进行分析。

毛泽东在这一时期创作的诗词，其中歌颂工农红军取得战斗胜利的作品，有《西江月·井冈山》《渔家傲·反第一次大"围剿"》《渔家傲·反第二次大"围剿"》《菩萨蛮·大柏地》等。这些作品写得豪情满怀，气势磅礴，音调高昂，鼓舞人心，不仅赞扬了红军所取得的辉煌战果，抒发了革命获得胜利时的喜悦心情，而且歌颂了整个井冈山工农红军和全体革命群众团结一致，共同对敌，铸成一道坚不可摧的钢铁长城的壮观景象。比如《西江月·井冈山》②这首作品，诗人运用了对比描写和叙事的创作手法，描绘了军民同仇敌忾保卫黄洋界的热烈景象：

> 山下旌旗在望，山头鼓角相闻。
> 敌军围困万千重，我自岿然不动。
>
> 早已森严壁垒，更加众志成城。
> 黄洋界上炮声隆，报道敌军宵遁。

---

① 石磊：《毛泽东诗词书法赏析·序言》，石磊主编：《毛泽东诗词书法赏析》，内蒙古文化出版社，2002年，第1页。

②《西江月·井冈山》，是毛泽东为赞扬黄洋界保卫战的胜利而写的，当时毛泽东并没有参加黄洋界保卫战，一直以来，许多文章、书籍对这首词的写作时间和地点含糊不清。在已出版的书籍上有的标注《西江月·井冈山》一词的写作时间是1928年秋，有的版本上注明是1928年9月。但根据目前所参考的资料来看，时间大约是1928年9月5日前后在遂川大汾，当朱云卿把黄洋界保卫战的情况向毛汇报后，毛泽东有了感触，才能欣然命笔写出此词。这首作品最早发表在1948年7月1日东北解放区出版的《知识》杂志第7卷第6期刊载的锡金文章《毛主席诗词4首臆释》，1957年1月25日《诗刊》的创刊号根据作者审定发表"毛泽东《旧体诗词十八首》"。该诗于1957年10月被中国青年出版社出版的《毛泽东诗词讲解》收录。

这首作品开启了中央苏区的文艺运动,生动地歌颂了 1928 年 8 月 30 日的黄洋界保卫战,红军以不足一营的兵力,众志成城,凭借天险反击,最后击溃敌人,取得了关键性的胜利,保存了井冈山革命根据地,从而更加坚定了建立农村革命根据地路线能够取得革命胜利的信心,同时也成为其他所有革命根据地能够胜利发展的根本原因,所以具有重大的历史意义。

又比如《渔家傲·反第一次大"围剿"》[①]这首作品,诗人借用了国画设色的烘染技法,以叙事与抒情相结合的写实主义的表现手段,展示了红军第一次反"围剿"斗争胜利的气势雄壮的辉煌画面,以及描绘了应对第二次"二十万军重入赣"的反"围剿"也必将取得更大胜利的鼓舞人心的震撼图景:

> 万木霜天红烂漫,天兵怒气冲霄汉。
> 雾满龙冈千嶂暗,
> 齐声唤,前头捉了张辉瓒。
>
> 二十万军重入赣,风烟滚滚来天半。
> 唤起工农千百万,
> 同心干,不周山下红旗乱。

这是一首歌颂红军取得"前头捉了张辉瓒"的战果,以及"不周山下红旗乱"必将胜利的震撼人心的作品,也是两幅描写红军欢庆反"围剿"胜利的壮丽画卷。

---

①《渔家傲·反第一次大"围剿"》,1930 年 10 月 7 日蒋介石占领郑州,胜利结束与冯玉祥、阎锡山的战争。12 月 7 日,蒋介石至南昌部署第一次大"围剿",以 10 万兵力,进攻赣南、闽西的红军根据地。12 月 30 日,红军在龙冈伏击张辉瓒并全歼其十八师。第一次大"围剿"就此结束,闻听前方捷报,毛泽东喜形于色,于是在马背上吟成此词。

毛泽东在诗词创作中，除了注重叙事与抒情相结合之外，借景抒情或直抒胸臆也常见于其作品，比如《采桑子·重阳》①这首词，诗人以情感寄托的方式，通过对重阳节到处开放着的菊花以及战地秋天无限风光的描写，来抒发自己对革命的热情：

> 人生易老天难老，岁岁重阳。
> 今又重阳，战地黄花分外香。
>
> 一年一度秋风劲，不似春光。
> 胜似春光，廖廓江天万里霜。

这首作品借"战地黄花分外香"来隐喻革命武装斗争迅猛发展的大好形势，讴歌了革命红旗在各地飘扬的伟大战果。在赣南革命根据地，各种物资非常匮乏、敌我力量悬殊、战争形势极为残酷的情况下，红军的队伍依然日益壮大，打了许多漂亮的胜仗，根据地得到了不断巩固和发展，因此更加坚定了诗人的革命理想和信念。

此外，描写江西等地工农革命运动和农村革命根据地蓬勃发展的大好形势，表示革命必将在广大农村获得更大发展，坚定革命必将获得胜利信心的作品，还有《蝶恋花·从汀洲向长沙》②等。《清平乐·会

---

① 《采桑子·重阳》，这首词创作于 1929 年的重阳节（10 月 11 日）。当时，毛泽东在上杭县城的临江楼上养病，重阳佳节来到，院子里的黄花如散金般盛开。此时毛泽东已经离开红四军的领导岗位，他的梦想和现实再一次发生了位移，因而作了此词。这首作品最早发表在 1962 年《人民文学》5 月号。

② 《蝶恋花·从汀洲向长沙》，这首词创作于 1930 年 9 月。彭德怀率红三军团于 1930 年 7 月 28 日攻进长沙，后又在湖南军阀何键十五个团的优势兵力面前被迫退出。毛泽东赴长沙与彭德怀会合，于 9 月 10 日再次进攻长沙。攻城战中红军损失惨重，9 月 13 日毛泽东下令撤围退军。退军时，毛泽东写下了这首作品。此词最早发表在 1962 年《人民文学》5 月号。

昌》^①这首作品，则表达了长征前夕红军坚定的革命理想和坚强的革命意志，以及必胜的革命信念。

在毛泽东的诗词中，还有一部分是反映苏区工农红军战斗生活的作品，比如《如梦令·元旦》^②以白描的手法，描绘了一幅战略转移时急行军的画卷：

> 宁化、清流、归化，
>
> 路隘林深苔滑。
>
> 今日向何方，
>
> 直指武夷山下。
>
> 山下山下，
>
> 风展红旗如画。

这首作品清晰地记录红四军战略转移的行军路线，以及急行军时"路隘林深苔滑"的艰难和隐蔽，赞扬了此次战略转移的成功运用并最后取得胜利，抒发了"红旗将插遍江西，插遍全中国，插遍全世界的喜悦心情"。

---

①《清平乐·会昌》，这首词创作于1934年7月，是毛泽东在会昌登山后所作。这一时期毛泽东在党内军内已无发言权，但他并不气馁，调整心态，坚持自己的观点。在1931年到1934年的那些日子里，他埋头于做调查研究、读书、向中央提建议，而不是"赋闲"。"踏遍青山人未老"就是他的这种精神的艺术写照。作者自己曾说："1934年，形势危急，准备长征，心情又是郁闷的。"《会昌》词的基调是昂扬的，语言是雄奇的，反映了毛泽东积极乐观的精神状态和坚韧不拔的意志，但是字里行间也隐约表露了词人的忧虑和愤懑。这首作品最早发表在1957年《诗刊》1月号。

②《如梦令·元旦》，这首词创作于1930年1月。当时，为了粉碎国民党的阴谋企图，毛泽东和朱德同志率领红四军分头向江西方向进军。1930年元旦春节期间，毛泽东率领红四军一部分从古田出发，向北经连城以东的古田、宁化、清流、归化等地，越过武夷山到江西去。在这次行军途中，毛泽东以"元旦"为题写下了这首小词，以此来描述这次进军的情景，后来，手稿在戎马倥偬的战争年代里失落了。中华人民共和国成立后，这首词最早发表在1956年8月《中学生》杂志上，刊登于谢觉哉《关于红军的几首词和歌》一文中，最先将这首诗词披露，词题《宁化途中》。1957年，《诗刊》创刊1月号发表此词时，改题为《元旦》。这也是公开发表的毛泽东诗词中唯一没有找到真迹的一首词。

同时，"这是一幅十分壮丽的图画，具有很强的感染力和鼓舞性"①。

而《减字木兰花·广昌路上》②也是一首描写工农红军战斗生活的作品，诗人以白描与叙事相结合的艺术手法，描绘了红军战士在漫天雪地里急行军的情景：

> 漫天皆白，雪里行军情更迫。
> 头上高山，风卷红旗过大关。
>
> 此行何去？赣江风雪迷漫处。
> 命令昨颁，十万工农下吉安。

这是一首描写红军气势磅礴壮丽非凡的行军画面的抒情作品。整首作品写得波澜壮阔、情景交融、紧迫激昂、活灵活现、神采飞扬，字里行间蕴含着一种鼓舞人心的力量。作品虽然没有具体描写红军战士在雪地里急行军途中的细节以及战士的心理活动等，但通过对风雪中的"高山""大关""赣江"等山川自然事物的描写，以及对"军情更迫"的叙述，融情于景，生动地表现了红军战士昂扬的革命斗志和对胜利充满信心的革命乐观主义精神。

在这一时期，毛泽东还创作了歌颂革命斗争正义性、揭露军阀混战

---

① 石磊：《毛泽东诗词书法赏析：如梦令·元旦》，石磊编：《毛泽东诗词书法赏析》，内蒙古文化出版社，2002年，第81页。

②《减字木兰花·广昌路上》，这首词创作于1930年2月，写于雪中行军。1930年1月，彭德怀率红五军从湘赣来到赣西并与黄公略担任军长的红六军对吉安进行包围。同年1月下旬，毛泽东率领的红四军第二纵队抵达江西广昌县的塘坊，顶风冒雪，翻山越岭，向广昌县城疾进。月底，红四军与朱德部队会合，并占领宁都等县，继而向吉水一带活动。2月6日至9日红四军、五军、六军及赣西特委在吉安县陂头召开联席会议，会议作出了攻打吉安城的决定，并作出相应的战略部署，其间创作出此词。这首作品最早发表在1962年《人民文学》5月号。

给中华民族和人民带来深重灾难的作品，比如《清平乐·蒋桂战争》^①这首作品：

> 风云突变，军阀重开战。
> 洒向人间都是怨，一枕黄粱再现。
>
> 红旗越过汀江，直下龙岩上杭。
> 收拾金瓯一片，分田分地真忙。

这首作品以对比的手法，表达以革命的战争去反对反革命的战争，是人民翻身解放争取更加美好生活愿望的必由之路。因为军阀之间的战争，"洒向人间都是怨"，不仅农村的半自然经济遭受严重的破坏，小商业也频遭破坏，经济日益萧条，各行各业的凋敝，使得人民的生活陷入绝境。为了生存，工农群众唯一的出路，只有起来闹革命。

应该说，"毛泽东诗词是现代中国诗歌运动最重要的收获，是现代中国诗歌创作中最杰出的作品"^②。他的诗词艺术风格以豪放为主，兼具婉约。因此，他的诗词大部分具有一种大江东去的气势和震撼心旌的力度，同时也有少部分具有一种清新绮丽的柔美和情感细腻的含蓄。正如他后来在品读

---

①《清平乐·蒋桂战争》，这首词创作于1929年秋，最早发表在1962年《人民文学》5月号。1962年5月，《人民文学》发表这首词时仅有词牌《清平乐》，亦无写作时间。1963年12月人民文学出版社出版的《毛主席诗词》中，这首词已增补了词题"蒋桂战争"，标明写作时间是"1929年秋"。蒋桂战争，指蒋介石与桂系军阀李宗仁、白崇禧在1929年2月至4月为控制两湖而进行的战争。4月，桂系放弃武汉，败入广西。同年又爆发了蒋介石与冯玉祥战争，所以词作中称为"风云突变"。1929年3月，红四军由江西进入福建西部，占领长汀，5、6月三次占领长汀东南的龙岩，9月占领长汀以南龙岩以西的上杭。这首词作于红军攻占上杭之后，当时闽西革命根据地正在开展"分田分地"的土地革命。

② 吴欢章：《毛泽东诗词与现代中国诗体革新》，《吴欢章学术文选》，上海复旦大学出版社，2009年，第348页。

范仲淹两首词后所写的批语："我的兴趣偏于豪放，不废婉约。"[①]但是，需要指出的是，毛泽东在江西中央苏区创作的诗词，均属于豪放的艺术风格。这些作品或大气磅礴，或沉郁顿挫，或从容镇定，或苍劲悠远，或豪迈潇洒，或庄重隽永。从这些诗词所产生的影响和重要作用来看，这些诗词均有所突破，不仅有艺术形式上的改进，还有语言运用上的创新，独造了一种源于旧体又异于旧体的新体式来。鲁迅说："旧形式是采取，必有所删除，既有删除，必有所增益，这结果是新形式的出现，也就是变革。而且，这工作是决不如旁观者所想的容易的。"[②]毛泽东自己也认为："要调查研究，要造成一种形式。"[③]而且"求新并非弃旧，要吸收旧事物中经过考虑的积极的东西"[④]，只有这样，才能保持中国传统文化的连续性和持久性，因为这是坚守中华民族精神独立性的重要支撑。所以，从历史价值的角度来看，毛泽东诗词所产生的积极影响，对坚定艰苦年代革命斗争的信念有着重要的意义；从文学价值的角度来看，毛泽东诗词艺术呈现了中国传统文化的源远流长，不仅沉淀了历代诗人遣词造句的精湛技巧，凝结了历代先贤广博深邃的思想智慧，也体现了毛泽东非凡的创造力[⑤]。

---

① 参见《名作欣赏》杂志 2002 年第 1 期：1957 年 8 月 1 日，毛泽东在反复咀嚼读范仲淹《苏幕遮》和《渔家傲》两首词后，写下批语："词有婉约、豪放两派，各有兴会，应当兼读。读婉约派久了，厌倦了，要改读豪放派。豪放派读久了，应当改读婉约派。我的兴趣偏于豪放，不废婉约。婉约派中有许多意境苍凉而又优美的词。范仲淹的上两首，界于婉约与豪放两派之间，可算中间派吧，但基本上仍属婉约，既苍凉又优美，使人不厌读。婉约派中的一味儿女情长，豪放派中的一味铜琶铁板，读久了，都令人厌倦的。人的心情是复杂的，有所偏但仍是复杂的。所谓复杂，就是对立统一。人的心情，经常有对立的成份，不是单一的，是可以分析的。词的婉约豪放两派，在一个人读起来，有时喜欢前者，有时喜欢后者，就是一例。睡不着，哼范词，写了这些。"毛泽东对这段文字郑重视之，特别嘱咐要女儿李讷也看一看。

② 鲁迅：《鲁迅全集》(第 6 卷)，人民文学出版社，2005 年，第 25 页。

③ 陈晋：《文人毛泽东》，上海人民出版社，1997 年，第 446 页。

④〔俄〕尼·费德林著，《我所接触的中苏领导人》，周爱琦译，新华出版社，1995 年，第 80 页。

⑤ 汪建新：《毛泽东诗词中的"伟大民族精神"》，《中国纪检监察报》，2008 年 5 月 9 日。

第二节　陈毅的诗词创作

与毛泽东一样，陈毅是一位伟大的无产阶级革命家、政治家、军事家，这是他的主要身份；同时他又是一位伟大的诗人，这是他的次要身份。他"在中国革命的疆场上，金戈铁马，号令千军，纵横捭阖，威名赫赫，成一代名将；在诗坛上，他倚马纵笔，挥洒自如，畅志抒怀，不拘一格，开别样境界"①。尽管陈毅诗词的艺术水准未能达到毛泽东诗词的高度，但他的诗词却同样充满了凌云壮志，许多作品慷慨激昂、气势磅礴，特别是他在江西中央苏区的革命生涯中，以及红军长征后留在赣南坚持敌后游击的革命斗争中先后创作的《红四军军次葛坳突围赴东固口占》《反攻下汀州龙岩》《忆亡（四首）》《忆友（四首）》②《乐安宜黄道中闻捷》《登大庾岭》《偷渡梅关》《野营》《油山埋伏》《赣南游击词（十二首）》《雪中野营闻警》《赠同志》《梅岭三章》《无题》《三十五岁生日寄怀》《寄友》《生查子·国共二次合作出山口占》《闻八路军平型关大捷》《兴国旅夜》《车过兴国老营盘》《悼章太炎先生》等诗词，不仅是江西现代诗歌的重要组成部分，更是为推动中华诗词的发展作出了重要贡献。

陈毅的诗词充满着浓郁的生活气息，所有的作品都是从日常的革命斗争中提炼出来的。他在这一时期所描写的战斗生活以及情感生活，都是自己的亲身经历，有着切身的体会，因此他的诗词读来生动感人，深受广大人民群众的喜爱。当然，大家的喜爱，并不是偶然的，这不仅表现了广大人民群众对将军诗人陈毅的崇敬，而且一方面可以从他的作品中感受到老一辈革命家"在漫长的岁月里，那出生入死、艰苦卓绝的战斗生活，那临危不惧、气贯长虹的高尚节操，那万里征途永不停步的彻底革命精神"。另

---

①　杨建民：《陈毅元帅与〈诗刊〉》，《党史博采》（纪实）2007 年第 2 期。

②　《忆亡》和《忆友》，是陈毅将爱妻肖菊英遗体埋葬在兴国县城平川中学后面的山坡上，送葬归来，一夜无眠，含泪写下的两个不同版本的一组诗，其中陈昊苏在编辑《陈毅诗词全集》时只采用了《忆亡》这组诗的版本。

一方面，"读陈毅的诗词，如晨闻连天战鼓，教人精神振奋；也如夜聆亲切教诲，使人感情深沉；又如登临峰顶，令人眼界开阔，心灵崇高"①。

陈毅在这一时期创作的脍炙人口的诗词，当属在以油山、北山为中心的区域领导的三年游击战中留下的《赣南游击词》《梅岭三章》②等作品。这些诗词大气雄浑、光彩四射，陈毅丰富的敌后游击战经验，奠定了作品的厚实。比如《赣南游击词》这组作品，描写了陈毅率部 300 余人突围至赣南地区，在以大庾岭山脉的油山为中心开展游击战的一段艰苦生活：

> 天将晓，队员醒来早。
> 露侵衣被夏犹寒，树间唧唧鸣知了。
> 满身沾野草。
>
> 天将午，饥肠响如鼓。
> 粮食封锁已三月，囊中存米清可数。
> 野菜和水煮。
>
> 日落西，集会议兵机。
> 交通晨出无消息，屈指归来已误期。
> 立即就迁居。

---

① 吴欢章：《陈毅的诗词艺术》，《吴欢章学术文选》，复旦大学出版社，2009 年，第 377 页。

② 1934 年 10 月，江西中央苏区的主力红军出发长征，那时，陈毅同志身负重伤，留在江西担任军事指挥，并主持政府工作。1935 年春，陈毅率部 300 余人在敌人重点围攻下从中央苏区突围，转移到赣南地区开展游击战。蒋介石闻讯后，立即驱重兵对赣粤边区进行"清剿"。游击队被困于深山老林中，昼伏夜行，风餐露宿，饥寒交迫。面对艰难竭蹶，陈毅壮怀激烈，文思飞扬，分别于 1936 年春夏之交和冬季奋笔写下了这两组脍炙人口的《赣南游击词》《梅岭三章》。

夜难行，淫雨苦兼旬。

野营已自无篷帐，大树遮身待晓明。

几番梦不成。

天放晴，对月设野营。

拂拂清风催睡意，森森万树若云屯。

梦中念敌情。

休玩笑，耳语声放低。

林外难免无敌探，前回咳嗽泄军机。

纠偏要心虚。

叹缺粮，三月肉不尝。

夏吃杨梅冬剥笋，猎取野猪遍山忙。

捉蛇二更长。

前面这七首作品，诗人通过"露侵衣被夏犹寒""满身沾野草""天将午，饥肠响如鼓""野草和水煮""淫雨苦兼旬""野营已自无篷帐""大树遮身待晓明""三月肉不尝""夏吃杨梅冬剥笋"等诗句，真实再现了游击队战士在遭到国民党重兵"清剿"时，被困于深山老林中，"天当被地作床的露宿，果菜野兽果腹的饥馁，危机重重中的冒雨夜行"①的艰苦战斗生活，表现了游击队战士们不屈不挠的顽强的革命斗争精神，以及"猎取野猪遍山忙""捉蛇二更长"的革命乐观主义；同时，也抒写了游击队战士们"交通晨出无消息，屈指归来已误期。立即就迁居"的机智，以及"梦中念敌情""休玩笑，耳语声放低"时刻保持着的高度警惕。

---

① 祝新汉：《将军本色是诗人——读陈毅〈赣南游击词〉》，《铁军》2013年第1期。

满山抄，草木变枯焦。

敌人屠杀空前古，人民反抗气更高。

再请把兵交。

讲战术，稳坐钓鱼台。

敌人找我偏不打，他不防备我偏来。

乖乖听安排。

靠人民，支援永不忘。

他是重生亲父母，我是斗争好儿郎。

革命强中强。

以上三首作品，主要强调了搞好军民关系以及讲究战略战术的重要性和必要性。因为有了人民群众的大力支持，游击队才能脱离困境，队伍才能在艰苦的环境中不断壮大起来。

因此，对于血溶于水的军民鱼水情，一方面要"靠人民"，妥善地安置了一批游击队的重伤员到群众家里养伤；另一方面是当"敌人屠杀空前古"时，"再请把兵交"，人民支援的"反抗气更高"。

而"敌人找我偏不打，他不防备我偏来。乖乖听安排"，正是运用了毛泽东关于游击战争概括出来的"十六字诀"。关于此游击战术，后来陈毅在《论游击战争》一文中写道："其战术特点包括在'敌进我退，敌驻我扰，敌疲我打，敌退我追'毛泽东的十六字诀内，又可包括在黄公略的'化零为整，化整为零'的两个战术口号之内。"①

勤学习，落伍实堪悲。

---

① 陈毅：《论游击战争》，《军事史林》2021 年第 8 期。

此日准备好身手，他年战场获锦归。

前进心不灰。

这首作品强调的主要是学习的重要性。陈毅旨在鼓励游击队战士在艰苦战斗的空闲时间要抓紧学习，做到政治思想和革命理论不落伍，为日后大显身手做准备，因为只有学习好了，以后才能在战场上获得胜利，也才能看清革命的光明前景，"前进心不灰"。

莫怨嗟，稳脚度年华。

贼子引狼输禹鼎，大军抗日渡金沙。

铁树要开花。

最后这首作品，表达了北上抗日是当时的政治形势，并坚定了革命斗争"铁树要开花"的必胜信念。

应该说，《赣南游击词》是陈毅三年游击战争生活最真实的记录，正如他曾在《给罗生特同志的信》①中所说：

1934 年 10 月，江西中央苏区的主力红军出发长征，那是我身负重伤，被留在江西担负军事指挥，并主持政府工作。1935 年春，我们在敌人重兵围攻下从中央苏区突围，转移到赣南地区进行游击战争，坚持了将近三个年头。这三年游击战争，是我在革命斗争中所经历的最艰苦最困难的阶段。

整年整月的时间，我和我的同伴都没有房子住，在野外露宿。大风大雨大雪的日子，我们都在森林和石洞里度过。风餐露

---

① 陈毅：《给罗生特同志的信》，《陈毅诗词选集》，人民文学出版社，1977 年，第 363—364 页。

宿，昼伏夜行，是我们生活的常规。敌人采取搜山、烧山、移民、封坑、包围、"兜剿"等等手段，进行最残酷的"围剿"。我们对付的办法是依靠群众的支援和掩护，开展灵活的游击战争，这种游击战术达到了最精彩的阶段。南方的三年游击战争，也同二万五千里长征一样，证明了中国共产党是一个不可战胜的伟大革命力量。

这组作品由十二首调寄《忆江南》的词牌填写而成，在创作中打破了《忆江南》单调平声韵的规定，不囿于平仄对仗，以宽广的胸怀，雄视天下，大胆推陈出新。而且"陈毅大刀阔斧，选用《忆江南》这个词牌来反映金戈铁马的革命战争题材，可谓别开生面，特别是他十二首同牌词连袂，一首一事，一言一景，反复吟咏，达致回环重叠之效，更是诗词史上罕见的"[1]。特别是陈毅在语言上不事雕琢，采用了新口语、新词汇及俚俗语等，自然而生动，朴实而无华，词句清新，音韵和谐，真情洋溢，内容通俗易懂且大众化，富有生活的情趣。此外，"从文学角度来说，这十二首词的政治性思想性极强，但不是用抽象的政治概念来体现，其中没有一句口号式的语言；完全通过对生活现实的描写来体现政治"[2]。所以，这组作品不仅体现了陈毅在遣词造句中驾驭诗歌语言的高超能力，也反映出诗人在创作中消化与运用古典诗词艺术形式"游刃有余"的技巧。

整体上看，《赣南游击词》从各个不同侧面描写了红军转战赣南的艰苦卓绝的游击战争生活，反映了战士们坚忍不拔的顽强意志和对革命事业必将成功的坚定信念。这十二首词内容丰富，典型性强。陈毅从红军游击队的日常生活中提取一些典型片段进行加工，并以此来反映游击战争生活的广阔性、

---

① 祝新汉：《将军本色是诗人——读陈毅〈赣南游击词〉》，《铁军》2013 年第 1 期。
② 邹问轩：《读陈毅同志的〈赣南游击词〉》，《诗话》，北方文艺出版社，1963 年，第124 页。

艰巨性、丰富性和深刻性。这组作品既有对游击战士艰苦生活的描写，也有关于战略战术等军事方面的论述，既有谋略，又有战法，还是红军转战赣南游击队战斗的历史写照，同时也记载了红军部队政治思想的状况。[①]

陈毅的另一组脍炙人口的作品《梅岭三章》创作于 1936 年冬天。当时，国民党军对陈毅隐蔽的大庾岭梅山实行严密包围。由于旧伤复发，伤病交加，行动困难，陈毅只好带着伤病伏在密密的树丛草莽中隐伏了 20 多天。面对如此险恶的环境和敌我力量悬殊的形势，陈毅考虑到难以脱险，便做好了随时为革命牺牲的思想准备，于是在危机时刻写了这三首诗藏在衣袋里。

他写道：

　　一九三六年冬，梅山被围。余伤病伏丛莽间二十余日，虑不得脱，得诗三首留衣底。旋围解。

　　断头今日意如何？创业艰难百战多。
　　此去泉台招旧部，旌旗十万斩阎罗。

　　南国烽烟正十年，此头须向国门悬。
　　后死诸君多努力，捷报飞来当纸钱。

　　投生革命即为家，血雨腥风应有涯。
　　取义成仁今日事，人间遍种自由花。

这是由三首既能独立成章，又有同一主题的七言绝句构成的组诗。组

---

① 毛淑芳：《〈赣南游击词〉赏析》，胡国强主编：《陈毅诗词赏析》，华夏出版社，2001年，第 35 页。

诗前的小序是诗人脱险后补记上去的，主要介绍了这组诗的写作时间、经过和当时所处的恶劣环境，以及后来解围的情况。所以，这组诗不仅是对当时恶劣的战斗生活环境和诗人为革命而牺牲的决心的真实记录，更是一组气壮山河的无产阶级正气歌。

这组诗的第一首抒写了诗人为革命事业献身的决心和牺牲后也要把革命进行到底的坚强意志，以及对革命事业的无限忠诚；第二首承接了第一首，继续表明了诗人对革命事业生死不渝的坚贞态度，并勉励战友在自己为革命献身后要继续浴血奋战，夺取胜利；第三首在前两首表明自己决心的基础上，再以"投生革命即为家"作为自己的唯一职责，而且坚信今日的牺牲必将换取明天的胜利。因此，最后这首作品主要侧重于抒发诗人对革命事业的必胜信念和追求自由的政治理想。

这三首作品不仅有着丰富的思想内容，而且具有强烈的艺术感染力。阅读这组诗，可以感受到诗人开阔的胸襟、情感的真挚、思想的解放、意境的深远、格调的高昂，作品雄浑豪放，立意高远，字字珠玑，句句璀璨，情文并茂，没有半点纤巧地雕琢，没有晦涩的语言，直抒胸臆，明白晓畅。可以说，《梅岭三章》是诗人崇高情怀的抒发，也是诗人伟大人格的体现。[1]

陈毅诗词中描写的昼伏夜行、风餐露宿、野菜充饥的艰苦战斗生活，读来不仅令人振奋、扣人心弦，更让读者对革命斗争有了更加具体和深刻的认识。同时也应该看到，陈毅在诗词创作中，还善于提取战斗生活中富有代表性的生动细节加以突出的描绘，从而绘制出一幅幅充满现场感而又典型化了的战斗图画。所以，陈毅在激情奔泻的诗词中经常写景，而且借景直抒胸臆的艺术手法也更适合于这种豪放雄浑的情感的抒发。比如《反

---

[1] 邓道祥：《〈梅岭三章〉分析》，武汉师院中文系《诗歌的教学与欣赏》编写组编：《诗歌的教学与欣赏》，教学参考资料内部印本，1979年，第75页。

攻下汀州龙岩》^①这首作品：

> 闽赣路千里，春花笑吐红。
>
> 铁军真是铁，一鼓下汀龙。

　　陈毅在这首作品中的景物描写，不仅起到了画龙点睛的作用，而且深化了主题。作品的第二句"春花笑吐红"，诗人以拟人的手法，歌颂了红军所取得的胜利，连春花也为之怒放，红军之所以得人心，红军之所以威力无敌，也就不言而喻。"春花笑吐红"，不仅是化自然物为主观情思，使之成为拟人化的意象，而且又是红军战士精神世界的客观化。行军千里，以红军战士们的眼光来看，处处花笑处处红，他们那生机盎然的内心和乐观自豪的情怀，也就不着一字而溢于言表，对于红军无坚不摧的原因，读者也就自然更加了然于胸。此诗中的这一句景色点染，成了带动全篇的"诗眼"，使诗章升华到一个寓意深远的境界。以情写景，借景抒情，景以情而获致深意，情因景而更加显得浓烈，这是陈毅诗词的独到之处。^②

---

　　① 1929年1月4日至7日，红四军军委、红五军军委以及湘赣边各县党组织负责人召开联席会议，会上作出了"留下部分人员坚持内线作战，红四军主力出击赣南实施外线机动作战，打破敌人经济封锁，以达到坚守井冈山"的重要决定。会后，即1月14日，陈毅随朱德、毛泽东率红四军主力约3600人，由井冈山小蒅州等地下山，出击赣南，远行迂回，实施外线机动作战，寻机歼敌，打破敌人的经济封锁。后，红四军决定向东固一带转移。2月25日，红四军又绕道经永丰、乐安、广昌、石城、宁都进入江西瑞金境内，由于赣敌张与仁旅紧随其后，红四军决定进入敌军相对较弱的闽西。3月14日，红四军向长汀挺进，福建省防军第二混成旅旅长郭凤鸣亲自率主力凭险据守。红四军兵分两路，一路直接挺进敌军据守的长岭寨，一路绕道至敌后，形成前后夹击之势，仅3个小时就毙敌2000多人，旅长郭凤鸣也被击毙，长汀城被红四军占领。4月1日，红四军回师赣南，在瑞金与红五军会师后，再次入闽，于5月23日早上一举攻占龙岩县城，俘敌300余人，随后于5月25日下午攻占永定县城。6月19日，红四军在闽西地方武装的配合下，再次攻占龙岩县城，歼敌2000多人，取得了重大胜利。时任红四军政治部主任的陈毅非常高兴，挥笔写下了这首诗。

　　② 吴欢章：《陈毅的诗词艺术》，《吴欢章学术文选》，复旦大学出版社，2009年，第379页。

这一时期的陈毅诗词，除了大部分记录战斗生活之外，仅有的几首描写情感生活的爱情诗，又可以从另一个侧面了解铮铮铁骨的汉子藏在内心深处的柔情世界。虽然表达欢乐的爱情诗能给人一种心旷神怡的体验，但表达忧伤的爱情诗也能给人一种深情缱绻、凄婉哀怨的意境。而且"爱情诗歌在诗歌领域内，在历代的读者群中，一直占着重要的地位"[①]。陈毅的这些情意绵绵的爱情诗，至今读来依然感人至深。其中纪念第一段爱情的《忆亡》，是痛失伴侣的陈毅亲自将爱妻安葬在山清水秀的一处山岗上后所写。当时，陈毅整理遗物时，发现妻子亲手所写的一首七言诗，心如刀绞地看完爱妻诗稿，一夜无眠，含泪挥笔写道：

余妻肖菊英[②]，不幸牺牲，草草送葬，夜来为诗，哀哉。

泉山渺渺汝何之？检点遗篇几首诗。
芳影如生随处在，依稀门角见玉姿。

---

① 陈良运：《说爱情诗（一）》，《新诗艺术论集》，江西人民出版社，1986年，第161页。
② 肖菊英，女，1912年10月出生于信丰县城，陈毅第一任妻子。1927年1月加入中国共产主义青年团；同年3月，肖菊英当选信丰县妇女解放协会主席。1930年4月肖菊英加入中国共产党。1930年7月初红二十二军在信丰正式成立，同时在黄泥排创办红军干部学校，陈毅任校长，肖菊英和黄成英、曾广绣等100多人成为该校首批学员。肖菊英的人品和才艺让陈毅动了心，1930年10月，前往吉安途中，肖菊英与陈毅在泰和成婚。1931年1月，红二十二军缩编为64师，肖菊英调任陈毅任书记的中共赣西南特委妇女部长。6月，撤销赣西南特委，分别设立赣东、赣南、永吉泰特委，肖菊英担任赣南特委妇女部长。1931年9月初的一天，陈毅接通知从兴国去于都开会，离开的第三天傍晚，风雨大作，肖菊英在特委驻地召集商议发动妇女动员丈夫参军、做军鞋、支前等事宜。会议开至深夜，会后，风雨骤聚，夜狗狂吠，肖菊英以为陈毅回来了，急忙下楼开门。门口有一口没有栏杆未盖井盖的水井，心急火燎的肖菊英一脚踏空，跌落水井溺亡。陈毅哀思切切，为爱妻写下了行行泪、字字情的《忆亡》诗。肖菊英后被安葬在兴国县平川中学后的山坡上。

检点遗篇几首诗，几回读罢几回痴。

人间总比天堂好，宿愿能偿连理枝。

依稀门角见冰姿，影去芳踪我不知。

送葬归来凉月夜，泉山渺渺汝何知。

革命生涯都说好，军前效力死还高。

艰难困苦平常事，丧偶中年泪更滔。

阅读陈毅的这组爱情诗中，我们可以感受到，陈毅旨在通过自己与爱妻阴阳两隔的凄婉悲伤的爱情悲剧的抒写，表达了对革命爱情的纯真和炽热。

但是，这种爱情悲剧在陈毅身上不只发生了一次，他的第二段情感也是以悲剧结束。

肖菊英不幸去世后，陈毅一直生活在感情的阴影下，时任中共江西省委书记的李富春、省委组织部长兼妇女部长蔡畅夫妇，看在眼里，痛在心里，他俩主动当"月老"，热心牵线搭桥。1932 年 5 月，陈毅与年方 18 岁的江西省少共儿童局干事赖月明[1]结了婚。由于陈毅工作在前线，赖月明工作在后方，他俩蜜月仅短短几天，以后两人一直是聚少离多，长期不在一起。1934 年 8 月 28 日上午，陈毅在前沿阵地视察时，右胯骨被敌弹击中，造成粉碎性骨折，顿时摔倒，血流如注。陈毅负重伤后，住进了瑞金云石山中央苏维埃国家医院，赖月明闻讯十分焦急，连夜来到陈毅身边看护。这是她和陈毅婚后夫妻较长时间的一次团聚，前后两个多月。10 月底，

---

[1] 赖月明，原名赖三娇，江西兴国人。1914 年生，陈毅的第二任妻子。1931 年在"月老"李富春、蔡畅等人的热心帮助下，陈毅和赖月明结婚。红军主力长征后与陈毅失散，双方都误以为对方已经牺牲。赖月明后来与受伤掉队的红军方良松结婚，两人生有三个儿女。直到 1989 年春，74 岁的赖月明接受了记者的采访，世人才知道陈毅常思念的"月明"还活在人间，只可惜这时候陈毅已不在了。

中央分局和中央政府办事处从瑞金梅坑迁到于都县境内的宽田。其时几路"进剿"中央苏区的大兵即将压境，形势十分危急。陈毅首先动员自己妻子赖月明回兴国老家。陈毅不放心她一个人走，特地派了宜黄县委组织部长万香一路护送。陈毅和赖月明分手后，陈毅将毛泽覃的妻子贺怡，毛泽东与贺子珍的儿子小毛，贺子珍的父母亲等，分乘三条装钨砂和粮食的船，送到赣州郊区隐藏起来。接着陈毅就投入了三年游击战争的生涯。1937年9月，第二次国共合作，共同抗日，陈毅率领的赣南红军游击队编入新四军。他下山后，几次派人到兴国寻找赖月明，都未见踪影。10月6日，宋生发打探到了消息，称赖月明回到家乡后继续坚持斗争，不幸被捕，国民党一个姓方的乡丁看中了她，硬要娶她，赖月明宁死不从，跳崖自尽。途径兴国的陈毅得知赖月明遭遇不幸后，心中充满无限的怀念与苍凉，禁不住泪流满面，在那破旧的芳园旅舍，面对孤灯，挥笔提就《兴国旅舍》这首凄凉的七绝，以寄托自己的哀思。[①]

他写道：

> 兴城旅夜倍凄清，破纸窗前透月明。
>
> 战斗艰难还剩我，阿蒙愧负故人情。

这首爱情诗与前面悼念第一任妻子肖菊英的组诗《忆亡》一样，作品的思想力量与艺术力量不在那些描写金戈铁马、山呼海啸的战斗生活的优秀诗词作品之下，其反映当时环境险恶和斗争艰苦的深刻程度，是可以与那些诗词相媲美的。因为优秀的爱情诗篇，在反映社会现实生活的深刻程度上，往往不会逊色于其他题材，而且往往更集中、更触人心弦，使人们更能深刻地认识社会的本质。[②]

在第二段情感结束之后，心灰意冷的陈毅一直孑然一身，那时正值全

---

① 曹晋杰：《陈毅"爱情诗"背后的故事》，《报刊荟萃》2005年第4期。
② 陈良运：《说爱情诗（二）》，《新诗艺术论集》，江西人民出版社，1986年，第171页。

面抗战时期。1938 年春，来南昌参加新四军从事抗日宣传的战地服务团演员张茜[1]与陈毅相识。文静秀雅且相貌端庄的张茜，以高超的演技和对革命的热忱让陈毅心中埋藏已久的情感再次被唤醒。虽然当时陈毅对她一见钟情，但由于相互之间缺乏了解，起初张茜对这段感情并不是很确定。后来在长期的战斗生活中，张茜逐渐对陈毅的战绩和政绩、才情和人品以及独特的个性有了个比较全面的了解，特别是通过书信往来，以及她品读陈毅的《梅岭三章》等诗作之后，陈毅光明磊落的气度和横溢的才华，深深地打动了张茜，两人之间的距离渐渐拉近。[2]纯真的爱情给了陈毅无限的激情，于是他写了一首爱情诗《赞春兰》送给了张茜：

> 小箭含胎初生岗，似是欲绽蕊吐黄。
>
> 娇艳高雅世难受，万紫千红妒幽香。

陈毅的这首爱情诗，主要是以情动人，把自己对张茜的爱慕，用细腻的笔触表现在诗行中，不仅打动了抒情对象的心，也给了读者一种独特的艺术美的享受。

另外，陈毅还曾在 1941 年 1 月的一个晚上写了一首《内人东来未至，

---

[1] 张茜（1922—1974），女，原名掌珠，小字春兰，笔名耿星（译《沙原》《平平常常的人》时的署名），湖北武汉人，陈毅的第三任妻子。1938 年赴南昌参加新四军，在皖南新四军军部从事战地宣传工作。1940 年加入中国共产党，随后调新四军江南指挥部政治部工作，在茅山根据地与陈毅结婚，后随新四军东进抗日，皖南事变后，历任抗日军政大学华中分校宣传干事、新四军卫生部政治指导员、华中建设大学财经系统政治干部。抗战胜利后，随新四军军部北移，任山东野战军直属队副协理员。上海解放后，到上海第三次与陈毅会合。张茜此前曾自学英语、俄语，1951 年到北京俄文专校学习，1953 年任上海新文艺出版社编辑，1955 年至 1957 年，先后在北京人民文学出版社和对外文化联络委员会任编译，又在国务院外事办公室工作，多次陪同陈毅出访欧亚国家。陈毅逝世后，她不顾疾病缠身，亲自编订《陈毅诗词选集》，1974 年因肺癌病逝于北京。张茜生前为军事科学院某部副部长，著有《张茜诗抄》。

[2] 李菁：《传奇陈毅——陈昊苏、陈小鲁回忆中的陈毅》，《三联生活周刊》2009 年第 18 期。

夜有作》，表达对张茜的思念：

> 足音常在耳间鸣，一路风波梦不成。
>
> 漏尽四更天未晓，月明知我此时情。

　　从陈毅写给三任妻子的爱情诗中可以看出，在无产阶级革命时代，歌吟的都是为共同的革命事业一道奋斗的志同道合的爱情。并且这种爱情不是柏拉图式的精神恋爱，而是当两人情感炽热时，都会有相互献身的强烈欲望。当然，其情欲是纯洁的，是建立在为革命事业共同奋斗的基础之上的，是纯洁的爱情所激发出来的。

　　总体来看，陈毅的诗词很有特色。虽然此文只分析了他在江西中央苏区以及红军长征后在赣南坚持游击战的这段革命生涯中创作的诗词，但他在遣词造句和表情达意时，都有着自己鲜明的艺术风格。他在这一时期的作品，就已经显露出了其个性的色彩，而且处处都闪烁着革命年代艰苦奋斗、不屈不挠的时代精神的光芒，并通过其独具个性的风格反映出了无产阶级革命家的高尚情操和品格。正如后来郭沫若为了表达对陈毅诗才的感佩，于 1955 年 5 月写了一首七律《赠陈毅同志》①：

> 一柱天南百战身，将军本色是诗人。

---

　　① 1952 年 7 月，陈毅到浙江北部德清县西北的莫干山探视病友。小住十日，"喜其风物之美，作莫干山七首"。这组诗，极生动描绘出莫干山的清丽景致，同时表现出陈毅纯净而阔达的胸怀。这组精美的小诗，郭沫若在 1955 年 5 月见到。一读之下，喜不自禁。他立即作出一首七律，对陈毅元帅的诗才表达感佩。诗写好后，郭沫若直接以《赠陈毅同志》为题写给陈毅。诗人之间，相互赠答唱和，历来被视为雅事，可陈毅"久欲回答，每每因不能成篇而罢"。直到两年后的 1957 年 5 月，郭沫若作《五一节天安门之夜》一首，描述当时壮丽景色。此诗发表后，陈毅读到，一读之下，引发诗情。诗情冲撞，陈毅抛开自己娴熟的格律形式，"特仿女神体回赠"，写成新诗《赠郭沫若同志》，与郭沫若写的《赠陈毅同志》这首作品同时发表在《诗刊》诞生当年的第 9 期。

凯歌淮海中原定，团结亚非正义伸。

赢得光荣归祖国，敷扬文教为人民。

修篁最爱莫干好，数曲新词猿鸟亲。

　　陈毅一生共创作出诗词 700 多首，其中在戎马倥偬的革命战争年代散佚不少，现存只有 350 多首，基本上包括他早年、红军时期（含转战赣南三年游击战争时期在内）、抗日战争时期、解放战争时期及中华人民共和国成立后各个历史阶段的作品。从陈毅的诗词艺术特色上看，他在创作中灵活地运用了白话诗和三言、四言、五言、六言、七言、杂言、古诗、格律诗、长短句等形式来抒情写意，歌颂革命事业，在诗词领域中，以他的创作实践，探索出了一条古为今用、推陈出新的道路。[①] 而且"无论在指挥千军万马的纷飞战火中，还是在足迹四海的国际交往间，陈毅都留下过许多动人的诗词，篇中充满了惊天地、泣鬼神并傲视一切艰难的豪情壮志。他的中华文化的深厚底蕴表现于刀光剑影之中，显示了军事家与文学家的完美结合"[②]。

　　[①] 张茜：《陈毅诗词选集·序言》，《陈毅诗词选集》，人民文学出版社，1977 年，第3—4 页。

　　[②] 徐焰：《将军本色是诗人——纪念陈毅元帅百年诞辰》，《黄埔》2001 年第 5 期。

第五章　王礼锡的诗歌创作

第一节　生平和创作道路

王礼锡（1901—1939），字庶三，一字丽明，笔名王庶王、王抟今、抟今、礼锡、锡、爻父、国强、公孙无量、SW、Shelley Wang（SW）。1901年5月11日（农历三月二十三日），王礼锡出生于江西省安福县洲湖乡王屯村，家庭有着深厚的传统文化教养。

1907年，王礼锡从祖父学诗，多为乡里自然风物之作。"菊花开、隐者来，一枝香，揣入怀"句，曾被祖父加了双圈。1909年，王礼锡随祖父到离家几百里的省城南昌读书，次年学作五言绝句。他说："教诗的先生是三个人：祖父，母亲，和一个老孀的祖姑母"，"那时我就学做五言绝句，两寸大的小诗集是早已遗失，而十岁开始做诗的第一首为着祖父拂髯微笑所给与的荣誉使我至今还清晰的记得：'昨朝君入市，途中草木枯，借问傲霜菊，留得一枝无？'"[1]1911年，王礼锡进祖父在家乡创办的复真高等小学读书，1916年自复真高等小学毕业。毕业后，由于家庭清贫，王礼锡无力就读杂费昂贵的中学。此时已经16岁的王礼锡开始自谋生路，以减轻母亲的家庭经济负担。1917年秋，王礼锡考取在吉安的省立第七师范学校，进入师范学校，除了可以免交一切学杂费用，毕业之后可以直接分配当老师，

---

[1] 王礼锡：《〈李长吉评传〉校后记》，《王礼锡研究资料》，天津社会科学出版社，1995年，第71—72页。

不必自行找工作之外，还可以继承先辈传道、授业、解惑的教育事业。1918年，王礼锡与大他一岁的江西安福女子彭佩姬①结婚。

1919年，五四运动爆发后，在新文化运动影响下，王礼锡积极投入学生爱国运动，其间阅读了大量介绍和讨论新思潮的书刊，其中对他影响最大的是《新青年》杂志。受李大钊、陈独秀、胡适、鲁迅等人文章的熏陶，王礼锡从此开始信仰民主与科学，逐渐走上了革命的道路。1922年初，王礼锡因领导吉安地区青年学生反封建、反军阀的爱国运动和要求改革教育而被第七师范开除。后王礼锡由同乡李松风介绍，转入在临川（抚州）的省立第六师范学校，同年夏天毕业。几个月后的秋天，王礼锡以优异成绩破格免费录取到当时江西最高学府南昌心远大学就读。在校期间，由于生活极为艰苦，王礼锡只得利用课余时间从事创作并投稿到报刊，以微薄的稿费支撑个人日常生活开支。同时，王礼锡还在1923年利用课余时间为南昌《新民报》编辑《作新民》副刊，常常工作到深夜12点以后才会回到学校，然后继续夜读。王礼锡曾写下"钝斧析湿薪，粗粮饱姜蒜"的诗句，记录当时读书和工作的生活状况。同年6月10日，王礼锡曾发表在《心声》第二号的《安福歌谣的研究》转载于北京大学歌谣研究会出版的《歌谣》第二十二期，直至6月17日第二十三期续完。另外，在南昌心远大学求学时，王礼锡遇到名师汪辟疆与熊公哲先生。汪辟疆先生指点他钻研宋诗，熊公哲先生指导他学习古文史学。在这期间，王礼锡开始了新诗的创作。1924年，经廖仲恺推荐，王礼锡在江西从事农民运动，担任了国民党江西省农民部长。这一年，他陆续创作了《甲子中秋》等诗作。

1925年5月，由于家境贫寒，王礼锡不得不离开学校自谋出路，他先后做过记者、编辑、中学教员，编辑过《绿波》《青年呼声》《新时代》等进步刊物，并带头上书江西督军李烈钧，揭露北洋军阀政府的黑暗统治。同

---

① 彭佩姬，江西安福人，1900年生，知书达礼，勤劳贤惠，为乡党称颂。1931年与王礼锡离婚，1957年病逝，享年58岁。育有三子：士忠、士信、士志。

年下半年，王礼锡任教于吉安青原山的江西省立第三农业学校，任国文与英文教师，自称"青原山教书的一年，是我这半生中最闲静的一年"。教学之余，除了撰写哲学论文《循环论》和一部注释书稿《离骚》（这两部稿子后因战乱均未能保存下来）之外，王礼锡在这一年还创作了《江上雪》等诗作21首，连同上一年创作的诗作一起汇编为《困学集》。

1926年，受广州革命政府的委托，王礼锡和毛泽东同志一起在武汉创办农民讲习所。1927年1月16日，湘鄂赣农民运动讲习所筹备处在武汉正式成立，设筹备员8人。王礼锡与龚式农同为江西省筹备员。湖北省筹备员为张眉农宜、陈荫林、李汉俊，湖南省筹备员为毛泽东、陈克文、周以栗。同年4月，王礼锡前往南京北伐军总政治部宣传部任职，5月期间，随十一军经浙江进入福建，在军中担任秘书，处理文牍之类的工作。这一年，他创作了《南浔车中看山》《旅夜》《归舟得鳜买酒同岐生饮》《七里泷覆舟》等旧体诗10余首，后连同1926年至1928年间创作的旧体诗一起汇编为《流亡集》。

1928年，王礼锡初抵上海，参加《中央日报》编辑工作。2月2日，他与田汉共同主编的《中央日报》副刊《摩登》创刊。发刊词《摩登宣言》宣称："摩登者，西文'近代'Modern 的译音也。""《摩登》之发刊，本摩登精神以为新时代的先声。摩登精神者，自由的怀疑的批判的精神也。""但摩登之天职更有大于此者，将细意地研究摩登的思想问题，更不断地发表摩登的戏曲诗歌小说。"[①]2月8日起，王礼锡创作的《〈国风〉冤词》连载于《摩登》，直至3月31日续完。2月16日，王礼锡创作发表《江西山歌与倒青山风格》一文，介绍了江西西部山区一种极文明、极野蛮的风俗倒青山

---

① 田汉、王礼锡：《摩登宣言》，《中央日报》副刊《摩登》创刊号，1928年2月2日。为该刊撰稿的作者主要有林文静、徐悲鸿、刘既漂、君直、汪莫基、沈从文、金满成、陈西滢、吴瑞燕、田汉（署名寿昌）、王礼锡等。1928年3月31日，《中央日报》副刊《摩登》刊行24期后停刊。

及其与江西山歌的关系。^①这一年春，王礼锡任教于上海的南国艺术学院。同年 12 月 16 日，王礼锡在上海《文学周报》第七卷第二十三期（总第三四八期）发表论文《驴背诗人李长吉》。王礼锡在文章中指出了中国文学史中李长吉应该所处的地位："长吉的影响比昌黎诸人大；而他反元白色彩亦比较中"，"长吉是昌黎的副将，温李的先锋，元白的敌手，而副将并不亚于主将"^②。从这一年开始，王礼锡又开始编写《物观文学史丛稿》。

1929 年初，王礼锡"去北平办学校，与学生百余人从事于为工人本身利益而组织工人的运动。北宁、平绥、平汉各路，唐山矿、塘沽各工厂的工人自己的工会先后成立"^③。在北平期间，王礼锡结识了北京女子师范大学中国语言文学系学生陆晶清^④，并产生爱情。同年 5 月 26 日，王礼锡以中国国民党河北省党部代表身份（时任国民党河北党部执行委员）参加孙中山先生奉安委员会，当天参加护送孙中山灵柩由北平南移南京，28 日抵达南京，29 日出席奉安大典。下半年，王礼锡任教于上海暨南大

---

① 王礼锡：《江西山歌与倒青山风格》，上海《文学周报》第 6 卷第 6 期，1928 年 3 月 4 日。

② 王礼锡：《驴背诗人李长吉》，《文学周报》第 7 卷第 23 期（总第 348 期），1928 年 12 月 16 日。

③ 王礼锡：《王礼锡小传》，《读书杂志》第 3 卷第 1 期"新年特号"，1933 年 1 月。

④ 陆晶清（1907—1993），原名陆秀珍，笔名小鹿、娜君、梅影，云南昆明人。在小学读书时，经常阅读《新青年》《新潮》《少年中国》等进步刊物。1922 年秋，入北京女子高等师范文科班学习，开始了写作生涯，所写诗文发表在《晨报副刊》《文学旬刊》《语丝》等刊物上，课余时间主编《河北民国日报副刊》。1926 年前后与石评梅共同编辑《世界日报》周刊之一——《蔷薇周刊》。1928 年回京料理亡友石评梅的丧事，入女师大语文系学习。参加过女师大风潮，在"三一八"惨案中受伤。1931 年赴日本与王礼锡结婚。1933 年与王礼锡流亡英国伦敦。1939 年初回国，当选为中华全国文艺界抗敌协会理事，后与王礼锡参加作家访问团赴前线访问。1945 年夏以特派记者身份赴欧洲采访。1948 年回国后在暨南大学、上海财经学院任教。1965 年退休。1993 年逝世。著有诗集《低诉》，散文集《素笺》《流浪集》，论著《唐代女诗人》，短篇小说《河边公寓》《未完成的故事》《白蒂之死》等。

学，决心从事理论研究，因为他认为"没有革命的理论，便没有革命的行动"①。后应十九路军将领陈铭枢之邀，主持神州国光社编务，王礼锡一生中可纪念的神州国光社时代从此开始。他在罗致了上海各方面的文化人士担任特约编辑的同时，还向陈铭枢建议神州国光社应帮助左翼作家，为他们提供一个写作的园地，并翻译出版共产主义典籍和世界进步文学作品。1930年春，王礼锡决定创办大型期刊《读书杂志》。4月10日，《文艺讲座》第一册由神州国光社出版。这是一部文艺论文综合集，主要收录了冯乃超的《艺术概论》，朱镜我的《意识形态论》，彭康的《新文化概论》《马克思主义艺术理论的文献》，本庄可宗的《艺术与哲学·伦理》(鲁迅译)，麦克昂的《文学革命之回顾》，雪峰的《俄国无产阶级文学发达史》，华汉的《中国新文艺运动》，钱杏村的《中国新兴文学论》，蒋光慈的《社会主义的建设与现代俄国文学》，以及洪灵菲、许幸之、冯宪章、沈端先等人的作品。同时，王礼锡的《读书忏悔录》发表于上海《读书月刊》第2卷第1期。6月中旬，王礼锡赴日本组稿，并治疗痔疮，到达东京后，会晤陈铭枢，再次提议为进步作家提供发表作品的园地、翻译介绍社会科学书籍、出版各种定期刊物。这些建议均得到陈铭枢的采纳。王礼锡同时邀请了胡秋原、朱云影、贺扬灵、王亚南、王洪法等留学生为《读书杂志》撰写作品。

1931年1月1日，王礼锡创作发表《写在庐隐女士情书集的前面》。文章认为，这一束情书"代表了这一时代青年男女们的情感，同时充分暴露了这时代的矛盾"②。此文后来又被收录于神州国光社同年2月出版的由庐隐、李唯建合著的《云鸥情书集》中。2月17日，王礼锡偕陆晶清回到上

---

① 王礼锡：《王礼锡小传》，《读书杂志》第3卷第1期"新年特号"，1933年1月。
② 王礼锡：《写在庐隐女士情书集的前面》，上海《读书月刊》第1卷第3、4期合刊，1931年1月1日。

海。4月1日，由王礼锡、陆晶清等人编辑的《读书杂志》创刊号①正式在神州国光社出版发行。王礼锡曾于同年2月15日在东京撰写的《读书杂志发刊的一个告白》一文，作为了创刊号的《发刊词》。他在文章中分别指出："我们公开这园地给一切读书的人，公共耕种，公共收获，公共享用。""我们的研究，不限于一个国度，不限于学术的一个门类，不限于几个人主观的兴趣，我们希望能够适应客观的需要的一切。""因此，我们的内容包括三点：第一是讨论读书的门径；第二是发表读书的心得；第三是沟通海内外各方面读者的个人与集体的联络。""我们不是主观地标榜一个固定的主张，不确定一个呆板的公式去套住一切学问。资本主义的经济学说和社会主义的经济学说一般地忠实地介绍，革命文学家的作品和趣味文学作家的作品一样的登载。我们这里的文字不统一于一个主张之下；我们这里尽管有思想的斗争，但编者不偏袒争斗的哪一方面以定其取舍。因为我们不是宣传主张的刊物，而是介绍主张的刊物；我们这里不树立一个目标，而为读者忠实地摆出许多人们已经走过，正在走着，或正想去走的许多途径。"②此外，创刊号还发表了王礼锡的《从青年的苦闷谈到苦学与深思》《南北朝之部·南北朝社会的形态与文学的演变》《解诗举例（一）》等文章。当月，神州国光社编辑部正式成立，王礼锡受聘为总编辑，陆晶清、彭芳草等任编辑。5月1日，《读书杂志》第1卷第2期③出版。王礼锡在当期发表《解诗举例（二）》以及"物观文学史丛稿"栏目发表《北朝社会

①《读书杂志》创刊号栏目有经济讲座、中国社会史的论战、国际讲座、文艺讲座、著作界消息、物观文学史丛稿、新心理讲座。撰稿人有王亚南、周谷城、朱其华、陶希圣、陆晶清、彭芳草、贺扬灵、胡秋原、朱云影、彭信威、王礼锡、张竞生、王洪法、朱伯康等。

② 王礼锡：《读书杂志发刊的一个告白》，《读书杂志》第1卷第1期创刊号，1931年4月1日。

③ 当期新增栏目有世界文坛消息、国外生活、读者的回声。撰稿人有王昭公、彭学沛、张况生、王礼锡、贺扬灵、胡萩原（胡秋原）、彭信威、朱云影、王亚南、朱伯康、方达功、彭芳草等。

的形态与文学的演变》，该文为"南北朝之部"的第二部分。6月1日，《读书杂志》第1卷第3期①出版。自当期开始，王礼锡与陆晶清两人合编。在当期"胡适之批判"栏目发表《活文学之死——胡适之〈白话文学史〉批判》，认为胡适的《白话文学史》并非中国文学史，不是平民文学史，也并非白话文学史，它仅仅是五四以来白话文体运动的一部并不如何精彩的宣传品，但曾在一时建立无上的权威，是一部有过历史价值的东西，但出版的时候已落在时代的后面。8月1日，《读书杂志》第1卷第4、5期合刊作为轰动一时的由神州国光社倡导展开的"中国社会史讨论"论文集《中国社会史论战》第一辑出版。这次中国社会史论战，涉及中国应当进行什么性质的革命，依靠谁来革命，革命往哪里发展的问题。王礼锡发表了《中国社会史论战序幕》，认为："关于中国经济性质问题，现在已经逼着任何阶级的学者要求答复。任何阶级的学者为着要确定或辩护他自己的阶级的前途，也非解答这个问题不可。""像这样严重复杂的问题，一面应当从斗争中鼓动思想界的研究热，一面应作有组织的合作研究，以增加研究的效率。"②此后连续出版了四辑《中国社会史论战》，各党各派、无党无派的论战人士都有，其中有张闻天（署名刘梦云）的《中国经济之性质问题的研究》、刘苏华的《唯物辩证法与严灵峰》等论文，在学术界和文化界引起了很大的轰动。11月15日，《读书杂志》第1卷第6期③出版，王礼锡在当期发表了《解诗举例（三）》和书评《中国诗史》等文章。与此同时，《读书杂志》还配合当时国际国内的形势及时出版一些专号，如九一八事变后的

---

① 当期新增栏目有胡适之批判、妇女讲座。撰稿人有胡秋原、王礼锡、王亚南、陆晶清、汪辟疆、海波、朱云影、彭信威、方天白、贺扬灵、张竞生、郭大力、彭芳草等。

② 王礼锡：《中国社会史论战序幕》，《读书杂志》第1卷第4、5期合刊，1931年8月1日。

③ 当期新增栏目有书评。撰稿人有杨东莼、高承元、赵景深、汪辟疆、陆晶清、王礼锡、胡秋原、建伯、王亚南、彭芳草、朱云影、张竞生、孙福熙、陈衡玉等。

11 月 20 日，《读书杂志》第 1 卷 7、8 期合刊为《东北与日本》专号[①]，登载日本暴行和远东国际形势等文章，还特别在附录刊出《田中义一的满蒙积极对策奏章》和《日本满蒙权益拥护秘密会议记录译要》，揭露日本侵华国策及其灭亡中国的阴谋。《读书杂志》每月出版一大册，每册都有 50 万字以上，印数达3 万份，往往再版多次仍供不应求，其盛况为当时出版界所罕见。

1932 年 1 月 28 日，"一·二八"淞沪抗战爆发，为了报道战争动态，鼓舞人民投入抗日，《读书杂志》《文化评论》两社合办，连出三期《抗日战争号外》，王礼锡除了负责与印刷所交涉外，还要夜以继日地为这份报纸采写稿件、校对乃至指导排版和印刷。1933 年 2 月，王礼锡所编的《读书生活文选》由神州国光社正式出版，并列入"读书生活丛书"。同时，王礼锡的诗集《市声草》也由该社出版，收录了他从 1924 年至 1932 年所创作的旧体诗作近百首，按写作年代从后往前编排，分别为《市声集》《风怀集》《流亡集》《困学集》。其中《困学集》共收录诗作 26 首，是诗人创作旧体诗最初阶段的作品；《流亡集》共收录诗作 22 首，记录了 1926 年至 1928 年间在江西、浙江、福建等地的流亡生活；《风怀集》共收录诗作 26 首，是王礼锡与陆晶清之间爱情诗的结集；《市声集》共收录诗作 6 首，代表作《夜过霞飞路》描写了上海的都市风貌。但是，由于自从王礼锡主持神州国光出版社工作以来，出版了许多马克思主义书籍和进步文艺作品，触怒了国民党政府当局，1933 年 3 月由铁道部部长孟余派给王礼锡一个专员的名义，送他出洋，远赴英国考察，其实为遣送。同月，《读书杂志》第 3 卷 3、4 期合刊（《中国社会史论战》第四辑）于同年 4 月 1 日出版，王礼锡、陆晶清主编的《读书杂志》到这期为止。而此时，在"一·二八"淞沪抗战中积极抗日的十九路军军长陈铭枢因受蒋介石、汪精卫的排挤和打压，在国内无法立足，也远赴欧洲各国考察。王礼锡与陈铭枢在意大利威尼斯和

---

① 合刊专号的撰稿人有胡秋原、王礼锡、彭芳草、刘镜园、石凡、王秉耀、高承元、照藜、叔美等。

英国伦敦相见后，曾在一起多次商谈，准备成立组织，有计划地开展反蒋活动，后王礼锡先期回国。同年10月，应李济深、陈铭枢之邀，王礼锡回国参加福建人民政府工作。在福州，王礼锡与胡秋原共同起草重要文件。11月20日上午，王礼锡以江西代表身份出席"中华全国人民临时代表大会"，会议决议成立福建人民革命政府，史称"闽变"。王礼锡任文化委员会秘书长兼民众训练处负责人。1934年1月14日，南京政府军占领福州，"闽变"失败，主要负责人被通缉。1月15日清晨，王礼锡与胡秋原等乘日本商船离开福州，前往香港。19日，王礼锡乘意大利佛尔第号邮轮又一次流亡英国。[①]

王礼锡流亡欧洲期间，在英国伦敦卖文为生，写了许多散文和诗。1935年6月21日，王礼锡与熊式一应英国《左翼评论》之邀，出席在巴黎举行的第一次国际作家保障文化代表大会，会议期间，曾与巴比塞会晤。6月25日晚，王礼锡代表中国在会上作了关于中国文化的报告。当然，流落海外的王礼锡并没有忘记爱国救民，因为当时的日本帝国主义侵华野心已昭然若揭，于是他先后参加布鲁塞尔"国际反侵略大会"、伦敦"国际反侵略大会"。1936年5月15日，他在创作的《论准备》一文中强调：种种事实表明，当时南京政府"准备抗日"是假，准备降日是真，结果只会导致国家的灭亡，唯一的出路是改弦更张，为抗日救国做实际的准备。[②]同年6月7日，王礼锡再次在《论再准备》一文中进一步指出南京政府之所以空言准备而不做真实准备的原因，并指出只有联合共产党及抗日军民，动员民众立刻抗日，才能救国。[③]这两篇文章发表后，在国内外引起强烈反响。以后，王礼锡又多次在《救国时报》上发表宣传抗日救国的文章。

1937年七七事变的消息传到海外后，王礼锡以1935年在英国参与发

---

① 潘颂德：《王礼锡传略》，潘颂德编：《王礼锡研究资料》，天津社会科学院出版社，1995年，第13—14页。

② 王礼锡：《论准备》，《救国时报》，1936年5月25日。

③ 王礼锡：《论再准备》，《救国时报》，1936年6月20日。

起和组织的英国第一个援华组织"中国人民之友社"的名誉秘书长的名义，执笔向英国各报馆、杂志社写了援华抗日公开信，呼吁英国国民和舆论界予以声援，要求英国政府支援中国军械以抵抗日军侵略，保障中国领土与主权的完整。中国全面抗战开始后，王礼锡又参与组织了"全英援华运动委员会"，并被推为副会长。全英援华运动委员会的工作包括抵制日货运动、督促政府运动、宣传、救济四个方面。同年 10 月 6 日，在王礼锡的组织下，全英援华运动委员会成立了医药组（后改为救济组），通过海陆空各个渠道将药品、旧衣、食品等运到抗日前线。1938 年 7 月，在王礼锡的努力下，经全英援华运动委员会提议，巴黎国际反轰炸大会通过了在中国建立"国际和平医院"的方案。同年 10 月，王礼锡夫妇踏上了归国的旅程。在离开伦敦回国参加抗战之前，全英援华运动总会秘书长伍德门女士、《新政治家周刊》编辑马丁为他们夫妇俩举行了送别宴会，伦敦大学经济学教授鲍尔、中国驻英大使郭泰琪、印度总统尼赫鲁出席了宴会。王礼锡即席用英语朗诵了诗作《再会，英国的朋友们！》。两个月后，王礼锡与陆晶清回到被战火摧残得千疮百孔的国内。

　　1939 年 1 月 25 日，王礼锡出席中华全国文艺界抗敌协会（以下简称"文协"）举行的欢迎茶会，向与会者汇报了欧洲文艺界同情与支持中国抗战的情况。同月，国民政府委任他为军事委员会战地党政委员会中将委员，并任国民外交协会常务理事。2 月 2 日，文协理事会决议由王礼锡负责文协国际宣传委员会工作。3 月 9 日，王礼锡任国民政府立法院立法委员。4 月 10 日，王礼锡当选为文协第二届理事会理事。5 月 21 日，文协"作家战地访问团"正式成立，该团由 14 位作家组成，王礼锡任团长，宋之的任副团长，团员有杨骚、杨朔、以群、罗烽、陈晓南、白朗、葛一虹、袁勃、李辉英、方殷、张周，秘书钱新哲等。6 月 14 日，作家战地访问团在重庆生生花园举行出发仪式，老舍代表文协致欢送词，周恩来、郭沫若、邵力子致勉励词，郭沫若向访问团授三角团旗，王礼锡代表"作家战地访问团"致告别词。周恩来特别嘱咐文艺界负责同志和访问团的团员们一定要尊重王礼锡先生，强调他是真正的爱国者。18 日清早，访问团从细雨蒙蒙的重庆出发，途径川、陕两省后，于 7 月 13 日到达洛阳，第一战区司令长官卫立煌到火车站迎接，并对访问团一路不畏艰辛到前线访问的壮举大加赞许。王礼锡对卫立煌在日军大举进攻面前表现出的镇定情绪印象颇深，他创作了《卫将军：不要紧》一文，与《铁皮闷车》《战术无穷》三篇散文，作为《洛京散记》的上篇寄香港《星岛日报》发表。①

1939 年 8 月 18 日，因天气炎热，王礼锡与团员们跳进河里洗澡，但洗完澡后却发起烧来，第二天病情加重，经研究被送往洛阳天主堂医院治疗，医生会诊后认定为黄疸病发。由于治疗时间被延误，王礼锡的病情日益严重，终因医治无效，于 8 月 26 日晨病逝。从 8 月 31 日开始，重庆、洛阳、成都、桂林等地相继举行追悼会，中共中央和延安文艺界发去了唁电。王礼锡被葬于洛阳龙门的西山峰上，和东山峰的白居易墓遥遥相对。

第二节　诗歌创作

王礼锡的家庭有着深厚的传统文化氛围，受其曾祖父王邦玺②、祖父王

---

① 潘颂德：《王礼锡传略》，潘颂德编：《王礼锡研究资料》，天津社会科学院出版社，1995 年，第 19—21 页。

② 王邦玺（1827—1893），字介卿，一字尔玉。同治乙丑科进士，选翰林院庶吉士，历任国史馆协修、国子监司业、文渊阁校理。光绪九年（1883 年）任翰林院侍讲、侍读，日讲起居官。光绪十年（1834 年）以侍读入直上书房。同年中法战争时，他屡次上疏主战，痛斥主和者所谓战无把握之非，主张及时派北洋海军增援台湾。慈禧太后以王邦玺屡上奏折主战，特旨于 9 月 18 日召对，承命保荐黄瑞兰，有旨命黄带领兵轮会同统帅由海道援台湾。以当局一意主和，致被劾获谴，后王邦玺还乡主讲江西吉安府白鹭洲书院、阳明书院与临江府章山书院。著有《贞石山房奏议》《贞石山房诗抄》，其后人曾捐赠北京图书馆各一部。见潘颂德编：《王礼锡研究资料》，天津社会科学院出版社，1995 年，第 5 页。

仁熙[1]的影响，王礼锡的思想进步，并在祖父的教育和熏陶下，他9岁开始习作五言绝句，旧体诗造诣精湛，逐渐"奠定了他后来成为爱国诗人和思想与诗艺的基础"。"在中国现代史和现代文学史上，王礼锡是一位伟大的爱国主义者和蜚声海内外的政治活动家，同时又是一位杰出的作家。"[2]

王礼锡的一生，虽然是短暂的，但他的著述颇丰。其中出版或刊载的著作有：诗集《市声草》《去国草》[3]，散文集《战时日记》《海外杂笔》《海外二笔》《记"作家战地访问团"》[4]，政治报告集《在国际援华阵线上》[5]，学术著作《李长吉评传》《南北朝文艺与社会》《南北朝诗论》[6]，英文著作《CHINATODAY》《今日中国》[7]，译著《家族论（共五册）》《世界经济体系》[8]，编著《读书生活文选》[9]。另外，有一部分尚未结集出版的诗歌作品，于1993年7月由上海文艺出版社整理后，收录《王礼锡诗文集》正式出版。

对于王礼锡的诗歌创作，有学者将他在1924年至1932年这段时期的

---

[1] 王仁熙（1850—1928），字伯兰，光绪辛卯科举人，国学造诣深湛，又曾深入研究数学，著有算草三种。他热爱祖国，思想进步，为维新派成员，倡导农业救国，曾参加辛亥革命。见潘颂德编：《王礼锡研究资料》，天津社会科学院出版社，1995年，第5页。

[2] 汪大钧：《平生肝胆留天地，旷代文章振聩聋——论王礼锡的诗文创作》，潘颂德编：《王礼锡研究资料》，天津社会科学院出版社，1995年，第196页。

[3] 诗集《市声草》，1933年2月由神州国光社正式出版；《去国草》，1939年5月由中国诗歌社正式出版。

[4] 散文集《战时日记》，1932年7月，由神州国光社正式出版，同年11月18日重印；《海外杂笔》，1935年8月由中华书局正式出版；《海外二笔》，1936年6月由中华书局正式出版；《记"作家战地访问团"》，1982年第2期《新文学史料》正式刊载。

[5] 政治报告集《在国际援华阵线上》，1939年3月，由生活书店正式出版。

[6] 学术著作《李长吉评传》，1930年10月，由神州国光社正式出版；《南北朝文艺与社会》，未全部发表，部分发表在《读书杂志》；《南北朝诗论》，未发表。

[7] 英文著作《CHINATODAY》《今日中国》，英国Victor Gollancz出版。

[8] 译著《家族论（共五册）》，德国F·穆勒利尔著，王礼锡与胡冬野合译，1936年3月由商务印书馆正式出版，列入《万有文库丛书》第2集第164种。同年6月，又列入商务印书馆出版的《汉译世界名著丛书》；《世界经济体系》，科尔著，与王亚南合译，由中华书局正式出版。

[9] 编著《读书生活文选》，1933年2月由神州国光社正式出版。

诗歌创作划分为第一阶段，理由是这一时期的诗作结集为《市声草》出版，在《江西文学史》第二十六章"现代江西诗歌"第二节关于王礼锡诗歌的评述中也认可了这一观点。[①]但经过对王礼锡一生创作情况梳理之后，笔者认为应该按照他的诗歌创作成熟度，以及创作的题材和诗风的转变等来划分不同阶段更加合理。因此，在这里把王礼锡的诗歌创作划分为六个阶段。

一、第一个阶段（1911 年至 1923 年）

王礼锡出生在书香传承的家庭环境中，在其祖父的培养下，王礼锡一启蒙便开始读诗并学作五言绝句。1911 年，王礼锡进入祖父在家乡创办的复真高等小学读书，作有《中秋不见月》的长古，引起祖父失子的伤感。他说："固然是由于幼年的心浸润于母亲的凄怨的情怀所致，而这荒凉的环境自然也不无关系。"[②]在王礼锡十岁那年，正当辛亥革命爆发，王礼锡写了许多以人名为题的诗作，其中在咏孙文的一首中写道："中山先生才智高，排满革命救同胞。"1916 年，王礼锡开始阅读《随园诗话》，并从中学得一些写性灵的调子，七言绝句，眨眼即成。有一次为同学的死，在追悼会上需要挽词，王礼锡一挥而就创作了绝句十四首。从此，大家称之为才子，而他自己也以才子自居。但年假回家后，祖父没有赞赏他的诗作，而是让他把《随园诗话》和自己创作的诗作都烧了，三年不许作诗。[③]同时，他按照祖父的意见，把唐朝诗人的专集，一集一集地读。第一个抓住的是李义山，在阅读义山诗之余，王礼锡也创作了一些诗作，比如有一次他寄了几首名为《秋柳》的七律给他祖父看，并表达了自己读书少用典不能自如

---

① 从 1924 年到 1932 年，为王礼锡诗歌创作的第一阶段。这一时期创作的诗歌，后来结集为《市声草》出版。见吴海、曾子鲁主编：《江西文学史》第二十六章"现代江西诗歌"第二节"白采、王礼锡的诗歌"（汪大均），江西人民出版社，2005 年，第 766 页。

② 王礼锡：《自序》，《市声草》，神州国光社，1933 年。

③ 龚联寿：《王礼锡年谱》，潘颂德编：《王礼锡研究资料》，天津社会科学院出版社，1995 年，第 24 页。

的反思。几天后，他祖父回信给他："昔京中有善骈文者，文山，辄典丽华赡无及。以其为父执故，就问之。曰：有秘，吾语汝，其宣也。汝先属草，素朴单行，然后检类书以典实而骈之，则得矣，余为之哑然。尔欲为义山诗，亦可循此道也。"受祖父的点拨之后，王礼锡于是菲薄此体不再学獭祭的诗，但他"刚刚从义山的百衲衣中救出来，便坠入东野和长吉的窠臼"①。所以，这些都是他的研习之作。随后，在新文化运动的影响下，旧思想旧礼教旧文字形式被打破，王礼锡开始从事新诗的创作。他说："为了以上的思想，所以我那时不能专一于一体，有时写写新体诗，有时写写旧体，有时写写词。"②

王礼锡就读于南昌心远大学时，遇到名师汪辟疆与熊公哲先生。汪辟疆先生指点他钻研宋诗，熊公哲先生指导他学习古文史学。他潜心于历代诗家诗作的研究，取法唐宋诗词，却不因循承袭。他特别仰慕后山和东坡，而不满意宛陵和山谷。此外，王礼锡在心远大学求学的这段时间里，对新诗创作也有了新的认识。他认为新诗是一种新的诗体，它的形式足够供给天才诗人加入许多新的创作成分，并认为许多新的事物与思想出现于这个时代，应反映到诗歌中来。

严格来说，王礼锡在这一阶段的诗歌创作，属于研习阶段。他在旧体诗写作的道路上不断地追求、探索和尝试，也在不断地转变、创新和发展。他创作了许多诗歌，这些作品写了又烧，烧了又写，不断地写又不断地烧。即便到了他二十岁那年创作的《述志诗》，曾被他祖父认为可以保存下来的，后来也被他烧掉了。包括他把自己所有学宋诗时代的刻画宋诗的诗作，也毫无保留全部删弃了。比如《离家赴南昌三十韵》，本来他自己还感到满意，但由于被人称之为宋诗的典型之作而忍痛烧掉了。他说："我那时觉得

---

① 王礼锡:《自序》,《市声草》,神州国光社,1933 年。

② 王礼锡:《自序》,《市声草》,神州国光社,1933 年。

诗要是我自己的才可存。"①

为了创作出属于自己风格的诗，王礼锡在这个阶段拼命博览群书，当时他最当意的是最接近这个时代的诗，因此，近代诗歌改革先锋江弢叔、郑子尹、金亚匏、黄遵宪等诗人进入他的视野。对这四个人，王礼锡又各有不同看法。他认为，黄遵宪还不成熟，黄的功劳仅仅是试用新名词；黄那些以电报式的词句来写相思的诗，只是今体的仿古而已，并没有动人的感情。金亚匏最好的是古体纪事诗，律诗却很流俗。郑子尹才是近代一个很成熟的诗人，不过士大夫气太重了一些。王礼锡唯有对江弢叔评价比较高，也比较推崇他，自认为深受他的影响。②

二、第二个阶段（1924 年至 1925 年）

这一时段的前期正值王礼锡在心远大学求学的末期生活，毕业后，王礼锡任教于位于吉安青原山的江西省立第三农业学校，任国文与英文教师。在青原山教书的这一年是王礼锡最悠闲的一年，而学校又是阳明书院的旧址，周围环境优美，春夏之交的红杜鹃，开满整座山岗。夜晚的月亮，总是有些醉意，月光满天洒下来，就像是山中流动的薄雾。山中的流水，总是不断在变形、在合成、在诞生、在喧闹……在这样一拨一拨的山中美景的挑逗下，王礼锡隐藏在内心深处的诗情被激发了。正如王礼锡在他的诗集《〈市声草〉自序》中回忆这段在青原山教书的美好时光时所写："我住在学校最后的一间，窗子对着数百丈铁铸成的岩石。春夏之交杜鹃红满了很少绿草的岩石，像红艳的少女们在缠绕着她们的古趣盎然的高年的祖父而博取其欢心。每一个月亮的晚上，我的房间铺满了月色，使我补足了小孩时不能领略深林人不知明月来相照的缺憾。夜深四面悬水的喧嚷，把静寂的意思用声音来传达到人们的耳里。在这样的环境的挑拨下，我怎么能

---

① 王礼锡：《自序》，《市声草》，神州国光社，1933 年。
② 王士权：《爱国诗人王礼锡传》，《王礼锡诗文集》，上海文艺出版社，1993 年，第 686 页。

不写诗呢？"① 于是，他写道：

> 夜坐贪看山，抉窗放寒帧，
> 束光就窗棂，三折始泻地；
> 一折泼上墙，随向书几坠。
> 沉沉绝声响，默默领微意，
> 何不去室庐，月下倒头睡！

（《抉西窗》）

> 秋宵太明净，能使明月孤。
> 如何瑶台光，向此荒山铺？
> 荒山经野烧，松竹赤以枯，
> 岩窟几丛绿，幽峭光未敷。
> 近窗聚寒虫，白草立稀疏。
> 掩卷不能读，室外风乱呼！

（《纸放山月》）

这两首诗作，"完全是那时生活和心境的写照"②。特别是诗人在作品中描写青原山夜晚月亮的清寒和孤寂，为诗歌创作"开拓了新的意境"，"而山月之孤寂，正是诗人心境孤寂的以物寓情"。"而月光透过窗棂，'三折始泻地；一折泼上墙，随向书儿坠。'我们不能不佩服作者的观察入微，一个'泼'字，一个'坠'字，突破了阵阵相因的咏月的窠臼"③。

---

① 王礼锡：《自序》，《市声草》，神州国光社，1933年。
② 王礼锡：《自序》，《市声草》，神州国光社，1933年。
③ 陈鸣树：《作为文学家的王礼锡》，潘颂德编：《王礼锡研究资料》，天津社会科学院出版社，1995年，第185页。

虽然这一阶段是王礼锡最悠闲的时候，但他创作的诗并不是太多。1924年，他先后创作了《甲子中秋》《移居》《岁暮怀忠烈》《岁暮杂诗》《归舟杂诗》《闻大兵且至》等诗作。1925年稍微多一些，他先后创作了《醋糟吟》《江上雪》《解嘲答岐生》《春初小斋书事》《北门》《墟墓间现兵》《檐间》《移居》《与岐生泛舟东湖》《将入青原，岐生慕韩为具话别》《别东湖》《东湖坐雨怀忠烈》《氛西窗纸放山月二首》《乘雨过青原寺》《归途触目兴怀二首》等诗作 21 首。后来，这两年创作的诗共计 26 首，一起汇编为《困学集》。这些诗作，"反映了诗人在心远大学读书和青原山农业学校教书时的生活，展示了诗人当时的心境"[①]。

三、第三个阶段（1926 年至 1928 年）

这个阶段虽然也只有两年左右，但由于连年的军阀混战，使得王礼锡经历了人生中最为颠沛流离的一段时期。他在《市声草》自序中说："那时期，曾经有南昌的被迫，桐庐的坠江，福建的从戎，庐山的幽囚。"[②]1926年，受广州革命政府的委托，王礼锡和毛泽东同志一起在武汉创办农民讲习所。1927 年 4 月，王礼锡去南京北伐军总政治部宣传处任职。其间创作《南浔车中看山》《旅夜》《归舟得鳜买酒同岐生饮》《七里泷覆舟》《四月，厄于匪，不死；前日七里泷覆舟，又不死；转眼再到西湖矣》《富春江上中秋》《衢州病后寓楼闲眺》《玉山道中，雨后书所见》《悯农夫》《浣霞池上小坐》《过枫岭怀余心一》《南浦溪夜泊水北》《乌石山巅口号》《白塔晚眺》《访岐生水珩》等旧体诗，后连同 1926 年至 1928 年间创作的其他旧体诗编为《流亡集》。1928 年初，王礼锡抵上海，参加《中央日报》编辑工作。2 月 2 日，王礼锡与田汉共同主编的《中央日报》副刊《摩登》创刊。2 月 8 日起，创

---

① 潘颂德：《王礼锡传略》，潘颂德编：《王礼锡研究资料》，天津社会科学院出版社，1995 年，第 13 页。

② 王礼锡：《自序》，《市声草》，神州国光社，1933 年。

作的《〈国风〉冤词》连载于《摩登》，至3月31日续完。这六篇《〈国风〉冤词》洗去了历代考据家、理学家泼在《诗经》中的《芣苢》《汉广》《野有死麕》《式微》《桑中》《木瓜》《俟于我著》《静女其姝》等篇章上的浊水。同年春，任教于上海的南国艺术学院，这一年，他开始写作《物观文学史丛稿》，尝试以唯物史观整理与研究中国古代文学史。

这一时期，虽然经历曲折而丰富，但最令王礼锡悲痛的事情就是祖父的逝世。因此，"颠沛流离的生涯，郁结胸中的悲愤，对军阀战乱的厌恶，在'流亡集'中得到了生动而真实的反映"[1]。战乱造成的百姓生存状态的悲惨，使得他笔下的诗作开始关注社会的疮痍和民生的惨状。他在《哀病兵》一诗中写道：

> 残暑曳高秋，中人辄病瘳，
>
> 汝辈从边徼，转战千里外，
>
> 水土已不习，况与厉气会？
>
> 仅有皮骨存，可怜血肉败！
>
> 顾为食所驱，鼓勇力犹倍，
>
> 举步身已摇，初犹杖可赖，
>
> 五里十里程，倒地渐狼狈。
>
> 尔堂有母慈，尔室有少艾，
>
> 谁致尔仳离，征战无宁岁？
>
> 富贵奉一人，死尔千万辈！

另外，还有《七里泷覆舟》《悯农夫》等纪事诗，"莫不哀痛断肠，

---

[1] 汪大钧：《平生肝胆留天地，旷代文章振聩聋——论王礼锡的诗文创作》，潘颂德编：《王礼锡研究资料》，天津社会科学院出版社，1995年，第199页。

直面惨淡人生。借此可见他将新的物象与情绪写入旧体诗中的努力"①。这些作品的问世，标志着王礼锡的现实主义创作在逐渐成熟，也体现了他在不断超越第一、二阶段时期的对个人生活的追求，开始转移到了对社会伦理的关怀，这是一个巨大的转变。这些揭露社会的黑暗、国家的残破、生灵的涂炭，以及关注民生疾苦的呐喊，逐渐脱离了个人内心的嗟叹。

四、第四个阶段（1928 年至 1930 年）

在这一时期，王礼锡创作的新诗比旧体诗多，诗风也开始有所转变。可以说，这种变化与其收获的爱情有关。1929 年，在北平期间，王礼锡因投稿结识了进步青年、《民国日报》社副刊编辑、女师大学生陆晶清并相爱。下半年，王礼锡主持创办神州国光社编务，翻译出版共产主义典籍和世界进步文学作品。这一时期创作的许多诗，后结集为《市声草》。1930 年春，王礼锡决定创办大型期刊《读书杂志》，4 月，决定出版由鲁迅主编的"现代文艺丛书"②。6 月中旬，王礼锡为组稿赴日本，于途中的 20 日完成诗学理论专著《〈李长吉评传〉序》的撰写；8 月 15 日，完成《〈李长吉评传〉校后记》的撰写；同年 10 月，诗学理论专著《李长吉年谱》由神州国光社出版，列入"物观文学史丛稿"。这是当时海内外第一部论述唐代诗人李贺的学术专著。王礼锡认为，在韩愈与元稹、白居易两种诗体的对立中，李贺是"单刀匹马冲围突阵的勇士"，也"表现了惊人的力量"。李贺的诗，"冷、艳、奇、险，自成一家"。特别是专著中的《李贺

---

① 胡迎建：《论现代旧体诗坛上有建树的六位名家》，《中国韵文学刊》2005 年第 4 期。
② 这套丛书原计划出版 10 种，后因国民党政府文化"围剿"，只出版了 4 种，分别是：1930 年 9 月出版的剧本《浮士德与城》（卢那察尔斯基著，柔石译，鲁迅序）；1931 年 11 月出版的小说《静静的顿河》第一部（肖洛霍夫著，贺非译，鲁迅作后记）；1932 年 8 月出版的中篇小说《铁甲列车 Nr. 14—69》（伊凡诺夫著，侍桁译，鲁迅校阅并作后记）；1933 年 2 月出版的中篇小说《十月》（雅各武莱夫著，鲁迅译）。

年谱》，填补了当时学术空白。朱自清、周阆风对王礼锡的考证颇为推崇，并在他们各自撰写的李贺年谱中，借助了他的研究成果。而且这部诗学理论专著最大的价值，就在于它是我国最先用唯物史观的方法来整理文学史的理论专著。[①]

王礼锡在这一阶段创作的诗作，大部分是记录 1928 年至 1930 年间与陆晶清在北京从相识到相爱的情感经历，后来结集为《风怀集》。与前两个阶段"冷色调"的诗风相比，这段时期的诗风有了明显的"暖色调"的变化，多为爱情之作，比如其中的代表作《游清华园小鹿怅望荒亭追怀往事以截句写之》这首诗：

> 荒园无语立西风，残照远天曳晚红。
>
> 回首悲欢余惘惘，寒冰枯木小亭空。

此诗"以情结景，以景托情，览之心动，味之无极，余意不尽"[②]。这首诗作是王礼锡与陆晶清同游清华园后赠诗，随后得其和诗："秋声凄怨泣寒风，霜叶晚装似血红。惆怅荒园伫立久，夕阳人杳小亭空。"王礼锡的诗才深深打动了陆晶清，她说："我觉得礼锡的诗是已做到了王静庵所谓'不隔'的地步，诗里没有近代旧诗的流弊，从来不造作，也不用典，全凭真情感的流露。"[③]

对王礼锡的这些爱情诗，胡秋原在给他的诗集《市草声》所作的序中有过这样评价："沉浸于蔷薇之梦的时代，惊涛骇浪后的温情，酿出馨逸的

---

① 龚联寿：《王礼锡年谱》，潘颂德编：《王礼锡研究资料》，天津社会科学院出版社，1995 年，第 30 页。

② 陈鸣树：《作为文学家的王礼锡》，潘颂德编：《王礼锡研究资料》，天津社会科学院出版社，1995 年，第 186 页。

③ 胡迎建：《论现代旧体诗坛上有建树的六位名家》，《中国韵文学刊》2005 年第 4 期。

多情之汁。"① 又比如他在《海上寄小鹿》这首诗作中写道：

> 屋宇背船飞，男女各挥手，探囊出我巾，欲挥向谁某？
> 试取挥向山，山则背我走；试取挥向云，云则幻苍狗。
> 迤逦归我室，寂坐凄然久。念我亦有家，病母在贼薮，
> 所爱在故都，相思不相守。南暑销我骨，北寒速我朽，
> 皇皇将焉如？于世我何有！造物一何酷，为人造离别；
> 又为造相思，着此一轮月；围以碎碎云，似我肝肠裂。
> 起视水与天，茫茫不可越，夜深海风寒，何处来魂魄？
> 常甘何足美？甘美在有涩。长聚和足欢？聚欢在有别。
> 安知此时别，非为聚而设？回忆石家庄，相见天初白，
> 张目杂惊喜，抱持忧迷失，身外一无知，仅感双唇热！
> 今又隔天涯，欢聚宁可必？且复相解嘲，悲苦究何益！

另外，还有诸如《移居简小鹿》《别前一夕过小鹿编辑室赏梅》《与小鹿新丰楼纵酒作别》《书小鹿所赠巾》《小鹿来书凄婉动人以截句写之》《书小鹿日记后》《小鹿为葬评梅北来，每饮必醉，每醉必痛哭，并索笔频书"人前咽泪作浅笑"之句。作长歌慰之。》《西山之游甚快病中以诗追写之》《渡老虎滩立海滨逆潮》《岁暮简小鹿》《海上月夜》《北海将别》《南行留别（十首）》等。这些美丽动人的爱情诗篇，在当时同样有其社会意义和现实意义，从一个侧面反映了这段时期社会的阴晴风雨，以及生活的苦乐烦忧等。

可以说，王礼锡"此时的诗寓激宕于柔情，奇丽奔放，不同于以前的生辛苦涩，有如'浓的冷茶'"②。而且这一阶段的诗作中的佳句也颇多，比如"怆然望海涛，回旋作鸣咽""竟有深情酬苦泪，一编恩怨泣寒更""人生

---

① 胡秋原：《市草声·序》，王礼锡：《市草声》，神州国光社，1933 年。
② 胡迎建：《论现代旧体诗坛上有建树的六位名家》，《中国韵文学刊》2005 年第 4 期。

几度梅前别？皓月穿窗惜此行""月落风尘孤馆夜，绮诗无字读前因""长衢寂寂铺明月，缓步前踪温旧欢""纵酒今宵垂作别，独携绮梦出长安""哭人哭己难为辨，寒云秋雨惨不欢"等等。这些精彩的诗句，"结想之妙，寄意之深，练字之精，均臻上乘。尝谓工于诗者无不深于情，礼锡写情，常常能破前人境界"[1]。因此，王礼锡在这一时期创作的诗作，不仅仅是记录了他与陆晶清恋爱的过程，也是他的诗风转变的过程。

五、第五个阶段（1931年至1933年）

1931年，王礼锡从日本回国后，神州国光社倡导展开中国社会史的讨论，轰动一时。后来，这些论文均结集为《中国社会史的论战》正式出版。同年，王礼锡与诗人陆晶清结成伉俪，同赴上海办报。《读书杂志》自4月1日创刊后，先后分三次刊发了王礼锡《解诗举例》。1932年，"一·二八"战争爆发后的第二天，王礼锡开始撰写《战时日记》，至3月4日中日双方宣布停战为止，陆续写下日记27则。这些日记"以记叙为主，杂以议论、抒情，尽情地书写了作者在'一·二八'战事中的见闻、思考，展示了他忧国忧民的爱国情怀"[2]。其间，王礼锡与彭芳草、陶希圣、胡秋原、梅龚彬等人创办小报《抗日战争号外》，虽然连出三期后夭折，但这份凝聚着爱国热情的抗日报纸，在报道战争动态，歌颂十九路军将士和工人、学生义勇军抗日，鼓舞军民抗日斗志，抨击国民党政府不抵抗政策等方面起到了非常重要的作用。

回国后的这一段时间，虽然王礼锡创作的诗歌作品数量很少，但其间创作的少量以都市为题材的诗作，却可以代表他一个时期的创作倾向。比如他在《夜过霞飞路》这首作品中写道：

---

① 陈鸣树：《作为文学家的王礼锡》，潘颂德编：《王礼锡研究资料》，天津社会科学院出版社，1995年，第186页。

② 潘颂德：《一部生动记录"一·二八"战争的散文集——读王礼锡〈战时日记〉札记》，《绥化师专学报》1993年第3期。

电灯交绮光，荡漾柏油路，泻地车无声，烛天散红雾。

丽服男和女，揽臂矜晚步。两旁琉璃窗，各炫罗列富。

精小咖啡馆，谑浪集人妤，狐舞流媚乐，缭绕路旁树，

宛转入人耳，痴望行者驻。前耸千尺楼，高明逼神恶，

叠窗如蜂巢，纵横不知数。下有手车夫，喘奔皮骨柱；

又有白俄女，妖娆买怜顾；惶惶度永夜，凄凄犯风露。

墙根劳者群，裹草寒无裤，仅图终夜眠，室庐宁敢慕？

谁念崔巍者，此辈力所赴！——手为之，室成便当去。

即此墙根地，岂能安寐寤？警来驱以杖，数迁始达曙。

都市如魔窟，璀璨锦幕布，偶然一角揭，惨虐殊可怖。

良药宁能医，嗟此疾已痼！

　　这首诗作"是充分的正面描写都市"。正如胡迎建在评论此诗时所说："诗中极力铺写现代都市的繁华、男女身着丽服的时尚、商店的富丽、歌舞的侈靡、楼厦的高耸，构成华丽的表象、豪奢的喧嚣。另一方面，为求生计，车夫奔跑，皮瘦骨立，白俄妓女，凄惶卖笑，更有曾建造高楼大厦的工人，而今不知有多少露宿街头，成了警察驱逐的对象。两相对照，剖示了华丽不过是锦幕布，掩盖了魔窟中阶级不平等的惨酷现实。悲叹这种资本主义弊病渐成顽痼，已难医治。颇能见其思理的细密深刻，赋性的敏锐善感，构筑意象的众多。其间采用电灯、柏油路等词入诗中，并无生硬之病，而有新奇活泼之感。"[①]

　　对于此诗的创作，王礼锡说："我本想写一个《上海篇》，但没有决心挪出一点时间来给它。仅仅在奔驰的人力车上匆匆的突然抓住一刹那的实感完成这样一个短篇。"同时，他还说："感伤是自己的，且现代的，用字是毫无拘束的。文中的字、语中的字、外来语，一切都用，觉得许多新的

---

① 胡迎建：《论现代旧体诗坛上有建树的六位名家》，《中国韵文学刊》2005年第4期。

事物与思想窜入这时代，如果是一个天才，定能给数千年建筑起来的诗体注入惊人的奇观。"①

后来，王礼锡的这首《夜过霞飞路》连同他尝试用五言来写史诗的《西湖中秋》，成了他在这一时期的代表诗作。这两首诗作的意义，不仅在于以对民众生存状态的关注，也体现了其社会伦理的关怀，代表了他这段时期的创作倾向，更重要的，也是他在现实主义诗歌创作中巨大转变后的人道主义的继续深化与拓展。

六、第六个阶段（1933 年至 1939 年病逝）

在这一时期，王礼锡基本上一直流亡海外。1933 年 3 月，他偕夫人陆晶清前往英国伦敦，开始以卖文为生。对于王礼锡夫妇当时的窘境，陈铭枢回忆道："我第一次游欧与你会面的时候，你们夫妇生活极为拮据，专赖卖文的微薄稿费，两口儿每月仅仅用了七磅的用费，经过了半年之久了。每餐冷水咽送两块面包度日，有时见着必须的书籍时，连糊口都不顾，倾囊将用，只好忍饥挨饿；象你这样乐贫好学，发奋忘食，就是你的微笑！"②其间，王礼锡写了许多散文和诗，他常以 Shelley Wang（SW）的笔名在英国 Lettre View（《左翼评论》）等报刊发表诗文。特别是在苏联时，他创作了许多著名散文和诗篇，被高尔基称誉为东方的"雪莱"，因此"雪莱王"的名字曾响亮一时。后来，这些诗文都被收录于《海外杂笔》《海外二笔》及《去国草》等专集。直至抗日战争全面爆发后，"诗人们纷纷自觉地投身于时代的洪流之中，直面苦难现实，鞭挞侵略者的暴行，赞美坚韧顽强的中国人民，以诗的语言呼吟出民族的苦难与反抗的伟大时代之声"③。1938 年 10 月，王礼锡夫妇离开伦敦回国参加抗战。在回国前夕，全英援华运动总

---

① 王礼锡：《自序》，《市声草》，神州国光社，1933 年。

② 陈铭枢：《写给死者的一封信》，《新蜀报》1939 年 10 月 7 日。

③ 陈芝国：《关怀时代的写作》，王光明主编：《中国诗歌通史》（现代卷），人民文学出版社，2012 年，第 450 页。

会秘书长伍德门女士、《新政治家周刊》（New State Sman and Nationt）编辑马丁（Kins-Jey Wartin）为他们夫妇俩举行了送别宴会，伦敦大学经济史教授鲍威尔（Eileen Power）、中国驻英大使郭泰琪、熊式一，印度总统尼赫鲁（Jawaharlal Nohru）出席了宴会。王礼锡即席用英语朗诵了诗作《再会，英国的朋友们！》[①]：

> 我要归去了，
> 归去在斗争中的中华。
> 当我来时，
> 中国是一间破屋，
> 给风吹雨打，
> 洞开着门户，
> 眼看着外来的盗贼抢杀；
> 满地散乱的珍宝，
> 象破碎的经济、政治、文化。
> 两千年的古长城，
> 不再能屏障中华。
> 黄河长江带着呜咽，
> 万里挟泥沙俱下！
>
> 我要归去了，
> 回到我的国土——他在新生，
> 现在血海中，
> 正崛起一座新的长城。

---

①《再会，英国的朋友们！》，原载 1939 年 1 月《战歌》诗刊第 1 卷第 5 期，后收录《去国草》，中国诗歌社，1939 年。

它不仅是国家的屏障，

还要屏障正义与和平。

一块砖，一滴血；

一个石头，一颗心。

我去了，

我去加一滴赤血，

加一颗火热的心。

不是长城缺不了我，

是我与长城相依为命。

没有我，无碍中华的新生；

没有中华，世界就塌了一座长城。

我要归去了，

归去赶上中国的春。

愁意布满了密云，

浓雾又要包围伦敦，

都在为我担忧，

我如何撇得下这里的友人。

这些年来

友意（谊）的温馨

正义的呼声

是新鲜的空气，

流布在窒息的世界，

不仅温暖了我个人的心。

我要归去了，

带回这友意（谊）的福音。

当你听着那边最后的胜利，

要知道其中有你们的份。

在浓云密布中，

　　我们从远东望得见这里的光明！

我们要离别了，

是离别，不是隔离。

山海不能隔离我们，

人们的障碍是语言。

距离是语言的内容，

语言的形式距离不远，

　　友谊的语言是温馨，

　　正义的语言是勇敢，

　　和平的语言是抵抗。

语言的拼成，

是笑，是颦，是行动，

不单是字是音。

我们不懂的是侵略者的语言。

没有什么可以隔离开我与你，

道路，语言，都隔不开我们的精神。

再见，朋友们！

　　这首作品是当时经典的告别诗，闪烁着诗人灵魂的光芒。王礼锡在最初创作此诗时，是以英文进行构思的，作品的原文为英文，而后又由他转译成中文。在当时的饯别宴会上，"王礼锡以纯正的英语，苍凉的声调，朗诵得激越悲愤，动人心弦。朗诵完了，他向在座的中外朋友深深地鞠躬，两行热泪顺着他宽大的脸颊流了下来"。宴会现场的马丁说："遂诵此诗，满座黯然。"①应该说，现场的"听众仿佛领会到诗人血管里奔流着的沸腾的热血，谁都为他热爱祖国的深情所鼓舞"②。后来，女诗人华尔纳于 1939 年 1 月在英国广播电台朗诵这首诗作时，动情地说："我是含着骄傲的热泪去读它。"③

　　1938 年 12 月，王礼锡与陆晶清回国后，便直接前往已经有各方面的工作在等着他的重庆，被选为中华全国文艺界抗敌协会理事，负责文协国际宣传委员会工作。在不到一年的时间里，王礼锡创作了大量的抗战诗，来揭露日本侵略者在中国犯下的滔天罪行。比如为了记录 1939 年 5 月的重庆开始遭受历史上空前大轰炸的惨状，王礼锡在《五月三日》④这首诗作中写道：

> 落地一声炸弹，
> 惊起了一阵风。
> 冲进千百个防空洞，
> 把每一个耳朵震聋。
> 带着一阵血腥，
> 通过火与烟的森林。
> 向每一个活着的耳朵，
> 诉说无数死者的呻吟；
> 毒火消灭了繁荣，
> 毒铁肢解了生命；
> 让人类的仇敌专横，

---

① 王礼锡：《王礼锡诗文集》，上海文艺出版社，1993 年，第 543 页。
② 王士权：《爱国诗人王礼锡传》，王礼锡：《王礼锡诗文集》，上海文艺出版社，1993 年，第 717 页。
③ 王礼锡：《王礼锡诗文集》，上海文艺出版社，1993 年，第 543 页。
④《五月三日》，原载 1939 年 5 月 20 日《文艺月刊》号外第 1 期。

难道是人类的命运！

落地一个炸弹，
追逐着一阵风。
经过千百个耳朵，
打入每一个跳跃的心，
带着无数的血眼睛。
无数模糊的血脸孔，
向每一颗活着的心，
传一个坚强的声音：
有他们没有我们，
有侵略没有文明。
这是恶魔的威胁，
也是新生必经的痛苦！

敌机回旋的声音，
烧滚了万众的血。
敌弹逼来的风，
觉醒了万众的心。
人类的命运，
在我们不在敌人；
和平的前程，
在死斗不在偷生。
发尽了弹，
头颅是一个肉弹；
打断了枪，
手臂是两杆钢枪。

听，雨一般在掷着弹，

你，残暴的敌人！

无情地在屠杀女人与小孩！

你，无耻怯懦的敌人！

威胁，压不下抵抗的呼声，

残暴，杀不尽正义的灵魂。

你们像冰山崩倒时，

叫你们出不了中国的门！

女人也会用菜刀宰你的狗命，

小孩也会用裁纸刀割你的筋。

问你要她们的丈夫，

问你要他们的双亲。

我们决不，决不向虎狼求情，

我们要打出来，打出来的和平！

在日寇的狂轰滥炸中，敌机倾泻的是屠杀，是罪恶，更是仇恨的种子。他们的轰炸不仅唤醒了国人的麻木不仁，更唤起了国人的抗战决心。这首诗作以"悲愤的感情，通俗的诗句，鲜明的节奏，散文化的形式"[①]宣泄着仇恨，并在仇恨的宣泄中揭露日本帝国主义的狰狞面目。

同时，王礼锡也坚信诗歌在抗日战争中的宣传作用，是特别重要的。因为诗歌在宣传中的重要性还会跟着抗战的持久而不断增加，创作的形式也会随着抗战的深入而日益进步。他认为，我们的纸张现在已经缺乏，将来也许还会更加缺乏，印刷已经变得困难，也许将来的困难还会不断增加，所以诗歌这种精悍的武器，也就会因之而变得日益重要，因为它可以用抄

---

① 汪大钧：《平生肝胆留天地，旷代文章振聩聋——论王礼锡的诗文创作》，潘颂德编：《王礼锡研究资料》，天津社会科学院出版社，1995年，第208页。

写代替印刷，以对群众朗诵来代替个人的阅读，可以作为具体的口号，精炼的宣言，无疑是抗战文艺中最重要的形式之一。于是，他呼吁："写诗的朋友们，我们要努力写，要在抗战中锻炼这武器，充分发挥它的作用。"①

他是这样说的，也是这样做的。当"作家战地访问团"于1939年6月经过四川访问"成都大轰炸"②灾区的时候，整个灾区惨不忍睹，民房被炸平，尸首被炸飞，到处是一摊一摊的血，无辜百姓的尸体一层一层叠起，树枝上和亭子上到处散落着残缺的手、脚……面对满目疮痍的惨象，王礼锡以《血迹》③为题，用大众化的语言控诉道：

> 是成都还是澎湃（Pompen④）？
>
> 在澎湃
>
> 化石的面包和栗子
>
> 还流着晚宴的欢乐；
>
> 从带着挣扎姿势而死去的狗，
>
> 还能想象少妇的爱抚的手；
>
> 火山灰封存的断柱与残垣，
>
> 写在远古的悲哀，

---

① 王礼锡：《〈去国草〉校后记》，《王礼锡诗文集》，上海文艺出版社，1993年，第547页。

② 成都大轰炸是日军对成都平民的野蛮轰炸行为，是包括成都人民在内的中华民族难以忘却的伤痛。自1938年11月8日，日机首次袭扰成都开始，至1944年11月止，在长达六年的时间里，成都所受轰炸至31次。其中，尤以1939年6月11日、1940年7月24日和1941年7月27日所受的三次轰炸最为惨烈。比如1939年6月11日，日本海军第二联合航空队总共出动54架飞机，其中一半飞机轰炸成都，另一半前往重庆进行轰炸。在成都投弹111枚，轰炸了盐市口、东大街、东御街、提督街、顺城街一带，炸死无辜百姓226人，负伤600人，损坏房屋6075家。

③《血迹》，写于1939年6月作家访问团过成都访问轰炸灾区，原载1939年9月1日《文艺阵地》第3卷第10期。

④ Pompen，今译庞培，罗马时代的古城。公元79年，维苏威火山爆发，庞培城全部埋于火山灰下。1748年开始陆续发掘出来。是欧洲著名古城遗址。

自然的残酷。

是澎湃？不，是成都！

烧焦了的木柱木掾。

象烧焦了的人的肢体；

残破的墙壁

正呼吸着焦肉的气息，

给无力的朝阳

写在溃满了血的瓦砾场。

在中国的广大的领土上

千千万万的城市中这样写，

写出现在文化的悲哀，

侵略者的凶残。

这是人类的行为呵，

无情惨毒远过于火山。

我们要用血抹去这血迹，

要用力征服这野蛮。

文明是对野蛮的征服，

征服自然的野蛮，

更要征服人类的野蛮。

在这首新诗中，诗人不仅揭露了日寇屠杀无辜百姓的残暴行径，还抒发了中国人民不怕牺牲，同仇敌忾，誓与敌人血战到底，不获全胜，绝不收兵的坚强意志和信念。这种抗战必胜的坚强意志和信念，既是催人奋进的战斗鼓点，也是革命英雄主义的颂歌。作品的字里行间处处透溢出了中华民族奋起昂扬的战斗精神，因为王礼锡深知自己的责任是要描绘我们这个伟大民族炸不死的英雄气概。①

同一题材的诗作还有《毒炸后》②："而今是人血人肉烤成的瓦砾，/昨天是一个古色古香的书店，/一部木刻宣纸丝装的古书，/我的手指曾给它多次的抚恋。//昨天是一个北方的小吃馆，/而今是人血人肉烤成的瓦砾，在万家母子夫妇团聚的新年，/是我供给我半打油香的锅贴。//为了要温一温平津的声音笑貌，/你曾几度到此坐对清茶与大鼓，/而今是人血人肉烤成的瓦砾，谁更把国仇家恨悲壮地从头数！"王礼锡的这首诗作，是在揭露和控诉中记录着这段血腥的屠杀历史。于是他继续写道：

> 你也曾抚过你的爱儿，
> 你也曾抱过你的娇妻，
> 是谁把蜜爱化作毒仇？
> 呵，这一段血淋淋的手臂！
>
> 你也曾将脑力体力充富文化，
> 你在世界也有过生的神奇，
> 是谁把美的生变作丑的死？
> 呵，为什么你这样血肉凌乱！

这是一幅血淋淋的画面，也是滋生着仇恨的画面，这是在以血唤起国人去战斗，也是在以血去反问"是谁把蜜爱化作毒仇"？又"是谁把美的生变作丑的死"？而且"为什么你这样血肉凌乱"！

与此同时，在作品里，诗人不仅记录下了日本侵略者对无辜平民的

---

① 汪大钧：《平生肝胆留天地，旷代文章振聩聋——论王礼锡的诗文创作》，潘颂德编：《王礼锡研究资料》，天津社会科学院出版社，1995年，第207页。

②《毒炸后》，写于1939年5月4日重庆，原载1939年《抗战文艺》第4卷3、4期合刊。

轰炸屠杀，以及轰炸后的凄惨景象："茶和饭，美味成了焦炭，／臭气冲天的曾是绫罗绸缎，／我穿过繁花的商业区，／街两旁流着血水溅溅！"还记录下了国仇家恨的增长："火，照红了疲乏的脸孔，／烟，哽塞了嘶哑的喉咙，／一路有虎口争余肉的水龙。／我不能想象沈阳北平沪与京，／武汉广州南昌贵阳桂林，／黄河长江珠江都给糟踏尽，／天高海深哪敌得这万世仇恨！"

回国后的这些日子，只要是王礼锡亲临的地方，日寇的暴行就会定格在他的诗歌中，既有新诗，也有旧体诗。因此，除了上述已提及的新诗，以及诸如《别锡兰朋友们》《小心里的仇恨》《深仇——参观第二儿童保育院后》《黄河南岸速写》《渡河》《一月十五日》①等新诗之外，王礼锡还创作了《香港竹枝词（六首）》《笔征截句续（三首）》《笔征行卷（九首）》②等旧体诗。这些诗作是王礼锡以亲历者身份现场感受并记录下的，都是对日本侵略者罪恶的血泪控诉和仇恨迸射，为抗战诗歌留下了宝贵的诗章。

七、结语

王礼锡是一位旧体和新诗兼擅，可谓之为两栖型的现代诗人，这两者于他不是对立排斥的，而是互为感应并良性作用着的。虽然"他的成就，旧体诗超越了新诗"，但"他处于新旧交替的时代中，热爱有几千年历史的

---

①《别锡兰朋友们》，原载 1939 年 2 月 28 日《新华日报》；《小心里的仇恨》，原载 1939 年 7 月 1 日《文艺阵地》第 3 卷第 6 期；《深仇——参观第二儿童保育院后》，原载 1939 年 7 月 1 日《文艺阵地》第 3 卷第 6 期；《黄河南岸速写》，录自 1939 年 7 月 25 日王礼锡日记；《渡河》，录自 1939 年 8 月 2 日王礼锡日记；《一月十五日》，原载 1940 年 1 月 10 日《新蜀报·蜀道》第 10 期。

②《香港竹枝词（六首）》，原载 1939 年 5 月 16 日《宇宙风》乙刊第 6 期；《笔征截句续（三首）》，录自 1939 年 8 月 2 日王礼锡日记；《笔征行卷（九首）》，原载 1940 年 1 月 29 日《新蜀报·蜀道》第 29 期。

民族文化，又清楚地看到了它存在的不足。又决不泥古"①。正如他自己所说："旧诗已经有了伟大的开始，但还没有伟大的结束。如果能力够，我打算提负起这项工作。"他主张"今词旧体风能变"，要求用新字和新词来表现现代生活，并致力于"用旧体的形式而解放一切旧体的束缚"。他说："飞机要用飞机、高射炮挡，大炮要用大炮挡，诗歌要能在抗战中尽它的广大的作用时，就必须用今天的语言，群众的语言。"对于有人说"新诗失败了"，王礼锡则明确地提出了自己的观点："这个论断我敢不同意，新诗有失败的正如旧诗有失败的一样。用外国文辞、欧洲十八世纪的情感来写诗，比用中国文言文辞、中国古人情感来写诗还失败，这是无可讳言的。可是新诗的园地可以容纳无限的创造力量去耕耘，可以使多数人了解，效率可以更恢宏，这也是不可否认的事实。假若创造中需要许多失败，而失败也就是将来成功的垫足石。我加入新诗队伍中，纵不能有若干成功，至少可以做一个失败者来帮助这个运动。因此，我决心锻炼新武器。"②从此话中可以看出，王礼锡不仅仅是旧体诗的积极革新者，更是新诗的忠实拥护者。

纵观王礼锡短暂一生的诗歌创作，无论是旧体诗，还是新诗，在语言运用上，不仅富有现代生活的气息，字里行间也充溢着现代生活的情趣；在创作手法上，不仅注重真情实感的抒发，更注重生活实感的表现。因而他的这些诗作以形象化与生活化相结合的姿态，来向读者呈现不同创作阶段的风采。看得出，王礼锡在诗歌创作中善于从多侧面和不同角度，去表现当时的社会与不同人物的心灵世界，作品中所展示的社会是现实的社会，所描写的人物是真实的人物。而且生活中发生在的故事，诗人也都是以此作为一种同时存在着的社会现象来展现的，因此世相的复杂性也就在诗人

① 张香还：《风与火炼成的作家——谈王礼锡的诗文》，潘颂德编：《王礼锡研究资料》，天津社会科学院出版社，1995年，第218页。
② 王礼锡：《〈去国草〉校后记》，《王礼锡诗文集》，上海文艺出版社，1993年，第545页。

多侧面和不同角度的勾描中予以映显。由于他得来的材料都是最真实的，所以运用最忠实的笔尖，揭露和抨击当时社会中的黑暗和腐败，歌颂和赞美现实生活中美好的人和事。有时诗人的笔致，在沉重与轻松中不断交错，并以自己的情感投入来调动读者的情感。特别是在抗战期间，诗人用战斗的笔，揭露了日寇的狰狞面孔，控诉了侵略者的残暴行径，抒发了中华民族昂扬的战斗精神和必胜的信念。

第六章　其他诗人的诗歌创作

第一节　曾今可的"解放词"

对"词体解放"的探索，是指把"词"的文言完全转化为用白话进行创作以及摒弃部分格律要求的词艺术的努力，它给现代词和新词人带来的影响，不仅是语言的转变，也是格律的转变。但由于词体定位等方面的原因，导致新旧词人及其理论家无法达成"词体革命"意见的一致，其中有积极的，也有消极的。而"曾今可发起的'词的解放'运动，是'诗界革命'以来第一次以词为主体的革命，取得了理论和实践的双重丰收；但因为未能领会诗界革命'新意境'的内涵，从而脱离了时代"①。虽然最后失败了，未能像"新诗革命"那样取得成功，但曾今可的"解放词"最大的意义在于，把"词体革命"向前大大推进了一步。

曾今可（1901—1971），原名曾国珍，笔名君荷、金凯荷，江西泰和人。曾今可早年就读于江西省立第四中学，1919 年夏，任赣南学生联合会总干事，因参加五四运动而被开除学籍，后留学日本，入早稻田大学政治经济系。归国后，曾今可参加北伐，在京、沪、杭、鄂等地，或充记者，或任军中文书。1928 年，曾今可前往上海从事文学活动，参加力社。1931年，曾今可在上海创办新时代书局，主编《新时代月刊》。1931 年至 1933

---

① 倪春军：《词体革命：创作思路与理论建构》，《兰州大学学报》（社会科学版）2012年第 1 期。

年，在北新书局、神州国光社、儿童书局、上海新时代书局等陆续出版了诗词集《爱的三部曲》①《两颗星》《落花》，短篇小说集《法公园之夜》《爱的逃避》《诀绝之书》②，长篇小说《死》《一个商人与贼》，散文集《小鸟集》《今可随笔》。作品文字"轻灵隽永"，但格调平庸。1933 年，曾今可在其主编的《新时代月刊》提出"词的解放"，四卷一期刊出"词的解放运动专号"，宣扬莫谈国事观点，在文坛引起较大反响，激起了鲁迅等"左翼"文学家的批评。1935 年，曾今可任职浙江省审计处，全面抗战期间，任江西省保安司令部政治部上校科长、江西《政治日报》社长、湘鄂赣边区挺进军总部少将参议兼《开平日报》社长、国民党中央宣传部中央文化运动委员会委员。1940 年，曾今可任成都中央军校上校政治教官。抗战胜利后，曾今可以上海《申报》特派员身份前往台北，兼任台湾行政干部训练团讲师、正气学社及正气出版社总干事，主编《正气月刊》《正气画报》《正气丛书》。1947 年，曾今可主编《建国月刊》并创办《诗坛》。1948 年夏，曾今可任台湾省通志馆主任秘书，《台湾诗选》主编，台湾文献委员会主任秘书、委员等职。1957 年，曾今可与于右任创设中国文艺界联谊会，任秘书长、副会长。1964 年，曾今可当选国际桂冠诗人兼国际桂冠诗人协会中国代表。③

　　在 1930 年代初的中国文坛，怀抱文学梦来上海谋求发展的曾今可，是当时上海滩一位十分活跃的文化人，他创办新时代书局后，主编《新时代月刊》，发起了一场"词的解放"运动。关于对"词"的解放的主张，最初是曾今可与柳亚子谈话时提出来的。柳亚子在其"为文艺茶话会词会而作"

---

　　① 诗集《爱的三部曲》，这是用诗来组成的一部恋爱的故事，分"爱的憧憬""爱的沉醉""爱的幻灭"及"前奏曲""尾声"等篇。每一个字犹如一团火，每一首诗好似一朵鲜花！1932 年译成日文版发行。

　　② 短篇集《诀绝之书》，这是作者第三册短篇集，分"序诗""诀绝之书""诀绝以后""诀绝的余音""未寄的信""日记的残叶"等篇。此书主要描写了一对相爱的青年男女，终因受不了旧礼教势力的束缚而宣告决绝。其心苦，其情浓。虽然爱是可以超一切的，但有几人能逃避环境的支配？此书可以说是反映了近代中国的恋爱的黑暗面。

　　③ 凌夫：《曾今可与〈新时代〉月刊》，《寻根》2017 年第 6 期。

的《词的我见》发言稿中回忆与曾今可的谈话时写道："他对我讲，主张填词不要用古典，完全以白话入词，但平仄和韵脚是要保存的。这议论我完全赞同，也就是我现在对于词的附加意见了。"[1]1932年下半年，也就是在他们谈论"词的解放"的10天后，曾今可邀请了柳亚子、林庚白、曾仲鸣、章衣萍、徐蔚南、黄天鹏、华林、徐仲年、余慕陶、张凤等四五十人在上海的世界学院召开了"上海文艺茶话会"第一次"词会"。与会者既有词坛名流，也有词坛新秀。他们在"词会"上就"词的解放"进行了讨论，其中柳亚子的《词的我见》在会上由徐蔚南进行了朗诵。该发言稿的前半部分主要从五代词谈起：

> 普通人的流行语，都说唐诗、宋词、元曲；以为两宋是词的黄金时代，而尤其是南宋。这主张，我是不赞成的。我以为唐五代的词最好，北宋次之，而南宋为最下。理由呢，是唐五代的词纯任自然，虽有词藻，也还不至于雕琢；而一到南宋，便简直是雕章琢句的时代了。北宋处于过渡的地位，当然是比上不足，比下有余。还有，北宋的清真，南宋的梦窗，一般人都推为大家，而我则最不喜欢这两个人。——自然，这两位先生也有好句，像清真的"马滑霜浓，不如休去，直是少人行"；梦窗的"何处合成愁？离人心上秋"，都是不可埋灭的。——我以为由北宋而退化到南宋，其转变的关键就在清真。而在南宋词人中，也有崛然奋起，好和北宋词家抗手的，却是稼轩。不过时代的潮流不许可，辛刘的一派，终于敌不过姜张罢了。这是我二十五年以前的根本意见，到现在还没有多大改换。

---

[1] 柳亚子：《词的我见》，《〈新时代〉月刊》1933年第4卷第1期"词的解放运动专号"。

后半部分开始谈当时的新词创作：

> 　　讲到音律，我在当时也是主张解放的。仿佛后来胡适之曾经这样讲过："清真以前，是文人的词；清真以后，便变而为乐匠的词了。"（原文不在手边，不知正确与否，大意是如此的。）这几句话很合我的脾胃，因为照我批判起来，清真本身就是一个乐匠。并且，我以为在词通于乐的时候，按律填词去做乐匠，也还有相当意义可言。后来，词是根本不能入乐的了。而一般填词的人，还在依梦窗四声，依白石四声，断断不休。到底干吗要这样做呢？我主张平仄是要的，而阳平阴平和上去入的分别，应该完全解放；这一点也是和老辈词人的见解根本不同的。[①]

　　随后，对当时的词人章衣萍等创作的词作进行论析，最后对曾今可关于"词的解放"的艺术主张表示了认同。

　　第一次"词会"结束后，曾今可撰写了《词的解放运动》一文，先后刊发于 1932 年 11 月 20 日《时事新报·学灯》和《新时代月刊》1933 年第 4 卷第 1 期"词的解放运动专号"，阐述了他的艺术主张：

> 　　如果在中国旧有文化方面有什么值得保存和应该改善的，"词"应当是其中之一。但二十年来，"词"似乎是被人忘却了，我所认为"词"是值得保存的理由，因为"词"是我们中国所独有，"词"与"八股"的性质完全不同，他们的历史也完全两样。如果我们处置"词"也如处置"八股"一样，那便是一种大的错误。
> 　　"诗"早已被解放了，由胡适之一度"尝试"而成功了，"词"

---

　　① 柳亚子：《词的我见》，《〈新时代〉月刊》1933 年第 4 卷第 1 期"词的解放运动专号"。

也应该解放。这里的所谓解放是相当的解放，不是完全的解放。我个人的主张是三分之一五的解放，即：

（一）"词"一定要有谱。否则与诗无异。因为"词"是有音乐关系，所以……

（二）"词"必须要讲平仄，但可不讲阴平阳平，不论平上去入。

（三）"词"句完全用白话，或近于白话式的浅近的文言，绝对不用古典和比较深奥陈腐的文言——

（一）不解放；

（二）半解放；

（三）全解放。

这样便成为我所主张的三分之一五的解放了。[①]

当时，曾今可组织的"词的解放"运动的讨论，在其主编的《新时代月刊》第4卷第1期的"词的解放运动专号"上进行了集中推出。除了刊发他自己撰写的《词的解放运动》和《为词的解放运动答张凤问》之外，还刊发了柳亚子的《词的我见》、张凤的《词的反正》《关于"活体诗"的话》、郁达夫的《唱出自己的情绪》、余慕陶的《让它过去吧》、董每戡的《与曾今可论词书》、褚问鹃的《保存与改革》、张双红的《谱的解放》、柳亚子和曾今可的《关于平仄及其他》、章石承的《谈词的解放运动》、曾淑芬的《宋代无名女词人》等理论探讨文章。

在这期专号上刊发的探讨文章中，有的主张干脆把词废除，比如张资平、曹聚仁、王独清、余慕陶等人；有的主张把词归到新诗里去，比如邵洵美等人。而赞成或响应"词的解放"论的人，主要是纠缠在这样几个问题：一是讲谱不讲谱的问题；二是用旧词牌，还是创作新词的问题。大体

---

① 曾今可：《词的解放运动》，《时事新报·学灯》1932年11月20日，《〈新时代〉月刊》1933年第4卷第1期"词的解放运动专号"。

存在三种观点：第一类是以柳亚子为代表，主张词须讲谱，用旧词牌，音律讲究平仄，不再细究阴平阳平上去入；第二类是以曾今可、章衣萍、林庚白、王礼锡等人为代表，虽然曾今可与柳亚子观点较为一致，讲谱，用旧词牌，但是他们创作时，"平仄和押韵常要发生问题"；第三类是以张双红等人为代表，主张连"谱"也应该解放，不仅不讲"谱"，连词牌名也不要用了。[①]

同时在该专号上还选发了"词的解放"实验性示范之作，其中有曾仲鸣的词作《天涯》《归来》、林庚白的词作《霞飞路咖啡座》《忆旧》、柳亚子的词作《寿冰莹》《赠伊凡女士》、林庚白与柳亚子的词作《嘲曙天》、刘大杰的词作《醉歌》、王礼锡的词作《如何莺领》《调胡秋原夫妇》、章衣萍的词作《相思词》、曾今可的词作《新年词抄（〈如梦令〉〈画堂春〉〈卜算子〉〈误佳期〉共四首）》等。

应该说，曾今可对"词的解放"提出的艺术主张，首先得到了柳亚子的响应，他在《词的我见》中除了以附件意见完全赞同曾今可的词学观念，还在文章中对韵律的解放进行了特别强调："平仄是要的，而阳平阴平和上去入的分别，应该完全解放。"[②]这一点也是与曾今可提出的艺术主张是一致的。比如他的《菩萨蛮》这首作品：

为卿始识愁滋味，从此多愁愁未已。

思卿欲白头，试问卿知否？

漫说寻春早，如今春又老！

---

① 周兴陆：《20世纪30年代"词的解放"运动和"新乐歌"的创建》，中华诗词研究院、复旦大学中国古代文学研究中心编：《中华诗词研究》（第四辑），东方出版中心，2018年，第113—114页。

② 柳亚子：《词的我见》，《〈新时代〉月刊》1933年第4卷第1期"词的解放运动专号"。

何时践春约，携手花园角。

此作如果从字数和句数上看，符合《菩萨蛮》的要求，但如果按词谱来分析的话，不合韵。严格来说，应该是用韵两句一换，凡四易韵，平仄递转，《菩萨蛮》为双调，四十四个字，属小令，以五七言组成。下片后二句与上片后二句字数格式相同。上下片各四句，均为两仄韵，两平韵。前后阕末句多用五言拗句"仄平平仄平"，亦可改用律句"平平仄仄平"。

曾今可的"解放词"主张"词"句完全用白话，在他的词作中均有体现，比如他的诗词集《落花》中的《荆州亭·素描》[①]这首作品：

没有栏杆可倚，倚在楼窗边际；
窗外雨如丝，好像是愁人泪。

午睡的她刚起，把乱发当窗理；
胭脂未曾施，跳入丈夫怀里。

此作基本上全是用白话创作的，特别是以"午睡的她刚起"这样纯口语式的大白话入词，颠覆了传统诗词的语言系统。

如果从韵律上看，《荆州亭》本调是四十六个字，前后阕同。第一、二、三句，句法与（昭君怨）无异；只有第三句不换韵，改第四句三字作六字，仍协仄韵，与第一、二句同样的句法。

曾今可的"解放词"除了有一部分作品完全用白话之外，"近于白话式的浅近的文言"也体现在他的部分词作中，比如他的诗词集《落花》中的《乌夜啼·别扬州》[②]这首作品：

---

① 曾今可：《荆州亭·素描》，《落花》，上海新时代书局，1933 年，第 31—32 页。
② 曾今可：《乌夜啼·别扬州》，《落花》，上海新时代书局，1933 年，第 21—22 页。

无言别了扬州，水东流。

两岸飞花垂柳送行舟。

任深浅，难消遣，是春愁。

若问重来何日更悠悠！

此词没有完全用白话创作，而且与《相见欢》之别称《乌夜啼》不同体。这首作品是按别名为《圣无忧》的《乌夜啼》词谱填的词，双片三十六字，全词上片为平韵，下片两仄韵转两平韵。平韵一个韵，仄韵一个韵。

又比如诗词集《落花》中的《诉衷情·柔肠》①这首作品，曾今可用的是近似文言文进行创作的，他写道：

年华似水感流光，鬓发渐如霜。

何时重诉衷曲？离恨更比天长！

怀翠袖，忆新妆，总情伤。

良宵苦短，幽梦难寻，寸断柔肠！

此作的语言采用的是浅显易懂的文言。虽然没有按照唐代诗人温庭筠创制的《诉衷情》"双调四十四字，上下片各三平韵"的要求填词，上片的第四句"离恨更比天长"字数突破了原词谱的字数规定。但看得出，曾今可的这首作品是仿作，模仿自宋代欧阳修填写的"双片四十五字"的《诉

---

① 曾今可：《诉衷情·柔肠》，《落花》，上海新时代书局，1933年，第47—48页。

衷情·清晨帘幕卷轻霜》[①]一词：

> 清晨帘幕卷轻霜。呵手试梅妆。
>
> 都缘自有离恨，故画作远山长。
>
> 思往事，惜流芳。易成伤。
>
> 拟歌先敛，欲笑还颦，最断人肠。

对比一下，曾今可的这首《诉衷情·柔肠》，无论是词作所表现的"离愁别恨"的主题，还是作品所呈现的"逝水流年"的意境；无论是词作"生活片段"的环境渲染，还是作品"内心苦闷"的情感转折，均模仿自欧阳修词。

如果说，曾今可的诗词集《落花》所收录的"解放词"，尚能登上大雅之堂的话；那么，他的格调低下的宣扬救国不忘娱乐"打打麻将""国家事管他娘"的示范性"解放词"《画堂春》[②]这首作品，则对他的"词的解放"运动的最终失败埋下了伏笔：

> 一年开始日初长，客来慰我凄凉；
>
> 偶然消遣本无妨，打打麻将。
>
> 都喝干杯中酒，国家事管他娘；
>
> 樽前犹幸有红妆，但不能狂。

---

① 〔宋〕欧阳修：《诉衷情·清晨帘幕卷轻霜》，萧枫选编：《唐诗宋词全集》（第十三卷·宋词·欧阳修），西安出版社，2000年，第108—109页。

② 曾今可：《画堂春》，《〈新时代〉月刊》1933年第4卷第1期"词的解放运动专号"。

这首词作在《新时代月刊》"词的解放运动专号"刊发出来之后，随即掀起了一场文人之间的论战，特别是在日趋急迫的抗日形势下，这种采取"国家事管他娘"的玩世不恭的态度，激起了当时身在上海的文化斗士鲁迅的一番口诛笔伐。就在曾今可主编的该专号正式出版的一个月后，日本侵略者占领热河，1933 年 3 月 9 日，鲁迅本来打算为热河失守写一篇杂文，但下笔之际想起曾今可的"解放词"《画堂春》，于是写下《曲的解放》一文来进行嘲讽："'词的解放'已经有过专号，词里可以骂娘，还可以'打打麻将'。""曲为什么不能解放，也来混账混账？不过，'曲'一解放，自然要'直'，——后台戏搬到前台——未免有失诗人温柔敦厚之旨，至于平仄不调，声律乖谬，还在其次。"[①] 就这样，曾今可与鲁迅等文人的论战正式开始，一时间使得《申报》《时事新报》《社会日报》《大晚报》等诸多报纸都卷入其中，而论战当中用得最多的文体，是"启事"。论战的最后结果是曾今可宣布退出文坛，"词的解放"运动，也因此以失败而告终。

但是，在这里需要着重强调，尽管曾今可发起的"词的解放"运动未能像胡适发起的"诗体大解放"取得成功，但从产生的影响和作出的贡献上来看，他的"解放词"终于踏出了迈向现代性的坚实一步，比如在语言的运用、格律的取舍、意境的创造、风格的改变等方面的探索与创新，不仅对现代诗词的发展有着积极的意义，而且他发起的"词的解放"大讨论活动对其理论建构提供了宝贵的资料，并给后来的词人创作留下了重要的启示。

第二节　革命烈士的诗歌创作

在江西这块神奇的红色土地上，有着光荣的革命历史，从安源工人运

---

① 鲁迅：《曲的解放》，《伪自由书》，人民文学出版社，1973 年，第 44 页。

动到秋收起义，从八一南昌起义到井冈山斗争，从开创瑞金中央革命根据
地到红军长征，从赣南三年游击战争到上饶集中营茅家岭，一系列重大革
命活动都发生在江西。特别是在第二次国内革命战争时期，江西成为全国
最为重要的革命中心。中国共产党领导人民群众先后在江西建立了大片革
命根据地，其中著名的有包括赣南的瑞金、安远、信丰、广昌、石城、黎
川、宁都、兴国、于都、会昌、寻乌等 11 县和闽西地区共 21 个县的"中
央革命根据地"、包括宁冈、永新、莲花 3 县和吉安、安福、遂川与湖南酃
县一部分的"赣西井冈山革命根据地"、包括弋阳、横峰、贵溪、德兴、余
江、万年、上饶、铅山等县的"赣东北革命根据地"（后发展为"闽浙赣革
命根据地"）以及包括铜鼓、修水、万载、宜丰等县的"湘鄂赣革命根据
地"和"湘赣革命根据地"。据统计，江西为革命牺牲的有名有姓的烈士就
达 25 万余人，约占全国烈士总数的六分之一，无名烈士更难以计数。江西
人民前赴后继，为了新中国的诞生，作出了永不磨灭的贡献和极其光荣、
伟大的牺牲。因此，在洒满革命烈士鲜血的这片红土地上，不仅孕育了中
国革命的摇篮"井冈山"、共和国的摇篮"瑞金"、军旗升起的地方"南
昌"、中国工人运动的策源地"安源"，而且在这样的革命背景下也"孕育
了中国现代诗歌史上璀璨夺目的篇章——革命烈士诗歌"[1]。这些充满战斗
豪情和革命理想的烈士遗作，与其他的诗歌不同，也不能相提并论，因为
"这些用鲜血和生命谱成的动人乐章，是革命先烈高风亮节的记录，是中国
革命峥嵘岁月的鲜明写照，也是极为宝贵的革命传统教科书"[2]。

　　创作于这一时期的革命烈士诗歌，不但内容比较丰富，而且创作的题
材和表现的形式也趋于多样，其中有新诗，也有散文诗，有歌谣，还有旧

---

① 汪大钧：《革命烈士诗歌》，吴海、曾子鲁主编：《江西文学史》，江西人民出版社，
2005 年，第 779 页。

② 汪大钧：《革命烈士诗歌》，吴海、曾子鲁主编：《江西文学史》，江西人民出版社，
2005 年，第 779 页。

体诗词等，作品的基调刚健、昂扬。他们生前创作的这些诗作的内容，主要有对革命高涨的热情和昂扬的斗志、对黑暗统治的揭露和激越的抨击、对胜利前景的憧憬和坚定的信念，以及在狱中面对酷刑的坚贞不屈和毫不动摇、面对生死的无畏精神和大义凛然。这些作品不仅真实地书写了革命先烈为实现崇高的革命理想而英勇奋斗的决心，而且淋漓尽致地抒发了革命先烈被押赴刑场从容就义前慷慨激昂的壮志豪情，这是革命先烈们用鲜血和生命谱写的最后的壮丽诗篇。

　　许瑞芳（1906—1934），曾用名许植芳，出生在江西省崇仁县一个偏僻的小山村。当时，社会黑暗，连年灾荒，小瑞芳跟着父亲流浪到福建永安贡川十八寨，全家居住在深山里，靠父亲采草药走家串户为百姓治病，家境渐渐好起来。几年后，父亲带他回到江西老家，把他送进学校。瑞芳从小立志发奋苦读，学好本领，为天下穷人谋幸福。14岁那年，许瑞芳考进江西第三师范学校。在进步老师的影响下，不久他便参加进步学生组织的许多活动。1926年，许瑞芳秘密加入中国共产党。毕业后，他走上革命道路，在江西临川县任县委书记，后率领农民武装参加八一南昌起义，之后又随军南征广东。1928年2月到永安，经其父亲在永安的朋友邓锦发的介绍，许瑞芳被聘为永安县中学教员，改名为许植民。他以教师身份为掩护，在校一面任教，一面进行革命活动，倡建"读书会"，创作通俗易懂的诗歌，宣传进步思想，并在永安东门外黄竹洋、新桥二乡创办两所农民夜校，是最早在永安传播革命火种的中共党员。1929年冬，许瑞芳投奔红军，在中央苏区工作。1930年担任红四军第十师宣教科长，后参加二万五千里长征。1934年冬牺牲在长征途中。著有诗集手稿《小火星》。他生前除了先后撰写《自序》《国民党之如是我见》《乡村打架的一般》《哭应昌同志》《章应昌略传》《革命的人生观》《乡村劣绅经济之来源——剥削》《告青年》等文章之外，还创作了《小火星》《斧头镰刀颂》《工农团结歌》《放下你的屠刀》《在黑夜里》《杀敌》等革命诗歌，被称为革命诗人。他在《小火星》这样写道：

　　小火星！小火星！
　　具有反抗之热情，
　　发出革命之声音，
　　充满"叛徒们"的不平鸣。

　　这是一首战斗诗篇，诗人在作品中以滚滚洪流般的气势，汹涌地掀起了在革命前辈们胸中澎湃着的革命豪情。反抗的热情，如"小火星"的星星之火，燎原出绚烂的革命火花。在大革命的浪潮中，"叛徒们"犹如泥沙被激荡起的大浪淘洗干净。

　　许瑞芳善于用手中的笔，在作品中有力地鼓动贫苦农民走上武装革命的道路。比如《农人抗租》一诗：

　　牛耕田，马吃谷，
　　农人受苦，地主享福，
　　人间不平，资本制度，
　　急起自救，唯一出路，抗税抗租。

　　这首诗作深刻地抨击了社会制度的不公和黑暗统治的腐朽，愤怒地鞭挞了地主劣绅的罪恶和剥削阶级的压榨，因此只有闹革命才能自救，"抗税抗租"是唯一的出路。

　　抨击社会制度不公，鼓动民众通过闹革命废除私有制度的诗作，还有《年关》一诗：

　　…………
　　一切人间的罪恶，
　　都是私有制度的作祸。
　　要杜绝天下的乱源，
　　实现社会主义不容缓。

这首诗作"不仅形象地揭示了旧社会贫富悬殊的社会问题，而且号召人们努力摧毁罪恶的旧社会"[1]，从而实现大家共同富裕的社会主义。

用诗做宣传，鼓动农民走上武装革命道路的还有诸如《农人的叹声》等诗作。此诗是许瑞芳在组织农民运动时创作的，他写道：

> 农民苦真苦，清早去锄土，太阳已下山，做到二更鼓。
> 日光当头晒，汗如雨下注，风吹暴雨淋，正在田间做。
> 水旱天灾降，深夜睡不着，且幸秋收熟，大半交租谷。
> 镰刀方收藏，又要寻借户，春荒米陡涨，日子真难度。
> 官衙差警来，催粮太紧促，团丁作威福，兵士来拉夫，
> 难免将被捉，任你怎乞求，只是空泣诉。
> 可怜衣无穿，补上又加补。居住太窄狭，东倒西歪屋，
> 四季无饱期，时常要吃粥，儿女已长成，怎能教他读。
> 人们卑贱我，道是红脚肚，一生白勤劳，为他人造福。
> 总是要翻身，快去找出路，大家来团结，别人靠不住，
> 努力去斗争，罢税抗租谷，个个去做工，人人来享福。

这是一首歌谣作品，不仅具有政治性和史诗性，而且具有强烈的时代精神和现实意义。诗人在作品中真实地描写了农民从早晨劳作到晚上二更，其中大半收成要交租，遇到春荒更是苦不堪言的生活，控诉了国民党新军阀统治下的官衙差警和土豪劣绅的团丁作威作福，不是催粮，就是拉壮丁的残暴行径，深刻地反映了暗无天日的社会现实。诗人在作品的最后旗帜鲜明地宣告：为了翻身做主人，别人是靠不住的，只有大家团结起来闹革命，进行武装斗争，罢税抗租，打倒土豪劣绅，才能"个个去做工，人人

---

[1] 汪大钧：《革命烈士诗歌》，吴海、曾子鲁主编：《江西文学史》，江西人民出版社，2005年，第784—785页。

来享福"。

值得一提的是，许瑞芳在永安近三年的时间里，尽管与组织暂时失去了联系，但他始终自觉践行一名中国共产党的誓言，努力追求革命真理，积极为中国共产党工作，从而成为第一个在永安播撒革命火种的共产党人。他在永安期间，秘密开展革命活动，组织"普罗文艺社"，专门介绍革命文艺书刊和马列书籍等给进步青年阅读，定期组织演讲会，在师生员工中宣传革命道理，提高思想觉悟，启迪进步思想，同时积极团结进步教师赖右吾、刘宗濂、刘濬源等人，在永安城郊黄竹洋、新桥头等村开办农民夜校，其时虽名为识字教育之所，实为宣传革命思想阵地。这些革命思想的宣传，也反映在他创作的诗歌《在黑夜里》中。他在这首作品中这样写道：

> 灯儿发出红光，
> 书儿是良好的陪伴，
> 科学的马克思主义，
> 无上精神安慰的工具。
> 四围真是黑暗啊！
> 我要拿着这个红灯，
> 向黑暗的周围射去，
> 高叫马克思主义，
> 呼奴隶们从梦中惊醒，
> 冲破这沉寂的黑夜，
> 共享东方红色的光明。

此诗以比喻的修辞手法，用"科学的马克思主义"暗喻为黑夜中的红灯，抒发了诗人对马克思主义的坚定信仰和对冲破黑夜"共享东方红色的光明"革命事业的执着追求。

此外，许瑞芳曾在大革命失败后写的《我们为着什么？》这首诗作，不仅坚定了诗人对革命前途必胜的信念，而且抒发了诗人为"完成世界大革命"的雄心壮志：

....
飞舞我的笔啊！
描写人间的不平，
为穷人们吐气，
颂劳工的神圣。
持起我们的枪炮，
上起利锐的刺刀，
深入敌人的营垒，
扑灭豺狼的当道。
跳上劳工专政的舞台，
消灭人类的阶级，
联合万国的劳动者，
完成世界大革命。

　　这首诗作不仅淋漓尽致地抒发了诗人真实的内心情感，而且表达了诗人强烈的理想愿望，联合万国的劳动者，全世界无产阶级团结起来，消灭人类的阶级，为实现共产主义而努力奋斗。

　　用诗歌宣传革命并发动群众的革命先烈，除了许瑞芳之外，还有江善忠[①]烈士。比如他的一首《山歌》，是在根据地粉碎国民党第一、第二、第三次反革命"围剿"之后，因粮食供应发生困难，为了动员当地群众送粮

---

　　① 江善忠（1906—1934），江西兴国人。1928年参加革命，1929年加入中国共产党，先后任乡苏主席、区苏裁判部长、兴国县苏裁判部长、江西省苏裁判部长等职。中央红军主力长征后，留在苏区坚持斗争，辗转于兴国方太、石源、崇贤一带坚持游击，后率领一支小游击队隐蔽在长冈乡合富村冰心洞一带的岩洞内，掩护红军伤病员。在敌人搜山中，为了不暴露隐蔽的战友，他把敌人引到三面绝壁的芒槌石顶峰，留下血书"死到阴间不反水，保护共产党万万年"，奋勇跳崖牺牲。

支援红军而进行创作的。他写道：

> 草丛石岩当住房，为了革命自带粮。
>
> 一切困难都不怕，坚决消灭国民党。

　　这首诗歌依然是一首红色歌谣作品，不仅抒写了江善忠为实现崇高的革命理想而不懈努力奋斗的决心和信心，而且表现了苏区共产党干部艰苦奋斗甘愿吃苦的乐观主义精神。由于江善忠在创作中采用了歌谣的表现形式，从而使得该作品通俗易懂，因此在发动群众送粮的活动中收到了良好的宣传效果，同时也坚定了苏区群众对共产党领导的革命胜利前景充满了信心，并给予了热切的期盼。

　　虽然红色歌谣作品在革命根据地占据了主导地位，但是新诗作品同样取得了革命性的地位。比如革命先烈彭友仁[①]以现代白话诗的创作形式，来发出自己的心声。1924年秋，他在上海学联任宣传干事期间，创作了一首白话诗《自然如此》，表达了自己革命的决心：

> 世界哪一种道路，没有高低曲折？

---

　　① 彭友仁（1903—1935），号无真，别号中亮、悟人，参加革命后化名水平、许评，1903年8月26日出生于江西省余干县城关镇后街湾"二酉庐"（现余干县镇阳水沟）。1921年，彭友仁高小毕业，考入南昌心远中学。1923年，参加了上海大学的"演说讲习会"和上海学联举办的夏令营，先后接触了恽代英、瞿秋白、张太雷、邓中夏等著名共产党人，受到革命思想的熏陶。1924年秋，彭友仁在上海学联任宣传干事。1925年五卅惨案发生后，鼓友仁与学联宣传部的同人，夜以继日地绘画、写传单，赶制出大量的宣传品。1926年，彭友仁毕业回余干，在县城私立玉亭中学任教。1927年5月，参与组织玉亭中学学生进行反蒋示威游行。大革命失败后，彭友仁前往鄱阳，在江西陶业学校、芝阳师范任教员。1932年春，回余干，任国民党余干县第六区区长。8月，因秘密参与发动罗英部起义，彭友仁遭国民党政府迫害，离开余干，赴赣东北革命根据地工作，任《工农报》编辑、省苏维埃政府文化部画室主任。1935年1月，彭友仁在安徽屯溪与敌作战中英勇牺牲。

世界哪一种河流，未分深浅缓急？

世界哪一个人生，不受艰难困苦？

…………

既要走路，就不要避那高低曲折！

既要航船，就不要嫌那深浅缓急！

既已出世，就不要怕那艰难困苦！

这是一首蕴含着人生哲理的新诗作品，全诗以复沓的创作手法表达革命的道路曲折而充满艰难困苦，只有不畏困难奋勇向前，才能到达胜利的彼岸。诗作中明朗的节奏、通俗的语言、朴素的情感、昂扬的斗志，充分体现了革命先烈在创造历史的同时，其抒发内心真实情感的诗歌艺术水平也能得到比较好的表现。

另外，彭友仁于 1930 年创作的白话诗《流血的演习》，则站在为革命甘愿"抛头颅，洒热血"的献身精神的角度，尽情地进行了抒写：

可爱的鲜血，色如旭日，热如火烈，

出、出、出……

这是革命的表率！

滴涕、滴涕……衣衫湿，

旁观者见了叹息！

家中人见了哭泣！

我觉得是我立志革命的演习！

对于面对生死毫不畏惧，面对诱惑不为所动，表现出一位共产党人坚贞不屈的英雄气概的诗作，还有帅开甲和杨超等革命先烈在监狱中创作的部分诗歌，以及临刑前创作的《就义诗》。其中帅开甲（1899—1927）在监狱中以笔作枪，与国民党反革命政权进行了坚决的斗争，并写下了多首光辉的诗篇。比如他在《扫尽人间贱丈夫》一诗中写道：

一

湖光山色任萧疏，客里怀思人影无。

为怀故人憔悴尽，茂陵风雨病相如。

二

怕展中原离乱图，伤心使我对愁书。

何时拔起秦横剑，扫尽人间贱丈夫。

这是一首旧体诗，帅开甲在作品中抒发了对国民党反革命政权背信弃义、大肆屠杀共产党人和革命群众的愤怒之情，并号召共产党人和革命群众团结一致，拿起土枪和梭镖，"拔起秦横剑"走上革命的道路，推翻腐朽政权，消灭国民党中那些叛变革命的"贱丈夫"。

在狱中，帅开甲面对酷刑，以坚强的意志，任其拷打，就是缄口不言，没有透露半点中国共产党的机密。1927 年 11 月 16 日，由于国民党无法从帅开甲口中获得任何有价值的情报，丧心病狂地将他押赴刑场。在途中，帅开甲从容吟诵出他最后的诗篇《就义诗》：

民多菜色仕多江，敢把头颅试剑锋。

记取豫章城下血，他年化作杜鹃红。

这首悲壮的诗篇，慷慨激昂地抒发了革命先烈那种气度从容且大无畏的英雄气概，这种革命精神永远激动着后辈们不断前仆后继，为实现崇高的革命理想而努力奋斗。

与帅开甲一样，杨超①的《就义诗》也是在国民党严刑拷打、威逼利诱后，无计可施的情况下，于1927年12月27日残忍地将他杀害前创作的。他在诗中写道：

> 满天风雪满天愁，革命何须怕断头？
> 留得子胥豪气在，三年归报楚王仇！

在杨超这首最后的诗篇中，抒写了一个共产党员宁死不屈，忠于党、忠于人民的崇高气节。这首作品不仅抒发了杨超为革命赴汤蹈火不怕断头的壮志豪情，而且表达了他壮志未酬的遗憾，期待革命的后继者继续实现伟大的革命理想：

革命先烈中类似的诗作，还有陈杜山被关押在莲花县监狱中创作的《革命的"铁砧"》：

> 共产党人意志坚，赴汤蹈火我当先，
> 严刑拷打何足畏，"铁砧"美名万古传。

---

① 杨超（1904—1927），1904年出生于河南省新县，5岁时随家迁居江西省德安县，1921年考入南昌心远中学，开始阅读马克思主义著作，并和同学袁玉冰、黄道、方志敏等组织革命团体"改造社"。1923年秋，杨超到南京东南大学附属中学读书，加入中国社会主义青年团，12月，发表《改造中国的一条道路——革命》一文，随后，进入北京大学就读。1925年五卅运动爆发后，杨超在北大党组织的直接领导下积极参加反帝爱国运动，并光荣地加入了中国共产党。同年，杨超利用寒暑假回江西从事革命活动，并于这一年冬组织了德安最早的工会"德安柴炭工人工会"。1926年夏，党组织派杨超回江西工作，任中共江西地方委员会委员。12月，中共德安县第一次党代会选举杨超为县委书记，领导群众积极策应北伐军进军。1927年7月21日，杨超出席中共江西省第一次党员代表大会，当选为省委委员。1927年10月，杨超奉党组织之命到河南开展工作，参与组织领导革命斗争。12月23日，杨超出席党的武汉会议后返回江西，途中被国民党特务发现。为了引开敌人、保护同行的战友，杨超不幸被捕。1927年12月27日，杨超被敌人残酷地杀害，牺牲时年仅23岁。

在国民党酷刑折磨下仍然不屈不挠的上饶集中营革命烈士遗作之一《肉刑磨折有何惧》：

> 肉刑折磨有何惧，七日还原又斗争。
>
> 枪毙活埋昂首望，索还血债有同人。

1931年夏，被国民党抓到县城，严刑逼供，宁死不屈，最后在江西黄沙洞被国民党杀害的王干成 ① 英勇就义前创作的《临刑前的遗曲》：

> 生是革命人，
>
> 死是革命鬼。
>
> 生和死，
>
> 死和生，
>
> 生生死死，
>
> 死死生生就在这一回。
>
> 来到刑场不下跪，
>
> 看把老子怎么的？
>
> 但愿我革命早日胜利，
>
> 红旗飘扬日光辉。

---

① 王干成（1900—1931），1926年加入中国共产党。1927年，参加黄蕲区秋收暴动，同吴致民、周为邦等在广济龙坪成立"长江独立支部"，具体领导这个支部工作。1930年在江西瑞昌任区委书记、瑞昌县临时苏维埃主席，领导了瑞昌东南部的高丰、洪岭、范镇、良天、英家、横港等地的革命运动，发动农民开展轰轰烈烈的年关斗争，建立了区苏维埃政府，粉碎了敌人三次"围剿"。1931年夏，王干成被敌抓到县城，受到严刑逼供，他宁死不屈，在江西黄沙洞被国民党杀害。

1935 年 3 月 7 日，刘伯坚 [①] 在战斗中左腿中弹，不幸被捕，关押在大余县国民党监狱。在狱中，刘伯坚顽强斗争，坚贞不屈，临危不惧，视死如归，不仅在给家人的信中嘱咐妻子和家人："最重要的诸儿要继续我的志向，为中国民族的解放努力流血，继续我未完成的光荣事业。"而且在遗书中他把自己的一生归结为"生是为中国，死是为中国"，并在狱中以"我为中国作楚囚"而自豪。1935 年 3 月 11 日，国民党将刘伯坚移囚绥靖公署候审时，故意绕街一圈示众。当时，刘伯坚的腿伤未痊愈，戴着脚镣，昂头挺胸，正气凛然，高唱《国际歌》蹒跚而行，不时举起铐着的双手向沿街观看的民众频频致意，令沿街民众肃然起敬。当日，刘伯坚被关押回到候审室后，写下这首充满浩然正气的诗篇《带镣行》：

　　带镣长街行，蹒跚复蹒跚，
　　市人争瞩目，我心无愧怍。

　　带镣长街行，镣声何铿锵，
　　市人皆惊讶，我心自安详。

　　带镣长街行，志气愈轩昂，
　　拼作阶下囚，工农齐解放。

---

　　① 刘伯坚（1895—1935），四川平昌人，早年曾就读于成都高等师范学校（四川大学前身），1920 年赴欧洲勤工俭学；1921 年与周恩来等发起组织旅欧中国少年共产党，1922 年转为中国共产党，入东方大学学习，应邀在冯玉祥部任国民军第二集团军总政治部副部长，后来再次被派往苏联学习军事，并出席了中共六大；到中央苏区后，任苏区工农红军学校政治部主任，参与领导宁都起义并任红 5 军团政治部主任，后任中革军委总政治部宣传副部长；中央红军长征后，刘伯坚留在苏区坚持斗争。1935 年 3 月率部队突围时不幸负伤被捕，21 日壮烈牺牲。

在刘伯坚等人被移囚至国民党粤军第一军军法处候审室两天后的早晨，刘伯坚再次写下一首七言长诗《移囚》，愤怒地揭露了国民党候审室条件的恶劣：

> 大庾狱中将两日，移来绥署候审室，
> 室长八尺宽四尺，一榻填满剩门隙；
> 五副脚镣响银铛，匍匐膝行上下床，
> 狱门咫尺隔万里，守者持枪长相望。
> 狱中静寂日如年，囚伴等吃饭两餐，
> 都说欲睡睡不得，白日睡多夜难眠；
> 檐角瓦雀鸣啁啾，镇日啼跃不肯休，
> 瓦雀生意何盎然，我为中国作楚囚。
> 夜来五人共小被，脚镣颠倒声清脆，
> 饥鼠跳梁声喷喷，门灯如豆生阴翳；
> 夜雨阵阵过瓦檐，风送计可到梅关，
> 南国春事不须问，万里芳信无由传。

诗中写到的"五副脚镣"指的是，与刘伯坚关押在一起的战友还有廖昔昆、陆如龙、连得胜、王志楷四人。此诗主要表达了刘伯坚与四位战友不屈不挠的坚定意志和革命乐观主义精神，抒发了无产阶级革命战士的高尚情怀。

很快，受审后的 3 月 21 日，他们五人被国民党押赴大余县城东郊金莲山下杀害。但是，就在他们被押赴刑场前两天，刘伯坚用生命谱写了最后一首诗篇《狱中月夜》：

> 空负梅关团圆月，囚门深锁窥不得。
> 夜半皎皎上东墙，反影铁窗皆虚白。

这些革命先烈就义前给后人留下对革命事业忠贞不渝的千古绝唱，不仅以视死如归的豪情，抒发了他们大义凛然的英雄气概，而且以鲜红的信仰和崇高的理想，铸就生命的底色，在今天仍然不断鼓励着革命的后继者在为实现中华民族的伟大复兴而继续奋斗。

经过梳理，"革命烈士诗歌形式活泼多样，不拘体式，既有现代自由诗，也有不少以古诗词形式来表现革命思想内容的，还有打油诗、顺口溜、山歌、对联和小曲等"[①]。尽管革命烈士的诗歌创作形式多样，但是旧体诗的创作却占据了主要位置，除了上文提到的部分旧体诗之外，还有如下：

郭石泉[②]于1930年在狱中病故前创作的七律《腊梅》：

> 北风烈烈舞婆娑，白色而今恐怖多。
>
> 赤壁包围成玉壁，黄河遮蔽变银河。
>
> 一竿叟下寒江钓，六出花飞富岁歌。
>
> 惟有腊梅难压服，五葩开著满枝柯。

袁玉冰烈士在一首诗中"以诚恳的语气告劝弟弟，青少年时期是人一生中开始认识世界，理解人生的重要阶段，对于人世界观的形成起着决定作用"，同时"又进一步劝告自己的弟弟，要趁青春年少加倍努力，严以律己，不要荒废时间，不要辜负父母的期望"。他也"深深体会到光阴如过隙之驹，逝去匆匆，要好好利用"，于是写道：

---

① 汪大钧：《革命烈士诗歌》，吴海、曾子鲁主编：《江西文学史》，江西人民出版社，2005年，第786页。

② 郭石泉（1889—1930），江西铜鼓人。早年就读于铜鼓奎光小学，1926年参加革命，投身农民运动，曾任第七区工会和农民协会负责人。1927年6月，郭石泉建立农民自卫军，率1600名群众，与土豪劣绅展开针锋相对的斗争，同年10月，不幸被捕。1928年3月，关押在国民党江西省第一监狱。在狱中，他坚贞不屈，写下了《感怀诗》《榴花》《咏雪》等诗篇，用含蓄的手法表述了自己的革命心迹。1930年夏，郭石泉在狱中被折磨致死。

> 人生难得是青春，要学汤铭日日新。
>
> 但嘱加鞭须趁早，莫抛岁月负双亲。

古柏烈士在面对轰轰烈烈的革命形势时，创作诗歌与战友们共勉：

> 已经革命掀高潮，要有坚贞不屈饶。
>
> 任你飘摇多挫折，中流矗立阻波涛。
>
> 风餐露宿须欢受，弹雨枪林莫惧劳。
>
> 故土家乡休怀念，与民团结共同袍。

1926 年 3 月 18 日，杨超在北京参加反对段祺瑞执政府的请愿游行时，当局进行残酷镇压，当场打死四十七人，伤二百余人。远在德安县的妻子李竹青担心杨超的安全，写信述说自己的思念之情，希望杨超回家一叙。于是，杨超随即回信，并附旧体诗一首，开导并安慰妻子：

> 画眉犹想绿长颦，桃叶津头正浅春。
>
> 莫把辽西人入梦，韦郎常念授环心。

而蔡会文[①]烈士创作的七绝《挥戈直指油山中》，则敢于打破格律体诗平仄的束缚，不拘泥于形式：

> 连天烽火炮声隆，惜别赤都情意浓，

---

① 蔡会文（1908—1936），湖南攸县人。1925 年考入长沙长郡中学，参加爱国学生运动，开始接受马克思主义。1926 年 3 月，蔡会文加入中国共产主义青年团，同年夏转为中国共产党。1936 年初，蔡会文在率部转战途中与国民党军遭遇，陷入重围，突围时身中数弹，伤重被俘。敌人妄图从重伤的蔡会文口中得情报，但遭到坚决拒绝和拼死抗争。后蔡会文被敌人残忍地割断了喉管，牺牲时年仅 28 岁。

重围突破万千重，挥戈直指油山中。

蔡会文不仅敢于打破格律体诗的平仄，而且在勇于打破词的韵律。比如他在从中央苏区突围到达信丰油山那段日子里根据词牌《好事近》填写的《三月渡桃江》：

三月渡桃江，江水滔滔不绝。
休道人饥马乏，三军心似铁。

过关斩将敌胆寒，破贼围千叠。
指顾油山在望，喜遂风云合！

又比如蔡会文在突围的行军途中，当晓星还挂在东方的天幕上，树林草丛中一片宁静，疲惫不堪的战士们还都在睡梦中时，他又根据《浪淘沙令》填写了一首《突围行军纪事》：

料峭春寒融，强敌跟踪，
夜行山谷月朦胧。
林密坑深惊敌胆，莫辨西东。

血染遍山红，士气豪雄，
餐风饮露志如虹。
倦卧茅丛石作枕，若醉春风！

综上所述，作为江西现代诗歌史重要组成部分之一的革命烈士诗歌，无论是新诗，还是散文诗；无论是红色歌谣，还是旧体诗词，不仅在第二次国内革命战争时期鲜明地体现着中央苏区和其他革命根据地以及国统区监狱内革命先烈们诗歌创作的具体内容，而且在时间上也同时记录着革命先烈们诗歌创作形式和表现内容的变化。特别是革命烈士的诗词，洋溢着革命乐观主义精神和对革命必胜的坚定信念，"表现了无产阶级革命者的崇高品质"，"这些诗词都具有豪迈的气势，熟练的技巧，清新的语言，达到了革命的政治内容和古代诗歌形式的统一，是我们应该珍视的宝贵遗产"[①]。

所以说，从诗歌发展的角度来审视江西地域范围内的革命烈士诗歌，无疑是一件有意义的工作。不仅对江西现代诗歌发展本身的深刻认识需要这种历史的观照，而且它的意义是非常重要和深远的，它已经被革命先烈的鲜血融入了生命当中，甚至还可以放大到更为广阔的其他诗歌创作领域。当然，它的意义和影响并不仅限于此。它早已被历史定格为代表现代中国道德价值取向的一面旗帜，也是代表当今及未来道德体系的重要构成之一。

---

① 黄步青：《苏区的文艺运动和创作》，十四院校编写组编著：《中国现代文学史》，云南人民出版社，1981年，第429页。

第三编

抗日战争时期的诗歌

JIANGXI XIANDAI SHIGE SHI

第一章　江西抗战文艺运动

第一节　江西抗战文艺运动的产生和发展

卢沟桥事变，标志着日本帝国主义全面侵华战争正式付诸行动，也标志着中华民族进行全面抗战的开始，中国历史由此转入争取全民族独立解放的新阶段。在中华民族面临生死存亡的关键时刻，为了挽救民族危亡，抵御日本侵略，动员一切力量争取抗战胜利，中国共产党中央发布了全民抗战通电，号召全国人民团结起来，国共亲密合作，把日本侵略者驱逐出中国。同时，在和平解决"西安事变"的基础上，中国共产党于7月15日将《中国共产党为公布国共合作宣言》送交国民党，为促进抗日民族统一战线的正式建立，作了进一步的努力。周恩来同志亲自率领代表团赴庐山与蒋介石进行谈判。7月22日，蒋介石发表了承认中国共产党合法地位的"庐山谈话"，确定了抗战方针，并正式宣布对日抗战。9月22日，中国国民党公布了中国共产党提交的国共合作宣言。至此，国共实现了第二次合作，中国人民抗日民族统一战线正式形成，"把中国革命带到一个崭新的阶段"[1]。

一、抗战文艺运动的产生原因

江西抗战文艺运动是在日本全面侵华战争中诞生的。

---

[1] 毛泽东：《国共合作成立后的迫切任务》，《毛泽东选集》（第二卷），人民出版社，1991年，第364页。

全民抗战通电发出后，全国各地纷纷响应。1937 年 7 月 17 日，江西青年和学生为积极响应中国共产党中央发出的"只有全民族实行抗战才是我们的出路"的号召，分赴各街头巷尾进行宣传和募捐，动员民众进行抗日，并在南昌成立了中等以上学校抗敌后援会。22 日，抗敌后援会将所捐款汇军事委员会，以慰劳前线将士。30 日，抗敌后援会组织 60 多个抗日宣传队，分赴城市农村，讲演抗日形势，揭露日军侵略的暴行。8 月初，省立医专师生组织救护队，北上服务。9 月 12 日，江西各界抗敌后援会成立。

全面抗战开始后，"随着政治上抗日民族统一战线的形成，文艺界的抗日民族统一战线也在上一时期初步形成的基础上，得到了很快的发展。作为发展的标志，便是中华全国文艺界抗敌协会（简称文协）的建立"[1]。"文协"在新的历史条件下成立，担负起了新的战斗任务，提出了"文章下乡，文章入伍"的口号，鼓励作家和诗人深入现实斗争。"文协"的《发起旨趣》中说："团结起来，象前线将士用他们的枪一样，用我们的笔，来发动民众，捍卫祖国，粉碎敌寇，争取胜利，民族的命运也将是文艺的命运，使我们的文艺战士能发挥最大的力量，把中华民族文艺伟大的光芒，照彻于全世界，照彻于全人类。"[2]

同样，在江西各地，为宣传抗日，凝聚人心，团结广大的作家、诗人和艺术家一致对敌，各类抗战文艺组织和团体，也如雨后春笋般陆续成立，使得抗战文艺活动呈现出一片生机盎然的新气象。其中影响比较大的有：1937 年 10 月底，以平、津、沪等地陆续流亡到江西的学生，以及先后来赣的全国著名作家与诗人郭沫若、田汉、邹韬奋、聂绀弩、洛汀、安娥、柯仲平、夏征农、杜宣、张乐平、倪贻德、曹聚仁等为主的江西省乡村抗

---

① 孙慎之：《抗战前期的文学："文协"的成立和抗战文艺运动的发展》，田仲济、孙昌熙主编：《中国现代文学史》，山东人民出版社，1979 年，第 356 页。

② 刘安章：《抗战前期的文艺运动：抗日战争爆发后的新形势与抗战文艺运动》，十四院校编写组编著：《中国现代文学史》，云南人民出版社，1981 年，第 434 页。

战巡回工作团在南昌成立。该团 100 多人，组成 8 个大队，分赴全省各个地区开展抗日文艺宣传活动，并出版了刊物《乡村与抗战》。他们在江西先后创作了大量的优秀抗战戏剧、诗歌等文艺作品，到处奔走呼号，动员和组织群众抗日，鼓舞了江西广大军民的抗战热情，坚定了抗战必胜的信念。1938 年 1 月 7 日，"江西青年服务团"在南昌天后宫小学举行团员入团考试，录取 900 余人，其中包括江苏、无锡一带的流亡学生，以及上海暨南大学、大夏大学等校学生。10 日，青年服务团召开成立大会。国民党政府主席熊式辉兼任团长，下设干事会，王枕心担任总干事，陈洪时担任组织干事，夏征农担任宣传干事并主编团刊《青年服务》。[①]1938 年 2 月 26 日，由以何士德率领的上海歌咏队为基础组建的"江西青年服务团一大队""省音乐教育会""民众教育馆""新四军战地服务团""政训处话剧团"等团体组成的江西省歌协，在南昌百花洲举行成立大会。另外，先后成立的抗日文艺组织和团体，据不完全统计，还有诸如"省妇女界抗敌联合会""新四军战地服务团""江西青年救亡协会""妇声社""抗日民族解放先锋队东南总队""浙赣铁路慰劳队""省抗敌后援会青年界分会""南昌大港码头工人俱乐部""南昌农民工作团""南昌孩子剧团""南昌儿童救国会""读书会""学习新论社"等。他们遍布江西各地，深入农村，深入群众，开展抗日宣传，帮助广大群众开展文艺活动，极大地振奋了江西各界群众的抗日热情，掀起了抗日救亡的新高潮。

这些抗日文艺组织和团体的建立，不仅有力地推动了江西抗战文艺运动的蓬勃发展，而且为配合全国形成的抗战文艺繁荣局面起到了非常重要的作用。

二、宣传抗战的街头话剧及歌咏

以街头话剧及歌咏等方式，宣传抗日。"在戏剧方面，适应直接反映现

---

①《南昌青年运动三十年（1919~1949）》，共青团南昌市委编：《江西文史资料选辑》，江西省新闻出版管理局赣字 80 第 55 号批准出版，1984 年，第 39 页。

实事件和流动演出的需要，街头剧和活报剧盛行一时"①。1937 年 12 月 18 日，南昌一中组织剧团，演出话剧《放下你的鞭子》等，进行抗日宣传活动。同年 12 月，在日军入侵到了江西北部的湖口和九江的时候，何士德率上海救亡歌咏界国内宣传一队抵达已是靠近前线的南昌，当时城里城外的广大人民群众还没有真正动员和组织起来，暮气沉沉，抗战气氛不够浓。于是，何士德率领抗日救亡歌咏队不断在南昌市主要街道演唱，为群众教唱抗日救亡歌曲，动员并组织广大群众投入到抗日救亡宣传活动中。此期间，先后到达江西的还有从南京、苏州、无锡、常州、丹阳、镇江、沈阳、宜兴和浙江等省市流亡来的数千名学生及店员、职员等。各地青年云集江西南昌，要求国民党政府安排抗日救亡工作。

1938 年 1 月 27 日，青年服务团、抗敌后援会等团体，为纪念"一·二八"淞沪抗战，连续三天，在江西大舞台和警察局大礼堂公演抗敌话剧，以及演唱救亡歌曲《大刀进行曲》《青年进行曲》《军民合作》《打回老家去》等，听众情绪不断高涨，台上台下的感情融为一体。随后，黄道在江西工专礼堂为青年服务团团员作了国内外形势报告。2 月 8 日，江西各界再次举行宣传大会，拥护国际反侵略运动大会制日援华特别会。青年服务团、青年会、音教会等团体分别公演戏剧及歌咏，进一步激发民众的抗敌情绪②，鼓舞了无数的爱国青年走上抗战的道路。2 月 13 日，"青年服务团"第一期训练期满。全团 10 个大队，分赴江西省 10 个地区，以给当地群众"办识字班""讲时事""教唱抗战歌曲"等方式，再结合"公演""歌咏""游行""街头宣传""家庭访问"等多种形式进行实地抗日宣传工作。出发前，由夏征农主持进行了 10 天的学习，邀请了各党派知名人士作报告，新四军

---

① 孙慎之：《抗战前期的文学："文协"的成立和抗战文艺运动的发展》，田仲济、孙昌熙主编：《中国现代文学史》，山东人民出版社，1979 年，第 359 页。

② 《南昌青年运动三十年（1919~1949）》，共青团南昌市委编：《江西文史资料选辑》，江西省新闻出版管理局赣字 80 第 55 号批准出版，1984 年，第 39 页。

派人讲授了《抗日民族统一战线》《游击战的战略和战术》，以及其他人讲授了《三民主义》，等等。为了加强中国共产党在各大队的领导，分别在一、三、四、五、六大队建立了中共党支部，邝劲志、周婉如、倪志坚、钱秋苇（现名钱敏）、邱淑燕（现名郭敏）分别担任一、三、四、五、六大队中共党支部书记。同时，江西省歌协成立后，陆续组织包括工人、学生、市民等数千人参加的歌咏大游行，大家高唱《义勇军进行曲》《救国军歌》《自卫歌》《松花江上》《打回老家去》等数十首歌曲，有时围观群众也会主动加入游行队伍，使得游行队伍迅速扩大到数万人，当唱到《青年进行曲》时，歌声和口号声交织在一起，巨大的声浪激发出的抗日热情震荡着整个南昌城。同年 5 月 31 日，南昌的青年学生联合举行了拥护抗战建国宣传日活动，从 6 月 1 日至 3 日晚，在湖滨公园音乐堂公演抗敌话剧及歌咏。为扩大敌后斗争，抗日文艺组织和团体演出宣传活动的形式也在不断变化。1938 年 6 月 17 日，"青年服务团"举行了形式多样的宣传会，采取了话剧、文学、歌咏、演讲、漫画等形式进行。在经过多日的宣传后，于 19 日，也就是扩大宣传的最后一天，由何士德担任指挥的"青年服务团"100 多人，在南昌豫章公园集会，举行街头歌咏漫画大游行，当天晚上在警察局的大礼堂，举行了话剧《最后的胜利》的公演。但在这年的夏天，"青年服务团"被国民党政府解散，随后，被解散的"青年服务团"战地工作队三个大队在东南分局中共地下党组织的帮助下，重新组织起来奔赴赣北前线各地进行抗日宣传、动员和组训。因与国民党省政府以及各地政府进行或明或暗的摩擦和斗争，"青年服务团"坚持到 1938 年冬，全部被解散和撤销。

抗战初期，话剧及歌咏的演出，在江西各地空前活跃，是整个江西抗战文艺活动盛极一时的主要形式之一。这一时期，除了江西省内各地不同文艺剧团公演抗日救亡话剧及歌咏之外，还有先后赴赣演出的全国文艺剧团"军事委员会政治部抗敌演出宣传队""教育部巡回戏剧教育第二队""同济大学学生文艺剧团"等，分赴江西各地进行公演宣传抗日，并在演出之余抽空辅导驻军部队和民间文艺团体。他们公演的抗战剧目，多以街头话剧以及短剧为主。当然，他们也陆续公演了一部分大型话剧，比如老舍的《面子问题》、曹禺的《蜕变》、夏衍的《心防》《法西斯细菌》、宋之的的《雾重庆》、阳翰笙的《塞上风云》等。

三、宣传抗战的出版物

以编辑出版书籍及报刊等形式，宣传抗日。全面抗战爆发后，为唤醒民众的抗日热情，推销进步书刊的书店和文化社陆续涌现，比如由我国新闻战线上的骁将、出版家邹韬奋创办的生活书店南昌分店，在新四军南昌办事处和南昌各抗日救亡进步文艺团体的帮助下，排除各种干扰，于1938年1月在百花洲附近正式开张营业。生活书店是进步的文化堡垒，邹韬奋就是这个堡垒中的核心人物。书店以"促进大众文化，供应抗战需要，发展服务精神"为宗旨，大量推销进步书刊，为抗战青年提供了丰富的精神食粮。书店为了尽量满足青年的需求，千方百计，积极发行供应急需书刊，同时编印了《战时读本》《大众读物》等宣传抗日救国运动的通俗读物，发行量达到了500多万册。另外，书店还积极配合中国共产党的宣传工作，用秘密方式供应宣传共产主义理论的书籍给许多进步青年，其中包括有《共产党宣言》《联共布党史》《列宁主义问题》《国家与革命》《论持久战》《西行漫记》《中国共产党党纲》《中国共产党党章》《中国共产党政治纲领》等，以及新四军军部发行的《抗敌报》《新华日报》等。书店不仅为江西的进步青年提供了精神需要，而且还为路过江西的抗日流亡文艺组织和团体诸如"抗敌演剧队""乡抗团""蚁社""上海学生流亡团""平津学生流亡团""上海难民流亡团""劳动妇女团"和由各地青年学生组成的"青年服务团"等，以及不少路过南昌去延安开会、学习的各种政治党派、无党派人士提供了方便。因此，书店自开张以来，门庭若市，读者络绎不绝，影响越来越大。虽然书店仅仅存在了一年多的时间，便被国民党政府查抄封闭迫令停业，所有出版的图书，一律禁止或没收，甚至连经过审查及在内政部注册的，也无一例外。但是，书店为进步文化的出版和发行做了大量的工作，对当时的抗战形势，特别是江西的抗日救亡运动，起到了一定的推动作用。此外，抗日救亡文艺团体还扶助进步人士漆裕元开办了江西大众文化社。其间，著名青年记者长江、陆诒、秋江、石西民等先后到达南昌，奔赴抗战前线，采访战地新闻。

与此同时，江西的出版界和报界再次活跃起来，其中影响较大的有东南分局青年部主编的《青年团结》，该刊于 1938 年 8 月 20 日创刊。《发刊词》指出："青年是热与力的交流，是中华民族最优秀的力量，是中华民族解放的先锋队，是中华民族解放战争有决定意义的一个支柱。""在中华民族解放斗争的过程中，无疑的，青年是尽了广大的任务。可是，在战争不断的扩大和深入的今天，在中原大会战的今天，新的形势要求我们青年更千百倍的努力。""因此，全中国的青年，不分地域，不分职业，不分信仰，不分性别，像铁一样的团结起来，建立青年抗日统一战线，整齐青年抗敌步伐，是目前万分迫切的要求。""青年团结，就是在这个迫切的客观要求下产生的。它要求全国青年迅速的团结起来，为了保卫祖国，驱逐日本法西斯强盗，为了维护世界和平、挽救人类文化而实行统一的斗争。"① 创刊号还刊发了孙晓邨的《尊重这个力量》、苇护的《祝世界青年大会开幕》、秦汉的《世界青年大会与中国青年》、辛芜的《全国青年大团结》等文章。同年 10 月 1 日，《青年团结》第三期出版。该期发表了题为《纪念惨痛的"九一八"》评论文章："号召热血的青年，学习东北抗日联军、抗日义勇军艰苦卓绝英勇奋斗的精神，到前线去与日寇搏战，组织战地服务团、救护队、运输队、担架队、洗衣队、缝纫队等，协助前线作战，征募大量的寒衣棉被以及一切慰劳品，供给前线将士的需要。到战区，附近战区，敌人远近后方去，广大的组织群众，武装群众，发动广大的游击战争，配合

---

① 东南分局青年部：《发刊词》，《青年团结》创刊号，1938 年 8 月 20 日。

我正规军作战！以热烈的参战，以战斗的胜利来纪念惨痛的'九一八'。"①
这一期刊物还发表了秋江的《青年是一块生铁》、陈缦云的《怎样动员青年
上抗日战场》、胡愈之的《中国青年运动的统一与中国青年的解放》以及
《沫若先生论青年与文化》等文章。②此外，这些不同的抗日文艺团体，还
陆续编辑出版了《抗战日报》《中国农村战时特刊》《妇声·月刊》《学习新
论》等许多刊物。

　　值得一提的是，1939年3月8日，国民政府军事委员会部署南昌会战，
要求第九战区向日军进攻。由于部队调防、补给困难，会战计划由攻势改
为守势。3月17日，日军直攻南昌，日军飞机连续轰炸造成守军战斗力锐
减。日军大举进攻南昌达10天之久，守军奋力抵抗终不敌日军，3月27日
南昌陷落。中国军队伤亡达5万余人，百姓不计其数。国民政府江西省会
正式迁往泰和，而新四军南昌办事处和中共南昌市委的干部群众则转移到
赣南一带开展抗日工作，于是以抗日救亡为主要内容的文艺运动便以泰和、
吉安和赣州等地区为中心陆续开展起来。同时，在抗战形势高涨的局面下，
江西省由国民党及地方政府所办的报刊，都不同程度地改变了原有的政治
态度，聘请了一些爱国民主进步人士担任主笔、总编辑、编辑或副刊编辑。
因此，各种大小报刊涌入吉安，形成了特殊历史条件下吉安报刊界的繁荣
景象。据不完全统计，战时在吉安出版的报纸不下30余种，辟有文艺副
刊的达20余种。当时影响最大的《前方日报》由爱国民主人士王造时③任
社长兼发言人。该报坚持"团结、进步、抗战"的办报宗旨，抗战期间刊
载了郭沫若、沈从文、茅盾、艾青、艾芜、巴金、田汉、田间、袁水拍等

---

　　① 东南分局青年部：《纪念惨痛的"九一八"》，《青年团结》第3期，1938年10
月1日。
　　②《南昌青年运动三十年（1919~1949）》，共青团南昌市委编：《江西文史资料选辑》，
江西省新闻出版管理局赣字80第55号批准出版，1984年，第43—44页。
　　③ 王造时（1903—1971），江西安福人，原名雄生，我国近代民主运动的先驱之一，
五四运动的领导人之一，著名"七君子"之一。

全国著名作家、诗人的文学作品，成为这一时期东南八省影响最大的八大报纸之一。另在 1939 年，由殷梦萍、叶家怡先后担任主编，宦乡任主笔的《前线日报》从浙江转移到江西上饶出版，其副刊《战地》，辟有"新诗源"专栏，在专栏发表诗作的有蒲风、聂绀弩、柯仲平、吕漠野等全国知名诗人。①

而在南昌成为沦陷区后，当地的抗战文艺运动被迫转入地下。比如：1943 年 9 月，中正大学经济系和社会教育系的进步同学，秘密串联组织了以学习革命理论为目的的"读书会"。同年 10 月，在"读书会"的基础上，中正大学正式成立了"学习新论社"，出版油印刊物《学习新论》，其主要内容是刊登政治、经济、文化、教育的理论文章，宣传马列主义科学论点。当时，为了筹集经费，"学习新论社"利用学校招生考试机会，开设小卖部，并将其收入用来购买钢板、蜡纸等刻印工具。

另外，其他地区一直坚持进步倾向的文学刊物，还有江西赣州的《正气日报》，洛汀担任主编；《青年报》文艺副刊，周丁担任主编；江西修水国民党三十集团军司令部的《扫荡简报》，廖伯坦担任主编，以及部队的《救亡报》，瞿希贤、陈桂生、王志道担任编辑。而在民间，则有张自旗与熊痕戈在宜春创办的"热原诗社"，并出版《热原》诗周刊，成为抗战时期赣西文学重要阵地。

四、宣传抗战的漫画版画创作

以漫画版画结合诗歌创作宣传抗日，在这一时期形成了一个小高潮，也使得江西木刻运动在抗日的烽火中得以蓬勃发展。全面抗战爆发后，粤籍木刻家李桦、罗清桢、荒烟等随部队来到赣南，他们进入江西后，激情满怀，坚持深入群众，深入抗日前线，在赣南地区开展了一系列版画创作

---

① 汪大均：《现代文学·概述》，吴海、曾子鲁主编：《江西文学史》，江西人民出版社，2005 年，第 707 页。

活动。其间，他们多次组织征集抗日版画作品，举办抗日版画宣传展。为纪念中华民族全面抗战三周年，1940 年 7 月 7 日，中华全国木刻界抗战协会江西分会在上饶正式成立，并同时举办了"七七抗战三周年木展"。1942 年 1 月 15 日，江西赣州遭到了日机疯狂的轰炸。这一天，日机共 28 架次飞临赣州上空，轮番俯冲投弹，投掷炸弹 102 颗、燃烧弹 13 枚，市区的阳明路、中山路、华兴街等主要街道，被炸成一片瓦砾。这次轰炸，共炸死 200 余人，炸伤 300 余人，炸毁房屋 678 栋，财产损失难以计数。据统计，日机先后在赣南投弹 500 多枚，共炸死 350 多人，炸伤 620 多人，炸毁房屋 1500 多栋。日机的血腥行为，激发了江西民众的抗日热情，以朱鸣冈为首的画家在赣西公园举办了"血债要用血来还"的画展。同年 4 月 25 日，木刻家赵延年在赣州推出了个人木刻版画展，将抗日题材的木刻创作活动推向了高潮。荒烟、余白墅等在赣南博物馆举行了版画义卖活动，其款项用于中国木刻研究会，并组织举办了一次大型的"抗战美术作品展"，在激励民众的抗战热情方面起到了很好的效果。直到 1943 年 5 月，荒烟等人开始举办美术培训班，为版画创作培养人才，师生们将木刻、漫画等作品贴满大街小巷，使得赣州的抗日气氛分外浓烈。[①]

此时的江西木刻运动，在抗战环境下也直接影响到了宜春。为了配合抗战，十九集团军总部在分宜西边外袁江河畔的张家祠内，创办了四开四版的《华光日报》，号召全民奋起，宣传动员全民抗日。其间，罗清桢、罗永宽、邹民生等一批青年木刻家纷纷投身抗日前线，用版画的艺术语言进行抗日救亡运动。1940 年秋，"战地服务团"在《华光日报》创办了一个以木刻原版为见报形式的半月画刊《战地真容》，以刀代笔，所有作品"全部以木刻原版刊登，宣传抗战，揭露日寇暴行，开展木刻活动"[②]。该刊由罗

---

① 刘洋、祝华丽、程国亮编著：《现代宜春版画概论》，江西人民出版社，2016 年，第 18 页。

② 刘洋、祝华丽、程国亮编著：《现代宜春版画概论》，江西人民出版社，2016 年，第 18 页。

清桢、荒烟两人担任编辑，共出版了 30 余期。1941 年夏，江西诗人公丁 [①]
考入福建长汀国立厦门大学后，不久与同学朱一熊、朱伯石、郑道传、涂
元渠（枫野）组织诗木刻社，主编出版大型文艺墙报《诗木刻》，并参加各
种文艺沙龙，积极开展抗日木刻展览、诗歌朗诵会、文艺讲座，以及募捐
慰问张天翼等活动。同年，严卢与分宜一小老师张伯槎等人在分宜城内组
织了"诗歌与木刻研究小组"，小组成员有柳为莲、夏侯秋、邹兴国、严栩
生等 10 余人，均为分宜中学的学生。1942 秋，严卢以"诗歌与木刻研究小
组"为基础，在分宜组织了一个"抗日学生宣传队"，创作了《抓汉奸》《募
寒衣》《铁蹄下的怒吼》等作品，并让小组成员深入街头巷尾和边远农村，
以刻制、张贴、散发木刻作品和书写标语、公演及歌咏等形式，开展宣传
抗日活动日。在这一年，木刻作者人数又有所增加。1943 年，严卢、张伯
槎等人逃难来到吉安，利用臧克家、熊痕戈任主编的《民治日报》的副刊，
开辟了一个半月一期的《诗歌与木刻》专栏，严卢在该副刊上发表了他的
处女作《重建家园》，这也是宜春本地作者正式发表的第一幅现代版画作
品。随后，严卢又在该副刊专栏发表了《晚归》《工余》《劫后重逢》等版画
作品。同年，柯克在宜春彬江中学教书时，将其成立的"木刻小组"进一
步扩大，于 1945 年正式命名为"白刃木刻研究社"，社员来自宜春、万载、
萍乡、新余、分宜等县的中学生 30 余人。1945 年，柯克在宜春师范任教时，
创办了《笔与刀》社，社员达 100 余人，其中骨干成员有涂云飞、卢正英、
刘西屏、漆欢诗、贺克安、龙遗英、欧阳礼等 20 多人。另外，可谷在高安
师范教书时，成立了"高安师范木刻小组"，培养了肖小源、张育麟、舒占
元等木刻人才。

　　抗战期间，他们一起学习，一起围绕抗日战争这一总的主题进行创作，

---

　　① 公丁（1919—1998），原名勒公贞，乳名闰水，笔名公丁。江西永修人。1940 年高
中毕业后，在江西泰和与一些爱好文艺的同学组织江南文艺社，出版了两期《江南文
艺》杂志。1945 年毕业于国立厦门大学银行会计系，先后在吉安盐务局、吉安电厂、吉
安师范、永新中学、永新师范工作。著有诗集《灯下集》《勒公丁诗选》。

全方位地抨击日本帝国主义的残暴行径，多角度地反映出日寇侵华战争带给百姓的悲苦生活，以及中华民族在抗日战争时期的顽强不屈的精神面貌。作品主题鲜明，体现了时代特征。他们在德国版画家梅菲尔德木刻作品的启发下，"刻作胆大心细、刀锋锐利、线条遒劲、结构严谨、表现有力，突出的人物，强烈的黑白对比，造型粗犷有力"①，先后创作了许多为广大人民群众喜闻乐见的抗日题材木刻和诗歌作品。其中罗清桢在这一时期的作品，"无论造型、线条、刀法都带有粗犷的张力，作品结构严谨，内容饱满丰富，体现出超强的创作表现意识"②。全面抗战前夕，他创作了画面内容饱满且充满张力的《放牧归来》等系列作品，出版木刻集多册。全面抗战爆发后，他又先后创作了《全国人民总动员》《抗战三部曲》《战地真容》等一系列战斗性强、艺术性高的作品，深受抗日军民欢迎。而这一时期的李桦，则以新写实主义的手法来表现时代特色，比如他的《诗人·恋人》从人物构造以及画面形体的处理都传递出西洋画的风格，但很好地结合了中国当时的文化特征。同时，他的《疏散》如实地表现出了抗日战争的残酷现实，是战争带给了人们流离失所，摧残着人们安乐的心灵。另外，柯克在受到李桦、罗清桢、野夫等版画家的影响后，也投身于版画创作，用版画的艺术语言宣传抗日，坚定抗战必胜的信心。他的代表作《乘胜追击》就是在抗战胜利前夕创作的，"歌颂赣西大会战的伟大胜利，展现了中国军队宏大的反攻场面，奏响了抗日战争胜利的序曲"③。他们创作的这一系列抗战题材的优秀版画作品，紧密地结合了抗战的斗争形势，在抗日宣传活动中，发挥了文艺轻骑兵的积极作用。

---

① 刘洋、祝华丽、程国亮编著：《现代宜春版画概论》，江西人民出版社，2016年，第33页。

② 刘洋、祝华丽、程国亮编著：《现代宜春版画概论》，江西人民出版社，2016年，第33—34页。

③ 刘洋、祝华丽、程国亮编著：《现代宜春版画概论》，江西人民出版社，2016年，第39页。

从以上几个方面可以看出，早期的江西抗战文艺活动是异常活跃，也是非常繁荣的，抗日烽火的弥漫使得江西文艺运动的发展进入了一个新的历史时期。但这种繁荣兴旺的局面并没有维持到抗战后期，自从江西 63.5% 的地方成为沦陷区后，抗战文艺运动开始转入地下，或转移到敌后。而且，沦陷区的抗战文艺运动，"在敌伪的双重压迫下，经历了对日本侵略者的文化侵略政策和汉奸文艺的艰苦斗争"①。尽管江西抗战文艺运动从诞生到蓬勃发展的时间不太长，但它在江西现代文艺发展史以及江西现代文学发展史上却有着重大的历史意义。因为它不仅以鲜明的民族性和强烈的战斗性，起到了动员全民抗日、组织全民抗日的宣传作用和战斗作用，而且以它形式多样的丰富性，凝聚了国人抗战的信心，从而为后来更好地组织和领导群众文艺运动积累了宝贵的经验，为江西现代文艺事业以及江西现代文学事业的进一步发展奠定了坚实的基础。

第二节　江西抗战文艺运动中的诗歌创作

全面抗战爆发后的文学创作，作为部分为国统区以及部分为沦陷区的江西，以诗歌创作的成就最大。民族解放战争推动了诗歌走向人民。人民需要呐喊，需要歌唱，需要进军的号角，需要催征的战鼓。②所有的诗人都投入到为民族解放而歌的洪流中，郭沫若在 1937 年 7 月秘密只身回国参加抗战，以无党派人士身份，在中共领导人周恩来的直接领导下，组织"抗敌文化宣传队"以及"战地服务团"等文艺组织和团体赴前线劳军，与田汉及其夫人安娥、聂绀弩、柯仲平、杜宣等全国著名诗人先后奔赴江西进

---

① 刘安章：《抗战前期的文艺运动：抗日战争爆发后的新形势与抗战文艺运动》，十四院校编写组编著：《中国现代文学史》，云南人民出版社，1981 年，第 440 页。

② 吴军编著：《中国现代文学史》，北京广播学院出版社，1994 年，第 393 页。

行抗日宣传，工作期间创作了大量激情奔放的优秀诗作。其中郭沫若创作的许多感情激越的好诗，收集在《战声集》里。"诗人们以激越昂扬的声音，高唱战歌，表现了争取解放的中华民族的伟大气魄和在觉醒中的人民的力量。"①

一、"七月诗派"诗人的创作

对于抗战时期的诗歌发展状况，胡风曾经有过这样的分析："在诗上，由于人民情绪的兴奋、焕发、感激和乐观，不但那些忧伤的低诉绝了迹，同时也减去了那种可望而不可即的焦躁的意味，而是从生活激动发出的火热的声音。这是诗的疾风迅雷的时期，和战争初期的人民的精神状态是完全相应的。"② 在这种背景下，产生了一个重要的诗歌流派——"七月诗派"。它是中国诗歌发展史上坚持时间最长、影响最广泛的现实主义诗歌流派，不仅把自由体诗推向了新的高峰，成了自新文化运动以来的又一个新高潮，而且为中国诗歌以及中国现代文学的发展作出了卓越的贡献。"七月诗派"在以艾青、田间为先驱诗人的影响下，以诗歌理论家胡风为核心诗人，以抗日战争和解放战争为时代背景，以提倡革命现实主义和主观战斗精神为创作理念，以坚持无拘无束的自由体为诗体形式，以鲜活、质朴、明朗、丰富的口语为诗歌语言，以崇尚"力之美"的阳刚之气为美学风格，以《七月》《希望》《诗创作》《诗垦地》《呼吸》《泥土》等刊物为宣传阵地，以重庆、成都两地为活动中心，以知识分子为主要力量，而形成的一个青年诗人群体，其中活跃着两位江西籍诗人天蓝和芦甸。

全面抗战爆发不久，天蓝开始转赴山西，并在临汾参加了八路军。其间他创作了《夜，守望在山岗上》《雪的海》《哀歌》《G.F. 木刻工作者（二

---

① 孙慎之：《抗战前期的文学》，田仲济、孙昌熙主编：《中国现代文学史》，山东人民出版社，1979 年，第 372 页。

② 胡风：《关于创作发展的二三感想》，《在混乱里面》，作家书屋，1946 年，第 11 页。

首）》《车子辘辘走你门前过——寄 F·Y》《预言》《我，延安市桥儿沟区的公民》《青年的歌》等诗作，以及著名的叙事长诗《队长骑马去了》。而芦甸的新诗创作，深受理论家兼诗人胡风的影响，因此为那些在社会黑暗底层和深重灾难中挣扎的劳苦大众抒发痛苦的情感，是他创作的主要特点之一。他们两人作为"七月诗派"的中坚力量，"以具有鲜明个性的歌唱，表达了普遍的时代情绪和人民群众的心声"[①]。天蓝的诗充满着青春的激情，体现了主观战斗精神，"把具象性与抒情性、哲理性与政治性熔于一炉，富有浓郁的时代特色和强烈的艺术感染力"[②]。而芦甸的诗，则更多的是为挣扎在社会黑暗底层的劳苦大众抒发痛苦的情感，并为之鼓与呼，体现了一种强烈的社会责任感。谢冕在评价"七月诗派"时说："体现这一流派最为可贵的品质的，是七月同人对于社会、民族的哀乐与共的参与精神。七月的诗人一方面体认自己作为诗人的使命，一方面他们更乐于承认自己属于历史，属于社会，属于民众。"[③]该诗派与当时的"延安诗派"和"九叶诗派"同时存在，一起构成了中国现代文学史、中国现代诗歌史以及中国现代战争史上必不可少的精神力量。

二、街头诗（墙头诗）的创作

抗战期间，街头诗（墙头诗）、朗诵诗等，盛极一时，所有的诗歌作品都在热诚地渲染斗志昂扬的中华民族心理与全民抗战时代气氛，表现了诗歌与抗战时代、诗歌与中华民族、诗歌与人民群众的血肉联系和高度统一。

街头诗，又称之为"传单诗""墙头诗""岩头诗"等，就是指张贴在城市街头巷尾，或抄录在乡村墙壁和门楼上，或刻制在岩石上，或印成传单深入城市街头和农村散发的抗日宣传和政治动员的短诗。抗日街头诗，源

---

　　① 朱栋霖、朱晓进、吴义勤主编：《中国现代文学史（1917~2013）（上册）》（第三版），高等教育出版社，2014年，第264页。

　　② 颜敏：《"七月诗派"的江西籍诗人：天蓝与芦甸》，《宜春师专学报》1999年第1期。

　　③ 谢冕：《新世纪的太阳——二十世纪中国诗潮》，时代文艺出版社，1993年，第201页。

自于延安，随后迅速传播到全国各地。墙头诗虽然流行于抗日根据地，但在国统区的学校，由于墙头诗比较精短，比较适合直接发挥抗日宣传教育作用的社会功能，从而成为学校墙报最主要的文学体裁。

学校流亡学生比较多，写诗的同学也很多，只要进入学校就进入了抗战诗的氛围。因此，在学校涌现了一批有影响力的校园诗人，其中表现比较抢眼的江西诗人有李一痕、刘予迪（邹狱）等。李一痕自从以战区学生的身份考入因杭州沦陷而迁入重庆的国立艺专之后，对诗近乎痴迷，完全陷入诗的意境中，创作出来的诗歌作品越来越多，但一直苦于没有发表的阵地。受高自己三届的校友国立艺专江西同乡会主席卢善群[1]的影响，当时卢善群在学校办了一个墙报《匡庐》，是江西同乡会的会刊。以及在南开大学、复旦大学、中央大学等学校办的诗墙报的启发下，李一痕与艺专诗友同学商量，决定在校园里办一个诗墙报，取名为《火之源》。李一痕担任主编，刘予迪（邹狱）、卢小华、蒋英棣、何志生等担任编辑。在学校出刊《诗墙报》并不复杂，但必须到学校教务处去申请并登记。尽管如此，所有上墙报的诗歌作品，还是必须经过学校教导处审核同意才能上。与李一痕创办诗墙报《火之源》的骨干有六七人，其中家住江西赣州的画家、诗人刘予迪（邹狱）表现最为突出，他不仅美术作品的创作非常出色，诗也写得非常好。

诗墙报《火之源》创办之后，立即引起了同学们的兴趣，来来往往驻足在墙报前阅读的不仅有国统区的学生，更多的是抗战爆发后流亡的学生，他们经历过数不清的流亡苦难。因此，以抗战为主题的诗墙报《火之源》一经诞生，就引起了大家的共鸣，受到同学们的青睐，都把自己创作的抗日诗歌工工整整抄写好投给编辑部，影响力迅速扩大。李一痕在学校专门

---

[1] 卢善群（1918—1992），初名卢善群，后改名为卢浚、卢是等，江西寻乌人。擅长国画、油画、版画、书法，作品除敦煌壁画临摹作品外，以连环画《史老姑娘》、油画《孙中山卫士》及为中国军事博物馆创作的大幅油画《火线文艺》《抢修机场》等为著。著述有《敦煌莫高窟及安西榆林窟之壁画》等。

设立了一个投稿信箱，每次打开信箱都能收到几十首来稿，其中还有诗配画的来稿。同时，诗人何其芳也在他担任副社长的《新华日报》的报眼上专门刊登了诗墙报《火之源》第五、六期的出版目录预告，再次扩大了宣传的范围，引起了当时诗坛的广泛注目，中央大学、南开大学、复旦大学等各大院校的学生都慕名而来，络绎不绝，他们不仅阅读墙头诗，还专门找诗墙报编辑交流，这些墙头诗在抗日宣传中充分发挥了紧密配合社会现实的战斗作用。

随着诗墙报《火之源》影响力越来越大，来稿也越来越多，于是诗墙报办成了半月刊，甚至在最后办成了周刊。受此影响，另一位艺专学生诗人李荒与同学创办了诗墙报《嘉陵江》，同样取得了非常大的影响。这两份诗墙报刊物为宣传抗日，作出了重要贡献。特别是刊发的许多抗战诗歌，震撼了当时沉闷死寂的雾都重庆，对大西南诗歌的蓬勃发展产生了一定的影响。当时刊发诗歌的作者大都是二十出头的大学生，其中有臧克家、王亚平、任钧、李岳南、宴明、沙鸥、蒂克、丽砂、寄踪、以淘、雷石榆、方敬、谷风（牛汉）、魏琼芝、魏荒弩、周牧人、邹荻帆、缪白苗、包白痕、高鸿仪（高缨）、禾波、夏舒雁、潘天青等。

三、朗诵诗的创作

在"诗歌面向大众的思潮影响下"[1]，朗诵诗也因抗战宣传需要而开始受到重视，并重新付诸实践，因为"要使得诗重新成为'听觉艺术'，至少可以不全靠眼睛的艺术，而出现在群众面前，才能使诗更普遍更有效地发挥其武器性，而服从于抗战"[2]。"让诗歌的触手伸到街头，伸到穷乡"，"用活

---

① 吴敏：《诗歌的嬗变与革新》，凌宇、颜雄、罗成琰主编：《中国现代文学史》，湖南师范大学出版社，1993年，第347页。

② 任钧：《略论诗歌工作者当前的工作和任务》，《新诗话》，上海两间书屋，1948年，第102页。

的语言作民族解放的歌唱"。①从而使得朗诵诗成为抗战诗歌运动中的一个突出表现形式。

当时大量朗诵诗的创作，不仅及时地反映了抗战年代的激昂情绪，而且由于情感激扬奔放、语言通俗流畅，对动员群众抗日以及诗歌走向大众化起到了积极的推动作用。其中由流亡海外的江西诗人王礼锡创作的《再会，英国的朋友们！》，影响广泛。这首朗诵诗抒发了诗人与英国援华战友不舍的情感和热爱祖国的深情，表现了诗人希望早日回到祖国投身民族解放事业的迫切心情和崇高精神。此诗最初是在宴会上以英文构思，朗诵时的原文为英文，后来翻译为中文。当时朗诵的时候，"王礼锡以纯正的英语，苍凉的声调，朗诵得激越悲愤，动人心弦。朗诵完了，他向在座的中外朋友深深地鞠躬，两行热泪顺着他宽大的脸颊流了下来"。在送别宴会现场的马丁说："遂诵此诗，满座黯然。"②后来，女诗人华尔纳于1939年1月在英国广播电台朗诵这首诗作时，动情地说："我是含着骄傲的热泪去读它。"③同样，夏征农也创作了一首情感基调接近的具有一定影响的朗诵诗。不过，作为皖南事变的亲历者，夏征农创作出的这首朗诵诗《三年了，皖南》④，尽管情感也是苍凉而悲伤的，"别了，别了，相依三年的皖南！"不舍的情感贯穿全诗，但这首诗作与王礼锡创作出的《再会，英国的朋友们！》不舍的情感基调不同。前者是"相煎何太急"因兄弟之间内斗而不得不告别，是一种"亲者痛，仇者快"的伤痛情感；而后者是为了挽救民族危亡和争取民族独立解放而不得不告别，是一种"友谊天长地久"的分离情感。此外，江西萍乡诗人孟依帆的朗诵诗《给诗人》则以一种呐喊之声呼唤诗人投入抗战之中："诗人，请睁开眼睛看看 / 那莽莽草原正烧得通红 / 请尖

---

① 冯乃超：《宣言》，《时调》诗刊创刊号，1937年11月1日。

② 王礼锡：《王礼锡诗文集》，上海文艺出版社，1993年，第543页。

③ 王礼锡：《王礼锡诗文集》，上海文艺出版社，1993年，第543页。

④《三年了，皖南》，发表于皖南事变前夕，原载1941年1月新四军军部《抗敌报》最后一期。

起耳朵听听 / 敌人的飞机在滥炸 // 大炮在狂轰 / 祖国已遭到空前的浩劫 / 神州响遍了抗战的号声 / 诗人哪 / 你还能在花前月下 / 偎着一头柔发恹恹装病 / 你还能在细雨霏霏中的驴背上 / 耸着你瘦削的双肩低咏高吟 / 诗人，你是中华民族的优秀儿女 / 你有良好的教养……"①

当然，由于抗日宣传和政治动员的需要，为了便于广大人民群众及时接受，街头诗和朗诵诗的创作均强调通俗易懂，从而"推动了新诗语言与形式向通俗化、散文化方向发展"②，因此忽略了诗歌艺术的审美特性。关于新诗散文化问题，主要是因为口语分行的时候，忽视了新诗内在的结构和模式，朱自清曾说："抗战以前的新诗的发展可以说是从散文化逐渐走向纯诗化的道路"，"抗战以来的诗又走到散文化的路上"。③在新诗创作中，书面语和口语对于街头诗和朗诵诗来说，均具有不同的意义。如果新诗语言过于书面语化，对文化程度不高甚至大部分是文盲的旧中国时期的广大人民群众来说，会由于难以理解其内涵，以至于无法及时接受，因为书面语是中华文明自从有了汉字以来几千年积淀起来的，具有丰厚的文化内涵的语言。而口语是人与人之间日常的交流工具，它起着一种媒介的作用，新诗的语言以口语分行的形式出现，人民群众理解起来就会比较容易，接受起来也就会比较快。但是，街头诗和朗诵诗的语言，在以口语的形式出现时，却过于散文化了。从技术上看，只是口语的简单分行，严重忽略新诗必须具备的要素。所以，随着抗日战争逐渐转入相持阶段后，诗人们的注意力开始逐渐转向如何提高新诗艺术的审美力，以及丰富新诗艺术的表现

①《给诗人》，原载 1941 年江西萍乡《诗》刊。孟依帆（1916—1956），本名孟文渊，江西萍乡人，毕业于武汉大学中文系，曾任《大刚报》副刊编辑，后在江西萍乡、宜春等地中学任教。诗作散见于湖北和江西各地报纸。著有自编诗集《边城集》《诗经今译》等。

② 吴敏：《诗歌的嬗变与革新》，凌宇、颜雄、罗成琰主编：《中国现代文学史》，湖南师范大学出版社，1993 年，第 348 页。

③ 朱自清：《抗战与诗》，《新诗杂话》，《朱自清全集》（第二卷），江苏教育出版社，1988 年，第 345 页、347 页。

力，努力推动新诗艺术向纵深发展。比如前面提到的"七月诗派"，"他们把革命现实主义诗歌推向了一个新的更加成熟的阶段"①。

四、木刻版画诗的创作

抗战期间还出现了木刻版画诗。在木刻版画诗创作出来之后，再用纸张进行印制，并利用街头巷尾张贴或报纸副刊开辟专栏发表的形式进行抗日宣传活动，其中影响力最为广泛的是《诗歌与木刻》专栏。

1941年，严卢以分宜中学和分宜一小为创作基地，与分宜一小老师张伯槎等人在分宜城内组织了"诗歌与木刻研究小组"，小组成员有柳为莲、夏侯秋、邹兴国、杨栩生等10余人，均为分宜中学的学生和分宜一小的老师等。他们利用课余闲暇时间以及假日，积极开展木刻版画诗创作活动。可以说，"大家志投意合，兴趣很高，在编排墙报、班刊等方面创作了不少木刻习作。虽然作品还比较粗糙，却富有生活气息，受到了学校师生的普遍欢迎。在'诗木组'的影响下，爱诗画的人也越来越多"②。

1942秋，严卢以"诗歌与木刻研究小组"为基础，在分宜组织了一个"抗日学生宣传队"，创作了《抓汉奸》《募寒衣》《铁蹄下的怒吼》等作品，结合唱歌演戏，利用墙报、画刊和巡回展览，以及散发木刻作品和书写标语等形式，让小组成员深入街头巷尾和边远农村，开展宣传抗日活动日。在这一年，木刻作者人数又有所增加。

1943年，由于形势所迫，严卢、张伯槎等人"诗木刻"名义逃难来到吉安，利用臧克家、熊痕戈任主编的《民治日报》的副刊，开辟了一个半月一期的《诗歌与木刻》专栏。卢严在该副刊上发表了他的处女作《重建家园》，这也是宜春本地作者正式发表的第一幅现代版画作品。随后，严卢

---

① 吴敏：《诗歌的嬗变与革新》，凌宇、颜雄、罗成琰主编：《中国现代文学史》，湖南师范大学出版社，1993年，第348—349页。

② 谢牛：《谢牛文集》，天马图书有限公司，2002年，第83—84页。

又在该副刊专栏发表了《晚归》《工余》《劫后重逢》等木刻版画作品。1945年，严卢任《分宜简报》兼美术编辑，"诗歌与木刻研究小组"纷纷在该报发表作品。①

应该说，"诗歌与木刻研究小组"不仅是宜春地区第一木刻版画诗创作小组，而且是江西木刻版画诗创作中不会被历史湮灭的一个创作小组。该小组在严卢的组织下，创作出了一批针对抗战宣传的木刻版画诗作品，这些作品不但受到了宜春地区民众的瞩目，也引起了整个江西民众的关注，还扩大了木刻版画诗在宜春乃至江西的影响，为木刻版画诗的创作在宜春乃至江西的进一步发展打下了良好的基础。②

1945年5月，宜春出版了《青年之友》刊物，该刊上的《诗歌与木刻》专栏由柯克负责。该专栏上发表了大量木刻版画诗作品。由于该刊物发行的地区广，涵盖了整个宜春地区甚至辐射到了附近地区，因此数量越来越多，积极地推动了木刻版画诗创作在宜春乃至江西的蓬勃发展。③

此外，在《诗歌与木刻》专栏担任主编的诗人还有江西吉水的叶金④，同时他还担任了《诗时代》吉安版等刊物主编。当时，他不仅创作了大量

---

① 谢牛：《谢牛文集》，天马图书有限公司，2002年，第83—84页。

② 刘洋、祝华丽、程国亮编著：《现代宜春版画概论》，江西人民出版社，2016年，第21页。

③ 刘洋、祝华丽、程国亮编著：《现代宜春版画概论》，江西人民出版社，2016年，第21页。

④ 徐柏容（1922—2014），笔名叶金、令狐令疑等，江西吉水人，中共党员，1944年毕业于国立中正大学经济系，20世纪30年代末任《诗歌与木刻》《诗时代》吉安版等刊物主编，历任南京《新华日报》采通部财经新闻组组长，天津知识书店编辑，天津通俗出版社、天津人民出版社编辑部副主任，百花文艺出版社编辑部负责人、副社长，编审，国家新闻出版署大学编辑专业教材编审委员等，享受政府特殊津贴。20世纪30年代末开始发表作品，1982年加入中国作家协会。著有散文诗集《阳光的踪迹》，散文集《伊甸园中的禁果》《南国红豆寄情思》，抗战小说《原野之流》《新婚之夜》，诗集《棣华诗集》（合著，台湾版）等。另出版学术著作《杂志编辑学》《现代书评学》等及教育部大学本科指定教材《期刊编辑学概论》等共十余种。1995年获得国家最高出版奖——韬奋出版奖。

的抗战新诗和散文诗，而且还创作并出版了抗战小说《原野之流》[①]《新婚之夜》[②]等。

需要指出的是，南昌沦陷后，许多留下来的进步作家和文艺工作者，继续开展隐蔽的抗日宣传活动，其中包括用诗歌战斗在敌人中间的诗人。茅盾曾郑重指出："在抗日战争时期，沦陷区的各大都市中，地下的进步文艺工作者大都能坚持岗位，以各种方式，与敌伪斗争。"[③]他们用诗歌在抗日宣传活动中发挥了显著的作用。也正是这个时期，锻炼出了一批特殊的战士，他们为江西抗战文艺运动史以及江西现代文学史和江西现代诗歌史写下了浓墨重彩的一页。

[①]《原野之流》，江西四友实业社文化部，1939 年版。

[②]《新婚之夜》，上海山城书店，1940 年版。

[③] 茅盾：《在反动派压迫下斗争和发展的革命文艺》，中华全国文学艺术工作者代表大会宣传处编：《中华全国文学艺术工作者代表大会纪念文集》，新华书店，1950 年，第49 页。

第二章 天蓝的诗歌创作

第一节 生平和创作道路

天蓝（1912—1984），原名王名衡，又名王若海，曾用笔名白木，江西南昌人。少年时，天蓝在原籍南昌王家村读私塾；1926年，考入南昌心远中学就读初中；同年秋，发表处女作旧体诗《西山扫墓》。1929年初中毕业后，天蓝考入上海高中理科，组织学生文学社团黄蔷薇社。1930年春，他因参加反法西斯活动被开除，随即转入上海光华中学，参加抗日救亡运动，协助编辑学生会会刊。1932年，开始用白木笔名在上海发表新诗《一个苍蝇的自杀》等。他先后在上海圣约翰大学、浙江大学、燕京大学就读，均因参加学生运动被开除而转学，后被迫转入燕京大学外国文学系就读，直至毕业。毕业后在上海参加中国左翼作家联盟、中国社会科学家联盟、左翼戏剧家联盟和抗日民众先锋队等组织。[①]

在北平期间，天蓝编辑北平市革命文化刊物《大学文艺》及左联机关刊物《榴火》《联合文学》等，任北平作家协会常委，负责出版部工作。1935年，天蓝参加北平"一二·九"学生运动，并任10个学生支队的支队长之一。1936年春，当西山顶上的白雪已逐渐消融，未名湖上开始荡漾清波，在五楼的一间学生宿舍，天蓝与燕京大学同学，也是江西同乡的程应镠和刘春（刘伯文）发起组织"大学艺文社"，并邀请吴其仁、王作

---

① 高慧琳：《天蓝》，《延安日报》，2022年5月11日。

民、戴振辉、林传鼎、余建亭（朱哲均）等七八位进步青年，讨论"大学艺文社"的成立。讨论结束后，同时决定出版北平各大学进步文艺团体的刊物《大学文艺》。印刷费由大家众筹，因没有收入，仅出版两期便停刊。[1]"一二·九"之后，燕京大学也成立了文艺组织，即以"一二·九"为名，称"一二·九文艺社"。参加文艺社的有天蓝、程应镠、柯家龙、余焕栋、张非垢（张福垣）、白汝瑗（玲君）、郭心晖（郭蕊）、杜含英（杜若）、王维明、葛力（力野）、周游（夏得齐）、宋奇（悌芬）等。"一二·九文艺社"最先出版的刊物名称为《火星》，由王维明负责。文字简短，充满革命热情。十六开本，篇幅很小，不足十页。[2]1936年9月，天蓝加入中华民族解放先锋队。这一时期，天蓝创作发表了不少自由体诗歌。

抗日战争开始，天蓝在长沙借读于由北大、清华、南开组成的临时大学（后来迁到昆明改名为"西南联合大学"）。1937年秋，天蓝从长沙到武汉，经中共北平市委某负责人介绍，至黄河八路军防区，由一位罗将军介绍赴延安。1938年7月，天蓝进入延安鲁艺第二期学习，成为文学系的第一期学员。同年11月，在文学系老师沙汀和何其芳的带队下，天蓝来到了八路军贺龙的120师进行实习。1939年2月，天蓝担任了当时颇有影响的鲁艺业余文学团体"路社"社长，副社长为康濯，成员有郭小川、贾芝、曹葆华、鲁黎等。同时，编辑《路》墙报。[3]同年3月，"路社"商讨召开全体社员大会，筹备时天蓝对康濯说："学院领导周扬、沙可夫已决定参加，还想写信给毛泽东主席，请他参加。没几天，毛主席回信，写了整整三页，说已经收到来信，但因为忙，不能与会。信中还提出了对当下文艺的意见，就是现在有的文学作品，老百姓看不懂。这个问题希望加以研究，

---

① 程应镠：《"一二·九"文学回忆》，赵荣升、周游编：《一二·九在未名湖畔》，北京出版社，1985年，第185页。

② 程应镠：《"一二·九"文学回忆》，赵荣升、周游编：《一二·九在未名湖畔》，北京出版社，1985年，第186页。

③ 范泉主编：《中国现代文学社团流派辞典》，上海书店，1993年，第540页。

求得解决。"① 天蓝在鲁艺文学系第一期毕业后，留在院部编译处工作，他先是翻译了亚里士多德的《诗学》，后又希望建立"无产阶级的美学体系"，当时已经草拟了一份《美学提纲》。但在文学部召开的会议上，天蓝被文学部负责人激烈地批评为学风不正、文风不正，说天蓝是"文学部主观主义的代表"，整天关起门来研究什么美学，根本不关心人民，不接触群众。② 于是，该提议后来被搁置。1938 年 5 月，天蓝在《抗战文艺》上发表反映抗战军民生活的叙事长诗《队长骑马去了》。同年，天蓝正式加入了中国共产党。

在延安的这段时间，天蓝曾先后任山西八路军总部秘书、翻译组长及《前线》助理编辑、延安军委总政治部通讯股股长、火线通讯社社长，接受了战火的洗礼。后奔赴山西抗战前线，他"被一种生活战斗底欲望驱使着"，创作了一批表现抗战生活的诗作。1940 年，天蓝主办部队文艺青年训练班，并为学员讲文学创作课。1940 年 12 月，天蓝当选为延安新诗歌会执行委员。1941 年 10 月，天蓝发表长诗《我，延安市桥儿沟区的公民》，并曾与王震之、冼星海等创作歌剧《军民进行曲》及歌曲《九一八大合唱》《开荒》等。同年 12 月，天蓝当选为延安诗会理事，其间在延安《文艺战线》《文艺阵地》等刊物发表诗歌作品。1942 年，天蓝在桂林南天出版社出版他的第一部诗集《预言》，全书只收录 7 首诗歌，这是由编者胡风"收集了能得到的天蓝的诗"（胡风语）所勉力而为，诗集编进《七月诗丛》系列。同年 5 月，天蓝参加延安文艺座谈会，当时任鲁艺文学系编译科科长、文学系党支部书记。1943 年，天蓝任教于延安鲁艺，兼任文学编译科科长、文学系党支部书记。1944 年同吕骥、艾青、贺绿汀等人到南泥湾体验生活并作部队文艺活动调查。1945 年 3 月天蓝在《解放日报》上发表在三五九

---

① 康濯：《延安鲁艺之忆》，任文编：《永远的鲁艺》（下），陕西师范大学出版社，2014年，第 242 页。

② 王培元：《延安鲁艺风云录》，广西师范大学出版社，2004 年，第 284 页。

旅作部队文艺调查的报告《部队文艺一览》。[1]

1945年，抗战胜利后，按照中央统一部署，天蓝作为赴东北干部大队领导人之一率队前往，主编《工人日报》、辽西省委机关报《胜利报》，并曾任黑龙江勃利土改工作团团长。1947年，天蓝任东北《北满日报》主编，在《新华日报》《东北日报》《人民日报》发表大量文章。

1949年春，胡风坐船到东北解放区，专门赶到本溪钢铁公司与天蓝相见。这是他们第一次见面，天蓝特意陪胡风下到煤井进行参观。对于天蓝与胡风的交往，在早年，未见面前，也只是一个诗歌理论家、诗人、编者对一个诗人的情感，胡风认为天蓝"是个特彩的诗人，他的热情是在战斗的思想里面锤了又锤、炼了又炼的，因为他所歌颂的是在时代洪炉里面烧过了结晶了的人生。他的笔触带着铿然作响的锋利，他的风格好像是钢板上的发着乌光的浮雕"。同年，天蓝任东北煤矿工会副主席。

1952年，天蓝调中央高级党校，任语文教研室主任。1955年，天蓝受"胡风反革命集团"错案牵连，次年又被错划为"右派"。1958年，天蓝被下放到中共山西省委党校任职，其间翻译了一部分外国文艺论著，发表了一部分报告文学和散文等作品。1966年"文革"中，天蓝被下放到保德县山村务农。在此期间，主要的创作体裁是旧体诗，天蓝说："'四人帮'祸国以来，我又曾用文言文的掩眼法，写些旧体诗抒发悲愤。"[2]1978年的中共十一届三中全会后，天蓝终于获得彻底平反，恢复了政治名誉，调山西省社会科学研究所，任负责人，从事文学美学等学科研究和译作。1979年，参加全国第四次文代会。1982年，天蓝调任北京中国社会科学院文学研究所副所长、研究员。

1984年4月13日逝世于北京。

---

[1] 高慧琳：《天蓝》，《延安日报》，2022年5月11日。
[2] 天蓝：《后记》，《天蓝诗选》，人民文学出版社，1981年，第85页。

第二节　新诗创作

天蓝先后共出版诗集《预言》《队长骑马去了》《中华人民共和国像太阳般升起》《天蓝诗选》①四部，译著《演剧教程》《马克思、恩格斯、列宁论文艺》二部，歌剧剧本《军民进行曲》（合作）一部，歌曲《九一八大合唱》（合作）《开荒》（合作）二部等。

从天蓝的人生经历和创作道路来进行梳理并研究，我们可以把他的新诗创作分为四个阶段：第一个阶段是"第二次国内革命时期的大学阶段"，第二个阶段是"全面抗战时期的延安阶段"，第三个阶段是"解放战争时期的东北阶段"，第四阶段是"中华人民共和国成立后的颂歌阶段"。

在大学年代，天蓝先后在浙江大学和燕京大学就读，所学均是外国文学专业，因而他的新诗创作受外国文学以及近代文学的影响比较大，比如他的许多诗作中掺杂了外文词汇以及外国文学中常见的意象。由于在大学时期就积极参加进步学生的救亡运动，并投身社会革命的斗争，所以天蓝在这一阶段的新诗创作，几乎以控诉当时腐朽社会的黑暗和揭露国民党政府政治迫害等题材为主。代表诗作有《玉兰花》《给一个陈死人（三首）》等。其中《给一个陈死人（三首）》是"为纪念一个电影演员的死而作"②。这首诗描写了在整个社会沉沦且经济不景气的大都市里，畸形的纸醉金迷的生活，导致一个女演员在颓废中失去了意识并无法自拔而死去："她极度装饰她自己：/她的眼眶，她的耳垂，/她的指甲，她的嘴唇……/她盛装走到了坟墓里。"同时也揭露和抨击了"她遗下颓废的和谐，/秋风吹动着柳枝，依依——/一株枯干，揭示/剥削者的奇迹"人间地狱般的腐朽统治。应该说，这些诗作均是天蓝积极从事左翼文艺运动期间比较重要的创作成果。

---

① 诗集《预言》，1942 年桂林南天出版社出版；《队长骑马去了》《中华人民共和国像太阳般升起》，这两本诗集于 1953 年 5 月由新文艺出版社同时出版；《天蓝诗选》，1981 年 3 月由人民文学出版社出版，收录诗歌 18 首。

② 天蓝：《天蓝诗选》，人民文学出版社，1981 年，第 3 页。

抗日战争爆发后不久，天蓝开始转赴山西，并在临汾参加了八路军。"抗战的烽火迫使'七月'诗人迅速地由多愁善感的少年走向战斗的生活，民族的灾难与个人命运的不幸共同锻造出他们热烈而充满战斗色彩的艺术个性。"① 身着戎装后的天蓝，由于工作、学习和生活发生了新的变化，以及在抗日前线武装斗争复杂而险恶等方面的缘故，他的诗歌创作有了一个质的飞跃。正如天蓝所说："等到一九三七年冬，我直接和工农兵生活在一起，同生死共命运的时候，诗的语言自然而然地变得比较明白易懂了。"② 他在这一阶段的代表诗作有《夜，守望在山岗上》《雪的海》《哀歌》《队长骑马去了》《G.F. 木刻工作者（二首）》《车子辘辘走你门前过——寄 F·Y》《预言》《我，延安市桥儿沟区的公民》《青年的歌》等。其中《夜，守望在山岗上》这首诗"尽管不到二十行，却反复酝酿了四个月"③。他写道：

> 我的眼控制着山群，
> 我的心屏息着……
>
> 夜，淹没山外的山，
> 　　山外的河流；
> 夜，淹没冥漠的苍穹……
>
> 我瞭望广阔无垠的祖国，
> 　　有万千冤屈而死的人民，
> 　　有十月不熄的大火灾……

---

① 陈芝国：《"七月"诗人》，王光明主编：《中国诗歌通史》（现代卷），人民文学出版社，2012 年，第 476 页。

② 天蓝：《后记》，《天蓝诗选》，人民文学出版社，1981 年，第 85 页。

③ 唐天然：《〈队长骑马去了〉的诞生经过——与天蓝同志一夕谈》，《新文学史料》1984 年第 3 期。

我私誓，我愿：
将我付与山西的西部
　　那五千年来繁荣的大地，
　　于今被迫害而荒瘠了！

我握住枪，
挺着朔风，
守望住这山岗……

——敌人从正面侧面来，
在四五里以外……

这首诗作描绘了一幅大战即将发生的夜景图，山群、山外的山、山外的河流、苍穹等被夜色淹没的景物，以及"敌人从正面侧面来，/在四五里以外"战斗即将打响都是具体的，诗人在为了千万冤屈而死的人民"我私誓，我愿：/将我付与山西的西部"的战斗激情，与在朔风中手握钢枪守望山岗的八路军、夜色中的山岗景色交融一体。应该说，在这首作品中，挺着朔风握住枪的八路军战士的矫健形象决定了诗歌情感的走向，确立了诗歌情感的抒发方向。所以，诗人在作品中将战士置身于广阔无垠的祖国，要为千万冤屈而死的同胞报仇的情感，是跟随诗歌所描写的这幅"大战即将发生的夜景图"激发出来的。

但是，与《夜，守望在山岗上》这首诗反复酝酿了四个月不同的是，天蓝的著名长诗《队长骑马去了》却在几天之内就完成了。他说："是烈士的鲜血激励了他，才使得他的诗情奔泻。"① 《队长骑马去了》是当时具有广

① 唐天然：《〈队长骑马去了〉的诞生经过——与天蓝同志一夕谈》，《新文学史料》1984 年第 3 期。

泛影响力的叙事长诗，是天蓝在这一阶段的成功之作。这首长诗是天蓝基于从军委总部会议上听来的真实故事进行创作的，揭露和控诉了阎锡山所进行的反共摩擦的真实面目，以及国民党破坏抗日民族统一战线的恶性事件。同时也抒发了广大抗日军民对破坏抗日斗争的愤慨情绪。该作品的故事原型是：晋西南一位游击队队长王凤泰，一位忠诚的八路军干部，奉命去阎锡山部队，收编了一支被日本侵略者击溃的部队，部队被共产党员王队长教育整顿后，转变成了一支人民的军队。这支队伍经过改编不久，就以新的姿态与日军交战。在队长王凤泰的指挥下，全歼敌军。但是，在"秋林会议"前后，阎锡山发动"十二月事变"，以机关召集会议的名义，将王凤泰只身骗过黄河，就在王队长骑马去阎锡山召集会议的所在地宜川县秋林镇的途中，将其杀害。王凤泰被害以后，收编的部队随即由阎锡山委派的一个"暗藏的托派"接手。不久，这支彪炳一时的抗日武装，在与日军作战时，被"托派队长"故意引入日军的包围圈，伤亡惨重，最后只剩下二十几个弟兄，劫后生还，他们吟唱道：

> 队长骑马去了，
> 骑马过黄河去了，
>   一个月还不见回来。

> 队长，
> 呵！回来！

> 我们
> 一千个心在想，
>   一千双眼睛在望：
> 你呀，
> 什么时候回来？

二月，

　　敌人从东方来，

　　我们逃向西方去。

我们曾经是

　　散漫的

　　溃散的

　　劫掠的一群！

而你说：

　　停住

　　中国的军士！

　　别忘了你足底遗下的

　　是你自己的国土；

　　也别奸淫劫掠呀，

　　别在你自己的

　　人民的眼前

　　放肆！

　　……集合起来

　　再战斗吧，

　　因为我们

　　是中国的军士！

…………

——节选《队长骑马去了》[①]

所以，天蓝在这首长诗的引子部分写道："为纪念 W.F.D 而作，他在晋

[①] 天蓝：《队长骑马去了》，《天蓝诗选》，人民文学出版社，1981 年，第 17—27 页。

西南从溃散的匪军中缔造了一支很好的游击队，可是却给奸人诱过黄河谋害了。这支部队随即落在坏人的手里。"①

这首叙事长诗作于 1938 年 5 月，只用了几天时间就创作完成，全篇一气呵成。天蓝说，是烈士的鲜血激励了他，才使得他的诗情奔泻。由于作品以短句为主，正好适合当时延安开展的朗诵诗运动，于是传唱一时，迅速传播到所有的抗日根据地，以至于后来流传到国统区，成为当年流传甚广的名作。程应镠说："天蓝在山西，创作了《队长骑马去了》，发表在著名的文学刊物《七月》上，刚健清新，大家都以为是一篇力作。"② 周游说："他初到延安时，创作了一首动人的诗篇《队长骑马去了》，在国统区和解放区曾传诵一时，先发表在胡风主编的《七月》杂志上，继又发表在周扬同志主编的延安《文艺战线》上，其后，茅盾同志在重庆主编的《文艺战线》也曾予以转载。"③ 虽然程应镠和周游所说的《队长骑马去了》曾发表在文学刊物《七月》有误，应该是诗人将此作品与其他诗作结集成诗集《预言》，然后被胡风编进《七月诗丛》系列出版，但足以说明这首叙事长诗在当年的脍炙人口。当然，天蓝曾确实在文学刊物《七月》上发表过诗作，但不是《队长骑马去了》。最早的一首应该是 1938 年 7 月在汉口出版第三集第六期上的《G.F. 木刻工作者》。应该说，天蓝的《队长骑马去了》，"是根据地最早以叙事诗的形式表现现实生活的作品之一"④。

抗日战争胜利前夕，天蓝受组织委派奔赴东北，投入解放战争的革命事业。他在这一阶段的诗歌创作不多，代表诗作有中华人民共和国成立前夕创作并被谱写成歌曲传唱的《咱们的连队英勇而年青——献给第四野战

---

① 天蓝：《队长骑马去了》，《天蓝诗选》，人民文学出版社，1981 年，第 17 页。
② 程应镠：《"一二·九"文学回忆》，赵荣升、周游编：《一二·九在未名湖畔》，北京出版社，1985 年，第 186 页。
③ 周游：《悼念天蓝同志》，赵荣升、周游编：《一二·九在未名湖畔》，北京出版社，1985 年，第 257 页。
④ 颜敏：《"七月诗派"的江西籍诗人：天蓝与芦甸》，《宜春师专学报》1999 年第 1 期。

军曹留桂钢八连》，以及歌颂新中国即将成立的《中华人民共和国像太阳般升起》等。从这两首诗作中我们可以看出，天蓝是在当时广阔的时代背景上，以过去、现在与未来的对比，激情澎湃地抒发了对解放军战士的赞美，以及对新中国即将成立的欢欣。比如写给第四野战军曹留桂钢八连的这首抒情诗：

> 咱们的连队英勇而年轻，
> 铁打的骨头钢打的心，
> 誓死为人民的利益而斗争！
>
> 咱们都是贫苦的工农出身，
> 为着消灭蒋匪军，人民谋生存，
> 咱们参加了光荣的解放军。
>
> 为什么抗活的出痨伤，
> 为什么耍手艺的恨本行，
> 都只为封建的剥削实难当！
>
> ——节选《咱们的连队英勇而年青——献给第四野战军曹留桂钢八连》

这首诗从英勇而年轻的连队直入主题，抒写了解放军战士都是贫苦的工农出身，是人民心爱的子弟兵，在解放区到处都受欢迎，同时也鞭挞了国民党的黑暗统治及其军队的腐败和地主恶霸的盘剥压榨。

中华人民共和国成立后，在新民主主义革命取得胜利的欢欣鼓舞中，天蓝的诗歌创作主题再次发生转变，从而成为一位政治抒情诗人。这一阶段初期的代表诗作有《呵，我年轻而不可摇撼的祖国》《平壤捷报——致朝鲜前线的弟兄们》《萌动——献给祖国诞生二周年纪念日》等。这些见证历史的诗作，不仅都饱含着对新生的中华人民共和国强烈的感情，而且毫不掩饰对祖国的热爱和赞美，并以其富有时代精神的强大力量，对广大工农群众发挥着讴歌、鼓舞和凝聚的作用。

通过梳理天蓝的诗歌创作经历，我们可以发现，作为"七月诗派"代表诗人之一，他的诗歌创作高峰期正好是"七月诗派"崛起于抗战烽火之中，跨越抗日战争与解放战争两个历史阶段的时期。也许是由于在延安积极投入群众的火热斗争和抗日的艰苦战斗，学生时代的思想感情逐步同抗日根据地以及解放区的工农兵打成一片的缘故，心理和语言，以及审美观点和欣赏习惯等，都为他的诗歌创作发生思想质变提供了现实的条件。因此，20世纪30年代末至40年代初，是其诗歌创作成就最高的时期。

当然，同时我们也看到，天蓝在中华人民共和国成立以后的诗歌创作，"随着诗人思想情感的变迁，诗人日渐把个体融入群体，日渐以政治热情而不是属我性的主体精神楔入现实生活，所以抒情性愈来愈政治化"①。特别是后来被卷入政治斗争，致使其诗歌创作的艺术生命过早地颓凋，从而失去了创作实践的最后飞跃，没有达到他原本可以达到的理想高度。

---

① 颜敏：《"七月诗派"的江西籍诗人：天蓝与芦甸》，《宜春师专学报》1999年第1期。

第三章　芦甸的诗歌创作

第一节　生平和创作道路

芦甸（1918—1973），乳名火姈，大名刘振声，又名刘贵佩，江西贵溪塘湾镇芦甸村人。他 6 岁丧父，13 岁来到上祝溪的"同顺和"店铺当学徒。当学徒之前，由于聪明伶俐刻苦好学，家乡的"学问家"私塾先生孔召济出于同情，允许他免费旁听，有时还上门辅导。在"同顺和"做学徒期间，芦甸认识了受进步思想熏陶的青年学生王兰芝（老板的 15 岁女儿），开始接触进步思想。他第一次阅读闻一多诗集《红烛》，就被作品中的爱国主义情怀所感染，并用蝇头小楷抄录了诗集中的几首作品。这也是芦甸阅读到的第一部五四新文学作品集。此后，王兰芝陆续给了芦甸许多进步书刊，其中有郭沫若的诗集《女神》、郁达夫的短篇小说集《沉沦》、鲁迅的小说集《呐喊》、萧红的小说《生死场》，以及"左联"刊物《萌芽》和文学研究会主办的《小说月报》最后一期（1932 年 1 月号）等。由于芦甸在学徒工作之余偷偷阅读进步书刊被王老板发现，王老板的怒火迁移到了王兰芝身上，最终芦甸不辞而别，而王兰芝也因参加进步学生运动被学校开除。在遭其父王老板毒打后，王兰芝被强迫许配给了国民党上饶市党部一个官员做姨太太，她以投河自尽的方式进行了抗婚。

14 岁的芦甸回到家乡后，被推选为联保主任。1935 年"一二·九"爱国学生运动爆发，芦甸应招到县城参加训练员（民兵）集训。1936 年，他投奔由贵溪籍国民党军政要人桂永清担任总队长的南京国民党中央陆军教导总队并入伍，1937年考入南京国民党中央军校（黄埔军校），成为第十四期步兵科学员。全面抗战爆发后，他随军校迁往成都，毕业后先留校担任政治指导员，后调空军军士学校任区队长。在成都期间，芦甸阅读了毛泽东的《论持久战》等著作，而斯诺的《西行漫记》也给他打开了一扇天窗，"知道在中国还有另一个光明的世界——延安和各抗日根据地，那才是中华民族和中国人民的希望所在"[①]。此后，芦甸与中共地下党员和进步青年来往密切，在王纪经营的新知书店接触到了大量的进步文化书刊，其中包括"左联"中坚、文艺理论家、诗人胡风主编的《七月》等。

芦甸于1939年开始写诗，以"波心"的笔名在成都的一些报刊上发表诗作。同年，芦甸与杜谷[②]、白堤（周志宁）、蔡月牧、寒笳、任耕等人成立了华西文艺社，并确立编辑双月刊《华西文艺》。虽然芦甸被推举为刊物发行人，但由于成员大部分在中学教书或在大学读书，不仅本身工作学习忙，而且居住地也很分散，有的甚至居住在外地，编辑出版工作联系很不方便，所以在实际操作过程中，相对来说比较清闲的文职军官芦甸，基本上一人负责了组稿、审稿、改稿、校对、付印以及发行等工作。《华西文艺》的创刊号于1940年3月正式出版。这是一份16开本，白报纸印刷，由部分进

---

① 张维舟：《芦甸评传》，中国戏剧出版社，2003年，第37页。

② 杜谷（1920—2017），中国当代诗人，本名刘令蒙，曾用笔名林野、林流军、刘令门、思恩、蒙嘉，曾用化名周若牧、刘湛。江苏南京人。他早年就读于南京中央大学实验学校、成都航空机械学校、四川大学文学院，历任中央大学柏溪分校教务员，成都等地中学教师，永州县人民政府文教科长，永州中学校长，《西南青年》杂志主编，中国青年出版社文学编辑，四川人民出版社副总编辑、编审。他于1937年开始发表散文，1939年参与创办成都华西文艺社，参加成都抗敌文协活动，1940年参加郭沫若主持的文化工作委员会文艺组，同时在成都、重庆、桂林、昆明发表抗战文艺作品，1942年应胡风之约将所写的新诗编为一集列入《七月诗丛》，1943年发起组织成都平原诗社，并加入中华全国文艺界抗敌协会四川分会，1944年发起川大文学笔会，1945年参与创办成都《学生报》。1950年杜谷被选为重庆市文协理事，1981年参加四川作协并被选为常务理事、主席团顾问，1982年加入中国作家协会，1988年4月离休。著有诗集《泥土的梦》《好寂寞的岸》《杜谷短诗选》等。

步青年自筹资金创办的刊物。直到同年10月,《华西文艺》共出版了五期,第二、三期是合刊,实际上共出版四本。出版的数量由创刊号的800册不断增加到第五期的1500册。刊物创办后,来稿量比较大,容纳不下,于是"芦甸又同成都的《快报》副刊联系,借用副刊的版面,编排过近十期的《华西周刊》"[①]。频繁的社会活动,以及与进步人士的密切来往,使芦甸逐渐引起了军校政治部的注意,并被列入了黑名单。此时的芦甸也已经对国民党完全失去了信心,也知道自己早晚会离开国民党军队。而引爆芦甸与国民党军队的彻底决裂,是一次"讲课风波"。一天,国民党空军士校的学员希望芦甸讲一讲抗战形势,芦甸把这个任务交给了他的至交——《黄埔日报》副刊编辑何满子,请他来给学员作抗战形势报告。何满子在讲课时以幽默风趣、嬉笑怒骂的方式批评了蒋介石等国民党高层在抗战时搞"反共"摩擦,限制中共抗日队伍的发展等行径。课后,何满子接到将被逮捕的风声,带着无限的遗憾逃离成都,芦甸也于第二天被迫辞去军职。

1942年夏,作为最热心的参与者和最积极的组织策划人,芦甸邀请从乐山回成都度暑假的蔡月牧以及白堤、葛珍等人商量组织成立平原诗社,创办《平原诗社》刊物,并于盛夏的一天在成都一所中学的礼堂举行了成立大会。周太玄先生致辞,他勉励青年们以诗歌为武器,为抗日救亡、民族解放而斗争。芦甸简单讲述了诗社的筹建经过,并宣读了章程。与华西文艺社一样,平原诗社也是一个松散的文学组织,社员大部分为中学教师、大学生,也有少数的职员,居住地都很分散,活动起来不容易集中,平时均靠书信联系,聚集在一起的时候都安排在寒暑假。诗社的办刊经费,以及活动经费,均以自筹的方式寻求赞助或者自掏腰包。诗社先后出版过两期诗刊,第一期取名为《涉滩》,于1943年秋末出版,32开本,封面套色;第二期取名为《五个人的夜会》,于1944年冬出版,横版32开本,封面套红。后因经费不足,已编辑好的第三期《浅草》无法如期出刊,最后以附

---

① 张维舟:《芦甸评传》,中国戏剧出版社,2003年,第51页。

件的形式附在一本综合性期刊出过四期《平原诗页》。

1943年春，芦甸与成都华美女中的李嘉陵结婚。同年秋，两人一起来到杜谷任教的蒲江中学，芦甸任高一班主任兼教务工作以及初一和高一语文教师。语文没有现成的教材，均靠自编。他编初一教材时，挑选了谢冰心的《寄小读者》、叶圣陶的《稻草人》、鲁迅的《从百草园到三味书屋》、郭沫若的《天上的街市》，以及法国作家都德的《最后一课》、苏联作家盖达尔的《铁木尔及其伙伴》等篇目。编高一教材时，芦甸挑选了梁启超的《少年中国说》、鲁迅的《狂人日记》、高尔基的《鹰之歌》等篇目，同时还要编写阅读提要和练习题等，然后再印成讲义发给学生。在教学之余，芦甸创作了不少感人的诗篇，同时他还常用那嘹亮的男中音尽情高唱抗日歌曲。杜谷在回忆与芦甸共事的这段时光时，动情地写道："芦甸经常引吭高歌，常常唱得他热泪盈眶。他写诗还有一个爱好，就是写好初稿后一定要站起来大声朗诵，一面朗诵一面修改，直到他自己满意为止。""深夜你听到他唱'我愿意做那刑余的史臣，尽写出人间的不平'，那一定是他的一首诗又完成了；清晨你听到他唱'红日照遍了东方，自由之神在纵情歌唱'，那一定是他又酝酿新作了。"[1]

1944年夏，芦甸和杜谷等人被学校解聘，他们又回到了成都，不久经人介绍，转到灌县空军幼年学校任教。1945年初，芦甸夫妇约上杜谷，前往犍为女中任教。这所学校正好缺少史地音乐教师，芦甸教历史，他的夫人李嘉陵教音乐，杜谷教地理。这一回他同样撇开了学校的旧教材，参照周谷城的《中国通史》进行讲授。"芦甸讲授中国历史很有特色，他不时地穿插一些诗文为佐证，使疏离抽象的历史人物和历史事件变得具体生动可感，加上他的教学语言有文学性和感染力，学生们听得盎然有趣。"[2]他们还积极开展了课外文化活动，学校校庆期间，他们上演了田汉改编的多幕剧

---

[1] 杜谷：《万里桥边怀芦甸》，《新文学史稿》1993年第4期。
[2] 张维舟：《芦甸评传》，中国戏剧出版社，2003年，第86页。

《复活》，芦甸饰主角涅克留道夫，马丝洛娃则由李嘉陵扮演。演出相当成功，取得了在边远县城的"轰动效应"。特别是芦甸在蒲江中学任教时创作的多幕话剧《祖国之歌》，后来在成都空军学校的演出，再次引发了国民党政府抓捕演出人员以及进步人士的事件。芦甸也被迫隐藏在乐山农村，后来在杜谷的帮助下找到成都地下党组织，同时也为响应党组织要求革命青年奔赴中原解放区的号召，于1945年5月学期结束后，芦甸夫妇婉拒了女中校长的一再挽留，忍痛抛下年迈的老母和还在蹒跚学步的女儿，取道重庆去了中原参加革命。在取道重庆时，芦甸夫妇专门拜访了他们仰慕已久的胡风先生，"胡风鼓励芦甸到解放区要多观察、体验生活，要做实际工作，多写一些反映解放区生活和斗争的作品"①。虽然这次见面只有一个多小时，但给芦甸夫妇留下了美好的记忆。在他们心中，胡风不仅是可亲可敬的师长，更是完全可以信赖的挚友。告别胡风先生之后，芦甸夫妇等人来到江陵县熊口镇，先由部队护送，越过平汉铁路到达李先念的新四军5师所在地宣化店。然后又随军到达零阳县，芦甸被分配到该县新市乡担任乡长。1946年1月，芦甸夫妇被调往王震的359旅政治部工作。随后，参加了震惊中外的中原突围，芦甸在部队突围过程中写下大量通讯的同时，创作了一系列描写"中原突围"的诸如《火线上宿营》《萤火》《一个字的遗嘱》等重要诗作，并在突围中火线加入中国共产党。②同年7月底，芦甸夫妇从秦岭化装突围之后，与大部队分散。由于国统区的中共党组织遭受了严密的监视和破坏，他们一度与组织失去联系。他们化装成难民，先赶赴西安找八路军办事处无果后，再南下到武汉、上海等地。后在胡风的帮助下，他们终于与上海地下党组织取得了联系，并重返解放区。

---

① 张维舟：《芦甸评传》，中国戏剧出版社，2003年，第92页。

② 中原突围中有一部分文职非战斗人员，采取化装突围。王震在与芦甸夫妇分别时深情地说："你们都算是党员了，无论到任何解放区，只要打电报给我，我绝对负责，我就是你们的介绍人。你们什么时候写自传，（党龄）就从什么时候算起。"

1947 年初，芦甸夫妇到达晋冀鲁解放区，他被分配到设在山西潞城的边区文联工作，他妻子李嘉陵进入北方大学文学研究室学习。其间，芦甸夫妇重新申请入党，经陈荒煤、鲁藜介绍，于 1947 年 8 月被批准为中共预备党员，1948 年转为正式党员。这段时间，在太行山下、漳河之滨，芦甸创作了《农民风情画》《献给朱总司令》等诗作。

1949 年 1 月 19 日，天津解放。同年 7 月 2 日至 19 日，第一次文代会之后，全国各地相继成立中国文联的下属组织文学工作者协会，芦甸出任首届天津市文学工作者协会秘书长。1951 年，芦甸被调往北京筹建华北文联，任华北文联创作员、常委。其间，芦甸不断往返天津和北京之间，主管创作，组织各种文学讲座，举行诗歌朗诵会、文学报告会和研讨会，同时兼任南开大学中文系教授，主讲现代文学、文学理论和诗歌创作。他于1973 年 3 月 21 日病逝。

芦甸创作的主要文学作品有：1950 年 5 月由文化工作社出版的诗集《我们是幸福的》，1954 年 1 月由作家出版社出版的中篇小说《浪涛中的人们》，1954 年 1 月由新文艺出版社出版的话剧剧本《第二个春天》。其中诗集《我们是幸福的》收录了芦甸于 1941 年至 1949 年期间创作的诗作共计20 首，历经了全面抗战与解放战争时期两个不同的战争时期。

第二节　新诗创作

芦甸的新诗创作，深受理论家兼诗人胡风的影响。胡风在许多文章中阐述他提倡现实主义的观点，他指出现在的诗歌创作绝不是简单地恢复和继承 30 年代革命现实主义诗歌传统，而是必须发展。他提出反对客观主义，强调作家要"更直接地突进生活"、发扬主观战斗精神去能动地影响、改造现实。①胡风作为"七月诗派"核心诗人，其现实主义诗歌理论很自然就成了"七月诗派"的艺术主张和美学标准。"由于七月诗派诞生和成长在中华民族灾难深重的年代中，因此在诗人们的情感世界和艺术世界里充满了深重的忧患意识和浓烈的郁愤情绪，他们的感伤和忧郁凝结着对民族与人民的深厚感情和深切关注。"②所以，为那些在社会黑暗底层和深重灾难中挣扎的劳苦大众抒发痛苦的情感，是"七月诗派"诗人芦甸诗歌创作的主要特点之一。比如他于1941年在成都创作的《牛儿》一诗：

> 牛儿牵着妈妈的衣角进城，
> 那边来了一队
> 吹号打鼓的小童军。
> 王乡长的儿子也在里面，
> 牛儿很想喊他，
> 他却那样骄傲，
> 那样神气地看牛儿两眼。
>
> 夜里，
> 牛儿怯怯地向妈说：
> "我要进洋学堂。"
> 妈说：
> "你还年纪小。"
> "王乡长的儿子不是比我更小吗？"

---

①　吴敏：《诗歌的嬗变与革新·"七月"诗派与"九叶"诗人》，凌宇、颜雄、罗成琰主编：《中国现代文学史》，湖南师范大学出版社，1993年，第361页。

②　朱栋霖、丁帆、朱晓进主编：《中国现代文学史（上册）》（第二版），高等教育出版社，2012年，第292页。

牛儿没有得到回答，

只听见低低的哭泣……

几天后，

妈妈忽然不要牛儿割草，

也不要牛儿砍柴，

还深更半夜

替牛儿补旧衣，做新鞋。

一天早晨，

妈妈把牛儿

从吹号打鼓的梦中叫醒。

替牛儿换了一身干净的衣服，

还替牛儿打了一个小小的包袱。

牛儿问：

"是不是去看外婆呀？"

这时门外有人喊：

"三婶子，

八九岁的娃儿还要喂奶吗？"

呵！

原来是那个打老婆

打出了名的张裁缝。

妈妈说：

"牛儿，向师傅磕头。"

牛儿恐怖地

望了望师傅铁青的面孔

哇的一声扑倒在妈妈的怀中：

"妈妈，你不是说我还小吗？"……

　　这是一首叙事诗，叙述了一个八九岁的贫穷娃儿到了上学年龄，不但不能实现自己的梦想，反而被迫去学做裁缝的故事。在作品里，诗人以现实主义的表现手法，构成了诗作的基本情感内容，真实地再现了当时社会黑暗的悲怆和处在水深火热之中的人民生活的困苦与无奈，并用对比的手法，描写了富人王乡长的儿子可以"进洋学堂"和穷人的儿子牛儿只能"做学徒工"的事实，字里行间透溢出一种强烈的憎恨，以及对被压迫的劳苦大众的深切同情和对光明前景的渴望。这首诗体现了"七月诗派"的诗"始终与现实斗争紧密相连，表现出强烈的社会责任感和明确的政治功利性。目睹民族的灾难所爆发出的痛苦与愤怒、献身人民革命事业的热情与意志、生活在黑暗现实中的悲怆以及对光明的渴望，构成了他们诗作的基本情感内容"[1]。

　　作为"七月诗派"代表诗人之一的芦甸，尽管他未在《七月》刊物上发表过诗作，"严格说来，可能也不是七月诗派的骨干，但胡风和七月派式的文学却是他莫大的精神家园，他进入解放区后一度与大部队分散，是胡风的多方努力、联络才让他重返晋冀鲁豫边区"[2]。此时，芦甸在中原解放区参加革命后，经历了战争史上著名的中原突围，由此揭开了解放战争的序幕。其间，芦甸创作出了一系列关于中原突围的重要诗作。"中原突围"系列作品由《大进军》《火线上宿营》《萤火》《动员令》《那是谁呀？》《山》组成。诗人怀揣着火热的青春激情，踏着夏日的阳光去战斗，这不仅是中原解放区人民的心声，也是这一系列诗作的主旨。这一系列诗作以此为整体

　　① 吴敏：《诗歌的嬗变与革新·"七月"诗派与"九叶"诗人》，凌宇、颜雄、罗成琰主编：《中国现代文学史》，湖南师范大学出版社，1993 年，第 361 页。
　　② 李怡：《抗战文学的补遗：作为七月诗派的"平原诗人"》，《文艺争鸣》2015 年第 7 期。

构思，按照事件的发展和时间的顺序，从不同角度歌颂了解放军求胜利的斗志以及成功摆脱国民党军队"围剿"的战斗事迹。

"中原突围"系列作品描写了解放军突围行进的画面，比如《大进军》中抓取的画面，时而有翻山越岭，日日夜夜冒雨急行军，忍受在泥泞地上奔走的困苦："山，翻过去，/水，蹚过去，/敌人的据点，/打过去呀！""下雨了，下得好猛呵！/从天上泼下来了，/从山上冲下来了，/田里的水，涨了，/大路呀，变成了奔流……//我们是没有雨衣雨伞的队伍呀！/我们是决不停止前进的队伍呀！//在哗啦啦的大雨里，/在淋得眼睛都瞧不见的大雨里，/前面传来了命令：/我们，要到敌人那里去休息！"时而有在突围急行军中病倒的女战士，跌倒了又爬起来，仍然坚持跟着部队冲出去的坚忍不拔的精神面貌："我们连里的女队员，/累得病倒了，/脸孔烧得绯红，/眼里冒出火星。/王政委摸摸她的脑门说：'留下来吧，同志！/一定得留下来……'/她望着政委慈祥的脸，/激动得流泪说：/'我死也要跟着队伍冲过去！'//她咬着牙，/跌倒又爬起，/一口气跑了三十里。/她披头散发，/冲上了最后一个山头。/她紧握着政委的手：/'我胜利了！'/说完她就晕倒了，/晕倒在队伍的中间，/晕倒在党的怀抱……"时而有战士们在夜色中突破敌人封锁线，穿插中与敌人激战的惨烈画面："人们都来不及朝脚底下看，/向着敌人的阵地，/排山倒海地冲过去；/向着前卫部队打开的缺口/飓风似的冲了过去……"时而有小战士用自己幼小的肩膀，一边肩背着电台，另一边肩搀扶受伤战士撤离战场的动人场景："十二岁的小李/却一眼瞧见倒在铁轨上的王同志，/他摔掉自己的背包和米袋，/连忙去搀扶他。/王同志说：/'我不要紧，你背走电台把。'/小李说：'两样都重要！'/于是，/在他两个小小的肩膀上/一边挂着沉重的电台，/一边搀着一个高大的受伤者，/炮火的红光/通红地映照着这一幅画面……"虽然这个小战士只有十二岁，但充满了解放战争必将取得胜利的信心，因为这场战争是正义的战争，随着年龄的增长，中国也在成长，觉悟了的中国人民也必将把腐朽了的政权彻底埋葬。

这一系列作品显示出了诗人鲜明的思想倾向。叙事中的紧张气氛，也在具体的、生动的细节描写中得以呈现，且这种紧张气氛不断地从诗歌的字里行间漫溢出来，凸显了战士在紧张和沉重中又充满期待和信心的内心世界。这一切都来自真实的战斗生活，并进行了真实的再现。突围中紧张的战斗生活，在善于把握生活、观察生活的诗人眼里，又是艺术的战斗生活。芦甸发现且抓住了这属于诗歌艺术的战斗生活，并进行了诗意的提取和真实的再现，从而使得"中原突围"系列诗作以其特有的艺术魅力，一直牵引着我们的视线，大半个世纪过去了，依然在读者中产生着重要的影响。

随着芦甸在创作上的逐渐成熟，他在诗歌创作中开始熟练地借助情感的对应物营造意境，而情感的对应物又必须借助诗人想象的重新处理和思想的再提炼。这种重新处理和再提炼就是诗人的主观感觉，也是读者在阅读过程中，不仅能够获取的一种艺术美感，也能获取的某些智慧的启迪和思考。因此，芦甸的诗在注重营造深邃悠远的诗歌意境的同时，更注重主题思想的多重性和深刻性。比如他于1949年12月创作的《大海中的一滴水》这首作品：

> 我多么渺小，
> 我是大海中的一滴水；
> 然而，我骄傲，
> 我为大海所包容。
>
> 海，推动我，
> 我也推动海。
>
> 在风暴的袭击下，
> 我是波涛上飞射的水柱，
> 我是激流中翻腾的浪花，

我，永不屈服，

我和兄弟们一同

向风暴作决死的斗争。

风平浪静的时候，

我是一个沉默的工作者，

人们只看见无际的碧蓝，

看不见我……

任何一滴水，

都要归向海，

离开海，

必然死亡！

我多么渺小，

我是大海中的一滴水；

然而，我骄傲，

我为大海所包容……

　　这首虚与实相结合的抒情诗，很自然地将情融入景中，而且"不仅使人从那里感触了它所包含的，同时还可以由它想起一些更深更远的东西"[①]。因此，芦甸的诗站得比现实更高远，思考得比普通人更深刻。诗人从"我多么渺小，/我是大海中的一滴水；/然而，我骄傲，/我为大海所包容"入手，以托物言志的手法，抒发"大海固然伟大，我固然渺小，但海推动我的同时，我也推动大海"的换位视角下的深邃情思。最后，"任何一滴水，/

---

　　① 艾青：《诗论》，新文艺出版社，1953 年，第 126 页。

都要归向海，/ 离开海，/ 必然死亡！"点明了"我"与"大海"的关系，激发了"大海"可以没有"我"这滴"水"，但"我"这滴"水"不能没有"大海"的哲思。

另外，胡风的"发扬主观战斗精神去能动地影响、改造现实"的诗歌艺术主张，在芦甸的诗歌创作中也得到了一定程度的体现。比如他于1952年创作的《我活得像棵树了》这样写道：

> 我活得像棵树了。
> 我底根深深地盘结在泥土的下面，
> 在树林之中，我挺拔地屹立着，
> 我活得像棵树了。
>
> 在幼小的时候，
> 外来的风景，没有吹折过我，
> 冰雪，也没有压倒过我；
> 我一天天地、青青葱葱地生长着。
>
> 但一些被虫蛀空了的树，
> 却曾趁我还不很茁壮的时候，
> 用干枯了的枝桠
> 重重地击伤过我底头颅。
>
> 这一次，它们又扑打过来了，
> 简直是用腐朽的全身向我扑打过来，
> 我不能忍受了，
> 我也弹起我底全身去反拨，
> 于是，我听见我身边，也有轰然倒地的声音……

　　　我活得像棵树了。

　　　我底根深深地盘结在泥土的下面，

　　　在树林之中，我挺拔地屹立着，

　　　我活得像棵树了。

　　在这首作品里，主人公"我"是主体，形象特征"树"是客体，客体的形象特征既是主体的"我"，又远远高于客体的"树"。芦甸在诗歌中注入了人必须活得像一棵树，并且在树林之中反抗腐朽挺拔地屹立着的精神力量，而这种"我底根深深地盘结在泥土的下面"挺拔地屹立着的精神力量，就是诗人追求正义的理想，也就是即使生活在恶劣腐朽的环境中，也要像树一样扎根泥土，活得挺拔和坚韧。芦甸创作的这首诗作，也正如绿原在《〈白色花〉序》中所说："他们尽管风格各异，在创作态度和创作方法上却又有基本的一致性。那就是，努力把诗和人联系起来，把诗所体现的美学上的斗争和人的社会职责和战斗任务联系起来，以及因此而来的对于中国自由诗传统的肯定和继承。"[1]

　　当然，"七月诗派"的诗人除了"讴歌抗战、呼唤解放、抨击丑恶、揭露黑暗、赞美革命人民"之外，还"赞美自然、赞美光明"，他们笔下的自然大都带有一种宁静浪漫的色彩和温柔亲切的情调，表现出他们热爱生活、渴望和平、向往幸福的强烈追求。"在语言上，他们重视运用灵活自然、充满生活气息的口语，简洁有力，色彩强烈。"[2] 比如芦甸于1943年写于成都的《沉默的竖琴》一诗：

　　我懂得，

---

　　① 绿原：《〈白色花〉序》，《白色花》，人民文学出版社，1981年，第2页。
　　② 朱栋霖、朱晓进、吴义勤主编：《中国现代文学史（1917—2013）(上册)》(第三版)，高等教育出版社，2014年，第264页。

你为什么起得这样早，
为什么在我的小窗下
低唱着凄婉的歌；

为什么把你的小弟弟
逗进我的室内？
为什么
凝望着远远的天……

原谅我，
我不能给你留下什么
甚至我的名姓。
因为
我是一个亡命的"过客"，
像你门前的水，
流过了，
永远不会折回来……

我只能以沉默的竖琴
弹奏我的祝福：
我愿花朵属于你，
荆棘属于我……

我即将远去，
后有马蹄的追赶，
前有人群的召唤……

这首诗用"我是一个亡命的'过客'"的粗犷和豪爽与"我只能以沉默的竖琴"的缠绵和温柔的强烈对比，在以沉默的竖琴弹奏的祝福声中，抒发诗人对未来生活的希望和信心，虽然"我即将远去，/后有马蹄的追赶"，但"前有人群的召唤……"

对于"七月诗派"，牛汉说："把中国的新诗从沉寂的书斋和肃穆的讲坛呼唤出来，让新诗自觉地与人民接近，并在人民的苦难和奋战之中经受磨炼，用前所未有的朴素、自然、明朗、健康的声音，为祖国和亿万人民的命运而歌唱。"①芦甸也是一直这样实践着的，虽然他只是从新诗创作的个人精神层面上认同胡风"七月诗派"理论的"主观战斗精神"，但在后来的政治运动中被卷入"胡风反革命集团"案，蒙受冤屈，于1973年3月21日不幸病逝。直至1980年9月，中共中央肯定"胡风反革命集团"案件为错案，对株连于此案者予以平反，恢复名誉。1982年6月23日，在中央宣传部、天津市委宣传部的直接关怀下，芦甸同志的追悼会在天津市海口路殡仪馆举行。

---

① 牛汉:《并没有凋谢》。

第四章　其他诗人的诗歌创作

第一节　廖伯坦的散文诗创作

廖伯坦（1916—1997），曾用笔名廖人旦、大龙、牛伯先、唐麾、中道等。廖伯坦出生于江西奉新的一个教师家庭，1923 年，开始读四书五经，1925 年至 1935 年，先后就读于南昌刘将军庙小学、南昌私立心远中学、杭州之江大学。1935 年 9 月，廖伯坦赴日本东京求学，先后就读于东亚预备学校、日本大学，并于留学期间参加了进步学生组织的左翼文学研究会。七七事变后，1937 年 8 月，廖伯坦与许多热血青年一样，毅然放弃学业，回国参加抗日救亡运动。他先在上海参加抗日活动，1937 年 11 月至 1938 年 4 月，在南京"中央政治学校特别训练班"（留日学生训练班）学习 6 个月，所学科目中有游击战术、跟踪、侦察等内容。1939 年 9 月，在重庆国民党中央训练团"新闻研究班"学习两个月。在此期间，廖伯坦由中共地下党员罗衍静和李林介绍，中共中央代表团武汉长江局的周恩来同志批准加入中共地下党（预备党员），并经过中共党组织同意集体加入国民党。同年 11 月份，廖伯坦被分配到江西修水国民党三十集团军司令部任《扫荡简报》少校主任。此时的中共地下党组织在"平江惨案"之后受到破坏，仅存的几位地下党员先后撤离。1940 年 4 月，当最后一位与廖伯坦有联系的张生力撤离之后，廖伯坦从此与中共党组织失去了联系。1941 年 5 月，廖伯坦辞去了《扫荡简报》的职务，开始了教书生涯，先后在江西泰和、永修、信丰、宁都、赣州、南昌等地的中学、专科学校任教，直至解放。1949

年后，廖伯坦被调到南昌二中任教导主任，1950 年调江西省文联，曾任江西省作家协会副主席，以后便一直在省文联从事文学创作。[1]

作为 20 世纪 30 至 40 年代留在江西本土从事进步文学活动且成就卓著的作家、诗人廖伯坦年仅 17 岁就开始发表散文诗《小品四章》；1933 年，18 岁时便有小说《我所认识之怪人——某名士》刊于林语堂主编的《论语》杂志，并荣获全国征文比赛第一名。同期刊刊登作品的作家，除鲁迅之外，还有老舍、郁达夫、俞平伯与周谷城等。30 年代的《申报》副刊、《大公报》副刊、《人间世》杂志及 40 年代的《前线日报》副刊、《现代文艺》杂志及黎烈文、张靳以主编的《改进》杂志，经常刊出廖伯坦的小说、散文、杂文和散文诗等，并为国内文学界所瞩目，所以便有鲁迅先生的"江西有个廖伯坦"一说。虽然廖伯坦在他生命的后 40 年未能尽其才智为自己所热爱的文学事业留下只言片语，但有了他在 30 至 40 年代以及 50 年代中期所创作的，目前所搜集到的 20 余万字堪称经典的文学作品，就可以称他的一生为文学的一生。[2] 虽然在 50 年代末，廖伯坦经历了被错划为"右派"，以及在"文革"当中也未逃脱坎坷命运，从此搁笔。"伯坦的岁月日益困窘，足不出户，销声匿迹。但他仍不失为一个真实的作家，一个真诚的战士"，历史不会忘记，当时"在昏暗的黑夜，他削发改装，匆匆逃脱敌人的追捕，在南昌解放前夕，他曾呕心沥血创办与主编了《民主报》，就在南昌解放的早晨，《民主报》涌向街头，欢呼黎明，共庆胜利"[3]。

年轻时的廖伯坦，"是一个爱国爱家、追求真理、奋发有为的青年。他向往自由民主，痛恨旧社会的黑暗，同情劳苦大众。他也曾经是一个时

---

[1] 廖白璐：《我的父亲》，廖伯坦：《廖伯坦文存》，百花洲文艺出版社，2009 年，第 341—348 页。

[2] 李耕：《遗憾，或无须遗憾——丁亥年冬至缅怀前辈作家廖伯坦》，《散文诗世界》2008 年第 3 期。

[3] 矛舍：《不会忘却的记忆》，《诚报》，1997 年 11 月 22—23 日。

代的弄潮儿，在大革命的风浪中沉浮"①，因此，他的散文诗多以"借景抒情""借物抒情""借事抒情"的方式，反映现实、揭露黑暗、抨击腐败、鞭挞丑恶，将忧国忧民的情感融入作品的字里行间。但是，这种间接抒情的方式，需要借助"意象"来激发作者的情感，表达作者的思想，而且作品所借助的这种"意象"其实就是"经过诗人思想、情感和想象重新把握与处理过的感觉，它是感觉材料的主观处理，是诗篇中最具体、最细小的形象单元。意象是化合了主观（意）和客观（象）两种元素而产生的一种新的、可以直接当作诗歌材料的元素，就象虹是阳光和水气的作用产生的新现象一样"②。

一、通过意象传递抽象情感

艾略特说："通过艺术形式表现情感的唯一办法，就是找到'客观对应物'。"所谓客观对应物，即指能触发某种特定情感的、直达感官经验的一系列实物、某种场景、一连串事件。一旦客观对应物出现，人们的情感立即被激发起来。③这是艾略特在学术界著名的"客观对应物"理论，也为许多诗歌研究者提供了一把打开诗歌大门的钥匙。在这里，也打开了解读廖伯坦散文诗作品的大门。

这里的"客观对应物"核心就是诗歌作品中的"意象"，这个诗学概念，其实在中国古代的诗歌理论和文论中就已经被提出。刘勰是第一个将"意象"引入文学领域的理论家，他在《文心雕龙·神思》中说："独照之匠，窥意象而运斤；此盖驭文之首术，谋篇之大端。"从此这一学术用语便

---

① 廖白璐：《我的父亲》，廖伯坦：《廖伯坦文存》，百花洲文艺出版社，2009 年，第341 页。

② 王光明：《诗歌意象论》，《福建论坛》（人文社会科学版）1993 年第 2 期。

③ Eliot,T.S., "Hamlet and His Problems", in The Sacred Wood: Essays on Poetry Criticism. Methuen, 1967.p.100. 转引自黎志敏《诗学构建：形式与意象》，人民出版社，2008 年，第 25 页。

在诗歌评论领域被广泛地运用。比如司空图在《二十四诗品·缜密》中也说："意象欲生，造化已奇。"胡应麟则在《诗薮》中认为："古诗之妙，专求意象。"还有何景明在《与李空同论诗书》中同样说道："夫意象应日合，意象乖日离，是故乾坤之卦，体天地之撰，意象尽矣。"以及王廷相在《与郭价夫学士论诗书》中所谈："夫诗贵意象透莹，不喜事实粘著。古谓水月之中，镜中之影，可以自睹，难以实求是也。""言征实则寡余味也，情直致而难动物也。故示以意象，使人思而咀之，感而契之，邈哉深矣！"①

关于"意象"，无论是刘勰"把意象当作心灵构图的具体实施"，还是司空图认为的"呼之欲生的意象是艺术奇观的信使，连造物主也感到惊异"，或者是胡应麟所说的诗歌的妙处就在于意象的运用，以及他们认为意象是意与象的有机结合，意是内在的抽象的心意，象是外在的具体的物象等等观点。都说明意象作为诗歌创作中必不可少的元素"就象虹是阳光和水气的作用产生的新现象一样"所具有的作用。所以说，主观情思与客观形象能互为呼应、契合，就会浑然一体；若两者结合得很勉强，定然是貌合神离的东西。说白了，意象便是寓意于象，以象会意的形象单位。意和象两者必须互相依存，缺少任何一方都不能称作意象。②比如廖伯坦于1932年10月12日创作的《荒凉》③这章散文诗：

　　坐在讲堂上，望着那灰青色阴沉的天空。

　　古老的、幢幢的屋，绝无秩序地崎岖地立着，从墙壁，从瓦上，斑驳与颓然，充分地显现。可知白云苍狗不知已历几许。

　　偶然，一缕炊烟从静穆中飘忽地升起了，开头是浓，而淡，

---

① 〔明〕王廷相：《与郭价夫学士论诗书》，《王氏家藏集》卷二十八，转引自葛荣晋《王廷相的"意象论"》，《山东师大学报》（社会科学版）1988年第5期。

② 王光明：《诗歌意象论》，《福建论坛》（人文社会科学版）1993年第2期。

③《荒凉》，创作于1932年10月12日夜，原载江西《民国日报》，1932年11月。

淡，淡，终于，渺然了。

一种荒凉而寂寥的情调——使我目不转瞬的出神地望着，望着。

在这章散文诗里，"天空""屋""墙壁""瓦片""炊烟"等意象组合在一起，体现了"荒凉"的特点：天空是灰青色的、阴沉的，屋是古老的、毫无秩序地立着的，墙壁和瓦片是斑驳和颓然的，炊烟是从静穆中升起来的。这些意象组合在一起，一幅荒凉的现实图景很自然就展现在了读者的眼前。而这幅荒凉的现实图景，则隐喻着当时阴沉昏暗的社会现状。

当然，散文诗的意象与新诗的意象相同，它一般不像其他诗歌比如古体诗词或歌谣那样，"它不仅选择，而且往往还把它揞扁、拉长，让它更强烈地显示内心的图景，成为一种既取象于外又与外象有距离的、变形的内视象"①。比如廖伯坦的《深夜》②这章散文诗：

> 天空是漆黑得有如锅底，象征着古城的末日。
>
> 风很大。没有人声。灰沙时时被旋得"窸窸窣窣"落寞地响。
>
> 夹长衫太禁不住寒了，但倒也使我兴奋。
>
> 店门都闭了。
>
> 车夫嗓声，拉着空车子默默地彷徨。
>
> 昏黄色的电灯。更蒙上了一层灰尘——街道极黑暗。
>
> 天空是漆黑得有如锅底，象征着古城的末日。

看得出，这章散文诗以比喻等修辞手法赋予了作品完整的语言意义，并传递给读者一种语言美感的艺术价值。同时，从作者的意识和情感的抒发等角度来分析，当读者阅读此作品时，能真切感受到这章散文诗的艺术

---

① 王光明：《诗歌意象论》，《福建论坛》（人文社会科学版）1993年第2期。

②《深夜》，创作于1932年10月12日夜，原载江西《民国日报》，1932年11月。

感染力："天空是漆黑得有如锅底"这个意象具有"黑夜"的特点，而"黑夜"代表的是"恐惧"，是对这个世界的不安；它在此处"象征着古城的末日"，是对末日的担忧，就连有着光亮的"昏黄色的电灯"也被蒙上了一层灰尘，街道也极其黑暗，整个世界都是黑暗的。整章作品，撷取的意象都是冷色调的，"风很大但没有人声""禁不住寒的夹长衫""关闭的店门""拉着空车子彷徨的车夫""蒙上灰尘的昏黄色电灯"等。作者以此隐喻了自己对黑暗的恐惧和不安的情感，抒发了自己对黑暗过后是光明的渴望，以及对末日逝去再重生的期待。

　　一般来说，在诗歌创作中，诗人很难通过直接的语言传递抽象的情感，因此只有通过日常生活的大千世界中存在的"意象"来激发情感。正如亚瑟·弗尔柴尔德所说："如果让我回忆一朵玫瑰、一棵树、一朵云或者一只云雀的意象，我很容易做到；可是如果让我感到孤独、悲伤、仇恨或者嫉妒，我就很难做到了。"[1]此话强调了"意象"在诗歌创作中所发挥的重要作用，同时也呼应了前面提到的艾略特在学术界享有盛誉的"客观对应物"理论。以此，再来分析一下廖伯坦的《秋暮》[2]这章散文诗：

　　　　"嘎嘎嘎"，一群乌黑的归鸦带来了深沉的暮色，使我失了凭借的心中愈加怅惘。

　　　　西方烧得比火还赤——

　　　　是少年的热血？

　　　　是青春的烈火？

　　　　一辆汽车，卷起一团黄沙，随着，飞逝了。

---

　　① Fairchid, Arthur H.R., The Making of Poetry: A Critical Study of Its Nature and Value. The Knickerbocker Press, 1912.p.24. 转引自黎志敏《诗学构建：形式与意象》，人民出版社，2008 年，第 25 页。

　　②《秋暮》，创作于 1932 年 10 月 12 日夜，原载江西《民国日报》，1932 年 11 月。

　　我默默地，抱着怅惘的心，像做了一个轻盈的梦。

　　假如这章散文诗在创作的时候，作者不是通过秋天的"暮色"这个具体的意象来传递一种炽热的抽象情感，而是勉强地用语言直接描述自己在秋季所处的生活环境和心情，就无法达到最后的诗意效果，不但不能引起读者的共鸣，甚至会因滥情而引起读者的反感。所以，作者通过"秋暮"这个主题意象，以及散文诗中的"少年的热血""青春的烈火"等意象进行组合和叠加来激发作品中所要表达的情感。因为"少年的热血"和"青春的烈火"是"火热"情感对应的客观事物，当读者阅读到此意象之时，第一时间的本能反应就是迸发出如火的炽热情感。于是，作者在创作过程中的"像做了一个轻盈的梦"的炽热情感通过意象被激发了出来，读者在阅读过程中的情感也通过诗作中的意象被激发了出来。

　　关于通过意象激发情感，王光明也有精辟的论述："意象派诗人非常讲究寻找思想情感的'对应物'，即要求把情思渗透、冷却到形象中去，同时希望这种形象有坚实、硬朗如大理石般的质感。中国古典诗歌中意象的锋利性和生动性是令人惊叹的，传统诗人组织密集意象的技巧也令人肃然起敬。很多新诗作者创造地继承了这一传统，并利用现代语言的灵活方便，创造出了许多惊心动魄的意象。"[1]所以，读者在阅读廖伯坦的散文诗时，会真切感受到他的作品继承了中国古典诗歌中的意象理论，又比如他的《光明》[2]这章散文诗：

　　从那冰冷的、黑暗的、静穆的天宇中，东方，渐渐地，半丝，一丝；半截，一截——终于，托出了一个赤红得不敢正视的庞大的火球。

---

　　① 王光明：《诗歌意象论》，《福建论坛》（人文社会科学版）1993年第2期。
　　②《光明》，创作于1932年10月14日夜，原载江西《民国日报》，1932年11月。

　　从那球体上，放射了许多的光波——在山尖，在塔顶，在一切的高处。

　　从那里，可看到似乎又蒸上了一层朝气，摇晃且静穆，带着梦样的神秘与诗的情趣。

　　天宇是静静地，静静地，在开展，在移动……

　　可是林中的鸟雀惊醒了——惊醒了。

　　在这章散文诗里，最精彩的意象是"林中的鸟雀惊醒了"，它隐喻了国人在沉睡中被光明唤醒。作品蕴含了作者对光明的渴望，无论是在冰冷的天宇，还是在黑暗的天宇，或者是在静穆的天宇，东方的红太阳都会渐渐地升起来，抒发了作者对黎明一定会到来的坚定信念。

二、借助意象保持诗性特质

　　廖伯坦还有一部分散文诗是以叙事性的随笔杂感形式抒写的。当然，如果散文随笔式的杂感在散文诗创作中处于支配的地位，使散文诗失去了抒情性质的话，那么这样的作品就不能称之为散文诗，它就应该属于散文随笔的范畴。正如吕进所说："散文诗是貌似散文的诗；或者说，它是散文形式的诗；也可以说，它是挣脱了诗的某些形式镣铐而保持着诗的本质诗。"[1] 但是，廖伯坦这类散文诗还是有"诗"的特点的，保持了"诗"的特质。比如他的《古城之秋》[2] 这章散文诗：

　　初秋的黄昏里，古老的城中笼着一重死样的静寂。

　　我，踟蹰在一个荒草遍地的广场上。

　　风过处，暗示着寒冬降临的风过处，传来了为生活而嘶哑了

---

　　① 吕进:《新诗文体学》，花城出版社，1990 年，第 168 页。

　　②《古城之秋》，原载上海《申报》副刊《自由谈》，1933 年 10 月 19 日。

喉咙的叫声、野犬的狂吠以及残叶的瑟瑟的音响。

风，是冷冷地、凄然地、有节奏地扑来，吹到身上有点微凉，"啊！又是一年的秋天了！"这般想着。

远处，一团兵士坐在草地上休息，是"我觉得"吧，他们没有笑，没有谈话，脸上像罩了一层阴沉的面网。

一个老年的乞丐，发着凄厉的声音，战栗地，无力地，给自己道尽了一切可怜的形容词，给他人戴遍了一切尊贵的冠冕，恳求每个"善人"的施与，可是"善人"都急急地走过了。

我出神地望着一株柳树的叶子发怔：它尽是沉默地拂着拂着，秋天的风呵。

这一切，都系住了我的心，紧紧地，我苦痛且懒散地往前走去，像一只日暮失群的乌鸦。

抬头，那边电灯发着惨白的光芒。风更大了，行人逐渐稀少……

这章作品之所以将其归类为散文诗体裁，并不是因为其全文都是散文随笔式的杂感，而是由于作品中运用了一系列鲜明的诗歌意象和诗意语句，因为散文诗不是散文与诗歌的拼凑产生的文体，而是介于散文与诗歌两者之间，是两者交配而降生的一种独立的文体。它不是散文的诗化，也不是诗歌的散文化，它必须具有散文的洒脱与奔放，还必须具有诗歌的含蓄与隽永。① 所以，这章散文诗中的"踟蹰在一个荒草遍地的广场上""野犬的狂吠以及残叶的瑟瑟""风，是冷冷地、凄然地、有节奏地扑来""脸上像罩了一层阴沉的面网""给自己道尽了一切可怜的形容词，给他人戴遍了一切尊贵的冠冕""它尽是沉默地拂着拂着，秋天的风呵""像一只日暮失群的乌鸦""电

---

① 刘晓彬：《江西散文诗百年回眸与述评》，刘晓彬主编：《新世纪江西散文诗精选》，百花洲文艺出版社，2019年，第289页。

灯发着惨白的光芒"等诗歌意象和诗意语句，读者既可以从中感受到凄冷的社会现状，也可以感受到因为这些诗歌意象和诗意语句而产生的凄冷的诗歌意境之美，并且这种美感就是作者赋予这章散文诗的诗性本质。

廖伯坦创作的类似的散文诗还有《迷离》《人间》《牛颂》[1]等。虽然这些作品中有许多杂谈和杂感，但都是为散文诗抒情服务的。作品中有些语句从诗意上来看或许与诗性相差甚远，或者毫无关联，但从情感的角度来分析，这些语句与其他诗意的句子又是融合在一起的，从而使得整章散文诗语句之间的衔接浑然一体。

此外，廖伯坦还有对经典诗歌进行仿写，以及通过对其部分诗句进行"文本再生"[2]的方式创作而成的诗作，比如《也是〈离骚〉》[3]这首作品：

> 帝铜山之苗裔兮，朕皇考曰元宝；
> 唧唧喳喳于马达兮，惟戊卯吾以降。

> 人鉴揆余于初度兮，肇赐余以嘉名。
> 名余曰阿堵兮，字余曰通宝。

> 纷吾既有此内美兮，又重之以修能；
> 扈公子与密司兮，纫衰头以为佩。

---

① 《迷离》，原载 1933 年 10 月 27 日上海《申报》副刊"自由谈"。《人间》，原载 1933 年 11 月 11 日上海《申报》副刊《自由谈》。《牛颂》，原载 1946 年南昌《新闻日报》副刊《新涛》。

② 文本再生：是指作者以他人的文学作品（原文本）作为材料，在此基础上进行程度较小的改写，形成自己的作品（再生文本）。此定义转引自卢虹贝《木心文学创作中的"文本再生"现象研究》，《中国现代文学论丛》2014 年第 2 期。

③ 《也是〈离骚〉》，原载《论语》1933 年第 14 期。

汩余若将不及兮，恐年岁之不吾与，
朝在工友之汗手兮，夕爬乎大贾之腹。

日月忽其不淹兮，荣与枯其代序，
惟刮地皮之匆匆兮，恐拍马之迟暮。

抚老或育崽兮，何不改乎此心也?!　①
乘汽车以驰骋兮，来! 吾导夫先路也!

昔 ×× 为 ×× 兮，孰敢非我之力?
杂烂洋与庄票兮，固不必拘拘。

朝发轫于措大兮，夕荣膺乎"铜把";
你看多么过劲兮，固有求而必应。

老冉冉其将至兮，其好差使之不得;
遂驰骛以追逐兮，孰非心之所急?!

众皆兢进以"魁克勒"兮，凭不厌乎求索;
冀官运之亨通兮，虽侘傺庸何伤?

彼财神之"麦克"兮，既遵道而得路，
何汝之假清高兮，夫唯捷径以窘步!!!

大清律有捐红顶子兮，今之世岂独鲜?

---

① 盖换良心为黑心也。

历然而莫差系，循绳墨而不颇。

伯夷之清高兮，因受用之不长；
周亚父之所违兮，乃遂焉而逢殃。

唯伪君子之伪兮，有"花边"而不找；
岂余作难之不给兮，第人蔽明之不聪！！！

换角子以大洋兮，哥姐娱以自纵；
启九辩与九歌兮，[1] 五子用乎家巷。[2]

喜民生之多艰兮，余快活而流涕，
懒惰余心之所好兮，[3] 虽九死其犹未悔。

怨"蝉头"之浩荡兮，终不察夫苦心，
众人嫉余之修能兮，谣诼谓余以可杀！

固蝉头之工蝉兮，偭规矩而改错，
背绳墨以追曲兮，竞周容以为度。
已矣哉！造你蝉！！！
莫吾知兮！又何怀乎你们？！
既不想麦克麦克兮，吾将从铁将军之所居！[4]

---

[1] 作者注：九者，数之最多者也，如九五、九重、九死之类；"九辩"者即爷死崽分家时恶辩之谓；"九歌"者领了薪水大吃大嚼"长歌当笑"之意。
[2] 即分产不平，演起了全武行。
[3] 钱都藏在库里，不必劳步也。
[4] 作者注：盖将日坐库房终此一生也，亦即《论语》没有稿费之一原因焉。

这首诗是根据屈原的《离骚》仿写的，其中部分诗句属于再生文本。需要指出的是，由于廖伯坦此作的诗题已经注明"也是《离骚》"，意思是告诉读者这首作品是仿写和改写。这里说的"改写"，其实就是指"文本再生"。先对照看一下屈原的原作《离骚》前二十句："帝高阳之苗裔兮，朕皇考曰伯庸。／摄提贞于孟陬兮，惟庚寅吾以降。／皇览揆余初度兮，肇锡余以嘉名：／名余曰正则兮，字余曰灵均。／纷吾既有此内美兮，又重之以修能。／扈江离与辟芷兮，纫秋兰以为佩。／汩余若将不及兮，恐年岁之不吾与。／朝搴阰之木兰兮，夕揽洲之宿莽。／日月忽其不淹兮，春与秋其代序。／惟草木之零落兮，恐美人之迟暮。"然后再对照看一下原文最后六句："乱曰：已矣哉！／国无人莫我知兮，又何怀乎故都！／既莫足与为美政兮，吾将从彭咸之所居！"①这样一对比就一目了然了。

由于这首作品是仿写，因此在艺术特色上采用了《离骚》的表现手法：一是比兴手法在诗歌中的运用。用作比喻的事物与全篇所表达的内容统一，富有象征性。二是对比手法的运用。以"伯夷之清高兮，因受用之不长；／周亚父之所违兮，乃遂焉而逢殃"使自己的正气与"唯伪君子之伪兮，有'花边'而不找；／岂余作难之不给兮，第人蔽明之不聪！！！"的伪君子的行为形成鲜明的对比。三是抒情中有故事情节的叙述。诗中叙述了自己的家世和经历，从而使得这首作品具有了故事情节的成分。四是借鉴《离骚》中楚国民歌的形式，吸收了当时的散文笔法，把诗句加长或缩短，交叉使用三字句、四字句、五字句、六字句、七字句、八字句、九字句，从而形成跌宕起伏的语言节奏。同时，两句用一"兮"字，用在奇句末尾，对调整诗歌节奏也起着很大作用。五是《离骚》基本上是四句一小节，字数不等，而廖伯坦的《也是〈离骚〉》均为两句一小节，字数不等，形成了错落中见整齐，整齐中又富有变化的语句结构特点。六是诗作中不仅有内心

---

①〔战国·楚〕屈原：《离骚》，于立文主编：《诗经·楚辞》，辽海出版社，2015年，第1040—1070页。

独白，还设有主客问答，且有铺张描写等。①

廖伯坦的散文诗创作，虽然仅占他文学创作中很少的一部分，但仍然可以从中洞悉他的才华和学养、审美智慧和艺术魅力，以及他观察当时社会时所具有的心力、目力和胆识。而这些，都已经得到了历史的肯定，特别是他在文学创作方面所体现出来的价值。李耕有一个比较中肯的评价，引用于此作为对廖伯坦文学成就的历史定论，他说："文学作品之于作家，当可以当代论当代或以当下论当下，但在历史的平衡木上，只有在历史的一再淘洗中，才可峥嵘出作品的真正两点。作家的一生，虽是永恒时空中之一瞬，而有的作家，却可在创造性的生命中让历史窥见他的创造性踪迹，即使被一时埋没而隐遁于'野'，甚至自我'低调'到忧患生命的最后一刻，是金子，终究会出土闪光并体现出作家整体人生的文学价值与生命价值。"②

第二节　叶金的散文诗创作

江西散文诗的创作，特别是进入全面抗战时期后，由于各地报刊版面有限，篇幅短小的散文诗也因此成了"四十年代国统区报刊上比较常见的一种文学形式，不仅当时已为人熟知的散文名家乐于执笔，还有不少年轻的作者也乐于尝试，构成了一支比较大，然而分散各地的散文诗作者队伍"③。江西诗人叶金，就是这支散文诗创作队伍中的一位年轻作者。

---

① 游国恩、王起、萧涤非、季镇怀、费振刚主编：《中国文学史（修订本）》(第一册)，人民文学出版社，2002年，第99—100页。

② 李耕：《遗憾，或无须遗憾——丁亥年冬至缅怀前辈作家廖伯坦》，《散文诗世界》2008年第3期。

③ 刘北汜：《〈曙前散文诗丛书〉前言》，叶金著：《阳光的踪迹》，花城出版社，1984年，第1页。

叶金（1922—2014），原名徐柏容，江西吉水人，1944 年毕业于国立中正大学经济系。他于 20 世纪 30 年代末任《诗歌与木刻》《诗时代》吉安版、《四友月刊》《文艺新地》等刊物主编；自 1949 年开始，历任南京《新华日报》采通部财经新闻组组长，天津知识书店编辑，天津通俗出版社、天津人民出版社编辑部副主任，百花文艺出版社编辑部负责人、副社长，编审。国家新闻出版署大学编辑专业教材编审委员等。叶金于 20 世纪 30 年代末开始发表作品，著有散文诗集《阳光的踪迹》，散文集《伊甸园中的禁果》《南国红豆寄情思》，抗战小说《原野之流》《新婚之夜》，诗集《棣华诗集》（合著）等，另出版学术著作《杂志编辑学》《现代书评学》等及教育部大学本科指定教材《期刊编辑学概论》等共 10 余种。

叶金的散文诗创作，主要集中于全面抗战时期，后来结集为《阳光的踪迹》出版。该散文诗集共分"江南碎语""山径晚步""海·星·舟""小河"四集，收录了其 20 世纪 30 年代末至 40 年代中华人民共和国成立之前这段时间创作的散文诗共四十五章。这些作品"讴歌了处于逆境的小人物的纯朴、善良，刻画了一镇一村，一景一物，撷取了生活中的一些细节，也反映了那个时代的人生活上的苦闷和彷徨，情绪上的抑郁，对新世界的强烈向往和追求"①。所以，叶金在创作中得出的结论是："有阳光的地方，就有希望，就有智慧，就有真理……"②而这个结论，使《阳光的踪迹》这个名字，不仅被叶金作为诗题创作出了一章散文诗作品，同时也被他采用为后来出版的散文诗集的书名。

全面抗战爆发后，"诗人们纷纷自觉地投身于时代的洪流之中，直面苦难现实，鞭挞侵略者的暴行，赞美坚韧顽强的中国人民，以诗的语言呼吟出民族的困难与反抗的伟大时代之声"③。同样，当时生活在国统区的年轻诗

---

① 叶金：《阳光的踪迹》，花城出版社，1984 年，扉页"内容提要"。

② 叶金：《阳光的踪迹》，花城出版社，1984 年，第 134 页。

③ 陈芝国：《关怀时代的写作》，王光明主编：《中国诗歌通史（现代卷）》，人民文学出版社，2012 年，第 450 页。

人叶金，没有成为抗战的旁观者，而是用笔参加了战斗：

> 我们手中都执着枪——哦，也许有的不是枪，只不过是笔。
> 但是，你别忘了呵，我们的笔，也是枪！我们的枪就是我们的笔，
> 每一个字都是一颗子弹，子弹射向法西斯敌人！
>
> （《黄昏》节选）

作为中华儿女的一员，叶金用手中的笔同人民群众并肩作战。同时，他从日本侵略者带给我们的深重灾难中，深切地认识到了只有拿起战斗的武器才会有出路，这也是挽救民族危亡，争取中华民族独立解放的必由之路：

> 是的，这一切，一切流过的血、流过的泪，都要用战斗，去向法西斯敌人清算，索回！
> 我们的眼泪要他们用眼泪来还，血债要他们用血来偿付！
> 我们甘愿弃掷一切，也弃掷个人的爱情，正是为了伟大崇高的意念：为祖国而战斗——或者说，对祖国的爱情！
>
> （《爱情》节选）

从叶金的许多篇章中，我们可以看到他力图从各个方面来表现抗日战争的不同情境，比如其中有不少作品表达了作者对故乡沦陷后的悲伤和对日寇的无比愤怒与谴责：

> 我依然是在赣江之滨。但已是在远离南昌的上游之处。注目于流不尽的一江秋水，我知道，她将流经我童年玩耍的地方。
> 在日寇的铁蹄下，那地方，如今是怎么样？流水呵，你能否回流告我端详？

　　昔日江畔的小伙伴呵，如今在何方？是拿起了枪在和日寇周旋于疆场，还是默默地在敌人的心脏？流水呵，你能否把我的祝福带向他们，带向远方？

（《静静的赣江》节选）

　　当我在北方故乡的时候，我并不偏爱风砂。风砂扬起的是一片灰尘，满天黄土。然而，当我今天远离北方故乡，在这春绿平畴的江南，却对北方的风砂，怀有深情的眷恋。在北方古城的旧道上，春天的风砂弥漫，砂砾随风打在面颊上，我觉得，那是多亲切、多幸福啊！

　　北方的风砂呵，我多么渴望你轻轻地扑击在我的双颊上！

　　可是，我失去了风砂，也失去了故乡，只能面对这阳春三月的江南旖旎春光。

　　而故乡，已落在日寇铁蹄的践踏下，已落在野兽的魔掌上……

　　风砂呵，也许你们已经凝聚成为一颗颗钢弹，射向侵略者的胸膛？

（《风砂的怀念——一个北方人的话》节选）

　　这两章散文诗，不仅抒发了作者对故乡的怀念之情，更是抒发了关于故乡在日寇铁蹄下被蹂躏的仇恨之情，唤起广大民众团结起来，为将日寇彻底赶出中国，捍卫中华民族五千年发展的文明成果，同仇敌忾、奋勇协力、积极投入到同日本侵略者的战斗中去，共同书写出一部波澜壮阔的全民抗战的英雄史诗。

　　此外，既有真实再现敌后地区被日寇"三光政策"血洗后的悲惨景象：

　　那儿的树木没有花朵，那儿的林子没有鸟鸣；

399

那儿的溪水失去了欢快，那儿的阳光蒙上了阴翳……

因为：

日章旗染红了父老们的白发，

宣抚班封闭了儿童们的歌喉，

敌兵骑走了年轻人的马……

（《在敌后》节选）

也有真实地再现全民族积极支援抗战的感人场景：

载着军火，载着粮食，载着紫花布……

呵，载着各种各样的给养，

支援我们神圣的抗战……

（《新的公路》节选）

当然，虽然旧中国处于积贫积弱中，但为了反抗侵略，为了民族解放，无数的仁人志士抛头颅、洒热血，用血肉筑起了一道新的长城，抗战的正义性，也预示着胜利也一定属于英雄的中国人民。所以，在叶金的散文诗中，我们还可以读到作者对抗战必胜的坚定信心：

白云翳着我的记忆，阴郁乃在心里结着瓣花。我是在那"暮春三月，江南草长，杂花生树，群莺乱飞"的日子里，离开哺育我的故乡——呵，故乡，在我心头的影子是何等鲜明呵。可是，如今，鲜明的影子却压上了梦魇、魔影，荡摇于心头的已是恐惧化成的愤恨。我仿佛看见，日寇的刺刀插在故乡的胸膛，那散发着家乡气息的泥土上，泛冒起鲜红的血流……

于是，我有一串愤怒的战栗。

而战栗之中，弥漫着深切的怀念，如春草，从江南绿向江北。

我默数着从春天到秋天的这些日子，感到迢长呵迢长。

然而，我也想到：明天，还会有明天！

（《枫叶》节选）

在这章作品里，诗人运用了隐喻的创作手法，把情思融进"枫叶"这个物象，所有的形象特征既是枫叶的，又是远远大于枫叶的，因为诗人的家乡并不常见枫叶，而且秋天也没有"枫叶红遍乡野"的满目红叶，但诗人害怕他所看到的故乡红叶，是同胞们用鲜血染红的黄叶。尽管如此，诗人依然充满了对抗战必胜的信念："在明天来到之前，即使鲜红的血淹没故乡，我相信，也不会从故乡听到一声投降的媚音。"[1]

这一时期，环境的险恶与负担的沉重，使得他由一名追求民主自由的年轻作者很快成长为一名革命战士。因此，他在这段时间的散文诗创作，也正如刘北汜所说："他们的不少篇章所描绘的，正是那个灾难的时代的一幅幅侧影，点点滴滴的记录，从不同侧面展示了他们对饱经灾难的乡土和人民的热爱，对法西斯强盗对我们国土的侵略和轰炸的愤懑和谴责，对他们生活其中的那个社会的黑暗和险恶的揭露和抨击，尽管是含蓄的，却是跃然纸上的。"[2]叶金的散文诗产生于这样一个艰苦的年代和特殊的环境中，这些作品都是诗人在战火纷飞岁月中的心灵结晶。在这个饱经灾难的国土上，叶金点燃散文诗的火焰："让祖国的火把敌人烧得焦头烂额，把祖国的大好河山处处照亮。"在这个黑暗腐败的旧社会中，飞出打破旧世界、追求新社会的战歌："让祖国的火熔断奴隶的镣铐，让祖国到处都是鲜花开

---

[1]　叶金：《枫叶》，散文诗集《阳光的踪迹》，花城出版社，1984年，第7页。

[2]　刘北汜：《〈曙前散文诗丛书〉前言》，叶金著：《阳光的踪迹》，花城出版社，1984年，第1页。

放！"①

叶金的散文诗，在作品风格和表现手法上，主要有六大特点。一是作品在选材、形式、风格、语言、手法等探索之路上，留下了创新的足迹；二是作品的抒情，都是从具体的事物引发出来的，着重形象的表现，很少有空洞的议论；三是作品的想象力丰富，且都是源于生活的；四是作品运用的形式，不拘一格，且富有变化；五是作品行文流畅，注重音色的抑扬顿挫、和谐自然；六是作品所用语言，朴实、流利、顺口，很少有华丽辞藻的堆砌、人工斧凿的痕迹。②

此外，由于叶金生活在国统区，创作环境的险恶，使得他在这一时期创作的散文诗，大部分采取了含蓄的、迂回曲折的艺术表现策略，因此形成了两个方面的艺术特色。一方面是景物的选取，形象且鲜明突出。特别是大自然中的形象选取，诸如"枫叶""赣江""风砂""黄昏""山径""山雨""含鄱口""云""田野""牯岭之晨""牯岭晚霞""海鸟""花朵""星星""蜜蜂""野草""小河"等，无不寄托作者的那种浩然正气。另一方面是意象的选取，壮美且绚丽多彩。无论是再现战火烧过后的场景，还是抒写艰苦生活中的情景，总是能从中挑选出一种可以用于隐喻或者象征的表现对象，借以吐露内心深处已被点燃的革命火焰。

---

① 叶金：《祖国的火》，散文诗集《阳光的踪迹》，花城出版社，1984 年，第 19 页。
② 刘北汜：《〈曙前散文诗丛书〉前言》，叶金著：《阳光的踪迹》，花城出版社，1984 年，第 3 页。

第四编

解放战争时期的诗歌

第一章　江西进步文艺运动

第一节　江西进步文艺运动的发展

对于抗日战争后期和整个解放战争时期，作为国统区的江西，其进步文艺运动是在国民各级政府的严重压迫下，经历了各种艰苦斗争才发展起来的。

特别是自"皖南事变"后，国民党政府在国统区不断加速推行文化专制主义。1942 年 3 月 29 日，国民政府颁布的《国家总动员法》规定：政府在必要时，得对人民的言论、出版、著作、通讯、集会、结社加以限制。[①]同年 9 月，国民党中央宣传部部长张道藩在《文艺先锋》[②]创刊号上发表了《我们所需要的文艺政策》一文。这是一篇由国民党政府主导的文艺政策，具有标志性意义。该"文艺政策"以"创造""三民主义"的"民族文艺"为中心，规定作家的"写作对象：一是统治阶级，二是资本阶级，三是地主阶级……"，并规定作家不得描写"社会的黑暗"，不得写作"挑拨

---

① 中国国民党中央执行委员会宣传部编：《国家总动员法浅释》，中国国民党中央执行委员会宣传部印行，1942 年。

②《文艺先锋》为国民党中央文化运动委员会的文艺刊物，由张道藩创办。1942 年 10 月在重庆发刊，署文艺先锋社印行。1948 年 9 月出至第 13 卷第 3 期终刊。主编先后为王进珊、徐霞村、李辰冬、赵友培等。抗战结束后，《文艺先锋》在国民党"戡乱建国总动员令"的号召下，文学创作上出现了"描写匪区"的潮流，刊物也大量发表所谓的"戡乱文学""剿匪歌谣"等，成了国民党当局反共反人民的舆论工具。

阶级的仇恨"的作品。随后，国民党政府动用其舆论工具，在《文艺先锋》刊物上以"文艺政策讨论特辑"的形式，组织梁实秋、张道藩、丁伯骝等人撰写文章，宣传这一政策必须作为"全国文艺家创作的南针"①，一切作家都必须"站在三民主义的立场写作"②，否则就是违背"三民主义"的文艺政策，必须予以取缔。国民党政府将此作为文艺政策正式提出，是在为其扼杀进步文艺，进一步推行文化专制主义提供文艺理论支撑。

为了贯彻其文艺政策，国民党政府采取了多种措施遏制进步文艺的发展。他们派特务跟踪、盯梢、监视并政治迫害进步文艺人士，同时实行严格的书刊审查制度，随意删改、扣押和取缔进步文艺作品。身处艰难环境中的进步文艺工作者，在国统区广大民众的支持下，继续保持和巩固着广泛的统一战线，与国民党进行了不屈不挠的斗争。对于国民党政府的文艺政策，《新华日报》上有一篇文章把国民党不许暴露黑暗的文艺政策斥之为"鸵鸟"。文章写道："不正视现实的黑暗"，结果"自身固终不免黑漆一团，却先置文艺于死地"。③抗战胜利前夕，国统区进步文艺运动不仅汇入了民主运动的洪流，而且在运动中发挥了积极的宣传鼓动效果。许多民主集会以文艺讲习会、文艺座谈会的方式举行。进步文艺界在民主运动中，把争取民主、争取创作自由的斗争同揭露和批判国民党政府的文化专制主义及其文艺政策的斗争紧密地结合起来。进步文艺工作者还对国民党政府"不许暴露"的文艺禁令，进行了尖锐的批判和坚决的斗争。进入解放战争时期后，身处笼罩着白色恐怖的国统区的进步文艺工作者，仍然坚守岗位，积极参加并开展爱国民主运动。国统区民众为了反抗国民党的残暴统治，先后掀起了声势浩大的"反内战"斗争，"抗暴"斗争，"反饥饿、反迫害"

---

① 《文艺政策讨论特辑》(梁实秋：《关于"文艺政策"》，张道藩：《关于"文艺政策"的答辩》，丁伯骝：《从建国的理论说到文艺政策》)，《文艺先锋》1942年第1卷第8期。

② 《文艺政策讨论特辑》(梁实秋：《关于"文艺政策"》，张道藩：《关于"文艺政策"的答辩》，丁伯骝：《从建国的理论说到文艺政策》)，《文艺先锋》1942年第1卷第8期。

③ 苏黎：《鸵鸟》，《新华日报》，1942年9月27日。

斗争，配合人民解放战争的进行，在国统区开辟了反对国民党的"第二战场"。1947年7月，国民党政府通过了"国家总动员案"，随即下达了"戡乱动员令"，使一切逮捕、监禁和屠杀的暴行借"戡乱"之名进行了"合法化"。

在江西，进步文艺工作者并没有被国民党政府的白色恐怖所吓倒，他们通过各种渠道参加并开展进步文艺活动，除了一部分化整为零转入地下继续坚持斗争之外，另一部分作家和诗人分别去国民党政府允许的"合法"报刊担任重要职务，或在这些报刊的文艺副刊担任主编或编辑，占领文艺阵地，通过这些报刊及其文艺副刊揭露国民党政府的黑暗统治，曲折宣传解放区的文艺活动及文艺思想和政策等。比如在国民党政府"合法"报刊《中国新报》①先后担任总编辑的有进步人士熊克励（熊在渭之胞弟，民革成员，1947年曾因坚持和平，反对内战被迫离开报社去了上海，1949年初回任该报社）、李国华（民盟成员），担任报社主笔的有聂羣（民革成员，后为中共地下党员），主笔与总编辑平级，主笔主管报纸言论、主撰及审发社论、核发专论；总编辑分管新闻编辑、采访、副刊通讯、资料、校对等。该报编排新颖，印刷精美，尤其以文艺副刊《文林》《新文艺》经常刊登进步文章而独秀于江西新闻界。该副刊的主编先后由齐观壁、项飞（民盟成员）、洛汀等人担任，曾发表了姚雪垠、艾芜、郭沫若、傅抱石、茅盾、臧

---

①《中国新报》创刊于民国34年（1945年）11月12日，终刊于1949年5月下旬。社址始设南昌市中山路48号，1946年12月22日迁至南昌市象山路223号。日刊，发行量达8000余份。发行人兼社长为熊在渭（北洋大学毕业，国民党江西省党部委员，江西政学系骨干，南京政府立法委员），后为丁砥南（北洋工业大学毕业，曾任江西《民国日报》经理、副社长等职）。该报初为对开4版。1946年10月6日始，每星期日的对开4版扩为对开6版。1948年7月26日至30日，因南昌报业工人罢工，《中国新报》和《民国日报》等10家报社对开4版的联合版，于1949年5月6日又缩为对开2版。该报除了文艺副刊之外，其他主要栏目有学津双周刊、画刊周刊、新艺术双周刊、世界之窗、通讯、政治周刊、国际要闻、赣省简讯、各县动态、各地鳞爪、时人行踪、读者之声、青年之页、南昌商情表、工商动态、星期日、今日影剧、自然与科学、文化与教育、经济专刊、学园生活等。

克家、秦牧、许钦文等进步作家、诗人的许多作品；组稿范围涉及上海、浙江、香港、陕北等地。该副刊曾举办了《一江春水向东流》影片座谈会，座谈会结论由该副刊编辑、中共地下党员张自旗执笔。担任该副刊编辑的张自旗等人还在《中国新报·文林》和《南昌学生报》上，开展对尼采式的"超人"及法西斯式的"英雄创造历史"等文学观点的讨论与批判。

与此同时，转入地下的进步文艺工作者还选择进步运动开展得比较好的学校作为活动据点。比如1946年2月，中正大学创办的《学习新论》被当局强迫停刊后，学习新论社秘密举办《集纳》小报，选择进步报刊发表的文章并加上醒目的标题，集纳成册，在学生中传看。3月，学习新论社团结进步同学抵制了国民党政府制造的反苏游行，并散发了集体撰写的题为《白山黑水血流成河不休》的评论文章，揭露国民党政府破坏和平，发动内战的阴谋，号召同学们拒绝参加鼓吹内战的游行。从4月开始，中正大学陆续出现了"政治经济研究会""海燕读书会""教育研究会""兰星英语学会"等十五个进步社团。1946年创刊的《青年与时代》在中正大学出版发行，设有文艺、证述、短评等栏目。同年12月，以中正大学的学生为主的江西南昌大中学校进步学生抗议美军暴行①，要求美军退出中国，举行大规模的反美反蒋游行示威，掀起了解放战争时期南昌乃至江西进步学生运动的新高潮。1947年春，中正大学的学生又开展了护校运动，进行了"五二一"②斗争。同年秋，南昌广泛开展了"反饥饿、争生存；反内战、争

---

① 1946年12月24日，正是西方国家圣诞节前夕，即"平安夜"。北京大学先修班（相当于预科）女生沈崇去平安电影院（中华人民共和国成立后称儿童电影院，20世纪90年代拆除，现为东方广场）看电影《民族至上》，途中被驻北平美国海军陆战队的两个士兵绑架到东单练兵场的小树林里强奸。沈崇大呼救命，恰有行人路过听到，遂向北平市警察局七分局一段报警，警士关德俊打电话通知中美警宪联络室派人至肇事现场。肇事美兵威廉士·皮尔逊被带到北平市警察局讯办，另一肇事美兵普利查德此前逃逸。这便是轰动一时的"沈崇事件"。

② 1947年5月21日，中正大学进步学生800余人进城游行示威进行请愿，在牛行车站和中正桥，遭到2000余名国民党军队警察宪兵特务的阻拦和镇压。

和平；反迫害、争自治"的进步运动，在第二条战线上给国民党政府以沉重的打击，也给江西各阶层人民带来广泛的政治影响。同年底，中正大学进步学生创办了《正大新闻》周刊、《正大学生报》，其中 1948 年 1 月创刊的《正大学生报》是中正大学进步学生首次公开出版的铅印报纸，每期印刷 1000 余份，向全国各地发行。报纸为四开单张共四版，第一版为社论、本校学运重大新闻，第四版为各地学运要闻，第二版是各地学生通讯和小评论，第三版是文艺副刊"呼吸"，中缝为广告，每期字数 12000 至 13000 字。1948 年 3 月，中正大学法学院成立了中共地下党小组。4 月，中正大学学生自治会发起助学运动，帮助学生解决失学危机，并在南昌各大剧院组织义卖演出，支持助学运动。同年底，由中共地下党组织领导的非公开发行刊物《学生报》[①]正式出版。

觉醒中的江西省立工业专科学校进步学生，为了同国民党政府的压迫统治进行有效的斗争，1947 年上半年，矛舍（傅师曾）、公丁（勒公贞）、汪文浩、陈更新、陈得枝、胡来、张鹏、麻桑、麻德明、彭作雨、彭穗九、黎东初等进步学生怀着对革命未来的美好憧憬，成立了《流星》文艺月刊编辑委员会，矛舍担任主编。编辑成员除了本校进步学生之外，还吸收了中正大学进步学生以及文艺界和新闻界的进步青年。他们自筹经费，在极其困难的条件下，《流星》创刊号于当年 9 月 1 日出版发行。该刊是 16 开的铅印本，封面和内页均用一种新闻纸。封面朴实无华，在它的右上部，印出"流星"两个红字，十分醒目。创刊号上刊发的作品有：江澄创作的论文《论小说作法的严格性》、伽心创作的论文《怎样写小品文》，胡来创作的小说《申保叔这人》、冷香创作的小说《最后的呻吟》，罗蓬创作的诗

---

① 《学生报》试刊于民国三十七年（1948 年）12 月 24 日，正式创刊于 1949 年 1 月 1 日，终刊于 1949 年 4 月。周刊。共出 7 期。社址设在南昌市中山路皇殿侧特 1 号，营业部设在中山路书店。社长喻中行，发行刘实（国民党中央政府立法委员）。报纸试刊时为对开 2 版，正式创刊时扩大为对开 4 版，第 3 期开始改为 16 开 4 版。主要栏目有：学府春秋、选论、每周一校、每周一歌、化学讲座、读书心得、读者之页以及广告等。

歌《我要去流浪》、彦红翻译的诗歌《故国》(M. Y. Lemontov 作)、胡来创作的诗歌《当桔子上市的季节》、翼青创作的诗歌《牧羊儿》、桃红创作的诗歌《小丫头》、矛舍创作的诗歌《像没有灵魂一般》《为什么没有歌?》，胡来创作的散文诗《银色的朗笑》、傅衍创作的散文诗《夜》，以及张鹏创作的散文《静静的黄浦江》、何朗创作的评论《关于李白》等。[①] 他们在创刊号的编后记中写道："但愿这刊物能名副其实，当它划过天空的一刹那能发出热与光来，使夜行的人们能发生一些亲切之感。"《流星》的创刊发行，不仅引起了江西文坛和社会人士的关注，而且打破了省立工专弥漫着的沉闷的政治空气，从此该校的进步学生逐渐朝着《流星》的方向集结，成为江西进步文艺运动的生力军。1948 年 4 月，省立工专进步师生周君放、谭一鸣、彭穗九、傅师曾、李德和、郭洛军、喻为直、刘士明、李昌强等，组织秘密团体"生活读书会"，通过读书活动，团结广大进步青年学生。"生活读书会"的会员经过严格挑选之后，由开始的几人很快发展到二三十人。女中出刊《夜光》壁报，介绍北京、上海等地的学运情况，抨击国民党政府的腐败黑暗，讽刺校方的专制独裁。同年底，省立工专成立"大家唱"歌咏队，在进步学生中广泛开展唱进步歌曲活动。临近江西解放的时候，唱进步歌曲已经逐渐公开并盛行起来。歌咏队也由成立初期的十几人迅速发展到五六十人，其间常与南昌女职、南昌女中等校进步学生开展联合学唱活动。"大家唱"歌咏队所学唱过的进步歌曲有 40 多首，其中大家最爱唱的歌曲有《山那边哟好地方》《你是灯塔》《团结就是力量》《我们的队伍来了》《唱出一个春天来》《四一悼歌》《苗家苦》等。同时，进步学生还组织了一个"大家跳"舞蹈队，带动大家热情地跳起秧歌舞，以表达长期在国统区生活的学生追求光明、向往进步之情。进步歌曲的传唱和秧歌舞的传播，对于宣传教育和团结广大民众，鼓舞大家的斗志，起到了十分重要的作用。

---

① 矛舍:《〈流星〉出版始末》，张自旗、矛舍、李耕著:《老树三叶》，中国文联出版社，2007 年，第 160 页。

1949 年 3 月，省立工专学术部筹办《工专学生》报。4 月 11 日，《工专学生》报第一期正式出版发行。这是一张十六开铅印小报，主要栏目设有社论、专题研究、思想评论、文艺副刊、学生动态、编后小记等。该报在第一期的头条位置发表了廖伯坦署名为"中道"的文章《今天的学生所该做的》，鼓励学生以叛逆思想来反抗国民党政府的统治。他提出了"建立以人民为本位的新道德观念""憎爱一定要分明""彻底消除知识分子的优越感"等三个进步观点。这一期还发表了海岸写的《小布尔乔亚意识形态的基础分析》，对小资产阶级思想作了种种分析。《工专学生》报不仅在校内发行，还邮寄给南昌市各大中学校学生会，以及上海、杭州、长沙等地学校。该报总共出刊六期，其间也受到过国民党政府新闻部门及特务的追查，但都被巧妙地化解，直到中华人民共和国成立后才宣布停刊。应该说，江西省立工业专科学校的进步学生，在抗战胜利至江西解放的这段历史时期，与广大革命群众一样，政治上迅速觉醒，掀起了一次又一次反抗国民党政府压迫的斗争，在江西进步文艺运动史上写下了光辉的一页。[①]

随着解放战争由战略防御阶段转为战略进攻阶段，战场迅速推进到黄河以南广大地区，革命形势喜人，国统区社会各阶层人民的反美反蒋爱国民主运动风起云涌，波澜壮阔。学生进步运动是当时革命运动的主力，同时与工人运动密切地结合在一起。学生进步运动的高涨，也促进了整个民主运动的高涨。1948 年 8 月以后，中国共产党领导的解放军与国民党领导的部队，双方的军事力量已经发生了更大的变化，国民党政府也开始对学生进步运动加大了镇压的力度。中共党组织根据此时的形势，决定充分发动群众，依靠群众的力量，冲破国民党政府的镇压，开辟新的战场。在江

---

① 彭穗九、傅师曾、李德和：《江西工专学生运动的回忆》，共青团南昌市委员会编：《江西文史资料选辑：南昌青年运动回忆录》，中国人民政治协商会议江西省委员会文史资料研究委员会，1981 年，第 339—357 页。

西，中共地下党组织为了有更大的作为，征求党组织负责人李健①同意后，决定办一个综合性的进步文艺刊物。据张自旗回忆：

> 当时在我所联系的学生中，除了参加读书会活动外，提出了创办文艺刊物以便联系更多青年学生的建议。我向党组织负责人李健同志作了汇报。经过党组织研究决定后，李健同志同意出版这样一个文艺刊物，同时指示：这个刊物的内容应该是无产阶级领导的人民大众的反帝反封建反官僚资本的文艺，用来发展进步力量，团结中间力量，打击顽固落后力量；注意隐蔽，防止暴露，既要使刊物公开流传，又要使敌人无法弄清编辑出版人员及地址。
>
> 初次讨论刊物的编辑工作是在公园里。参加的有显中、国模、时烽、康新、纯民、圣亮和我。大家啃着烧饼，讨论了读书小组的工作，也简单谈了刊物的设计。正式的会议是在康新家召开的，确定了以"荆棘社"的名义出版《荆棘文艺丛刊》；商定了发刊词的内容和执笔人（显中）；初步约了稿，对印刷出版以及发行工作作了分工；决定认捐出版经费。参加这次会议的除以上七人外，记得还有李耕、王梅汀（现改名王梅定，云南《个旧文艺》主编）、大彬等人，其余的人我也记不清楚了。另一次会议是在中国新报社我的住房内开的，参加的人还有一个女职的教员、诗人孟依帆，"人民的旗"几个字是由他介绍女职教员、画家江一波写的。这次会议表面上是友朋相聚，实际是我把稿件情况向大家作介绍。——《荆棘文丛》第一辑《人民的旗》稿件来源有三：一是同人写的；一是洛汀推荐的（如李一痕）；一是我约朋友写的

---

① 原中共南昌城工部负责人李健同志在《江西党史通讯》1987年第1期的回忆录《进入江西》一文中提到过这段史实，他写道："《中国新报》党小组由张自旗、聂袭组成。张任副刊编辑与各中学左派文艺青年有广泛的联系（如胡显中、罗时烽、熊国模、廖圣亮、钟纯民、胡康新等同志），出版《人民的旗》。"

（如苏东平的《诗——人民的旗》）。^①

　　刊物取名为《荆棘文艺丛刊》，第一辑名为《人民的旗》^②，于 1948 年 12 月 12 日出版。这是一本革命色彩浓厚的综合性文艺刊物，刊发了诗歌、小说、散文、评论等体裁文学作品共 15 篇（首）。其中第一篇是社论性质的论文《对当前文艺运动的意见》，经荆棘社同人集体讨论，胡显中执笔，陈夜审改定稿，文章发表时署名为"丐佬"^③。该社论首次提出了"革命文艺统一战线"的问题，指出"左"的盲目排斥任何阶层的文艺工作者，与右的机会主义、尾巴主义都是错误的，同时指出"不是说只顾到团结而不要斗争"，"如果没有批评，那么许多劣根性将永不能根绝，还必然地影响团结的基础"。在写作目标上，提出了"文艺服务于人民的最高原则"，"文艺运动必须以农工为主要对象……，更必须以服从无产者的利益为前提"，"文艺自始是属于人民大众的，所谓人民文艺就是以新民主主义思想为创作基本原则，而新民主主义又是以反帝国主义、反封建主义以及反官僚资本主义为中心思想的"。在写作态度方面，提出了"须要向农工大众去学习……，必须抛掉自身的知识分子优越感，这便产生了作家生活思想改造的问题"，"一个真心为人民利益的文艺工作者必定是与人民共呼吸的"。这一期除了刊发苏东平的诗评文章《诗，人民的旗》，以及公刘的诗《我诞生在第二次》、李耕的散文诗《我是来自严冬的》、李一痕的散文诗《一个士兵》、陈夜的诗《这不是哭泣的时候》、包白痕的诗《饥渴》之外，还发表

---

　　① 张自旗：《关于出版地下文艺刊物〈人民的旗〉的回忆》，中国人民政治协商会议江西省南昌市委员会文史资料研究委员会编：《南昌文史资料》（第一辑），1983 年，第 39—40 页。

　　② 这是解放前夕南昌市唯一的由中共领导的、人民大众的、反帝反封建反官僚资本主义的文艺刊物。主要成员有张自旗、康新、时烽、显中、国模、圣亮以及王梅汀、洛汀等等，32 开本，见南昌市地方志编纂委员会编：《南昌简志》，方志出版社，2004 年，第 570 页。

　　③ 胡显中：《引导青年的明灯——忆〈人民的旗〉出版始末》，《党史纵横》1993 年第 4 期。

了王梅汀的《一个孩子的死亡》，作品描写了一个小公务员，因为收入菲薄，物价猛涨，无钱为爱子治病，忍心看着孩子死去的巨大悲哀；但是的《超人的悲哀》，作品抨击了奉行折中主义的貌似公正的"超人"，指出"折衷主义"是用以"缓和人民革命的情绪，是一个虚无缥缈的幻想"；易文翔的《辟身份》，作品揭示了在时代潮流冲击下"有身份"的人的分野，或以身份为护身符作为时代的殉葬品，或从中解脱出来同人民大众结合为一体；田贺的《田地》，作品讴歌了土地和土地的主人要翻身、求解放；古烽的《恐吓》，作品记述了一个国民党特务分子恐吓一个不谙世事的小青年的故事，只是因为他在读高尔基的作品；麦沃的《搜括》，作品宣示了国民党政府不仅敲骨吸髓地榨取工农的血汗，同时也要尽手段对民族资产阶级进行的搜刮。[①]

此外，1948 年冬，南昌市地下民盟组织，决定以私立振德中学民盟支部为基础，吸收少数进步青年学生参加，在本市发行一份不定期出版的地下刊物《解放快报》，作为与国民党反动派作斗争的锐利武器，宣传中国共产党的方针政策，收录来自中共延安和新解放区邯郸电台"红色广播"传来的新华社消息，报道解放战争的胜利进程以振奋人心，团结群众，打击敌人，迎接南昌解放。[②]其他值得一提的为推动江西进步文艺运动发展的刊物还有：1947 年 6 月在南昌创刊的《艺虹》双月刊，其中刊发了俞灰马的新诗《风》，青狄、伟文的《鲁迅、茅盾木刻》，项飞的木刻《找生活去》，小风的作品《人才与奴才》等作品；1947 年 6 月在南昌创刊的《学生界》综合性文学月刊，刊发了亚田的《铁蹄下的歌女》、袁大任的《夜的对话》、简世昌的《回乡草》等作品；1947 年在南昌创刊的《赣风》，刊发了小平

---

① 张自旗：《关于出版地下文艺刊物〈人民的旗〉的回忆》，《南昌文史资料》（第一辑），政协南昌市委员会文史资料研究委员会编印，1983 年，第 40—42 页。

② 蒋文澜：《记迎接南昌解放的〈解放快报〉——纪念南昌解放四十七周年》，《南昌职业技术师范学院学报》1996 年第 2 期。

的《如此救济》、记者的《锅铁大王冤屈记》、太史婆的《新天方夜谭》、诸葛黑的《鸡零狗碎录》以及星光的中篇小说《憾》等作品；1948年4月在南昌创刊的《协风》，社长由甘炳然担任、主编由刘景如担任，该刊在《发刊词》中写道："本刊完全是由几位纯洁的青年朋友，用自己的血汗孕育出来的。我们郑重声明，我们是纯正的、学术的。"并刊发了尼亮的新诗《我站在春天的原野》、响云的小说《卖菜妇》及散文《无尽的控诉》等作品，1948年在南昌创刊的《时风》半月刊，刊发了高霞云的《对当前教育的控诉》、学光的《叫人民怎样活下去》，以及《抢购与买卖》等作品。①

　　江西的进步文艺运动是在抗日战争时期民族灾难深重和解放战争时期翻天覆地社会巨变的年代中进行的，它是中国新文艺运动的重要组成部分。"从著名作家到普通的文艺战士，都发挥了自己的力量，在不同的广度和深度，影响着社会和群众。"②对这一时期国统区文艺运动的成就，茅盾曾在中华全国文学艺术工作者代表大会上作过总结："从斗争的总目标上看，国统区与解放区的文艺运动是一致的；从文艺思想发展的道路上看，双方在基本上也是一致的"，国统区的进步文艺工作者，固守着自己的岗位，"对于人民解放战争，都起了积极的推动或配合作用"，取得了"显著的成就"。③另外，中共地下党组织通过进步文艺工作者领导的各类文艺组织，在团结国统区文艺工作者共同坚持斗争方面，做了许多工作，发挥了文艺界统一战线的积极作用，这也是处于国统区的江西进步文艺运动能够胜利发展的一条重要经验。

　　① 南昌市地方志编纂委员会编：《南昌市志》（第六册·卷二十八），方志出版社，1997年，第290—291页。

　　② 李健、陈炳岑、张自旗主编：《编者的话》，《爝火集——东南诗与散文选（1937—1949）》，江西省社科院赣文化研究所，1998年，第13页。

　　③ 茅盾：《在反动派压迫下斗争和发展的革命文艺》，中华全国文学艺术工作者代表大会宣传处编：《中华全国文学艺术工作者代表大会纪念文集》，新华书店，1950年，第48页。

第二节　江西进步文艺运动中的诗歌创作

尽管自"皖南事变"之后，国民党积极反共，各级政府不断强化特务统治，关押进步青年，推行文化专制主义，查封进步书刊，使得国统区的政治更加黑暗，但在江西，直至抗战胜利，诗歌创作者依然满怀着高昂的革命激情，关注着并投入到时代的主潮，深刻反映并揭露当时的社会现象，不断推动着社会历史的进步。

一、诗歌创作的艺术特点与思想内容

进入解放战争时期，江西进步文艺运动继续在曲折中不断前进，有的转入地下，有的出现在"反内战、反饥饿、反迫害"群众运动的校园中，还有些创作出来的诗歌，在进步编辑的支持下，发表在部分报纸的副刊上。其中南昌有洛汀[①]担任主编、张自旗担任编辑的《中国新报》副刊《文林》和《新文艺》，公刘等南昌中正大学进步学生担任主编的《正大学生报》副刊《呼吸》，以及《新闻日报》副刊《新涛》，《流星》文艺月刊等。需要说明的是，虽然南昌的《民国日报》由国民党政府直接控制，但该报副刊在进步编辑的暗中操作下，先后刊发了文莽彦、何怒、熊子蕾等进步青年诗人的诗作；上饶有彭荆风、李耕先后担任主编的《民锋日报》副刊《牧野文艺》《春蕾》和《每周文艺》，九江有陈迟、吕亮耕先后担任主编的《型报》副刊《诗专页》和《大地》等；此外，上海的《申报》《大公报》等报

---

① 洛汀（1919—1998），浙江湖州人，1938年参加浙西抗日游击队，历任《怒火文艺》《战地》《新诗源》编辑，《青年报》《正气日报》主编，《中国新报》副刊、《新文艺》主编，第二野战军四兵团新华社编辑、记者，《国防战士报》编辑，《边疆文艺》评论组组长，《滇池》月刊主编，昆明市文联主席、政协副主席及老干部诗词协会理事长，《春城诗刊》主编，编审。他于1937年开始发表作品，著有散文集《第一夜》(合集)、《远离北京的地方》、《清凉世界》等。《云贵高原的春天》获云南抗美援朝散文奖、西南军区文艺检阅大会散文奖，《五百里滇池》《天下第一奇观》均获云南省作家协会散文奖，《仙山佛地》获云南省1981年至1982年文学创作奖。

纸的副刊先后刊发了陈迟、蘅果等江西进步青年诗人的诗作。可以说，在这些报刊和进步编辑的培育下，产生了一批诗歌的创作骨干力量以及优秀的诗作。虽然有些诗作是他们的起步之作，但影响至今。

这个时期江西诗歌创作的主要艺术特点是，诗人直接从艰苦和火热的战斗中汲取创作素材。比如文莽彦的新诗《突击者》①，以被关押的突击者为创作对象，描写了久渴于自由的突击者与敌人的斗争，抒发了"首先突击出来的／你需要更坚强的战斗啊／为着那些尚在突击的人们"的革命情感。他的另一首《我们第一次试枪》②，表达了对革命战争的积极支持："我们将用这支枪／向强盗们严肃地解释／什么叫做奴隶的出路。"而何茫在他的新诗《越过》③中，保持了革命的警惕性，指出只有采取斗争的手段和"反抗的意志，也决不屈服、消散"，才能"别让吃人兽底脚／踏住我们底心／我们要把它们赶出去／从我们的头上"，争取自身的翻身解放。

歌颂人民解放战争的正义性，也是这一时期江西诗歌创作的重要主题。虽然国共两党的"重庆谈判"达成了《双十协定》，给中国人民带来了和平、民主、团结的希望和曙光，但在1946年6月底，国民党政府全面撕毁《双十协定》，第三次国内革命战争爆发。在这个战火纷飞的年代，江西诗人并没有成为内战的旁观者，而是用笔参加了战斗。比如朱门怨的新诗《训练训练》④，站在千百万劳苦大众的立场上，抒发了"穷人不愿打内战／壮

---

①《突击者》，原载1944年6月20日《民国日报》副刊《新生》。

②《我们第一次试枪》，原载1947年2月《民国日报》副刊《新生》。

③《越过》，原载1947年4月10日《中国新报》副刊《文林》。何茫，江西南昌人，曾任中学教员，1949年5月参军进军大西南，在云南牺牲，著有诗集《我呼喊》(1948年)。

④《训练训练》，原载1947年7月《民锋日报》副刊《牧野文艺》。朱门怨，本名朱兆瑞，江西瑞金人，革命烈士，曾就读于协和医学院，学潮后潜返上饶参加文学活动，成为彭荆风、李耕主持的"牧野文学社"成员。1949年解放前夕，朱兆瑞在瑞金被捕，就义时高呼革命口号，年仅28岁。

丁真可怜"的真实心声。而陈迟在他的新诗《风雪》^①中，表达了对以斗争反对斗争的正义性的认识，并借"起舞者"的口叹息："那太阳有谁知道 / 去向何方？……"同时，他在新诗《生活》^②中，表达了对广大劳苦大众自愿参与解放战争的认识："战斗，我向你衷心俯首 / 甘心情愿接受你的鞭挞 / 为了赶上那已经整队而去的 / 我这就挺身奔来了 / 你无边际的风暴呀……"张自旗则从内战带给广大劳苦大众深重灾难的角度，抒发了对革命战争正义性的支持，他在新诗《饥饿》《给中庸主义者》^③中写道："血淋淋的手制造了可耻的战争 / 血淋淋的手制造了无穷的饥饿""听吧 / 无数愤怒的声音在向你们呼喊 / 滚"。另外，张自旗还在散文诗《这不是哭泣的时候》《〈小城之春〉随想》^④等作品中，用全部热情歌颂了对美好生活的向往。

揭露和讽刺国民党政府的黑暗统治，也是这一时期江西诗歌重要的创作题材之一。比如蘋果在他的新诗《失乐园》^⑤中，揭露了"老人家的尸体用烂席子包了出去 / 刚出生的孩子丢在池塘里 / 到处是血，是泪 / 失去了阳光的欢乐"的民不聊生的社会现实，并在《黑色的旱海》^⑥一诗中，表达了"我们不要什么，只要自由的刀剑"的渴望。同样，矛舍也在他的新诗《葬礼——一个农民的死》^⑦中，揭露了"一生他从未有痛快的过一次 / 生活尽叫

①《风雪》，原载 1947 年上海《申报》副刊。陈迟（1926—2015），江西九江人，本名陈晓梅。四十年代开始在江西《正气报》《前线日报》、金华《东南日报》、江西南昌《中国新报》、江西九江《型报》、上海《文汇报》等报刊发表诗文作品，曾任江西九江《型报·诗专页》编辑。中华人民共和国成立后在上海《解放日报》等新闻单位任职。

②《生活》，原载 1949 年上海《大公报》副刊《文艺》。

③《饥饿》《给中庸主义者》，原载 1948 年 6 月 10 日《中国新报》副刊《新文艺》。

④《这不是哭泣的时候》《〈小城之春〉随想》，原载 1948 年 12 月 29 日《中国新报》副刊《文林》。

⑤《失乐园》，原载 1947 年 12 月 19 日上海《大公报》副刊《文艺》。

⑥《黑色的旱海》，原载 1948 年 7 月 23 日上海《大公报》副刊《文艺》。

⑦《葬礼——一个农民的死》，原载 1948 年 2 月 6 日江西上饶《民锋日报》副刊《牧野文艺》。

他拮据中过去"的生活无望的社会现实，诗行中透溢出的是对生命毫无眷恋之情；他的另外一首《为什么没有歌唱》[①]，讽刺了那些"哭的依旧是无同情地哭 / 笑的有时更猖狂"的没有生活理想的无聊人生就像行尸走肉一般，呼吁那些爱唱歌的人，为了生活理想，也为了曾经有过的美丽的梦，努力去歌唱。而苏东平的新诗《芦笛》[②]，则是借芦笛抒发了"到处是寂寞而又荒凉 / 灵魂在啜泣呜咽…… / 还滴着血和泪珠"的悲伤情感。不同的是，杨鲁平在他的散文诗组章《东之葬曲（三章）》[③]中，抒发了对苦难生活挣扎后是"践踏过冬魔的尸体，新的人群站起来了"的期望。类似主题的诗作，还有熊子蕾的新诗《不吉利的旅行》[④]，尽管前行中一片渺茫，连最后的一滴泪水都耗光了，在旅途中也找不到目标，但还是坚持"我必须长年流浪 / 不管明年有没有春天"。罗蓬的新诗《我要去流浪》[⑤]，则表达了"共同守着夜的消逝 / 共同等待着黎明"的期望，以及对新社会的信心。同样，俞百巍的新诗《心墟啊，新墟》[⑥]，也表达了"心墟啊，新墟 / 它应该有繁华的梦想 / 它也不会永远这样 / 不安地沉睡……"的坚定信心。

在解放战争期间，诗歌创作表现比较突出的当属公刘和李耕。特别是

---

①《为什么没有歌唱》，原载 1947 年 9 月 1 日南昌《流星》创刊号。

②《芦笛》，原载 1948 年 3 月 2 日江西上饶《民锋日报》副刊《春蕾》。苏东平，抗战期间曾在江西万载县税务局工作，发表大量新诗，代表作有《百叶窗的忧郁》等。

③《东之葬曲（三章）》，原载 1948 年 2 月《中国新报》副刊《文林》。

④《不吉利的旅行》，原载 1947 年《民国日报》副刊《文学》。熊子蕾（1913—1976），江西南昌人，四十年代曾任《大众日报》《中国新报》编辑、编辑部主任，中华人民共和国成立后先后任教于南昌师专、江西教育学院和江西师院。

⑤《我要去流浪》，原载 1947 年 9 月《流星》文艺月刊。罗蓬，1927 年生，江西萍乡人，本名罗树人，曾任江西宜春行署文化局副局长。著有《曙窗随笔》《红梦疑案》《罗蓬诗词选抄》等。

⑥《心墟啊，新墟》，原载 1948 年 3 月上海《新诗潮》。俞百巍（1927—1996），江西广丰人，笔名卢琼、卢景、肖邦等，香港达德学院毕业，40 年代在东南及香港报刊发表诗文作品，中华人民共和国成立后曾任遵义市委宣传部部长、贵州省文化出版厅厅长。曾与人合作改编出版少数民族剧目《秦娘美》《奢香夫人》。

解放战争后期，全国各地大量青年学生与知识分子，加入人民解放军滚滚洪流，不仅大大加速了解放全中国的进军步伐，也为日后中华人民共和国建设提供了雄厚的人才准备。江西南昌一批大中学生，进入以刘伯承将军为校长的军政大学第四分校。他们以军校学员身分，即刻随第二野战军第四兵团大军南下，沿滇、桂、黔边地实施战略大迂回，历经"八千里路云和月"，直抵云南边陲。在这些热血青年的队列中，就有公刘。粗略计算下来，包括公刘、白桦、林予、彭荆风、周良沛、郭国甫、赵季康、兰芒、陈希平、姚冷、王公浦等近20位"文化人"，便是中华人民共和国成立之初出现在"彩云之南"而名扬全国的那一个文学群体，是云南军区文化部长冯牧麾下的一支所向披靡的劲旅。全国各大报刊连续发表他们的小说、诗歌、散文，电影院里也在播映他们编剧的故事片和歌剧片，一时之间传为中国文坛佳话。[1]中华人民共和国成立前公刘创作的诗歌，据不完全统计，已流传下来的诗作有64首（章），其中新诗20首，散文诗44章。散文诗是公刘在这一时期的主要创作体裁，他当年的散文诗创作受到鲁迅《野草》[2]的战斗性的影响。他于1946年发表的散文诗《冬天，冬天》，以及出版的散文诗集《夜梦抄》中诸多篇章，其中比如《纤夫》《撒旦的祷告词》《汲水的女郎》[3]等篇章，都产生过影响的深远，后来均成为中国现当代散文诗经典之作。同样，李耕也创作了不少的新诗，但他的主要创作体裁还是散文诗。他自1947年在《民锋日报》副刊《牧野文艺》上发表散文诗处女作《青春的烦恼》以来，一发不可收。随后，他创作出了《黑色的笑》[4]《沉默》《罪恶的脚迹》《诗人，你变节了——给黎稚云式的诗人》《路·桥》《歌唱你诗人——悼李满江》《夜，阴森森的夜》等一系列"渴盼新生、追求光

① 徐怀中：《假如从不曾有过公刘的诗》，《文艺报》，2019年8月5日。

②《野草》，中国第一部散文诗集，于1927年由北新书局首次出版。

③《纤夫》《撒旦的祷告词》《汲水的女郎》，分别载于1947年7月30、8月8日《中国新报》副刊《文林》。

④《黑色的笑》，原载1947年11月24日《青年报》副刊《青鸟》。

明"的"战歌"式的散文诗和新诗佳作。特别是写于 1947 年闻一多遇害一周年之际的脍炙人口的《沉默》，以及《诗人，你变节了——给黎稚云式的诗人》等名篇，极具战斗性。之后的 1948 年 10 月至 1949 年 1 月期间，李耕在其主编的《民锋日报》副刊《每周文艺》上又陆续发表了数十章形似短诗的散文诗。江西解放前夕，该刊物副刊被迫停办时，李耕在该刊物的终刊号上发表了最后一章散文诗《告别——为〈每周文艺〉终刊作》①，"以象征的手法抒发了他对停刊的愤怒和对光明未来的渴望"②。

由于报刊大多都非常欢迎并愿意发表散文诗这类精致短小体裁的作品，因此这一时期，不仅是江西新诗的发展期，更是江西散文诗的繁荣期。在散文诗创作方面，除了以上提到的之外，还有彭荆风创作的散文诗《梦》《信》③、廖伯坦创作的散文诗《牛颂》④、李一痕创作的散文诗组章《灯下小集（三章）》⑤、胡来创作的散文诗《银色的朗笑》⑥、傅衍创作的散文诗《夜》⑦、矛舍创作的散文诗组章《含羞草（五章）》⑧、田贺（周鹤年）创作的散文诗《田地》等，都是当年的经典之作。这些散文诗佳作不仅使江西诗歌乃至散文诗创作逐渐走向大气，而且使文学对当时社会生活的反映达到了比较深刻的程度，对推动时代的进步发挥了积极的作用。值得一提的是，当时江西的散文诗创作者都比较年轻，大都在 23 岁左右，因而这些散文诗创作者后来也都成为江西当代散文诗创作领域的骨干力量，特别是李耕等人，逐渐成为中国著名的散文诗大家。此外，同一历史时期的江西散文诗创作者

①《告别——为〈每周文艺〉终刊作》，原载 1949 年 1 月 21 日《民锋日报》副刊《每周文艺》终刊号。

② 王福明：《李耕：耕耘者，燃火者》，《福建乡土》2018 年第 4 期。

③《梦》《信》，原载 1947 年 11 月 26 日《民锋日报》副刊《春蕾》。

④《牛颂》，原载 1946 年《新闻日报》副刊《新涛》。

⑤《灯下小集（三章）》，原载 1947 年《新地》诗刊第一期。

⑥《银色的朗笑》，原载 1947 年 9 月 1 日南昌《流星》创刊号。

⑦《夜》，原载 1947 年 9 月 1 日南昌《流星》创刊号。

⑧《含羞草（五章）》，原载 1948 年 3 月 18 日《民锋日报》副刊《牧野文学旬刊》。

中，还有灰马、叶金、泥土、邵璇、郑雨、孟依帆、石岚等一批具有代表性的散文诗人。当然，解放战争时期散文诗的繁荣，还有一个重要原因是，这些年轻的作者热衷于散文诗创作，是一种"散文诗"兴趣的自觉，至少是潜自觉，当时感觉这种精短且可抒叙的文学样式，宜于含蓄且隐曲地表达自己的心境。①

二、诗歌发表的地下刊物与其重要作用

值得一提的是，"解放战争时期，在'戡乱'文纲日趋浓密的局面下，东南地区的新老作家、文艺斗士，接过新文艺运动的战斗火炬，百折不挠的利用一切可能的途径，或隐晦曲折、或嬉笑怒骂、或冲锋陷阵，撞击那即将死亡的腐朽朝代，迎向人民的春天"②。1948 年，陈夜（张自旗）在地下党中共闽浙赣工委南昌城市工作部的领导下，征得中共南昌城工部负责人李建同志的指示和支持后，以外围组织文学社团"荆棘社"的名义出版《荆棘文艺丛刊》。该地下文学丛刊第一辑取名为《人民的旗》，内容体现新民主主义文化思想，即反帝、反封建、反官僚资本，为工农兵服务等，宣传真理，唤醒民众，③ 于是提出了"当前文艺运动的意见"，明确指出，诗是"人民的旗"，"诗歌需要大众化"。刊物稿件由陈夜邀约公刘、李耕、吕怀、苏东平、王梅汀、孟依帆、易文翔等进步青年来撰写。该刊物于当年10 月秘密出版，共刊发文学作品 15 篇（首）。刊物铅印出来之后，一部分由胡康新、熊国模、罗时烽、胡显中、钟纯民等在同学中秘密发售或赠送，另一部分经中共地下联络站文化书社、维新书局等在几家小书店暗中销售。虽然这本刊物只有 32 开 32 页，但这份揭露旧社会黑暗，向往光明前景的刊物，不仅迅速在青年学生、工人和南昌市民中引起了轰动，也进一步促

---

① 红杏：《关于散文诗——李耕访谈》，《散文诗世界》2005 年第 3 期。

② 李健、陈炳岑、张自旗主编：《编者的话》，《爝火集——东南诗与散文选（1937—1949）》，江西省社科院赣文化研究所，1998 年，第 13 页。

③ 胡显中：《引导青年的明灯——忆〈人民的旗〉出版始末》，《党史纵横》1993 年第 4 期。

进了全城人民的觉醒。香港《大公报》还在显著版面对它特别报道，在社会上产生了重大影响。①特别是该刊物当年一直都以较大的篇幅推出了不少关于诗歌的论文以及新诗和散文诗，对当时的江西文学界产生了深远的影响，感染了一批热血文学青年，为江西诗歌的发展起到了积极的推动作用。

　　其中在《人民的旗》中首推的由吕怀和苏东平撰写的两篇诗论文章，为江西进步诗歌创作指明了方向。吕怀在诗论文章《论诗歌大众化》中，首先肯定了"文艺的新方向是大众化"，并批评了在当时国内的诗坛上，"大众化却被轻视、嘲笑，甚至加以拒绝的倾向"。在肯定了大众化方向的基础之上，作者进一步论述"不仅是形式的问题，更重要的是内容问题"，"大众化的基础，即建筑在反映真实的人民生活的内容上，即诗歌必须反映人民的生活、斗争和要求"；而且必须"站在和人民共呼吸同患难的立场，用人民自己的思想感情和语言，通过他们自己所熟悉所喜爱的形式来反映它"。作者以李季的《王贵与李香香》和马凡陀的《他们不要瞎子去当兵》为诗歌大众化的例证。最后作者以马雅可夫斯基富有鼓动性的诗句作结："街道／我们的画笔／广场，我们的色板／革命的伟大史实／还没有完成／未来的诗人啊，进向街头去／作为鼓手，又作为诗人。"而苏东平在诗论文章《诗，人民的旗》中，以满腔的热情指出："诗，在人民世纪里，已不是宫廷的玩物、少数人享乐的艺术品，是从贵族王朝手里夺回来，交还给人民，让人民大众去品评。""诗，象一面旗子，旗上的语言，是一个国家全民的意愿。诗，是人民生活的旗子。人民诗人，硬是扛大旗兼吹鼓手哟……"②

　　同时，《人民的旗》还推出了不少战斗性强的作品。当时刚从军统的牢狱中逃脱出来的诗人公刘，以《我诞生在第二次——为一个有大觉悟的人而写》来庆祝自己的新生，"我完完全全是一个新人，新人需要新的天

---

① 蒋文：《中共南昌城工部领导的报刊反蒋斗争》，《铁军纵横》2008年第2期。

② 张自旗：《关于出版地下文艺刊物〈人民的旗〉的回忆》，《南昌文史资料》（第一辑），政协南昌市委员会文史资料研究委员会编印，1983年，第39—43页。

地，旧的天地没有资格容纳我，它也容我不下"，并歌唱着"我这才是从旧世界走来，向新世界走去"的喜悦。李耕在他的散文诗《我是来自严冬的》中，愤怒地谴责与鞭笞了国民党的法西斯统治。李一痕的散文诗《一个士兵——死·并不一定痛苦》，通过一个士兵的死亡，控诉了国共两党重庆谈判失败后国民党发动内战给人民带来的深重灾难。陈夜的新诗《这不是哭泣的时候》，整首诗篇充满了革命激情："看啊 / 中国的土地上 / 燎原的大火烧起来了 / 一个巨大的声音 / 在向我们召唤 / 斗争，斗争，斗争。"包白痕的小诗《饥渴》，用白描的手法，展示了工农被"饥渴 / 田地 / 干燥得 / 皮肤折裂"所煎熬，而国民党政府的刀枪却露着牙满嘴"饥渴地喝着人民的血"。[①]

此外，由中正大学进步学生创办的《正大学生报》，是解放战争时期江西出版的第一份进步学生刊物，它突破了国民党政府的禁令，大声地说出了学生和群众心里想要说的话；它以鲜明的政治立场讴歌了民主、自由、科学、进步，猛烈抨击了国民党政府的黑暗统治；它以大量的篇幅介绍了国际进步学生和青年的活动，报道了全国学生的斗争，也报道了中正大学和江西学运的情况，起到了鼓舞江西进步学生斗志的重大作用。全国学联曾指示其国内联络部加强与《正大学生报》的联系，香港进步学生出版的《香港学生报》也主动与《正大学生报》建立联系，并不断邮寄《中国学生丛刊》等大批学运资料和出版物，全国学联还按期寄来香港出版的党的机关刊物《群众》。

解放前夕，1949 年 4 月 17 日，中正大学进步学生在南昌举办了声援南京"四一"惨案及追悼"四一"烈士大会。会上，由楼显模同学朗诵了段鸣皋创作的新诗《悼——祭"四一"烈士》。随后，南昌市中学教师结束罢教之后，全市中学生举行尊师大会，大会上由中正大学学生楼显模同学

---

① 张自旗：《关于出版地下文艺刊物〈人民的旗〉的回忆》，《南昌文史资料》（第一辑），政协南昌市委员会文史资料研究委员会编印，1983 年，第 39—43 页。

朗诵了段鸣皋创作的新诗《给南昌教师》^①，江西进步文艺运动的发展正式进入巅峰，同时江西现代诗歌的发展也进入自五四文学革命以来的巅峰状态，并以此良好的姿态迎接新中国的诞生。

---

①《给南昌教师》，原载 1949 年江西工专学生编印《工专学生》(铅印本)，中正大学学生 "四一血案声援会油印的《声援公报（2）》"。

第二章　公刘的诗歌创作

第一节　生平和创作道路

公刘（1927—2003），原名刘仁勇、刘耿直。出生于江西南昌。1932 年秋，进入南昌大成小学就读。1937 年，其创作的非命题作文《致日本小朋友的一封公开信》，宣传抗日爱国思想，被老师推荐到南昌《民报》发表。这是公刘发表的第一篇作品。1939 年 3 月 27 日，南昌沦陷[①]后，公刘从南昌流浪到赣州。后公刘进入赣州中学就读，又考入国立第十三中学（位于吉安青原山宋代青原书院和清代阳明书院遗址），一切费用全免，从初中一年级一直读到高中毕业。就读期间，公刘开始接受中共地下党的领导，与同学们一道和国民党的军事教官作斗争。在此期间，公刘开始创作诗歌。1940 年，公刘创作并发表悼亡诗《悼张明》。从严格意义上来讲，这是公刘正式发表的诗歌处女作。此诗"是一首孩童的泪水般晶莹纯洁的悼亡之作，可惜因战火，动荡，加之年湮代远，再三努力也不曾发掘到这枚'古莲子'"[②]。1943 年，公刘创作并发表长诗《春水，她晶莹的眼泪》。

1945 年 9 月，公刘就读于南昌中正大学法学院。同年底，创作并发表

[①] 1939 年 3 月，冈村宁次对南昌周边地区发起突然袭击。从 3 月 17 日起，在海军、空军配合下，日军开始进攻南昌。3 月 27 日，南昌沦陷了。战斗中，日军伤亡 1.3 万人，中国军队伤亡 10 万余人。之后，中国军队虽然集合兵力进行反攻，却终未能夺回南昌。

[②] 刘粹：《诗比人长寿——写在〈公刘文存〉编后》，公刘著、刘粹编：《公刘文存》（诗歌卷·第一册），安徽文艺出版社，2018 年，第 1 页。

诗作《自画像》，这是迄今为止所见到的公刘最早的诗歌手稿，该诗因当年书写于一帧照片的背面而侥幸得以保存下来。1946年，他加入南昌中正大学左翼团体"海燕读书会"，投身学生进步文艺运动，并开始用"公刘"的笔名创作一些杂文、诗歌，揭露和抨击了国民党政府统治的腐败与黑暗。同年，他创作的诗歌评论《艾青及其诗作》，发表于《中国新报》副刊《新文艺》1946年12月24日、12月31日，这是迄今为止所见到的公刘最早的一篇诗论。1947年2月，公刘发表短篇小说《吃人世界》，同时为纪念俄国大诗人普式庚（今译"普希金"）遇害110周年而作新诗《沙皇和普式庚》[①]以及《普式庚，俄国的春天》一文。同年7月至8月，他的散文诗系列《夜梦抄》共36章在《中国新报》副刊《文林》上陆续揭载，后被香港《野草》杂志转载。同年底，中正大学进步学生创办《正大学生报》，公刘负责联系印刷的事务，同时负责报纸的画版、编排、各种字体及符号等技术性工作，因为作为半工半读的公刘当时正好在《中国新报》社任资料员一职，报社有一部分倾向进步的熟人可以帮忙。该报的副刊名《呼吸》，是根据公刘的建议确定的。所有稿件审阅，由林增伟、朱光剑和公刘三人负责，重要稿件审阅由张英荃负责。

　　1948年初，春节刚过，公刘便选择旧历年的时机，避开了国民党特务的盯梢，着便衣在父亲的掩护下，乘火车取道杭州前往上海，在接上了全国学联的关系后，旋赴香港进入地下全国学生联合会宣传部参与学联机关刊物《中国学生》的编辑工作，其公开的社会职业是生活书店附设持恒函授学校社会科学组导师和《文汇报》副刊编辑。在香港期间，公刘根据正大同学刘戎、雷大坤来信详细叙述的这一年上半年的斗争情况，用笔名"杨戈"撰写了学运通讯，发表在《群众》上，然后寄回江西鼓舞进步学生

---

①《沙皇和普式庚》，原载1946年2月3日南昌《中国新报》副刊《文林》。

继续斗争。同年底，公刘由洪遒^①和葛琴^②介绍，加入中华全国文艺界协会港九分会。1949 年初，由曹伯韩^③介绍，加入香港中国新文字协会，并当选为理事。在港期间，公刘的文学创作取得了斐然成绩，他用不同化名，先后在香港的《群众》《正报》《中国学生》《野草》《中国诗坛》《华商报》《文汇报》《大公报》《周末报》《星岛日报》等报刊上发表多种体裁的文学作品。公刘的第一部中篇小说《暴动》，由袁水拍^④编辑连载于《大公报》副刊《文艺》；一时备受瞩目的杂文《过河卒子行状》，发表于《文汇报》副刊《新闻窗》。同时，他还和黎先耀^⑤二人化用三名，在香港进步报刊上开辟了《三人影评》专栏，又以"刘尧民"（金尧如出"尧"字，汪汉民出"民"字）的特定称谓，负责与湘、赣两省的大专院校联络，并据所得资讯编写有关动态，供内部参考。

1949 年 10 月 14 日广州解放后，公刘从香港回内地参加中国人民解放

---

① 洪遒（1913—1994），原名章鸿猷，笔名蔚夫，电影评论家，浙江绍兴人，1948 年加入中国共产党。他于 1933 年后参加左联和剧联，1936 年毕业于大夏大学法学院。系中国影协第三届理事、第四届常务理事、广东分会主席、中国剧协广东分会副主席。

② 葛琴（1907—1995），女，江苏宜兴人。她曾入上海大学学习，1926 年后从事中共地下工作，任上海中央局宣传部内部交通员，抗战时期历任《青年文艺》《东南战线》《力报》《大刚报》副刊编辑，南方局文委委员，《小说月报》编委，1949 年后历任中央电影局编剧、北京电影制片厂副厂长。

③ 曹伯韩（1897—1959），湖南长沙人，现当代著名语言学家，著有六部语言学专著以及 20 余部历史、地理、国际关系、青年修养等社会科学方面的通俗读物，如《语法初步》《世界历史》《语文问题评论集》《中国文字的演变》《怎样求得新知识》《国学常识》《民主浅说》《通俗社会科学二十讲》等文化普及读物，均曾产生过较大影响。

④ 袁水拍（1916—1982），原名袁光楣，笔名马凡陀，于 1937 年在香港参加文艺界抗敌协会，任候补理事、会刊编辑。后历任上海《新民报》《大公报》编辑，《人民日报》编辑、文艺组组长，中宣部文艺处处长，文化部艺术研究所负责人，中国文联第一、三届委员，中国作协第一、二届理事，全国第三、四届人大代表。

⑤ 黎先耀（1926—2009），浙江杭州人，1948 年毕业于上海暨南大学工商管理系。他曾从事抗日救亡宣传工作，后任香港《文汇报》《经济日报》高级编辑、《科技导报》特约编审，曾任北京自然博物馆副馆长，创办并主编《大自然》杂志。

军。同年 11 月，他随军赴大西南，先后任新华社四兵团分社见习记者、云南军区《国防战士》报见习编辑、昆明军区文化部文艺助理员。在由粤经桂、黔入滇的千里行军途中，他即兴创作了不少枪杆诗和快板剧。1953 年，公刘被借调参与撒尼人叙事长诗《阿诗玛》①的整理工作，此长诗歌颂了撒尼族人民反抗强权势力，追求幸福生活的美好愿望，富有浪漫主义色彩。公刘将工作重点放在原始记录的诗化上。同年底，经西南大区文联提名，公刘加入了中国作家协会，其抒情诗在西南军区（即第二野战军）文艺大检阅中荣获一等奖。1954 年，公刘的第一部诗集《边地短歌》由中南文化艺术出版社正式出版。他参与整理，并在文字上进行了加工和润色的叙事长诗《阿诗玛》首发于《云南日报》，同年 7 月由云南人民出版社正式出版第一种单行本。此后，又于同年底和 1955 年、1956 年，分别由人民文学出版社、中国青年出版社、中国少儿出版社、外文出版社先后正式出版和再版。当时，《阿诗玛》一经出版，便"引起了社会各界的关注，各种报纸杂志纷纷发表评论，对《阿诗玛》的整理出版表示了极大的欢迎和肯定。《阿诗玛》引发了中国民族民间文学热"②。

1955 年，公刘调北京中央军委总政治部创作室任创作员。《人民文学》连续发表了他表现西南边疆战士生活的三组诗作《佤佤山组诗》《西双版纳组诗》《西盟的早晨》。这些作品，使他成为西南边疆诗人中最早获得较高评价的诗人。此外，《人民文学》还发表了他的小说《祝你一路平安》等。同年，公刘的第二部诗集《神圣的岗位》由湖北人民出版社正式出版。1956 年，《人民文学》连续发表了他的两组代表诗作《在北方》《上海抒情》。此后，"公刘总是不断给看似热闹实则寂寞的诗歌界带来一些新的礼物，新的

---

①《阿诗玛》是云南彝族支系撒尼人口头流传的美丽而富有特色的长篇叙事诗，被撒尼人称为"我们民族的歌"，阿诗玛的传说已经成为撒尼人日常生活、婚丧礼节以及其他风俗习惯的一部分，在人民中间广为传唱。

② 文边：《撒尼叙事长诗〈阿诗玛〉》，《人民日报》（海外版），2006 年 3 月 2 日。

刺激，有时是新的题材，有时是新的意象，有时是新的手法……"①同年，公刘的第三部诗集《黎明的城》由中国青年出版社正式出版。电影文学剧本《阿诗玛》结稿，并获得中央文化部电影局审批通过。1957年，公刘一生中唯一的爱情组诗《迟开的蔷薇》发表于《诗刊》，这也是1949年后国内率先以第一人称抒写的爱情诗。这一年，是公刘文学创作发表和出版的丰收年，先后有以民间传说和歌谣为基础创作的长诗《望夫云》由中国青年出版社正式出版，短篇小说集《国境一条街》由中国青年出版社正式出版，诗集《在北方》由作家出版社正式出版，电影文学剧本《阿诗玛》单行本由中国电影出版社正式出版，另有寓言讽刺诗以及《西湖诗稿》等怀古诗陆续发表。这一年也是公刘遭逢劫难的开始年，他还"没等到反右派运动，就撞在了'文艺哨兵'（姚文元）的枪口上，被宣布为'不良倾向'的代表"②。从此，公刘先后经历了"反胡风、肃反、反右派，直至被打入'黑五类'，在炼狱中几近沉默煎熬20余年，晚年终得以恢复了人的尊严和人的意识，却又被病魔和死神五次三番地纠缠，真可谓一生命途颠踬坎壈。然而，生命意义中如此高昂的代价，被一个真诚而执着的诗人化作了巨大的勇气，歌吟，抗争，沉思，探索，拷问，由是，灵魂得以长存"③。在这20余年里，虽然中途（1962年）调到山西《火花》杂志社工作，其间也创作了一些诗作，比如1963年创作的说唱长诗《尹灵芝》第一稿，在《山西日报》和《火花》上进行了部分选载，在"文革"时也创作了组诗《封闭》以及纪念周恩来总理等；但是，公刘真正回归诗坛是在1978年。

回归诗坛后，公刘进入了第二个创作黄金期，虽然一直与病魔作斗争，可是"他不但写下了以《活的纪念碑》《重轭浮生》为代表的人生实录，以

---

① 邵燕祥：《忆公刘》，《文汇报》，2003年1月15日。

② 邵燕祥：《忆公刘》，《文汇报》，2003年1月15日。

③ 刘粹：《诗比人长寿——写在〈公刘文存〉编后》，公刘著、刘粹编：《公刘文存》（诗歌卷·第一册），安徽文艺出版社，2018年，第1页。

《纸上声》两卷为代表的沉甸甸的血性文章，还有《南船北马》等多卷诗作，纪行旅，抒愤懑，感时横议，以文为诗又以诗代文，诵之作深沉的铜声"①。或许是沉默了太久的缘故，公刘积聚在一起的旺盛创作力如火山般喷薄出来。他在坎坷一生的后期，先后向读者送上了他出版的长诗《尹灵芝》，诗集《白花·红花》《母亲——长江》《骆驼》《大上海》《仙人掌》《南斯拉夫思绪》《南船北马》《绿野诗笺》《刻骨铭心》《相思海》《梦蝶》，诗选集《离离原上草》《公刘诗选》《公刘短诗精读》《公刘诗草》，散文诗集《夜梦抄》，诗论集《诗与诚实》《诗路跋涉》《乱弹诗弦》《谁是21世纪的大师》《跨越代沟》，散文随笔集《酒的怀念》、《活的纪念碑》、《重轭浮生》、《纸上声》(两卷)，报告文学集《裂缝》，杂文集《不能缺钙》等。

在公刘的文学人生中，目前流传下来且已公开结集出版的短诗有1046首，长诗2部，诗、歌、译稿3组，以及杂文、散文、随笔、谈话录、序跋、评论和小说、剧本、报告文学等各种体裁文学作品528篇。应该说，公刘的一生，"无论年少时的一派天真、热血、激情，还是嚼烂人生苦果后晚境中的冷峻审视、大胆质疑、苦苦探寻和苍然回望，在在都生动地证实着这一点"②。也正如刘锡诚在追忆公刘时所评价的那样："诗人的一生，欢乐的时光少，悲苦的日子多。我为他的生平际遇感到悲伤。但历史不会计较人生的细节，公刘诗篇中闪耀着的炽烈诗情和睿智思想，将永远活在读者之中。"③

① 邵燕祥：《忆公刘》，《文汇报》，2003年1月15日。
② 刘粹：《诗比人长寿——写在〈公刘文存〉编后》，公刘著、刘粹编：《公刘文存》(诗歌卷·第一册)，安徽文艺出版社，2018年，第1页。
③ 刘锡诚：《追忆我所认识的公刘》，《中华读书报·家园》，2014年9月3日。

第二节　新诗和散文诗创作

由于处在硝烟弥漫的岁月，随着时代更迭，再加上公刘当时为了自我保护，发表作品时曾用过二三十个笔名，后来有些笔名连他自己都已逐渐淡忘。公刘在这一时期的诗文创作，尤其是他奋斗于香港期间的创作，许多作品已无从稽考，因此能流传下来的诗文作品并不多，其中诗歌只有64首（章），含新诗20首，散文诗44章。

一、新诗创作

公刘是在抗日战争即将迎来胜利曙光的时分正式开始诗歌创作的。他一进入诗坛，作品中透溢出的那种为追求民主、自由和光明，对社会的黑暗和统治的腐败不断进行揭露的斗争意识，便体现出了其思想的进步。从他1945年岁尾在南昌创作的新诗《自画像》中可以看到："看眼睛知道你失眠，/从失眠测定你构想的诗篇。//修眉是不甘收敛的翅膀——/有什么样的痛苦将它灼伤？//但铁腭依旧紧咬着决心，/而决心又始终紧咬着敌人。"这是一首给自己照片题写的小诗，我们从那青涩的坦荡和率真中，看到了当时进步青年身上所具有的鲜明的时代印记。

这一时期公刘的诗，产生于一种特殊的境遇中，而且这些作品都是诗人在解放战争时期这样一个烽火连天的时代中的心灵结晶。是人民解放战争的正义性，点燃了诗人情感的《火焰》[①]，因为"火焰必须呼吸空气，/正像诗人必须呼吸火焰"，所以"这火焰炼就灵感的剑，/诗人又拿剑来写他的诗篇"。在战火硝烟的年代里，"诗人只会用剑，/诗人生死都在前线"。但是，对于《什么是革命？》[②]这问题，诗人有着这样的诠释：

---

①《火焰》，原载1946年3月南昌《野草文丛》第八集《春日》。
②《什么是革命？》，原载1947年7月南昌《野草文丛》第八集《春日》。

把一万字的宣言，

缩写成一千字的短篇，

这个，

并不叫作革命。

我曾经

读过一个句子：

路易十四说："朕即国家！"

瞧，四个字，比你还短！

然而，

人民还给路易十六的，

更短；

只有三个字："断头台！"

在这里，诗人是站在人民的立场上，来表现自己所处的这个时代的重大主题，抒发千百万劳动人民的革命心声，从而吹响革命斗争的嘹亮号角：你把国家当成个人的私产，人民就把你这个人送上断头台！

歌颂人民解放战争，是这一时期诗歌创作的重要主题之一。在战火纷飞的年代，诗人没有成为人民斗争的旁观者，而是用枪，也用笔参加了战斗。他们同人民群众并肩作战，从日本帝国主义发动全面侵华战争和国民党掀起第二次国共内战带给我们的深重灾难中，深切地认识到中国共产党领导的革命战争背负着民族和人民的希望，以革命的战争去反对反革命的战争，正是中华民族和中国人民争取解放的必有之路。[1]因此，当时的公刘在投身学生进步运动的同时，积极地用手中的笔参加革命，以火焰一般的

---

① 吴欢章：《论解放区诗歌》，《吴欢章学术文选》，复旦大学出版社，2009年，第119页。

热情歌颂革命战争：

我们要举起准确而有力的拳头

代替语言，

告诉敌人：

我们很强悍！

我们有足够的信念

支持到明天；

支持到

当另一支军队

踏平锯齿般的群山，

前来救援！

（《活下去！》）

希望有一种

打不破窗玻璃的暴风雨，

更希望，

有一只海燕

在壁上飞；

（姿态要优美！）

于是，

你好落笔：

勇敢呀，战斗呀，

这当然是

革命的诗句！

（《送你一枚刺》）

这是战斗的诗篇。当诗人看到真理被放逐，斗士被格杀，阳光照不到这块土地时，黑暗已经封锁着城市，街上没有了行人，只有小丑和谣言在证明法律，在享受着自由！春天也被关进了牢狱，恐怖在进行，黑暗也在进行，时间在拖着它们和推着它们在进行。它们想停顿，却停不住；它们想占领，却占不稳。它们只好用更残酷更沉重更恶毒的步子，来践踏人们！于是，诗人号召不愿做奴隶的人们站起来，让饥饿、寒冷、迫害来得更猛烈些吧！挺起胸，迎接风暴和血腥的到来，最后斗争的胜利一定属于人们！①

我们也看到，在"和风雪搏斗的日子"里，诗人用笔呼唤着春天，因为"树林/是春天的据点"；在"和黑暗搏斗的日子"里，诗人用笔呼唤着光明，因为"火把/是光明的据点"；在"和恶魔搏斗的日子"里，诗人用笔呼唤着真理，因为《我们，是真理的据点》②。从这豪迈充满激情的诗句中，我们不难透视出当时的公刘，对于冲破黑暗的统治，一定会迎来春天、光明和真理的到来的那份自信。

在公刘许多的诗篇中，还有一些作品揭露了国民党统治的腐败和社会的黑暗，比如他在《一觉醒来》③这首诗作中写道：

> 一觉醒来，景物全非。
> 昨日垂死的竟又生，
> 昨日新生的竟又死。
>
> 昨日是雾，
> 夜来雾更浓重；

---

① 公刘：《奴隶的诗篇》，刊载于 1948 年 3 月油印诗刊《铁兵营》第 10 期。
②《我们，是真理的据点》，此诗刊载于 1947 年 6 月南昌《正大学生》副刊《呼吸》。
③《一觉醒来》，原载 1946 年 11 月南昌《中国新报》副刊《文林》。

今日却是密云，是暴风雨，
——而前天
则中天一轮艳阳，
地上亿万张笑脸。

一觉醒来，天地变色。
有人说：呵，终于来了！
有人说：唉，果然来了！
有人说：呀，怎么又来了？
来了，来了，历史真残酷呵！

——又是铁矿涨价的时候，
人们用什么去买铁？
用鲜红的
而且是有限的
血。

　　一觉醒来，天地就变色了，这样的生活是在抽穷苦人民的筋，剥穷苦人民的皮，挖穷苦人民的血！正如公刘在他的随笔《磨》中所描述："生活！生活！这真不是人的生活！""我知道这是因为有许多磨子在转动的缘故。这时，一定有血在渗流，肉酱在飞迸，骨骼在拆裂，如同我所遭受的一样。""千万被迫害者同一命运。'呢哩哑——呢哩哑——'，这就是生活对他们的款待。"[①]

　　同时，诗人对当时社会腐败的黑暗现实也表达了强烈的憎恨，比如他

---

① 公刘：《磨》，《中国新报》副刊《新文艺》，1948年3月18日。

在《发了酵的面包》①一诗中写道：

那些

吃白面包，

胖得

像白面包一样的家伙，

他们的

一切

也都是发了酵的！

捏一把，瘪气，

撕一下，粉碎，

他们

永远比不上红糙米结实！

在这首诗作里，诗人以讽刺的尖锐笔锋，真实而生动地刻画了当时那帮胖得像白面包一样且不堪一击的统治阶层富人的丑陋形象，并从侧面揭示了当时劳动人民的穷苦生活。

另外，对于国民党的恐怖统治和血腥镇压进步学生和职业青年的残酷行为，诗人愤怒地进行了无情的揭露和抨击：

我们是十三个，

没有名字的十三个。

没有人知道我们死了，

---

① 《发了酵的面包》，原载 1947 年 8 月南昌《正大学生》副刊《呼吸》。

没有人能找得着我们；

我们没有一块碑，一张遗嘱，

没有的，没有的，我们活着的时候紧张工作，

没有工夫想到死。

你们不用寻找我们，

骨骼、腐烂了的皮肉，以及斑凝着血迹的绳索，

都已经不是我们的标记，

难道你们不知道

在中国的旷野，曝尸的实在太多了。

…………

（《我们是十三个》）

这是公刘在香港期间于 1949 年 1 月创作的一首小长诗，他在作品的题记中写道："南京来人说：在最近大恐怖中的被捕者，已经有十三个学生和职业青年，遭到了特务的秘密杀害。姓名不详。"诗人在这首小长诗中以烈士的口吻，展现了那种不怕死的革命意志："我们留心谛听那渐渐走远了的脚步，/我们贪婪地抓住每一句话，每一个断续的音节，/我们兴奋地响应了一声带头四周爆炸的《国际歌》，/我们为那简单有力的道别辞'同志们，再见！'感到光荣。/死，的确实很平凡的，/我们的死和他们的一样"，以及坚定的革命信念："假如人能够生一千次，/让我们一千次都生在中国，/假如革命要求我们死一千次，/那也就让我们一千次都死在中国罢"，并赞美了这十三个学生在临刑前依然不屈不挠地坚持斗争的革命精神："地狱的门不是为我们开的，/它不承认我们的死亡。/它说：方志敏、瞿秋白、/李公朴、闻一多、/于子三、王孝和……/都不在这儿，都不在这儿，/你们都活着，你们都活着……"我们就是你们，你们就是我们，你们永远活在人民的心中。

此外，公刘在《中国要爆炸》《是一个漆黑的夜晚》《啄木鸟》①《枕头的故事》《我们是魔鬼，我们是上帝》等一系列作品里，他用全部的热情歌颂了革命战争。他歌唱："我走在中国，/就像走在火山上，/只要轻轻地，轻轻地/用手指头一戳，/立刻，会喷出漫天大火！"他歌唱："擦亮仅有的火绒/记住含笑的泪眼/再握一次手再相互道一声：明天！"他歌唱："啄木鸟呀/快准备好你的火花/我们受难的祖国底森林呀/几秒钟以后/立刻燃烧！/立刻爆炸！"他歌唱革命的枕头："胜仗不是哥哥一个人打的，/枕头应该向大家慰劳！"他歌唱："我们既然做了敌人眼中的魔鬼！/我们就一定是自己的上帝！"他歌唱："中国人民/大胆地嘲笑一切的神灵和拜物教！"他歌唱："我们的命运，/子孙的命运，/人类的命运，/都掌握在我们自己手里！"

二、散文诗创作

公刘的诗歌创作，除了新诗之外，散文诗是其在解放战争时期的主要创作体裁。他当年的散文诗创作"重视冷峻的抒情和象征手法的运用，着力于艺术的暗示，具有警辟、含蓄的特色"②。比如他的散文诗《夜莺与圣像》③，我们摘录其中一部分来阅读：

> 有一个自命英雄的英雄，他觉得还不够英雄，于是他自己造了一座圣像，立在旷野之中。
> 这旷野的确很大，然而很贫穷；没有草木，只有沙漠。
> 沙漠，沙漠，没有路。可是人们却像骆驼，一群群，一个个，

---

① 《啄木鸟》，原载 1948 年 2 月 5 日《武汉时报》副刊。

② 孙玉石、王光明：《散文诗的几个问题》，孙玉石、王光明编选：《六十年散文诗选》，江西人民出版社，1985 年，第 633 页。

③ 《夜莺与圣像》，原载 1947 年 4 月 15 日《中国新报》副刊《文林》。

寂寞地寂寞地打这儿跨过。或者就是，痛苦地痛苦地在这儿中断了生活。

茫茫的大沙漠呵，是受难者的坟墓。

水的饥渴，绿色的饥渴，希望的饥渴，还有生命的饥渴；人们祈求，人们被旷野上的圣像所诱惑，人们艰难地向前摸索，可是，圣像依旧立在那儿，倨傲，冷淡，残酷……

当死神离人们只有一步，人们最恐怖但也最现实。美丽的口号不能充饥，自命英雄的英雄只好没落。

然而，自命英雄的英雄又不甘没落，他还是疯狂地在旷野上演说，招徕一切过往的人们，一斤一两地贩卖着水和"幸福"，他命令每个人都向那座圣像膜拜，人们看看那圣像，很高耸，嫌它太远，也觉得自己肚子饿。英雄说，"束紧裤带吧，就在那座圣像下面，有一片苍翠的森林，还有一条清冽的小河。"

人们问他沙漠的尽头，英雄回答以恐吓。

"一千里一万里呵，这沙漠，自古就没有人能够跨过……"

接着，英雄拿出一个骷髅，人们从他手臂下佝偻而过；回头望，看见那骷髅的没有眼睛的眼睛，深深的黑黑的似乎隐藏着，并且在表示着什么。

人们愈走近圣像，脚下愈踏着骨骼。

人们愈走近圣像，心上愈燃起怒火。

全然是被欺侮的被损害的羞辱呀！

原来圣像立在旷野的中央，而这旷野，又正像是一口巨大的锅。人们已走进锅底，风吹着沙浪，满天飞着沙的棺椁。

…………

在这里，诗人用象征的创作手法，抒发了"忽然，听见圣像的脚下有许多绝望的叫喊。那不过是千万群受难者中的一群，他们捏紧拳头，而拳头里迸射出火星"的夜莺应该歌唱"在骨头上绝对站不住英雄"的强烈革命情感。整章散文诗，所有的形象特征即是"夜莺"与"圣像"的，又是远远大于"夜莺"与"圣像"的，作者注入了"捏紧拳头"准备战斗的不屈不挠的革命精神，但这革命精神的载体，又像一个代数方程式，可以代入各种不同方式投入革命的大致相同的经验，求出具体一些的得数来：你可以说这是一群被"自命英雄的英雄"的"圣像"欺骗后全然明朗和觉醒的民众的象征，也可以说是中华民族觉醒的象征。于是，诗人在最后借"夜莺"的嘴进行歌唱：

> 夜莺不能靠童话来养活，
> 正如受难者的粮食不是诱惑。
>
> 受难者呀请接受我的同情，
> 受难者呀请听我预言；
>
> 在尸骨上绝对站不住英雄，
> 在尸骨上绝对站不住英雄！

应该说，当作品铺叙到这里之后，公刘通过"夜莺"与"圣像"这两个象征物，把革命情感和意志力等内容凝聚在一起，号召觉醒后的广大被欺骗的无知受难民众起来反抗，准备战斗。

黑格尔说："象征要使人意识到的不是它本身那样一个具体的个别事物，而是它所暗示出来的普遍意义。"此话的意思是："赋予象征意义的事物总有比它自身大的含义。意象、比喻也有大于它们的含义，因此它们有时与象征很难分辨。"① 但公刘创作的许多散文诗比较容易分辨出其象征意味，比如《绝崖》这章散文诗：

　　绝崖是不见阳光的地方。

　　世上最恶毒的鸟多半栖止在那儿，最恶毒的蛇也都盘踞在那儿，他们预言最不吉利的事情！说是：听说太阳死了！

　　但是，太阳并不曾死，只是那万丈的绝崖包庇了黑暗而已。

　　只有三两棵山生的灌木盘盘曲曲的仍然向着天空发展。

　　他们为什么呢？为了追求阳光呀！

　　一千年，一万年，或者他们仍见不着太阳，然而，他们是这样追求啊！

　　从此作中我们不难看出，这里的象征甚至比隐喻还更加丰富，而且此作品还带有某种寓言的性质，足以表达诗人批判丑恶、揭露黑暗、追求光明的潜在情思。

　　又比如《夜灯》②这章散文诗：

　　在夜里是需要一盏灯的。

　　可是有的人却说，夜里没有光是一种幸福。说这话的是什么样的精神病患者呀？害怕光，是不是羞于见太阳，所以才妒恨白天而欢迎黑夜呢？而且，就在夜里连灯也不要，是为了它容易教人联想起太阳吗？

　　多么自私！灯比这种人仁慈多了：它们有光有热就慷慨地捐给世界，为的是怕周围太阴沉，太没有生气。而这种人，夜里仍

---

① 王光明：《诗歌意象论》，《福建论坛》(人文社会科学版) 1993 年第 2 期。

② 《夜灯》，原载于 1947 年 6 月南昌《中国新报》副刊《文林》。

然在呼吸那曾被阳光晒过的空气的人，却不知道惭愧了。

厌恶？哼！我知道，厌恶有时候是出诸害怕的。

光亮，并不是屠夫的刀，而实在是母亲的手啊。

在这里，诗人描写的场景隐匿着一种厌恶、悲哀的情绪，而这种情绪的潜流又是无奈而凄清的。它是一种悲愤、一种鞭挞、一种对"光亮，并不是屠夫的刀，而实在是母亲的手"的歌唱。作品中透溢出的忧郁和追求，是对那个时代的广大民众的一种关切与深思。

由于象征的情思离不开象征的意象，而且象征意蕴也只能通过意象存在于某种状态或者过程之中，因此公刘的散文诗在"运用象征手段创造时，更注意象征物与被象征物间独特的关系形式，让诗的意蕴从具体的、活生生的关系形式中得到生动的暗示"①。如他的《墙头草》②这章散文诗：

墙头有株小草。

这株小草，我很注意它。

我看见它在狂风中倒了又站起来了。

我看见它在岁月里黄了又绿起来了。

此作中的"墙头有株小草"，就是一株象征的小草。小草虽然小，但它有着"在狂风中倒了又站起来了"以及"在岁月里黄了又绿起来了"的顽强的生命力。它可以象征一种生命的伟大；或者象征一种生存环境的恶劣；或者象征一种被命运击倒却又不失操守地站起来的坚贞，或者象征一种对未来美好的期待，或者象征一种不屈不挠的顽强，或者象征一种无私奉献的精神，或者象征一种矢志不渝和坚韧不拔的精神，或者象征一种永

---

① 王光明：《诗歌意象论》，《福建论坛》（人文社会科学版）1993年第2期。

②《墙头草》，原载1947年6月南昌《中国新报》副刊《文林》。

不低头和永不服输的精神。很显然，这株墙头的小草之所以有这些象征性，"全赖于象征与被象征物之间建立了一种独特的关系，它们独特而和谐的关系产生了整个情境的象征性"，同时"这种通过象征物的关联而生成的象征情境，真正协调了、弥合了诗人自身情感世界与物象世界的游离状态，是想象又是生活，是情感又是表象，是主观又是客观；你中有我，我中有你，又大于单个的你我，甚至大于两者的相加"①。

公刘在创作中注重象征手法运用的类似散文诗还有很多，比如他在《买卖》②中采用"酒"与"血"的象征，来鞭挞黑暗社会隐藏在背后肮脏的交易；在《冬天，冬天》③中采用"暴虐的、阴险的、恐怖的、苦心的冬天"和"冰山"的象征，来唱一支向往春天的歌；以及组章《夜梦抄》④中的系列散文诗，其中在《萤火虫》中采用"萤火虫打着灯笼"的象征，来歌颂"生命的意义不能以外在的伟大或渺小来衡量，萤火虫尽管微小，却并不渺小"，而且萤火虫也不是为自己打灯笼，它是为别人照亮前行的路；在《月》中采用"月亮"的象征，来歌唱"她不自私，把光辉传播给了大地"，同时也批判了"把你所有的思想都残酷地带走，剩下的只有空寂、落寞和苦恼"；在《伞》中采用"伞"和"雨"的象征，来抨击见不到阳光的社会，为了理想只好到处寻找阳光的踪迹；在《长庚星》中采用"长庚星"的象征，来歌唱黎明的即将到来，因为它是在黎明前最黑暗天空中最亮的星，是黑暗中的光明，是它引导了黎明；等等。

应该说，公刘在解放战争时期创作的诗，无论是新诗，还是散文诗，

---

① 王光明：《诗歌意象论》，《福建论坛》（人文社会科学版）1993年第2期。

②《买卖》，原载1946年11月南昌《中国新报》副刊《文林》，以及《野草文丛》第八集《春日》。

③《冬天，冬天》，原载1946年11月南昌《中国新报》副刊《文林》。

④《夜梦抄》散文诗系列，由自《夜灯》篇章开始至《长庚星》，共36章组成，当年以《夜梦抄》为总题，于1947年7月至8月间连载于《中国新报》副刊《文林》，其中一部分篇章同时被《野草文丛》转载。

在当时均引起了许多读者的关注，起到了一定的影响，除了作品内容的积极之外，还与他的诗歌艺术也有关系。他的诗，不仅质朴、生动、丰富、简练、精致，具有独特的艺术风格，而且他在创作中很注重象征性以及形象性，蕴含着真切的社会现实感受，展现出强烈的批判意识和抗争意识，从而使得作品具有浓郁的时代气息。

第三章　李一痕的诗歌创作

第一节　生平和创作道路

李一痕是江西现代诗歌的重要诗人之一，他曾是 20 世纪 40 年代江西诗坛乃至中国诗坛一颗闪亮的诗星。他用手中的笔，为后期的抗日战争以及解放战争的胜利，也为江西现代诗歌的发展和繁荣作出了自己的贡献。

李一痕（1921—2019），笔名丁东、石羽、青藜，江西省吉安县桐坪乡（原儒行乡）瓜塘村人，苗族。祖上六七代前曾在贵州都督府当过武官，后因清政府镇压苗民，迁徙进入吉安，定居于儒行乡瓜塘村。祖父开过矿山、经过商，父亲李剑松违背祖训弃商从军，成了国军少将。军人的足迹总是飘荡不定，因此李一痕的童年一直处在飘荡之中。

1932 年至 1939 年，李一痕先后在武昌、重庆等地中学读书。1940 年至 1945 年，李一痕报考重庆国立艺术专科学校学习，主办校内诗墙报《火之源》，同时参加重庆诗人王亚平、臧克家主办的"春草诗社"各种诗歌活动，并与中央大学中文系学生的诗友周牧人，以及国立艺专校内诗友编辑诗刊《火之源》，出版 6 期后，因抗战胜利，诗友分散而休刊。

1946 年，抗战胜利后，李一痕离开重庆，受聘任河南郑州《群力报》副刊文学版编辑。同年 5 月，江西遂川诗友王田在浙江大学求学期间以闻一多的《诗与批评》文章名创办的杂志，连同《诗焦点》《诗垦地》《诗文学》《诗前哨》等十几个杂志期刊与《火之源》结成了战友诗刊。1947 年，李一痕离开郑州受聘于湖北汉口《武汉时报》，任《黑土》文学副刊主编。

同时，李一痕与诗友王采、夏舒雁、邹狱、黄河等主办诗刊《诗地》，出版一期后，因被禁止出售而休刊，同年，出版个人第一部诗集《谎言》。

40 年代初，李一痕的创作激情十分高，一个月写几十首诗，具有很浓郁的知识分子味道，抒发个人情感。在诗友的建议下，他把这一时期创作的诗编辑成了一本集子，取名《谎言》，因为当时觉得政府说的话，包括报纸上发的许多消息，很多假话，骗人，特别是国民党政府大力提倡的民主、自由，言而无信，大部分都不能够做到。《谎言》出版于武汉，女友子岑在评论李一痕这部诗集中的作品时说道："你的小诗《中国》里，我读到：'中国，古老的政治 / 在多雨的季节里 / 发霉？腐烂！/ 大家说：中国需要民主，/ 因为：民主，是一个太阳！'这我能抹杀掉您对祖国政治的关注和悲哀的情怀吗？我能说您只是一个眷念庭闱的懦夫吗？在'多雨'的季节里，谁不期望'太阳'呢？您本来是抱着'战斗'出现的诗人。您对那遥远的地方，也怀着想往。您诗中说：'远方，那边的人，不懂得说谎，不懂得欺骗，他们，有高贵的憎恶，他们，有纯真的爱情，他们，多情而美丽，他们的道德与法律，在自己的心里。'"①

1948 年，李一痕离开武汉回到江西，先受聘任遂川县立中学国文教员，一学期后到吉安原籍，受刘一峰先生之聘，任吉安县立师范国文教员，又受吉安《民治日报》总编辑邱季陶先生之聘，兼任该报副刊《文艺工作》主编。因发表题为《粮官如虎狼》的文章，揭露吉安县政府粮官在乡下横行霸道强征民粮，李一痕被报社社长指责而自动辞职。

1948 年，接受吉安民主同盟王造时先生之聘，任民主同盟主办的《前方日报》副刊《新诗》专版主编。1948 年至 1949 年，李一痕出版个人诗传单集《疯子与圣人》以及第三部诗集《过不了冬天的人》。

其间，李一痕常与报纸记者、编辑下到乡村采访，深入生活，创作了一批乡村题材的作品，比如《保长》《失掉土地的人》《进城的兵》《反对战

---

① 卜谷：《李一痕和他的诗友们》，作家出版社，2011 年，第 162 页。

争》《一个士兵的死》等。这些诗作主要反映城市萧条、农民破产，农民没有衣服穿，饿着肚子干活，被抓壮丁、抢粮、卖儿卖女，女人被迫去城市里当妓女。由于受《在延安文艺座谈会上的讲话》的影响，李一痕写诗很注意语言，尽量不要有小知识分子的味道，这段时期他创作的速度很快，是一个高潮。这些诗在当时的报纸上发表后，李一痕请排字工人保留铅版，20多首诗集在一起加印成单独的诗页，然后分发到城镇乡村，叫作诗传单。这也是当时著名诗人田间的一种发明，他当时经常搞街头诗、传单诗。其中有一首诗《喜事日》，就是李一痕根据下乡采访的真实事件写成的，关于一个农村青年在结婚拜堂的婚礼上，被抓了壮丁的故事。这样的诗歌来自农村生活，很受乡村农民的欢迎。后来，李一痕又请报纸印刷厂工人师傅，把保留的铅版再按64开本排一排版。李一痕自费购买了一些纸张，一个上午就印刷出来了。这就是李一痕的第二部诗集《疯子与圣人》。不久，李一痕将在遂川中学教书时创作的诗作，收集整理为第三部诗集《过不了冬天的人》。该诗集主要反映解放前夕，地主、老财主匆匆转移财产，惶惶不可终日的现象。①

吉安解放前夕，因国民党政府法院传讯破坏政府征粮罪，黑名单有李一痕的名字，报社刘国忠、钟（蔚青）编辑关心李一痕的安危，经报社研究，李一痕便以报社记者名义，潜离吉安去了广西桂林。经友人董天行（伟）介绍，李一痕进了《广西日报》任副刊编辑。桂林解放前夕，因李一痕未参加报社组织的所谓"宣传慰问国军湘西大捷"活动，且报纸三大版都有慰问祝捷文章，唯独四版副刊没有宣传慰问文章，于是李一痕被报社当即开除编辑职务。桂林解放后，李一痕没有接受朋友意见留在桂林工作，选择回到了已解放的故乡吉安。

---

① 卜谷：《李一痕和他的诗友们》，作家出版社，2011年，第171—172页。

1950 年至 1951 年，吉安地委组织部审查李一痕。1950 年 10 月，李一痕被分配到吉安《前进日报》任副刊编辑。1952 年至 1953 年，吉安《前进日报》改为《井冈山报》，编务员工过多，李一痕与其他员工 30 余人，调到赣南，李一痕被分配到全南县大吉山南华管理处行政办公室任宣传工作。不久，矿山开展民主改革运动，李一痕被列为政治审查对象，因桂林历史问题不清，被停职反省交代一年半之久。

1953 年 1 月至 1957 年，李一痕结束了政治审查，恢复工作，任大吉山矿广播站编辑，后又任《大吉山工人报》主编。1958 年 6 月至 1965 年，反右斗争结束后，李一痕被宣布为"右派分子"。矿党委决定将其下放茅山垦殖场劳动，分配在蔬菜队。1962 年，李一痕被通知送赣州社会主义学院学习，学习结束，摘了"右派"帽子，分配在茅山中学任中学文史教员，后调大吉山小学任语文教员。

"文革"期间，李一痕停职劳动，后下放全南县南迳公社，河背生产队，任副主任职，后调南迳初中任语文教员。1977 年至 1981 年，李一痕调到大吉山矿中学，任语文教研组组长及高中语文教员，兼校刊《语文辅导》主编，1981 年退休，1981 年 3 月加入赣州市作家协会，1983 年 3 月加入江西省作协。

1988 年 7 月，李一痕迁居赣州市。1999 年 1 月，天津昆仑诗社出版其个人诗集《没有遗忘的诗》。后与国内诗友联谊，李一痕主编诗报《爱诗者》。2003 年 10 月，爱诗者职谊会编辑出版其个人诗文选《诗旅一痕》。2004 年 7 月，香港银河出版社出版其中英对照的个人诗集《李一痕短诗选》。2008 年 4 月，李一痕与穆仁、木斧等主编的大型本《当代抒情短诗千首》，由北京人民文学出版社出版。2019 年 7 月 29 日，李一痕在赣州的家中安详离世。

第二节　新诗创作

李一痕的新诗创作主要集中于20世纪40年代，而解放战争时期是他新诗创作的高峰期。特别是李一痕在重庆与丰子恺、陈之佛、潘天寿、臧克家、王亚平、闻一多等众多大师级的诗人、作家、艺术家交往甚多，甚至于与著名美学家朱光潜打过笔仗。[①]这一段非凡的经历，让他的新诗创作逐渐定型，并趋于成熟。

也许是受到潘天寿、常任侠、李金发等诗人的直接影响，李一痕的新诗创作具有明显的象征性，他的诗作在意象的运用上，无论是明喻，还是隐喻，均融入了个人丰富的思想情感。其中对李一痕新诗创作影响最大的，当属国立艺专教授常任侠，他不仅擅长新文化运动后出现的白话诗创作，而且是李一痕的老师。李一痕在研习新诗创作时，特别喜欢以常任侠的新诗为学习的范例，多次模仿进行创作。比如模仿常任侠的新诗《冬天的树》的主题，他创作出了同题诗《冬天的树》以及《过不了冬天的人》《没有名字的树》等作品。

由于"树"这个意象，其本身就具有象征性，诗人在创作过程中再通过诗意的提取和筛选，以及个人情感的注入，从而达到诗作所要表达的主题。比如李一痕在同题诗《冬天的树》中这样写道：

> 冬天的树，
>
> 一株株裸露在原野，
>
> 让风雪
>
> 无情的鞭打。
>
>
> 他们咬紧着牙挣扎，

---

① 卜谷：《李一痕和他的诗友们》，作家出版社，2011年，第286页。

谁也不淌泪，

谁也不说一句话，

他们相信自己的意志。

春天快来了，

春天会发芽……

　　这里的"冬天的树"，就是一株株象征之树。它象征着被命运驱逐而自强不息、顽强拼搏的精神，以及坚忍不拔、不屈不挠的意志。很明显，这一株株裸露在原野被风雪无情鞭打的树之所以有这样的命运，及其咬着牙挣扎的顽强精神和坚韧意志，都是借助于象征与被象征之间建立的一种独特的关系，而产生了这首诗作中的象征性表达效果。在这首诗作中，所有的形象描写都是围绕着一株株树的，而且这些形象的特征不仅仅是一株株树，更高于一株株树的本体。诗人在这里注入了自强不息的精神和不屈不挠的意志，但这"自强不息的精神和不屈不挠的意志"的载体，又像是一道二元一次方程数学题，通过两边的性质基本一致的未知经验，解出一些具体的结果：你可以说这一株株树是一个个战士的象征，也可以说这是坚韧自信的 56 个民族的象征。诗人通过对"冬天的树"这个象征物，把日常生活中目光所及的感性景物与自己的精神和意志等情感融合在一起。

　　有一次，常任侠在课堂上说："李金发的雕塑与新诗齐名。"从而引发了并非学雕塑的李一痕的兴趣，于是他开始关注并学习李金发的新诗。当时的李金发虽然是国立艺专的雕塑大师，但他对爱诗的后辈仍有深刻的影响。李金发作为中国象征派诗歌的开山鼻祖，他的新诗象征手法，就明显影响了李一痕的新诗创作。[1] 如《有感》这首诗作：

---

① 卜谷：《李一痕和他的诗友们》，作家出版社，2011 年，第 24 页。

如残叶溅，
血在我们
脚上。

生命便是
死神唇边
的笑。

半死的月下，
载饮载歌，
裂喉的音，
随北风飘散。
吁！
抚慰你所爱的去。

开你户牖，
使其羞怯，
征尘蒙其
可爱之眼了。
此是生命
之羞怯
与愤怒么？
如残叶溅
血在我们
脚上。

生命便是

死神唇边

的笑。

　　自古以来，诗与画是不分家的。诗人都擅长画画，画家也都擅长写诗；即便是诗人不擅长画画，但其必定懂画，画家就算是不写诗也一定懂诗。因为诗与画张扬的不仅是诗人和画家的人格魅力，而且是诗品、画品、人品的和谐统一。所以，在李一痕就读的国立艺专，同样几乎人人既是画家，也是诗人。"这些人不但都是极富传奇色彩的人，更重要的是，他们还都活生生地在李一痕身边活动着，耳闻目睹，时刻影响着他及周边的学子。"[①] 正因为学校每个角落都充满着这种"诗与画、画与诗"的浓郁艺术环境，李一痕除了注重研习诗词尤其出名的艾青、常任侠、李金发、潘天寿、吕凤子、陈之佛等人作品之外，还善于吸取其他同人新诗创作中的精华，比如研习诗人牛汉的诗作，并借助他的新诗《太阳的童话》中的主题，创作出了《我是太阳的儿子》[②]，倾诉了对未来美好的向往和追求：

我的生命，

发着浓烈的太阳味。

因为我，

是太阳的儿子。

我相信，

太阳会在，

---

① 卜谷：《李一痕和他的诗友们》，作家出版社，2011 年，第 24 页。
② 中华人民共和国成立后，《中国四十年代诗选》广泛收集了中国四十年代新诗，其中入选有李一痕四十年代创作的新诗《我是太阳的儿子》，1985 年由重庆出版社出版发行，王亚平主编。

我生命的平原上，

升起。

太阳会在，

我生命的风帆上，

撒下一把，

多彩的光芒。

…………

　　在常任侠以及其他诗人的影响下，李一痕最早创作的新诗应该追溯到1940年初，他在注重汲取前辈新诗创作经验以及古典诗词精髓的同时，还十分注重从外国诗歌以及外国艺术品中汲取诗的营养。他读了俄国诗歌《伏尔加河的纤夫》之后，则非常注意观察生活，模仿该诗作的主题创作了《嘉陵江畔的纤夫》，后来又创作了《我徘徊在嘉陵江边》[①]。曾经有一段时间，他还迷恋上了马雅可夫斯基的诗歌，这对他的新诗创作也有非常大的影响。李一痕有独具特色的"擂鼓诗"，主要特点是节奏短、响亮，他词语意象很多，而当时田间创作的诗也有这种风格。因此，在一些报刊上，李一痕的诗经常与田间的诗摆在一起发表，诗风有时相当接近。另外，战争给一个国家带来死亡，满目疮痍，使得李一痕对俄罗斯诗人叶赛宁的田园诗歌也很喜欢，模仿其风格创作了一首战争题材的诗作《我回到了家园，叶赛宁》。[②]

　　这一时期，李一痕对新诗写作投入了极大的热情，作品创作出来之后不是放在抽屉里封存，而是不断向报刊投稿、向读者展示。比如他在重庆

　　[①]《我徘徊在嘉陵江边》，创作于1944年重庆沙坪坝磐溪，选自《往日诗选》之十五。中华人民共和国成立后，入选由重庆出版社于1989年6月出版，林默涵总编、臧克家主编的《中国抗日战争时期大后方文学书系》（第六编·诗歌第一集）。

　　[②] 卜谷：《李一痕和他的诗友们》，作家出版社，2011年，第149页。

国立艺术专科学校求学时创作的《春天的鸟》①，于次年与另一首《生命的船》并为《春天的鸟（外一首）》发表之后，在当时就取得了比较好的社会影响。他写道：

> 春天的鸟啊，
> 爱在绿色的林子里歌唱。
> 你的歌声，
> 有着春天的韵律。
>
> 你的歌，
> 是赞美太阳的温暖。
> 你的歌，
> 给大地新生的希冀。
>
> 春天的鸟啊，
> 只有你，
> 才能唱出春天的歌。
> 你的歌唤醒了，
> 这沉郁的冬眠的林子，
> 和冬眠的泥土。
>
> 春天的鸟啊，
> 我爱听你唱的歌。
> 我愿变作一只春天的鸟，
> 在黎明时，

---

①《春天的鸟》，原载 1944 年诗人节重庆《火之源》第 4 期。

　　　　和着你的歌，

　　　　飞遍——

　　　　自由的，

　　　　有阳光的，

　　　　绿色的林子。

　　这首新诗，虽然不是李一痕创作的第一首作品，但经历了40年之后，张俊山、冯团彬把此诗作为他的处女作进行了选析，并在诗作后面附上评论："现代诗歌史上有不少被遗忘的诗人。新的在产生，旧的在消亡，面对物质世界这样的规律，我们没有理由叹息。但这个世界上毕竟回荡过他们的歌声，他们曾有过真诚的歌唱，这一点我们要承认。李一痕就属于这样的诗人。他的处女作中，就传来了'春天的鸟'动人的啼鸣。绿色林子里的鸟声是美妙的。诗人通过对唤来温暖、唤醒土地的鸟鸣的赞颂，倾吐了对春天的热爱，表达了对光明和自由的向往之情。明快的节奏中，洋溢着青春的活力；动听的颂歌里，你能听到真挚。象小溪，浅虽浅矣，然而透明、清澈，令人心动。"[①]

　　值得一提的是，由于此时正值抗日战争由相持阶段进入反攻阶段，所以抗战诗也是李一痕早期新诗创作的重要题材之一。同时，宣传抗战的墙头诗因其精短、便于传诵，不仅流行于抗日根据地，而且风行于国统区的校园。因此，由李一痕牵头创办并担任主编的诗墙报《火之源》，在此背景下应运而生。这也更加激发了李一痕的创作热情，他一边编诗墙报，一边进行创作。其间，他创作了《我是守候着黎明的前哨》《醒来吧，重庆》《我徘徊在嘉陵江边》等宣传抗日战争题材的新诗。比如他在《醒来吧，重庆》一诗中写道：

---

　　① 张俊山、冯团彬：《当代诗人处女作》，花城出版社，1986年，第200页。

醒来吧，重庆？
抗战前线的炮声隆隆，
你不能再沉醉灯红酒绿。

太阳旗的铁蹄，
已向我们这里逼近，
一个城市，一个乡村，
在血中火中沦陷，
一个国家，一个民族，
将遭受同样悲惨的命运。

醒来吧，重庆？
谁愿意忍辱做牛马？
谁甘心低头做奴隶？

国家兴亡，
我们人人有责，
不能迷恋弹筒插玫瑰的生活。
我要把你唤醒，
我要把你摇醒，
醒来吧，重庆！

在这首作品里，诗人以愤怒的诗歌语言抨击了腐败的国民党政府陪都重庆，在中华民族处于深重灾难的抗战期间，依然是麻木不仁，天天沉醉于灯红酒绿之中，过着醉生梦死的生活。

抗日战争，关系到民族的盛衰，国家的兴亡。在文学创作领域，诗歌创作最耀眼瞩目，首先吹响抗战号角的就是诗歌，因此尽管李一痕创办的诗墙报《火之源》，在指导思想上是为艺术而艺术，但也追求时代的新精神、民族的气节、正义的伸张以及光明的渴望，具有浓郁的知识分子味道。也许正因为如此，作为一个在校学生创办的杂志，诞生于烽火硝烟的抗日战争期间，居然获得了广大民众的广泛支持和积极肯定，从而以一股清澈的涓涓溪流汇入40年代中国诗坛激情澎湃的大潮中，在江西现代诗歌史乃至中国现代诗歌史上留下了不可或缺的一笔。[①]

抗战胜利后，李一痕回归故里，先受聘于遂川中学，携妻儿住在由遂川泉江书院改成的教职工宿舍。其间，除了备课和教书，他在业余时间继续坚持诗歌创作。比如《不眠之夜》[②]这首诗作真实反映了他当年工作和生活的状况，以及对光明的期待：

> 我不忍心把灯吹熄
> 却不得不吹
> 灯熄了我的眼睛却醒着
> 我知道还有许多眼睛
> 安息在梦里
>
> 我才满百天的婴儿
> 无知地从梦中哭醒
> 妈妈睁开疲惫的眼睛说：
> 你起来吧！
> 去点亮灯
> 让孩子看光光！

---

① 卜谷：《李一痕和他的诗友们》，作家出版社，2011年，第57页。

②《不眠之夜》，这首小诗由诗人舒塞于1946年在重庆选编入《露晞诗丛》，才得以保存下来。1999年5月11日，舒塞从四川德阳将此诗寄回给李一痕。

半夜里灯光满小屋

孩子真的不哭了

　　这依然是一首运用象征手法创作的诗歌。虽然第一小节的"灯熄了我的眼睛却醒着/我知道还有许多眼睛/安息在梦里"这三句并不符合语义的逻辑关系：眼睛怎么会醒着？怎么会安息在梦里？即便给这三句赋予了完整的语义，它们也并不具有语义的信息价值。但是，如果从情感的角度来感受，阅读时便可以体会到这首诗歌带给我们的冲击力："灯熄了"代表"黑暗"，"黑暗"又代表"恐惧"，在"黑暗"中眼睛却睁开着。同时，还有许多眼睛适应了黑暗，已经"安息在梦里"。进入第二小节，诗人借用对自己刚满百天的婴儿，半夜时分从梦中哭醒，但点亮灯光后不哭了的描写，来寄托对光明的渴望，并以此引起情感上的共鸣。

　　半年之后，李一痕回到吉安老家，在担任吉安县立师范国文教员、吉安《民治日报》文艺副刊主编期间，除了创作出了一批诸如《保长》《失掉土地的人》《进城的兵》等以乡村题材来揭露当时社会腐朽与黑暗的新诗之外，还创作了不少抒写亲情、爱情和友情的作品。比如《第一次握手——给吕亮耕》[1]，诗人写道：

我们第一次握手，

我们本来就不陌生。

我们用诗歌表达了，

第一次见面的喜悦。

我们谈诗，谈艺术，

尽量发挥自己的天真。

---

①《第一次握手——给吕亮耕》，原载 1947 年 9 月九江《型报》副刊《诗专页》。

　　我们从音乐的圣土，

　　想象到图画的王国……

　　这首作品抒写了作者与吕亮耕因诗结缘的深厚友谊。活跃于1940年代诗坛的吕亮耕，与李一痕有着较多的交往，虽然都是书信方面的来往，但是谈诗、论画、交心却成了他们畅谈不衰的话题。1947年，因不愿加入国民党组织而两度遭特务殴辱，吕亮耕愤而辞去汉口《大华晚报》总编辑职务。后在李一痕书信推荐下，吕亮耕来到江西九江与汪沙雁合编《型报》副刊《诗专页》。不久，吕亮耕作为九江《型报》之《大地》副刊编辑向李一痕约稿。于是，李一痕随即写下了此诗赠予吕亮耕，记录了两人交往的故事，从而成为一段佳话。

　　此外，李一痕在这一时期创作的抒情短诗《情思》《期待》《苦树上的苦果子》《梦里》[①]等作品，在中华人民共和国成立后，陆续被选入各种重要的诗歌选本，为研究中国现当代诗歌提供了有价值的文献。

　　当然，李一痕在他的新诗创作高峰期，虽然获得了比较多的鲜花和掌声，但他的新诗还有一个逐步成熟的过程。他本人也并没有就此满足，而是一直都在追求和超越中。正如许多年后有一次他读了吕亮耕的诗后，发出这样感慨：“我读了70年的诗，我写了70年的诗，直到读了吕亮耕的诗后，我才懂得什么是诗。诗，就是一句真话！”[②]

---

　　①《情思》，中华人民共和国成立后入选岳军主编的《中国现代千家短诗萃》（广西师范大学出版社1991年版）。《期待》，中华人民共和国成立后入选孙党伯编辑、臧克家作序的《中国新文学大系（1937—1949诗卷）》（上海文艺出版社1990年版）。《苦树上的苦果子》《梦里》，中华人民共和国成立后入选夏雨主编的《中国当代诗人代表作》（山东文艺出版社1995年版）。

　　② 卜谷:《李一痕和他的诗友们》，作家出版社，2011年，第177页。

第四章　其他诗人的诗歌创作

第一节　李耕的诗歌创作

在中华人民共和国成立前，李耕的诗歌创作以新诗为主，散文诗为次，主要分"青春期"和"青年期"两个阶段。他曾在谈及自己一生的创作情况时，表示其诗歌创作先后历经了"战歌、牧歌、苦歌"三个阶段的嬗变。因此，李耕在解放战争后期创作的诗歌，"总的基调可以用'战歌'来界定"[①]。这一时期，李耕的代表作有新诗《乡愁》《路·桥》《沉默》《诗人，你变节了——给黎稚云式的诗人》《黑色的笑》与散文诗《我是来自严冬的》《青春的烦恼》《告别》等。

一、生平和创作简历

李耕（1928—2018），原名罗的，曾用笔名巴岸、也罗、白烟、刘江、于冷、丁犁、魏冷等。1928 年农历正月十九日出生于江西南昌的贫苦工人家庭。由于贫困，李耕没有更多的机会读书，1938 年，迫于生计，小学毕业便去当报童、汽车修配工、粮库临时雇员等，这些都成为日后他接触社会和了解劳苦大众，进行文学创作的宝贵财富。20 世纪 40 年代初，他流亡到赣南，青少年时代是唱着流亡歌曲在颠沛流离中度过的。在此期间，李耕偶然读到创造社诸作家的一些作品，很受触动，再读一些名著并受当时

[①] 王福明：《李耕：耕耘者，燔火者》，《福建乡土》2018 年第 4 期。

活跃在赣南的众多作家、诗人如李白凤、雷石榆、谷斯范、洛汀和曹聚仁等的影响。[①]再加上他天资聪慧，于是 1943 年，只有 15 岁便写出《乡愁》诗，并由自己谱曲，刊发在与诗人郑雨[②]等编辑的《艺锋》周刊[③]上。

经过几年的有效阅读和尝试学习写一点自由体短诗之后，他从 18 岁开始，正式投身于新诗创作，"这些诗都很短小，注重意境，多写民生的艰辛和对光明自由生活的向往。由于读了一些中外名著，接触进步作家，他当时颇受进步的'普罗文学'影响，诗风趋向大众"[④]。后来，他又在《中国新报》和《青年报》的副刊上发表了数量可观的诗作。1947 年，发表随笔《文学是严肃的工作》时，他开始以"李耕"[⑤]为笔名，自此一直沿用至逝世。同年秋，他与作家彭荆风共同创办"牧野"文艺社，并主持《牧野》文学旬刊，因刊物发表进步作品，为当局所不容，出版十几期后便被迫停刊。

1948 年，他主编的《民锋日报》文艺副刊《每周文艺》和《蜜蜂》，成为当时东南地区有影响力的文艺副刊之一，但后来也以同样的原因被迫停刊。南昌解放后的 1949 年 5 月，李耕参加接管报纸并担任副刊编辑。同年10 月，李耕参加工作三团奔赴农村并开始撰写农村题材的小说及新诗、散

---

① 红杏:《关于散文诗——李耕访谈》，《散文诗世界》2005 年第 3 期。

② 郑雨，原名郑润生，1925 年 11 月出生于江西高安。早年开过画展，出版的散文诗集《候鸟的心迹》，为中国当代作家代表作陈列馆收藏。其散文诗被收录于《十年散文诗选》《中外散文诗鉴赏大观》《全国精短文学优秀作品集》《中国当代短诗精品选》。

③ 1943 年，李耕与诗人郑雨、冰衣等人组织"艺锋"文艺社，编辑社刊《艺锋》周刊，并开始尝试写一些自由体短诗。

④ 王福明:《李耕:耕耘者，爝火者》，《福建乡土》2018 年第 4 期。

⑤ 详见《文学报》2013 年 10 月 18 日，萧风:《"比自由体诗更自由的诗的表达形式"——李耕访谈录》，李耕对自己这个笔名是何时启用以及有什么寓意的回答:李耕并非是"犁耕"的谐音。抚养我至 10 岁逝世的祖母姓李，而祖母给我童年留下的不泯失的印象是宽厚、悲悯、仁慈、勤劳、简朴，并能在贫困中面对贫困之困，助做杂工的祖父在半饥饿中将家撑了起来。这是我"李"姓的由来。"耕"之于我，是感情沉湎于"草根""泥土""耕耘"情绪的选择，也是"简朴"或甘于面对艰困的选择。我自篆过一方印章"牛"，便是"李耕"的图腾或"耕"的代谓了。在现实生存环境中，自己终于成为"牛"，这是巧合，也是个性的必然。

文诗、散文等。随后，李耕称之为"牧歌"时期的作品，陆续在《大公报》《人民日报》《人民文学》《星星》等全国数十家报刊发表作品，并有诗集列入中国青年出版社、江西人民出版社的出版计划。这几年，是李耕诗歌创作的高潮期。

1957 年，李耕被划为"极右分子"，搁笔近 22 年。1978 年，李耕摘掉"右派分子"帽子，正式回归诗坛。在随后的 10 年间，李耕发表了大量的作品，且以散文诗作为最主要的创作形式。同时，他先后主编了《十年散文诗选》《中外散文诗鉴赏大观》(现代卷)，出版了《不眠的雨》(1986年)、《梦的旅行》(1987 年)、《没有帆的船》(1990 年)、《粗弦上的颤音》(1994 年) 等散文诗集。

80 年代后期，"牧歌"的基调已在逐渐改变。李耕在这一时期的代表作有《生命的回音》《梦的旅行》《长城·骆驼》《猎》《太阳从山峰间升起》《暴风雨中的独奏》《粗弦上的颤音》等。这些散文诗由明朗而趋向深沉，表现手法上多用象征和隐喻，以传递诗人在生活中难以言表的复杂感受。[1]"皇帝说好的诗或诗人并非就是好的诗或诗人，好的诗或好的诗人要诗人自己说。"在 1988 年 3 月的黑海之滨的瓦尔纳，李耕与诗人赛沃夫共识这一境界时，被汉学家奥嘉戏称为"李耕与赛沃夫的瓦尔纳宣言"。诗的生命的真魂是独异，诗人的生命的真境在诗。[2]

进入 21 世纪以来，李耕又出版了《爝火之音》(2001 年)、《暮雨之汩》(2003 年)、《无声的萤光》(2007 年)、《疲倦的风》(2011 年) 等散文诗集。前三部的作品选自 20 世纪 80 年代后期和 90 年代，《疲倦的风》收录的 558章，则是从新世纪以来 10 年间的 1000 多章新作中选出的。这些作品大都属于"苦歌"类。应该说，在李耕同龄的一代人中，他创作的散文诗数量可能是最多的，一生写有数千章。他所有散文诗集中的作品，又都是不重

---

① 王福明：《李耕：耕耘者，爝火者》，《福建乡土》2018 年第 4 期。

② 李耕：《李耕影集》，《星火》文学月刊 1992 年第 3 期。

复的。他不仅仅是耕耘者，同时还是为数不多的坚守者、攀登者。他坚守数十年，从不间断地，除了解放战争时期以新诗创作为主，中华人民共和国成立后主要用散文诗这一文体创作。[①]

2018 年 8 月 24 日，李耕因病医治无效，逝世于江西南昌，享年 90 岁。

二、"青春期"的诗歌创作

李耕在"青春期"的诗歌创作，正值其成长，以及人生观和价值观形成的阶段，由于家庭贫困生活艰苦，而且青少年是在颠沛流离中度过的，他深知并见证和切身体验了社会底层民众的悲惨生活，同时受当时进步思想的影响，因此他的诗"多写人生或民生之艰苦并向往生存的自由"[②]。比如《乡愁》[③]这首诗作：

漂泊小城　踯躅江岸孤单影

遥望

白帆悠悠归去　云依依

又漂泊无依

蓝山深处　有苦的家

童年的梦

为我

常年落泪的人⋯⋯

---

① 王福明：《李耕：耕耘者，燔火者》，《福建乡土》2018 年第 4 期。

② 李耕：《李耕卷·附记》，张自旗、矛舍、李耕著：《老树三叶》，中国文联出版社，2007 年，第 194 页。

③《乡愁》，原载 1947 年 9 月 22 日《民锋日报》副刊《春雷》。需要说明的是，李耕的这首《乡愁》，并非 1943 年刊载于《艺锋》周刊、由他自己谱曲的诗作《乡愁》。

　　此诗的上半部分通过"小城""江岸""孤单影""白帆"等原本不相干的具象意象进行组合后，勾勒出了一个漂泊在小城并徘徊于江岸边的游子形象，抒发了诗人流浪在外无依无靠的孤独情感。而诗作的下半部分则通过"蓝山深处""有苦的家""童年的梦"等抽象意象联系在一起，激发出了诗人对家乡的绵绵思念。

　　整首诗作，具象意象与抽象意象上下串在一起，给人的感受是心灵的孤独与生活的艰苦，诗人在诗歌作品中也直言不讳地剖露这种"遥望／白帆悠悠归去"，但自己却"又漂泊无依"的苦楚，这是一种在外颠沛流离的孤独情感，是"有苦的家／童年的梦"与当时现实社会的身体感受和心灵震荡，不但是生活艰苦的物理性表现，而且还是孤独心灵的抽象性体现。

　　此外，以隐喻手法抨击社会的黑暗，向往美好的黎明，歌颂革命的开路人，是李耕在这一段时间里创作比较多的题材之一。比如《野火》[①]一诗：

　　　　江之彼岸　　彼岸是山岗

　　　　野火

　　　　风里燃烧　　风里疯狂

　　　　红了蓝天　　红了江水

　　　　欲将黑夜

　　　　一点一点烧光……

　　同一题材的诗作，还有诸如《追》《诉》《更夫》[②]等。其中，他在《更夫》这首短诗中写道：

―――――――

　　①《野火》，原载 1947 年 11 月 21 日《民锋日报》副刊《春雷》。
　　②《追》《诉》《更夫》分别刊载于 1947 年 11 月 7 日、1947 年 11 月 21 日、1947 年 12 月 3 日《民锋日报》副刊《春雷》。

敲着夜的行迹　却难

将夜敲醒

寂静中　夜的失眠者

梆声　越敲越寂静

只想问更夫

是为黑夜唱葬曲

还是在敲出黎明……

而《路·桥》[1]这首诗作"是献给那些革命先行者的"[2]，李耕在作品以"路"和"桥"隐喻道：

长长的路　谁

是路的开拓者

这弯曲的路　这瘦骨嶙峋的路

让人缅怀　背影伛偻的筑路人

短短的桥　谁

是桥的建造者

路　河边断了

桥　路的又一起点……

由于李耕在早期接受自新文化运动以来的二三十年代诸多诗人提倡写小诗的影响，因此他在"青春期"创作的新诗均以不超过十行的短诗为主。这一时期，他创作了数量可观的新诗。比如当时以《夏夜诗草》为总题创

---

① 《路·桥》，原载 1948 年 1 月 28 日《民锋日报》副刊《春雷》。

② 王福明：《李耕：耕耘者，爝火者》，《福建乡土》2018 年第 4 期。

作的系列新诗，用笔名"巴岸"连续在《民锋日报》副刊《春雷》上发表，共有 30 余首，其中除了大部分为短诗之外，还包括诸如《喑哑的歌声》《飞吧！金丝笼里的小鸟》《墙》《圈圈》等少量篇幅较长的诗作。

三、"青年期"的诗歌创作

在经历了"青春期"写作后，李耕的诗歌"便自觉趋向诗风的'大众'与'普罗'"[①]，这也标志着他的创作开始进入第二个阶段"青年期"。诗风的转变，主要得益于阅读了泰戈尔、纪伯伦、屠格涅夫、波德莱尔、高尔基等国外作家的名著，以及受到鲁迅的《野草》和"普罗文学"[②]的观点影响。正如朱自清所指出："从新诗运动开始，就有社会主义倾向的诗。旧诗里原有叙述民间疾苦的诗，并有人象白居易，主张只有这种诗才是诗。可是新诗人的立场不同，不是从上层往下看，是与劳苦的人站在一层而代他们说话——虽然只是理论上如此。这一面也有进步。初期新诗人大约对于劳苦的人实生活知道的太少，只凭着信仰的理论或主义发挥，所以不免是概念的，空架子，没力量。"[③]

李耕将这一时期创作的诗歌称之为"泥土诗篇"，他在一首题为《一篇在牛粪边捡到的诗》[④]作品中写道：

---

① 李耕：《李耕卷·巴岸诗草·附记》，张自旗、矛舍、李耕著：《老树三叶》，中国文联出版社，2007 年，第 194 页。

② 普罗文学，即无产阶级文学。"普罗"是英语"Proletariat"（无产阶级）译音"普罗列塔利亚"的缩写。"普罗文学"是中国左翼作家在第二次国内革命战争时期为避免当局注意而采用的一个权宜性的译名，主要指以马克思主义文艺理论为指导，宣传无产阶级革命思想，为无产阶级革命斗争服务的文学。

③ 朱自清：《新诗的进步》，《新诗杂话》，生活·读书·新知三联书店，1984 年，第 8—9 页。

④《一篇在牛粪边捡到的诗》，原载 1948 年 6 月 7 日南昌《中国新报》副刊《文林》676 号。

我是伴泥土

生根于泥土的诗人

阡陌间

寻觅，寻觅泥土诗篇

我知道，一垅田

播多少种，流多少汗

一粒入仓的稻谷

将遭遇多少忧伤经历

我是个，在

牛粪边劳作的诗人

同农夫愤怒，同农夫沉默

——税收，一道道惊魂符咒

——催粮谷，一条条缢人绳索

…………

仇怨

埋入牙齿

仇怨

刻在死后的白骨

仇怨

烙在泥土的胸口

仇怨

留在儿孙的记忆

我是个，扶犁耙

写诗的诗人

在金黄的谷粒上，刻划

农人容颜苍白

农人愁苦沉重

农人灾难深深

…………

我的诗，播种在

有泥土的地方

善良人的心里

这首诗作，不仅可以视为李耕诗歌创作的宣言，也可以视为李耕所有作品的注释。"他是一个有泥土情结的诗人。这缘于他是一个出身于社会底层的苦孩子，年纪轻轻即遍尝人间苦果，接触到进步作品和进步作家，形成进步的人生观和创作观。"[①]

如果按李耕所说："不经意间让自己窥见自己在自己生命之种种不可选择的遭遇中诗创作上的'战歌、牧歌、苦歌'的嬗变历程。"那么，李耕在解放战争时期的第二个阶段所创作出来的诗歌，才真正属于"战歌"。这一阶段的诗歌创作，极具战斗性。比如《沉默》[②]这首诗作：

将惨死者的尸体葬埋在心底

将死者的血污渲染记忆

在浸满血腥的土地上播憎恨的种

---

　①　王福明：《李耕：耕耘者，爝火者》，《福建乡土》2018年第4期。

　②《沉默》，此诗创作于1948年闻一多遇害一周年之际，刊载于1948年8月12日南昌《中国新报》副刊《文林》。中华人民共和国成立后，入选由重庆出版社于1985年9月出版，中国四十年代诗选编委会编选的《中国四十年代诗选》。

仇恨者的智慧不会在沉默中沉默

（沉默，在沉默者的心里
是神圣的葬礼）

坚韧的沉默开一朵战斗之花
战斗者在沉默中锤炼自己的不屈
怯懦已在沉默的牙齿上嚼得粉碎了
沉默是桥让沉默者走向战斗的彼岸

（在暴徒的枪口下
沉默，也是武器）

此诗写于闻一多遇害一周年之际。由于李耕诗歌创作的风格趋向于"普罗"，因此《沉默》这首诗作也体现了普罗派诗人在创作中拥有的共同特点，"就是他们的诗作都流露出介入现实政治的急切愿望。在他们的笔下，一些政治社会事件得到迅速的反映"[1]。又比如他为"反饥饿反迫害反内战"反"独裁统治"创作并刊载于地下丛刊《人民的旗》的政治抒情诗《我是来自严冬的》及刊发于其他报刊的《夜，阴森森的夜》等作品。

同一题材的诗作还有不少，比如他为悼念诗人李满江而作的《歌唱你诗人——悼李满江》[2]一诗：

狂暴之雨，骤然喧嚣的时刻

---

① 伍明春：《左翼诗歌：另一种潮流·革命话语及其限制》，王光明主编：《中国诗歌通史》（现代卷），人民文学出版社，2012年，第341页。
②《歌唱你诗人——悼李满江》，原载1948年6月11日《青年报》副刊《青鸟》。

受难者，在复活愤怒的时刻

皇冠，正失落暴戾的时刻

满红

你的诗篇是旗帜

为"为自由而负罪"的人怒吼的诗人

以自己的血染红一方火焰的诗人

为人之生存呼喊嘶哑了喉咙的诗人

满红

你的声音是召唤

二十世纪黑暗中光明的卫士

有着斯巴达人的悲壮与果敢的卫士

将生命融于诗又融入神圣黄土的卫士

满红

红日会叩醒你等待的梦

埋葬吧！然后

生根

开花

结果……

在这首诗作里，诗人用革命的呼喊，体现一种"霹雷一声的春雷何曾有什么节奏？卷地而来的狂风何曾有什么音阶？我们所处的时代是暴风骤雨的时代，我们的文学就应该是暴风骤雨的文学"[①]的鼓动和号召。

---

① 同人：《〈流沙〉前言》，上海《流沙》半月刊 1928 年 3 月 15 日创刊号。

李耕的战斗诗篇中所涉及的以"诗人"为题材创作的诗歌，除了歌颂类似于李满江式的"为'为自由而负罪'的人怒吼的诗人／以自己的血染红一方火焰的诗人／为人之生存呼喊嘶哑了喉咙的诗人"的作品之外，还有抨击类似于黎稚云式的出卖灵魂的变节诗人的诗作。比如《诗人，你变节了——给黎稚云式的诗人》①这首作品：

> 你的目光
>
> 恋上金环蛇的齿
>
> 你，在法西斯暴徒的胯下
>
> 鞭笞良善的庶民
>
> 高傲的灵魂
>
> 被官爵之诱压碎
>
> 洪亮的歌
>
> 被金币的沉重塞哑
>
> …………
>
> 用自己的良知
>
> 乞讨荒淫的梦
>
> 扮演奴才的丑态
>
> 用子孙的羞辱
>
> 交换自己灵魂的僵死
>
> 你，曾是"战斗"的诗人吗

①《诗人，你变节了——给黎稚云式的诗人》，原载 1948 年 10 月 2 日南昌《中国新报》副刊《文林》。中华人民共和国成立后，入选由重庆出版社于 1985 年 9 月出版，中国四十年代诗选编委会编选的《中国四十年代诗选》。

恰恰是你

抛开为苦难者而战的盾

戈矛

在远离你卑鄙的影……

　　从某种意义上来说，这首诗歌里所怒斥的"黎稚云式的变节诗人"，颠覆了人们印象中诗人那种"不慕权贵、心忧天下、忧国忧民、慷慨愤世"的高贵形象，表明李耕对"为苦难者而战的"自我纯洁化的诗人的一种期待。

　　对于"革命文学"中的战斗诗篇创作，李耕通常以象征和隐喻等手法，抒发关于黑暗与光明的两种强烈对比的情感。比如《黑色的笑》[1]凸显了"黑"终将被曙光的火焰燃烧尽，邪恶也终将被正义战胜，黑暗只是暂时的，曙光也必将到来："坟墓，裂开嘴巴，放飞狰狞／寻觅／灾难旷野，搭起死神巡视的祭坛／／恐惧的氛围，让野性的风从火焰上飞过／熟读／一页鞭子的声音／声音，雕刻在记忆之壁／塑起史书一页／／大地远阔／不该只有给色在摇曳虚幻的笑／诅咒／是逃亡者集合于森林的旗帜的音符／拭目以待／／太阳中的黑点，在被火焰围困／曙光的笑声，／升华起大面积的明朗与喜悦／／黑的，终会被迫走入黑的地狱／欣慰的笑／扩大成星的世纪……"

　　当然，黎明即将到来之际，也是最黑暗的时刻。因此，李耕在其主编的《民锋日报》副刊《每周文艺》[2]的终刊号上发表了最后一章散文诗《告别——为〈每周文艺〉终刊作》[3]。他写道：

　　今天，我们面临着一个痛苦的时辰：荒淫的地盘在动摇，暗

---

　　[1]《黑色的笑》，原载 1947 年 11 月 24 日《青年报》副刊《青鸟》。

　　[2]《每周文艺》共出刊 10 期。终刊号上，由诗人石岚以吕怀笔名著文评述了 10 期的内容与在当时形势下出刊终刊的处境。

　　[3]《告别——为〈每周文艺〉终刊作》，原载 1949 年 1 月 21 日《民锋日报》副刊《每周文艺》终刊号。

黑的疆域在崩溃，冻僵的冷土在晨曦的咬噬中剥蚀，愤怒之海的咆哮，交汇着期盼的热焰，在选择明朗的明天。

选择！

横眉冷对雪的旋飞，让饥苦的伤疤留给记忆，瞩望远方进行着的萤的行列所构筑的智慧的圣地。

今天，我们告别！

明天，再见在春的原野！

这章散文诗，李耕"象征地抒发了《每周文艺》被迫停刊的心绪与对'明天'的企望"[1]，同时，也为他在解放战争后期"战歌"阶段的诗歌创作画上了一个句号。

总体上来看，李耕在中华人民共和国成立前的诗歌创作，虽然作品略显稚嫩、并渗入某种单纯和天真，但由于其毕竟年轻，还在成长中，因而又显得难能可贵。也许是受"普罗文学"影响，李耕无心也没有时间在诗歌技巧上进行斟酌和推敲，使得许多诗作在艺术上显得比较粗糙、浅显和直白。尽管如此，不可否认的是，当时只有 20 岁左右的青年李耕，在解放战争时期的诗歌创作取得了一定影响，不仅得到了江西诗坛乃至中国诗坛的关注，也受到了许多热爱诗歌创作的诗人和喜欢阅读诗歌的读者的青睐。

第二节　张自旗和矛舍的诗歌创作

在 20 世纪 40 年代后期白色恐怖的苦难日子里，相识于南昌的张自旗

---

① 李耕：《李耕卷·告别·附记》，张自旗、矛舍、李耕著：《老树三叶》，中国文联出版社，2007 年，第 205 页。

和矛舍，是文学将他们胶合在一起并向黑暗宣战。那时的他们，尽管只有不到 20 岁，思想都非常活跃，面对特务横行的黑暗统治，他们没有迷失自己所追求的方向，依然保持着头脑的清醒和思维的敏锐。他们诗蕴丰沛，激情勃发，但是对现实社会的不满，需要呐喊来宣泄心中的苦闷。于是，他们一边创办文学刊物，一边写诗发表诗，喊出自己的革命话语。同时，他们广泛"结交朋友，传播真理，团结群众，同许多年轻的朋友并肩前行"，随后终于"迎来了'解放区的天是明朗的天'的歌声唱响的那个庄严的历史时刻"[①]。

一、张自旗的诗歌创作

张自旗（1927—　），曾用笔名陈夜、白草青、司马长江、秦梦等。江西萍乡人，1941 年在赣西《民国日报》发表处女诗作《海燕》。1943 年走向社会独立谋生。他与熊痕戈在宜春创办"热原诗社"，并出版《热原》诗周刊，成为抗战时期赣西文学的重要阵地，他也同时开始职业报人生涯并从事文学创作。1948 年，他在南昌主编出版中共地下党主办的地下文学刊物《人民的旗》，产生广泛影响。1957 年，他被划为"右派"，搁笔近 22 年。1979 年，他回归诗坛，著有的散文诗集《寻梦者手记》，由广西民族出版社于 1993 年 10 月以"中国 99 散文诗丛"之一出版。[②]

在解放战争中后期，张自旗创作并发表了许多诗文作品，但由于当时处于硝烟弥漫的战争年代，大部分作品被遗失，有的已发表的诗歌也无从查找，留下的一部分作品，后来又陆续毁于"反胡风"运动、"反右运动"以及"文革"之中。所以，张自旗在中华人民共和国成立前的诗文作品，能留存下来的很少。尽管如此，张自旗当年用生命创作并发表的优秀诗作，

---

① 陈迟：《历经风雪的"老树三叶"——张自旗、矛舍、李耕合著诗文集阅读笔记》，《老友》2009 年第 4 期。

② 张自旗：《张自旗卷》，张自旗、矛舍、李耕著：《老树三叶》，中国文联出版社，2007 年，第 1 页。

依然能唤起人们在那段烽火连天的岁月里的热血记忆。正如他当年的战友李耕所回忆："经历近半个世纪风云的淘洗，一切均在渐渐淡去，自旗的年轻时写的诗篇我却还能背诵。这不能不使我想到，自旗的诗，自是自旗的生命的自铸与激扬，用生命写的诗，是不会因为诗人的命运的倾斜甚至生命的陨落而失去它的光采的，即使作为一朵融入太阳的光焰的爝火而使之淡去了自己的光与热，诗，却是诗人自己生命的太阳，是任何太阳的光所不可剥蚀的。"[1]

在这一时期，张自旗的诗歌创作，受"普罗诗歌"影响比较深。作为中国早期马克思主义者之一，也是普罗诗歌写作较早提倡者的邓中夏，曾在《贡献于新诗人之前》文章中向"新诗人"提出了三条建议：第一，须多作能表现民族伟大精神的作品；第二，须多作描写社会实际生活的作品；第三，新诗人须从事革命的实际活动。[2]对照这三条，张自旗于1948年发表在中共地下刊物《人民的旗》上的著名政治抒情诗《这不是哭泣的时候》，正好体现了普罗诗歌的基本要求。比如描写社会实际生活："你为什么哭泣 / 当你终年像牛马般出卖劳力 / 为侍奉那些 / 烂臭了心肝的上流社会人 / 而你的妻儿却遭受饥饿的时候 / 你为什么哭泣 / 当你的用汗水 / 耕耘出来的 / 留作种子和充饥的谷粒 / 被拉去充军粮的时候 / 你为什么哭泣 / 当你为了交不出百块现洋 / 挨了一顿耳光和拳头 / 你的唯一的儿子 / 被拉去充壮丁的时候 // 你为什么哭泣 / 当你熟睡在午夜里 / ××们拍门冲进来 / 将你抓进牢狱的时候 // 你为什么哭泣啊 / 亲爱的善良的人们 / 难道你只配流泪 /（眼泪对于你是无所裨益的呀） / 你可曾想到 / 难道哭泣就能使统治者 / 施予我们所不屑的 / 怜悯 / 难道哭泣 / 能改变我们的 / 奴隶的命运"；以及从事革命的实际活动："这不是哭泣的时候 / 亲爱的善良的人们 / 你应该把自己 / 看

---

① 李耕：《生之爝火——序张自旗的〈寻梦者手记〉》，张自旗著：《寻梦者手记》，广西民族出版社，1993年，第2页。

② 中夏：《贡献于新诗人之前》，《中国青年》1923年第10期。

作是一个 / 人 / 有欢乐，也有自由 / 有希望，也有愤怒 /——好让它化作 / 扭断命运的笼子的 / 叛逆的力量 / 这不是哭泣的时候 / 亲爱的善良的人们啊 / 你不要把自己 / 永远 / 注定为奴隶 / 永远 / 受着宰割 / 我们要发誓 / 今天 / 一切苦难必须中止 / 一切血债必须偿还 / 一切要重新安排 / 我们要向全中国呼喊 / 翻身的日子来到了 / 看啊 / 中国的土地上 / 燎原的大火烧起来了 / 一个巨大的声音 / 在向我们召唤 / 斗争！斗争！斗争 // 我们必须紧密地 / 集拢 / 坚强地 / 站起 / 让燎原的大火 / 燃烧生命 / 让大众的仇恨 / 撕毁黑夜 / 向那满手沾污着 / 我们善良人民的鲜血的 / 全民的公敌 / 作殊死的 / 搏斗"。

张自旗的诗作，与邓中夏"普罗诗歌"理论倡导相适应的，还有他发表在《中国新报》副刊《新文艺》上发表的《饥饿》一诗："血淋淋的手制造了可耻的战争 / 血淋淋的手制造了无穷的饥饿 / 在这古老的国土 / 从南方到北方 / 从乡村到城市 / 到处翻腾着 / 饥饿的凶浪 / 不愿做奴才的人 / 卷进去 / 不是帮闲帮凶的人 / 卷进去 / 不是失去良心的人 / 卷进去 / 饥饿啊 / 吞噬着所有善良的中国的人民 / 从新贵们加官晋爵的欢声里 / 我看见了饥饿的眼睛 / 从粉饰太平的歌声里 / 我看见了饥饿的眼睛 / 从屠夫的刺刀上 / 我看见了饥饿的眼睛 / 我读报 / 在报纸的字里行间睁着饥饿的眼睛 / 我上街 / 在餐馆的酒肉里，在米店油漆的大门上 /…… / 处处闪灼着饥饿的眼睛 / 饥饿啊 / 我看见无数愤怒的火焰 / 在无数人的心底升起 / 漆黑的夜中国 / 被烧得通红 / '如此炎炎的只是为了自由和饥饿 / 铁的丰碑 / 中国起了火' / 坚定的步伐配合雄壮的歌声 / 无数人向制造饥饿的血手英勇进军。"

为了革命的需要，"普罗派诗人无暇也无心在诗歌技巧上斟酌推敲，而是诉诸一种极具攻击性的暴力话语"[1]。正如《流沙》半月刊在创刊号的《前言》中发出的宣言："你们在我们这里或者不能发现你们爱看的风花雪月的

---

① 伍明春：《左翼诗歌：另一种潮流·革命话语及其限制》，王光明主编：《中国诗歌通史》（现代卷），人民文学出版社，2012年，第340页。

小说，不能听见你们爱听的情人的恋歌——而所有的只是粗暴的叫喊！"[①] 在此影响下，偏重于宣传和鼓动的"标语式""口号式"的诗歌创作在很大程度上受到诗人的推崇。看得出，张自旗的诗歌创作也受此影响，除了前面所提到的诗作之外，还有比如他在《给中庸主义者》[②]这首作品中所发出的粗暴的呼喊："数千年封建的遗毒 / 永远脱不了奴才的劣性 / 为主子帮闲帮凶 / 还自称'自由主义者'的身份 / 当暴风雨快要到来 / 你们便企鹅那样惊恐 / 萎缩、躲避，死死拖住旧的 / 但你们已不可避免灭亡的命运 / 听吧 / 无数愤怒的声音在向你们呼喊 / 滚。"在张自旗看来，这类诗歌创作是对革命动员的宣传，因此他在作品里无情地鞭挞和讽刺了那些中庸主义者对革命也采取打折扣的错误观念："你们信奉的理论是'折中' / ——命固不可不革 / 但也不可不太革 // 你们的武器是'流弊论' / ——不折中就太偏 / 一偏就有流弊 // 你们处世的原则是平和、老稳 / ——左扶壁右扶杖 / 瞻前顾后东牵西挂 / 一步一步生怕跌倒 // 你们没有绝对化的要求 / 生活的经典只是微温 / ——既不执着于死 / 也不响往于生 / 虽然看透了人生的丑态 / 但仍在丑态里鬼魂 / 同时还教人敷衍，劝人小心。"

此外，在张自旗的部分作品中，有的通过描写当时现实生活中的故事，或者通过某个故事产生的随想等，被他安排在"普罗诗歌"理论所倡导的"描写社会实际生活"的革命话语之中。比如他的散文诗组章《〈小城之春〉随想》[③]通过对1948年上映的电影《小城之春》的随想来进行批判，下面我们摘录这组散文诗中的第二章来阅读一下：

然而，我们能得到些什么呢？

——剖开这古老中国生活的一面，平淡地，如泣如诉地叙述

---

① 同人：《〈流沙〉前言》，上海《流沙》半月刊1928年3月15日创刊号。

②《给中庸主义者》，原载1948年6月10日《中国新报》副刊《新文艺》。

③《〈小城之春〉随想》，原载1948年12月29日《中国新报》副刊《文林》。

着一个伤感的爱情故事。

抽象，抽象！没有指示什么，也不存心触及什么，追求诗情，追求美，追求一种"遗世而独立"的飘渺的意境，远远地离开了现实。

"如此星辰非昨夜，为谁风露立中宵。"

多么苍白的小资产阶级的情调啊！

——在旧现实主义的泥淖里，我们的创作者不可自拔了。

我们要求创作者多给予一点点东西。

我们要求的是主题的明确性，强烈的现实感，人的道路。

而出现在这里的人物，这几个远离人群的人物，他们的悲欢离合，能反映一些什么呢？

客人走了，让这破落的家重新被孤寂笼罩着，他不曾带来什么，也不曾带去什么，无穷尽的黄土路淹没了他。

而那衰弱的破落户的子弟、被伦理观念所牵制的幽怨的少妇、无邪的渴望着远方的少女呢？

他们今后将怎样？而剧作者和导演都避开了这些。

我们仅仅只需求诗情与画面美么？

不过，此类随想和描写现实生活的作品，以及类似于"标语式""口号式"的诗作，尽管在普罗派诗人眼里，既是对革命的鼓与呼，也是其认定的诗歌写作正道。但在当时还是受到不少进步作家的诟病，比如鲁迅在谈及此类问题时曾指出："'打，打'，'杀，杀'，听去诚然是英勇的，但不过是一面鼓。即使是鼙鼓，倘若前面无敌军，后面无我军，终于不过是一面鼓而已。"要解决这个问题，"我认为根本问题是在作者可是一个'革命人'，倘是的，则无论写的什么事件，用的什么材料，即都是'革命文学'"①。同时，茅盾也撰文直接指出此类写作存在一定问题，他说："我们的'新作品'即使不是有意的走入了'标语口号文学'的绝路，至少也是无意的撞上去了。有革命热情而忽略于文艺的本质，或把文艺也视为宣传工具——狭义的，——或虽无此忽略与成见而缺乏了文艺素养的人们，是会不知不觉走上了这条路的。"②

二、矛舍的诗歌创作

矛舍（1928— ），原名傅师曾，出生于江西南昌，1946年开始在南昌的《民国日报》《大众日报》《新闻日报》《中国新报》《捷报》《青年报》刊物发表文学作品，1947年创办并主编进步文学刊物《流星》。矛舍1940年代的代表作有《葬礼》《含羞草》《结束》《笛》《困惑》《示众》《解脱》《盐》《酒》《坟》等。他曾搁笔20多年，1982年开始重新提笔，在国内外多种报刊发表散文诗。作品被选入《1937—1949东南诗与散文选·燼火集》、《钢城春秋》、《太阳雨》、《中国年度散文诗》、《中国散文诗90年》（上、下卷）、《当代抒情短诗千首》、《我的太阳》、《中外华文散文诗作家大辞典》（修订本·香港）等。著有散文随笔集《淡淡的脚印》，散文诗集《岁月浅草》《梦之外》，诗文集《老树三叶·矛舍卷》，并主编诗文集《不逝的流星》。

在解放战争时期，矛舍的诗歌创作主要以短小的新诗为主，并兼及散文诗短章。一直以来，笔者都认为："篇幅短小的诗歌作品，虽然只有几行，但是它的思想容量却异常丰富，丝毫不亚于几十行甚至几百行的长诗，而且往往是在这些短小的诗歌作品中表现出诗人宏大的心理世界和精神空间。"③正如于沙所说："倡导小诗，是医治新诗通病的良方之一。""小诗，要求篇幅小小而意味多多。这就得芟芜杂、剪旁枝、灭庸字、去陈意，做到

---

① 鲁迅：《革命文学》，《鲁迅全集》（第三卷），人民文学出版社，2006年，第568页。

② 茅盾：《从牯岭到东京》，《"革命文学"论争资料选编》（下），人民文学出版社，1981年，第691页。

③ 刘晓彬：《穿越时空的对话》，江西人民出版社，2011年，第299页。

'片言明百义，滴水见阳光'。"①而且精短的小诗，犹如"螺蛳壳里做道场"，"立锥之地可以演出大千世界"。②其实，关于新诗创作倡导写短诗，20 世纪30 年代就有诗人提出过，康白情、汪静之、冯雪峰是最早提倡写短诗的新诗创作者。同时，冰心的《繁星》《春水》两部短诗集，对中国新诗的发展也起到了促进作用。虽然矛舍在当时的短诗创作在若干年后他自己看来还"深感出于含羞"③，但他的这些短小的新诗今天读来，依然犹如晶莹纯净的珍珠闪烁着熠熠光彩。

矛舍早期的短诗都是写国民党政府统治下的社会生活。刚步入青年的他，面对当时的社会现实，有过"彷徨"，比如他在《子影》④中写道："有无限的惆怅，/ 也有极大的悲伤；/ 欢笑：——/ 朦上了一层冷冰。/ 截不断他的生命！/ 也扬不出它的秀丽哪！"也有过"幻想"，比如他在《却又是孤单》⑤中写道："我爱晚霞 / 我更爱散步在晚霞映照的海滨 / ——该是异样的幸福呵，/ 回头：/ 脚迹在叹息的时候，/ 却感到不是孤单。"有过"爱"，比如他在《倾》⑥中写道："不是梦吧！/ 你是多婀娜呀！/ 姑娘：/ 我想把我的心交给你？"也有过"恨"，比如他在《初会》⑦中写道："谁与你擦上了这么多的玫瑰色，/ 窈窕决不能呈现于此呢！/ 醒悟吧！/ 别让他人把你当作苹果卖去！"有过"追求"，比如他在《囚》⑧中写道："凛冽的刀光在冲进铁窗时，/ 囚人的心在起着无声的笑波了。/ 是银月的光吗？/ 然而囚人仍在无定的意识着，/ 因为这里才含有光明与自由了。"更有过"向往"，比如他在《期

---

① 于沙：《穿过诗林》，重庆出版社，2002 年，第 89 页。

② 于沙：《穿过诗林》，重庆出版社，2002 年，第 91 页。

③ 矛舍：《编后记》，张自旗、矛舍、李耕著：《老树三叶》，中国文联出版社，2007 年，第 293 页。

④《子影》，原载 1947 年 3 月 19 日《青年报》副刊《青鸟》。

⑤《却又是孤单》，原载 1947 年 7 月 31 日《捷报》副刊《百花洲》。

⑥《倾》，原载 1947 年 7 月 31 日《捷报》副刊《百花洲》。

⑦《初会》，原载 1946 年 4 月 19 日《民国日报》。

⑧《囚》，原载 1946 年 4 月 19 日《民国日报》。

待》①中写道："昏夜／倚窗默默／远处起了群犬的狂吠！／却怕打扰了那叩门的声音，／于是她的心在开始紧张了。"

矛舍作为一个有正义感的进步青年学生，面对"没有民主，没有自由，物价飞涨，生活极不稳定"②的黑暗社会，不仅苦闷，也怅然。比如他在《美丽的诗》③写道："在朦胧里，／我曾打算作一首美丽的诗，／然而：——／饥饿、自杀、强奸、逃亡……／却不断地在时代里猖獗，／这也就该是美丽的诗的材料吗？／我怅然了！"当然，更多的是对这种现象不满的呐喊，以及对黑暗社会的揭露和抨击。比如他在《葬礼———个农民的死》④中写道：

> 他终于默默地僵硬了
> 连那一颗仁慈的心
>
> 快些将他入土吧
> 他不再需要在这
> 嘴巴也涩滞在祖国土地上逗留一刻……
> 人们的眼睛会昏晕
> 任凭流尽了活人的泪
> 也是不会如他的意的
> 实在，他还会惋惜他的心也将徒此僵硬啦！
>
> 不要向他奠酒烧纸吧！

①《期待》，原载 1947 年 7 月 31 日《捷报》副刊《百花洲》。

② 矛舍：《〈流星〉出版始末》，张自旗、矛舍、李耕著：《老树三叶》，中国文联出版社，2007 年，第 159 页。

③《美丽的诗》，原载 1947 年 9 月 17 日《青年报》副刊《青鸟》。

④《葬礼———个农民的死》，原载 1948 年 2 月 6 日江西上饶《民锋日报》副刊《牧野文艺》。

那全是哄骗

一生他从未有痛快的过一次

生活尽叫他在拮据中过去

虽然如此，他也是享受不到的！

　　在这首诗作里，诗人敏锐地抓住当时现实生活中"任凭流尽了活人的泪／也是不会如他的意的"纷繁复杂的社会问题进行抒写，从而使得他的作品在揭露"一生他从未有痛快的过一次／生活尽叫他在拮据中过去"的广大民众生活艰苦的社会现实方面，达到深刻的程度。

　　由于所处的时代等原因，矛舍在这一时期的诗歌创作，同样很自然地把笔墨的重点投入到为自由而战、向黑暗宣战。比如他在《思想》①中写道："深黑的子夜里，／才是自由的世纪呵！"同时，以隐喻的手法抨击阻挡光明者，比如他在《炊烟》②中写道："你隔阂了那微弱的光线呵！／大地将又要沦于黑暗了？／静寂中夹着一层灰色，／叫谁去意识？"又比如他的散文诗组章《含羞草（五章）》③中的《黎明前》：

有人说：黎明前是最黑暗的时候，在这黑暗里更充满了罪恶……

应该是可怕的呵！

但是，我相信温暖的太阳必将会驱逐那黑暗。

黎明前，又蕴藏了多少理想和希望！

　　此章散文诗只有短短的四句，便将诗人对当时社会黑暗的无比愤慨和

①《思想》，原载 1947 年 7 月 31 日《捷报》副刊《百花洲》。

②《炊烟》，原载 1947 年 7 月 31 日《捷报》副刊《百花洲》。

③《含羞草（五章）》，原载 1948 年 3 月 18 日江西上饶《民锋日报》副刊《牧野文艺》。

痛恨，以及对黎明必将到来的那份憧憬和自信，浓缩在诗行中。虽然作品的篇幅短小，朴实的语言也没有什么特别之处，但需要表达的内容却极其丰富，象征的意义也十分广阔，给人一种"言有尽而意无穷"的回味之感。

矛舍有些短诗，由于感性与理性结合在一起，使得作品在表现当时的社会生活时，既有客观存在，也带有主观感觉或者主观评价的色彩。他有的诗作采取由表及里的手法，通过意象的组合激发情感并揭示现象的本质，比如他在《轮》①中首先渲染飘落的黄叶以及障滞安静的沙砾："从黄叶里降下的愁吧，/是那么飘渺的，/一粒沙砾却能障滞了安静，/甜蜜的生活呢？"然后笔锋一转点破实质："——此时那命耶/然而我知道/仅知道这是秋天了。"又比如他在《小燕》②中写道："小燕/你只能唱破庭院的死寂/却撒不开我整日沉闷的心扉哪！"另外，他还有部分诗作是运用夹叙夹议的创作手法，来表达对当时社会生活的切实感受。比如他在《剑》③中写道："喘息的夕阳/映着那铁青色的雄剑/寒的光幻成了绯热/隐隐地/有谁听见它的追悔？"又比如他的《拾遗》④："给陌生者烙上了残痕/微风吹去了那陈旧的死灰/光黑原是相间的布局/何必灰色了你赤热的心/在黑夜/在白昼。"再比如他的《流水》⑤："微风送来溪水的潺潺声，/想起'风景年年依旧，只有那流水一去不回头'/我飘飘然了！"以及《圣人》⑥："摘一朵心苗中的花朵给她吧！/因为她是潮流中的圣人，/吐不出异样的桃色气，/然而她沮丧了……"

矛舍在解放战争时期创作的诗歌，虽然略显稚嫩，但无论是新诗，还是散文诗，均体现了当时社会生活的复杂性、矛盾性和时代性，以及诗人

①《轮》，原载 1947 年 9 月 11 日《捷报》副刊《百花洲》。
②《小燕》，原载 1947 年 7 月 31 日《捷报》副刊《百花洲》。
③《剑》，原载 1947 年 7 月 31 日《捷报》副刊《百花洲》。
④《拾遗》，原载 1947 年 9 月 11 日《捷报》副刊《百花洲》。
⑤《流水》，原载 1947 年 7 月 31 日《捷报》副刊《百花洲》。
⑥《圣人》，原载 1946 年 4 月 19 日《民国日报》。

忧愤的战斗性。同时，他的这些诗作，在抒情方式上，有的能化虚为实，把具象的感受变成为抽象的情感；也有的通过意象的组合激发情感，直抒胸臆时不直白，主观评价融于客观意识中。

结语：审美倾向是革命的，也是艺术的

　　通过回顾和梳理江西现代诗歌发展的历史过程，从整体上来分析，无论是作为初期诗歌革命的革新思想，还是后来随着社会不断进步升华为革命诗歌的斗争思想，它都是具有革命性质的，都是希望通过革命来改变现状的，因此它是现代诗歌发展过程中的主导思想。它对社会审美倾向的引导，既是革命的，也是艺术的。从而，可以得出以下启示性的结论：

　　创作与理论的革新积累了实践经验。自五四文学革命以来三十年，江西诗歌为了适应现代诗歌的发展要求，从创作到理论（比如饶孟侃的"格律体新诗"理论，强调新诗的创作和译诗的翻译要特别注重诗的音节，以"在篇无定节，行无定字、不计平仄等方面区别于旧格律，在节有定行、行有定拍、换韵有序等方面区别于自由体"[①]，同时主张土白入诗，讲究新诗创作先处理好诗的情绪，然后再处理诗的格律；毛泽东的"新体诗歌"理论，强调有别于旧体，也有别于民歌和白话诗的反映时代精神的代表性诗体，在语言运用上采取文言文与日常用语相融合的方式，在内容抒写上坚持诗歌应该反映现实生活并对现实社会发挥能动的改造作用；曾今可的"词的解放"理论，强调文言完全转化为白话进行创作以及摒弃部分格律要求等）都进行了有意义的探索和革新，有的取得了一定的成绩，积累了比较丰富的创作实践经验。其中在形式上探索新的表现方式，在语言上汲取口耳相

---

　　① 陈良运：《试议格律体新诗发展的前途》，《新诗艺术论集》，江西人民出版社，1986年，第65页。

传的日常用语，在内容上采用新题材传递新思想等，使得诗作不仅具有新颖性，而且具有感染力。当然，这些革新和实验的尝试，无论是成功的，还是失败的，都是思想的萌芽，都为诗歌理论的建构提供了珍贵的资料。而且"这些与整个文学革命运动的精神是完全一致的；同时，这也是我们现代诗歌中的主要的趋向和潮流"[a]。他们在诗歌理论以及诗歌创作方面留下的宝贵启示，也是值得后来人深思和探究的。

革命现实主义已成为时代创作的主流。现实生活是诗歌创作的源泉，诗歌是现实生活的反映。广大民众反帝反封建反官僚资本主义的文艺运动也反映到了诗歌的创作中来，江西的革命诗人和进步诗人不是以旁观者的身份介入革命斗争和艰苦生活的，而是以参与者的身份切入时代主潮的。他们创作中的题材均来自现实社会生活，对革命斗争和现实社会生活发挥了积极的影响和能动的作用，从而使得这些诗作在一定程度上又具有人民性和进步性。正如法国杰出诗人雨果所说："有用于祖国或革命不会给诗歌带来任何损失。"英国杰出诗人雪莱也认为，诗是"想象的表现，是生活的映象，是时代的精神、民族觉醒的先驱和战斗的号角"。他说："在一个伟大民族觉醒起来为实现思想上或制度上的有益改革而奋斗当中，诗人就是一个最可靠的先驱、伙伴和追随者。"因此，江西现代诗歌的发展过程，始终以革命现实主义主流，始终沿着革命斗争的现实主义方向不断向前迈进。他们从揭露和抨击帝国主义、封建地主阶级和官僚资本主义统治的黑暗，到解剖现实世界的丑恶，再到批判国民党政府的腐败和白色恐怖，然后歌颂革命斗争的正义性，歌颂工农兵群众，净化和提高民众的精神境界，努力推动着时代一步步走向光明和进步。

现代诗与旧体诗形成多元共存局面。在现代江西诗歌发展过程中，新诗、散文诗、歌谣和旧体诗词并没有如外界那样自五四以来因"新"与"旧"之争，保持着长期对立的态势，而是形成了多元共存的良好局面。因

---

① 刘绶松：《中国新文学史初稿》（上、下卷），人民文学出版社，1979年，第65页。

为"从理论上看,'新诗'是与'旧诗'相对的概念,不能标示诗的本质与价值;从实践的历史看,'新'与'旧'、现代与传统,实际情形并不是那样势不两立、互相排斥,而是可以异同互勘、吸纳转化、寻求'变通'"①。虽然旧体诗词没有冲破旧形式的束缚,诗体依然保留了其五言、七言的格式以及平仄押韵等方面的格律要求,但它呈现出了与前不同的面貌,特别是在思想内容和语言上进行了革新,有着一定程度的进步意义,它为自五四新文化运动以来中华传统诗词的继续向前发展创造了新条件。当然,尽管在诗歌发展过程中,新诗与旧体诗二者之间依然会有竞争,比如新诗作者认为旧体诗的表现方法和格律形式给予了诗歌创作太多限制,如果新的思想以旧体诗来表现,会损害它的新颖性及表现力和感染力;而旧体诗作者则"以旧体之长贬新诗之长"。但"从整个中国诗界繁荣出发,新、旧体形成竞争的态势有助于二者的发展,它们相互挑战、相互促进,更能显示中国诗坛蓬勃的生机"②。

民族性和现代性结合得到有效统一。在追求民族性和现代性的完美统一方面,江西现代诗歌进行了有效的探索和实践。民族性和现代性,并不是对立互不相容的。这里的民族性,是指深深熔铸在民族的生命力、创造力和凝聚力之中的优秀传统文化;而现代性,"是指以现代的意识,用现代的语言,表现现代的生活,而且采取为现代人所易于和乐于接受的艺术形式",同时还有不能忽略的基本事实,那就是它的表现对象是现代的中国社会和现实的中国生活,它的接受对象是现代的中国人。历史是不能割断的,现代的中国是古代中国的发展,无论在现代的中国社会和现实的中国生活里还是在现代的中国人的心里,都潜藏着许多积淀深厚的遗传密码,如果不从这一基本事实出发去寻求诗歌现代性的途径和方法,就不可能准确真

---

① 王光明:《绪言:现代中国的"新"诗运动》,王光明主编:《中国诗歌通史》(现代卷),人民文学出版社,2012年,第19页。

② 陈良运:《理直气壮举新诗》,《星星》1992年第11期。

实地表达现代中国的社会生活和现代中国人的精神状态，也可能因为脱离现代中国的读者那具有民族传承性的审美趣味和欣赏习惯而不易于为他们所接受。① 正如此书绪论开篇时所引用严家炎的观点："这种现代性是与深厚的民族性相交融的。"② 因此，江西诗人在继承中华古典诗歌的优良传统和精美洗练的长处，以及广大民众口头创作的鲜活和大众化等方面特色的同时，借鉴了西方现代诗歌的某些优秀经验，汲取了西方现代诗歌的某些艺术形式和创作方法，以现代意识观照现实生活并把创作中的新经验加以融会贯通，努力让两者比较好地结合在一起，使得这样的诗歌既具有中国特色的民族性，又具有现代生活的艺术表现带有的现代性。

诗歌价值体现了诗人现代价值取向。这三十年间的诗歌价值，体现了江西诗人的现代价值取向，而决定诗人现代价值取向的是诗人从诗歌革命转到革命诗歌过程中的自我革新、自我完善、自我净化、自我锻造。正如胡风对诗人的创作所指出，"战士和诗人是一个神的两个化身"，认为真正的诗人必须为人类的自由和幸福而战斗；指出诗人必须深入生活，必须与人民共呼吸；指出诗人必须把思想化为自己的血肉，表现为对待生活激情；指出人与诗一致，诗的表现力与人的战斗力不可分；同时也指出必须是诗。③ 毛泽东曾在延安文艺座谈会上强调文艺是为人民服务的。他说："最广大的人民，占全人口百分之九十以上的人民，是工人、农民、兵士和城市小资产阶级。……我们的文艺，应该为着上面说的四种人。我们要为这四种人服务，就必须站在无产阶级的立场上，而不能站在小资产阶级的立

---

① 吴欢章：《当前中国诗歌发展的几个问题》，《吴欢章学术文选》，复旦大学出版社，2009 年，第 6 页。

② 严家炎：《中国现代文学起点在何时？》，《社会科学辑刊》2010 年第 4 期。

③ 参见曾卓《我的悼念》，见《文汇月刊》1985 年第 8 期，转引自朱子南《中国报告文学史》，百花洲文艺出版社，1995 年，第 427 页。

场上。"①同时，毛泽东还指出了自五四以来文艺创作中存在的根本缺点，没有彻底解决文艺为人民服务的问题，以及文艺工作者和人民打成一片的问题。他说："有许多同志比较地注重研究小资产阶级知识分子，分析他们的心理，着重地去表现他们，原谅并辩护他们的缺点，而不是引导他们和自己一道去接近工农兵群众，去参加工农兵群众的实际斗争，去表现工农兵群众，去教育工农兵群众。有许多同志，因为他们自己是从小资产阶级出身，自己是知识分子，于是就只在知识分子的队伍中找朋友，把自己的注意力放在研究和描写知识分子上面。"②因此，他强调："我们的文艺工作者一定要完成这个任务，一定要把立足点移过来，一定要在深入工农兵群众、深入实际斗争的过程中，在学习马克思主义和学习社会的过程中，逐渐地移过来，移到工农兵这方面来，移到无产阶级这方面来。只有这样，我们才能有真正为工农兵的文艺，真正无产阶级的文艺。""我们鼓励革命文艺家积极地亲近工农兵，给他们以到群众中去的完全自由，给他们以创作真正革命文艺的完全自由。"③应该说，这一时期的江西诗人，在火热的斗争生活得到了快速成长，他们从最初主要表现小资产阶级的局限，以及缺乏生活实践经验和战斗实际体验的理想中诗歌创作的突破，到直接从工农兵群众的战斗生活中汲取创作素材，努力表现时代的重大主题，抒发广大民众的战斗心声，从而使得诗人成为革命斗争的号角手和战火硝烟时代的记录者。他们的诗歌创作与工农兵群众革命运动的结合，逐渐达到了自觉的高度。所以，这些作品的思想内容和艺术形式等方面呈现出的诗歌价值，也体现了诗人一种新境界和新风貌的现代价值取向。

---

① 毛泽东：《在延安文艺座谈会上的讲话》，《毛泽东选集》(第三卷)，人民出版社，1991年，第855—856页。

② 毛泽东：《在延安文艺座谈会上的讲话》，《毛泽东选集》(第三卷)，人民出版社，1991年，第856页。

③ 毛泽东：《在延安文艺座谈会上的讲话》，《毛泽东选集》(第三卷)，人民出版社，1991年，第857—858页。

普罗诗歌获得了丰收但也存在不足。江西现代诗歌的三十年中，由于每一个阶段的文艺运动都与其包含的诗歌运动紧密结合在一起，无产阶级革命诗人与工农兵的战斗生活也做到了紧密结合，使得诗歌的思想内容和艺术形式大部分体现了"普罗诗歌"的特点。而且这些诗作的抒情主体形象，也"彻底清除自身残留的小资产阶级的某些气质，从而成为一个纯粹的'无产者'"①。正如阿英所说："在抒情的诗歌中，要克服自己原来的阶级的情绪，是比任何方面都困难的。在自己检阅过去的诗歌的时候，我发现了这个原则。而且，在这原则上，我领悟到自己的情绪的不健全，我此后当更努力的克服它，因为事实上我已是一个无产者呵。……我希望以后不再有这样的不健全的情绪的抒情的诗歌，我们要站到群众的大队里歌唱去！"②所以，在当时作为诗歌写作正道的革命需要的年代里，其作品的数量获得了大丰收，但其质量却因"为响应鼓动无产阶级革命的迫切需要"而"无暇也无心在诗歌技巧上斟酌推敲"③等缘故受到了一定的影响。大部分普罗诗歌流于无节制的情感宣泄以及概念化和空洞化的口号式呼喊，缺少深刻反映战斗生活的充实内容。"尽管这种经验落实到诗歌艺术方面的收获显得较为微薄，却也在现代汉诗的历史进程中留下了一个深刻的印迹。"④因为从诗歌运动的发展方向来看，这类诗作不仅"为现代汉诗写作提供了一种堪称'另类'的实践经验"⑤，而且主要代表了一种正确的政治导向和健康的

① 伍明春：《左翼诗歌：另一种潮流·"粗暴的抱不平的歌者"》，王光明主编：《中国诗歌通史》（现代卷），人民文学出版社，2012年，第346页。

② 阿英（钱杏邨）：《从归家说起》，《阿英全集》（第一卷），安徽教育出版社，2003年，第231页。

③ 伍明春：《左翼诗歌：另一种潮流·革命话语及其限制》，王光明主编：《中国诗歌通史》（现代卷），人民文学出版社，2012年，第340页。

④ 伍明春：《左翼诗歌：另一种潮流·"粗暴的抱不平的歌者"》，王光明主编：《中国诗歌通史》（现代卷），人民文学出版社，2012年，第350页。

⑤ 伍明春：《左翼诗歌：另一种潮流·"粗暴的抱不平的歌者"》，王光明主编：《中国诗歌通史》（现代卷），人民文学出版社，2012年，第350页。

社会倾向。而正因为如此，普罗诗歌才取得了创作上的显著成绩，同时也为推动诗歌的口语化和大众化，发挥了重要作用。

总的来看，这三十年每一阶段的文艺运动中的诗歌创作，对当时现实社会和革命斗争的切入、不断扩大并影响着诗歌创作的价值取向、诗人及其作品在引导社会的认知与审美趋向中发挥了重要作用。从五四新文化运动开始的知识分子诗人到大革命时期、土地革命时期、抗日战争时期再到解放战争时期的广大工农兵群众中成长起来的革命诗人和进步诗人，他们的诗歌创作发挥了积极的社会功能和战斗功能。江西现代诗歌的发展，它在过去和现在的读者中引起的反应，既是诗歌现象，也是文学现象，更是社会现象；同时既是社会性的诗歌现象，也是社会性的文学现象。因此，江西现代诗歌在发展过程中，主要表现出了鲜明的革命性、强烈的战斗性、广泛的群众性三者相结合的艺术特点。

参考文献

一、诗集和文集

1．沈尹默、周作人、胡适等：《新诗年选》，亚东图书馆 1922 年版。

2．白采：《白采的诗》(《赢疾者的爱》)，中华书局 1925 年版。

3．白采：《绝俗楼我辈语》，上海开明书店 1927 年版。

4．白采：《绝俗楼遗诗》(上、下册)，南昌独学斋 1935 年版。

5．曾今可：《落花》，上海新时代书局 1933 年版。

6．饶孟侃：《〈中国新诗库〉第三辑：饶孟侃卷》，周良沛编选，长江文艺出版社 1991 年版。

7．王礼锡：《市声草》，神州国光社 1933 年版。

8．王礼锡：《去国草》，中国诗歌社 1939 年版。

9．王礼锡：《王礼锡文集》，新华出版社 1989 年版。

10．王礼锡：《王礼锡诗文集》，上海文艺出版社 1993 年版。

11．天蓝：《预言》，桂林南天出版社 1942 年版。

12．天蓝：《队长骑马去了》，新文艺出版社 1953 年版。

13．天蓝：《中华人民共和国像太阳般升起》，新文艺出版社 1954 年版。

14．天蓝：《天蓝诗选》，人民文学出版社 1981 年版。

15．芦甸：《我们是幸福的》，文化工作社 1950 年版。

16．芦甸：《第二个春天》，新文艺出版社 1954 年版。

17．李一痕：《疯子与圣人》，吉安 1948 年版。

18．李一痕：《过不了冬天的人》，吉安 1949 年版。

19．毛泽东：《毛泽东诗词》，商务印书馆 1967 年版。

20．陈毅：《陈毅诗词选集》，张茜编选，人民文学出版社 1977 年版。

21．陈毅：《陈毅诗词全集》，陈昊苏编，华夏出版社 1993 年版。

22．叶金：《阳光的踪迹》，花城出版社 1984 年版。

23．李烈钧、杨赓笙：《李烈钧杨赓笙诗选》（杨仲子供稿），中国人民政治协商会议江西省委员会文史资料研究委员会编，1986 年版。

24．杨赓笙：《伏枥轩四种诗钞》，南京中文仿宋印书馆承印，1937 年版。

25．杨咽冰：《三载呻吟录》，九江全昌印刷所 1935 年版。

26．张自旗、矛舍、李耕：《老树三叶》，中国文联出版社 2007 年版。

27．廖伯坦：《廖伯坦文存》，百花洲文艺出版社 2009 年版。

28．公刘：《公刘文存》（诗歌卷·第一册），安徽文艺出版社 2018 年版。

29．《革命诗集》，《红色中华》报社编辑出版，1933 年版。

30．《革命歌集》，青年实话编辑委员会出版，1933 年版。

31．《革命歌谣集》，青年实话编辑委员会出版，1934 年版。

32．《革命山歌小调集》，青年实话编辑委员会出版，1934 年版。

二、期刊和文史资料选辑

33．《新青年》（1915—1926）

34．《申报》上海版（1915—1949）

35．《民国日报》（1916—1932）

36．《大公报》（1917—1949）

37．《新潮》（1919—1920）

38．《红灯》周刊（1923—1927）

39．《一般》（1926—1929）

40．《江西民国日报》（1929—1949）

41．《列宁青年》（1930—1932）

42.《红色中华》(1931—1934)

43.《青年实话》(1931—1934)

44.《文艺月刊》(1930—1941)

45.《新时代月刊》(1931—1933)

46.《读书杂志》(1931—1933)

47.《文学》(1934—1937)

48.《青年团结》(1938—1939)

49.《抗战日报》(1938—1939)

50.《前线日报》(1938—1945)

51.《文艺阵地》(1938—1942)

52.《抗战文艺》(1938—1946)

53.《新华日报》(1938—1947)

54.《民锋日报》(1938—1949)

55.《前方日报》(1939—1949)

56.《新蜀报·蜀道》(1940—1945)

57.《正气日报》(1941—1948)

58.《新诗潮》(1941—1948)

59.《火之源》(1940—1945)

60.《文艺先锋》(1942—1948)

61.《中国新报》(1945—1949)

62.《型报》(1945—1949)

63.《江西文史资料选辑》(第一至四十四辑共 44 册,1980—1992)

64.《南昌文史资料》(第一至十辑共 10 册,1983—1994)

(中华人民共和国成立后的期刊省略)

三、专著和论文集

65．胡适：《胡适文存》第一集卷一，上海亚东图书馆 1931 年第 15 版。

66．章清：《胡适评传》，百花洲文艺出版社 1992 年版。

67．胡风：《在混乱里面》，作家书屋 1946 年版。

68．胡风：《胡风评论集》，人民文学出版社 1984 年版。

69．任钧：《新诗话》，两间书屋（上海）1948 年版。

70．毛泽东：《毛泽东选集》（第一至四卷），人民出版社 1991 年版。

71．艾青：《诗论》，新文艺出版社 1953 年版。

72．邹问轩：《诗话》，北方文艺出版社 1963 年版。

73．林非：《现代六十家散文札记》，百花文艺出版社 1980 年版。

74．朱自清：《朱自清序跋书评集》，生活·读书·新知三联书店 1983 年版。

75．朱自清：《新诗杂话》，生活·读书·新知三联书店 1984 年版。

76．朱自清：《朱自清全集》（第二卷），江苏教育出版社 1988 年版。

77．朱自清：《朱自清书评集》，古吴轩出版社 2018 年版。

78．苏雪林：《中国二三十年代作家》，纯文学出版社 1983 年版。

79．陆耀东：《二十年代中国各流派诗人论》，中国社会科学出版社 1985 年版。

80．陈良运：《新诗艺术论集》，江西人民出版社 1986 年版。

81．陈良运：《艺·文·诗新论》，上海三联书店 2008 年版。

82．王嘉良、叶志良：《战时东南文艺史稿》，上海文艺出版社 1994 年版。

83．吴欢章：《吴欢章学术文选》，复旦大学出版社 2009 年版。

84．张俊山、冯团彬选析：《当代诗人处女作》，花城出版社 1986 年版。

85．严帆：《中央革命根据地新闻出版史》，江西高校出版社 1991 年版。

86．张维舟：《芦甸评传》，中国戏剧出版社 2003 年版。

87．陈文超：《寻找一种谈论方式》，中山大学出版社 1997 年版。

88．王培元：《延安鲁艺风云录》，广西师范大学出版社 2004 年版。

89．刘绶松：《中国新文学史初稿》（上、下卷），人民文学出版社 1979 年版。

90．唐弢、严家炎：《中国现代文学史》，人民文学出版社 1980 年版。

91．黄修己：《中国现代文学简史》，中国青年出版社 1984 年版。

92．刘国清：《中央苏区文学史》，江西高校出版社 1995 年版。

93．郑万鹏：《中国现代文学史》，华夏出版社 2007 年版。

94．胡风：《胡风评论集》，人民文学出版社 1984 年版。

95．蒋光慈：《蒋光慈文集》，上海文艺出版社 1988 年版。

96．朱光潜：《诗论》，生活·读书·新知三联书店 1998 年版。

97．王锦厚：《闻一多与饶孟侃》，电子科技大学出版社 1999 年版。

98．钱理群：《返观与重构——文学史的研究与写作》，上海教育出版社 2000 年版。

99．李允经：《中国现代版画史》，山西人民出版社 1996 年版。

100．谢牛：《谢牛文集》，天马图书有限公司 2002 年版。

101．阿英（钱杏邨）：《阿英全集》（第一卷），安徽教育出版社 2003 年版。

102．舒建勋：《宜春版画》，江西美术出版社 2007 年版。

103．李烈钧：《李烈钧将军自传》，中华书局 2007 年版。

104．天啸：《李烈钧出巡记》，中华书局 2007 年版。

105．黎志敏：《诗学构建：形式与意象》，人民出版社 2008 年版。

106．卜谷：《李一痕和他的诗友们》，作家出版社 2011 年版。

四、编著和主编作品

107．十四院校编写组（云南大学、四川大学、四川师范学院、西北大学、西南民族学院、西南师范学院、延安大学、武汉大学、杭州大学、昆明师范学院、贵州大学、贵阳师范学院、南充师范学院和重庆师范学院）

编著：《中国现代文学史》，云南人民出版社 1981 年版。

108．江西师范大学中文系苏区文学研究室编著：《江西苏区文学史》，江西人民出版社 1984 年版。

109．吴军编著：《中国现代文学史》，北京广播学院出版社 1994 年版。

110．刘汉民编写：《毛泽东谈文说艺实录》，长江文艺出版社 1992 年版。

111．刘洋、祝华丽、程国亮编著：《现代宜春版画概论》，江西人民出版社 2016 年版。

112．陈梦家编选：《新月诗选》，新月书店 1931 年初版。

113．胡适编选：《中国新文学大系》（第一集：建设理论集），上海良友图书印刷公司 1935 年版。

114．朱自清编选：《中国新文学大系》（1917—1927 诗集），上海良友图书印刷公司 1935 年版。

115．上海文艺出版社编：《中国新文学大系》（1927—1937 诗集）（艾青序），上海文艺出版社 1984 年版。

116．孙党伯选编：《中国新文学大系》（1937—1949 诗卷），上海文艺出版社 1990 年版。

117．孙玉石、王光明编选：《六十年散文诗选》，江西人民出版社 1985 年版。

118．王亚平主编：《中国四十年代诗选》，重庆出版社 1985 年版。

119．臧克家主编：《中国抗日战争时期大后方文学书系》（第六编·诗歌第一集），重庆出版社 1989 年版。

120．李健、陈炳岑、张自旗主编：《爝火集——东南诗与散文选（1937—1949）》，江西省社科院赣文化研究所 1998 年版。

121．江西省方志敏研究会编：《方志敏全集》（上、下册），人民出版社 2012 年版。

122．田仲济、孙昌熙主编：《中国现代文学史》，山东人民出版社 1979 年版。

123．唐弢、严家炎主编：《中国现代文学史》，人民文学出版社1980年版。

124．唐弢主编：《中国现代文学史简编》，人民文学出版社1985年版。

125．共青团南昌市委编：《江西文史资料选辑：南昌青年运动回忆录》，中国人民政治协商会议江西省委员会文史资料研究委员会1981年版。

126．共青团南昌市委编：《江西文史资料选辑：南昌青年运动三十年（1919—1949）》，中国人民政治协商会议江西省委员会文史资料研究委员会1984年版。

127．中共兴国县委党史工作办公室编：《兴国人民革命史》，人民教育出版社2003年版。

128．廖巧云主编：《中央苏区歌谣集》，长江文艺出版社2017年版。

129．廖巧云主编：《中央苏区散文诗歌集》，长江文艺出版社2017年版。

130．严帆主编：《中央苏区美术漫画集》，长江文艺出版社2017年版。

131．严帆主编：《中央苏区文艺史料集》，长江文艺出版社2017年版。

132．严帆主编：《中央苏区文艺研究论集》，长江文艺出版社2017年版。

133．赵荣升、周游编：《一二·九在未名湖畔》，北京出版社1985年版。

134．钟敬之、金紫光主编：《延安文艺丛书·第16卷：文艺史料卷》，湖南文艺出版社1987年版。

135．徐乃翔、钦鸿编：《中国现代文学作者笔名录》，湖南文艺出版社1988年版。

136．中共南昌市委党史研究室编：《中共南昌城工部史料》，中共南昌市委党史研究室1989年版。

137．中共江西省委组织部、中共江西省委党史资料征集委员会、江西省档案局编：《中国共产党江西省组织史资料》，中共党史出版社1999年版。

138．潘颂德编：《王礼锡研究资料》，天津社会科学院出版社1995年版。

139．江西省文化艺术志编纂委员会编：《江西省文化艺术志》，新华出版社1999年版。

140．《江西省苏区志》编纂组编：《江西省苏区志》，方 [

年版。

141．南昌市地方志编纂委员会编：《南昌市志》，方志出版社 1997 [

142．南昌市地方志编纂委员会编：《南昌简志》，方志出版社 2004 年 [

143．杨仲子、孙肖南主编，江西省政协文史和学习委员会编：《只凭
天地鉴孤忠：杨赓笙诗作及生平大事集》，中国文史出版社 2011 年版。

144．石雅娟、钱贵成、肖毅主编：《苏区文化新论》，中国戏剧出版社
2006 年版。

145．吴海、曾子鲁主编：《江西文学史》，江西人民出版社 2005 年版。

146．凌宇、颜雄、罗成琰主编：《中国现代文学史》，湖南师范大学出
版社 1993 年版。

147．朱金顺主编：《中国现代文学史》，北京师范大学出版社 1999 年版。

148．范泉主编：《中国现代文学社团流派辞典》，上海书店 1993 年版。

149．游国恩、王起、萧涤非、季镇怀、费振刚主编：《中国文学史》
（修订本），人民文学出版社 2002 年版。

150．朱栋霖、丁帆、朱晓进主编：《中国现代文学史》（上、下册），高
等教育出版社 2012 年第 2 版。

151．朱栋霖、朱晓进、吴义勤主编：《中国现代文学史（1917—
2013）》（上、下册），高等教育出版社 2014 年第 3 版。

152．王光明主编：《中国诗歌通史·现代卷》，人民文学出版社 2012
年版。

153．卢莹辉编：《冷热集·新诗话——任钧作品选》，文汇出版社
2013 年版。

154．任文主编：《永远的鲁艺》（上、下册），陕西师范大学出版社
2014 年版。

155．中华诗词研究院、复旦大学中国古代文学研究中心编：《中华诗
词研究》（第四辑），东方出版中心 2018 年版。

五、古籍

156.〔西汉〕司马迁:《史记》,齐豫生、夏于全主编:《二十六史》(第一卷:史记·汉书),延边人民出版社 1999 年版。

157.〔南朝宋〕范晔:《后汉书》,齐豫生、夏于全主编:《二十六史》(第二卷:后汉书·三国志),延边人民出版社 1999 年版。

158.〔唐〕房玄龄:《晋书》,齐豫生、夏于全主编:《二十六史》(第三卷:晋书),延边人民出版社 1999 年版。

159.〔唐〕姚思廉:《梁书》,齐豫生、夏于全主编:《二十六史》(第五卷:梁记·陈书·魏书),延边人民出版社 1999 年版。

160.〔元〕元脱脱(托克托)等:《宋史》,齐豫生、夏于全主编:《二十六史》(第十三至十六卷:宋史),延边人民出版社 1999 年版。

161.〔南朝梁〕刘勰:《文心雕龙》,北京燕山出版社 2009 年版。

162.〔唐〕司空图:《全唐诗·卷 632、633、634 司空图》,岳麓书社 1998 年版。

163.〔明〕胡应麟:《诗薮》,上海古籍出版社 1979 年版。

164.〔明〕何景明:《与李空同论诗书》,《四库全书·集部·别类集·〈大复集〉卷三十二》,影印本。

165.〔明〕郝敬撰、向辉点校:《毛诗序说》(上、下册),中华书局 2021 年版。

166.《四书五经大系》(第一至五卷),天津古籍出版社 1998 年版。

六、译著

167.〔英〕珀西·比希·雪莱著:《诗辩》(A Defence of Poetry),伦敦 1840 年版。

168.〔英〕托马斯·斯特尔那斯·艾略特著:《神圣的树林:诗歌和批评的论文》,伦敦 1928 年版。

169.〔英〕托·斯·艾略特著:《艾略特文学论文集》,李赋宁译注,百花洲文艺出版社 1994 年版。

170.〔德〕(后为无国籍人)马克思著:《马克思恩格斯选集》(第二卷),中共中央马克思恩格斯列宁斯大林著作编译局编译,人民出版社 1972 年版。

171.〔德〕黑格尔著:《美学》(第三卷),朱光潜译,商务印书馆 1981 年版。

172.〔美〕苏珊·朗格著:《情感与形式》,刘大基、傅志强、周发祥译,中国社会科学出版社 1986 年版。

173.〔美〕乔纳森·卡勒著:《结构主义诗学》,盛宁译,中国社会科学出版社 1991 年版。

174.〔俄〕尼·费德林著:《我所接触的中苏领导人》,周爱琦译,新华出版社 1995 年版。

175.〔英〕菲利普·锡德尼、爱德华·扬格著:《为诗辩护·试论独创性作品》,袁可嘉译,人民文学出版社 1998 年版。

176.〔美〕约翰·克罗·兰色姆著:《新批评》,王腊宝、张哲译,江苏教育出版社 2006 年版。

后　记

从事学术研究是件苦差事。

就撰写《江西现代诗歌史》所需要的材料来说，仅在参考文献中列举的诗文集、专著、编著、古籍、译著、报纸、杂志等就达176种，其中还不包括中华人民共和国成立以来的报纸和杂志。在这浩瀚如海的材料中，关于江西现代诗歌，此前虽然已经有了十几年断断续续的研究，但不系统，也没有真正去梳理其发展的脉络。确定将江西现代诗歌作为研究重点并力争出成果的目标之后，我在以前的研究基础上，再次利用工作之余花了数年休息的时间进行了集中研究，才理清了这些有关材料的头绪，理出这部专著的写作思路。因此，治学要有毅力，必须要有付出艰辛劳动的心理准备，否则一事无成。

对于《江西现代诗歌史》这部专著撰写的缘起，要追溯到2015年。当时我应中国散文诗研究中心主任箫风之约，为其主编的《散文诗月刊》撰写了一篇关于江西散文诗发展的专论《理性的思考和艺术的探索——江西散文诗创作综述》，对江西散文诗自五四新文化运动以来的百年创作发展情况进行了回顾和述评。这篇专论发表的同时，也被转发在公众号上，时任江西省社会科学院文学研究所所长夏汉宁先生阅读之后，他提议与我合作撰写《江西诗歌通史》，他负责古代部分的撰写，我负责自五四新文化运动以来的现当代部分的撰写。这是一拍即合的好事，从这个时候起，我开始把重心放在了江西现当代诗歌的研究上。但后来由于种种原因，我们的合作搁置下来。尽管如此，我的研究也一直没有停止，依然在按计划进行着。

没办法，我只能先行一步单独撰写江西现当代诗歌史，期待日后有机会再重新启动《江西诗歌通史》的合作。于是，便有了《江西现代诗歌史》这部专著的成果被列为江西文化艺术基金项目并予以资助，并得以问世。

当然，单独出版《江西现代诗歌史》最重要的目的，是填补江西地域断代分类文学史研究的空白，因为它不仅是江西第一部现代诗歌史，而且在全国分类文学史的编撰中也不多见，特别是对于分析和研究中国现代诗歌史中的"江西版图"有着不可忽视的价值和意义。

另外，在撰写《江西现代诗歌史》的过程中，还有几个问题需要在此予以说明：

第一，由于我们在进行诗歌研究时，必须把其放在一定的历史背景中，才有可能清晰地梳理和分析其发展的脉络。正如林非所说："如果离开了历史和社会的条件，抽象地讨论所要研究的对象，确实是无法对各种社会现象（自然也包括文学现象）作出科学判断的。"所以，在评述和论析江西现代诗歌发展中的四个阶段，都是把其置于"五四运动和新文化运动""苏区文艺运动""抗战文艺运动""进步文艺运动"这样的时代背景中进行研究的，因为这是诗歌发展和繁荣的现实条件与基础，离开了它就不可能形成和产生这些诗歌现象。

第二，为了体现江西现代诗歌史的完整性和全面性，对一些由于历史原因以及其他各种因素被排除在现代诗歌乃至现代文学进程描述之外的重要的诗歌现象、诗人及其作品，此专著均进行了补充阐述，并尝试了根据不同历史情况把握撰写的方式，再从不同的角度予以切入，以期达到诗歌史完整的效果。

第三，按要求本来需要在凡例中予以体现的事项均放于此：一是此专著中的引文，系现当代时期的文学作品，处于白话文写作的探索初期，在行文上与当代语言文字规范存在出入。作为研究样本，基本保留了其原有的行文和字词使用风格。因此，对于佐证引文的行文、语法，包括异体字等，此专著一如旧貌，仅对个别明显错讹之处进行修正；二是此专著中涉及作者生平，因年代久远，许多地名已发生更名、合并或升格，为便于研究者查找当时文献资料，专著中涉及旧日地名的，均采用了当时文献记载的行政区划，并在该地名于全书中第一次出现时注明所对应的当今行政区划，其后再次出现，不予再度说明。

最后，借此专著的出版，感谢江西省作家协会出具的专家审稿意见！感谢江西高校出版社给予的支持和帮助！感谢江西高校出版社邓玉琼女士、曾文英女士及特约编辑、诗人、诗评家江榕先生为拙著出版所付出的辛勤劳动！尤其感谢江西文化艺术基金项目的资助！

是为记。

2022 年 8 月 8 日晚
于清轩灯下